깨진 유리 구두와 조각

A piece of broken glass shoes

깨진
유리구두와
조각 Ⅲ

열매 장편소설

초판 1쇄 찍은 날 | 2018년 3월 16일
초판 1쇄 펴낸 날 | 2018년 3월 23일

지은이 | 열매
펴낸이 | 권태완 우천제

편집책임 | 박은정
편집 | 김효주 천희진
편집 디자인 | 이즈플러스

펴낸곳 | (주)케이더블유북스
등록번호 | 제25100-2015-43호
등록일자 | 2015. 5. 4
WFN | 제3-028호

주소 | 구로구 디지털로31길 41 이앤씨벤처드림타워 6차 1108호
전화 | 02-867-4626 팩스 | 02-866-4627
E-mail | cl_production@naver.com

ⓒ열매, 2018

ISBN 979-11-293-1194-8
   979-11-293-1191-7 (set)

※ 파본은 구입하신 서점에서 교환하여 드립니다.
※ 저자와 협의하여 인지를 붙이지 않습니다.
※ 이 책은 케이더블유북스와 저작자의 계약에 의해 출판된 것이므로 무단 전재 및 유포, 공유를 금합니다.
※ 이 도서의 국립중앙도서관 출판시도서목록(CIP)은 서지정보유통지원시스템 홈페이지 (http://seoji.nl.go.kr)와 국가자료공동목록시스템(http://www.nl.go.kr/kolisnet)에서 이용하실 수 있습니다.

깨진 유리 구두와 조각

A piece of broken glass shoes

III

열매 장편소설

Contents

네 번째 조각

1장 진전(進展)   8

시스에는 모르는 이야기 4   94

2장 전면(轉眄)의 전면(纏綿)   97

다섯 번째 조각

1장 전조(前兆)   246

시스에는 모르는 이야기 5   317

2장 진행   334

여섯 번째 조각

1장 반란   402

네 번째 조각

1장
진전(進展)

로에나는 날카로운 비명을 내지르며 바로 기절했다. 마고가 당황한 얼굴로 로에나의 이름을 부르며 그녀의 어깨를 흔들어 댔지만, 시체처럼 축 늘어진 몸은 도통 깨어날 줄 몰랐다. 집사는 종을 흔들어 하녀 몇을 불러냈다. 그리고 로에나를 부축하여 바깥으로 나가게 했다. 마고는 기절한 로에나의 팔과 손바닥을 연신 주물러 대며 훌쩍였다. '아가씨' 하고 부르는 늙은 목소리는 어쩐지 처참했다. 그렇게 마고와 로에나가 응접실을 빠져나갔다. 고요함을 되찾은 응접실에 집사와 나, 믈랑과 사내가 남았다. 나는 덤덤한 목소리로 그에게 질문했다.

"어떻게 돌아가셨는지 이야기를 들어야겠어. 네가 어떻게 아버지의 물건을 챙겨 올 수 있었는지도."

남자는 양부의 배에서 살아남은 유일한 선원이라고 고백했다. 배가 암초로 인해 침몰하기 전에 양부가 다급하게 그에게 물건을 맡겼고, 그중 몇 가지만 겨우 챙겨서 빠져나올 수 있었다는 것이다. 이틀 동안 바다 위를 둥둥 떠다니다가 지나가는 배를 만나 목숨을 건질 수 있었다고 말하는 사내의 표정은 그때의 기억을 상기하는 듯 공포에 질려 있었다. 그는 챙긴 물건의 대부분이 바다에 빠졌기에 고작 이것밖에 건지지 못했다고 덧붙였다.

 어떻게 그 많은 사람 중에 이 남자만 살아남을 수 있었던 걸까? 의아해하는 내 마음을 안 것인지 집사가 갑자기 입을 열어 말했다.

 "아가씨께서 고용한 배 때문에 실아님은 거라 합니다."

 사내는 그 말이 맞다는 것처럼 격하게 고개를 끄덕였다. 그러곤 바다 위를 둥둥 떠다니느라 소모된 기력을 되찾자마자 바로 비슈발츠가에 달려왔기에 양부의 유품을 주머니 속에 아무렇게나 쑤셔 넣을 수밖에 없었다고 해명했다. 사실 가문을 상징하는 반지를 가져다준 것만으로도 제 역할을 했다 칭찬받을 수 있었다. 가장 중요한 물건을 잃어버리지 않았으니 말이다.

 어쨌든 정말로 양부가 죽었구나. 암초에 걸려 죽었다는 것이 이전의 삶과 똑같다는 게 기막힐 노릇이었다. 결국 이렇게 되나 싶어서였다. 그럼 나를 습격했던 것이나, 괴한을 선원으로 고용했다는 이야기는 무엇일까? 머리가 복잡하다 못해 터질 것만 같았다. 허탈한 마음 또한 나를 기운 빠지게 만드는 요소 중 하나였다.

 "정말 돌아가신 건가?"

 "……죄송합니다."

 나는 한숨을 내쉬며 이마에 손을 얹었다. 두통이 올 모양인지 미간과 정수리 부분이 지끈지끈 쑤셨다.

 "그런데 아버지는 어째서 너에게 유품을 맡기신 거지?"

 "사고가 났을 때, 제가 백작님의 곁에 있었기 때문입니다. 그래서 급하게 건네주셨죠."

 집사는 사내가 양부의 상선에서 십 년 이상 일한 베테랑이라고 덧붙였다. 그러니 급한 와중에도 그를 신뢰하여 이런 물건을 건네줄 수 있었을 거라고 했다.
"혹시 배가 침몰하기 전 무슨 이상한 낌새는 없었나?"
"예."
"정말로 아무것도?"
"그날따라 폭우가 내려 풍랑이 점차 거세지기에 모두 불안해했습죠. 십 년간 바다를 떠돌았지만 그만한 비와 파도는 처음이었으니까요. 목적지에 거의 다 도착했는데, 자꾸 배가 노를 따르지 않고서 엇돌았던 점도 있었습죠."

순간 노를 건드렸나, 하는 생각이 들었지만 이미 침몰한 배라 어떻게 확인조차 할 수 없는 터였다. 그래서 하릴없이 손가락으로 관자놀이를 꾹꾹 짓누르며 터질 것 같은 한숨을 다시금 내뱉었다.

"가져다줘서 고맙네. 손님방을 내어줄 테니 가서 좀 쉬게나."
"감사합니다, 아가씨."

내 말이 끝나기가 무섭게 플랑이 앞에 나서 사내에게 따라오라고 말했다. 상당히 충격적인 소식일 텐데도 불구하고 하녀장의 얼굴은 소름 끼치도록 침착했다. 오히려 평소답지 않게 흐트러지는 모습을 보이는 건 냉혈한처럼 굴었던 늙은 집사였다. 고작 몇 분이 지났을 뿐인데도 그의 얼굴은 더 나이를 먹은 것처럼 폭삭 주저앉아 있었다. 나를 부르는 목소리 또한 병에 걸린 사람처럼 골골 앓는 음성이었다.

"아가씨……."

나는 이를 악물고서 집사에게 말했다. 입술이 텁텁하니 메말라 왔지만 물을 마실 생각조차 들지 않았다. 슬프다기보다는 허탈했고, 허탈하기보다는 앞으로 어떻게 해나가야 할지 조금 막막했다. 준비되지 않은 상태에서의 비쥬발츠가라니……. 아는 것이 있기에 도리어 공포심을 느꼈다. 지금의 내가 딱 그런 상태였다.

"황실과 친인척들에게 부고 소식을 알리고 장례 준비를 서둘러야겠어요. 그리고 우리는 지금의 상태를 유지하기 위해 어떻게든 발악해야겠죠. 어머니께는."
 건조한 목소리가 응접실을 가득 채웠다. 높낮이가 느껴지지 않는 음성이었다. 내 입에서 흘러나오는 것이라 믿기 어려울 만큼 버석거렸다.
 "내가 이야기하겠어요. 그러니까 집사는 분위기가 흐트러지지 않게 주변 사람들을 단속해 주세요."
 아직 겨울이 오려면 몇 달의 시간이 더 남아 있었지만 벌써부터 몸에 한기가 드는 것 같았다. 나는 무의식적으로 양팔을 손바닥으로 쓸어내리며 집사를 응시했다. 그는 무거운 한숨을 내쉬더니만 낮은 목소리로 대답했다.
 "아가씨의 뜻대로 하겠습니다."

 양부의 부고는 제국의 사교계를 뒤흔들었다. 황실에 알린 지 한 시간도 채 되지 않아 온갖 편지가 저택에 날아들었고, 두 시간이 지났을 즈음엔 마담 드 라발리에의 마차가 현관에 진입해 있었다. 충격으로 기절했다가 가까스로 깨어난 로에나는 곧 시름시름 앓기 시작하더니만 침대에서 일어나지 못했다. 하녀의 말에 의하면 계속 양부를 부르며 흐느껴 우느라 베개와 침대 시트가 물에 빠진 것처럼 축축하게 젖어 들어가고 있다고 했다. 어머니 또한 충격에 몸져누웠기에―다행히 유산의 기미는 보이지 않았다―결국 라발리에를 맞이할 수 있는 건 나뿐이었다.
 "어떻게 된 것이냐."
 라발리에는 저택에 들어서자마자 내게 물었다. 동생이 죽었다는 소식을 들었음에도 저택을 찾은 그녀의 복장은 평소와 다를 바 없이 완벽했다. 목소리 또한 흔들림이 없었다.
"네가 설명해 보려무나."
그녀는 집사가 아닌 내게서 어떻게 된 사항인지 듣기를 원했다. 저도 눈과 귀가 있는지라 비슈발츠가의 대부분의 일을 내가 하고 있다는 것을 안 모양이다. 그래서 하나도 숨김없이 그간 있었던 일에 대해 차분히 설명했다.
"그깟 사내의 말 한마디에 이리 휘둘렸다는 것이냐? 시신조차 발견되지 않았다는데, 무얼 믿고 황실에 부고 소식을 돌려?"
"제가 고용한 배에서 그를 구조했으니 믿을 수밖에요. 가문을 상징하는 반지가 그리 쉬이 도둑맞을 수 있는 물건인가요? 게다가 양부가 거래하기로 했던 상단에 사람을 보내 확인까지 마친 상태입니다."
로에나가 그토록 쉬쉬하며 구하고자 했던 것은 동대륙에서 건너온 검이었다. 장인이 어린 자식을 화로에 집어넣는 광기 끝에 하늘에서 떨어진 운석을 녹였고, 십 년 가까이 제대로 먹지도 마시지도 않은 채 망치로 두들기고 또 두들겨서 겨우 완성한 물건이라 했다. 마지막엔 자신의 피를 먹여 검날의 예기를 확인했다는 요사스러운 검이었다. 들리는 소문으로는 그것을 차지한 주인마다 좋지 않은 끝을 맞이하여 '마검(魔劍)' 취급을 받기도 했다 하였다. 하지만 세상천지 그만한 명검은 또 없는지라 황태자가 지나가는 말로 '언젠간 가지고 싶군'이라고 할 정도였다. 그간 주인을 찾지 못해 여기저기 은밀하게 떠돌아다니다가 우연히 한 상단에서 입수했고, 그 소식을 알게 된 황후가 로에나에게 넌지시 알려 준 거라 했다. 양부가 무슨 물건을 산다는 말도 없이 조용히 움직였던 것도 검을 노리는 이가 많아서였다.

"나 때문이야? 그렇지? 나 때문이지?"

내가 양부의 장례를 치르기 위해 고군분투하는 동안 기절했다가 깨어나서 울고 다시 기절하기를 반복하던 로에나는 갑자기 내게로 달려와 울부짖으며 물었다. 그녀를 따라 허겁지겁 달려온 마고가 로에나를 진정시키기 위해 손을 뻗었지만, 로에나는 아랑곳하지 않고서 내게 매달렸다. 아주 절박하게. 위로를 원해서였다. 자기 때문에 양부가 죽었다는 사실을 인정하고 싶지 않아서 이렇게 발악하는 거였다. 그래서 자학하는 것처럼 자신을 언어적으로 학대하며 내가 자신이 내뱉은 말과 전혀 다른 반대의 이야기를 할 수 있도록 유도했다. 금이 쫙 가기 시작한 살얼음 위에 선 로에나는 마치 구원을 바라는 것처럼 그렇게 절절하게 나를 응시하고 있었다. 한 가닥의 기대를 품고서.

그러나 내 입에서 흘러나온 것은 그녀의 바람을 처참하게 뭉개는 소리였다.

"양부는 너를 너무나 사랑했어. 그걸 잊지 마."

로에나의 얼굴이 일그러졌다. 바들바들 떨리는 무릎이 차가운 바닥에 부딪쳐 커다란 소리를 만들어 냈다. 끝까지 놓치지 않는 건 내 팔뚝을 부여잡은 긴 손가락이었다. 살을 파고들 것처럼 강하게 움켜쥔 그녀의 손, 얼음보다 더 차갑게 식은 손끝이 내 피부 위로 둥근 자국을 만들어 내고 있었다.

"그게 다야? 그게 다냐고!"
"일어나. 그리고 네 방으로 가."
"……내게 할 말이 그게 다냐고 물었어."
"마고, 뭐 해요? 로에나를 방으로 데려가지 않고서."

내 말에 로에나가 벌떡 일어나 흉흉하게 젖은 얼굴로 나를 노려보았다. 이 짧은 시간 동안 스스로를 말로 자학하는 단계를 금세 건너뛴 건지, 이제는 나를 증오한다는 듯 여과 없이 감정을 드러냈다.

"그러니까 내가 고모님이나 다른 사람들에게 알리자고 했잖아! 그랬다면 구했을지도 몰라. 돌아가지 않으셨을 거라고! 그런데 왜 내 말을 하나도 들어주지 않았어?"

로에나가 자신의 가슴을 주먹으로 내려치며 울음을 터뜨렸다.

"시스, 나 아파. 가슴이 너무나 아파. 숨을 쉴 수 없어서 죽을 것만 같아. 응? 시스, 제발 뭐라고 좀 해봐!"

굳이 경위를 따진다면 검을 사겠다고 조른 이유가 더 크지 않나? 그런데 그건 홀랑 빼먹고선 이후의 일을 언급한다. 기가 차다 못해 경멸스러울 정도였다. 그래서 마고와 다른 하녀에게 눈짓해 그녀를 억지로라도 끌고 가게 만들었다. 로에나는 몇 분 동안 되도 않는 발악을 하다가 곧 엉엉 울면서 자신의 방으로 끌려갔다. 그녀의 눈은 끝까지 나를 향해 고정되어 있었다.

이 모든 것이 조금 전에 일어난 일이다. 로에나로 인해 진력이 다 빠진 나는 마담 드 라발리에라면 내가 어떤 의도로 행동했는지 정확하게 파악해 줄 거라 기대했다. 그간 보아 왔던 그녀의 성품상 적어도 내 탓은 하지 않으리라 여긴 것이다. 하지만 동생의 부고 소식에 그녀는 평소의 평정심을 잃은 상태였다. 단언하는 내 말에 의구심을 가진 것인지 마담 드 라발리에가 날카로운 음성으로 물었다.

"확인을 했다고? 다른 가능성은 전혀 없는 것이냐?"

나는 대답 대신 침묵했다. 어떻게 말하든 그녀가 이 상황에 대해 인정하지 않으리라는 것을 알고 있어서였다. 그러니 입을 여는 것보다 그녀가 이 일을 조금이라도 받아들일 수 있게 시간을 내어주는 게 바람직했다. 다행히 마담 드 라발리에는 내 침묵을 완벽하게 이해했고, 이를 수용하는 것처럼 기나긴 한숨을 내쉬었다. 다시금 제정신을 차린 것이다.

"하지만 부고 소식을 알리는 게 너무 빨랐어. 누구 생각이더냐? 아니, 분명 너겠지. 이런 미숙한 일을 벌일 수 있는 건 너밖에 없으니 말이다."

마담 드 라발리에는 특유의 우아한 어조로 나무라듯 나를 탓했다. 너무 성급했다는 거다. 하지만 양부의 죽음을 감춘 채 부고 소식을 늦게 알려 줬더라면 그동안 무슨 짓을 하려고 그랬냐는 식의 추궁을 했을 터였다. 그리고 다른 사람들이 손댈 수 없게 은밀하게 가문을 장악하여 제 입맛대로 좌지우지하려고 했겠지. 성은 다르긴 해도 그녀가 가문의 큰 어른임은 부정할 수 없는 사실이니까 말이다. 그러니 모두가 알 수 있도록 터뜨리는 게 최선의 방법이었다.

"슬픔으로 인해 깊게 생각할 여력이 없었습니다."

"그랬겠지. 그러니 더더욱 안타깝다는 것이다."

사교계에서 난다 긴다 하며 다양한 종류의 살쾡이들을 휘어잡았던 여자는 자신의 감정보다 가문의 미래를 생각하는 데 도가 터 있었다. 그래서 핏발 선 눈을 정성 들인 화장으로, 너무 세게 쥐어 피가 줄줄 흐르는 손바닥을 실크 장갑으로 감추었다. 찻잔을 든 그녀의 손목에 한 줄기 피가 주르륵 흘러내리지 않았더라면 눈치채지 못했을 만큼 태연한 신색이었다.

"네가 가문을 돌보고 있다지? 엔, 아니, 로에나는?"

"비탄에 젖어 일어나지 못하고 있습니다."

그녀가 혀를 차며 말을 이어 나갔다. 가다듬어진 목소리는 가끔 들쑥날쑥하며 거칠어진 잇새를 드러내곤 했다. 속이 뒤집힐 것 같음에도 아무렇지 않은 척 행동해야 하니 그럴 수밖에 없었다. 마치 한 편의 우스꽝스러운 연극을 연출하듯 우리는 필사적으로 침착함을 연기하고 있었다.

"백작 부인은?"

"배 속의 아이 때문에 아무것도 못 하고 계세요."

나는 아찔했던 시간을 떠올리며 조용히 대답했다. 다행히 유산은 피했으나 또 다른 부고를 들어야 하나 걱정할 만큼 위험한 시기가 몇 번 있었다. 아이가 무사한 건 오롯이 어머니가 정신력으로 버텨 냈기 때문이다. 그렇기에 이 이상의 충격을 주고 싶진 않았다. 비슈발츠가와 아무런 혈연관계가 없는 우리로선 양부의 피를 이은 태아만이 구원이었다.

"그럼 너밖에 없다는 소리로구나."

마담 드 라발리에는 노골적으로 못마땅하다는 듯 혀를 찼다. 그토록 아끼고 아끼던 가문을 나와 같은 이가 관리하고 있다고 생각하니 속상한 모양이다. 그렇다고 해서 이름 뒤에 붙여진 성이 '라발리에'가 되어 버린 그녀가 노골적으로 비슈발츠가에 손을 댈 순 없는 노릇이었다. 결국 후견인의 역할로서 지시를 해야 할 터인데, 사교계의 여왕이 생각하는 인물은 로에나일 게 분명하기에 지금의 내게 도움이 될 만한 조언을 건넬 리가 만무했다. 그리고 정말로 그녀는 지금 처리하고 있는 몇 가지의 일에 대해 물어봤을 뿐 처리 방법이나 앞으로 어떻게 해야 할지에 대한 말은 일절 하지 않았다. 아직 잔챙이에 불과한 일이니 실패하더라도 크나큰 타격은 없을 거라 여긴 것이다.

"장례 준비에 어려움이 있다면 주저 말고서 연락을 취하거라."

마담 드 라발리에는 오랜 시간을 버티지 못하고 차 한 잔을 다 마시기도 전에 벌떡 자리에서 일어나 로에나에게 가야겠다고 말했다. 그녀를 위로할 겸 후견인에 대해 이야기를 나누기 위해서였다. 속이 뻔히 보이는 행동이었지만, 나는 모르는 척 부드럽게 미소 지으며 감사하다고 말했다. 그리고 응접실 바깥까지 그녀를 배웅했다.

문을 닫고 다시 소파로 돌아온 나는 한쪽으로 고이 접어 놓았던 편지 하나를 다시 펴서 읽어 내려갔다. 라발리에가 오기 한 시간 전, 저택으로 날아온 여러 편지 중에 황태자가 보낸 것도 있었다. 그는 나와 로에나에게 각각의 편지를 보내었는데, 로에나의 것에는 위로를, 나의 것에는 현 상황에 도움이 될 만한 것을 적어 보냈다.

『농부에게 있어 허수아비가 좋은 건 아무런 행동을 하지 않는데도 도움이 된다는 사실이오. 잡새를 쫓는 데 탁월한 능력을 보이지만 정작 농부가 일을 행사하는 데 걸림돌이 되지 않거든. 그래서 농부가 되실 준비는 되었소?』

로에나를 움직여 비슈발츠가를 단속하겠다는 라발리에와는 달리 황태자가 준비한 후견인은 말 그대로 '후견인'이라는 역할에만 충실할 뿐 그 어떤 영향력도 행사하지 않을 것이라는 약속이었다.

그 말을 어찌 믿나. 나는 헛웃음을 지으며 황태자가 보낸 편지를 구겼다. 마담 드 라발리에가 몸을 움직였으니, 이제 친척이라는 게 의심스러울 정도로 왕래가 드물었던 인사들이 제멋대로 저택을 드나들며 로에나의 후견인이 되기 위해 발악할 터였다. 그리고 어머니와 나는 점점 더 고립당하겠지.

나는 자리에서 일어나 서재로 돌아갔다. 책상 서랍을 열어 편지지를 꺼낸 다음 깃펜에 잉크를 듬뿍 묻혔다. 그간의 노력이 빛을 발한 건지 빠르게 써 내려갔음에도 종이 위에 휘갈겨지는 필체는 깔끔하면서도 우아했다. 그 어디에도 급하게 썼다는 흔적이 없었다.

『농사일을 배우는 것에도 벅차 벌써 수확의 계절이 돌아왔음을 눈치채지 못했습니다. 전하께서 일깨워 주지 않으셨다면 계속 몰랐겠지요. 수확한 알곡은 오롯이 농부의 것인가요? 저는 그것이 궁금할 따름이랍니다.』

지금이야 손을 대지 않겠다고 하지만, 내가 비슈발츠가를 장악한 다음에도 자유롭게 놔둘 수 있겠냐는 질문이었다. 이왕 이렇게 된 거, 비슈발츠가가 온전하게 내 손에 쥐어지기를 바랐으니까. 죽 쒀서 개 줄 수는 없는 노릇이지 않나. 이번만큼은 솔직하게 황태자의 속내를 알고 싶기도 하고. 그래서 진실한 마음을 담아 편지를 적어 보냈다. 하지만 황태자의 탄신일이 코앞에 다가올 때까지 나는 아무런 답장을 받지 못했다. 실망스럽게도 황태자는 침묵을 선택했다.

◎

황실은 비슈발츠 백작가에 닥친 불행을 '유감'이라고 말했다. 정말이지 값싼 위로가 아닐 수 없었다. 그들이 양부의 죽음에 대해 애도가 아닌 유감이라는 단어를 사용한 것은 황태자의 생일을 앞두고서 부고를 알려서였다. 축복을 해도 부족할 판에 이런 흉흉한 소식을 전했으니 꽤씸하게 여긴 것이다. 타이밍이 나빠도 너무 나빴다. 양부의 장례와 그의 죽음에 대해 이야기할 시기가 미뤄진 것도 이 때문이었다. 황태자의 생일이 지나가기 전까지 비슈발츠 백작의 죽음은 말 그대로 죽음이 아니게 된 것이다. 그래서 그 누구도 후견인에 대한 말을 감히 꺼내지 못했다.

로에나와 내가 아무 일도 일어나지 않은 양 화려한 드레스를 걸치고서 생일 무도회에 참석한 것도 이 때문이었다. 나야 의도적으로 잿빛에 가까운 드레스 위에 진주만 주렁주렁 달아 최대한 소박해 보이게끔 꾸몄지만, 반쯤 넋을 놓아버린 로에나는 순결한 흰 드레스 차림을 한 채 황궁에 입성했다. 화장으로도 채 가려지지 않는 붉은 눈가는 상대의 시선을 잡아챌 만큼 처연한 아름다움이 있었다. 그래서 많은 사람이 진심으로 로에나를 위로했고, 상대적으로 담담해 보이는 나를 흘깃 쳐다보며 자기들끼리 쑥덕대었다. 저들의 입에서 어떤 말이 나오고 있을지는 쉬이 짐작이 가는 부분이었다. 어쨌든 가문에 닥친 비극만 아니라면 오늘의 무도회를 천천히 즐겼을지도 모를 노릇인지라 로샨 영애는 나와 오랜 시간 함께할 수 없음을 아쉬워했다.

그녀와 어울리기 시작한 이래 처음으로 아이레스 경도 함께하고 있었다. 그는 내가 황태자에게 다가가 선물을 건넨 다음 홀에 되돌아올 때까지 인내심을 가지고 기다려 주었다. 모두의 시선이 쏠린 터라 많은 이야기를 나눌 순 없었지만, 얼음의 기사는 마치 보호하는 것처럼 계속 내 곁에 서 있었다. 자신이 서 있어야 할 곳이 황태자의 뒤임을 잊어버리기라도 한 듯이.

"괜찮으십니까?"

아이레스 경은 시종일관 내 표정을 살피며 안절부절못했다. 황후에게 불려 가 위로를 받는 로에나와 달리 내 주변에는 언제 저택 밖으로 쫓겨날까 싶은 심술궂은 마음에 나를 위아래로 훑어보는 사람들만 가득했기에 그럴 수밖에 없었다. 비슈발츠 백작이 죽었으니 그의 진정한 후계자인 로에나가 대리인의 도움을 받아 가문을 다스리게 될 거라는 게 작금의 여론이었다. 그래선지 대부분의 사람이 내가 다시 평민이 되어 내쫓길 거라고 믿었다. 암만 천사와 같은 마음을 가진 로에나라 할지라도 피 하나 이어지지 않는 사람에게 죽은 백작이 보여 줬던 것과 같은 너그러움을 보일 리가 만무하니까.

개중엔 내가 아이레스 경에게서 떨어지는 날이 머지않았다고 외치며 기뻐하는 사람도 있었다. 혹자는 이만큼 누렸으니 뭘 더 바라는 거냐고, 이제 꿈에서 깰 시간이 아니냐고 가볍게 이죽거리기까지 했다. 그 누구도 귀족의 성을 단 지 이제 겨우 1년하고도 반이 되어 가는 가 없는 소녀에 대해 동정심을 가지지 않았다. 되레 재미있는 가십거리가 생기지 않을까 훔쳐보는 기색이 역력했다. 저열한 성품에 구역질이 나올 것만 같았다.

"괜찮지 않을 게 뭐가 있나요."

나는 감사하다는 듯 가볍게 고개를 숙이며 조용한 목소리로 대답했다. 덤덤한 목소리는 상을 당한 소녀의 것이라고 치기엔 너무나 차분했다. 그렇기에 사람들이 욕하는 것이고, 황태자 또한 신기하다는 듯 쳐다보는 터였다. 로샨 영애조차 너무나 멀쩡한 내 상태에 할 말을 잃어버렸으니 두말해 무엇하랴. 이런 나를 걱정하는 아이레스 경이 특이한 거였다.

"괜찮지 않을 수도 있지요. 악몽은……."

그가 잠시 망설이더니 조심스럽게 말문을 열었다.

"여전히 꾸는 겁니까?"

"아뇨."

나는 짧게 대답했다. 망토 때문이니 어쩌니와 같은 사족을 붙이지 않아도 그라면 알아차릴 수 있을 것 같아서였다.

내 예상대로 아이레스 경은 수줍게 미소를 지으며 기뻐하다 못해 황실 무도회만 아니라면 지금 당장 입고 있는 겉옷을 벗어줄 것처럼 굴었다. 그리고 곧 있으면 다시 저택으로 돌아가야 할 나를 아쉬워했다.

황태자와 시선을 마주한 것은 그즈음이었다. 그는 날카로운 눈빛으로 나를 바라보더니 이내 다른 곳으로 눈을 돌렸다. 자신을 따라 보라는 것처럼 느릿한 움직임이었다.

그래서 그를 따라 고개를 돌렸더니 로에나와 함께 서 있는 류스테윈 할버드가 보였다. 청음의 기사는 로에나와 내가 황궁에 도착했을 때부터 그녀의 곁을 지키고 있었다. 로에나가 그렇게 해달라고 부탁했기 때문이다. 그래서 그녀에게 달라붙는 사람들을 최대한 막아 내며 자연스럽게 화제를 돌리고 있었다.

사람들은 로에나가 무도회에 도착하기 전부터 그녀의 후견인이 누가 될 것인지 궁금해했다. 동시에 로에나의 약혼자 자리를 노리며 군침을 삼켰다. 힘이 없는 가문이라 하지만 명색이 백작가였다. 장남이 아니면 가문을 이어받지 못하는 귀족가의 차남에게 있어 이만큼 좋은 기회가 없었다. 그래서 수많은 남자가 로에나의 주변을 얼쩡거리며 조금이라도 이야기를 나누고자 애를 썼다. 로에나는 그럴 때마다 황후와 이야기를 나누거나 할버드 경의 뒤에 숨는 것으로 상황을 회피했다.

황태자의 시선은 할버드 경에게 딱 달라붙어 있는 로에나와 그녀에게 열심히 말을 건네는 황후에게 가 있었다. 시선이 어찌나 열렬하고 사납던지 일견 자신의 것을 빼앗긴 사람처럼 보이기도 했다. 그렇기에 이러한 의문이 드는 것도 무리는 아니었다. 황태자는 아이레스 경 대신 할버드 경을 원하는 건가, 아니면 둘 다 가지겠다는 걸까, 하고.

"아이레스 경, 무례한 질문이지만 감히 여쭤보지 않을 수 없는 저를 이해해 주세요. 전하와 화해하셨나요?"

"예? 네, 그렇습니다."

아, 그래? 그럼 황태자가 욕심을 부리는 것일지도 모르겠다. 나는 곤란한 일을 드디어 해결하게 되었다는 것처럼 옅은 미소를 지었다.

"다행이에요. 전하께서 이젠 제게 할버드 경을 잘 아느냐와 같은 질문을 던지지 않으시겠군요."

순간 아이레스 경의 몸이 멈칫했다. 이내 자신이 잘못 들은 게 아니냐는 듯 아주 천연덕스럽게 내게 되묻지만, 그의 입술에 걸린 희미한 경련을 감출 수는 없는 법이었다. 나는 아무것도 모르는 것처럼 방금 했던 말을 천천히 다시 말해주었다. 미카엘 아이레스는 내가 말을 마치자마자 가볍게 고개를 끄덕였다. 사내의 얼굴에 떠오른 건 어떠한 감정의 기미가 전혀 없는 무표정이었다.

잠시 후 그가 고개를 숙여 내 손등에 입을 맞췄다. 벌려진 입술을 통해 흘러나오는 건 다짐과 같은 음성이었다.

"네, 다시는 그런 질문을 받을 일은 없으실 겁니다."

그렇게 말하는 그의 눈동자 사이로 날카로운 무언가가 스쳐 지나갔지만, 나는 애써 모르는 척했다. 방금 전의 대화가 어떠한 파문을 일으킬지 쉬이 짐작할 수 없어서였다. 그저 잠자코 지켜보는 수밖에.

어느덧 헤어질 시간이 다가왔다. 상황이 상황인지라 무도회에 오랫동안 있지 못하는 나로선 40분이 한계였다. 그래서 어쩔 수 없다는 것처럼 아이레스 경에게 인사하고, 황태자에게도 천천히 예를 올렸다.

"내일 뵙겠습니다, 영애."

미카엘 아이레스가 나를 저택에까지 데려다주겠다고 말했지만 한사코 거부했다. 마차 앞까지 함께 와 놓고서 성에 안 찬다는 듯 퍽 아쉬워한 것도 그 때문이었다.

나는 미적대는 아이레스 경을 조용히 달래어 홀로 다시 들여보냈다. 그리고 마차 안에 앉아 로에나를 기다렸다. 마차에 오른 지 채 10분도 되지 않아 그녀가 류스테윈 할버드와 함께 돌아왔다. 나는 열려진 창문으로 그녀와 그를 바라보며 침묵했다. 모두 정신적인 피곤함에 지쳐 있었다.

황태자의 생일을 기념하는 무도회는 사흘간 열린다. 본래라면 모든 무도회에 참석했겠지만, 나는 양부의 부고를 핑계 대고서 첫날에만 입궁했다. 황태자에게 생일 선물을 주기 위해서였다.

부고가 닥친 불길한 집안이라 선물을 드릴 때만 하더라도 먼저 신관의 입회하에 신전의 성수를 거의 들이붓다시피 했다. 신의 기운으로 비슈발츠가에 들이닥친 불행과 불운을 제거했다는 의미였다.

황태자는 내가 준 선물이 마음에 들지 않는지 미묘한 표정을 지으며 입술을 꾹 다물었다. 그래선지 다른 이에게는 건네었던 사례의 말 같은 것도 없었다. 그는 그간 함께 어울려 다녔던 시간이 무색할 정도로 내게 거리감이 있는 모습을 보였다. 자신이 원했던 것을 주지 못했기에 보이는 행동일까. 내가 아는 그답지 않았다. 사람들이 이런 우리를 바라보며 쑥덕거려도 전혀 개의치 않은 모습이었다.

이런 나와 달리 로에나는 그다음 날에도 황후의 부름을 받아 무도회에 갔다. 남을 탓하며 증오를 불태우는 게 나에게만 한정된 것인지 그녀는 다른 이와는 제법 잘 어울리고 있었다. 들리는 말에 의하면 이런저런 사람에게 자신의 상처를 드러내며 위로받고 있다 하였다. 특히 젊은 청년들과 노부인들이 그녀를 싸고도는 모양이었다. 부친을 잃은 미모의 소녀만큼 동정을 이끌어 낼 만한 존재는 없으니까.

그 덕분인지 로에나는 점차 안정을 되찾고 있었다. 밤새 울음을 터뜨리며 잠을 못 이루는 건 여전하지만 처음에 보였던 독기가 점점 빠지면서 곧 예전의 온순함을 되찾았다. 그 변화에 김이 팍 샐 정도였다.

마고는 로에나의 불안정한 모습을 놓치지 않고서 기회로 삼았다. 이 교활한 늙은이는 자신의 아가씨를 부추겨 무도회에 더 오래 머무르라고 말했다. 황후에게 가서 자신의 후견인으로 마담 드 라발리에가 되었으면 좋겠다는 소리를 넌지시 건네라고 말이다. 그녀는 하루라도 빨리 후견인을 정하는 게 비슈발츠가에 닥친 혼란을 잠재울 수 있다고 생각하는 것 같았다. 뚱뚱한 돼지, 질긴 거죽만 남은 뼈다귀, 징그러운 웃음을 보이는 술주정뱅이 등 비슈발츠가의 후견인 자리를 노리는 대부분의 사람이 죄다 형편없는 쓰레기였으니까.

어느 날 갑자기 상경한 친척은 저택의 화려한 외관과 배는 불렀지만 여전히 미모가 뛰어난 미망인, 그리고 아직 사교계에 데뷔하지 않은 두 소녀의 모습에 입을 크게 벌리며 즐거워했다. 로에나를 잘 구슬리기만 한다면 이 모든 것이 자신의 손에 들어올 것이라 착각했기에 지을 수 있는 미소였다. 그래서 허락받지도 않았는데 짐부터 싸 들고 와 손님방을 하나씩 차지했다. 외로운 로에나에게 힘이 되어주겠다는 개소리를 지껄이면서 말이다.

그에게 딸려 온 가족 역시 예의라곤 눈곱만치도 찾아볼 수 없는 망종들이었다. 낯이 두꺼운 것인지 하녀의 시중이 마음에 들지 않는다고 패악을 부리는 건 물론이요, 낯 뜨거운 희롱을 일삼기도 했다. 엉덩이를 살랑살랑 흔들어 대며 탐욕스러운 눈길로 진열된 그림이나 조각상을 만지는 꼴이 천박하기 그지없었다.

끼니때마다 고급술을 요구하는 건 둘째 치고 어머니가 입고 있는 드레스에 욕심을 부리며 대놓고 주인 행세를 하는 이도 있었다. 벌써부터 이러는데 후견인으로 내정되면 얼마나 더 흉한 꼴을 보일까 감히 상상조차 하기 어려울 정도였다. 로에나가 아무런 거부의 말을 내비치지 못하고 그저 와 줘서 고맙다는 말을 하니 이제 다 되었다 싶은 모양이다. 멍청하게도.

그들의 행태는 나날이 심각해져만 갔다. 얌전한 믈랑조차도 내게 힘들다고 불평을 토했을 정도였다. 그래서 나는 친척들의 행동반경을 제한하며 경고의 말을 내뱉었다. 더 이상 좌시하지 않겠다고 말이다. 처음엔 내 말을 무시하며 코웃음 치던 그들이었다. 제깟 것이 나서서 무얼 하겠냐는 눈초리가 팽배했다. 중요한 건 로에나지 내가 아니었으니까.

그러나 곧 내가 내뱉은 말이 가볍게 넘길 사항 아니라는 걸 알게 되자 더 발광하며 추태를 부리기 시작했다. 어찌나 더럽게 굴던지 집사조차 혀를 내두를 정도였다. 더는 보일 바닥이 없을 거라 생각했는데, 놀랍게도 아직 끝이 남아 있던 것이다. 고래고래 소리를 지르며 발을 쿵쿵 굴리다가 히스테릭한 비명을 지르는 건 예사였다. 살집이 두둑하게 차오른 주먹을 쥐며 협박의 말을 내뱉기도 했다. 네가 뭔데 감히 이러한 행동을 하냐는 것이었다. 매질하여 쫓아내기 전에 설설 기라는 소리가 그들의 입에서 술술 흘러나왔다. 이년 저년 소리가 아무렇지 않게 튀어나와 모두 기함했다. 오죽했으면 마고조차 혀를 내두르며 고개를 설레설레 내저었을까. 내 욕이라면 반색하여 좋아했을 그녀가 말이다.

뭐, 처음에 비해 음식의 질이 떨어지고 하녀들의 시중이 노골적으로 건성이 되었으니 부아가 치밀어 오를 만도 하다. '천한 것이 감히'라는 생각에 잠도 못 이뤘겠지. 그러니 바로 로에나에게 달려가 울며불며 매달렸던 거였다.

그들이 내뱉은 개소리는 예상이 가능한 범주에서 벗어나지 않았다. 내가 비슈발츠가를 먹으려고 하니 하루빨리 쫓아내라는 소리였다. 어머니야 양부의 핏줄을 배고 있으므로 백작 부인의 직위에 어울린다지만, 피 하나 섞이지 않은 나는 감히 이 가문의 성을 쓸 자격이 없다는 것이다. 그래서 작은 저택 하나 사서 내보내는 게 낫다고, 그래야 비슈발츠가의 품격에 어울리는 완벽한 가족이 탄생하는 거라고 속살거렸다. 나를 어떻게 할 수 있었던 유일한 사람이 죽은 양부였음을 모르고서.

황궁에서 서신이 온 건 그즈음이었다. 황태자의 생일 무도회가 지나고 나서야 겨우 이런저런 위로의 말을 덧붙이게 된 황실의 편지는 당연한 소리를 따분할 정도로 길게 늘여 놓았다. 비슈발츠가에 그럴듯한 어른이 없어 장례를 치르는 데 어려움이 있으니 하루빨리 후견인을 정하라는 거였다. 두 영애의 나이가 어리니 약혼으로 인한 후견인 선정은 어려울 것 같다면서 말이다.

황실에서 후견인에 대한 긍정적인 모습을 보이자 여러 사람이 로에나의 힘이 되어주고 싶다고 떠들어 댔다. 마담 드 라발리에는 관심이 없다는 것처럼 뒤로 한 발자국 물러나 있었지만, 로에나와 가장 많이 접촉을 하는 건 그녀라는 건 모르는 이가 없었다. 그렇기에 대부분의 사람이 라발리에가 후견인이 될 거라고 예상했다.

우습게도 비슈발츠가에 모인 수많은 친척 중 나를 도와주겠다는 나서는 사람은 없었다. 그들은 나를 노골적으로 외면하고 무시했다. 곧 떠날 사람과 이야기해서 무얼 하겠냐는 움직임이었다. 그 누구도 아직 이 가문의 장녀는 나라는 걸 인식하지 못하고 있었다. 그래서 나와 이야기를 나누고 싶다며 찾아온 낯선 사내가 어색하게만 느껴졌다. 콧수염을 멋들어지게 기른 중년의 남자는 나를 보자마자 솔직하게 이야기했다. 황태자가 말한 허수아비가 자신이라고 말이다.

"빠른 시일 내에 제가 이 저택의 후견인이 되었다는 승인이 내려올 것입니다."

그는 이미 정해진 사항을 이야기하는 것처럼 태연하게 말을 내뱉었다. 후견인의 이름만 달 뿐 아무것도 하지 않으니 걱정하지 말라는 소리가 현실성이 없는데도 불구하고. 하지만 사내는 그럴 수밖에 없다고 거듭 강조했다. 황태자가 원하기 때문이었다.

"고모님은요?"

"라발리에 가문이 비슈발츠가를 좌지우지하는 건 남들 보기에 좋은 모습이 아니지요."

단언하듯 말하는 그의 목소리에는 묘하게 힘이 들어가 있었다. 사내는 다시금 '걱정하지 마십시오'라는 말로 나를 안심시키려고 했다. 그런데 그런 그의 행동이 마치 어린아이를 달래는 꼴이라 우습지도 않았다. 황태자는 이상한 사람을 골라 놓고선 뭐든 다 잘될 거라는 식으로 행동하고 있었다.

며칠 후 비슈발츠가의 후견인이 정해졌다. 그는 양부가 상행을 나갈 때마다 들렀던 도시에 살고 있던 먼 친척으로 이렇다 할 결격 사유가 없는 평범한 이였다. 표면상으로 그는 내가 후견인 요청을 한 것으로 알려졌고, 황실은 장녀인 나의 위치를 고려하여 사내를 후견인으로 선정했노라고 발표했다.

황실이 인정한 비슈발츠가의 장녀, 시스에 드 비슈발츠. 사람들의 입이 쑥 들어가는 건 한순간이었다. 그래서 마담 드 라발리에조차도 내가 언제 그 친척과 접촉하여 일을 벌였는지 따지지 못했다. 대신 마담은 울먹이는 로에나를 다독이며 나를 바라보았다. 저택에 머무르며 이런저런 추태를 보인 친척들을 쫓아낸 지 한 시간도 채 되지 않은 시점이었다. 그녀는 나보고 영악하다고 했다. 그리고 되지도 않는 욕심을 부리지 말고서 가문이나 잘 건사하라는 소리를 돌려 말했다. 나는 물론이고 어머니의 배 속에 있는 아기도 비슈발츠가의 후계자가 될 수 없다는 뜻이었다.

"명심하겠습니다."

나는 날카롭게 갈려 있는 손톱을 가까스로 감춘 채 온순한 웃음을 지었다. 후견인이 정해진 지금 마담 드 라발리에는 더 이상 고모와 조카의 관계라는 핑계 외에 이곳을 드나들 명분을 가지지 못하게 되었다. 즉, 황실에서 정한 후견인 기간-로에나가 사교계에 데뷔할 때까지로 기한을 두었다-이 지날 때까지 비슈발츠가는 오롯이 내 소관에 달려 있게 된 셈이다.

임시적이긴 하지만. 그러니 웃지 않을 수 없었다.

그날 밤, 이전에 왔었던 이상한 쪽지가 다시 내 침실에 배달되었다. 적혀 있는 소리는 동일했으나, 느낌이 참 남달랐다.

『비슈발츠가의 검이 모시는 진정한 주인은 누구인가.』

예전에는 의문이었다면 지금은 마치 그를 손에 넣으라는 강요처럼 보였다. 가문을 손아귀에 넣었으니 그 또한 얻어야 한다고 속삭이는 것 같았다. 그래서 어려웠다. 표면적인 관계에 의한 '주인'은 될 수 있겠지만, 앞에 '진정한'이 붙는 건 힘들 것 같다는 생각이 들어서였다. 미카엘 아이레스에 이어 류스테윈 할버드까지. 두 명의 기사가 대체 뭐라고 주변에서 야단들인지 알 수 없는 일이었다.

나는 마른세수를 하며 쪽지를 불태웠다. 가문이 내 것이 되었다는 생각에 하루 종일 들떴던 기분이 순식간에 축 가라앉고 있었다. 벌려진 입술 사이로 한숨이 흘러나왔다.

"쪽지를 보낸 사람을 찾아야겠어."

그렇지 않으면 언제까지라도 이런 찜찜한 기분에 시달려 잠을 못 이루게 될지 모른다. 해야 할 일이 늘어나고 있었다.

※

양부의 장례는 검소하게 치러졌다. 시체가 바다에 가라앉아 찾을 수 없으니 수의를 짓는 것이나 몰약으로 세척하는 일 따위는 생략되었다. 좋은 나무를 사용하여 제작된 관 안에는 양부가 평소 사용하던 물건들과 유일한 생존자가 가져온 유품 일체가 들어갔다. 비슈발츠가를 상징하는 반지는 내 손에 끼어 있었다.

사람들은 관에 꽃을 던지며 틀에 박힌 위로의 말을 건넸다. 부고를 알린 지 삼 주 만에 가까스로 치르게 된 장례라 슬픔이 희석되기에 충분한 시간이었다.

하지만 로에나는 숨을 쉬는 게 신기할 정도로 쉬지 않고 울어 댔다. 귀족 영애다 보니 소리 내어 울지는 못했지만 비 내리는 것처럼 주르륵 흘러내리는 눈물이 뺨과 턱을 흥건하게 적셔 손수건이 부족할 지경이었다. 마담 드 라발리에는 그런 로에나 곁에 서서 다정한 위로의 말을 건네었다. 그런 그녀의 눈도 벌겋게 부어 화장으로 채 감추기 어려울 정도였다.

백작이라 하지만 사교계에 영향력이 있는 것도 아니고, 그렇다고 해서 제국 제일의 상가도 아니라서 장례식에 찾아오는 사람들이 극히 적었다. 그나마 로샨 영애와 디뷘젤 공녀가 찾아와서 체면치레했다 뿐이지 귀족다운 귀족들은 거의 드물었다. 양부는 귀족치곤 순한 사람이었지만 인간관계가 그리 넓은 편은 아니었다.

신관의 기도와 함께 관이 비슈발츠가의 묘지 한구석에 마련된 자리로 내려졌다. 사람들이 돌아가며 관 위로 흙을 뿌렸다. 어머니는 크게 부풀어 오른 배를 매만지며 연신 훌쩍이다가 극심한 스트레스를 이기지 못하고 혼절했다. 배 속의 아기가 잘못될까 봐 안절부절못했던 하녀들은 그런 그녀를 안아 들고서 주치의를 부르네 어쩌네 소란스럽게 굴었다. 로에나 역시 곧 기절할 것처럼 새하얗게 질린 얼굴을 하며 바들바들 떨고 있었다. 장례를 주도해야 할 두 사람이 모두 제정신이 아니었다.

그간 장례 준비하랴 후견인에 대한 헛소문을 잠재우랴 며칠 밤을 꼬박 새우다시피 한 나는 피곤함이 절절 흘러내리는 얼굴로 양부의 관이 완벽하게 사라지는 꼴을 천천히 지켜보았다. 눈물 한 방울 흘리지 않는 내 모습에 여러 사람이 혀를 내두르며 수군거렸지만, 이전과 달리 눈치를 보고 있다는 점에서 달랐다.

로에나가 사교계에 데뷔하기까지 비슈발츠가의 얼굴로서 활동하는 건 바로 나였다.

미카엘 아이레스는 잠시 머뭇거리더니 위로하는 것처럼 내 어깨를 자신에게로 끌어당긴 채 '괜찮으십니까?'라는 말을 또다시 물어보았다. 나는 조용히 고개를 끄덕이며 마지막 한 줌의 흙이 무덤 위로 뿌려지는 것을 지켜봤다.

시간이 많이 흘렀기에 그다지 슬프진 않았지만 이런 식으로 이별을 하게 되니 기분이 묘한 건 사실이었다. 그래서 미카엘 아이레스의 품 안에서 그가 건네는 다정한 위로를 조용히 받아들였다. 한구석에 시립해 있는 기사단 사이로 할버드 경의 시선이 느껴졌지만 애써 모르는 척했다. 지금은 그런 것에 신경 쓸 때가 아니니까.

그렇게 양부는, 비슈발츠가의 백작은 어머니와 나의 삶에서 떠나갔다. 어머니와 재혼을 한 지 일 년 반 만에 일어난 일이었다.

◎

며칠 만에 나의 새로운 후견인은 공공의 적이 되었다. 황제의 명이라 백작가의 후견인 자리를 내어주긴 했지만, 도무지 인정할 수 없다는 분위기가 팽배했다. 대부분의 여론이 이를 드러낸 사냥개처럼 사납게 굴며 그를 물어뜯고 있었다. 특히 친척들의 불만이 거셌다. 듣지도 못한 자가 갑자기 나타나 비슈발츠가를 집어삼키게 되었으니 화가 나지 않을 수 없었던 거다.

그들끼리는 이미 한 사람이 후견인이 되었을 때를 대비하여 비슈발츠가의 재산을 공평하게 나눠 먹기 위한 연대가 이뤄져 있었다. 그렇기에 내 후견인과 같은 이가 갑자기 툭 튀어나와 비슈발츠가를 독식하는 것을 용납할 수 없었던 것이다.

그래서 그들은 후견인, '셀던 비슈발츠'의 뒤를 캐기 위해 사람을 고용했다. 우습게도 그들이 접근한 곳은 잭이 일하고 있는 정보상이었다. 잭은 의뢰가 들어오자마자 은밀하게 그것을 알렸다. 손님의 정보를 함부로 매출하면 안 되지만 아이는 아무렇지 않게 그러한 행동을 했다. 모두 나를 위해서였다.

그때 나는 이미 잭을 통해서 셀던 비슈발츠에 대해 알아보던 참이었다. 황태자가 어떤 사람을 보낸 건지 궁금해서였다.

잭이 보내온 자료 속의 그는 기이하리만치 깨끗했다. 부친이 남겨 준 재산으로 하루하루를 먹고 살았다는 이 남자는 평범하고 평탄한 삶을 살던 자였다. 하긴, 생김새부터가 길거리에서 흔히 볼 만한 얼굴이라 자세히 뜯어보지 않는다면 쉽게 기억하지 못할 상이다. 그의 주변에 사는 이웃조차 '그런 사람이 있었긴 한데, 맞나?' 하고 말끝을 흐릴 정도니 더 말해 무엇하랴.

그런데 가문의 피를 이었다는 사실만은 놀랍도록 선명했다. 가계도를 쭈욱 내려가야 겨우 이름 한 자가 적혀 있는 걸 발견할 수 있을 만큼 아주 먼 친척이었지만, 그의 아버지의 이름 뒤에 '비슈발츠'가 적혀 있는 건 부인할 수 없는 사실이었다.

셀던의 이름을 본 집사는 '이런 사람이 있었나?' 하고 어리둥절했다. 기억이 나지 않는다는 의미였다. 그러나 그는 저택을 방문한 셀던의 얼굴을 보았을 때 그제야 납득을 한다는 듯 고개를 끄덕였다. 남자에게서 그의 부친의 얼굴이 희미하게 남아 있다는 것이다.

그럼에도 집사는 셀던에 대한 찝찝한 마음을 감추지 못했다. 가문에 대한 충성심으로 가득 찬 이 늙은 남자는 셀던이 나로 인해 저택에 들어왔다는 사실을 퍽 못마땅하게 여기고 있었다. 셀던을 비슈발츠가의 후견인이 되기 위해 나에게 먼저 연락을 취한 야심가라 생각했기 때문이다. 그래서 집사는 내게 걱정스러운 어조로 말했다.

"후견인을 너무 믿지 마십시오."

난봉꾼에게 넘어간 딸을 보는 듯한 얼굴을 하면서.

어리석은 친척들 역시 내가 받은 정보를 고스란히 알게 되었을 것이다. 그리고 셀던이 털어도 먼지 하나 나오지 않는 사람이라는 점에 실망했을 테다. 무언가 하자가 있어야만 후견인을 다시 뽑자고 졸라 댈 수 있을 테니 말이다. 그래서 그들은 엄청난 스캔들을 조작하여 흘리기 시작했고, 이를 통해 셀던뿐만 아니라 어머니와 나까지 한꺼번에 해치우고자 했다. 저들이 만든 건 기막힐 정도로 추잡한 가십이었다.

 수도를 떠도는 은밀한 소문을 가져온 건 마리였다. 그녀는 요즘 바깥에서 이러한 말이 나돌아 다닌다고 내게 입을 열었다.

 나는 인상을 찌푸리며 마리가 내뱉은 말을 따라 했다.

 "어머니와 내 후견인이 통정하는 사이라고? 그래서 내가 후견인으로 그를 내세운 거라고?"

 마리는 인상을 안절부절못하며 힘겹게 말을 덧붙였다.

 "배 속에 계시는 아기님도 셀던 님의 아이일 것이라고……."

 하, 이런 식으로 나온다는 거지?

 나는 손을 들어 마른세수를 했다. 그리고 이 소문이 어머니의 귀에 들어가지 않도록 하녀들의 입을 단단히 단속할 것을 명령했다.

 셀던이 후견인이 된 이후로부터 나는 좀 더 자유롭게 비슈발츠가의 서류에 손을 댈 수 있었다. 그것은 양부의 비밀 금고라 할지라도 예외는 아니었다. 암만 사람들이 우려를 표하며 안 된다 해도 그가 내 등 뒤에 떡 하니 버티고 서서 '내가 허락했는데?'라는 말을 하면 마법처럼 모든 것이 다 해결되었다. 집사조차 나를 막을 순 없었다.

 비슈발츠가의 모든 것이 내 손바닥 위에서 놀아났다. 로에나가 입고 먹고 마시는 것도 다 내 소관 안에 있었다. 이제는 내가 아무런 명분 없이 마고를 쫓아내도 뭐라 할 사람이 없을 정도였다.

 하지만 내가 비슈발츠가를 주무르고 있다는 사실을 아는 이는 극히 드물었다. 셀던에게 모든 시선이 쏠리게끔 그를 전면으로 내세우고 있었기 때문이다. 처음에 내가 비슈발츠가를 삼킬 거라 걱정했던 사람들도 이제는 허수아비를 앞세운 셀던 비슈발츠 백작의 흉내를 낸다고 훙을 볼 정도였다. 정작 그는 내 말마따나 여기저기에 참석하여 얼굴을 들이 내밀고 있었을 뿐인데.

셀던 비슈발츠는 후견인이라는 이름으로 나를 데리고서 사교계의 여기저기를 돌아다녔다. 그러잖아도 이미 로샨을 따라 거짓 사교 활동을 하고 있던 나라서 이제는 사교계 데뷔를 하지 않았다는 말이 무색할 정도였다.

사람들은 내가 그를 통하여 대외적인 활동을 하는 것에 대해 불평하지 못했다. 시스에 비슈발츠가 비슈발츠가를 대표하는 얼굴인 건 틀림없는 사실이기 때문이다. 결재 서류에 도장을 찍는 건 셀던 비슈발츠지만, 그를 그러한 자리에 있게 만든 건 나이기에 귀족 사내들의 이야기 자리에 끼어들어 정보를 주워듣는 것까지는 허용되었다.

물론 자리를 빛내 주는 장식물처럼 한구석을 차지하고 앉아 잠자코 귀만 쫑긋거리는 건 무척 치욕스러운 일이었다. 손만 가져다 대지 않았다 뿐이지 마치 고급 창녀를 대하듯 내 몸을 훑아 내려가는 시선 또한 역겹기 그지없었다. 그럼에도 불구하고 참을 수밖에 없는 건 미처 알지 못한 고급 정보들이 날것 그대로 쏟아졌기 때문이다.

귀족 사내의 대부분이 나를 무척 탐냈다. 별 볼 일 없는 자식을 가진 아비일수록 더욱 그러했다. 그들은 셀던이 후견인 자리에 있을 수 있는 시기가 고작 일 년 반에 불과하다는 사실을 알고 있었다. 그래서 로에나가 사교계에 데뷔하기 전에 나를 가진다면 비슈발츠가를 쉽게 차지할 수 있으리라 여겼다. 이러니저러니 해도 지금의 나는 황실이 인정한 비슈발츠가의 장녀이기 때문이다. 그렇기에 나를 향해 자신의 가문과 결합한다면 이보다 더 자유로워질 수 있을 거라고 달콤한 목소리로 속삭였다.

셀던이 나를 취하여 백작의 자리에 오르지 않을까 경계하는 이도 있었다. 정통성을 보존하기 위해 사촌끼리 결혼하는 건 구설거리조차 되지 않아서였다. 셀던 비슈발츠의 나이-사십 대 중반이다-쯤은 그들의 세계에선 아무것도 아니었다.

나는 그럴 때마다 아이레스 경의 이름을 팔아 가며 정중하게 거절했다. 셀던이 진심으로 우리, 즉, 로에나와 나를 위해 준다며 그의 진정성을 의심하고 싶지 않다고 말이다. 그리고 나직한 목소리로 셀던을 소개해 준 사람이 황태자라고 말했다.

"세상에, 전하께서 말이오?"

"네, 황송하게도 제 어려움을 들으시고 직접 나서신 모양이에요."

그가 소개해 준 사람이 맞으니 거짓은 아니지 않은가. 그저 나를 가엾게 여겨 손수 친척을 알아봐 준 미담으로 변질하였을 뿐이다. 게다가 이 대화에 있어 중요한 건 차기 황제가 될 사람 데리고 온 사람을 지저분한 구설로 더럽히고 있다는 점이었다.

"그런데 누가 황태자 전하의 호의를 감히 곡해하고 있는지 모를 노릇이에요. 전하께서 무척 속상해하시겠어요."

어머니의 부정에 대해 신나게 입방아를 찧어 대던 사람들은 금세 입을 다물고선 내 눈치를 살폈다. 마음 같아선 더 떠들어 대고 싶지만 황태자의 이름이 걸린 이상 쉬이 혀를 놀릴 순 없는 노릇이었다.

"하, 하하하. 누가 그런 망언을 퍼뜨린 건지 모르겠지만 정말 몹쓸 사람이로군. 커 흠."

"그, 그러게 말입니다. 험험. 세상천지 누가 백작 부인의 진정을 의심한단 말입니까? 나 원, 돌 소문이 따로 있지 어찌 이런 일이……."

나는 촉촉하게 젖은 눈으로 그들을 바라보며 나직한 목소리로 입을 열었다. 처연함이 담뿍 담긴 음성은 로에나가 익히 써먹는 방법으로 내가 일찍이 습득한 재주 중 하나였다.

"여기 계신 분이라도 진실을 알아주시니 다행일 따름이에요. 하지만 다른 사람도 그렇게 생각할지……."

"어험. 원래 거짓은 진실을 이기지 못한다 하지 않소? 그러니 영애께선 걱정하지 않으셔도 될 것 같소만……."
"근거도 없는 소문은 금세 사그라지게 마련이오. 그나저나 후견인과 황태자 전하와 잘 아는 사이인 줄 몰랐군. 험험. 잠시 그와 이야기 좀 나누어 봐야겠소."
"오, 저도 마침 할 이야기가 있었는데 말입니다. 같이 가십시다."
헛기침을 흘리며 식은땀을 뻘뻘 흘리는 귀족 사내들의 모습이 어찌나 우스운지 모르겠다. 황태자가 추천해 준 사람이라는 걸 알기가 무섭게 그에게 달려들어 아부하는 태도 또한 가관이었다. 그대로 소리 내어 웃지 않은 게 아쉬울 정도였다.
어쨌든 덕분에 쓸데없는 소문을 잠재울 수 있게 되었으니 다행이라 해야 하나. 셀던 비슈발츠에 대한 사람들의 시선이 호의에 가깝게 변질되었으니 그와 나에 대한 구설 또한 없어질 테니까.
며칠 후 마리는 새로운 소문을 가지고서 내게 달려왔다. 셀던 비슈발츠의 훌륭한 인품에 관한 소문으로 어느새 나는 그의 보호 아래 양부를 잃은 슬픔을 의연하게 버티고 있는 가녀린 아가씨가 된 상태였다. 나를 위해 후견인을 추천해 준 황태자는 모두에게 칭송을 받고 있다고 했다. 셀던과 어머니를 싸잡아서 이야기했던 추잡한 소문은 언제 퍼졌냐는 듯 사라지고 없었다.
마리는 과장된 동작으로 가슴을 쓸어내리며 다행이라 말했다. 그녀의 이야기에 따르면 만나는 사람마다 헛소문에 시달려 괴로워했을 나를 안쓰러워한다는 거였다.
"그런데 그런 소문이 또 돌면 어떡하죠? 이번엔 부인께서 알지 못하셨다 하지만 혹 나중에 아시기라도 어쩌나요?"
나는 마리의 불안에 빙그레 미소 지으며 천연덕스러운 어조로 대답했다.

"그럴 일은 없을 거야."

아무렴 그렇고말고. 그걸 위해 황태자를 끌고 넘어진 게 아닌가. 미치지 않은 이상 그가 직접 추천한 사람에 대해 왈가왈부할 리가 없었다. 황태자의 안목에 대해 이견을 제시할 수 있는 사람은 이 제국에 있어 단둘뿐이다.

황제 혹은 황후.

물론 황제야 셀던을 후견인으로 인정한다는 서류에 직인을 찍어줬으니 두말하지는 않겠지만, 로에나와 자주 만나고 있는 황후라면 충분히 다른 의견을 제시할 수 있었다. 그녀가 직접 나선다면 제아무리 황태자라 할지라도 눈치를 아니 볼 수 없을 테니 말이다.

실제로 황태자는 나를 불러 자신의 이름을 팔아먹은 것에 대해 가벼운 추궁을 하며 낮게 혀를 찼다. 내가 벌인 대담하기 그지없는 행동에 어떻게 대응해야 할지 모르겠다는 뜻이었다. 그러나 그렇게 말하는 황태자의 표정은 그의 생일 파티 때 보였던 것보다 훨씬 더 상냥하고 부드러웠다. 내가 벌인 일이 썩 마음에 드는 건 아니지만 그렇게 나쁘지도 않다는 것처럼. 그래서 나는 태연한 표정으로 아무렇지 않다는 듯 대꾸했다.

"이를 대비하여 마담 드 샤토루의 접근을 풀어주신 게 아닌가요?"

"그건 또 무슨 말인지 이야기해 주셨으면 하오만?"

다 알면서 모르는 척하기는. 속으론 아무렇지도 않으면서 겉으로만 짐짓 미간을 찌푸리며 곤란해하는 꼴이 왜 이렇게 얄미운 건지 모르겠다. 그래서 나 역시 대놓고 이야기하지 않았다.

"제 말의 뜻은 전하께 누가 되지 않는 행동을 하겠다는 것입니다."

"……그대는 나와 모후의 사이가 소원(疏遠)해지기를 바라는 거로군."

"설마요. 제가 어찌 그런 일을 바라겠습니까? 오해십니다."

황태자가 침묵했다. 그는 탁자 위를 손가락으로 톡톡 리듬을 타듯 가볍게 두들기며 생각에 잠겼다.
 그렇게 수 분의 시간이 흘렀을까. 그가 입을 열어 내게 말했다.
 "오해라니 내 할 말이 없소만, 그대가 현명하게 처신해 주기를 바라겠소."
 "이를 말씀이십니까. 전하께서 바라지 않는 일은 감히 생각조차 하지 않을 것입니다."
 나는 빙그레 웃으며 황태자의 말을 받았다. 동시에 생각하는 것이 마담 드 샤토루에 관한 일이었다. 세간에 이르기를 베갯머리송사만큼 강력한 것이 없다 하는데, 총애하는 창녀의 속살거림이 얼마만큼의 위력을 발휘할지 내심 궁금해진 것이다. 황태자가 묵인한 지금처럼 황제의 요망한 후궁의 혓바닥을 잘 이용할 만한 적기가 없기도 하고. 하늘 높은 줄 모르고서 마구 날뛰고 있는 그녀라면 제대로 된 결과를 내보이지 않을까?
 나는 자리에서 일어나 황태자에게 인사를 올렸다. 로샨 영애를 대동하지 않고서 만나는 게 벌써 두 번째라 좀 더 조심해야 할 필요성이 있었다. 황태자 역시 할 말이 다 끝났는지 고개를 끄덕이며 작별 인사를 받아들였다.
 그렇게 조용한 걸음으로 문 앞에 바짝 다가섰을 때였다. 갑자기 내 등 뒤로 그의 말이 차갑게 날아와 꽂혔다.
 "작년 건국제 때 만나 보았던 마녀를 기억하오? 다시 함께 그 노파를 만나러 갔으면 하오만?"
 순간 걸음이 멈춰졌다. 떠보는 것일까, 아니면 모르는 것일까? 나는 목소리를 침착하게 가다듬은 뒤 무덤덤하게 대답하려고 노력했다.
 "들리는 바로는."
 그리 길지 않은 문장인데도 왜 이렇게 말하는 게 힘든 건지 모르겠다.

"자살했다고 하더군요."

뒤통수가 따갑다 못해 얼얼해졌다. 바로 대꾸하지 않는 황태자의 침묵에 몸이 잔뜩 긴장하고 있었다.

잠시 후 그가 한숨처럼 한마디의 말을 내뱉었다.

"그것참 아쉬운 노릇이군. 알겠소. 그만 물러나시오."

나는 뒤돌아봄이 없이 바로 그의 방을 빠져나갔다. 문이 닫히고 나서야 겨우 막힌 숨통이 트이는 것 같았다. 반사적으로 손을 들어 이마를 만졌다. 흥건하게 맺힌 땀이 물처럼 주르륵 흘러내렸다. 그저 한마디의 말을 들은 것뿐이지만 마치 짐승에게 노려지는 사냥감이 된 듯한 기분이 들었다. 분위기로서 상대방을 압박할 수 있는 존재. 그게 바로 제국의 황태자였다.

내가 황태자를 만나고 온 다음 날 황후가 움직였다. 그녀는 로에나를 앞세워 비슈발츠가의 정통성을 운운했다. 죽은 백작이 나를 장녀로 맞이하긴 하였지만 비슈발츠의 진짜 피를 이은 건 로에나이므로 그녀에게도 후원자를 맞이할 자격이 있다는 거다.

그녀의 후원자로 거론된 사람은 우리를 찾아왔던 쓰레기 같은 친척 중 하나였다.

황후의 발언은 사교계의 여러 인사에게 큰 공감을 얻었다. 비록 내세워진 이가 무척 보잘것없긴 하지만, 셀던보다 가문의 피가 더 진하게 흐르고 있다는 점에서 높은 점수를 받고 있었다.

그래서 우리는 지켜보는 수밖에 없었다. 그 멍청한 돼지가 두툼하게 부풀어 오른 배를 앞세우며 셀던보다 더 나은 모습을 보여 줄 수 있다고 단언하는 것을 말이다. 그가 껄껄껄 웃을 때마다 세 겹으로 나누어진 턱살이 파들파들 떨렸다. 구역질이 치밀어 오를 정도로 역겨운 장면이었다.

어리석은 로에나는 황후의 앞에 내세워져서 어색하게 웃었다. 애처롭게 휘어 올라간 입꼬리는 지금 이 상황이 그녀에게 있어 달갑지 않다는 걸 보여 주었다.

하지만 황후가 로에나의 귓가에 무어라 속삭이고 그녀가 아름다운 눈을 돌려 황태자를 바라보았을 때, 바들바들 떨리기만 했던 입술이 기적처럼 부드럽게 풀어졌다. 황후는 로에나의 연심을 이용하여 그녀를 무작정 휘두르고 있었다.

"나는 비슈발츠기의 새로운 후견인이 지금 아주 잘해 나가고 있다고 생각하오. 하지만 그 역시 경험이 부족한 이라는 건 부인할 수 없는 사실이지. 그간 백작가와 교류가 없다시피 하지 않았소? 그렇기에 가문에 들어온 지 고작 일 년밖에 안 되는 소녀가 홀로 감당할 수 있을지 의문이 든다오. 다행히 가문에는 영민하다고 알려진 로에나 영애가 있구려. 그녀라면 또 다른 후견인을 도와 아주 잘해 나갈 수 있을 테지. 자매가 힘을 모아 가문을 지켜 가는 것만큼 아름다운 장면은 또 없다오."

황후의 말은 어디 하나 부족한 데가 없었다. 하지만 로에나를 생각하여 내뱉는 언사치곤 드물게 가벼웠다. 도움이 되지 않을 것만 같은 인사를 앞세운 것이나, 이 상황 자체를 꺼리는 로에나를 부추긴다거나. 그러면서 흘깃 황태자를 바라보며 알 수 없는 미소를 짓는다거나 말이다. 그것은 마치 비슈발츠가가 망하기를 바라는 것처럼 보였다. 그래서 나는 따로 로에나를 불러서 나직한 목소리로 물어보는 수밖에 없었다.

"로에나, 지금 무슨 일이 일어나고 있는 거지? 풀케르께선 나를 못 미더워하시는 거야? 새로운 후견인이라니, 맙소사! 네가 요청한 거니? 그러게 해달라고? 아버지의 일 때문에 아직까지 내가 원망스러워서? 그래서 이런 일을 벌이는 거야?"

"아니야."

로에나가 새파랗게 질린 얼굴로 고개를 내저었다. 그녀는 자신이 왜 이런 모습으로 서 있어야 하는지 모르겠다는 듯 가냘픈 목소리로 항변했다.

로에나의 말에 의하면 그녀는 요즘 들어 내가 무척 고달파 보여 안쓰러움을 느꼈다고 했다. 그래서 풀케르와 차를 마시던 중 내가 힘들어 보인다고 걱정스럽게 말한 것뿐인데, 그것이 이런 식으로 변졌다는 것이다. 하지만 신께 맹세코, 후견인 문제를 거론한 것은 자신이 아니라고 필사적으로 내뱉었다. 양부의 일에 대한 원망의 말을 내뱉었던 게 언제냐는 듯 그녀는 흔들리는 눈망울로 서글프게 울먹였다.

"네가 나를 대신해서 이 모든 일을 다 하고 있는데 어떻게 걱정하지 않을 수 있겠어?"

자신을 '대신'하고 있다니……. 지금껏 침묵하고 있었던 건 언제든 이 자리를 돌려받을 수 있을 거라 생각해서인가? 얼토당토않은 말에 한숨이 흘러나올 것만 같았다. 한편으론 저 우아하게 뻗은 목을 강하게 졸라 버리고 싶은 충동마저 일었다.

하지만 꾹 참았다. 여기서 그녀를 다그치는 건 좋지 않았다. 남들보다 더 가냘프면서도 울음을 잘 터뜨리는 순종적인 여자가 이유를 불문하고 무조건적인 피해자로 둔갑되는 게 이 세계였다. 그렇기에 그녀의 뺨을 손등으로 닦아주며 다정스레 웃었다.

"정말로 나를 생각한 거라면 열심히 잘하고 있다고 말을 해줬어야지. 네가 그러면 그럴수록 내가 속상해할 수밖에 없다는 걸 왜 모르니."

"속상해? 왜?"

"모두 내가 지금 이 자리에 어울리지 않는다고 생각한단다."

"설마, 그럴 리가. 아니야, 시스에. 그렇지 않아."

"하지만 마고나 다른 사람이나 다들 내가 비슈발츠가를 좌지우지할 거라 생각하잖니. 너 역시 날 의심했었고."

로에나는 뺨을 붉히며 조그마한 목소리로 변명했다.

"그땐, 정말 그렇게 보였어. 하지만 지금은 아냐."

"그래, 그때는 서로가 날카롭게 굴긴 했었지. 하지만 아버지에 대한 걱정 때문이었으니 충분히 이해가 가는 바야. 각자의 방법으로 최선을 다했을 뿐이니까. 하지만 내가 가장 속상한 건 다름이 아니야."

"시스에……."

"왜 나는 멀쩡할 거라 생각하지? 나 역시 너 못지않게 죽을 것만 같단 말이야. 하지만 나조차 쓰러지면 누가 가문을 돌보겠니? 그래서 꿋꿋하게 버틴 건데, 아무도 그걸 알아주지 않아."

"시스에…… 난, 난……."

"우리가 한동안 사이가 나빴다는 건 인정해. 하지만 자매라면 있을 수 있는 의견 다툼이잖아. 그래서 크게 생각하지 않았던 거야. 그런데 왜 다들 너와 나를 갈라놓으려고 하는 거지? 로에나, 아버지가 널 사랑한 건 사실이잖아. 그래서 후회 없이 가셨을 거라고 말한 거였는데 왜 그걸 이해하지 못한 거니."

나는 그녀의 손을 붙잡고 내 품으로 끌어당겼다. 그리고 혼란스러워하는 그녀의 목덜미를 부드럽게 어루만지며 다른 한 손으론 뻣뻣하게 굳어 있는 그녀의 등을 토닥였다. 그러고는 입술을 그녀의 귓가에 대고서 속삭이듯 말했다.

"네가 누구에게 무슨 말을 듣든 난 아무렇지 않아. 그래야 하는 게 당연한 일이니까. 내가 뭐라고 불만을 토로하겠니? 하지만 경청을 하되 넘어가서는 안 되지. 가장 불공평한 건 뭔지 아니? 로에나, 네가 무슨 말을 듣든, 무슨 말을 하든, 그리고 어떤 행동을 하든 난 널 사랑하고 지지하는 수밖에 없다는 거야."

입술에서 나오는 달콤한 언어는 독이다. 뱀의 혀가 날름거리며 로에나의 마음을 핥아 내린다. 그녀가 그토록 듣고 싶어 했던 말을 아낌없이 쏟아붓는 것이다.

"항상 그래. 네가 잘못한 건 없어. 모든 건 주변 사람들이 부추긴 탓이야. 이번에도 마찬가지야. 날 믿지 못하는 건 네가 그래서가 아냐. 다른 사람이 착한 네 마음을 이용해서 그러는 거라고."

"……그렇게 생각해, 시스?"

"응. 그러니까 겉으로 보이는 내 모습에 흔들리지 마, 엔."

내 입에서 처음으로 흘러나오는 자신의 애칭에 로에나의 몸이 흠칫하고 떨렸다. 나는 삐죽이 비웃음을 삼키며 마지막 결정타를 날렸다.

"날 미워하면 안 돼, 응? 내 손을 놓지 말고 꽉 잡아. 그래 줄 거지?"

뻣뻣하게 굳어 있던 그녀의 몸이 사르르 풀리면서 저의 두 손이 가지처럼 뻗어 나와 내 등을 휘감았다. 내 품에서 피어오르는 건 로에나의 입에서 흘러나오는 안도의 한숨이다.

"응."

"아버지가 안 계신 이상 내가 믿을 건 너 하나뿐이야, 엔. 그러니까 날 외면하면 안 돼. 누가 뭐라 하든 말이야. 그게 마고라 할지라도 안 돼."

"응."

매번 사나운 말을 내뱉으며 차갑게 외면하던 상대가 갑자기 애절한 얼굴을 한 채 매달린다면 외면하지 않을 사람이 누가 있을까. 자신이 세상에서 제일 중요하고 대단한 사람이 된 것과 같은 착각에 빠져 허우적댈 터였다. 로에나 같은 경우 예전부터 나의 애정을 가지고 싶어서 안달하지 않았나. 게다가 이제 양부가 죽고 없어 마고가 주는 헌신만으로는 턱없이 부족할 터였다. 그러니 방금과 같은 변화에도 전혀 의심의 눈길을 보내지 않고서 푹 빠질 수 있는 거였다.

나는 '그래, 착하다'라는 말을 중얼거리며 그녀의 목덜미에 고개를 숙였다. 그리고 황후가 로에나를 부를 때까지 그녀를 품에 안고서 가볍게 토닥였다. 역겨움에 소름이 끼칠 것 같았지만 이를 악물어 가며 꾹꾹 참았다.

 허울 좋은 자매애가 필요한 거라면 얼마든지 만끽하라지. 결국은 다 내 것이 될 테니까. 나를 인내하게 만드는 건 이와 같은 이유다. 장밋빛으로 빛나는 미래를 위해선 이 정도의 가장쯤은 아무렇지 않게 해낼 수 있었다. 지금껏 그래 왔듯이 말이다.

✦

 마담 드 샤토루는 꽃이다. 그 누구보다 화려하게 피어나 달콤한 향을 뿜어내는 아름다운 꽃. 누구나 쉬이 만져 봄 직 하지만 주인이 아니고서야 감히 꺾을 수 없는 이 아름다운 여인은 마지막으로 만났을 때보다 더 화려하고 음탕해져 있었다.
 가까스로 알현을 잡은 다음-황제의 품 안으로 다시 돌아온 샤토루는 예전보다 배는 더 바빴다-그녀의 궁에 찾아갔을 때, 마담은 나와의 약속을 잊어버리기라도 한 듯 응접실 한가운데에 황금으로 만든 욕조를 내어놓고서 목욕을 하고 있었다. 아니, 목욕이라기보다는 물놀이처럼 보였다.
 따뜻한 물 대신 뽀얀 젖물을 가득 채워 놓고서 시녀들의 시중을 받고 있는 샤토루의 얼굴엔 알몸을 공개했다는 것에 대한 부끄러움이 없었다. 민망해하는 건 오히려 나였다. 달콤하면서도 비릿한 젖내에 머리가 어지러워지는 기분이었다.
 내가 욕조에 담긴 물을 빤히 쳐다보자 마담이 웃으면서 말했다.
 "막 출산한 산모의 젖물과 암소의 우유를 섞어서 만든 거예요. 이걸로 마사지를 하면 피부가 어린 처녀처럼 고와진다고 하네요. 시스에도 함께하겠어요?"
 "말씀은 감사하나 사양하겠습니다."

"흐응, 그것참 아쉬운 일인데?"

그녀가 혀로 입술을 날름 핥으며 유혹적으로 웃었다. 이어지는 건 낯부끄러울 정도로 선정적인 소리였다.

"폐하께선 좋아하시던데……. 즐기는 덴 이만한 장소가 없으니까요. 그러고 보니 후견인을 얻었다죠? 축하할 일이로군요. 비슈발츠가 그대의 것이 되었잖아요."

촤악. 마담이 욕조에서 몸을 일으키자 뿌연 물들이 풍만한 가슴과 잘록한 허리를 타고 뚝뚝 떨어져 내렸다. 시녀들은 그녀가 바닥에 발을 내딛자마자 손에 들고 있는 부드러운 천으로 몸을 닦아 내렸다. 물기가 사라진 피부엔 고급 향유를 부어 조심히 어루만졌다. 마담은 그 모든 것을 심드렁한 얼굴로 받아들이고 있었다.

"장녀로서 할 본분을 다하고 있을 뿐이지, 어찌 감히 제 것이 되었다 할 수 있겠습니까?"

"그럼 손에 넣고 싶어서 나를 찾아온 건가요?"

그녀의 눈이 교활한 빛을 내뿜으며 나를 떠봤다. 마담 드 샤토루는 마치 손익을 따지는 장사꾼처럼 나를 훑고 있었다. 소문에 의하면 한 번 황제의 외면을 받고 나더니 자신에게 손해가 갈 일이면 곧 죽어도 하지 않을 것처럼 지독하게 굴고 있다 하였다. 이번 해에 들어 침상에 누워 있는 일이 더 많아진 황제이기에 더더욱 그럴 수밖에 없었다.

"그렇지 않습니다."

"이도 아니다, 저도 아니다. 그럼 왜 나를 찾아왔을까? 황후에게 불려 간 이래 계속 서신만 주고받았잖아요, 우리. 이 이상의 진전은 필요 없던 게 아니었나?"

말만 그렇지 흘리는 어조에는 섭섭해 죽겠다는 식의 애교가 가득했다. 실제로 얇은 가운 하나만 걸친 그녀는 처음 만났을 적 그러했듯 소파에 비스듬히 누워 고양이처럼 갸르릉거리고 있었다. 추억을 되새기려는 것처럼, 그렇게.

손만 뻗으면 금세 일어나 잡을 것처럼 살금살금 눈치를 살피는 것도 마찬가지였다. 마담 드 샤토루는 나라는 끈이 자신에게 온 것을 무척 기뻐하며 어떻게든 잡아야겠다고 생각한 모양이다. 훗날을 대비해서 말이다.

"저는 오롯이 전하의 의견에 따를 뿐입니다."

내가 언급한 전하가 황태자라는 것을 모르는 이는 없었다. 마담 드 샤토루의 눈이 반짝했다. 그녀는 빠르게 손을 휘저어 시녀들을 물리친 뒤 내게 속삭이듯 말했다.

"황후랑 황태자랑 사이가 안 좋다는 걸 그대는 알고 있나요?"

"예?"

"폐하께서 그러셨는걸. 황후가 황태자를 멀리한다고. 그래서 걱정이 된다고 말이에요. 내가 그 여자를 혼내 줘도 껄껄껄 웃고만 계시는 것도 그 때문이지."

황후와 황태자의 사이가 좋지 않다고? 그리고 그걸 황제가 알 정도라고?

나는 어색하게 웃으며 '금시초문입니다'라고 대답했다. 하지만 샤토루는 신이 난 것처럼 계속 말을 이어 나갔다.

"황태자가 아무런 말도 안 해요? 그렇게 같이 다녀 놓고서? 하긴 나라도 어머니와 사이가 나쁘다는 말을 잘 못 할 거야. 얼마나 서글프겠어. 아니지, 이건 황후가 느껴야 할 감정일 거야. 폐하께서 외면해, 황태자와도 사이가 나빠. 내가 그녀라도 무척 속상하겠어. 그렇지 않아요?"

"만일 그렇다면 서글픈 일이겠지요."

내 대답에 샤토루가 입을 꾹 다물더니 묘한 눈초리로 내 얼굴을 응시했다. 그러곤 고개를 설레설레 내저으며 한숨과도 같은 말을 내뱉었다.

"여전히 그 예쁜 입으로 비른밀만 내뱉네요, 시스에."
"마음에 들지 않으신가요?"
"아뇨."
마담은 눈꼬리를 휘어 가며 빙그레 웃었다. 살짝 접힌 눈매가 요염하다고 느낄 정도로 야한 웃음이었다.
"그래서 더 마음에 들어. 그러니까 솔직하게 말해요, 시스에. 내 기분이 좋을 때 뭐든 말하란 말이에요. 그러려고 온 거 아니에요?"
"아무것도 바라는 거 없이 제 말을 들어주시겠다는 소리인가요?"
"당연하죠. 왜냐하면."
마담 드 샤토루가 가까이 다가와 검지로 내 턱 끝을 밀어 올리며 나직한 목소리로 속삭였다.
"그래야 오늘의 만남을 묵인하고 있는 황태자가 매우 흡족해할 거 아니겠어?"
내가 황태자와 어울리기 때문에 그와 나를 연관지어 말하는 건 당연한 일이었다. 하지만 배후라는 단어가 연상될 정도로 움직인 적은 없었기에 샤토루가 하는 말은 상당히 의외였다. 마담은 내가 아무런 대답을 하지 않은 채 물끄러미 자신을 바라보자 고개를 갸웃거리며 의아해했다.
"황후를 화나게 하려고 그대에게 후견인을 붙여 준 거 아니었어요?"
"왜 그렇게 생각하셨는데요?"
"왜냐하면 폐하께서 그러셨거든."
그녀가 나직이 하품을 하며 다시 자기의 자리로 돌아갔다. 그러고는 허벅지가 드러나든 말든 아랑곳하지 않고서 소파에 벌러덩 드러눕는 것이다. 천박하기 이를 데 없는 동작이었으나 샤토루의 화려한 외양을 생각하자면 이 또한 잘 어울리는 것은 사실이었다.
"예전에 내가 그랬잖아요. 폐하는 정말로 굉장하신 분이라고. 맞아요. 여전히 대단하신 분이지. 왜냐하면 모르는 게 없으시거든. 시스에,

그대의 부탁을 들어주라고 말한 것도 폐하세요. 내 뺨에 입을 맞추면서 다정하게 속삭이셨죠."

"내 사랑하는 암고양이. 비슈발츠 영애의 부탁을 듣고 난 다음 침실로 돌아와 달콤하게 울며 말해보려무나. 그럼 뭐든 들어주마."

소파 위에 엎드린 그녀의 손이 바닥으로 힘없이 떨어졌다. 손님을 대하는 것치곤 상당히 무례한 일이었으나 샤토루의 눈은 이미 잠을 잘 것처럼 조금씩 가늘어지고 있었다. 그런데 그게 마치 고양이처럼 보여 거부감이 들지 않았다.
사람들은 그녀를 가리켜 황제의 창녀라 손가락질하며 욕하지만 기실 이보다 더 자유롭고 아름다운 이는 없었다. 그러니 황제가 아직까지 그녀의 품을 벗어나지 못하는 거겠지.
"이제 슬슬 졸리는군요. 그러니까 어서 말해요."
샤토루가 하품을 머금고서 내게 재촉하듯 말했다. 원하는 말을 꺼내지 않는다면 바로 침실로 돌아갈 기세였다. 그러니 함정인지 뭔지를 고민할 새가 없다. 단순함에는 단순함으로 대응하는 게 최선일 테니까.
"로에나는 아직 어려요. 그녀에게 아직 이 세계의 이면을 보여 주고 싶지 않아요."
"거짓말. 그대보다 귀족 세계에 대해 더 잘 아는 게 로에나 영애일 텐데요?"
"하지만 귀히 보살핌을 받았죠. 그녀의 순수는 놀라울 정도로 선명해서 얇은 종이를 연상케 해요. 쉽게 물들고 쉽게 찢어지죠. 그러니 돌아가신 아버지를 생각해서라도 그녀를 지켜 주고 싶어요."
거짓말은 스스로가 놀라울 정도로 술술 흘러나왔다. 내가 생각해도 꽤 진정성이 있는 목소리였다.

"요컨대 지금 황후가 벌이는 일을 못 하게 해달라?"
"그렇게 여기시다니, 제가 무슨 말을 더하겠습니까?"
"고작 일 년 반 만에 여기 사람이 다 되었군요. 예전에 내가 폐하의 첩이 될 수 있도록 도와준다고 했던 말 기억나나요?"
"예."
"이제는 내가 싫어."
"네?"
 샤토루는 웃음기 하나 없는 얼굴로 나를 똑바로 바라보며 천천히 말을 내뱉었다. 어느새 그녀의 목소리는 차갑게 가라앉아 있었다.
"그대가 폐하의 총애를 받는다면 나 같은 이는 쥐도 새도 모르게 사라질 것 같거든. 그러니 오히려 고마워해야겠어요. 그때 내 제안을 거절해 줘서."
 당황한 내가 무어라 대답을 하려고 할 때였다. 샤토루는 거부하는 것처럼 검지로 자신의 입을 막더니 고개를 좌우로 내저었다. 그리고 자신의 말만 이어서 했다.
"시스에 그대의 청은 아주 훌륭하게 이뤄질 거예요. 물론 그대가 이러한 소원을 빌었다는 건 흘러가지 않을 테니 걱정하지는 말고. 그저 황후를 못 잡아먹어서 안달인 내가 이번에도 그녀의 앞길을 막았다, 이런 식으로 소문이 퍼질 테니까. 폐하께서 그러기를 원하시기도 하고요. 그러니까 그대는 나중에 황태자 전하께 내 이야기를 잘해 주면 되는 거예요."
 마담은 말이 다 끝났다는 것처럼 내게 손을 휘이휘이 내저었다.
"잘 가요, 시스에."
 배웅도 없이 자신의 침실로 사라져 버리는 그녀의 뒷모습은 창녀 특유의 걸음걸이인 듯 엉덩이가 심하게 흔들리고 있었다. 멍하니 마담의 퇴장을 바라보던 나는 이내 참을 수 없다는 것처럼 헛웃음을 터뜨렸다.

자신의 할 말만 다 하고 바로 사라져 버리는 저 뻔뻔함이라니! 무엇보다 고작 몇 개월이 흘렀을 뿐이라지만 동아줄 신세가 바뀌어버린 이 상황이 놀라우리만치 재미있게 느껴졌다. 새침한 표정으로 자신의 미래를 아무렇지 않게 구걸하는 샤토루의 태도는 오늘 만남의 백미라 할 수 있었다.

"이러다가 폐하를 만나게 해달라고 조르게 될지도 모르겠어."

모든 것을 다 안다는 황제라니, 새로운 변수다. 물론 샤토루의 말이 모두 다 맞지는 않겠지만 쉬이 넘길 수는 없는 부분이었다. 황태자와 황후의 사이가 나쁘다는 걸 확실하게 말해준 것도 그녀가 아닌가. 이제야 로에나를 떠넘기듯 붙이려는 어머니와 그런 그녀를 거부하고서 친구를 선택하려는 황태자의 행동이 이해가 가는 것 같았다.

그리고 며칠 후 로에나에게 후견인을 붙여 줘야 한다는 황후의 주장은 황제의 말에 의해 무산되었다. 한 가정에 두 명의 후견인이 있는 건 불필요하거니와 감히 황제가 인정한 장녀의 능력을 무시하냐는 거였다. 이례적인 반응에 귀족들은 흥미로워하거나 황제의 눈치를 살피며 입을 꾹 다물었고, 한동안 사교계를 휘저으며 살찐 턱을 당당하게 들어 올렸던 친척은 그날로 줄행랑을 쳤다.

이에 황후는 건강이 좋지 않다는 핑계로 궁에 틀어박힌 채 며칠 동안 바깥으로 나오지 않았다. 하지만 말이 병석으로 인한 칩거지 사실은 황제가 쓸데없는 일을 했다고 그녀를 구박했다는 소문이 사교계를 떠돌았다.

황제가 이렇게 나서게 된 것도 마담 드 샤토루 때문이라는 소리도 있었다. 원체 황후와 앙숙 관계인 그녀인지라 골탕 한번 먹어 보라는 심보로 이렇게 일을 진행했다는 것이다.

마담은 이러한 소문에 미묘한 미소를 지으며 긍정도 부정도 하지 않았다. 그저 참석한 티타임이나 파티 때마다 황후의 건강을 입에 올리며 걱정하는 척을 했을 뿐이다. 그러나 그것은 상대를 진실로 염려하기보다는 교묘하게 조롱하며 약을 올리는 듯한 행위로 보였다. 사람들은 그런 마담의 행동에 소문이 사실임을 깨달았다. 그 누구도 내가 그녀와 만나 이야기를 나누었다는 사실을 알지 못했다. 샤토루는 자신이 한 말을 지키고 있었다.

로에나에게 후견인이 생길 기회를 다시 놓치게 되자 마고는 눈에 띄게 실망했다. 아득바득 달려드는 건 이제 기력이 딸려서 못한다 치더라도 내가 지나갈 때마다 눈을 모로 뜨며 고개를 홱 돌리는 게 어리석어 보일 지경이었다.

늙으면 애가 된다더니, 그녀에게 남은 건 이제 악밖에 없어 보였다. 그도 그럴 것이 나로 인해 하녀장에서 물러나지 않았나. 덕분에 하녀들에 대한 영향력이 떨어져 지금에 이르러선 당최 아무것도 할 수 없었다. 내가 그녀라도 이를 바드득 갈 만하다.

로에나조차 나와 대화를 나눈 이후 다시금 애정 섞인 시선을 보이며 등 뒤를 졸래졸래 따라다니고 있었다. 걱정스레 자신을 바라보는 마고의 눈동자를 외면한 채 말이다.

나는 그럴 때마다 너그러운 척 로에나를 받아주며 함께하는 시간을 늘려 나갔다. 물론 마고는 떼어 놓은 채였다. 나는 마고의 나이가 많으니 쉬는 시간을 주어야 하지 않냐며 로에나를 꼬셨다. 로에나는 내 말에 깊게 수긍했고, 자연스레 나를 만날 때마다 그 늙은 살쾡이에게 이런저런 핑계를 대어 가며 떨어지게 만들었다. 마고의 실망스러운 표정도 그녀의 마음을 흔들리게 할 수 없었다.

나는 로에나와 차를 마실 때마다 이런저런 다정한 이야기를 나누며 그녀의 환심을 샀다. 로에나는 내가 부쩍 상냥한 모습을 보이니 기뻐하는 눈치였다. 특히 자신에게 관심을 두는 모습을 좋아했다. 머리 모양이 달라진 점이나 리본을 새로 샀다는 것이나, 자신의 이야기를 들어주는 것 등등 말이다. 진정한 자매가 생긴 기분이라며 행복한 목소리로 종알대는 로에나의 표정은 이전보다 확연하게 달라져 있었다. 하지만 눈 밑에 거뭇하게 낀 그늘은 여전했다.

"하녀들이 좀 미숙한 것 같은데?"

나는 차를 마시다 말고 로에나의 뒤에 서서 그녀의 머리를 다시 묶어주었다. 부드러운 머리카락이 사르르 흘러내리며 내 손가락을 간질였다.

"아, 그렇지 않아. 오다가 풀어진 거야."

"얼굴색도 좋지 않아."

"잠을 잘 못 자서 그래."

"슬퍼서? 악몽을 꾸는 거니?"

"응. 잠을 자면 아버지가 나타나 날 부르셔. 바닷속이 너무나 춥고 어둡다며 한탄을 하시지. 그리고 안아 달라는 것처럼 두 팔을 벌리는 거야. 그런데 한걸음에 달려가면 연기처럼 사라져 버려. 그리고 다신 나타나지 않아. 그럼 울면서 깨게 돼. 너무나 가슴 아파서 다시 잘 수가 없어. 너도 그러니?"

"비슷해. 그래도 해야 할 일이 있으니 억지로 잠을 청하고 있긴 하지만. 어쨌든 하녀장에게 일러서 네게 불면증에 좋은 차를 보내 줘야겠다."

"고마워."

"뭘. 우린 자매잖니."

리본의 매듭을 단단하게 묶은 나는 다시 자리로 돌아와 차를 마저 마셨다. 로에나는 내가 묶어준 머리를 손끝으로 매만지며 배시시 웃었다.

"그런데 하녀들이 너무 안일하게 구는 건 맞는 것 같아. 네가 며칠 채 잠을 자지 못한다고 하는데 누구 하나 알리는 이가 없잖아."

"아니야. 그런 건 아니고……."

"마고는 알아?"

"응? 으응. 마고는 알아. 마고는 내가 잠을 잘 잘 수 있도록 여러 가지를 가져다주는걸. 저번에 마녀에게 받아 왔다는 향초가 정말 잘 들었어."

"마녀?"

나는 차를 마시다 말고 멈칫했다. 마녀라니, 죽은 마녀가 여기서 왜 나온단 말인가. 수도에 또 다른 마녀가 들어왔다는 정보는 없었다.

"응. 사실 좀 꺼렸지만 마고가 한번 해보라고 해서 간곡하게 권하기에 어쩔 수 없이 향초를 피워 봤는데 괜찮았어."

"언제 가져다줬는데?"

"으음, 그제였던가?"

"그래? 그럼 나도 그런 거 하나 줄 수 있니? 나 준다는 소리는 말고 네가 쓰고 싶다고 말하면서 하나 더 구해 달라고 해줘."

내 말에 로에나가 씁쓸한 미소를 지으며 고개를 끄덕였다. 이 얼간이 아가씨는 나와 마고의 사이가 왜 이렇게 나쁜지 전혀 이해하지 못하고 있었다.

"그렇게 할게."

"고마워."

나중에 세릴을 시켜 마고를 관찰하라고 해야겠다. 알려지지 않은 마녀를 찾아가는 마고라니. 굉장히 수상쩍지 않은가. 차를 마신 후 바로 로에나를 내보낸 나는 마리를 시켜 잭을 불러왔다. 그리고 그에게 넌지시 수도에 들어온 또 다른 마녀가 없냐고 물어봤다. 하지만 아이는 도통 모른다는 눈치였다.

"그래? 그럼 마녀를 찾아봐 줄 수는 있지? 부탁하마."

잭은 내가 내어준 돈주머니를 품 안에 잘 갈무리하며 고개를 끄덕였다. 그간 내가 준 보수로 인해 예전보다 잘 먹게 된 아이는 어느덧 살이 보기 좋게 올라와 있었다.
"너무 위험한 짓은 하지 말고."
내 염려에 잭의 입이 비죽 튀어나왔다. 자신은 이미 다 컸는데 아직도 아이 취급을 한다는 불만이었다.
"은화 값은 해야죠. 그리고 누누이 말씀드렸다지만 아프다 싶음 아가씨 이름을 댈 거라니까요?"
"그래, 그래. 꼭 그렇게 해야 한다? 겁에 질려서 내 이름을 말하지 못하는 실수를 저지르지는 말고."
"……쳇, 알겠어요."
나는 손을 뻗어 잭의 머리를 한번 부드럽게 쓰다듬었다. 평소라면 화를 벌컥 내며 부끄러워했을 아이가 오늘만큼은 길들여진 고양이처럼 얌전하게 앉아 있었다. 그 모습이 기꺼워 나도 모르게 크게 소리 내어 웃었다. 그러자 잭이 이전처럼 화를 벌컥 내며 발을 동동 굴렀지만 한번 터진 웃음이 쉽게 사그라질 리가 없었다.
그래서일까. 나는 아이레스 경이 도착했는지도 모르고서 막 웃었다. 체면을 잊고서, 너무나 쉽게. 입을 크게 벌리고 배를 움켜잡으며 하하하 웃는 건 가녀린 여성이 짓기엔 너무나 호탕한 모습이었다. 고개를 너무 꺾는 바람에 목울대가 적나라하게 드러나기까지 했다. 가늘게 휘어진 눈동자에는 눈물이 맺혀 있었다. 스스로 생각하기에도 너무나 추한 광경인데, 매번 아름다운 것만 보아 왔을 아이레스 경에게는 얼마나 충격이었을까.
그래선지 그는 나와 눈을 마주치자마자 아무런 말도 하지 못한 채 그저 뻣뻣하게 굳어 있었다. 아이레스 경과 나의 눈치를 살피던 잭이 슬그머니 방문을 빠져나갈 때까지 말이다.
나는 재빨리 입을 다물고선 태연하게 구려고 노력했다. 하지만 억지로 삼켜 버린 웃음으로 인해 갑자기 딸꾹질이 튀어나와 또 다른 추태를 보이고야 말았다. 수치스러운 일이었다.
 딸꾹.
 손바닥으로 입술을 가려 보아도 목 전체가 답답해지는 느낌이라 나도 모르게 딸꾹 하고 자연스레 숨을 내쉬었다 들이마시게 된다. 정적이 쌓인 방 안이라 내가 낸 소리가 너무나 적나라하게 들리고 있었다.
 "아이레스, 딸꾹, 경. 흐읍."
 나는 창피로 인해 펄펄 끓어오르는 뺨과 얼굴을 손바닥으로 마구 짓누르며 필사적으로 외쳤다. 잠시만 바깥으로 나가 달라고. 그리고 그의 대답을 들을 새도 없이 아까 마시고 남은 차를 찻잔에 마구 부어 물처럼 벌컥벌컥 들이켰다. 부끄러움에 눈이 발갛게 달아오르고 있었지만 이조차 살필 겨를이 없었다. 그렇기에 아이레스 경이 짓고 있는 표정을 아주 나중에 발견했다. 행복하게 웃고 있는 얼음의 기사의 얼굴을 말이다.
 "영애께서 제 무례를 용서한다고 약조해 주신다면."
 잠시 후 아이레스 경이 입을 열어 말했다. 아주 정중한 목소리였으나 그 속에 희미한 웃음이 묻어 있는 건 감출 수 없었다. 그래서 더 창피했다. 나는 뜨끈하게 달아오르는 뺨을 손가락으로 강하게 짓누르며 두 눈을 동그랗게 떴다.
 "도와드리고 싶습니다만."
 여기서 입을 열어 대답한다면 다시금 딸꾹질이 흘러나올 것이다. 그래서 단순한 고갯짓만으로 의사를 표현해야 했다. 그리고 내 대답은 옆으로 설레설레 내젓는 것이었다. 이 이상의 추태를 부릴 순 없지 않나. 계속 입을 막고서 견디고 또 견딘다면 어느 순간 딸꾹질이 사라지지 않을까 싶은 막연한 기대감이 나를 붙잡고 있었다.
 그러자 아이레스 경이 안타깝다는 듯 작은 한숨을 내쉬었다. '괴로우실 텐데요' 하고 덧붙이는 그의 얼굴에는 장난스러움이 가득했다.
 "잠시면 되는 일입니다."

달콤하게 유혹하는 듯한 목소리가 이러할까. 어떻게 해주겠다는 말도 없이 그저 자신을 믿으라는 듯 부드러운 음성으로 살살 꾀는 게 그 누구라도 넘어가지 않고서 못 배길 정도였다. 이상하게도 믿음이 생긴다고 해야 하나. 자신에게 도움을 요청하지 않아 애석하다는 듯 살짝 찌푸리는 미간도 기이하리만치 매력적으로 느껴지니 말이다.

"절 믿으십시오."

아이레스 경이 손을 내밀었다. 검으로 인한 굳은살이 딱딱하게 박인 손은 세상 그 어떤 것보다 강인하게 느껴졌다. 내 어깨를 헌신적으로 감싸 안았던 손이었다.

아아, 그래. 제국 내에서 유일하게 이 사내만큼은 나를 비웃지 않는다. 아니, 내가 어떤 행동을 하더라도 아무렇지 않다는 듯 조금 전과 같은 미소를 보여 줄 것이다. 다른 이에게는 얼음처럼 차갑기 그지없는 사람이지만 나에게는 언제나 봄바람처럼 순후하게 굴 테니까.

나는 입을 막고 있는 손을 천천히 내렸다. 그리고 손을 앞으로 내밀었다. 내 행동 하나하나를 열정적으로 주시하고 있는 그에게로. 하지만 내밀어진 손은 그의 손바닥에 닿지 못했다. 아이레스 경이 먼저 내 손목을 강하게 붙잡았기 때문이다.

붙잡힌 손목에 놀랄 겨를이 없이 당장 내 몸이 그에게로 강하게 끌어당겨졌다. 앞으로 고꾸라져도 이상하지 않을 만큼 크게 휘청거리는 몸이 아래로 숙여지기가 무섭게 바로 세워졌다. 내 뒷목이 그의 우아하고 기다란 손가락에 감싸여 위로 들어 올려지고 있었다. 동시에 모두가 찬양해 마지않는 아름다운 얼굴이 내게로 불쑥 가까이 다가왔다. 서로의 코끝이 맞닿은 상태에서 가늘게 흘러나오는 숨이 내 입술을 간질였다. 황홀하리만치 매혹적인 빛을 띠는 녹색의 눈동자가 나를 향해 가볍게 일렁이며 동시에 그의 눈꼬리가 옆으로 길게 휘어졌다. 순간 심장이 멈추었다.

"이, 이게……."
 당황스러워 말조차 제대로 잇지 못하는 내게 아이레스 경이 아무렇지 않다는 듯 태연한 목소리로 대답했다.
 "미리 말씀드렸잖습니까. 무례를 용서해 달라고 말입니다."
 "하, 하지만 이럴 것이라곤……."
 "덕분에 멈추지 않았습니까?"
 "네?"
 "영애를 곤혹스럽게 만들었던 그것 말입니다."
 그와 나의 얼굴은 여전히 가까이 밀착되어 있는 상태였다. 입맞춤을 할 것처럼 아슬아슬하게 기울어진 턱은 금세라도 미끄러져 내게 다가올 것처럼 보였다. 아니, 내가 조금이라도 고개를 움직인다면 서로의 입술이 맞부딪힐 터였다. 잠시 입을 연 것만으로도 습윤한 입김이 상대의 입술과 턱을 간질이는데, 자칫 잘못하다간 접촉이라는 사고가 일어날 수 있었다. 그래서 나는 어색하게 웃으며 그의 말에 수긍했다.
 "아, 그렇군요. 맞아요. 사라졌어요."
 "보통 크게 놀라면 없어진다 하더군요. 그래서 부득이하게 이러한 방법을 사용하게 되었습니다. 영애께서 곤혹스러워하는 것을 더는 두고 볼 수 없어서입니다. 그러니 너그럽게 용서해 주시지요."
 나는 끝까지 딸꾹질이라는 단어를 내뱉지 않는 그의 신사다움과 이 모든 것이 나를 위한 일이었다고 말하는 그의 뻔뻔함에 감탄했다. 예상 가능한 범위에서는 쑥스러워하고, 그렇지 않은 곳에서는 기이하리만치 대담해지는 이 남자는 가끔 손에 쥐어지지 않는 모래처럼 제멋대로 빠져나가는 습성이 있었다. 지금처럼 말이다.
 "네, 정말로 확실한 방법이긴 하군요. 심장이 떨어지지 않을까 두려워했을 만큼 크게 놀랐으니까요. 그러니 어찌 무례하다 탓할 수 있을까요? 몸을 놓아주신다면 완벽하게 눈감아드리겠어요."

아이레스 경은 내 말이 끝나기가 무섭게 걸음을 뒤로 두세 발자국이나 물렸다. 그리고 조심스럽게 나를 살피는데, 혹여 불쾌감을 느끼지 않을까 두려워하는 모습이었다. 조금 전까지는 난봉꾼 못지않은 유혹적인 모습을 보여 놓고선 말이다.

그래서 무슨 짓이냐고 화조차 내지 못했다. 다시금 고요한 눈망울로 나를 바라보는 그의 모습에는 헛웃음을 삼킬 수밖에 없었다. 할버드 경과 다투던 때 아이레스 경의 성격이 어떤지 아주 잘 알게 되었지만, 마치 순한 짐승인 양 시치미를 뚝 떼는 그의 행동을 가상히 여기지 않을 수 없어서다. 좋아하는 사람 앞에서 고운 모습만 보여 주고 싶어 하는 심리를 잘 알고 있기 때문이었다. 이전의 내가 그랬으니까. 그래서 이렇게 자꾸 물러지는 거였다.

미카엘 아이레스는 고작 두세 걸음을 물러났지만, 나는 충동질하는 마음으로부터 수십, 수백 걸음이나 뒷걸음질 쳤다. 그렇기에 그의 온순한 얼굴을 깨뜨리지 않을 수 있었던 거다. 눈에 온전히 들어올 수 있도록 말이다. 아니, 눈에 들어온 건 다른 무엇이다. 강렬하게 뛰던 심장은 이제 불규칙한 박동 소리를 내고 있었다.

어쨌든 애써 본래의 모습으로 돌아온 나는 비아냥이 섞인 어조로 우아하게 말했다. 더 비꼬고 싶었지만, 내 말에 시무룩해 할 그를 생각하니 이 이상의 비난은 할 수 없었다.

"너무 놀라 기절하지 않는 게 다행일 정도로군요. 그러니 경, 다음에는 무례에 대한 용서를 구하기 전에 미리 어떻게 할 것인지를 자세하게 말씀해 주세요. 여인의 심장이란 무척 연약하여 조그마한 일에도 쉽게 놀란답니다. 전 아직 대담함이라는 단어를 몰라요."

사실 다른 귀족 여자였더라면 환희의 탄성을 내지르며 그의 목에 손을 감았을 것이다. 그리고 열렬한 표정으로 입을 맞춰 달라는 구애의 말을 내뱉었겠지. 그의 숨결을 가까이에서 느낄 수 있다면 그 어떤 미친 짓이라도 기꺼이 할 여자가 수두룩한 게 작금의 현실이니까.
"예, 약속드리지요."
내 말에 미카엘 아이레스가 낮게 웃었다. 다시금 부드럽고 상냥한 사내로 돌아온 그는 손목은 아프지 않냐고 조용히 물었다. 강하게 잡아당기느라 손자국이 났을까 걱정된 모양이었다. 그렇게 말하는 그의 귓불은 새빨갛게 달아올라 있었다. 미카엘 아이레스는 부끄러움을 느낄 때 귀부터 색이 변하는 모양이다.
역시 이상한 사내야. 이런 걸 더 부끄러워하다니.
나는 테이블 위에 놓인 종을 흔들어 하녀를 불렀다. 아이레스 경은 아무렇지 않게 종을 흔들어 대는 내 손목을 유심히 바라보더니 작은 한숨을 내쉬었다. 그 짧은 숨결에 섞인 것이 안도라는 걸 모르는 이는 아무도 없었다.
미카엘 아이레스는 다과를 가지러 가기 위해 하녀가 방을 떠나자 바로 입을 열었다.
"아까 그 아이는 누구입니까?"
잭에 관심을 가질 줄은 미처 몰랐던 터라 나는 놀라워하는 표정을 감추지 못했다.
"제게 이야기를 알려 주는 아이예요. 무료할 때 가끔씩 부르곤 하지요."
"무척 아끼시는 모양입니다."
"왜 그렇게 생각하시나요?"
"너무나 즐겁다는 듯이 웃고 계셨기 때문입니다."
뭐, 목젖이 드러날 정도로 크게 웃기는 했지. 미카엘 아이레스는 그것을 즐겁다는 단어로 정중하게 표현하고 있었다. 그 다정한 배려가 간지러웠다.
"그랬나요? 종종 그 아이에게서 작은 위안을 얻을 때가 있으니 아주

틀린 말은 아니로군요."

"위안 말입니까?"

미카엘 아이레스는 이해할 수 없다는 것처럼 나를 응시했다. 때마침 하녀가 차를 가져온 터라 나는 그의 찻잔에 차를 따르며 나직한 목소리로 입을 열었다.

"네. 그 아이와 있으면 아무런 자국이 남아 있지 않은 새하얀 눈을 바라보는 기분이 들거든요. 그건 아마도 그리움일 테지요."

아이레스 경은 내 말에 침묵했다. 내 이전 신분을 생각하는 모양이었다. 잠시 후 그가 입을 열어 다정한 목소리로 말했다.

"오늘 제가 무엇을 해야 하는지 이제야 알겠습니다."

"아이레스 경?"

"그러고 보니 단 한 번도 영애와 함께 바깥에 나가 본 적이 없었던 것 같습니다. 거절당할까 봐 두려웠기 때문입니다. 하지만 지금만큼은 용기를 내지 않을 수 없겠군요. 그러니 간절함을 담아 영애께 애원합니다."

잭을 부르는 이유가 정보를 얻기 위함임을 말할 수 없어 대충 둘러댄 말이었다. 그러므로 이런 식으로 일이 이어질 줄 알았더라면 다른 핑계를 대었을 것이다. 그러나 미카엘 아이레스는 세상 진지한 표정으로 내게 요청하고 있었다. 그리움이라는 거짓 단어로 점철된 내 유년의 기분을 되찾아주기 위해서.

"제가 그대에게 위안을 드릴 수 있도록 이 손을 붙잡아 달라고 말입니다. 아니 됩니까?"

지금껏 그가 내게 가져다준 정보에 비하면 이 정도쯤은 별것 아니었다. 어차피 대외적으로 연인 사이라 알려진 그와 나. 더는 끌 이목이 없으니 별다른 가십은 돌지 않을 것이다. 되레 여전히 사이가 좋다고 알려지면 모를까.

문제는 꼭 이런 요청을 할 때 어린 짐승처럼 낑낑거리며 눈망울을 순하게 누그러뜨리는 저 남자다. 일부러 노린 것인지, 혹은 본능적인 것인지 모르겠으나 그가 이런 눈으로 바라볼 때마다 마음이 흔들리게 된다. 얼음의 기사는 세상의 그 어떤 사내보다 약았다. 너무나 얄미울 정도로 많이.
그래도 이제는 진심으로 알아야 할 때라고 스스로에게 다짐했었으니, 이 정도의 선은 괜찮지 않을까?
나는 숨을 죽인 채 나를 바라보는 그에게로 짧게 응납의 말을 내뱉었다.
"제 후견인은 엄하신 분이라 오래 외출하는 건 용납하지 않으세요. 그래도 좋으시다면 기꺼이 받아들이겠어요."
살짝 거짓을 섞어 말했지만, 이만한 게 어디인가. 나는 빛에 물들어 가는 것처럼 점점 더 환해지는 그의 얼굴을 신기하다는 것처럼 바라보았다. 미카엘 아이레스는 그것만으로도 기쁘다는 듯 고개를 끄덕이고 있었다.

※

유년 시절의 내가 살던 곳은 빈민가에 가까웠다. 주변에 버려져 있는 오물로 인해 늘 악취로 가득했고, 이웃은 술주정뱅이 데다가 자신의 아내를 때리는 사람이었다. 어린 소녀를 향해 돈을 벌고 싶으면 찾아오라고 말하는 포주와 이제나저제나 클까 나를 흘깃 쳐다보며 침을 흘려 대던 건달들, 그리고 차갑게 얼어 있는 방까지 무엇 하나 좋은 게 없었다. 돌이켜 생각해 보면 늘 고달프고 힘겨운 삶이었다. 그렇기에 그리움과 같은 아름다운 단어가 붙을 리가 만무하다.
미카엘 아이레스의 제안은 동화 속의 이야기와 다름없었다. 대단히 성공한 여자가 자신의 고향에 찾아가 지난 일을 회상한다와 같은 즐거운 일이 현실에 존재할 리가 있나. 되레 과거를 감추기 위해 부단히 노력할 터였다. 비록 그림자처럼 떨어질 수 없고, 커다란 얼룩처럼 지워지지 않는 흔적이 되었지만 말이다. 그래서 기대에 찬 얼굴로 내가 살던 곳에 가자는 그의 말을 정중히 거부했다.

"옛날을 추억하는 건 그 작은 손님으로도 충분해요. 제게 위안을 주시고 싶다면 다른 것으로 주세요."

일부러 달콤한 말을 꺼내 아이레스 경의 주의를 돌렸지만, 그와 함께 무엇을 해야 하는지 알지 못해 막막했다. 황태자와 다녔을 때에는 그가 모든 것을 주도해서 어려움이 없었지만, 미카엘 아이레스 같은 경우 내 의견을 일일이 물어보았기에 모두에게 합리적인 결정을 내려야 하는 까다로움이 있었다. 그는 내 눈치를 살피며 비위를 맞추는 데 급급했고, 나 역시 저의 기분이 엇나가지 않도록 노력해야 했으니 말이다.

마침 근처에 동대륙에서 건너온 차를 파는 가게가 있어서 다행이었다. 나는 새로운 차를 맛보고 싶다며 그에게 부탁했다. 아이레스 경은 내 말에 기쁜 표정을 지으며 정중한 동작으로 에스코트했다. 눈이 부실 정도의 아름다운 미남자가 부드러운 미소를 지으며 걸어 다니니 주변 여자들의 눈이 그에게서 떠나갈 줄을 몰랐다. 그들은 그의 뒤를 졸졸 따라다니며 몰래 훔쳐보기를 반복했다. 내게는 질투 어린 시선이 날카롭게 날아와 꽂히고 있었다.

제국 사람들에게 있어 동대륙이란 모호한 안개에 휩싸인 듯 신비한 세계였다. 꾸준히 무역을 하며 그들의 문화를 받아들이고 있긴 하지만, 본디 사람이란 자신과 다른 무언가에 대해 두려워하거나 환상을 가지게 마련이다.

사교계에서는 후자의 느낌이 더 컸는데, 신묘할 정도로 아름다운 문양과 정적인 것에 가까울 정도로 차분한 문화가 오묘한 느낌을 전달해 주었기 때문이다.

우리가 들어간 가게도 그와 비슷했다. 도심의 귀부인들을 겨냥하여 만든 것인지 내부가 동대륙의 환상적인 물건들로 가득 차 있었다. 향긋하게 감돌고 있는 차향부터가 그랬다. 머리뿐만이 아니라 몸 전체가 맑아지는 기분이다.

"비슈발츠가에서 오셨군요."

가게 주인은 나를 보자마자 금세 가문을 알아맞혔다. 가문을 상징하는 그 무엇도 착용하고 있지 않은데, 신기한 노릇이었다. 그는 경계하는 나에게 잔잔한 미소를 지으며 말을 이어 나갔다.

"백작 부인께서 마시고 계시는 차를 제가 팔았으니까요. 그러니 알 수밖에요."

어머니가 이곳에서 파는 차를 마신다 하더라도 정작 사러 온 사람은 하녀일 터였다. 그런데 그것만으로 나를 알아보았다고? 있을 수 없는 일이지 않나. 나는 의심 어린 시선을 감추지 않은 채 날카로운 목소리로 입을 열었다.

"그것만으로도 내가 어디에서 온 것인지 알 수 없을 텐데."

"제겐 아주 용한 재주가 있답니다. 이곳에 오기 전까진 그 재주로 밥을 빌어먹고 살았지요."

"재주?"

"점을 아주 잘 봅니다. 신기할 정도로요."

헛소리에 쓴웃음도 흘러나오지 않았다. 나는 냉소적인 어조로 그에게 다시 말했다.

"그대의 점은 가문의 이름까지 정확하게 말해주나 보지?"

주인은 배꼽까지 길게 늘어뜨린 수염을 천천히 쓰다듬으며 대답했다.

"아, 그것은 감입니다."

나는 한숨을 내쉬며 아이레스 경에게 말했다.

"나가는 게 좋겠어요."

아무래도 이상한 곳에 들어온 모양이다. 그러고 보니 이 동대륙인은 외양부터가 수상쩍었다. 이 단정하면서도 우아한 가게의 주인이라고는 믿을 수 없을 만큼 말이다.

그는 두건을 눈을 가릴 만큼 길게 눌러쓰고 배꼽까지 길게 늘어뜨려 양 갈래로 갈라 묶어 놓은-끈의 매듭은 모두 리본 모양으로 되어 있었다-수염을 자랑스레 내보이고 있었다. 남들이 보았을 땐 미친 사람이라고 일컬을 만큼 우스꽝스럽기 짝이 없는 모습이다.

끝이 갈기갈기 갈라진 긴 소매는 또 어떠한가. 조금 낡았다 싶은 천 위로 올챙이를 납작하게 눌러 놓은 듯한 두 개의 문양이 꼬리를 물듯 이어져 있었다. 가로로 펑퍼짐하게 퍼진 몸에는 청결한 찻잎 향보다 코를 찌를 듯한 술 냄새가 가득했다. 차를 파는 가게의 주인이 술꾼이라니, 이보다 더 의심쩍은 상황이 있을 수 있으랴.

"어엇, 잠시만 기다려 주십시오."

가게 주인이 내게 다가오자 아이레스 경이 바로 검을 뽑아 그를 위협했다. 순식간에 겨누어진 검 끝은 주인의 인중을 노리고 있었다.

"저, 저는 이걸 드리려고 한 것뿐입니다. 그, 그러니까 검 좀 저리로……. 허, 허허허허."

보란 듯이 내민 손바닥 위에는 초승달 모양의 과자 한 개가 놓여 있었다. 그는 그것을 점괘가 들어 있는 과자라고 말했다.

"이 안에 어떤 점괘가 들어가 있는지는 만든 저도 모릅니다. 그저 운명이 정한 대로 나타날 뿐이지요. 이걸 아가씨께 드리고 싶었습니다."

"내게? 왜지?"

"운명의 바람이 그렇게 하라고 제게 속삭였기 때문입니다."

바람을 통해 운명을 듣는다고 말하는 건 와구스(Vagus: 떠도는 점술가)와 닮아 있었다. 다만 차를 파는 가게 주인에 불과한 그가 얼마만큼 신묘할지 의심스러울 따름이다. 어딜 봐도 점술가처럼 보이지 않았기 때문이다.
 그럼에도 과자를 받은 건 그가 동대륙의 사람이어서다. 사교계의 사람들이 그러하듯이 나 역시 동대륙에 대한 막연한 신비감을 가지고 있었다. 그래서 사기꾼에 가까운 모습을 한 가게의 주인일지라도 어느 정도는 한가락 하지 않을까 싶은 생각이 들었다.
 "과자의 양 끝을 잡고서 정확히 반으로 쪼개시면 됩니다. 하지만 혼자 있을 때 하셔야 합니다. 아무런 생각도 하지 말고서 과감하게 갈라 버리십시오. 그럼 점괘가 적힌 종이가 나올 겁니다."
 "그 점괘는 모두에게 동일한가?"
 "아니요. 사람마다 모두 다릅니다."
 "그럼 그 점이 맞은 적이 있었나?"
 주인은 잠시 숨을 들이쉬더니만 부드러운 미소를 지으며 고개를 설레설레 내저었다.
 "운명이 길을 정해 준다 하더라도 그 길을 따르는 건 사람의 마음이니 제가 무어라 말씀드릴 수 있겠습니까?"
 엉터리에 가까운 말이었다. 어쩌면 이런 식으로 사람을 현혹하여 돈을 뜯어먹는 사기꾼일지도 모르겠다. 하지만 눈빛만큼은 진지하기 짝이 없어 나도 모르게 그의 목소리에 귀를 기울이고 있었다.
 "해석은 어떻게 하는 거지?"
 "보시면 절로 알게 될 것입니다. 그러기 위해 만들어진 과자니까요."
 이상하게도 갑자기 남자가 현기 넘치는 위대한 예언가처럼 보였다. 신비한 위엄이 그의 몸에서부터 흘러나오고 있었으니까.
 "이제 검을 치워 주시겠습니까?"
 그래서일까? 아이레스 경 또한 이렇다 할 대꾸를 하지 못한 채 부드러운 동작으로 검을 거두었다. 그의 말 어디에서 경계를 풀었는지 모를 일이지만, 이상하게도 검을 집어넣어야 할 것만 같은 충동이 아이레스 경뿐만 아니라 나에게도 일어나고 있었다.

아이레스 경은 검집에 검을 집어넣으면서도 교묘하게 내 앞을 가리며 혹시 모를 습격에 대비했다. 본능적으로 말이다. 그러나 주인은 더 이상 내게 다가오지 않았고, 찻잎이 필요하지 않냐며 굽실거렸다. 묘한 기운을 뿜어내던 예언가는 어느새 사라지고 닳고 닳은 상인만이 존재할 뿐이었다.

"이 차로 말할 것 같으면……"

신비한 위엄은 무슨. 내 눈이 잠시 잘못된 모양이지. 맥이 빠진 나는 터져 나올 것만 같은 한숨을 삼켰다. 그리고 그의 상술에 넘어가 주는 대신 그대로 몸을 돌려 가게를 빠져나왔다. 등 뒤에서 나를 부르는 주인의 목소리가 애처롭게 들려왔지만 말이다. 손에는 그가 준 쿠키가 들려 있었다.

그냥 받지 말 걸 그랬나?

아이레스 경은 내가 쿠키를 바라보고 있자 아무런 말을 하지 않고서 차분하게 기다렸다.

무언가에 홀린 듯 점괘가 담긴 쿠키를 받았지만, 막상 가게에서 나오고 나니 기분이 이상할 정도로 가라앉는다. 조금 전의 주인이나 이전의 와구스나, 그리고 죽은 마녀나 왜 이렇게 내게 점괘를 운운하며 뒤흔들려고 하는지 모르겠다는 생각이 들어서다. 이를 보고서 어떠한 행동을 결정하여 행하라는 건가? 정말 모르겠다.

신을 믿지 않기에 날 보낸 이가 악마일지 모른다고 생각했던 적이 있었다. 개과천선할 마음이 없이 악독하게만 구는 나를 신이 보호할 리가 없지 않나. 그런데 내가 돌아온 게 어떠한 이유가 있어서라면?

저조한 기분을 이기지 못하고 우연히 옆으로 고개를 돌렸을 때였다. 익숙한 옆모습 하나가 저쪽 골목을 향해 걸어가는 것이 보였다.

'마녀? 죽었다고 하지 않았나?'

나는 걸음을 빨리해 그녀의 뒤를 쫓았다. 뒤에서 아이레스 경이 나를 부르고 있었으나 지금만큼은 하나도 들리지 않았다. 그녀를 잡아야겠다는 생각 때문에 다른 것에 신경 쓸 여력이 없었다. 하지만 골목의 입구에 발을 내디뎠을 때, 그림자 하나 찾아볼 수 없이 텅 빈 풍경을 맞이해야만 했다.

"없어. 잘못 본 건가……."

"무슨 일입니까?"

뒤늦게 따라온 아이레스 경이 내게 물었다. 나는 골목에 눈을 떼지 않은 채 '잘못 본 것 같아요'라고 중얼거렸다.

"무엇을 잘못 보았다는 겁니까?"

"착각을 한 모양이에요. 미안해요, 아이레스 경. 괜한 일을 해서 수고스럽게 만들어버렸네요."

체면이고 뭐고 충동적으로 달려온 것이 모두 허사가 되어버렸다. 영문도 모른 채 나를 뒤따라온 아이레스 경에게 미안할 따름이었다. 하긴, 죽었다고 알려진 사람이 멀쩡하게 살아나 돌아다닐 리가 없지. 기분이 이상한 와중에 헛것을 본 모양이다. 역시 그 차 가게가 이상한 거였다.

"괜찮으십니까? 저택으로 다시 돌아갈까요?"

나는 걱정스러운 얼굴로 나를 바라보는 아이레스 경을 향해 부드럽게 웃어 보였다.

"아니요. 전 아직 경께서 주시는 위안을 받지 못했는걸요. 그러니까 괜찮아요."

조금만 더 기다렸다가 골목을 빠져나왔으면 그 '마녀'를 볼 수 있었을 것을, 이때의 나는 내가 잘못 본 거라 생각하며 바삐 걸음을 옮겼다. 그래서 다시 살아온 그녀를 볼 수 있었던 첫 번째의 기회를 놓쳤다. 애석하게도 말이다.

아이레스 경과의 외출은 그리 길지 않았다. 그를 알아본 사람에게 둘러싸여 앞으로 나아가지 못했을뿐더러, 황태자의 명으로 그를 찾아 나선 병사 때문이었다. 아이레스 경은 상당히 아쉬운 표정을 하며 걸음을 쉽게 떼지 못했다.

"전하께서 부르시잖아요."

그러나 그는 끝까지 나를 데려다주겠다고 말하며 고집을 피웠다. 그것마저도 들어주지 않는다면 가지 않겠다는 남자의 말에 나는 마지못해 고개를 끄덕이는 수밖에 없었다. 아이레스 경은 내가 저택의 정문에 내리는 것을 지켜보고 손등에 키스를 한 다음에서야 몸을 돌려 떠나갔다. 다음에 다시 바깥에서 만나 달라고 말을 하는 그의 얼굴에는 채워지지 않은 갈증이 깃들어 있었다.

집사는 내가 돌아오자 후견인의 이야기를 꺼내며 오늘 더 이상의 일정은 없다고 말했다. 그리고 어머니께서 약한 진통을 느꼈다고 알리며 미리 산파를 대기시켜야 하지 않느냐고 물었다.

"경험 많은 산파와 주치의와 그를 도와줄 다른 사람들까지 아끼지 말고 배치해요. 무슨 일이 있으면 바로 내게 알리고요."

"저녁은 어떻게 하시겠습니까?"

"생각이 없어요."

"로에나 아가씨께서 혼자 드시게 될 텐데요."

나는 집사를 바라보며 무슨 말을 하냐는 듯 두 눈을 깜빡였다.

"그 애를 위해서 넘어가지도 않는 음식을 억지로 먹으라는 말인가요?"

"그건 아닙니다. 오해십니다."

나는 작게 한숨을 내뱉으며 그에게 말했다.

"집사는 늘 한 사람만 생각하는 것 같아요. 세 사람을 생각해야 함이 당연한데도 말이에요."

"그렇지 않습니다, 아가씨."
"정말로 그렇다면 내가 하지 않겠다고 말한 일을 누군가를 위해 하라고 강요하지 말아요. 두 번 말하게 하지 말라는 소리예요. 알겠나요?"
"······예."
영리한 사람이기 때문에 내가 무엇을 말하는지 똑똑히 알아차렸을 것이다. 그러니 다음번에는 이러한 실수를 되풀이하지 않겠지.
우습게도 집사는 나를 기댈 곳이 없는 가엾은 소녀로 생각하고 있었다. 결국은 로에나에게 모든 것을 돌려주게 될, 그런 안타까운 사람으로 말이다. 지금 내 손에 쥐어진 게 비슈발츠가임을 알면서도 자꾸 현실을 부정하는 것이다. 온실 속에서 가꾸어진 꽃을 가지고서 무얼 하려고 저러나. 비바람을 맞으면서 자란 야생화가 얼마나 더 질긴 생명력을 자랑하는지 전혀 모르면서.
"어머니를 잘 살펴봐 주세요. 하녀장에게도 잘 말해놓구요. 부탁드려요."
"예. 그럼 쉬십시오."
힘이 빠진 목소리에 헛웃음조차 나오지 않았다. 나는 뒤돌아볼 생각도 하지 않은 채 그대로 방으로 걸어 들어갔다. 마리의 도움을 받아 간편한 옷으로 갈아입고 머리를 가볍게 풀어 내렸다. 들고 온 쿠키는 사이드 탁자에 내려놓은 지 오래였다. 마리를 비롯한 다른 하녀들에게 절대 손대지 말라고 경고한 다음 소파에 앉아 몸을 기대었다.
그런데 갑자기 문이 열리며 누군가 달려 들어왔다. '시스에' 하고 부르는 목소리는 로에나의 것이다.
"왜 내 하녀를 바꾸는 거지?"
그녀는 다짜고짜 말부터 꺼냈다. 새빨갛게 달아오른 얼굴을 하고서 말이다. 나는 로에나의 말에 그제야 생각났다는 것처럼 짧은 감탄의 말을 내뱉었다. 아, 그러고 보니 요즘 플랑을 시켜 로에나 주변의 하녀들을 여기저기로 이동시키고 있었지. 그것도 여기저기에 찢어 놓아 같이 행동할 수 없게 만들고 있는 참이었다.

"하녀장이 한 일인데 왜 내게 묻는 거니?"

"그걸 승인한 건 너잖아."

"물론 그러긴 하지만 타당한 이유가 있기 때문에 그런 거였어. 그런데 제대로 된 이유도 알지 못하면서 이렇게 불쑥 나타나 화부터 내면 안 되지. 로에나, 요즘 예절 교육에 너무 소홀한 거 아니니?"

천연덕스럽게 대답하는 내 모습에 로에나의 미간이 살포시 일그러졌다. 그녀는 숨을 거칠게 한번 내쉬더니만 내 앞으로 다가와 섰다. 그리고 앉으라는 말을 하지도 않았는데 자기 멋대로 자리에 앉아 나를 똑바르게 쳐다봤다.

"왜 그러는 거야. 타당한 이유가 뭔데?"

그런 그녀의 얼굴은 엄마를 잃은 아이처럼 몹시 불안정해 보였다. 로에나는 지금 자신의 터전을 빼앗긴다는 위기감을 맛보고 있는 중이었다.

"로에나, 왜 그런 표정을 하는 거야?"

나는 느긋한 어조로 그녀에게 말했다. 등을 뒤로 상당히 많이 기대고 있는 참이라 자세가 무척 불량했지만 로에나는 신경을 쓰지 않고 있었다. 단지 내가 무슨 말을 할까 귀만 쫑긋 세우고 있을 뿐이다.

"다른 사람에게 무슨 말을 들어도 내 손을 놓지 말라고 했잖아. 그런데 이렇게 바로 뛰어와서 날 비난하는 꼴이라니."

달콤한 밀어를 속삭이는 것처럼 낮게 말하는 내 행동에 로에나의 뺨이 다시금 붉어졌다. '거짓말쟁이'라고 덧붙이는 말에 큰 충격을 받은 모양이었다. 그러나 그녀는 곧 용기를 가지고서 재빠른 어조로 대꾸했다.

"하지만 계속 내 시중을 들어줬던 하녀들이야. 이렇게 바꾸는 건 옳지 못해."

"아니, 옳아."
"시스에."
나는 눈을 가늘게 뜬 채 로에나를 바라보았다. 그리고 곧 피곤하다는 것처럼 머리를 뒤로 기대었다. 내 휴식 시간을 네가 방해하고 있다는 무언의 비난이었다.
"네가 잠을 잘 못 자서 힘들어하는데도 누구 하나 알리는 사람이 없잖아. 자신의 주인을 제대로 모실 줄 모르는 하녀는 필요 없어."
"그건 마고가 말렸기 때문이야."
"로에나, 하녀장은 블랑이야. 마고가 아니라고."
"그렇지만……."
"지금 바뀐 애들이 마음에 안 들어? 더 잘해 줄 텐데?"
"하, 하지만 시스……."
"로에나, 솔직하게 말해봐. 싫어? 정말로?"
"……."
내 물음에 로에나가 선뜻 대답하지 못했다. 그도 그럴 것이 블랑에게 일부러 싹싹하면서 아부를 잘하는 애들로 골라 넣으라고 말했기 때문이다.
이전의 하녀들은 로에나에게 너무 익숙해진 상태라 거기서 더 잘할 필요성이나 이유를 얻지 못했다. 하지만 새로운 사람들은 지금의 자리를 빼앗기지 않기 위해 온갖 정성을 다할 터였다. 그러니 예전보다 시중의 만족도가 높아졌을 것이다.
"네 상냥한 마음을 모르는 바는 아니야. 하지만 널 우선적으로 생각해야지."
"나를?"
"그래. 너 말이야. 그 하녀들을 감싸 줘 봤자 너만 불편한 꼴이 되잖니? 아니면 마고 때문이야?"

로에나의 입이 다시금 다물어졌다. 나는 조롱하듯 낮게 중얼거렸다.
"착하기도 하지."
수족이 되었던 하녀를 빼앗겼어도 자신을 위한 일이라는 말로 가장하니 이렇다 할 항변조차 제대로 할 수 없다. 일을 계획한 건 하녀장인 믈랑이나 최종적으로 확정한 건 나이기 때문이다. 그러므로 로에나는 항상 그래 왔듯이 서글픈 표정을 지으며 입술을 깨물다가 이내 패배자처럼 고개를 숙이고선 내 방을 빠져나갈 것이다. 하나둘씩 내게 빼앗겨 결국 껍데기만 남을 때까지 그렇게.
"가서 잘 생각해 봐. 그리고 불편함을 감수하고서라도 그 하녀들이 되돌아오면 좋겠다는 생각을 하면 다시 내게 찾아와. 그럼 다시 돌려보내 줄게."
자신의 편의와 다른 사람에 대한 호의 중 어느 것이 먼저일까. 로에나는 선택을 종용받은 것이 놀라웠던 것인지 창백하게 질린 얼굴로 입술을 깨물었다.
이전의 그녀였더라면 주저하지 않고서 하녀를 돌려보내 달라고 애원했을 것이나, 이렇게 주저하며 고민을 하고 있다는 것 자체만으로도 로에나가 변했다는 증거였다. 그래서 나는 확신할 수 있었다. 로에나가 이 일로 인해 나를 찾아오지 않으리라는 것을 말이다.

✦

잭이 일하고 있는 정보상은 무척 솜씨가 좋았다. 어떤 의뢰를 하더라도 캐내지 못하는 정보가 없이 거의 모든 소문을 주무르고 있었다. 아마 이들은 황제의 사타구니에 점 몇 개가 박혀 있는지조차 기록해 놓았을 것이다. 그렇기에 새로운 마녀에 대해 알아오는 건 일도 아니었다.

"가게를 차리지 않았다 뿐이지 사람들을 통해서 마녀가 활동하고 있다는 소문이 조용히 퍼지고 있었어요. 그런데 너무 은밀하게 돌고 있어서 진짜인지 확인하기가 좀 어려웠어요."

잭은 내가 내어준 과자를 먹으며 천천히 입을 열었다. 말단이긴 해도 내게 건네주는 돈이 제법 많기에 그는 윗선의 총애를 한 몸에 받고 있었다. 벌써 돈이 되는 손님을 고정으로 모시고 있다고 말이다.

"저보다 못한 애들이 수두룩하거든요."

이 말을 하던 때의 잭은 평소답지 않은 거만한 미소를 짓고 있었다. 그는 조직 사람들에게서 인정을 받았다는 사실이 무척 자랑스러운 모양이었다. 잭은 물을 꿀꺽꿀꺽 들이마시며 손등으로 입술을 닦았다. 그러고는 자신의 말을 조용히 듣고 있는 나를 향해 씩 미소 지었다.

"그런데 이상한 말을 하는 사람도 있더라구요."

"이상한 말?"

"네. 죽은 마녀가 살아 돌아왔다는, 뭐 그런 거요. 그래서 기적이 일어났다나 뭐라나. 그래서 더 믿고 따른다 하더라구요. 그런데 접촉하기가 굉장히 어려워요. 누군가에게 보호받고 있다는 느낌?"

"보호받고 있다는 건……."

"네, 알리기 싫다는 거죠. 윗분의 말로는 이렇게 전하면 아가씨께서 알 수 있을 거라 하던데요?"

보통의 사람이라면 죽은 자가 다시 살아났다는 것을 믿지 않았을 것이다. 그러나 나만 하더라도 죽음을 거스르다 못해 시간까지 역행하지 않았나. 또 다른 기적이 일어나지 않으리라는 법은 없는 것이다. 그러면 나와 같은 사람이 또 생겨난 것인가.

문득 마녀가 예언했던 말의 한 구절이 생각났다.

"죽음이 다가온다. 사신이 낫을 들고서 그대의 주변에 서 있다. 그러니 죽음을 거스른 여인, 운명에 얽매이지 않는 여자를 찾아서 곁에 두어라. 그리하면 빛을 보리라."

죽음을 거스른 여인이라는 건 그녀 자신을 말하는 거였나. 묘하게 안도가 되면서도 어쩐지 기분이 이상해지고 있었다. 동시에 황태자가 떠올랐다. 그가 이것을 알게 되면 마녀를 곁에 두려고 할지 모른다. 어떻게든 그녀를 찾아서 황궁으로 데려 가겠지. 정말로 마녀가 죽다 살아난 것이고, 황태자가 이전에 들었던 예언을 믿는다면 말이다.
"……가씨, 아가씨?"
너무 곰곰이 생각하고 있던 탓일까. 잭이 부르는 소리를 듣지 못했다. 나는 화들짝 놀라며 말을 더듬었다.
"으, 으응?"
"뭘 그렇게 생각하세요?"
"아냐, 아무것도. 그래서 지금 말한 게 전부니?"
"마녀랑 접촉한 사람에게 이 이야기를 들었어요. 그녀를 보호하는 사람을 지칭하는 것 같은데, 혹시 도움이 될까 봐서요. 그 사람에 대해 어찌나 투덜대던지 잊을 수 없다고 하더군요."
"보호하는 사람?"
"네."
잭이 고개를 크게 끄덕이며 말을 이어 나갔다.
"손에 화상이 가득해서 징그러워 죽겠는데, 자꾸 자신에게 화상 연고를 만들라고 해서 힘들다고요. 그렇게 투덜거렸답니다."
"화상? 화상이라……. 그래, 약재상!"
"예?"
내가 탄성과 같은 소리를 내지르자 아이의 표정이 묘하게 변했다. 당최 무슨 말인지 모르겠다는 얼굴이다.
"보호를 받고 있으니 다니는 거리가 한정되어 있을 거야. 그리고 그 안에는 네가 만났던 사람의 집도 포함되어 있겠지. 그러니 그 주변에 있는 약재상을 돌아다니며 화상에 좋은 약재를 사 간 노파나 사람이 있는지 살펴보렴. 그럼 무언가가 나오지 않겠니?"
"아, 그러면 되겠네요."
"그리고 소문 하나만 퍼뜨려 주려무나."
"소문이요? 무슨 소문을 말씀하시는 거예요?"
"허무맹랑한 이야기를 말하는 거란다. 죽었다고 알려진 늙은 마녀가 죽음을 거스르고 기적처럼 살아났다, 와 같은 헛소문 정도면 되겠구나."
잭은 내 말에 다시금 고개를 갸웃거렸다. 아이의 눈동자는 이런 걸 퍼뜨려서 뭐 하느냐는 듯 나를 바라보고 있었다. 나는 빙그레 웃으며 대답했다.
"아주 중요한 일이라서 그래. 아, 물론 너와 네가 몸담고 있는 정보상이 퍼뜨렸다는 소문이 돌지 않도록 은밀하게 진행해야 할 거야. 그리고 잭, 늘 네 몸을 먼저 생각하렴."
"이런 간단한 것도 못 할까 봐요. 걱정하지 말아요. 다치는 건 죽어도 싫으니까."
나는 야무지게 대답하는 잭을 기특하게 바라보다가 다음에는 아리나와 함께 오라고 말했다.
그러자 아이의 뺨이 새빨갛게 달아오르며 곧이어 '그, 그런 되바라진 계집애랑 왜 와요!'라고 소리가 튀어나왔다. 묘하게 부끄러워하는 얼굴이라 듣는 내가 다 어리둥절할 지경이었다.
"그럼 따로 부를까?"
"아, 에이씨. 내가 알아서 할게요. 오늘은 이걸로 끝이니까, 다음에 올 때까지 부르지 마세요."

 어린 고양이가 털을 세우며 캬르릉 울부짖는 게 이런 모습일까. 나는 간다는 인사도 없이 바로 씩씩거리며 문으로 달려가는 잭의 뒷모습에 크게 소리 내어 웃었다. 늘 생각하는 거지만 잭과의 만남은 유쾌하다. 항상 기분이 좋았다. 이것은 아리나를 만날 때와는 또 다른 기쁨이었다. 그래서 이러한 평화가 지속되길 바랐다. 적어도 내 공간 안에서만큼은 말이다.

 며칠 후 후견인을 따라 참석한 사교계에서 죽음에서 부활한 기적적인 여인에 대한 이야기가 떠돌았다. 귀족은 그 신비한 마녀에 대해 호기심을 보이며 만났으면 좋겠다고 속삭였다. 혹자는 그녀처럼 죽어서도 다시 살아 돌아올 수 있기를 바란다며 부러워하기도 했다. 은연중 점이라는 건 천박한 이들만 보는 거라며 크게 얕봤던 자들도 이번만큼은 마녀에 대한 강렬한 흥미를 보이고 있었다. 이는 샤토루도 마찬가지라, 그녀는 아랫사람들을 닦달하여 마녀를 찾아오라고 요구했다.

 마담이 마녀를 찾는 건 거의 다 죽어 가는 황제를 위함이라는 것을 모르는 사람은 없었다. 그래서 도심에는 마녀의 초상화를 들고서 골목 여기저기를 기웃거리는 병사들로 넘쳐 났다.

 그리고 며칠 후 병사들은 마침내 스스로를 소문의 마녀라 주장하는 사람을 데리고 왔다. 기이하게도 그 마녀는 화려하게 생긴 미녀로 내 기억 속의 고약한 노파와는 전혀 다른 생김새를 하고 있었다. 사람들은 마녀가 초상화와 무척 다르다면서 사기꾼이 아니냐고 속삭였다. 마녀를 찾은 샤토루가 모두에게 자신의 공을 자랑하기 위해 그녀를 연회로 부른 참이므로, 나 역시 '마녀'의 얼굴을 볼 수 있었다.

 마녀, 아니, 스스로를 마녀라 부른 여자는 의심스러운 눈초리가 쏟아지는 가운데서도 꿋꿋하게 서 있었다. 그리고 그녀의 곁에는 기묘한 가면을 쓴 사내가 자리하고 있었는데, 어쩐지 눈에 익어 이상하다는 생각이 들었다. 저 사람을 어디에서 보았을까? 왜 이리 익숙하게 느껴지는 거지?

"초상화 속의 얼굴과 지금의 얼굴이 무척 다른데? 네가 정말로 그 마녀가 맞단 말이냐?"

샤토루의 물음에 미녀는 빙그레 웃으며 달콤하게 속삭이는 듯한 목소리로 나긋나긋하게 말했다.

"죽음에서 돌아왔는데 시간도 거스르지 못할 이유가 무어 있겠습니까?"

사기꾼이라 하기에 너무나 당당한 모습이었다. 그래서 사람들은 할 말을 잃고서 그녀를 바라보았다. 그 말이 진실이라면 우리는 정말로 기적을 목도하고 있는 것이므로, 어떻게 감히 입을 열 수가 없었던 것이다.

그러나 샤토루는 만만치 않은 여자였다. 그녀는 미녀의 말에도 불구하고 코웃음을 치면서 두 눈을 가늘게 떴다. 그리고 붉게 칠해진 입술을 열어 협박에 가까운 말을 내뱉는데, 황제의 총애를 받는 창녀가 발언한 것이라고 믿을 수 없을 만큼 잔혹한 단어가 튀어나오고 있었다.

"거짓을 고한 거라면 혀와 사지를 자를 것이다. 그런 다음 바로 지하감옥의 죄수들에게 던져 주어 죽지도 살지도 못하게 할 테다. 그러니 솔직하게 말하려무나. 정말로 네가 소문의 마녀가 맞단 말이냐?"

"감히 어느 안전이라고 거짓을 고하겠습니까?"

"그걸 어찌 증명을 하지?"

"약을 지어줬거나 저주를 건 사람들에 대해 말할 수 있습니다. 게다가 저는 예언을 하는 자입니다. 앞으로 일어날 일에 대해 말씀드릴 수도 있습니다."

"예언이라……."

샤토루가 요염한 미소를 지으며 몸을 비틀었다. 그리고 주변을 훑어

보며 동의를 구하는 듯 물어보는 것이다.

"어떻게 생각들 하시나요? 잠깐의 여흥으로 들어 봄 직하지 않나요?"

"그런 거라면 당연히 들어야 하지요."

"소문의 마녀가 하는 예언이라면 그 누구라도 궁금해하지 않겠습니까?"

여기저기서 아부에 가까운 동조가 흘러나왔다. 샤토루는 그 말을 들으며 흐뭇한 미소를 짓고 있었다. 손에 들린 담배가 빠르게 타들어가고 있었지만, 다시 입에 대는 일 없이 마녀와 귀족들을 번갈아 볼 뿐이다.

잠깐의 시간이 지났을까. 그녀는 담배를 한 모금 빨아들이더니 나른하게 젖은 시선을 하고서 마녀라고 주장하는 여자에게 거만한 어조로 말했다.

"어디 한번 들어 보자꾸나, 그 대단한 예언."

샤토루의 행동은 눈에 빤했다. 마녀가 진짜임을 증명하여 혹시 모를 일에 대한 공과를 분명히 하겠다는 뜻이었다. 그 얄팍한 수에 헛웃음이 나왔지만, 대부분의 사람이 그녀의 행동에 침묵했다. 황제의 애첩이 발악하는 꼴을 천천히 즐기겠다는 건지, 혹은 다른 꿍꿍이속이 있는 것인지는 모르겠지만 오늘 초대받은 귀족의 대부분이 마녀라고 주장하는 미녀와 샤토루를 흥미진진하다는 시선으로 지켜보았다.

이번 해에 들어 마담은 하루에도 몇 번씩 천국과 지옥을 오가는 삶을 살고 있었다. 황제의 늙은 몸이 빠르게 무너져 내리고 있다는 사실은 이제 비밀조차 되지 않았다. 신전 전용 마차가 매번 급하게 황궁을 향해 달려가는데 모를 리가 없었다. 하지만 대놓고 이야기를 나누는 불경을 저지를 순 없는지라 그저 조용히 예정된 결말을 기다릴 뿐이다.

황제의 상태는 하루하루가 달랐다. 어떤 때는 놀랍다 싶을 정도로 멀쩡했고, 또 어떤 때는 미리 준비된 관을 열어야 하나 고민할 정도로 숨을 가쁘게 헐떡였다.

대륙을 호령했던 강인한 남자는 이제 회색의 거무죽죽한 가죽을 뒤집어쓴 채 애첩의 풍만한 가슴에 얼굴을 묻으며 죽음의 기운을 뿜어내고 있었다.

작년만 하더라도 술과 여색에 취해 새로운 창녀를 맞이했던 황제건만, 그것이 생의 마지막 젊음이었음을 그 자신조차 몰랐다. 황후보다 더 자주 황제와 동침했던 샤토루 또한 사신의 그림자가 절대자의 침실의 한 자락에 캐노피처럼 드리워져 있음을 눈치채지 못했다.

황제의 건강 악화에 대해 조금이나마 입에 올릴 수 있게 된 건 황태자의 생일이 지난 다음부터였다. 작년만 하더라도 제법 건강한 모습으로 파티를 주도했던 제국의 태양은 이번 해에 이르러 벌써 이백 번이나 넘게 의사와 신관을 불렀다.

새벽 내 고요한 표정으로 잠을 자던 황제가 갑자기 죽을 것처럼 헐떡이자 샤토루가 사색이 된 표정을 하며 어린아이처럼 울음을 터뜨렸다는 건 사교계를 한차례 휩쓴 수많은 소문 중의 하나였다. 황제의 발작을 진정시켰지만 그 이상의 회복세를 보여 주지 못한 의사가 그녀의 명령으로 인해 목이 잘렸다는 사실 또한 말이다. 샤토루의 기반은 오롯이 황제에게서 나오므로 그녀의 불안함은 모두의 공감과 비웃음을 샀다.

본디 창녀의 세계에서 늙은 예언가나 치료사와 결탁하여 상대방에게 주술을 걸거나 낙태를 종용하는 건 흔한 일이었다. 한때의 젊음을 무기로 장사하는 그네들인지라 미래에 대한 불안함이 누구보다 컸다. 그래서 온갖 종류의 사술과 비방으로 자신의 앞날을 꿰뚫고자 했다.

샤토루 역시 마녀가 보여 주는 기적을 바랐을 것이다. 그래서 믿을 수 있을 만한 무엇인가를 모두와 함께 보고자 했을 테다. 그러므로 자신을 마녀라고 주장하는 미녀가 그 믿음에 보답하지 못한다면, 미리 공언한대로 가장 비참한 죽음을 맞이하게 될 터였다.

미녀는 두렵지 않다는 것처럼 태연하게 입을 벌렸다. 자신만만하게 올라간 입꼬리가 모두의 눈앞에서 예언하게 된 것이 당연하다고 여기는 것처럼 보였다. 그만큼 그녀는 자신의 말에 확신이 차 있었다.

하지만 그녀가 '검'이라는 말을 채 내뱉기가 무섭게 뒤쪽에서부터 술렁거리는 소리가 들리며 사람들이 옆으로 갈라서기 시작했다. 그들은 질병에 걸린 이를 본 것처럼 기겁하며 몸을 사렸다. 부채를 빠르게 흔들며 얼굴을 가리는 여인들의 표정엔 숨길 수 없는 혐오와 조롱이 가득했다.

소란의 주인은 금세 밝혀졌다. 검은 가면을 쓴 비대한 남성이 뒤뚱거리며 앞으로 걸어 나오고 있었다. 귀족들은 그가 지나갈 때마다 '대공'이라는 말을 속삭였다.

"작년보다 더 뚱뚱해진 걸 보세요. 돼지 한 마리가 지나가는 것 같아. 저런 몸을 가지고서 그렇게 호색을 부린다죠?"

"저 밑에 깔리면 숨이나 쉴 수 있을지 몰라. 살에 깔려 죽지나 않으면 다행이죠. 저런 사람이 제국의 하나뿐인 대공이라니, 수치스러워서 어디 살 수가 있나요?"

저 사람이 대공이라고?

나는 두 눈을 크게 뜨고 '대공'이라 지칭되는 자를 바라보았다. 그는 얼굴의 반을 검은 가면으로 감추고 나머지 반을 드러내고 있었는데, 사람들의 시선에 훤히 노출된 그의 뺨과 턱 부근, 목덜미는 심한 화상 자국으로 인해 살이 오그라들어 있어 차마 보기가 어려울 정도였다.

장의사를 연상시키는 검은 옷 위로 수많은 보석이 어지럽게 박혀 이리저리 흔들렸다. 두툼한 허리춤에는 장식으로 보이는 화려한 검이 위태롭게 매달려 있었다. 금실로 정성 들여 수놓은 망토는 길이를 제대로 가늠한 게 아닌지 바닥에 질질 끌려 모두의 눈총과 비웃음을 샀다.

리본으로 묶은 푸른 머리카락은 목덜미를 겨우 덮는 수준으로 한 걸음 내디딜 때마다 옷깃에 걸려 지저분하게 흩날렸다.

걸어 나오는 것만으로도 힘에 겨운지 한 손에 들린 실크 손수건으로 연신 턱에 맺혀 있는 땀을 닦아 내는 사내의 모습은 퍽 꼴사나웠다. 어딜 봐도 제국의 대공다운 위엄은 없었다.

하지만 샤토루와 다른 사람들은 그를 대공으로 여기며 맞이했다. 특히 마담은 그 때문에 예언을 듣지 못한 것이 불만이라는 것처럼 입술을 크게 부풀리며 투정에 가까운 말을 서슴없이 쏟아 냈다.

"이제 막 재미있는 말을 들으려던 참이랍니다. 그런데 이렇게 예고도 없이 나타나 흥을 깨면 어쩌란 말예요? 정말 너무하세요, 대공 전하."

나는 재빠르게 대공이라 불린 자를 살피며 한숨을 삼켰다. 테오도르 비트라이스가 대공이 아니라는 건가? 하지만 그때 분명히 화상 자국을 봤는데?

이럴 때면 아무것도 모른 채 살아가던 이전의 내가 참 한심하게 느껴졌다. 나름 치열하게 살았다 여겼건만, 지금에 와서 돌이켜 보면 아는 것이 하나도 없는 반편이나 다름없었다. 예전에 이런 연회에 초대받은 적이 없었기에 대공을 볼 기회를 잡지 못했다 하더라도 소문 정도는 들을 수 있었을 텐데, 왜 이렇게 떠오르는 게 아무것도 없는지 모르겠다. 그저 답답할 뿐이다.

대공은 마담의 말에 크게 웃으며 달래듯 입을 열었다. 깊게 잠긴 듯 거칠게 흘러나오는 목소리가 신경을 거슬리게 만들었다. 주변의 모든 사람이 인상을 찌푸리며 그를 바라보았다.

"하하, 지금이라도 다시 들으면 되는 거 아니겠습니까? 그럴 시간은 충분하잖습니까."

그는 샤토루와 친근하게 이야기를 나누고 있었다. 사람들은 마담과 대공을 바라보며 계속 수군거렸다.

"한동안 수도에 올라오지 않아서 잊고 있었는데, 왜 왔는지 모르겠어요."

"왜 오긴요. 폐하께서 미령하시니 혹시나 하는 마음에 기웃거리는 거지요."

"저 목소리 좀 들어 봐요. 정말이지 소름이 다 끼쳐."

나는 부채로 입을 가린 채 최근에 알게 된 부인 중 한 명에게 낮은 목소리로 물었다.

"대공 전하라면 폐하의 동생이라는 그분 말인가요?"

"어머, 그러고 보니 비슈발츠 영애는 대공 전하에 대해 잘 모르겠군요. 네, 저분이 바로 제국의 단 한 명뿐인 대공 전하랍니다."

"그렇군요. 그러고 보니 푸른색의 머리카락이 황태자 전하와 같아요. 그런데 평소에도 가면을 쓰고 다니시나요?"

"아니요. 어릴 적에 크게 화상을 입고 난 다음부터랍니다. 정말로 아름다운 분이셨는데, 그 일로 얼굴이 크게 상했지 뭐예요. 많이 상심하셨는지 그 이후론 가면을 쓰고 다니시고, 몸도 조금씩 비대해지기 시작했죠."

"어릴 적부터라 하셨나요? 그럼 그동안 전하의 민낯을 본 이가 없다는 소리네요?"

"왜 아니겠어요? 조금 불경스러운 말이지만."

여자는 목소리를 더 은밀하게 낮추며 속삭이듯 말했다.

"누가 화상으로 일그러진 얼굴을 보고 싶어 하겠어요? 차라리 모르는 척하는 게 낫죠. 게다가 이 여자 저 여자 안 가리는 호색한이 다 되었잖아요. 젊고 아리따운 여자라면 사족을 못 쓴다 하니 영애께서도 조심하세요."

"저 말인가요?"

"네. 전하로 인해 망가진 영애가 한둘이 아니거든요. 어떤 분은 수치스러움을 못 이겨 자살까지 했답니다."

부인은 대공에 대한 역겨움을 신나게 토로했다. 벌써 두 번이나 상처(喪妻)했는데, 병이 아닌 대공의 학대로 인한 타살이라는 소문이 심상찮게 돌고 있다는 것이다. 그녀는 대공을 상대했던 창녀 중 한 명이 목이 졸린 흔적을 보여 주며 그를 미치광이라 비난했다는 이야기도 덧붙였다.

"변태죠."

그렇게 말하는 부인의 눈동자는 자신보다 높은 이를 조롱할 수 있는 현실에 대한 저열한 기쁨이 깔려 있었다. 그녀는 어느새 사람들에게 잊혀 한구석에 쫓겨나듯 서 있는 미녀를 향해 눈짓하며 다시금 속삭였다.

"그나저나 저 마녀는 언제까지 저리 서 있을 참일까요?"

대공은 무슨 할 말이 그렇게 많은 건지 샤토루를 붙잡고서 놔주지 않고 있었다. 마담이 대놓고 인상을 찡그리며 자리를 피하려 해도 눈치 없이 따라다니면서 계속 입을 열어 댔다.

덕분에 마녀에 대한 호기심이 떨어진 사람들은 저마다 삼삼오오 모여 연회를 즐기기 시작했고, 나 역시 나를 부르는 이들을 향해 걸음을 옮기려고 했다. 내 등 뒤에 조용히 서서 내 이름을 말하는 익숙한 목소리만 아니었다면 말이다.

"비슈발츠 영애."

나는 부채로 얼굴을 가린 채 슬쩍 눈만 옆으로 돌렸다. 기묘한 가면을 쓴 사내가 기둥 뒤에서 몸을 반쯤 숨긴 채 정확히 나를 바라보고 있었다. 미녀의 옆에 서 있었던 남자다. 어쩐지 기시감이 든다 했더니만 이런 식으로 또 만나게 될 줄이야.

"비트라이스 영식…… 이라 해야 하나요? 아니면 정체를 감춘 분이라고 해야 할까요?"

"이런, 실망감이 가득 찬 목소리로군요. 그래도 뭐 어쩔 수 없지요. 지금은 정체를 감춘 사람이라고 여겨 주시길 바랍니다. 적절한 대화를 나누기 전까지 말이지요."

그는 내 말을 부인하지 않고서 어깨를 으쓱였다. 그리고 뒤로 살짝 물러나는데, 마치 자신을 따라오라는 것처럼 보였다.

나는 주변 사람에게 양해를 구한 뒤 조용히 홀을 벗어났다. 다른 곳으로 향하기 전 문득 고개를 돌려 미녀가 있는 곳을 봤지만 이미 그녀는 사라지고 없었다. 샤토루는 대공에게 붙잡혀 미녀가 없어진 줄도 모르는 참이었다.

비트라이스 영식은 황궁의 구석진 곳을 찾아 먼저 자리 잡고 서 있었다. 사람의 시선을 피할 수 있을 만큼 은밀한 곳이라 되레 등골이 오싹해졌다. 어떻게 이런 장소를 알았는지 모르겠으나 그는 황궁의 지리에 무척 익숙한 듯했다.

"조금만 더 온화한 표정을 지어주시면 안 되겠습니까? 제겐 언제나 차가운 미소만 보여 주시는군요."

그는 나와 대단한 친분을 가진 것처럼 천연덕스럽게 굴며 다정함을 요구하고 있었다. 그 뻔뻔함에 기가 찼지만 나는 아무렇지 않다는 듯 조용한 목소리로 대답했다.

"그러기엔 영식과의 만남이 늘 평범하진 않았죠. 그래선지 자꾸 감정이 변화해요."

"어떻게 말입니까?"

"처음에는 감사가, 두 번째에는 호기심이, 세 번째에는 의아함이 그리고 이제는……."

"이제는요?"

나는 바로 입을 열어 말하는 대신 얼굴을 가리고 있는 부채를 접었다. 그리고 눈을 들어 가면 속의 그의 눈동자를 강하게 응시했다. 거짓을 뒤집어쓰고 있는 사내의 얼굴을 잘 알고 있으므로 어떤 표정으로 날 바라보는지 상상하는 것은 어렵지 않았다. 다만 갈색으로 물들여 어깨 위로 아무렇게나 흘러내린 머리카락이 조금 어색하게 느껴질 뿐이다. 그가 아닌 것 같아서였다.

"쓰고 있는 가면을 되레 제가 써야 할 것 같은 기분이 들어요."

테오도르 비트라이스의 외모는 황태자와 비교해 봐도 뒤떨어지지 않을 만큼의 야성적인 아름다움이 있었다. 그렇기에 그와 같은 사람이 널리 알려지지 않을 리가 없다. 아름다운 것을 좋아하는 사교계이지 않나. 살짝 얼굴을 비친다 하더라도 그날로 모든 사람의 입에 오르내리며 신상이 파헤쳐질 것이라는 건 당연한 일이었다.

그런데 나는 이전의 삶이나 지금이나 그에 대한 기억이 없다. 쉽게 잊히지 않는 용모임에도 불구하고. 무엇보다 그를 대공이라 가정한다면 지금과 같은 미미한 존재감이 매우 수상쩍게 다가오지 않을 수 없었다.

어째서일까? 왜 이런 사람이 계속 묻혀 있었던 거지?

이것은 남자를 볼 때마다 종종 든 의문이었다. 그런데 오늘에 와서야 그간의 의아함이 조금 풀리는 것 같았다. 두 가지의 추측이 가능했기 때문이다.

하나. 가짜를 전면에 내세워 놓은 다음 정작 자신은 이렇게 매번 가면을 쓰고 돌아다니기에 사교계의 대부분이 비트라이스의 진정한 얼굴을 모른다. 화상을 입은 다음부터 지금까지 그의 얼굴을 본 사람이 없다는 게 이 가설에 힘을 주고 있었다.

둘. 비트라이스는 지금껏 가짜 귀족 흉내를 내왔다. 이 남자는 대담한 사기꾼이다. 물론 그간 그가 보여 준 모습을 떠올린다면 전자에 더 무게감이 가는 건 사실이었다. 기이하게도 홀 안에 있는 사내가 대공이라는 생각이 들지 않았다. 기묘한 직감이 내게 속삭이고 있었기 때문이다. 이 남자가 황제의 어린 이복동생이라고 말이다. 내가 그를 귀족처럼 대하고 있는 것도 이러한 연유에서였다.

비트라이스는 내 말에 작은 웃음을 터뜨리며 양손을 어깨 위로 들어 올려 손바닥을 내보였다. 무엇에 대한 항복의 표시인지 모르겠으나 가면 너머의 그는 무척 재미있어하고 있었다.

"안타깝게도 가면을 드리지는 못할 것 같습니다. 이걸 벗으면 차마 감출 수 없을 것 같기 때문입니다."

"무엇을 말씀하시는 건가요?"

"아주 무례하면서도 간단한 질문과 그에 따른 제 반응을 말이지요. 그러니 표정을 감추고 있을 때 잽싸게 여쭤봐야겠습니다. 비슈발츠 영애, 부친의 장례 이후 어느 정도 진전은 있으셨습니까?"

나는 대답하지 않은 채 차분하게 그의 다음 말이 이어지기를 기다렸다. 테오도르 비트라이스는 황태자와 닮은 듯하나 사람의 신경을 긁는 데엔 더 일가견이 있는 자였다. 그의 음습한 어조는 불쾌감을 동반할 뿐더러 상대로 하여금 거부감을 느끼게 했다. 어두운 구석에 몸을 숨기듯 대화를 나누고 있어선지 더더욱 그러는 것 같다. 강요된 침묵이 내려앉고 있었다.

"그러고 보니 후견인과 사이가 무척 좋다고 알려져 있더군요."

그의 말에 나는 무슨 말을 하냐는 듯 고개를 돌리며 부채를 다시 펼쳐 들었다. 그러고는 코 밑까지 가린 상태로 차분하게 앞뒤로 흔들었다. 앞으로 있을 싸움을 위해 비단과 깃털로 공들여 만든 여인만의 방패를 들어 올린 것이다.

그런 다음 태연한 목소리를 가장하여 답했다.

"사이가 안 좋을 이유가 없으니까요. 만일 다른 것을 언급하고 싶으셨던 거라면 부디 아니라고 해주시길 바라요."

"사교계의 사람만큼 상상력이 좋은 이도 없지요."

그는 부정도 긍정도 하지 않는 모호한 말을 내뱉었다. 목소리에 담긴 건 희미한 웃음이었다. 즐기고 있다는 소리다. 이런 은밀한 곳까지 데려와 놓고서 한다는 게 겨우 추문의 진상이라……. 나는 그가 제대로 된 생각을 가지고 있는 건지 살짝 의심이 들었다. 앞으로 이어질 대화의 대부분이 이런 식이라면 더는 들어 볼 것도 없이 떠나야겠다는 생각을 하면서.

사실 사교계에 익숙한 귀족이라면 보통 이때쯤 말을 빙빙 돌려 가며 자신의 의도를 넌지시 내비쳤을 것이다. 혹은 약점이 잡힐 때까지 방금 전의 추문을 집요하게 물고 늘어지든가.

하지만 테오도르 비트라이스는 내 생각을 알기라도 하듯 좀 더 과감하고 솔직하게 자신의 의견을 말했다. 평소 날 어떻게 보았는지 모르겠지만, 그는 내가 이 상태에서 머무르지 않으리라고 확신하고 있는 것 같았다.

"사실 제가 드리고 싶은 말은 이겁니다. 후견인은 후견인일 뿐, 진정한 주인이 될 수 없다고 말입니다. 네, 그렇습니다, 영애. 저는 지금 영애께 하나의 방향을 제시하고 있는 겁니다. 비슈발츠가의 진정한 주인에 대해 말입니다."

다행히 그는 아직 후견인이 나를 위한 꼭두각시에 불과할 뿐, 가문을 움직이는 건 실상 나라는 사실을 모르는 듯했다. 그러니 이런 거만한 어조로 제안과 같은 헛소리를 운운하며 말을 이어 나갈 수 있는 거겠지.

나는 무슨 의도로 그런 말을 하는지 모르겠다는 것처럼 어깨를 움츠리며 그를 바라보았다. 아마 지금의 나는 가녀린 짐승처럼 경계 어린 시선을 하고 있을 터였다. 가문을 어지럽히는 일을 하지 않겠노라는 마음을 노골적으로 표현하는 것처럼. 그래야 그가 더 자세히 속내를 밝힐 수 있을 테니까.

"세상에, 지금 무슨 말씀을 하시는 거예요. 다른 방향이라니. 후견인은 폐하께서 정해 주신 일로 어떻게 그 뜻에 반하겠어요?"

"아니오. 영애께서 원하신다면 충분히 가능합니다. 제가 도와드리겠습니다."

"가면으로 자신을 감추고 계신 분이요? 부디 그런 말씀일랑 하지 마세요. 영식께서는 제 출신의 한미함을 감사히 여겨야 할 거예요. 다른 이 같았으면 벌써 신분을 의심하며 따라나서지도 않았을 테니까요."

"이렇게 나타나니 제가 다른 사람처럼 보입니까?"

"이전에 그 위험한 골목에서 저와 마주쳤다는 것만으로 충분히 의심해 볼 만한 상황이지요."

"그런데 왜 따라 나오신 겁니까?"

나는 호기심이라고 말하는 대신 그의 소매에 시선을 내렸다. 그리고 조용한 어조로 속삭이듯 말했다. 마치 다른 것에 관심이 있다는 것처럼.

"아아, 오늘은 소매가 풀리지 않았네요."

비트라이스가 내 얼굴을 보고 있다는 걸 알기 때문에 일부러 느릿하게 눈을 감았다 떴다. 그러면서 말을 이어 나갔는데, 나직하게 흘러나오는 목소리가 다분히 유혹적이었다.

"아쉬워라……. 그래도 '그 흔적'을 보이는 것보다는 훨씬 낫네요."

내가 그의 눈동자만을 볼 수 없듯이 그 역시 부채로 가려진 입술을 지켜볼 수 없기에 지금 내가 어떤 표정을 하고서 말을 꺼내는지 알 수 없을 터였다. 오로지 눈 하나만 가지고서 모든 것을 유추해야 할 판이다. 그러라고 부채로 얼굴을 가린 거였다. 서로 공평하게 하나씩만 내놓자고 말하기 위해서. 그것도 마음의 창이라는 '눈'으로만 말이다. 그리고 그는 그에 대한 대답을 희미한 경계로 내어놓았다.

"마치 무엇을 본 것처럼 말씀하시는군요, 영애. 그래서 거부감을 보이시는 겁니까?"

"그렇다면요? 솔직한 어조로 상냥하게 답해야 하나요?"

"아니요, 무엇을 보셨는지 익히 알 것 같으니 답하지 않으셔도 됩니다. 이를 감추려 한다면 의심하실 게 분명하니까요."

나는 부러 투정 섞인 목소리를 가장하며 이전에 그에게 보여 주었던 것처럼 철없는 영애의 흉내를 냈다. 사내의 말을 피해 가는 것이 오롯이 감정적인 느낌 때문이라는 것을 강조하기 위해서였다.

"속상하여라. 왜 그렇게 여기는지 모르겠지만 저는 항상 눈에 보이는 것만 믿는답니다. 지금의 의심 역시 눈에 보이는 가면 때문에 그러한 것이고요. 그러니 저를 곡해하지 말아주세요."

"……솔직함에 대해 맹세코 말입니까? 부디 그렇다고 말해주십시오."

"어머나, 맹세라니요. 사실 그 말을 영식께서 꺼냈다는 자체가 저는 조금 우스워요. 모든 것을 감추려는 분이 할 말은 아니잖아요. 자꾸 저에게만 손해를 볼 것을 강요하시는데, 그건 신사 된 도리로서 할 짓이 아니지요. 정말이지 영식은 제게 너무 무례하세요."

"이런, 저는 그 누구보다 영애께는 솔직하려고 노력하고 있는데 말입니다."

"제안이라는 이름으로 제 어두운 마음을 부추기고 계시잖아요."

"어두운 마음입니까?"

비트라이스가 뜻밖의 말을 들었다는 듯 내게 물었다.

"방향을 제시한다는 자체가 그런 뜻이 아닌가요? 설마 제가 오해한 것은 아니겠죠? 세상에, 만일 그런 거라면 지금 당장에라도 영식께 사과의 말을 드린 다음 이 자리에서 물러나겠어요."

내 말에 그가 다소 빠른 목소리로 대답했다. 어이가 없다는 것인지 그의 목소리엔 헛바람이 조금 섞여 있었다.

"영애께서는 지금 저를 신사답게 만들기 위해 노력하시는군요."
나는 상냥한 목소리를 가장하며 말했다.
"영식께서 저를 숙녀 대접을 해주고 계시니까요. 그러니 응당 그에 걸맞은 모습을 보여드려야 하지 않겠어요?"
그러다가 문득 가면 안에 짓고 있을 그의 표정이 궁금해졌다. 자신의 뜻대로 움직여 주지 않는다며 화를 내고 있을까, 아니면 냉소를 지으며 또 다른 방책을 강구하고 있을까? 그것도 아니라면 의중을 알 수 없는 표정을 한 채 입가를 싸늘하게 굳히고 있을까? 그러나 가면 속에서 흘러나오는 사내의 음성은 생각보다 차분했다.
"영애께서는 볼 때마다 놀라운 모습을 보여 주시는군요. 처음에는 도움을 바라는 것처럼 위태롭기 짝이 없더니, 이제는 이 정도의 호의쯤은 필요 없다는 것처럼 행동하십니다."
"귀족의 성을 달고 나니 그럴 수밖에 없게 되더군요. 이게 얼마나 무거운지 영식께서도 알고 계시잖아요. 그러니 이런 모습을 보이는 거겠지요."
"이런 모습이라니, 무엇을 생각하고 계시는 겁니까?"
나는 부채를 천천히 내려 그의 시선에 입술이 와 닿게 했다. 아마 내 얼굴은 무표정 가운데서 입술 끝만 올라간 아주 기묘한 표정을 하고 있을 터였다. 웃는 것도, 그렇다고 해서 화내는 것도 아닌 미소와 조소가 뒤섞인 복잡한 표현은 고작 근육을 미세하게 움직이는 것만으로 충분했다. 이것은 사내로 하여금 어떻게든 반응하게 하기 위한 미끼였다.
"왜 가면을 쓰는 것일까, 귀족의 성을 달고 있음에도 불구하고 왜 영식을 사교계에서 들어 본 적이 없을까? 도대체 정체가 뭘까? 다른 사람에게 언급해도 되는 걸까?"
"하?"
"내가 말할 때마다 몸을 움찔거리면서 당황하는 영식의 행동. 그런

걸 말하는 거예요."
"무슨 의밉니까?"
"방금 손을 말았다가 펴셨잖아요."
나는 눈을 휘어 가며 부드럽게 웃었다.
"한순간이지만 절 무섭게 만드셨잖아요. 그게 의식하지 못한 행동이라 하더라도 전 똑똑히 보고 있었는걸요."
손에 접힌 부채가 탁 하는 소리와 함께 손바닥 안으로 들어왔다. 이제는 감정을 감출 일 없이 노골적으로 행동하겠다는 무언의 외침이었다.
"그래서 고민이 되는 거지요. 나에게 도대체 무슨 말을 하고 싶은 걸까, 하고요. 아주 잠시뿐이지만 영식께서 제게 의존하고 싶어 하나라는 생각도 들었답니다."
"⋯⋯지금 제게 의존적이라고 이야기하신 겁니까?"
"그럼 굳이 저에게 제안을 하는 이유가 뭔가요? 제 무엇이 영식을 사로잡은 거죠? 아니, 당신의 힘이 그 정도로 큰가? 그것도 아니라면 날 납득시켜 봐요."
"납득시키지 못한다면 어떻게 되는 겁니까?"
"글쎄요, 한 가지는 확실하게 알게 되는 거겠죠. 영식이 매우 의존적이라는 사람이라는 것."
순간 그가 몸을 접혀 가며 크게 웃음을 터뜨렸다. 누가 오든 상관없다는 듯 박장대소를 하는 남자의 행동은 이해가 가면서도 조금 의아한 데가 있었다. 무시를 당했다는 생각에 분노를 터뜨릴 줄 알았더니만 되레 호탕한 웃음을 지으며 넘겨 버리니 김이 팍 새는 기분이었다.
모처럼의 도발이 쓸모없게 되어버렸다. 은근슬쩍 속내를 떠보려고 했는데, 그는 이것을 마치 재롱의 한 부분처럼 유쾌하게 받아들이고 있는 것이다. 허탈해질 만큼 아주 쉽게.

"어두운 생각을 하게 만드는 충고, 정말로 감사합니다. 영애께서 이러한 감정을 맛보는 줄 미처 모르고서 크나큰 무례를 저질러 버렸군요. 사죄의 뜻으로 나중에 와인 한 잔 보내드릴 터이니 거절하지 말아주십시오."

"진심으로 보내시는 거라면요."

"그리고 의존에 대한 부분을 말씀하셨는데."

테오도르 비트라이스가 가면에 손을 가져다 대더니 슬쩍 아래로 내리고선 자신의 얼굴을 온전하게 보여 줬다. 여직 웃음이 가시지 않은 얼굴은 남성다운 아름다움으로 가득했다. 화상의 흔적 따윈 볼 수 없을 만치 깨끗한 모습이었다.

"제가 영애께 기대려는 게 아닙니다. 영애께서 제게 기대었으면 좋겠다고 바란 것뿐이지요. 그런데 반대로 받아들였다니, 제 노력이 부족한 모양입니다."

"그럼 낭만이 없는 거라고 하죠."

"하하. 제게 낭만이 부족하다 하시다니……. 그럼 어떻게 해야 제 마음을 알아주시겠습니까?"

"……."

"영애?"

나는 손을 뻗어 그의 가면을 붙잡았다. 그러고는 가만히 서 있는 그의 얼굴 위로 그것을 다시 덧씌웠다. 이 와중에도 내 마음을 흔들려고 하는 저의 비열한 행태가 화가 나 견딜 수 없었다.

"지금부터 조금 우쭐해할 터이니 가면 안에 갇혀서 아무것도 보지 마세요."

"우쭐해하다니요?"

"매번 이런 식의 단조로운 대화만 거듭했던 사이였던 것 같은데, 어느새 제게 마음을 운운하는 영식을 보노라니 거만스러운 미소를 짓지 않을 수 없군요. 그러니 부끄러움을 무릅쓰고 기쁨의 미소를 짓는 수밖에요."

"이런."

그가 탄식 어린 소리를 내뱉었다. 무척 안타깝다는 듯 어깨를 축 늘어뜨리지만 그것이 거짓임을 모르는 이는 아무도 없었다.

"실상은 웃지 않고 계시잖습니까? 어떻게 하면 제게 봄과 같은 상냥함을 보여 주시렵니까?"

"손을 내미는 것 없이 그저 가벼운 안부 인사만 건넬 수 있게 된다면요. 그럼 저도 순후한 웃음을 머금을 수 있겠지요."

"그거 참 요원한 일이로군요."

테오도르 비트라이스는 빈말이라도 다신 이러한 제안을 하지 않겠다는 말을 하지 않았다. 그다운 모습이었다. 그래서 망설임 없이 가면을 씌워 줄 수 있었던 거다.

그는 가면을, 나는 부채를 사용한 것처럼 우리는 서로를 향해 한 겹의 막을 씌운 채 경계하고 있었다. 이용하려는 자와 이용당하지 않으려는 자. 이 아슬아슬하고도 치열한 싸움의 승자가 결정되지 않는 건 서로의 우위가 드러나지 않았기 때문이다. 그가 자신의 신분이 대공임을 밝힌다면 또 모를까 아직은 신분이 확실하지 않은 영식과 기반이 튼튼하지 못한 영애의 기 싸움에 불과했다.

하지만 언젠가 이 살얼음과 같은 관계가 끝이 나면, 반목 혹은 협상이라는 두 가지 갈래 길을 선택당하게 될 날이 올 것이다. 그렇기에 나는 그날이 오기 전 그가 내게 바라는 것이 무엇인지 알아야 할 필요성이 있었다.

"그렇게 여기는 건 영식의 선택이 제 바람과는 다르기 때문이겠지요. 그러니 지금 이렇게 작별의 인사를 나눌 수 있는 거구요. 설마 저를 잡지 않으시겠죠?"

나는 일방적인 인사를 내뱉으며 그에게서 한두 발자국 물러났다. 비트라이스 영식은 나를 잡지 않고서 그저 가만히 서 있었다.
"다음에는 부디 제안 없는 순수한 대화를 나누어주시길 바라겠어요."
"노력해 보겠습니다."
슬픈 건 이 사내를 잡을 수 있는 게 황태자뿐이라는 사실이다. 그리고 그라면 비트라이스 영식이 내게 접근하는 이유를 알아내고서 자신이 이득이 되는 방향으로 움직이려고 노력할 것이다. 물론 그를 위한 발판으로 나를 사용하려 하겠지. 그럼 나는 순순히 행하는 척하면서 이들의 속내를 읽어 가면 된다. 아홉 개의 거짓 속에 하나의 진실을 섞은 채로 말을 움직인다 하더라도 그 하나의 진실이 모든 일의 시초가 된다는 것은 변함없는 사실이기 때문이다.

물론 그러기 전에 나부터 비트라이스 영식을 만나게 된 경위를 설명해야 하니, 뭐, 조금 손해를 보겠지만 어쩔 수 없는 노릇이지 않나. 그래도 아무것도 모른 채 손만 빠는 것보단 나으니까 말이다.

나는 비트라이스 영식을 뒤로한 채 천천히 걸음을 옮기며 황태자를 만날 수 있는 날짜를 헤아려 보았다. 다른 사람이 허수아비를 뽑아내고 땅을 오롯이 차지하라고 권유했다는 말을 했다는 것을 들으면 그는 과연 어떤 표정을 지을까? 상상만 해도 즐거워지는 것 같았다. 그래서 나는 체면도 잊은 채 킥킥 낮은 웃음을 지었다.

나중에 미녀가 사라진 것을 발견한 샤토루가 크게 화를 내다 못해 술을 마구 들이켜다가 만취한 상태로 실려 나가는 모습을 볼 때까지 내 머릿속은 온통 황태자에게 말할 이야깃거리로 가득 차 있었다. 선물을 받은 어린애처럼 설레면서 말이다.

시스에는 모르는 이야기 4

"지금쯤 장례를 치르고 있겠군."

황태자는 나직이 기지개를 켜며 중얼거리듯 말했다. 늙은 시종장이 찻잔에 차를 따르다가 그를 바라보며 '무얼 말입니까?' 하고 물었다.

정오가 다 되어 가는 시간. 오늘도 황제를 대신하여 서류를 살피고 있던 황태자였다. 그는 뻑뻑해진 눈가를 손가락으로 꾹꾹 짓눌러 가며 대답했다.

"비슈발츠 백작의 장례 말이야. 제법 준비를 잘했다지?"

"예, 모두 놀라는 눈치랍니다. 백작 부인은 몸져누워 있고, 로에나 영애는 아무것도 하지 않는 상태에서 홀로 그리 완벽하게 준비했으니 말입니다. 생각보다 더 영리한 소녀일지도 모른다는 이야기가 퍼지고 있지요."

"그러니 기대를 하고 있는 게 아닌가."

황태자는 차를 마시며 빙그레 미소를 지었다. 양부의 죽음에도 유난히 침착함을 잃지 않았던 아름다운 소녀가 그의 뇌리에 어른거렸다. 혼란스러운 와중에도 비슈발츠가가 무너지지 않게끔 혼신의 노력을 다하던 그녀가 말이다.

"말만 후견인이지 아무런 도움이 되지 않는 자를 주었음에도 앓는 소리를 내지 않는다는 건 참 흥미롭단 말이야."

"이 늙은이의 눈에는 로샨 영애나 디뷘젤 공녀와 견주어도 될 만큼 대단한 분이라고 생각합니다."

황태자의 눈이 크게 떠졌다. 평소 사람을 평가할 때 박할 정도로 냉정한 잣대를 들이대던 노시종이었다. 그런데 그의 입에서 찬사에 가까운 말이 튀어나오니 놀라지 않을 수 없었던 것이다.

"그런 평가는 아직 일러. 백작가를 완전히 휘어잡지 않고서야 모를 일이지."

"……할버드 경 말입니까? 고작 백작가에 얽매인 기사일 뿐인데요."

"하지만 제국에 자리한 모든 기사의 선망과 존경을 받고 있지. 이제 고작 스물의 나이에 불과한데 말이야. 앞으로 더 크겠지. 이미 그는 하나의 '명분'으로 자리매김하고 있어."

"시스에 영애에게나 전하께나 말입니까?"

시종장의 물음에 황태자가 빙그레 웃으며 말을 덧붙였다.

"아름다운 모후께도 말이지."

그는 책상에 놓인 서류 중 하나를 꺼내어 천천히 내려다보았다.

비슈발츠가의 후견인 신청에 대한 허락의 내용이 담긴 종이였다. 표면적으로는 황제가 승인한 것이라 알려졌지만 도장을 찍은 건 이오발데 황태자 그 자신이다. 그는 손가락으로 직인이 찍힌 자리를 가볍게 두들기며 나직한 목소리로 말했다.

"어디까지 올라올 수 있을까?"

"뭐든 전하께서 원하시는 데까지 오지 않으실까요?"

"그럼 곤란해."

"왜입니까?"

"다 말해야 하잖아."

"그럴 가치는 충분하지요."

"뭐, 그러긴 하지."

황태자가 찻물로 젖은 입술을 혀로 핥으며 대답했다. 그리고 고개를 돌려 창문 너머의 무언가를 바라보듯 시선을 던지는데, 그 끝에 비슈발츠가의 저택이 있다는 사실을 모르는 바는 아니었다.

"역시 기대되는군."

황태자는 느긋한 동작으로 차를 마시며 다시금 중얼거렸다. 시종장은 그런 황태자의 곁에 서서 그가 편안히 휴식을 취할 수 있도록 도왔다. 부드러운 바람이 불고 있었다. 잠시 짬을 내어 맞이한 휴식 시간은 놀라울 정도로 평온했다. 황궁의 한복판에서 벌어진 일이라고 믿기 어려울 정도였다.

2장
전면(轉眄)의 전면(纏綿)

극적인 말은 상대로 하여금 크나큰 긴장감을 준다. 특히 예고도 없이 떨어지는 이야기, 그것도 상대의 감정을 불러일으킬 만큼 엄청난 소리라면 더더욱 효과가 있는 법이다. 지금 내가 내뱉은 말처럼, 그렇게.
"오늘 이후로 전하를 자주 못 뵐 것 같습니다. 더는 견디기가 어려워요."
내 발언에 황태자가 무슨 흰소리를 하느냐는 듯 쳐다봤다. 나는 그런 그의 시선을 옆으로 흘려 넘기며 손에 들고 있는 와인을 한 모금 마셨다. 황실에서는 종종 여름이 깊어지면 사람들을 모아 밤늦게까지 연회를 열었다. 다 함께 모여 더위를 이겨 나가자는 취지에서 시작된 것으로, 역사가 꽤 깊은 파티였다.
작년에는 모종의 이유로 열리지 않았지만, 이번 해에 들어서 황태자의 주최 아래 다시 시작되었다. 본디 사교계의 법칙상 데뷔하지 않은 소녀는 연회에 참석할 수 없는 게 당연한 일이었지만, 나는 비슈발츠가라는 이름을 업고서 당당하게 그의 옆에 서 있을 수 있었다. 그렇기에 와인을 마시는 것 또한 허용되었다.

미카엘 아이레스는 임무를 받아 잠시 도심을 떠난 상태고 로샨 영애는 하필 감기에 걸려 참석을 못 했기에 오늘노 황태자와 나만이 함께서 있던 참이었다. 그래서 나는 때를 노려 준비된 말을 꺼내었다. 콰쾅하고 마른하늘에 벼락이 내리치듯 그가 아주 깜짝 놀랄 수 있도록 말이다. 테오도르 비트라이스와 헤어지고 난 뒤 일주일 만의 일이었다.

"비트라이스라는 성을 쓰는 가문을 아시나요?"

"처음 듣는군. 시골 귀족의 이름인가 보오?"

"저번에 제게 와서 후견인이 없이도 비슈발츠가를 지킬 수 있는 방법에 대해 알려 주겠다고 하더군요."

황태자가 내 말에 심드렁한 표정으로 대꾸했다.

"왜, 약혼이라도 하자 했소?"

나는 일부러 말을 부풀려서 대답했다.

"아니요. 백작으로 만들어주겠다고 했어요. 진정한 주인이 되라면서요."

"뭐?"

그제야 황태자가 진중한 표정을 지으며 나를 바라봤다.

제국의 역사상 여자가 백작이 된 사례는 없었다. 암만 후계자가 여성이 된다 하더라도 가문을 이어받기 위해선 결혼을 하는 게 필수였으며, 이후 법적인 남편에게 작위는 물론이고 가문의 재산을 좌지우지할 권력을 넘겨줘야 했다. 그래서 황태자가 약혼을 운운한 것인데, 내가 '여백작'으로 응수하니 놀라지 않을 수 없는 것이다. 해석하기에 따라 오해의 소지가 일어날 수 있기 때문이다.

"다시 한번 말해주겠소?"

"여백작으로 만들어준다고 하였어요."

황태자는 잠시 말을 멈추고서 입을 꾹 다물었다. 차분하게 가라앉은 눈동자가 바닥을 향하는 것으로 보아 어느 정도 짐작이 가는 바가 있는 모양이다. 아니면, 뇌리를 뒤적이며 그럴 만한 놈들을 찾고 있든가.
 잠시 후 그가 다시 입을 열어 내게 물었다. 목소리는 이전보다 더욱 더 가라앉아 있었다. 기분이 매우 나쁘다는 증거다.
 "……그가 누구지?"
 "저도 잘 몰라요. 몇 번이고 제게 다가와 친근한 어조로 인사를 하면서 환심을 사려고 애썼기 때문이에요. 하지만 그간 정말로 인사만 했기 때문에 설마 이런 식의 말을 내뱉으리라곤 상상도 못 했어요. 그러니 전하, 부디 알아야 하실 게 있어요. 제가 그의 제안을 거절했다는 사실을 말이지요."
 "그랬으니 내게 이리 말하는 게 아니겠소?"
 "예. 두려움에 찬 마음을 이기지 못하고서요."
 "어째서?"
 "어째서라는 이유가 필요한가요? 아아, 그렇군요. 그래서 제가 견디기 어렵다는 말씀을 드리는 거랍니다, 전하."
 나는 지긋지긋하다는 것처럼 옅은 한숨을 내쉬었다. 가면무도회에서 만난 그는 천하의 둘도 없는 난봉꾼이긴 했으나 이렇게 사람을 지치게 만드는 이는 아니었다. 그런데 내가 아이레스 경으로 인해 자신들의 무리에 들어오고 나서부터 이리저리 재기 시작하더니만, 끝도 없이 불신하고 또 불신했다. 나 역시 사람에 대한 믿음이 적은 부류이나 황태자처럼 심하지 않은 편이었다. 그렇기에 가끔은 그가 아이레스 경이나 로샨 영애를 진심으로 생각하고 있는지조차 의심스러웠다.
 "내가 생각하는 그대는 이 정도에 지치는 여인이 아니었소만?"
 "하지만 이런 일이 지속된다면 저 역시 손을 들 수밖에요. 저라고 철의 심장을 가진 여인은 아니니까요."
 푸념에 가까운 대답에 황태자의 입이 호선을 그렸다. 그는 내 투정쯤은 아무렇지 않다는 듯 가볍게 넘기고 있었다. 그러면서 날카로운 짐작으로 다음 할 말을 기다렸다.

"그래도 이렇게 말을 하는 것으로 보아 다른 일이 더 있는 모양이로군."

나는 여기서 할버드 경에 관련된 쪽지를 언급하기로 마음먹었다. 비트라이스 영식과 이야기 나누기 전부터 배달되어 온 쪽지지만, 이런 식으로 연관을 시킨다면 무언가 꼬리라도 잡을 수 있을 것만 같아서였다. 아무렴 사설 정보원을 쓰는 나보다 황태자가 가진 정보가 더 많지 않겠는가.

"이후로 이상한 편지도 온답니다. 그것도 제 침실에 말이지요. 아무도 그걸 가져다 놓았다는 사람이 없는데 말이에요. 그러니 어찌 두려워하지 않을 수 있겠어요?"

여기까지 말을 내뱉은 뒤 잠시 숨을 고르고자 손에 들린 와인을 마시는데, 그런 나를 노려보며 수군거리는 여인들이 보였다. 황태자를 유혹하고 싶은데 내가 그의 옆에 딱 달라붙어 있으니 화가 난 것이다.

요즘 들어 황태자는 로샨 영애와 나와 함께 있을 때면 난봉꾼적인 모습을 자제하는 편이었다. 들리는 소문에 의하면 하루에 한 명씩 새벽에 그의 침실을 빠져나가던 여자들이 이제는 이 주일에 한 명이 될까 말까 한다고 한다. 그렇기에 혹자는 황태자가 여자에게 질려 남자에게 눈을 돌린 게 아닌가 하는 우스갯소리를 내뱉기도 했다. 다른 이 같았으면 흰소리에 불과하다고 타박을 먹었겠지만 워낙 미모가 뛰어난 황태자이다 보니 이런 어처구니없는 주장도 너그럽게 받아들여지는 편이었다.

어쨌든 그는 오늘도 역시 다른 여인과 춤을 추는 일 없이 계속 와인을 마시며 홀을 지켜보고 있었다. 영애들이 일부러 가슴골이 보일 만큼 깊게 몸을 숙여 인사를 했지만, 황태자는 작은 흔들림조차 보이지 않고 정중하게 받아들이기만 했다. 정말 다른 사람이 아닐까 생각할 정도로 놀라운 변화였다.

그 덕분에 방금 전의 이야기를 아무렇지 않게 할 수 있는 타이밍을 얻은 거지만, 피부가 따끔할 정도의 째림을 받는 건 그렇게 유쾌한 기분은 아니라 조금 불편해졌다.

나는 와인과 함께 한숨을 집어삼키며 빈 잔을 근처에 서 있던 시종에게 건네었다. 그리고 그가 들고 있던 쟁반 위로 '유일'하게 와인이 담겨 있었던 잔을 집어 들었다.

"어떤 편지기에 그렇게 은밀하게 전달되는 거지?"

"할버드 경에 관련된 이야기가 직혀 있는 거랍니다. 그러니 전하, 부디 이 우매한 소녀에게 가르침을 내려주시지 않겠습니까? 저로선 그 편지의 내용을 전혀 이해할 수 없으니 말입니다."

"말해보시오."

"할버드 경의 진정한 주인이란 누구를 지칭하는 말일까요?"

순간 황태자의 표정이 묘하게 변했다. 그는 마치 탐색하려는 것처럼 나를 바라보고 있었다. 그것은 편지의 내용에 놀랐다기보다는 '이럴 리가 없는데'라고 생각하는 것과 같아 보였다. 내가 그것을 언제 받았는지 알고 있다는 것처럼 말이다.

"전하?"

"……아니, 아무것도 아니오. 우선 영애의 고견부터 듣고 싶군."

"할버드 경의 주인이란 황제 폐하를 말하는 게 아닐까요. 가문에 속해 있는 기사긴 하지만 결국 제국의 태양 아래 모여 있는 것뿐이니까요."

"영애께서는 폐하에 대한 충성심이 깊으시군."

"아무렴 전하만 하겠습니까?"

보통 가문의 기사는 황제보다 자신이 섬기는 주군을 우선으로 하는 것을 원칙으로 삼는다. 그렇기에 방금 전 내가 내뱉은 말은 뺨이 달아오를 정도의 노골적인 아부나 다름없었다. 그러니 황태자가 비아냥거

전면(轉眄)의 전면(纏綿) | 101

리는 듯 충성을 운운한 거고 말이다. 하지만 현실적인 대답을 내놓아 그의 경계를 사는 건 좋지 않기에 이런 식의 낯부끄러운 짓을 한 것뿐이다. 한심하다는 시선을 받는 게 더 나으니까.

"보통은 자신의 주군이라 말하는 법인데, 확실히 영애 같은 경우는 후견인의 보호 아래 생활하고 있으니 그의 주인이라 말하기 민망할 테지."

"그 말인즉, 청음의 기사의 주인은 공백이라는 말씀이신가요?"

"그것도 남이 주워 가기 딱 좋은 상태에 놓여 있지 않소? 제국의 기사들이 선망하는 기사의 주인이라니. 군침을 흘릴 자가 한둘이 아니겠군. 약혼을 원하는 서신이 그대가 아닌 이에게 많이 오고 있겠지?"

"예."

"멜 때문이로군."

"네? 아이레스 경 때문이라고요?"

나는 고개를 갸웃거리며 황태자에게 되물었다. 그러잖아도 요즘 로에나와 약혼을 하고 싶다는 편지가 쇄도하여 처리하기 바쁜 실정이었다. 특히 나를 탐냈던 사람의 대부분이 갑자기 로에나에게 눈을 돌리고 있는지라 이상하게 여기던 참이었다. 나는 그게 로에나가 이 년도 채 안 되어 사교계에 데뷔할 테고, 그때쯤 내가 자연스럽게 물러나리라 예상하는 사람이 많기 때문에 벌어진 현상이라고 생각했다. 그런데 황태자는 그것이 아이레스 경 때문이라고 말하고 있었다.

"모두 그대가 아이레스 경의 가문에 들어간다고 생각하고 있어. 그대에 대한 멜의 헌신이 아주 지극하니까 말이야. 그러니 짝이 없는 소녀에게 시선을 돌리는 수밖에."

그러고 보니 미카엘 아이레스는 가문의 둘째이긴 하나 황태자가 황제의 위에 오르면 황실 기사단장에 오를 것이 유력시 되는 사내였다. 기사 단장이면 최소 백작, 넉넉잡아 후작의 작위도 받을 수 있으므로 내가 비슈발츠 가문에 미련을 두지 않을 것이라는 평이 지배적이라고 한다. 아니면 그 전에 평민으로서 쫓겨나든가. 사내의 연정이란 언제 식을 줄 모르기 때문이다.

특히 사교계에 있어 영원한 사랑이란 소설 속에나 나올 법한 일로 암만 신의가 넘치는 사내라 하더라도 사랑이 식는 한 이별을 맞이하게 되는 건 당연한 일이었다. 그렇기에 단순한 변심으로 인한 이별이 타인의 욕을 먹기보다는, 되레 비웃음이나 조롱 혹은 작은 동정과 안타까움을 동반하곤 했다.

어쨌든 예상치 못한 부분을 깨닫고 나니 편지가 의미하는 바에 대해 조금이나마 알 수 있을 것만 같은 기분이 들었다.

그럼 편지를 보낸 사람은 내가 할버드 경을 잡기를 바라는 건가? 다른 이에게 넘겨주지 않기 위해? 어째서일까…….

갑자기 목이 말라진 나는 손에 들고 있던 와인 잔에 입을 대고서 그것을 한 모금 꿀꺽 마셨다. 그러면서 우연히 옆으로 시선을 돌렸는데, 홀의 한구석에 서 있는 낯익은 얼굴을 발견하고 두 눈을 크게 떴다. 샤토루의 연회에서 사라진 이후 다신 볼 수 없었던 미녀가 나를 바라보며 서 있었다. 그녀는 나와 시선을 마주한 것을 눈치채자마자 입술을 달싹이며 무어라 말하고 있는 중이었다. 하지만 너무 멀어 무엇을 말하는 것인지 알아차리지 못했다. 다만 갑작스레 답답해져 오는 숨을 견디지 못하고 그대로 잔을 떨어뜨린 채 헐떡였다.

뭐지? 갑자기 왜? 와인을 한 모금 마셨을 뿐…… 와인, 와인?!

"허억……!"

"영애?"

시야가 흐려지고 머리가 멍해지며 숨이 막혀 오는 듯 가슴이 꽉 조였다. 황태자의 단단한 팔이 크게 휘청이는 허리를 잡아채며 그의 입술이 계속 나를 불러 댔지만, 몸을 잠식하는 고통이 심해 제대로 대답

전면(轉眄)의 전면(纏綿) | 103

조차 할 수 없었다.

그저 아팠다. 눈물이 나올 것처럼 힘겨웠다. 여기저기서 비명이 들리며 의사와 신관을 부르라는 소리가 울려 퍼지고 있었다.

하지만 그것도 잠시 윙윙거리는 소리마저 잦아지며 모든 것이 암흑으로 물들었다. 그래서 나는 그 순간 잠깐 기절했다고 생각했다.

"⋯⋯애! 비슈발츠 영애!"

눈이 밝아지고 귀가 들리기 시작했을 때 나는 나를 바라보는 사람들에게 둘러싸여 한가운데 누워 있는 상태였다. 그리고 그런 내 곁에는 내 손을 꽉 쥔 채 알 수 없는 표정으로 나를 응시하는 황태자가 있었다. 당최 무슨 일이 일어났는지 깨닫기도 전에 누군가 갑자기 희열에 들뜬 목소리로 외치기 시작했다.

"세상에, 숨이 멈췄던 영애가 되살아났어요."

"죽은 줄 알았는데 갑자기 눈을 떴어."

"죽음을 거스른 거야."

"사신을 거부하다니. 이런 기적 같은 일이 또 있나!"

"오 맙소사, 신이시여!"

사람들은 경외에 찬 시선으로 나를 바라보며 죽음을 거부했다와 같은 이상한 소리를 지껄여 대기 시작했다. 시야가 암전된 잠깐의 사이에 다들 이상한 것을 본 모양인지 나에게 이상한 말을 갖다 붙이고 있었다. 분명 되살아나 시간을 거스르긴 했지만, 방금과 같은 느낌은 아니었는데 말이다.

하지만 내 옆에 앉아 있던 황태자의 입에서 그들과 비슷한 소리가 나왔을 때, 순간 등골이 오싹할 정도의 두려움을 느껴야만 했다.

"죽음을 거스른 여인이라⋯⋯ 그게 그대였군."

그런 내 머릿속에 마녀가 지껄였던 예언의 한 부분이 떠오르는 것은 무리가 아니었다. 황태자도 나와 같은 것을 생각하는지 말하던 것을 멈추고서 잠시 침묵했다. 그런데 뺨이 따끔따끔해지는 것으로 보아 그런 와중에도 나를 아주 빤히 쳐다보는 모양이다.

고개를 옆으로 돌리면 황태자와 시선을 마주할 테고, 그럼 흔들리는 눈빛을 들킬 게 뻔하므로 나는 일부러 얼굴을 위로 향한 채 숨만 들이켰다. 동시에 어떻게 된 상황인지 빠르게 머리를 굴려 가며 필사적으로 생각했다.

하지만 유추할 수 있는 게 몇 없었다. 와인 한 잔 마시고 쓰러진 게 다니까. 갑자기 심장이 뜯기는 듯한 고통이 느껴져 크게 비틀거렸던 것까지는 기억이 나는데, 잠시 눈을 감았다가 뜬 사이에 무슨 일이 일어난 건지 도통 알지 못해 답답할 지경이었다. 주변 사람들이 왜 나를 가리켜 죽었다가 살아났다고 하는지 이해할 수 없어 더더욱 그러했다.

뭐가 문제였을까. 정말로 와인 때문일까? 설마, 이전에도 잘만 마시던 술인데 갑자기 그럴 리가 있나. 그럼 남은 건 누군가 술에 장난을 쳤다는 것뿐인데, 내가 어떤 잔을 집을 줄 알고 그런 짓을 벌인 것인지 도통 모르겠다. 예정된 잔을 잡도록 유도하면 또 모를까.

잠깐만, 그러고 보니 비어 있던 수많은 잔 중에 유일하게 와인이 채워져 있는 술잔을 집었었지. 순간 소름이 쫙 돋으며 무언가가 맞물려 가는 소리가 들리는 듯했다.

어째서, 왜?

이에 대한 대답은 황태자가 나를 보면서 눈을 빛내는 것만으로도 충분히 설명되었다.

마녀의 예언, 그것 때문이다. 설마, 그때 그녀의 예언을 들은 건 우리뿐만이 아니었단 말인가.

순간 등골이 오싹해진 내가 불길한 감각을 이기지 못하고 살짝 몸을 비틀 때였다. 허리가 단단한 무언가에 잡힌 듯이 내 생각대로 움직여지지 않았다. 의아함을 느낀 나는 살짝 고개를 아래로 내려서야 그 이유를 알게 되었다.
 시야가 암전되었을 때-나는 그때 기절했다고 생각했다-곧바로 쓰러진 나를 끝까지 지탱한 모양인지 아직 황태자의 손이 허리에 감겨 있었다. 그리고 그의 다른 한 손은 내 손목을 붙잡은 상태였다. 반대쪽 손은 의원에게 잡혀 있었는데, 그는 신관으로 보이는 자와 함께 내 안색을 살피며 서로 이야기를 나누는 중이었다.
 결국 옴짝달싹하지 못하게 된 나는 아직도 가빠 오는 숨을 천천히 들이 내쉬며 차오르는 한숨을 겨우 삼켰다. 쥐어짜지는 듯 아파 왔던 심장이 여태 은은한 통증을 불러일으키고 있었다.
 잠시 후 의원이 내게로 몰린 사람들을 한 발자국씩 물리게 하며 근엄한 목소리로 말했다.
 "영애께서는 잠시 편안한 곳에 누워서 쉬셔야 합니다. 그러니 조금만 비켜 주시지요."
 그리고 나를 부축해서 데려가 줄 사람이 필요하다고 중얼거렸다. 그는 기사라도 부를 것처럼 고개를 길게 뺀 채 한쪽을 바라보고 있었다. 황태자가 갑자기 허리를 잡고 있던 손을 아래로 뻗어 나를 안아 올리기 전까지 말이다. 순식간에 소란스러움이 잠재워졌다. 홀에 자리한 대부분의 사람이 입을 딱 벌린 채 황태자를 바라보고 있었다. 졸지에 그의 품에 안기게 된 나 또한 지금 무슨 상황이 일어난 것인지 이해하지 못하고 멍청하게 입만 벌렸다.
 그러니까 지금 이건, 황태자가 나를 그래, 그러니까······.
 "어디로 가면 되지?"
 "어, 어이쿠, 그러니까 여기로······."
 "안내해라."
 손수 안아서 데려가는 그런 건가?
 이오발데 황태자가 걸음을 옮길 때마다 투툭 하고 옆에 서 있는 여인들의 손에서 부채가 떨어져 내렸다. 남자들은 허둥지둥 자리를 옮기기에 바쁜 상태였다.

어느새 음악이 끊겨 있었다. 적막이 가득한 홀에는 황태자의 걸음 소리와 그보다 앞서가면서 연신 신음일지 탄성일지 모를 기괴한 소리를 내는 의원의 목소리만 가득했다. 그 외에는 모든 것이 무거운 정적에 억눌린 것처럼 그대로 얼어붙어 깊게 침묵했다.

그러니까 이건 소위 말하는…….

나는 믿기지 않는 현실을 부정하려는 것처럼 두 눈을 느리게 깜빡였다. 하지만 정면에 보이는 건 황태자의 무섭도록 아름다운 옆얼굴이었다. 조각을 깎은 듯 유려한 선을 자랑하는 콧날과 남자다움이 가득한 단단하고도 강인한 턱선이 한눈에 들어오는 것이다. 게다가 내 등은 그의 팔뚝에, 허리는 그의 손에, 치마폭에 감추어진 허벅지와 종아리는 사내의 반대쪽 손에 들려 잘게 흔들리는 중이었다.

……공주님 안기잖아.

"전하."

견디다 못한 나는 조용히 그를 불렀다. 목소리가 작게 흘러나온 탓인지 황태자는 이렇다 할 대꾸조차 하지 않은 채 묵묵히 의원을 뒤따르고 있었다. 그래서 조금 더 목소리를 키웠다.

"전하, 내려 주세요."

그제야 그가 입을 열어 대답했다. 하지만 시선은 여전히 의원의 뒷모습에 향하고 있었으며, 흘러나오는 목소리는 딱딱함이 느껴질 정도로 매우 단호했다.

"불허하오."

"제가 스스로 걸어가겠습니다. 그럴 수 있어요."

"영애께서는 조금 전 스스로가 얼마나 위험한 상황에 처해 있었는지 알지 못하는 모양이로군. 나를 더 이상 무뢰한으로 만들지 마시오."

"위험한 상황이라니요?"

"아주 잠깐이시만 숨을 쉬지 않았어. 가슴을 부여잡은 채 몇 번을 헐떡이더니 그대로 고요해지더군. 그야말로 평온한 죽음 그 자체였지."

황태자의 목소리는 매우 낮았다. 그것은 화를 내는 것도, 비아냥거리는 것도 아니었지만 되레 잔잔해서 두려웠다. 방금 전까지만 하더라도 예언의 주인공을 찾았다는 희열에 들떴던 그가 다시금 침착해진 상태로 차분하게 말을 이어 나가는 것이 퍽 소름이 끼칠 정도였다. 도대체 무엇이 그를 본래의 상태로 되돌아가게 한 것일까?

황태자는 멍하니 자신의 말을 경청하는 내게 아이레스 경을 생각하라고 충고했다. 그리고 자신을 위해서라도 그러면 안 된다고 덧붙였다.

"전하를 위해서라고요?"

마지막 말에 어이가 없어진 내가 그의 품을 빠져나가려고 했다는 것도 잊은 채 되물었을 때였다. 황태자가 왜 그리 놀라냐는 듯 여상스럽게 대답했다.

"그간 함께 지내 왔던 시간이 그대에게 있어 아무것도 아니었던 모양이로군."

기막힐 정도로 뻔뻔한 소리였다. 함께한 시간? 아무것도 아니라고? 그래서 그동안 나를 그토록 흔들어 댔었나? 나는 헛웃음이 나왔지만 꾹 참았다. 그리고 손을 뻗어 그의 가슴을 밀어내려고 애를 썼다. 이대로 떨어져 엉덩방아를 찧더라도 황태자에게서 멀리 떨어지고 싶었다.

조금 전의 내 모습이 이전에 들었던 예언과 얼추 맞아떨어지자마자 갑작스레 친절하게 대하는 남자가 구역질 날 정도로 싫었다. 지독한 거부감에 두드러기가 날 것만 같았다.

그래서일까? 가면을 쓴 난봉꾼이었던 그때가 그리워질 지경이다. 그날의 황태자는 내 치마를 들추겠다는 원초적인 욕망에 사로잡혀 있었지만 적어도 가식적이지는 않았으니까. 그러나 단단한 바위를 밀어내는 것처럼 그의 몸은 꼼짝달싹도 하지 않았다. 되레 내 손목을 붙잡아 안쪽으로 더 단단하게 밀착시키며 경고하듯 낮게 으르렁거릴 뿐이다.

"난 그대와 할 말이 아주 많아. 그러니까 긴 대화를 나눌 수 있을 만큼 건강을 회복했으면 좋겠군."

힘을 너무 준 탓인지 다시금 가슴이 죄어 오기 시작했다. 나는 가쁘게 숨을 헐떡이며 겨우겨우 입을 열어 말했다. 오기가 치밀어 오르고 있어서 그런지 바짝 성이 난 괭이처럼 온몸의 털이 곤두서는 기분이다.

"그렇게 하지 않겠다면요?"

"강제적인 휴식의 달콤함을 알려드리겠노라고 당장 이 자리에서 약 조드릴 수 있소만?"

자기 뜻대로 하지 않겠다고 하자 바로 협박하며 강제하는 꼴이 참으로 그다워 헛웃음이 흘러나왔다. 비열한 자 같으니라고! 다른 사람이 나를 가리켜 죽음에서 돌아왔다고 말하지 않았더라면 이런 친절을 선보이지 않았겠지. 아니, 그것보다 제국의 황태자씩이나 되는 사내가 왜 더러운 마녀의 예언에 휘둘리는지 모를 노릇이었다. 반란을 정확하게 예언하고 있었기에 다음 말도 신뢰하는 것일까? 만약 그렇다면 나는 어떻게 되는 거지?

분명 마녀는 마지막 예언으로 이렇게 말했었다. 죽음을 거스른 여인을 찾아 곁에 두라고. 그때의 나는 죽음에서 되돌아온 여인이 나를 가리키는 말임을 알았기에 매우 놀랐었다. 하지만 이를 증명할 방법이 없었고, 또한 그럴 이유가 없으므로 다소 상념에 잠기긴 했지만 금세 아무렇지 않게 넘겨 버렸더랬다. 그런데 그것이 이렇게 되돌아올 줄이야…….

황태자는 정말 마녀의 말마따나 자신의 주변에 사신이 서 있다고 생각하는 걸까? 그래서 이런 과한 친절을 선보이는 건가.

나는 그의 행동으로 인해 사교계에 어떤 추문과 가십이 만들어질지 벌써부터 두려워졌다. 아마 내일부터 비슈발츠가의 모든 고용인이 수도에 있는 모든 귀족 가문에서 보낸 초대장과 편지를 정리하고 답장하느라 아침부터 저녁까지 정신이 없을 터였다. 뿐만이랴. 나와 조금이라도 알은체를 한 사람들은 손수 몸을 움직여 저택을 방문하려고 할 것이다. 자신들의 흥미를 위해서. 그리고 아이레스 경이 날 찾아오겠지. 그가 나를.

황태자는 갑자기 조용해진 내가 이상하게 느껴진 건지 시선을 내려 찬찬히 표정을 살펴봤다. 의중을 알 수 없는 눈동자가 고요히 빛나며 나를 가득 담았다. 무엇 하나 놓치지 않겠다는 듯, 그렇게.

그러는 동안 어느새 우리는 황궁의 한구석에 자리한 작은 침실에 도착해 있었다. 여기까지 오면서 얼마나 많은 시녀와 시종들을 지나쳤는지 양손을 이용하여 수를 세기가 어려울 정도다.

이 정도의 시간이면 이미 사교계가 한차례 뒤엎어지고도 남았을 터. 암울해진 나는 한 손으로 이마를 가린 채 황태자의 눈빛을 피했다. 원치 않은 신경전을 벌였더니 머리가 지끈지끈 쑤셔 왔다. 심장은 여전히 깊은 통증이 물결처럼 길게 퍼지는 중이었다.

의원은 황태자가 나를 침대에 눕히자 다시 이것저것 진찰해 보더니 약을 지어 오겠다고 말하며 냉큼 방을 빠져나갔다. 뒤따라와 초에 불을 붙인 시녀는 황태자의 명에 따라 신관을 부르러 떠난 참이었다.

황태자는 그 외에도 다른 사람에게 이런저런 이유를 붙여 방에서 쫓아냈다. 그와 나 단둘이 남을 때까지 말이다. 하지만 바로 입을 열 것처럼 굴었던 것과 달리 황태자는 사람들이 다 물러나고 나서도 한참이 지난 후에야 말을 꺼냈다. 그는 매우 신중한 태도를 보이고 있었다.

"작년 건국제를 기억하오?"

"예, 전하."

"마녀를 보러 갔던 것도?"

"네."

"그럼 그녀가 무슨 말을 했는지 기억나시오?"

"아니요."

내가 냉큼 대답하자 황태자가 조소에 가까운 싸늘한 웃음을 지으며 말했다.

"정말로 모른다면 이렇게 빨리 대답할 리가 없지. 적어도 기억을 더 듬어 보려는 흉내라도 낼 테니까. 그렇지 않소?"

나는 지지 않으려는 것처럼 그를 강하게 바라보며 반박했다.

"방금 전만 하더라도 제 상태가 매우 심각했노라고 말해주신 건 전하세요. 그러니 고통을 참기 위해서라도 평소보다 더 빠르게 생각하여 답했다는 가정은 안중에도 없나요? 제 말에는 한 치의 거짓도 없답니다."

"그럼 내가 손수 읊어드리는 게 낫겠군."

처음 들었던 날 어떠한 운명 같은 걸 느꼈던 것일까? 황태자는 입을 열어 그날의 예언을 토씨 하나 틀리지 않고 말했다. 마치 오늘을 기다렸다는 것처럼 말이다. 그러고는 나를 바라보며 미소를 짓는데, 조금 전과 달리 매우 부드러우면서도 상냥한 기운을 두르고 있는 상태였다. 마치 다정함을 연기하는 것처럼 말이다.

"죽음에서 돌아온 여인, 그게 바로 그대를 지칭하는 거라면."

목소리 또한 낮고 깊었다. 유혹하는 것처럼 촉촉하게 울리는 음성이 매끄러운 벨벳을 두른 듯 귓가에 사르르 흘러내리고 있었다. 반달 모양으로 깊게 휘어진 눈동자는 오롯이 나를 향해 있다. 뻔한 변화요. 속이 빤히 보이는 태도였지만 야살스러울 정도로 요염한 미인인 그가 대놓고 감정을 유도하니 그 파급력이 어마어마했다. 아닌 게 아니라 대부분의 여인이 그의 손짓 한 번에 와르르 무너지거나 곧장 넘어갈 터였다. 지금 내게 보여 주는 태도 그대로를 홀에 나가 한다면 백이면 백

그럴 게 뻔했다.

황태자는 마치 가면무도회를 연상시키는 행동을 하며 나를 흔들려고 하고 있었다. 대외적으로 친우의 연인이라 알려진 내게 말이다. 우애 따윈 필요 없다는 것처럼, 그렇게.

"내 옆은 바로 그대의 것이로군."

확정 짓는 것처럼 속삭이는 말은 오만함 그 자체였다.

나는 대단한 특혜를 내리는 것처럼 뻔뻔하게 구는 황태자의 태도에 신물이 올라올 것 같았지만 꾹 참았다. 동시에 그와 같은 자가 마녀의 예언에 휘둘리는 것 자체가 신기하거니와 스스로의 이익을 위해서라면 신의 따위는 어떻게 돼도 상관없다는 듯이 행동하는 게 퍽 경멸스럽다고 생각했다.

일반적인 사람이라면 멀쩡히 잘 서 있던 내가 갑자기 쓰러져 숨을 쉬지 않았다는 것에 의구심을 가졌을 것이다. 이와 같은 일을 기적이라는 이름으로 넘기기엔 그간 쌓아 온 지성이 우습지 않나. 하물며 황태자라면 좀 더 직관적인 사고를 가지고서 사건을 꿰뚫어 봐야 할 터였다.

그런데 사람에 대한 도의적인 걱정은 어디로 사라졌는지 오롯이 자신만을 위한 이야기를 꺼냈다. 홀에서 깨어난 이후 그의 품에 안겨 여기에 옮겨진 이래 나는 단 한 번도 황태자에게서 괜찮냐는 말을 듣지 못했다. 오히려 그는 내가 더 높은 곳에 서기 위해서 아이레스 경 따위 아무렇지 않게 버릴 수 있을 거라 여기고 있었다.

도대체 지금까지 날 어떻게 봐 왔기에 이런 무례한 짓을 서슴지 않고 저지르는 것일까. 내 의견 따윈 물어보지도 않고서 당연히 그래야 한다는 것처럼 여기는 그의 생각에 분노가 치밀어 올랐다. 몸이 부들부들 떨렸다.

"제가 어떻게 쓰러지게 된 것인지 궁금하지 않으시나요? 전하께선 제 건강이 전혀 걱정되지 않으신가 보군요."

자연 흘러나오는 목소리가 방금 전보다 더 낮고 거칠었다. 가빠진 호흡이 말과 뒤섞이다 보니 어깨가 크게 들썩여지며 머리가 핑핑 돌았다. 할 수만 있다면 저 뻔뻔하고도 무례한 낯짝을 힘껏 휘갈겨 주고 싶은 심정이다.

"물론 걱정이 되기는 하오. 하지만 깨어나지 않았소?"

태연하게 대답하는 그의 음성에 다시금 숨이 턱 막혀 왔다. 질문을 한 스스로가 어리석다 여길 정도로 황태자의 입에서 흘러나온 말은 길가에 굴러다니는 돌보다 더 값어치가 없었다.

사실 한낱 짐승이라 할지라도 어떻게든 일 년 동안 부대끼다 보면 정이라는 게 생기게 마련이다. 시간의 흐름에 따라 차곡차곡 쌓인 추억이라는 게 무시 못 하는 거라 어느새 마음 한구석을 내어줄 수밖에 없는 것이다.

그런데 이런 어처구니없는 대우라니……. 나는 지금 그마저도 못하다는 게 아닌가. 기가 막혀서 죽는다는 말이 이를 가리키는 게 아닌가 싶다. 무엇보다 황태자의 이러한 행동은 나뿐만이 아니라 그의 친구이기도 한 아이레스 경을 무시하는 것과 마찬가지였다. 손을 뻗으면 바로 가질 수 있는 물건인 양 홀로 결론을 내리다 못해 일방적으로 통보하듯 말하다니……. 나를 자신의 침실을 데워 주던 다른 여인과 동일하게 여기는 거라면 그는 지금 무척 실수하는 거였다.

굳어진 내 표정을 발견한 황태자가 의아하다는 듯 물었다.

"왜 그런 얼굴을 하고 있는 것인지 모르겠군. 영애께서 쓰러지게 된 이유를 찾을 것이오. 그러니 이만 표정을 풀지 그러오?"

"제가 어떤 얼굴을 하고 있나요, 전하? 저는 그저 가슴이 아파서 힘들 뿐이랍니다."

"다시 숨을 못 쉴 것 같소?"

"아니오. 아이레스 경이 생각나서 그렇답니다. 오늘의 일을 어떻게 받아들일지 걱정이 되기 때문이지요."

중의적인 말에 이제는 황태자의 얼굴이 싸늘하게 굳었다. 내 대답이 상당히 거슬렸던 것인지 그의 미간이 살짝 찌푸려졌다. 그러나 그것도 잠시 뭐가 문제냐는 듯 천연덕스럽게 말을 이어 나가는 그다.

"내가 예전에 그대에게 말하지 않았던가? 탐이 난다고 말이야. 친우의 두려움을 아무렇지 않게 밟아버리고 싶다고 생각할 정도라고 그랬지."

우아한 선으로 이뤄진 그의 기다란 손가락이 내 턱을 지탱하며 살짝 위로 들어 올렸다. 짐승처럼 형형하게 빛나는 눈동자는 정복욕으로 가득 찬 야심이 그 자체. 사냥감을 노리는 맹수가 여유로운 자태를 뽐내며 비죽 미소 짓기 시작했다.

"그런데 이제는 그럴듯한 명분까지 갖추게 되었으니 내 신하의 충성심을 시험해 볼 정도는 되지 않겠소?"

황태자의 얼굴이 서서히 다가오며 귓가에 그의 입술이 와 닿았다. 반항하기 위해 어깨를 뒤틀어 보아도 그의 다른 한 손에 의해 순식간에 짓눌려진 상태라 옴짝달싹할 수가 없었다.

방금 전의 사건으로 인해 급격하게 약해진 몸이라 작은 힘에도 금세 제압당해 버렸다. 두려움으로 인해 거칠게 오르락내리락하는 가슴은 이제 숨조차 제대로 쉴 수가 없이 매우 고통스러웠다.

"나는 내 선 바깥에 있는 사람에게는 무척 관대하지. 굉장히 상냥한 편이기도 하고. 원한다면 그 누구도 부럽지 않을 다정한 연인을 연기해 줄 수도 있어. 왜냐, 뒤끝이 없기 때문이야. 그러나 선 안에 들어온다면 달라지지. 대외적으로 지켜야 할 게 늘어난다는 건 상당히 귀찮은 일이거든. 그러니 알아서 떨어지라고 막 대하는 수밖에. 그런 점에서 볼 때 그대는 아주 잘 버티는 편이었어. 놀라울 정도로 말이지."

귓불에 와 닿는 타인의 습윤한 목소리가 달콤하면서도 오싹한 간지러움이 되어 온몸에 퍼져 나갔다. 그의 몸에서 흘러나오는 단단한 체취와 음습하면서도 야릇한 향내가 어지러울 정도로 한데 뒤섞여 몸에 녹아내릴 듯 스며들었다. 가장 끔찍한 건 내 뺨에 와 닿는 사내의 머리카락과 곧 닿을 것처럼 아슬아슬하게 스치는 뜨거운 살갗이다. 남들이 보면 충분히 오해할 것만 같은 상황이 이어지는 것이다.

"쉬이. 여인을 강제로 취하는 취미는 없으니 걱정하지 마시길. 이래 봬도 신사란 말이지. 다만 이야기를 하고플 뿐이야. 자아, 잘 들어 봐. 그대도 느끼다시피 나란 사람은 누군가를 믿는 것에 영 재주가 없거든. 신뢰를 쌓고 있는 자라 해봤자 멜과 뤼세뿐인데, 그마저도 대의를 위해서라면 어쩔 수 없이 깰 수 있다고 생각하고 있기도 하고."

변명조로 가볍게 말하는 것 같지만 이건 자신의 성향이 이러니 잠자코 받아들이라는 강요였다. 지극히 자신만 아는 황태자다웠다.

"비열하다고 여길 수 있겠지만 나고 자라 온 세계가 이러다 보니 그렇게 살아가는 수밖에 없어. 그러니까 그대가 너그럽게 좀 받아들여 주지?"

혹자는 저질스러운 농담이나 욕설만이 언어적 폭력이라 여기겠지만, 당하는 입장에선 이러한 일방적인 주입도 엄청난 폭행이나 다름없었다. 나는 덜덜 떨리는 턱과 입술을 가까스로 벌렸다. 이제는 공기가 입안으로 들어오는 것조차 괴로울 지경이다.

"전하께서."

하고 겨우 입을 뗀 나는 숨을 헐떡이며 천천히 말을 이어 나갔다. 그에게 압도당한 몸은 이미 창백하게 질려 시체와 다름없을 터였다. 얼음처럼 싸늘하게 식은 손끝이 이를 말해줬다. 이전에 로에나의 일로 인하여 그에게 끌려갔던 때보다 지금의 황태자가 더 무섭게 느껴져 울음이 터질 것만 같았다.

내가 한 마리의 뱀이 되어 독이 바짝 오른 이빨을 감춘 채 하릴없이 붉은 혀만 살살 내민다면, 그는 모든 것을 물어뜯어버릴 듯한 기세로 거칠게 으르렁거리며 살기 어린 경고를 내뱉는 편이었다. 흉포한 성미를 숨기지 않겠다는 것처럼 거침없이 말이다.

그래서일까. 흘러나오는 숨결에 맞닿은 귓불이고 뺨이고 나를 이루는 모든 연약한 것이 갈기갈기 찢길 것만 같다. 극복했다 여겼던 공포가 다시금 고개를 들어 올리며 나를 비웃었다. 입술을 달싹이는 것만으로도 크게 식은땀을 흘릴 정도였다.

"그런 하잘것없는 여인의 말을 믿는 줄 미처 몰랐군요. 방금하신 말마따나 믿는 것에 재주가 없으시다면서요. 그럼 그와 같은 허황된 소리도 아무렇지 않게 넘길 줄 아셔야지요."

만일 황태자가 나에 대한 존중이 조금이라도 있었더라면 마녀의 말을 믿게 된 이유를 설명하고서 내게 도움을 요청했을 것이다. 가까이 두라는 말의 의미가 딱히 연인을 지칭하는 것이 아니지 않나. 그러므로 지금까지 그래 왔던 것처럼 로샨 영애와 같이 황태자 곁에 서 있으면 될 터였다. 뭇 여인들의 질시 어린 시선을 받으면서 그렇게.

그런데 그는 한 발자국 더 나아가다 못해 크게 욕심을 부리기까지 한다. 평소에 내게 흥미를 보이며 이런 식으로 나아갈 수 있다는 조짐을 보여 줬으면 모를까, 이전에 내뱉은 몇 마디 말만으로 여기까지 뻗어 나갈 수 있다는 건 무슨 꿍꿍이속이 있다고 여겨질 수밖에 없는 노릇이었다. 그러니 경계하는 수밖에. 게다가 이런 개자식의 옆이라니. 말려 죽이겠다는 선언과 뭐가 다르단 말인가.

"차라리 그냥 제가 탐난다고 하세요. 그런 말도 안 되는 핑계로 아이레스 경을 배신하겠다 하지 마시구요."

가까스로 입술 끝을 들어 올리며 조소를 머금었다. 짐승의 사나운 이빨이 나를 물어뜯는다 할지라도 이 정도의 조롱은 돌려줘야 직성이 풀릴 것만 같았다. 그래서 내가 할 수 있는 모든 용기를 끌어모아 말을 이어 나갔다.
"솔직해져요, 이디."
 순간 내 어깨를 짓누르고 있는 그의 손에 힘이 잔뜩 들어갔다. 동시에 황태자의 얼굴이 조용히 들어 올려지는데 감정이라곤 털끝만큼도 느껴지지 않는 얼굴이 오싹할 정도로 차분하게 나를 응시하고 있었다. 나는 지지 않겠다는 것처럼 눈 한 번 깜빡이지 않은 채 그를 바라보았다. 한쪽으로 꾹 눌려져 침대에 파묻히게 된 어깨가 무척 아팠지만 아무렇지 않다는 것처럼 평정을 유지하려고 애를 썼다.
 다른 이였으면 나를 잡고 있는 더러운 손을 할퀴거나 깨물기라도 하여 벗어났을 텐데, 차기 황제로 거론되는 자이기에 무조건적으로 당할 수밖에 없다는 현실이 너무나 분하고 수치스럽다. 여인이기에, 신분이 낮기에 자연스레 무기력해지는 건 참으로 비참한 일이었다.
 잠시 후 황태자가 입을 열어 말했다.
"……그대는 언제나 날 즐겁게 만들지."
 그러나 즐겁다는 단어가 나온 것치곤 벌려진 입술을 통해 흘러나오는 목소리가 무척 낮았다. 마치 사막의 건조한 모래를 씹어뱉는 듯 메마르면서도 딱딱하기 그지없는 소리였다.
"그래서 이번만큼은 그대가 원하는 대로 해줄 생각이야. 그 누구도 내게 이만큼의 흥미를 이끌어 낸 적이 없으니 응당 보상을 해줘야 하지 않겠나. 그러니 다시 한번 정중하게 말씀드리겠소, 비슈발츠 영애."
 이전에 누가 그랬더라. 정수리에 가까운 위치에 하는 키스가 상대에게 반했다는 의미를 내포하는 것이라고.
 황태자는 내 어깨를 잡았던 손을 천천히 떼고서 다른 한 손으로 내가 베고 있는 베개를 짓누르며 서서히 고개를 숙였다. 그리고 두려움으로 인해 숨조차 제대로 들이쉬지 못하는 내 머리 위로 가벼운 입맞춤을 했다.

"그래, 그대가 탐이 나. 그대 역시 시스에 드 아이레스보다 시스에 디보쉬 에키나시아라는 이름이 더 매력적으로 느껴지지 않나?"

"글쎄요, 진정성이라곤 하나도 느껴지지 않는 고백에 마음이 떨릴 여인이 어디 있겠어요? 적어도 지금까지는 시스에 드 비슈발츠랍니다."

"아이레스가 아니라?"

"제가 탐이 난다면, 누구든 기꺼이 비슈발츠가 되어야지요."

나는 느릿하게 눈을 깜빡이며 그에게 속삭이듯 말했다. 내 대답으로 인해 이미 황태자의 얼굴이 무너지고 있었다. 그는 무척 유쾌하다는 것처럼 어깨를 들썩이며 숨죽인 웃음을 지었다.

"거부의 뜻이오? 내가 비슈발츠가 될 순 없는 노릇인데 이를 어찌한담? 차라리 그대가 조금만 더 생각을 달리해 주면 어떠신지?"

나는 손을 뻗어 그의 몸을 뒤로 살짝 밀었다. 예상외로 황태자는 내 손길을 거부하지 않고서 몸을 천천히 일으켰다. 방금 전의 키스가 거짓이기라도 하듯 이제 그는 침대맡까지 밀려나 다리만 기대고 서 있는 상태였다.

"제게 그런 자비가 있을 거라 생각지 못하겠군요. 그렇다고 강제하실 건 아니지요?"

"왜 그렇게 생각하시오?"

"그건 다름이 아니랍니다. 정말로 치졸하고도 부끄러운 답변이지만 솔직하게 말씀드리겠어요."

긴장으로 인해 목이 바짝 마르는 것 같다. 시원한 물 한 잔을 마시고 싶어 죽을 지경이었다. 하지만 우선 이 남자부터 처리하는 게 문제라 나는 그가 가장 꺼리는 점을 정확하게 집어 말했다.

"아이레스 경 때문이라도 그렇게 하실 순 없잖아요. 그는 언제나 전하의 검이어야 할 테니까요. 그러니 제가 변심하여 전하께 가는 것이 가장 나은 방법이라 여기신 거죠. 지탄받는 건 저 하나로 족하다 생각하시잖아요. 그렇지요?"

이런 자가 차기 황제라니. 나는 내 대답이 맞다는 것처럼 여상스럽게 고개를 끄덕이는 황태자의 뺨을 갈기고 싶어 부들거리는 손을 애써 말아 쥐었다. 그러고는 오만하게 턱을 들어 올리며 그에게 말했다.

"제가 변심하지 않는다면 어찌하실 요량이신가요? 정말이지 그깟 예언 따위 믿지 않으면 될 일을 왜 이리 어렵게 가는지 모를 노릇이군요."

"하?"

"그러니 어디 한번 해보시지요. 어쩐지 하나의 기묘한 확신이 들고 있어서 지금 무척 즐거워지려는 참이거든요."

황태자가 마녀의 예언을 지키려고 하는 이상, 그리고 그가 대외적인 평판 때문에 신사의 탈을 쓰려고 하는 이상 주도권은 이미 반 정도 내게 넘어왔다. 제가 무엇 때문에 나라는 올가미에 목을 들이 내밀려고 하는지 모르겠지만, 아이레스 경이라는 확실한 카드를 쥐고 있다면 제아무리 차기 황제로 내정된 자라 할지라도 나를 함부로 대할 수 없을 거라는 확신이 들었다.

순식간에 역전되어버린 상황에 그저 웃음만이 흘러나왔다. 멍이 들 것처럼 욱신거리는 어깨가 오늘만큼 달콤하게 느껴지기는 또 처음이다. 칼자루는 내 손에 쥐어져 있다.

황태자는 어이가 없다는 것처럼 인상을 찌푸렸다. 그리고 무어라고 말하려는 것처럼 입을 열었다. 하지만 바로 의원이 들어오는 바람에 뒤로 한 발자국 물러나며 벽에 몸을 기댄 채 천천히 팔짱을 끼었다. 제삼자 앞에서 말하기에 그리 적절치 않은 대화라 그의 입은 다시 다물어질 수밖에 없었다. 그래선지 황태자는 자존심이 상한 것처럼 내내 인상을 굳히고 나를 바라보았다.

의원은 황태자의 기분이 저조한 것을 자신이 늦게 돌아왔기 때문이라고 생각한 듯 눈에 띄게 벌벌 떨었다. 그리고 조심스럽게 변명하는 것이 내가 마셨던 와인 산을 찾으려다가 늦었다는 말이었다.

"독은 들어 있지 않았습죠."

그러면서 의원은 내가 작년에도 몇 번씩 요양했다는 사실을 말하며 원체 약한 데다가 이번에 부친상까지 당해 몸에 한계가 온 것이 아니냐는 의견을 조심스럽게 내놓았다. 그런 와중에 술까지 마시니 갑작스러운 심장마비가 찾아왔다는 것이다. 하지만 지난날 요양했던 건 몸을 사리기 위한 계책으로, 내 건강은 언제나 좋은 편이었다. 그래서 의원의 진단이 영 미심쩍었다. 나는 그에게 그 와인 잔이 내가 마신 건 줄 어떻게 아냐고 물었다.

"마침 하인 하나가 그것을 챙겨 놓았더랍니다. 다행스러운 일이지요."

"하지만 난 무척 건강한걸요."

"제가 진찰하는 모든 분이 다 그렇게 생각한답니다. 무엇보다 사교계에선 연약함이야말로 사랑스러운 레이디의 미덕이기도 하니 너무 부끄러워하지 않으셔도 됩니다."

의원은 그 잔이 다른 것으로 바뀌었을 가능성을 전혀 생각하지 않는 듯 모든 것이 내 신체적인 약함 때문이라 주장하고 있었다. 그래서 그는 막 태어난 갓난아이를 대하는 것처럼 나를 아주 조심스럽게 진찰했다. 약이 담긴 그릇을 줄 때도 손에 드는 것이 무겁지 않은지, 목 넘김은 괜찮은 것인지를 몇 번이고 물어봐 되레 민망할 정도였다.

"정말로 아무것도 발견하지 못했나요?"

"그렇습니다. 혹시 영애께선 제 실력을 믿지 못하시는 겁니까?"

황궁의 전속 의원으로 일하는 자니 실력이야 두말할 필요가 없을 터. 여기서 내게 그를 믿지 못한다고 하면 오히려 모욕으로 받아들일 수 있는 일이었다. 나는 가슴에 손을 올린 채 퍽 서글픈 표정을 지으며 고개를 설레설레 내저었다. 그리고 기어들어 갈 듯 가냘픈 소리를 가장한 채 조용히 말을 이어 나갔다.

"무례를 용서하세요. 이런 일이 단 한 번도 없었기에 마음이 진정되지 않았던 것뿐이랍니다. 설마 실력을 의심하려구요. 그러니 이해 바라요. 아, 지금도 몸이 조금 떨리는 것 같군요."

그제야 의원의 얼굴이 펴졌다. 그는 나를 안심시키려는 듯 부드러운 목소리로 다정스레 말했다.

"이런, 그러니 앞으로도 조심, 또 조심하셔야 합니다. 방금 약을 드셨으니 한잠 푹 주무시면 될 테고요. 어떤 약재를 썼는지 추후 사람을 시켜 저택으로 보내드릴 터이니 걱정 마십시오."

"네."

그 뒤로도 의원은 몇 번이나 내게 가려야 하는 음식과 앞으로 몇 달 동안은 심장에 무리가 가지 않을 만큼 천천히 걸을 것을 당부하며 자리에서 일어났다. 그리고 황태자에게 공손히 인사를 하더니만 이만 나가도 되는지 물어보았다. 황태자는 그런 의원을 향해 가만히 고개를 끄덕였다.

나는 의원이 방 바깥에 나가자마자 그를 향해 조용하면서도 단호한 어조로 말했다.

"제 심장은 그렇게 약하지 않아요."

황태자가 무슨 의미냐는 듯 눈썹을 위로 끌어 올렸다.

"무슨 의미지?"

"고작 와인 몇 잔을 마셨다고 해서 심장이 멎을 정도로 나약한 편은 아니라는 소리예요. 누군가 제게 손을 쓴 거예요."

"그걸 어떻게 확신하오?"

그의 질문에 내가 잠시 머뭇거리자 황태자가 한숨을 작게 내쉬며 예민하게 굴지 말라고 했다.

"전하와 이야기를 잘 나누고 있던 제가 갑자기 쓰러져 죽을 뻔했다는 게 전혀 의심스럽지 않으세요?"

"예전에 잘록한 허리를 만들겠답시고 코르셋으로 허리를 너무 죄었다가 갈비뼈가 부러져 죽은 여자가 있었지. 또 어떤 이는 흰 피부를 만든답시고 몸에 좋지 않은 약을 꾸준히 복용하다가 무도회 당일 갑자기 피를 토하고서 죽어버렸다오. 사교계에서 이런 대수롭지 않은 일로 죽은 여인이 한둘이 아니야. 다시 살아난 건 그대가 처음이라 모두 놀랐던 것뿐이지."

그 또한 내가 방금 언급된 사례의 여인처럼 미모를 가꾸기 위해 무언가를 실행했다가 쓰러졌을 거라 여기는 모양이었다. 울컥한 마음에 무어라 항변하려다가 소리 없이 입술만 달싹였다. 심증은 있는데 물증이 없으니 그저 마음만 답답했다. 순간 뇌리를 스치는 하나의 목소리만 아니었다면 이대로 맥없이 물러났을 것이다.

"어두운 생각을 하게 만드는 충고, 정말로 감사합니다. 영애께서 이러한 감정을 맛보는 줄 미처 모르고서 크나큰 무례를 저질러 버렸군요. 사죄의 뜻으로 나중에 와인 한잔 보내드릴 터이니 거절하지 말아주십시오."

"와인을 보내겠다 했어요. 네, 그가 그랬어요."
"방금 무어라 했소?"
나는 비명을 지르는 것처럼 낮게 소리를 내지르며 다시금 말했다.
"비트라이스라는 남자가 제게 와인을 보내겠다고 했어요. 그리고 쓰러지기 전에 그와 함께 있었던 여자를 보았구요."
"비트라이스?"
"절 여백작으로 만들어주겠다고 한 사람이에요."
황태자는 이해할 수 없다는 듯 나를 빤히 바라보았다. 나와 손을 잡고 싶다고 접근한 자가 어째서 나를 죽이려고 한 것인지 도무지 알 수 없다는 뜻이었다. 나는 그에게 대답을 하는 대신 다시금 생각에 잠긴 채 빠르게 머리를 굴렸다.

그래, 비트라이스가 내게 수상쩍은 약이 든 와인을 보냈다 치자. 이를 위해 빈 잔이 가득한 쟁반에 오롯이 그 한 잔만 와인을 부어 놓았으므로 나는 그것을 마실 수밖에 없었다. 황태자와 이야기를 하면 자연스레 와인을 홀짝이고 있었으니 말이다. 그러니 아주 적기라고 생각했겠지.

자, 다시 차분하게 정리해 보자. 그는 내가 잠시 숨이 멎었다가 다시 깨어날 줄을 알고 있었다. 아니, 그러도록 유도했다.

왜? 황태자가 죽음에서 다시 살아난 여자를 만날 거라고 예상했기 때문이지. 그래서 스스로가 되살아난 마녀라 주장하는 미녀를 데리고 마담을 만났고 말이다. 그런데 갑자기 마음을 바꿔 내게 손을 쓴 것이다.

그럼 그가 황태자와 내가 들었던 예언을 알고 있다는 소리와 마찬가지인데, 이는 잭이 말해주었던 이야기가 근거가 된다.

"마녀랑 접촉한 사람에게 이 이야기를 들었어요. 그녀를 보호하는 사람을 지칭하는 것 같은데, 혹시 도움이 될까 봐서요. 그 사람에 대해 어찌나 투덜대던지 잊을 수 없다고 하더군요."

"손에 화상 자국이 가득해서 징그러워 죽겠는데, 자꾸 자신에게 화상 연고를 만들라고 해서 힘들다고요. 그렇게 투덜거렸답니다."

그리고 나는 비트라이스 영식의 소매 단추를 잠가 주면서 그의 손목에 나 있는 화상 자국을 보았다. 그러니 분명 그 남자가 틀림없을 것이다.

"그 남자는 제가 다시 살아날 거라고 예상했던 걸까요?"

넋이 나간 것처럼 힘없이 중얼거리는 내게 황태자가 코웃음을 치며 대답했다. 말도 안 된다는 소리다.

"그런 약이 있을 리가 없어. 죽음까지 조작할 수 있다니, 그럼 벌써 입소문이 나도 단단히 났겠지. 사교계에 비극적인 사랑을 꿈꾸는 어리석은 변태가 워낙 많아서 말이오."

하지만 대공이라 생각되는 그자는 나를 이용하여 기적을 만들었다. 황태자가 예언에 흔들릴 것을 알고 있는 것처럼. 도대체 왜?

나는 차오르는 한숨을 삼키며 내가 알고 있는 것들을 한 단어로 나열해 보았다.

대공. 황제의 매우 어린 이복동생. 죽음에 가까워지는 태양. 차기 황제. 반란. ······반란?

"아!"

"무언가 짐작이 가는 것이라도 있소?"

"전하."

갑자기 몸이 사시나무 떨리듯 떨려 왔다. 아까 황태자에게 잡혔을 때보다 더 심한 깊은 공포심이 빠르게 차오르고 있었다.

설마 그것 때문이었어? 정말이야?

······도대체 당신들은 나를 데리고서 무엇을 하려는 거야. 왜 나를 가만 놔두지 않는 거지? 나는 양팔을 손으로 감싸 안으며 고장 난 인형처럼 힘없이 중얼거렸다.

"집에, 저택에 돌아가고 싶어요."

더는 이곳에 있고 싶지 않았다.

황태자가 내 말에 기막히다는 듯 목소리를 살짝 높여 대꾸했다.

"지금 그 상태로 말이오? 가다가 쓰러지겠군. 다시 깨어나지 못할지도 몰라. 그러니 이대로 푹 쉬고 내일 아침에 그대의 집으로 돌아가도록 하시오."

"아뇨. 지금 가겠어요."

"고집 피우지 마시오."

"고집은 전하께서 피우시는 거죠."

나는 몸을 덮은 이불을 옆으로 치운 채 힘겹게 침대에서 내려섰다. 그리고 성큼성큼 다가오는 그의 손을 뿌리치며 날카롭게 외쳤다. 제국의 황태자에게 하는 행동이라 하기엔 너무나 무례한 일이었지만, 흥분으로 가득 찬 머리는 이를 깨닫지 못했다.

"이대로 쉰다면 이상한 가십이 돌 거예요. 그럼 전하께서 원하시는 대로 되겠죠. 그럴 순 없어요."

"영애!"

"놔주세요. 전하, 부디 저를 그냥 보내 주세요. 차라리 이대로 가다가 쓰러져 죽게 하란 말이에요. 전하께서 신뢰하는 몇 안 되는 사람이 아이레스 경이라고 하셨잖아요. 그를 위해서라도 저를 강제하실 순 없어요."

내 손목을 잡은 그의 손에서 힘이 빠지기 시작했다. 하지만 여전히 붙잡고 있었다.

"약점을 쥐고 흔드는 솜씨가 아주 탁월하시군."

"전하 곁에 있었던 나날이 헛된 게 아니라는 증거죠."

반란. 그래, 반란을 진압하기 위해서라도 황태자에겐 미카엘 아이레스가 필요하다. 그래서 그의 연인이라 알려진 나의 중요성이 높아질 수밖에 없다. 뿐만이랴. 그보다 더한 전력이라고 알려진 류스테원 할버드 또한 비슈발츠가를 장악한 내 손에 붙어 있다. 게다가 나는 예언에서 가리키는 여인이기도 하다. 사실 첫 번째 조건만 가지고 있었을 때는 시험이라는 미명하에 아이레스 경에게서 떨어지라는 압박을 받았었다. 그때만 하더라도 황태자의 눈에 비친 나는 별 쓸모없는 여인에 불과해서였다. 그런데 갑자기 두 번째, 세 번째 조건을 연이어 가지게 되었고, 자연스레 나 스스로가 원하지 않았던 중요도가 올라가 버렸다. 황태자가 내게 은근한 유혹의 말을 내던질 정도로 말이다.

그래, 이 모든 게 차기 황권을 위한 작업이었다. 열이 받을 정도로 치사한 시험도 청음의 기사를 생일 선물로 받고 싶다 넌지시 떠본 것도, 내게 허수아비를 붙여 줘 비슈발츠가를 장악할 수 있도록 도운 것 또한 말이다. 사실 이 모든 건 건국제 때 들었던 예언만 생각했어도 간단히 알아차릴 수 있는 부분이었는데, 어째서 이렇게 쉽게 놓치고 있었던 걸까.

황태자는 내가 고집을 꺾지 않으리라는 것을 깨달은 모양인지 다시금 작게 한숨을 내쉬었다. 그리고 평소의 그답지 않게 매우 누그러진 목소리로 달래듯 말하였다.

"마차를 준비해 주지. 그런데 정말로 비트라이스라는 사내가 약을 먹였다고 믿는 것이오?"

"아니요, 제가 착각한 것 같아요. 하지만 그를 만나고 나서 이상한 일이 일어나고 있다는 건 사실이에요."

"……영애께서는 내가 그 사람을 알아봐 주었으면 하는 눈치로군."

"제가 탐이 나신다면 응당 그래 주실 수 있지 않나요?"

"아시오? 내게 소리를 치고도 혀와 목이 멀쩡한 사람은 그대가 처음이라오."

"그 말을 들으니 처음으로 전하께서 저를 원하고 계신다는 걸 믿을 수 있겠어요."

"그것참 너그럽기도 하시지."

황태자는 작게 비아냥거리며 나를 단단히 부축했다. 그리고 시종을 불러 마차를 준비케 했다. 오래지 않아 마차가 준비되었고, 황태자는 걸어가겠다는 내 말을 들은 척도 하지 않은 채 이 방에 왔을 때처럼 나를 안아 올렸다.

"이 정도는 양보해 주시지. 그대의 미덕을 바라 마지않는 불쌍한 남자에게 말이오."

갑작스레 다정한 사내를 연기하는 그가 어처구니가 없었지만 힘이 다 빠져 버린 몸은 끈이 풀려 버린 인형처럼 삐그덕대는지라 어쩔 도리가 없었다. 그래서 급격하게 차오르는 거부감을 애써 외면한 채 그의 도움을 받았다.

밤이 매우 깊어 가는 시간이라 복도는 몇몇의 시종이나 시녀를 제외하곤 제법 한산한 편이었다. 하지만 그들 모두 놀란 표정으로 황태자와 나를 바라보는 것으로 보아 소문이 생각보다 더 빨리 많이 퍼지겠다는 불길한 예감이 들었다.

"전하."

"말씀하시오."

"어떤 소문이 퍼지든 간에 제 명예를 지켜 주겠다고 약속해 주세요."

"내가 약조한다고 해서 달라질 게 있을까?"

"물론이지요. 그 정도만으로도 충분히 대처가 가능한 일이니까요. 전하께서 아시는지 모르겠지만 전 정말로 비열하고 사악한 여자랍니다. 그러니 스스로가 우위에 있음을 깨닫자마자 무서운 줄도 모르고 전하를 마구 휘두르고 있잖아요. 그러니 이 정도쯤은 아무렇지 않게 넘어갈 수 있을 거예요."

"하, 우위라니……. 정말 건방진 소리를 내뱉는군."

"아닌가요?"

황태자는 나를 마차 안에 조심스럽게 내려놓으며 기가 차다는 듯 짧게 혀를 찼다. 그는 나를 유혹할 수 있으리라 믿어 의심치 않았기에―그간 내가 오죽 넙죽 엎드렸어야 말이다―아무렇지 않게 내보인 약점이 이렇게 되돌아와 자신의 발목을 붙잡을 줄 미처 몰랐다는 표정이었다. 하지만 그렇기에 되레 승부욕이 끓어오르는지 제법 사람다운 표정을 하며 한 발짝 물러서는 너그러움을 선보였다.

"인정하지. 좋아, 그대의 뜻대로 해주겠소. 하지만 그 우위가 영원할 거라고 믿지는 말아."

아아, 물론이다. 반란이 훌륭하게 제압되어 내가 알고 있는 미래처럼 그가 황제의 위에 올랐을 때 아이레스 경이고 할버드 경이고 모두 내 손을 떠나가게 될 터였다. 제가 그렇게 만들 테니까.

"명심하겠습니다."

고분고분한 목소리로 대답하자 그제야 마음에 들었다는 듯 빙그레 웃음을 짓는 사내다. 그리고 부드럽게 마차 문을 닫는데, 빠른 시일 내에 그가 어떤 핑계를 지어서라도 나를 황궁으로 불러들일 거라는 강한 확신이 들었다. 정신을 차리고 보니 수렁의 한가운데 서 있다. 비참하게도 지금의 내가 딱 그 짝이었다.

집으로 돌아온 나는 장장 일주일을 앓았다. 심장이 콕콕 쑤셔 오는 것은 둘째 치고 황태자와 대화를 하는 내내 심하게 긴장한 탓인지 몸살까지 찾아들어 심하게 앓아눕지 않을 수 없었다. 특히 그가 잡아 누른 어깨는 퍼렇다 못해 검게 멍이 들어 연고란 연고를 죄다 퍼 발라야 했다. 그래도 황궁의 의원이 보내온 조제법 덕분인지 일주일이 지난 후 심장이고 몸이고 다시금 이전처럼 건강해졌다.

내가 침대에 드러누워 있을 동안 사교계는 황태자와 나와의 스캔들로 큰 몸살을 앓았다. 사람들은 난봉꾼의 기질이 있긴 하나 여인에게 그렇게 친절하지 않은 황태자가 나를 손수 안아 들고서 객실로 향했다는 것에 집중했다. 그리고 의원이 진찰하고 난 이후 무슨 일을 했냐에 초점을 맞추었다. 참으로 추잡하기 짝이 없는 의문이었지만 이미 저들의 뇌리 속에서는 내가 황태자와 뒹굴다 못해 파과(破瓜)의 고통으로 앓아누운 거라 결론이 난 상태였다.

여인들은 정숙하지 못한 나를 욕했고-아이레스 경을 배반했다는 것에 대한 비난이 제일 컸다-남자들은 내가 사교계에 입성하더니만 다른 여인과 다를 바 없어졌다며 입맛을 쩝쩝 다셔 댔다. 암만 황태자가 별일이 없었다. 죽었다 살아난 여인에게 무슨 짓을 했겠냐고 말해도 그의 전적이 워낙 화려하다 보니 믿는 이가 거의 없었다. 오죽하면 로샨 영애까지 내게 한걸음에 달려와 진실 여부를 가렸을까.

뤼세트 로샨은 이런 질문을 하러 나를 찾아온 스스로를 부끄러워하면서도 나를 의심치 않지만 그래도 멜과 자신, 그리고 황태자를 위해서라도 꼭 확인해야 하는 것이라며 변명에 변명을 거듭했다.

"미안해요, 시스. 오늘만큼 내 자신이 너무 부끄러운 적이 없는 것 같아요."

새파랗게 질린 얼굴로 눈물을 글썽이는 영애의 모습은 처음인지라 나는 그제야 뤼세트 로샨이 황태자에게 마음이 있음을 깨달을 수 있었다. 그녀가 왜 그토록 황태자의 명을 따를 수밖에 없었는지도 말이다.

"뤼세까지 아니라고 말한다면 소문이 어느 정도 잠재워지겠지요. 그래 봤자 이미 명예가 바닥까지 떨어진 상태니 더는 무어라 말할 기운조차 나지 않아요. 사람들은 어째서 타인의 마음을 이토록 잔인하게 짓밟는 것을 좋아하는 걸까요?"

"안타깝지만 그게 바로 사교계랍니다."

"네, 그렇지요. 뤼세와 내가 살아가는 곳이 바로 그러한 사람들이 모여 있는 진창이었어요."

"그저 아무렇지 않게 지나가기를 바라는 수밖에요. 그런데 몸은 어때요? 너무나 자주 아파서 보는 내가 고통스러울 정도예요. 숨이 멈췄다는데, 그 말을 듣고서 정말로 깜짝 놀랐답니다. 기적이 일어나서 다행이에요. 이렇게 무사히 돌아와 줘서 얼마나 고마운지요."

나는 그녀의 말에 빙그레 웃으며 고개를 끄덕였다. 뤼세트 로샨은 적어도 수치를 아는 여인이라 나를 의심하여 달려왔음에도 불구하고 하나도 불쾌하지 않았다. 그래서 그녀가 병문안을 핑계로 나를 찾아와 이런저런 질문을 쏟아 냈지만 너그럽게 넘어가 줄 수 있었다.
"전하께서는 절 필요에 의해 사용하려고 하시는 것뿐이에요. 그러니 그분이 어떻게 행동을 하든 날 의심하지 말아요."
"난 시스, 그대를 의심하는 게 아니에요. 그저 두려울 뿐이랍니다."
"어떤 것이 말이죠?"
"아뇨, 아무것도. 잠시 말이 헛나간 거예요. 그러니 잊어줘요."
그러나 그녀는 어떠한 불안함을 느낀 건지 연신 힘없이 웃으며 나와 시선을 잘 마주치지 못했다. 물론 그러한 태도에 나에 대한 원망은 깃들어 있었던 건 아니지만 어쩐지 조금 껄끄러워지는 게 사실이라 점점 대화가 뚝뚝 끊기기 시작했다. 결국 그녀와의 만남은 오래 지속되지 못했고, 로샨은 다음에 다시 찾아오겠다는 입바른 소리와 함께 그대로 방을 빠져나갔다.
그다음에 나를 찾아온 사람은 아이레스 경이었다. 나는 긴장된 표정으로 응접실에 앉아 있는 그를 바라보았다. 사실 그 전에 로에나가 찾아와 한바탕 울음을 터뜨리긴 했지만—내 건강에 대한 염려와 황태자와의 스캔들이 장황하게 뒤엉켰다—믿음을 운운하자 겨우겨우 그치고선 나갔었다. 그래서 신체적이나 정신적으로나 무척 지쳐 있었던 상태였다. 그런 와중에 가장 껄끄럽다고 여겨지는 사내를 만나게 되니 입술이 바짝 마르지 않을 수 없었다.
그것은 미카엘 아이레스도 마찬가지인 모양으로 그는 내가 들어오자마자 바로 자리에서 일어나더니만 몹시 초조한 것처럼 입술을 깨물었다. 그리고 내가 가까이 다가와 자리에 앉는 것을 빤히 쳐다보며 몇 번이고 한숨을 들이마셨다 내쉬기를 반복했다.
아이레스 경은 눈에 띄게 불안해하고 있었다. 이는 가십을 믿는다기보다는 여태까지 자신에게 확실한 마음을 드러내 주지 않았던 나에 대한 두려움 때문이었다.

"몸은 괜찮으십니까?"

하지만 그는 내가 자리에 앉자마자 자신의 욕심을 채우는 질문을 내던지는 대신 건강 여부를 물어보는 것으로 말문을 텄다. 자신들의 불안을 실컷 상쇄시키고 나서야 겨우 내 건강을 물어보았던 다른 이들과 확실히 차별화되는 태도였다.

"정말로 많이 좋아졌어요. 걱정해 주셔서 감사합니다."

"숨이, 숨이 멎으셨다고요."

"네. 그랬다 하더군요."

아이레스 경은 내 말이 끝나기가 무섭게 다시 한번 자리에서 벌떡 일어나더니 나에게 다가올 것처럼 굴다가 멈칫 하고서 뒤로 물러났다. 그리고 손으로 마른세수를 한 번 하더니만 다시 자리에 와 앉았다. 침착하게 말을 이어 나가는 그의 표정은 몹시 괴로워 보였다.

"여기서 그때 제가 느꼈을 괴로움을 토로한다면 영애께 큰 부담이 되는 거겠지요."

"아이레스 경……."

"그럼에도 불구하고 스스로의 마음을 털어놓을 수밖에 없는 이 비겁한 사내를 용서하십시오. 영애에 관련된 소문을 들었을 때 차라리 제 숨이 멎었으면 하고 바랐습니다. 그대가 이 세상에서 없어진다는 생각이 들자마자 심장이 죽을 것처럼 아파 왔으니까요."

차라리 황태자와의 소문을 추궁하면 좋으련만 이런 식으로 나를 걱정하는 그의 모습을 보고 있노라니 다시금 숨이 턱턱 막히고 있었다. 이렇게 올곧은 애정을 준 적이 없었으니까. 받아 본 적이 없었으니까. 세상에 단 하나뿐인 내 편, 나만을 생각하는 단 한 사람이라는 생각을 가져 본 적이 없으니까. 동시에 내게 이런 말을 꺼내기까지 그가 얼마나 괴로워했을지 생각하자 마음 한구석이 불편해지기 시작했다.

그래서…… 그래서 아이레스 경의 말이 이어질 때마다 어쩐지 온몸이 저려 오며 눈가가 시려 오는 기분이었다.

"제발, 제발 온전한 모습으로 계시면 안 됩니까? 가장 건강한 모습으로 누구에게 위협을 받지 않는 상태에서 이전에 어린 소년에게 보여 주었던 그때처럼 행복하게 웃고 계시면 아니 되는 겁니까?"

아아, 그 할버드 경이라 할지라도 과거의 나에게서 이만한 감정을 받아 보지 못했을 것이다. 나는 눈앞이 아찔해져 오는 기분에 숨을 한 번 크게 들이마셨다. 그리고 최대한 덤덤한 상태로 말을 내뱉으려고 노력했다.

"그러고 보면 경께서는 항상 제가 웃기를 바라시네요. 어째서일까요?"

"그러기를 바라기 때문입니다."

"그러기를 바란다고요?"

"예."

순간 그에게서 상처투성이의 내가 떠올랐다. 너무 말라 해골을 연상시킬 정도로 엉망이 되어버린 소녀가 어느덧 독기에 찬 눈을 풀고서 나를 향해 웃고 있었다.

그래, 아이레스 경 당신은 어느새 이 정도까지 다가왔구나. 가랑비에 젖듯이 야금야금 나를 물들이면서 그렇게. 그 어떤 것보다 찬란하면서도 아름답게 말이다.

그래서일까. 스캔들로 인해 그를 두려워하던 마음은 어느새 사라지고 고요함과 평온만이 가슴에 남아 있는 상태였다. 지금이라면 나를 향한 더러운 가십에 대해서도 아무렇지 않게 이야기를 나눌 수 있을 것만 같았다.

"그렇군요. 그럼 건강해진 모습을 보셨으니 이제 끝인가요?"

내 물음에 아이레스 경이 갑자기 입술을 꾹 다문 채 시선을 피했다. 하고픈 말은 많은데 본래의 성격을 죽여 가며 차분히 대화로 풀어 나가려고 하니 아마 죽을 맛일 게다. 무엇보다 나는 자리를 털고 일어난

지 얼마 되지 않은 상태로 더더욱 조심을 해야 하는 상태였다. 그러니 추궁할 수도, 불안을 내보일 수도, 애원할 수도 없는 것일 테지. 깜짝 놀란 내가 심장을 부여잡고 쓰러질까 봐 두려울 테니까.

나는 빙그레 웃으며 말을 이어 나갔다. 어쩐지 내가 먼저 그에게 변명하고 싶어져서였다.

"아니에요."

"예?"

"경의 귀에 들어간 소문, 그거 다 거짓말이라는 소리랍니다. 갑자기 쓰러져 숨이 멎었다가 다시금 되살아났다는 것 빼고는 하나도 맞는 게 없어요."

"영애……."

"그들이 그토록 떠들어 대는 '기적'을 제외하곤 저는 저 순결한 눈처럼 결백하고 깨끗해요."

"제가 두려워하는 건 그런 게 아닙니다."

갑자기 미카엘 아이레스가 손으로 얼굴을 감싸며 잔뜩 억눌린 목소리로 말했다.

"제가 무어라고 감히 영애의 순결을 운운하며 의심하겠습니까? 기적을 일으킨 것만으로도 과분할 지경인데요. 지금 이렇게 눈앞에서 마주하고 앉아 있다는 사실만으로도 가슴이 벅찰 지경인데, 감히 제가 무어라고 왈가왈부하겠냔 말입니다."

"아이레스 경……."

그는 나와 시선조차 마주하지 않으려는 것처럼 계속 얼굴을 가린 채 말을 이어 나갔다. 괴로움으로 인해 흔들리는 음성은 듣는 나조차 흔들릴 정도로 절절했다.

"그간 몇 번이고 저를 거부하셨지요. 제 명예를 지켜 주고 싶다면서요. 그래서 이용해도 좋다고 했습니다. 그것만으로도 기뻤으니까요.

그런데 점차 제 손길을 거부하지 않는 데다가 최근에는 망토를 가져가기까지 하셔서 제법 우쭐한 마음을 먹었더랍니다. 어쩌면, 혹시 어쩌면 감히 바라 마지않은 일이 일어날 수 있겠다 싶어서입니다."

마치 고립된 성채의 고독한 왕처럼 그는 독백일지 모를 말을 중얼거리며 스스로를 억누르고 있었다. 나로 인해 거부의 고통과 두려움을 알게 된 사내가 연정의 마음을 내보이는 것을 죄악인 것처럼 여기며 자신을 억제하고 있는 것이다.

"그런데 그조차도 착각이었다면 어쩌지, 이디, 나의 주군에게 마음이 간 거면 어떡하지? 예, 저는 이걸 두려워하고 있었습니다. 깨끗하게 물러날 용기도 없는 주제에 감히 확인부터 하려고 하는 비겁한 얼간이가 여기에 있어요. 세상 그 누구보다 가장 비참하게 애정을 구걸하려고 말입니다."

아아, 무거운 탄식이 흘러나올 것만 같았다. 내가 이 사람을 이렇게 만들었구나. 또 다른 비참한 시스에를 탄생시켰어. 순간 수치와 부끄러움이 밀물처럼 밀려와 고개를 들 수가 없었다. 그래서 힘없이 고개를 수그렸다.

"믿음이란 마음이 통했을 때나 운운할 수 있는 사랑스러운 단어지요. 질투란 연정을 확인하였기에 불러일으킬 수 있는 달콤한 가시입니다. 그런데 제가 감히 영애께 믿음을 달라, 질투를 하고 있다고 말씀드릴 수 있을까요? 아니, 이렇게 말하는 자체가 민폐일 테지요. 그러니 어리석다 손가락질해 주십시오. 저는 이미 그 비난을 달게 받아들일 준비가 되어 있습니다."

더는 견딜 수 없어진 나는 그대로 벌떡 자리에서 일어났다. 그러고는 조용히 그에게 다가갔다. 그냥 그래야 할 것만 같아서였다. 그래서 본능대로 손을 뻗어 그의 얼굴을 감싸고 있는 손을 풀었다.

아이레스 경의 길고 우아한 손가락을 풀어 내리면서 내 마음 속의 무언가도 같이 떨쳐 냈다. 이쯤 되니 이성이고 뭐고 다 소용없었다.
"이런 믿음을 드린다면 어떻게 하실 요량이세요?"
자꾸 물러서는 나로 인해 이미 그의 불신은 높아질 대로 높아진 상태였다. 그런 와중에 말만으로 날 믿어 달라 할 순 없는 노릇이다. 마음을 담은 손수건이나 편지 역시 한순간에 불과할 뿐 저를 달래기엔 퍽 무리가 있었다. 그래서 놀란 것처럼 두 눈을 동그랗게 뜬 그의 뺨에 입술을 가져다 대었다. 이전에 그의 손등에 키스했던 것처럼 가볍게, 새 털과 같은 숨을 불어 넣었다.

차갑게 얼어 있던 기사의 뺨이 내 입술로 인해 이전과 같은 온기를 되찾아가고 있었다. 하지만 발그레해진 것은 한쪽뿐이라 다른 쪽 뺨에도 똑같은 키스를 주었다. 서로의 살갗이 맞붙어서 피어오른 열기로 인해 나 역시 얼굴이 붉어지는 중이었다. 그래서 숨이 멎을 것처럼 나를 바라보는 아이레스 경을 향해 배시시 웃었다.

나로 인해 겨울의 세계에 살고 있었던 그에게 봄을 되찾아주고 싶었다. 그래서 나를 강제하는 모든 것을 다 내던졌다. 심장이 아프고 나니 머리까지 이상해진 모양이다.

그런데 이상하게도 그의 눈동자에 담긴 내 얼굴이 울 것처럼 일그러져 있었다. 아이레스 경의 얼굴에 겹쳐진 과거의 시스에가 엉엉 울면서 해맑게 미소 짓고 있었다.

순간 그가 참을 수 없다는 것처럼 낮게 으르렁거리더니 그대로 손을 뻗어 내 턱과 뒷목을 잡더니만 그대로 얼굴을 가져다 댔다. 한 치의 틈도 용납할 수 없다는 것처럼 강하게 맞물려진 것은 분명 아이레스 경과 나의 입술이었다.

미카엘 아이레스는 갈증에 시달린 사람처럼 성급하게 굴었다. 언뜻 보면 이성을 잃은 것 같기도 했다. 신사다움을 가장하며 유순하게 굴었던 얼음의 기사는 어디로 사라졌는지, 그는 비슈발츠가의 기사들을 협박하던 그때의 그 모습으로 돌아가 짐승처럼 으르렁거렸다. 목줄을 끊어버린 야수 그 자체라 퍽 사나웠지만 기이하게도 관능적이었다.

그는 너무 놀라 얼어버린 내가 보이지도 않는 것인지 정신없이 자신의 입술을 문지르며 양손으로 내 양 뺨과 턱을 감싸 쥐었다. 살짝 기울어진 고개로 그의 날카로운 턱선이 우아하게 그려지며 길게 드리워진 속눈썹이 파르르 떨리는 모습까지 자연스레 비추고 있었다. 안쪽으로 깊게 일그러진 미간은 우물처럼 오목하게 파인 골을 만들었다. 살짝 맞닿은 뺨은 발그레 열이 올라 말랑해 보이기까지 했다. 홍안의 미소년처럼, 그렇게. 그래, 아이레스 경은 나라는 열 감기에 걸려 있었다.

그래서일까. 그는 내가 자신의 힘에 밀리다 못해 소파 안쪽으로 넘어지다시피 미끄러져 내렸지만, 자각하지 못한 것처럼 행동했다. 남자의 무릎이 자연스레 꿇리고 있었다.

사실 시작은 풋내기처럼 어설펐다. 이제 막 첫 입맞춤을 하는 어린 소년처럼 정신이 없었다. 무작정 입술을 부딪치긴 했는데 그다음은 어떻게 해야 하는지 모르겠다는 양 혀끝으로 아랫입술만 핥아 댔으니까.

그는 마치 간을 보기라도 하듯 안과 바깥을 조심스럽게 드나들었는데, 내가 움찔할 때마다 죄를 지은 사람처럼 화들짝 놀라며 곧바로 이를 쓸어내리려던 혀를 바깥으로 빼내었다. 그런 다음 애교를 부리는 것처럼 윗입술과 아랫입술을 부드럽게 깨물어 가며 슬금슬금 안으로 혀끝을 들이밀었다. 성에 차지 않는다는 듯 낮은 신음을 흘리는 게 기실 짐승이 성내는 소리와 다름없었다.

그럼에도 숨이 가빴다. 농밀하고 야했다. 다리가 풀리다 못해 손이 덜덜 떨리는 기분이었다. 코로 숨을 쉬어야 하는데 마시는 숨결마다 죄다 빼앗겨 버리니 하릴없이 헐떡이는 수밖에 없었다. 자연 입이 벌려지게 되고, 안쪽으로 파고드는 말캉한 살이 달큼한 호흡과 함께 넘어들어왔다. 깜짝 놀란 내가 손을 들어 그의 어깨를 밀어내려고 했지만 커다란 바위를 만난 듯 꿈쩍도 하지 않았다. 되레 자극이 된 모양인지 그의 뜨거운 살덩이가 폭군처럼 무자비하게 굴며 입안을 마구 파헤치기 시작했다. 어린 짐승이 순식간에 성장하여 야수가 된 느낌이었다. 뺨을 잡힌 손에도 약간 힘이 들어오는 게 밀어내지 말라고 말없이 소리치는 듯했다. 실제 애원에 가까운 동작이었으나 저도 사내라고 힘 있게 밀어붙이는 게 무서울 정도였다.

어느새 허리로 내려간 사내의 다른 손이 강하게 몸을 잡아당기며 안쪽으로 단단하게 밀착시켰다. 커다랗게 부풀어 오른 가슴이 아이레스 경의 탄탄한 몸에 달콤하리만치 강하게 짓눌려 야릇한 고통을 자아내고 있었다.

두 개의 축축한 살덩이가 한데 뒤엉켰다. 아니, 말만 뒤엉킨다는 것이지 기실 술래잡기와 비슷했다. 혀 안쪽 살을 살살 문지르는 감각이 내게 있어 매우 폭력적이라 안쪽으로 도망가고 싶었지만 그가 자꾸 놔주지 않았기 때문이다. 한정된 공간 안에서의 추격전은 금세 잡히게 마련이었다. 타액으로 젖은 살갗이 거칠게 부딪치며 강하게 비벼지니 짙은 쾌감이 금세 차올랐다. 눈가가 붉게 달아오르는 것만 같았.

이 남자 어떻게 이런 입맞춤을 할 수 있는 거지?

아이레스 경의 키스는 지극히 그다웠다. 겉은 신사답지만 속은 거칠기 짝이 없는 무뢰한, 그러나 끝은 겁먹은 어린아이처럼 부리를 쪼아대듯 쪽쪽거리며 애정을 갈구하는 게 정말로 그러했다. 입맞춤이라는 것을 처음 겪어 보는 내게 있어 너무나 자극적이다. 이건 정말이지 지독한 감각이었다. 그래서 두렵고 무서웠다. 이러다가 정말로 잡아먹힐 것만 같았다.

"아, 그만……."

기겁한 내가 가까스로 숨을 고르며 거부하자 그가 젖은 음성으로 애원하듯 다시금 입술을 모아 깃털처럼 가벼운 키스를 퍼부었다.

"제발 조금만 더…… 네? 조금만 더요."

그리고 어떻게 반항할 틈도 없이 다시 입술을 가르며 자신의 혀를 밀어 넣었다. 저절로 '으응' 하는 가쁜 신음이 흘러나왔다. 습윤한 공기가 흘러나오는 말랑한 살덩이는 온몸의 열을 죄다 머금은 듯 퍽 뜨거웠다. 비명을 삼킬 것처럼 급하게 들이마시는 숨은 간절하면서도 난폭했다.

흉흉하게 불타오르는 눈동자에 서린 것은 날카로운 욕망이었다. 배 안쪽이 저릿하며 깊은 갈증이 샘솟아 올랐다. 누구 것일지 모를 액체를 공기와 함께 꿀꺽꿀꺽 들이켜고 있는데도 불구하고 점점 더 목이 말라 왔다. 입에서 시작된 은밀한 열기가 온몸에 퍼져 나가 발끝까지 간지러웠다. 그도 그럴 것이 입천장을 톡톡 두들기며 이를 농밀하게 쓸어내리다가 입 안쪽의 내밀한 살까지 살살 파헤치는 게 제법 야릇했다. 눈앞이 아찔해지는 감각이 충만하게 차오르며 저절로 발끝이 오므려지고 있었다. 타액을 들이켜는 소리마저 습하게 가라앉아 여린 고막에 부드럽게 녹아내렸다. 감미로운 접촉에 도무지 정신을 차릴 수 없었다. 어느새 나는 그에게 안기다시피 매달려 있었다. 숨이 부족해 어질어질한 시야와 뜨끈하게 달아오른 뺨에 달콤한 한숨이 흘러나왔다.

이전과 현생을 통틀어 처음 맞이하는 입맞춤은 무척 충격적이었다. 아니, 이걸 단순한 키스라고 명명해도 좋을지 고민이 될 만큼 성적인 자극이 컸다. 나 자신이 이렇게 쉽게 잘 달아오르는 체질이었는지 의심스러울 정도였다. 그만큼 강렬했다. 그 누구도 이렇게 지배할 것처럼 나에게 입을 맞춘 적이 없었다. 내 안의 '여인'을 깨우는 키스를 해 준 적이 없었으며, 사랑스러운 것을 대하듯 간지러운 접촉을 한 적이 극히 드물었으니까. 단 한 번도 '여자'인 적이 없었으니 아니 그러하랴. 하물며 태양처럼 뜨거운 욕망의 대상이라니 낯설기만 한 경험이었다.

그런데 아이레스 경은 위의 모든 것을 당연하다는 듯 일깨우고 있었다. 그래서 반항조차 할 수 없었다. 취하는 것처럼 받아들이는 게 다였다. 이제는 다른 의미로 심장이 아파 오고 있었다.
"경, 제발, 숨을…… 숨을 좀…….”
폭력에 가까운 강렬한 감각에 몸서리치다 결국 그의 혀를 가볍게 깨물고야 말았다. 피가 비칠 정도는 아니지만 정신을 차릴 만큼 따끔한 감각이었을 것이다. 덕분에 '찰나'라는 빈틈이 생겼고, 나는 있는 힘을 다해 그의 얼굴을 밀어내며 죽을 것처럼 헐떡였다. 아이레스 경에게 키스를 당했다는 충격보다 드디어 숨을 쉴 수 있게 되었다는 기쁨이 먼저 나를 찾아왔다. 입술이 상대의 타액에 젖어 번들거리고 있다는 건 아직 수치심에 낄 깜냥이 못 되었다.
미카엘 아이레스는 이런 나를 보더니 순식간에 다양한 표정을 지으며 눈치를 살피기 시작했다. 제법 빠르게 지나가 넋이 나간 게 아닐까 의심했던 그의 감정은 경악과 혼란, 두려움 공포 그리고 환희와 불안함의 순서로 나타났다.
그리고 내가 손바닥으로 입술을 가리자 그는 겁에 질린 표정을 지으며 애처로이 시선을 내렸다. 아래로 힘없이 축 늘어진 남자의 어깨가 크게 움찔움찔 떨리고 있었다. 그럼에도 그는 내게서 손을 떼지 않았다. 뺨에 와 닿는 손끝이 차갑게 식어 내리고 있음에도 불구하고. 벌려진 입술을 통해서 흘러나오는 것은 처연할 정도로 힘없는 매달림이었다.
"믿음을 주신다고 했잖습니까? 그러니까 밀어내지 마십시오. 파렴치한이라 욕해도 좋고, 짐승만도 못한 놈이라 화를 내며 뺨을 내려쳐도 좋으니 부디 이것이 저만의 '믿음'이라 여기지 않게 해주십시오.”
맹수가 다시금 순한 짐승이 되었다. 방금 전의 여운을 감추지 못하겠다는 듯 아쉬움이 가득 찬 손길로 입술을 가린 손등을 어루만지다가 곧 언제 그랬냐는 듯 깨깽 소리가 날 정도로 소심하게 눈치를 살피는 게 정말 그러했다. 그래서 가여웠다. 얼음의 기사라는 위명을 가진 사내가 내 앞에서 무릎을 꿇고서 절절매는 게 말이다. 그는 황태자라 할지라도 몇 번 보지 못했을 태도를 내게 있어 아무렇지 않게 행하고 있었다.

나는 고르게 숨을 들이 내쉬며 아이레스 경을 바라보았다. 한순간의 충동을 이기지 못하고 저의 뺨에 키스를 내린 건 나지만 그가 이런 식의 진한 스킨십을 할 줄 미처 몰라서 당황스러웠다. 첫 키스라는 게 이토록 선연하면서도 농밀한 접촉일 수 있나 싶어서다. 소설 속에 나오는 풋풋하면서도 달콤한, 상큼하면서도 쌉싸래한 입맞춤이라는 게 거짓이라는 듯 얼음의 기사와 한 첫 번째 입맞춤은 농염한 어른의 것이었다.

그런데 참으로 이상하지.

나는 펄떡대는 심장을 손으로 살며시 짓누르며 생각했다.

왜 화가 나지 않는 걸까?

정염이 뚝뚝 흘러내리는 눈을 감추지 못하면서도 너무나 소중해서 더 이상은 건들지 못하겠다는 듯 온몸을 달달 떠는 게 퍽 처연했다. 만일 기사의 얼굴에 귀가 달려 있었다면 축 처져 있었을 것이요, 몸에 북슬북슬한 꼬리가 나 있었다면 가랑이 사이로 말려 들어가 그림자조차 남기지 않으려고 했을 터였다. 그래서 귀여웠다. 제국이 자랑하는 미남자 중 하나인 그를 두고서 할 소리는 아니지만, 오늘처럼 그가 귀엽게 느껴진 적은 없었다.

게다가 이 남자는 항상 이렇게 자신에게 화를 내지 못하게끔 만든다. 어느 순간 감춰진 성질을 드러내듯 제멋대로 행동하다가도 제지를 당하거나 제정신을 차리면 언제 그랬냐는 듯 눈치를 살피며 안절부절못하는 모습을 보이니까. 화를 내는 내가 나쁜 사람이 될 것처럼 굴며 미리 방어막을 쳐 대는 것이다.

나는 언제부턴가 이런 그의 표정을 보면 성을 낼 생각조차 하지 못한 채 얼렁뚱땅 넘어가고 있었다. 물러 터진 과일처럼 푹푹 들어가다 못해 달콤한 향기까지 풀풀 풍기는 것이다.

그런데 맙소사.

나는 터져 나올 것만 같은 한숨을 꾹 삼킨 채 망연자실한 표정으로 그를 응시했다. 이제야 무언가를 깨달은 것처럼. 그렇게. 그도 그럴 것이 믿음을 주겠다는 의도로 뺨에 키스한 것부터가 이미 '허락'이나 다름없는데 어떻게 그에게 화를 낼 수 있단 말인가.

그러므로 여지를 준 나나. 그것을 덥석 문 그나 전혀 다를 바가 없었다. 예상치 못한 형태로 다가온 것에 당황했을 뿐. 이미 결론은 나 있었다. 그래선지 복잡한 심경에 비해 인정은 빨랐다. 더는 잴 것도, 거부할 이유도 없었다.

"그래요. 믿음. 그렇게 해요. 아니. 그거 맞아요. 그러니 어떻게 욕을 하거나 뺨을 내려칠 수 있겠어요? 다만 경께서 조금만 배려해 주시길 바랄 뿐이에요. 숨을 어떻게 쉬어야 할지 모르니까요."

그래서 아이레스 경이 원하는 대답을 해주는데, 어쩐지 갑자기 웃음이 흘러나왔다. 기사의 손에 얼굴이 잡힌 상태에서 바보처럼 샐샐 웃는데 이상하게도 부끄럽다거나 창피하지 않았다. 그저 봇물이 터진 듯 무언가가 팡 하고 터져 나온 기분이었다. 그래도 된다는 것처럼 말이다. 그래서 입술을 가린 손을 천천히 내렸다.

미카엘 아이레스 경은 조심스럽게 내 눈치를 살피다가 다시금 고개를 숙여 내 콧등에 잘게 입맞춤을 했다. 쪽, 하고 타인의 입술에서 흘러나오는 소리가 뺨이 붉어질 만큼 낯부끄러웠지만 그만큼 다시 미소가 지어졌다. 그러자 그의 입술이 움직이는 범위가 넓어지고, 점점 더 빨라지기 시작했다. 웃음에 용기를 얻은 것처럼 이 아름다운 기사님은 다시 '믿음'이라는 증표를 얻기 위해 절박하리만치 열심히 키스의 비를 뿌리고 있었다.

쪽, 쪽, 쪽.

한번 해제된 사슬은 다시 채워질 일 없이 오래되어 녹이 슨 철문을 얼음의 용사에게 그대로 내어주었다. 그리하여 시작된 작은 발걸음은 처음의 수줍음이 거짓이라는 것처럼 점점 더 격렬해지고 있었다.

나는 손을 뻗어 아이레스 경의 단단한 어깨를 살며시 붙잡았다. 자유로워진 손이라 얼마든지 밀어낼 수 있었는데, 보이지 않은 사슬에 붙잡힌 것처럼 옴짝달싹 못 한 채 점차 격렬해지는 두 번째 입맞춤을 받았다.

깊게 들어오는 혀가 농밀하게 안쪽을 훑으며 신음을 유도할 때 격하게 헐떡이며 그의 절박함을 집어삼켰다. 스르르 감기는 눈꺼풀 사이로 열기가 밀려들어 오고 있었다.

나보다 두세 뼘은 더 큰 사내, 얼음의 기사라 불리는 장성한 남자가 구애가 꿀처럼 달게 느껴졌다. 그래서 이전처럼 떼어 낼 수 없는 걸까? 나는 취한 것처럼 그가 주는 감미를 음미했다. 지금은 그것으로도 충분했다.

농염한 첫 번째 키스와 달콤하면서도 끈덕진 두 번째 키스 이후 그와 나는 약속이라도 한 것처럼 침묵했다. 부끄러움이 물밀 듯이 찾아온 탓도 있지만 '믿음'이라는 단어 아래 행해진 농밀한 접촉을 각자의 의미대로 받아들이는 시간이 필요했기 때문이다.

나는 표정을 숨기려는 것처럼 그의 어깨에 얼굴을 파묻었고, 아이레스 경은 그런 내 몸을 가볍게 끌어안은 상태로 고요히 숨만 내쉬었다.

생에 첫 입맞춤과 두 번째 입맞춤을 또 다른 나라고 생각했던 이와 하게 되었는데 생각보다 나쁘지 않았다는 게 참으로 묘했다. 그만큼 그에게 물러터지게 되었다는 증거인데도 마음이 잔잔한 물에 잠긴 것처럼 평온하기만 했다. 아이레스 경의 목소리가 들린 건 그즈음이었다. 그는 마치 속삭이는 것처럼 내게 말했는데, 나는 그 말을 듣고서 웃지 않을 수 없었다.

"이제 질투해도 되는 겁니까?"

그래서 나는 아이레스 경의 품에 안겨 있다는 것도 잊은 채 부드럽게 소리 내어 웃었다. 그는 이번의 입맞춤으로 믿음뿐만 아니라 '연정'까지 확인한 모양이었다. 참으로 빠르기도 하지.

방금 전의 접촉을 통해 도달한 결론치곤 너무나 멀리 나갔지만 나는 굳이 그의 기쁨을 망가뜨리는 저열함을 선보이지 않았다. 충만한 감각이 나를 채우고 있었다. 삐걱대는 심장 또한 제자리로 돌아와 일정한 간격으로 똑딱 하고 움직였다. 그리고 지난날의 시스에, 그녀가 아이레스 경의 뒤에 서서 나를 바라보고 있었다. 그녀는 나를 향해 고개를 끄덕이며 낮달과 같은 미소를 지었다.

"조금만, 아주 조금만 질투할 테니까 너무 뭐라고 하시면 안 됩니다. 본래 사람의 욕심이란 끝이 없는 법이지 않습니까?"

그런 내 귓가에 아이레스 경의 목소리가 부드럽게 녹아내리고 있었다. 어린 소년과 같은 투덜거림이 마치 짧은 왈츠처럼 톡톡 튀었다. 아니, 창문을 두들기는 작은 빗방울이다. 그래서 조용히 눈을 감은 채 그의 질투 어린 요청을 머릿속으로 가만가만 채워 넣었다.

"황태자와 너무 붙어 있지 마십시오. 그가 힘들게 하면 언제든지 저를 부르십시오. 이용해도 된다고 하잖습니까? 왜 이렇게 여린 겁니까. 그리고 황태자를 만나고 난 다음 저 좀 만나러 와 주십시오. 항상 보고 싶습니다."

아이레스 경을 만난 이래 가장 많이 웃고 있었다. 나는 간질거리는 심장을 애써 억누르며 고개를 끄덕였다. 함께 있는 시간은 여전히 충분했다.

건강이 회복된 내가 다시 사교계에 나갔을 때 황태자와 나와의 소문은 다 타 버린 들판에 남아 있는 잔불처럼 끈덕진 생명을 유지하고 있었다. 발로 밟아 불씨를 꺼 줘야 하건만 워낙 바람이 이리저리 불다 보니 다시금 타오를 기미가 보인 것이다.

사람들은 나를 볼 때마다 그날의 일을 거론하며 황태자와 나와의 관계에 대해 파헤치고자 했다. 남성들은 내 첫 남자가 황태자인지 궁금해했고, 여인들은 말도 안 되는 로맨스가 탄생할까 싶어 전전긍긍했다. 나에게 다가오는 영애의 대부분이 원망과 시기 어린 눈빛을 하고 있었다. 뤼세트 로샨의 추종자로 보이는 자들이 특히 그러했다. 그들은 내가 아이레스 경도 모자라 황태자를 유혹했다며 비난의 눈초리를 보냈다. 그나마 로샨 영애가 아무 일도 없었다고 말했기 망정이지 그마저도 아니었다면 몰매 맞기 딱 좋은 분위기가 형성되어 있었다.

그런 와중에 황태자의 부름은 그것을 촉진하는 원흉이나 다름없었다. 그는 칼자루가 내게 있기에 더는 강제할 수 없으니 대놓고 편지를 보내어 나를 부르는 것으로 방법을 선회했다. 편지를 가져온 시종의 손에 꽃 한 송이를 함께 보내는 방식은 매우 진부하면서도 노골적이었다.

그러나 고전적인 방법에 빠지지 않을 수 없는 것이 사람인지라, 저택의 시녀들은 황태자가 보내온 꽃에 탄성을 지르며 부러워했다. 말이 꽃 한 송이지 자신의 후원에 피는 꽃에 고운 리본 끈을 매어 보내는 것이라 누가 봐도 그가 내게 사심이 있음을 보여 주고 있었으니까.

그 교활한 방법에 절로 이가 갈렸지만 어떻게 할 방법이 없었다. 그는 고작 몇 개의 도구만으로 나를 난처하게 만들고 있었다. 몇 번은 몸이 덜 회복되었다는 핑계로 거절하긴 했으나 나중에는 그마저도 대기가 어려웠다. 노골적으로 피하니 진짜 무슨 일이 있어서 그런 게 아니냐는 여론이 피어오르고 있었기 때문이다.

그래서 마지못해 입궁을 해야 했는데, 그럴 때면 미리 뤼세트 로샨에게 연락을 취하여 그녀를 꼭 끌고 갔다. 영애와 함께 있는 다면 소문이 조금이라도 잠재워질까 싶어서였다. 이전에도 황태자를 이런 식으로 만나 왔으니 계속 이렇게 행동한다면 더는 의심을 하지 않을 것이라고 순진하게 생각했던 것이다.

하지만 사교계 사람들은 소문을 재창조하는 데 남다른 재능이 있었다. 그들은 자신들의 뜻대로 상황이 이루어지지 않자 구미에 꼭 맞게끔 내용을 변형 시켜 로샨과 나를 당황케 만들었다. 사실 황태자가 로에나에게 관심이 있는데, 아직 사교계에 데뷔하지 않은 어린 영애라 바로 접근하기 어려워 나를 통해 소식을 주고받는다는 것이었다. 그래서 황태자가 내게 친절한 것이라고 말이다.

소문의 근원은 풀케르와 가까운 귀부인들에게서였다. 그녀들은 내가 지나갈 때마다 부채를 살랑살랑 흔들어 대며 동생을 아끼는 언니라는 극찬을 마구 퍼부어 댔다. 그리고 영광된 자리가 비슈발츠에게 있겠지 않느냐며 입방정을 떨었다. 그러자 뤼세트 로샨의 추종자들이 발끈하여 황태자가 나와 가까운 건 로샨의 친구이기 때문이며, 그래서 이전과 같은 과한 친절을 보인 것이라 주장했다.

디뵌젤 공녀가 등장하기 전부터 사교계의 작은 여왕이라 불리며 많은 이의 추종을 받아왔던 로샨 영애다. 대다수의 사람이 그녀가 황태자비가 될뿐더러 나아가 황후의 자리에 앉을 것이라 믿어 의심치 않고 있었다. 오랜 시간 황태자의 곁을 지키고 있었던 유일한 여인이기 때문이다. 하루에도 몇 번씩 여자를 갈아 치우기로 유명한 망나니 황태자가 말이다.

황태자는 이러한 소문에 코웃음을 치며 차를 마셨다. 그리고 냉소적인 어조로 로샨 영애에게 말했다.

"별 소문이 다 도는군. 사람들은 내가 너에게서 후사를 볼 거라 생각하는 모양이야? 설마, 그럴 리가. 설사 네가 내 후(后)가 된다 하더라도 아이는 다른 이에게서 볼 거다. 누구 좋으라고."

로샨 영애는 일말의 동요도 없이 부드럽게 웃었다. 그녀는 이런 말이 익숙하다는 것처럼 능숙하게 맞받아치고 있었다.

"네, 이전부터 전하께선 제게 누누이 말씀하셨죠. 외척의 개입이 없을 순종적인 여인이 좋다 하셨잖아요. 아주 잘 알고 있답니다, 이디. 그러니 상기시켜 주실 필요가 없어요."

그리고 보니 뤼세트 로샨 영애는 황후의 먼 친척이었지. 나는 해사하게 웃고 있으나 치마 자락 너머로 주먹을 꽉 쥐고 있을 그녀를 바라보며 두 눈을 깜빡였다. '외척의 개입이 없다'라는 말이 나올 때 황태자가 의도적으로 나를 향해 눈을 돌렸으므로 시선을 피하지 않을 수 없었다.

자신의 옆에 나를 놔두겠다는 선언이 거짓은 아닌지 황태자는 내게 있어 눈에 띄게 다정해진 상태였다. 어떤 때는 가슴이 떨릴 만큼 황홀한 에스코트를 한 적도 있었다. 지금껏 선보였던 폭력적인 성향은 어디로 다 사라졌는지 나를 배려하며 부드럽게 웃는 게 참으로 뻔뻔스러울 정도다. 그를 몰랐더라면 깜빡 속았을 만큼 다정한 모습이었다. 아마 유명 극단의 베테랑 연기자라 할지라도 그만큼 능청스럽게 사랑에 빠진 남자의 가면을 쓸 수 없을 것이다.

그날 내가 심장마비로 쓰러진 다음에서야 나에 대한 마음이 사랑임을 깨달았다는 것처럼 풋내 나는 첫사랑을 연기하는 그는 무서울 정도로 진실 돼 보여 모두를 능숙하게 속여 넘겼다. 거짓임을 알고 있는 나조차도 헷갈릴 정도였다.

만일 황태자의 눈동자가 이전과 다를 바 없이 서늘하게 굳어 있지 않았더라면 '설마, 진짜로 내게 마음이 있나?' 하고 의심스러워했을 것이다. 그러나 다행히도 그는 여전히 내가 알고 있는 '황태자' 그 자체였다. 오만한 개자식 말이다. 그래서 되레 안심이 되었다. 이 사람은 곧 죽어도 나에게, 아니, 여인과 사랑에 빠질 일은 없을 테니까.

하지만 사람들은 황태자가 보여 준 연기에 빠져들기 시작했다. 아니, 그들은 그가 어설픈 연기를 한다 하더라도 세기의 로맨스를 위해서라면 아무렇지 않게 눈감아주었을 터였다. 한 여자를 두고서 친구가 격돌한다는 삼류 극본은 무료하기 짝이 없는 사교계에 신선한 반향을 일으키기 충분했으니까.

게다가 황태자는 내 명예를 지켜 주겠다는 약속을 지키려는 것처럼 자신의 연극에 한 가지 설정을 더해 싸구려 삼류극을 완성시킨 상태였다. 아이레스 경에게 미안함을 느끼고 있지만 나에 대한 마음을 감출 수 없어 수치와 불명예를 감수하면서까지 조심스럽게 다가가고 있다는 내용을 말이다. 물론 이 말도 안 되는 이야기가 난봉꾼 황태자와 어울릴 리가 없었다. 다른 사내도 아닌 황태자가 이런 마음을 가질 수 있을 리가 있겠는가.

그런데 먹혀들었다. 우스울 정도로 아주 쉽게. 본래라면 친구의 여자를 탐내는 비열한 사람이 되었어야 할 황태자가 생에 처음 겪는 지독한 짝사랑에 빠져 이러지도 저러지도 못한다는 소문으로 인해 동정표를 얻고 있었다. 졸지에 아이레스 경은 우정과 사랑을 고민하게 되는 세기의 고민남이 되었고, 나는 아름다운 기사뿐만 아니라 망나니 황태자까지 사로잡아 그들의 우정을 시험케 하는 마성의 여자로 둔갑했다.

그래서일까. 이전에도 나를 따라 하려고 노력하는 여자들이 있었지만, 이번에는 아주 유행처럼 들끓어 내가 하는 모든 것이 화제가 되었다. 감기로 인해 재채기를 하더라도 사내를 반하게 만드는 기술처럼 보였는지 순식간에 모든 여자가 되도 않는 재채기를 하며 손수건에 코를 파묻을 정도였다.

황태자의 마수를 피하기 위해 몇 번 아이레스 경을 불러 같이 있어 봤지만, 되레 화제의 주인공들이 만났다 하여 시선을 더 붙들게 되니 아니 만나느니만 못했다. 이에 아이레스 경이 불쾌한 표정으로 황태자에게 의중을 물었지만 황태자는 묘한 시선으로 나를 바라볼 뿐 대답하지 않아 크게 말다툼이 일 뻔한 적도 있었다.

견디다 못한 내가 '이전처럼 지내도 제가 전하의 곁에 있는 건 변함없습니다'라고 외쳐도 황태자는 '그게 진정한 내 옆인가? 성에 차지 않아'라는 헛소리를 지껄이며 내 화를 차근차근 이끌어 내었다. 조용히 책을 보다가 갑자기 생각났다는 듯,

"차라리 이전처럼 물을 달라 조르면 좋을 것을. 이제는 목이 마르지 않나?"

라는 흰소리를 중얼거리며 빙글빙글 웃는 것도 신경을 거슬리게 만드는 일 중 하나였다. 또 어떤 때는 차를 마시다 말고 나를 빤히 쳐다보기에 할 말이 있냐고 물었더니 '그대, 이제 보니 굉장히 예쁘군'이라는 소리를 툭 하고 내뱉기도 했다. 덕분에 나는 차가 얹힐 뻔했고, 로샨 영애는 창백하게 질린 얼굴로 황태자를 바라보며 입술을 꾹 깨물었다.

우리의 시중을 들고 있던 시녀들은 건수를 잡았다는 것처럼 서로 눈짓을 교환하며 빙그레 웃었다. 황태자가 일부러 단속하지 않았기에 그와의 만남에서 있었던 일들이 사방팔방으로 퍼지고 있었다. 만일 국경에서 적국의 동태가 심상찮다는 소식이 올라오지 않았더라면 계속 그와의 스캔들에 시달려 골치가 아팠을 것이다.

"밀과 여러 생필품의 가격이 요동치고 있습니다."

집사는 내게 서류를 가져다주며 덤덤한 어조로 말했다. 비슈발츠가 야 귀족을 상대하는 사치품을 주 품목으로 삼기에 아직 식료품의 가격 상승에 영향을 받지 않고 있지만, 그것도 아주 잠시일 뿐이었다. 저잣거리에 퍼지고 있는 흉흉한 소문이 잠재워지지 않는 이상 가랑비에 젖듯 타격이 축적될 것이 분명했다.

어느 순간부터 제국에 전쟁이 일어날 것이라는 이야기가 퍼지고 있었다. 국경에서 벌어졌던 작은 전투에 대한 소문이 눈덩이처럼 커져 모

두의 입에 오르내려서였다. 어느덧 전쟁이 일어나 병력이 차출될 것이라는 게 기정사실화되고 있었다.

출처가 불분명한 소문은 메마른 들판에 이는 불처럼 빠르게 번져 나갔다. 속도가 너무 빨라 감당을 하지 못할 정도였다. 전염병도 이보다 더 빠르게 퍼지지는 못할 것이다. 장성한 사내들은 불안한 표정으로 몸을 사렸고, 여인들은 식량을 하나라도 더 비축하기 위해 음식을 무작정 사들이기 시작했다.

황실에서 암만 벽보를 붙이고 병사들을 보내어 거짓된 소문이라 외쳐도 황제의 건강 악화로 인해 제국에서 의도적으로 몸을 사리는 것이라는 분위기가 팽배했다. 황태자가 병약한 황제를 대신하여 국정을 잡을 것이고, 그럼 바로 병력을 꾸려 국경을 향해 달려갈 것이라는 이야기였다.

"제가 후견인이라서 그런지 모르겠지만 이 일에 대해 이야기를 하는 귀족은 없더군요."

셀던 비슈발츠는 몇 번이고 귀족들의 모임에 나갔지만 시가를 피우고 도박을 하는 데 그쳤다며 어깨를 으쓱였다. 그런 그의 얼굴에는 피곤함과 함께 귀족들에 대한 한심함이 가득 차 있었다.

"그 누구도 사태의 심각성에 대해 인식하지 못하고 있더군요. 그저 창녀의 가슴을 주무르는 데만 열중할 따름이지요. 차라리 다른 곳에서 정보를 얻는 게 낫겠습니다."

도심이 뒤숭숭해지자 그 활발하던 사교계도 점점 드문드문해지더니만, 대부분의 귀족 여인이 저택에 틀어 박혀 남편과 아들의 입만 바라보는 실정에 이르렀다.

귀부인의 편지를 배달하는 하인들이 하루에도 몇 번씩 서로의 저택을 활발하게 들락날락하기 시작한 것도 이 때문이었다. 자신들이 아는 것을 공유하기 위해서였다. 나 역시 몇몇으로부터 편지를 받았는데,

황태자에게 뭐 들은 게 없냐는 게 주 내용이었다. 자신만 알고 있을 테니 그간의 친분을 생각해서라도 귀띔 좀 해달라는 편지는 속이 빤히 들여다보여 웃음조차 나오지 않았다.

때마침 로샨 영애가 내게 편지를 보내 잡음을 일으키지 않기 위해서라도 침묵해 줄 것을 요청했기 망정이지-덕분에 제대로 된 명분이 생겼다-그렇지 않았으면 계속 이러한 편지에 시달렸을 것이다. 그래서 나는 그녀의 친절한 충고에 따라 입을 꾹 다물었다.

몇몇의 호사가가 이런 우리의 태도에 의구심 어린 눈초리를 보내었지만, 속 시원하게 밝혀진 바가 없기 때문에 이런저런 추측만이 빠르게 타올랐다가 사라졌다. 도심에 사는 모두가 불안에 떨고 있었다.

하지만 그 어떤 것도 정해짐이 없이 무의미한 시간만 지나갔고, 허탕을 친 후견인이 술에 취해 들어오는 일이 많아졌다. 안타깝게도 셀던에게 현 상황에 걸맞은 정보를 알려 주려고 하는 사람이 없었다. 그는 조용하고 침착한 성미를 가진 훌륭한 후견인이었지만, 정작 필요한 일에는 쓸모가 없다시피 했다. 황태자의 의도대로 셀던은 비슈발츠가의 알곡을 노리는 잡새들을 쫓는 데에만 사용될 뿐이었다.

다 죽어 간다던 황제가 마담 드 샤토루를 통해 내게 연락을 취한 건 그즈음이었다. 말이 샤로투의 청이지 기실 제국의 태양의 명이나 다름없는 초대장은 아무도 모르게 내 침대 위에 올려졌다. 할버드 경의 주인을 묻는 편지처럼 아주 은밀하게 말이다.

마담은 아주 재미있게도 내게 가면 하나를 보냈다. 가면무도회를 갈 때처럼 말이다. 그런데 아무런 문양도 없는 새하얀 가면은 특이하게도 입 부분이 막혀 있었다. 눈이 들어갈 거라 추정되는 구멍은 앞을 볼 수 있을까 싶을 정도로 매우 작았고 오롯이 숨을 쉴 수 있는 쪽만 멀쩡했다. 황제와 대면할 때 되도록 작게 보고 침묵하라는 친절한 충고였다. 뿐만이랴. 나를 데리러 온 마차는 아무 문양도 없을뿐더러 불길하리만치 검었다. 언뜻 보기엔 관을 운반하는 장의사의 마차를 연상시킬 정도였다. 모자를 꾹 눌러쓴 채 침묵하고 있는 마부나 검은 가면을 쓴 기사 또한 보기에 썩 좋지 않았다. 잘못 행동하다간 그대로 치워 버릴 수 있다는 협박을 은유적으로 내포하는 것인지, 조금 늦은 시간 황궁에서 은밀하게 찾아온 마중인은 무엇 하나 꺼림칙하지 않은 데가 없었다.

일반적인 길이 아닌 비밀 통로로 걸어가는 것도 그러했다. 작은 등 하나를 든 시종은 아주 조심스러운 태도로 벽 한쪽을 눌러 황궁의 밀실로 향하는 비밀스러운 통로를 개방했다. 그는 낮은 목소리로 길을 외우지 말라 충고했다.

그때쯤 나는 샤토루가 보낸 가면을 쓰고 있는 상태였다. 아주 조그마한 구멍을 작게 낸 시야는 길을 외울 틈도 없이 걸어가는 자체만으로도 어지러움을 유발시켰다. 시종의 뒤를 따라가는 것도 벅차 점점 걸음이 느려졌으며, 등에 땀으로 흠뻑 젖었을 때에 겨우 황제가 누워 있는 방에 도착할 수 있었다.

방 안은 무척 어두웠다. 가느다란 촛불 하나가 공간을 밝히는 구성물의 전부로 그 희미한 빛조차 곧 꺼질 것처럼 힘겹게 일렁였다. 그렇기에 눈을 가늘게 뜬 채 바라보지 않는다면 누가 있는지도 모를 정도였다. 다행히 어두운 통로를 지나쳐 왔기에 망정이지, 그렇지 않았더라면 누가 있는지 알아내기 위해 오만상을 써 대며 두리번거릴 뻔했다. 하지만 어둠에 익숙해진 눈은 금세 샤토루의 인기척을 그려 냈고, 그 옆에 자리한 침대에 비스듬히 누워 나를 바라보고 있는 황제 또한 발견할 수 있었다.

"호오……."

황제의 목소리는 이전에 비해 더 늙고 힘이 없었다. 오늘 내일 하는 게 거짓은 아닌 듯 그는 작은 감탄을 내뱉는 것만으로도 힘겨운지 몇 번이나 밭은기침을 내뱉었다. 샤토루는 그런 황제의 턱에 수건을 대며 안절부절못했다. 기침을 할 때마다 무언가 튀어나오는 모양인지 그녀는 희고 고운 손을 들어 황제의 턱을 연신 닦아 냈다.

"아주 깜찍한 짓을 다 했구나, 안나. 가면이라니, 아주 재미있어. 그래, 조금만 더 불을 밝히자꾸나."

황제의 말이 끝나기가 무섭게 등불 여러 개가 켜졌다. 그리고 황제의 모습이 좀 더 밝게 드러났다.

불 아래 나타난 황제는 늙고 초라한 남자였다. 엉망으로 눌린 머리와 축 처진 얼굴 살과 듬성듬성 얼룩진 검버섯 자국은 작년의 위풍당당했던 체구의 사내를 연상시키기 어려웠다. 그의 허리는 매우 굽어져 있었고 샤토루의 손목을 움켜잡은 손은 뼈마디만 남아 늙은 거죽을 겨우 걸치고 있는 수준이었다. 특히 아기처럼 턱받이를 목에 두르고 있다는 것이 매우 충격적이라 나는 가면 너머로 입을 떡 하고 벌렸다.

지금만큼 샤토루가 보낸 가면이 고맙기는 처음이었다. 그렇지 않았더라면 놀라움으로 가득한 얼굴을 고스란히 노출시켰을 테고, 황제가 이를 놓치지 않았을 테니 말이다.

썩어도 준치라고 다 죽어 가는 짐승이지만 황제의 눈은 여전히 형형했다. 술과 여색에 찌들어 흐릿했던 지난날이 거짓이라고 말하기라도 하듯 사냥감을 노리는 맹수처럼 날카롭기 짝이 없었다. 처참하게 무너진 외양만 아니었더라면 찬란했던 시절의 황제라 생각해 볼 만도 했다. 하지만 지금의 그는 화려한 침대에 반쯤 기대어 누워 거친 숨을 내뱉는 남자였고, 샤토루의 애정 어린 손길이 아니라면 제대로 거동조차 못 하는 늙은이였다.

제국의 태양은 입에 걸린 가래조차 마음대로 처리하지 못하는지 연신 입가로 밀어냈다. 그걸 닦는 건 그가 사랑해 마지않는 아름다운 창녀였다.

"안나가 준비한 가면을 쓰고 있으니 굳이 벗으라는 말은 못 하겠고,

그래, 목소리라도 한번 들어 보자. 이리 가까이 오려무나."
 황제는 어린아이를 다루듯 내게 하대하며 힘겹게 손짓했다. 그러자 어디에 서 있었는지 모를 시녀가 어둠 속에서 불쑥 모습을 드러내더니 내가 앉을 자리를 빠르게 마련했다. 매우 능숙하고도 고요한 솜씨였다. 나는 황제가 마련해 준 자리에 앉아 조용히 목을 가다듬었다.
 "그 녀석이 요즘 안달하는 게 영애라지? 그래, 어떠한가?"
 "무엇을 말씀하시는 것인지요."
 "아들놈의 거동이 어떠하냔 말이다."
 황제는 히죽 웃으며 말을 이어 나갔다.
 "이길 것 같은가?"
 앞뒤 맥락이 다 빠진 물음이었지만 짐작한 바가 있는 나로선 소름이 쫙 돋지 않을 수 없었다. 그래서 바로 대답하지 못하는 불경을 저질렀다.
 하지만 황제는 개의치 않다는 것처럼 샤토루가 따라 주는 차를 양손으로 붙잡고 홀짝홀짝 마셨다. 한 번에 마시는 것조차 힘겹다는 것처럼 말이다.
 "폐하, 무슨 말씀이신지······."
 내가 조심스럽게 되물어보자 그가 히죽 웃었다. 그의 얼굴에 드리운 어둠처럼 무척 음험해 보이는 미소였다.
 "이디 그놈은 천성적으로 교활하고 사나운 성미를 가졌어. 몸은 사자 그 자체인데 머리는 뱀이나 여우처럼 간사하고 잔인하단 말이지. 그래서 의심이 아주 많아. 믿음이라는 단어를 아는 게 의심스러울 정도로 말이야. 쿨럭. 아니, 그만 닦으려무나. 그 정도면 족하다."
 목구멍으로 넘어가던 차가 역류했는지 마른기침을 통해 찻물이 이불보 위로 왈칵 쏟아졌다. 순식간에 시큼하면서도 역겨운 냄새가 피어올랐다. 하지만 샤토루는 아무렇지 않다는 듯 정성스레 황제의 입을 닦앉고, 황제는 귀찮다는 듯 고개를 돌리며 그녀에게 찻잔을 건넸다. 부들부들 떨리는 손 때문에 찻잔이 요란스레 달그락거리며 듣기 싫은 소리를 내었다.

"내 아들 놈은 무엇 하나 완벽하지 않으면 성에 차지 않아 하는 성미라 모든 걸 제 손아귀에 넣고서 움직이려고 하지. 아주 쓸모없는 작은 것이라 할지라도 우선 제 선 안에 들여놓고 나면 어떻게든 사용해야 직성이 풀린다는 것처럼 고약하게 군단 말이야? 못된 녀석이지."

황제의 눈동자가 교활한 빛을 발하며 나를 바라봤다. 분명 외양적으로는 다 죽어 가는 늙은이가 맞는데, 몸에서 뿜어져 나오는 기백은 황태자라 할지라도 감히 범접할 수 없을 만큼 어마어마했다. 그는 여기에 자리한 모두를 압도하고 있었다.

"그리고 내 어린 이복동생은 욕심이 많지. 황후는 분수를 모르고. 그녀는 정말 유혹에 약하단 말이야. 내 귀여운 안나야, 너라면 어떻게 하겠니, 응?"

황제는 마치 모든 것을 알고 있다는 것처럼 굴고 있었다. 그는 장막에 가려진 악당처럼 킬킬 웃으며 다시금 받은기침을 내뱉었다. 깊게 흘러나오는 소리가 목구멍을 긁고 나온 듯 거칠기 짝이 없었다.

"왜 자꾸 제 생각을 물으세요. 어려운 일일랑 다른 사람에게 일임하시고 소녀와는 늘 즐거운 일만 맛보셔야죠. 머리 아픈 건 싫단 말이에요, 네? 폐하께선 너무 짓궂으셔, 흥."

어린 소녀처럼 고개를 홱 돌리며 뾰로통한 표정을 짓는 샤토루는 분명 사랑스러웠다. 손에는 황제가 토한 것을 닦은 손수건이 쥐어져 있지만 그까짓 역한 냄새 따위는 아무렇지 않다는 듯 그에게만 오롯이 집중하며 발랄하게 구는 게 대단하다 싶을 정도였다. 그녀의 태도는 황제에 대한 사랑은 없으나 애정과 신뢰가 가득했다.

황제는 샤토루의 태도에 만족했다는 듯 껄껄 웃으며 다정한 목소리로 속삭였다.

"나보다 더 그녈 잘 아는 사람이 너이지 않니. 그간 잘 놀려 먹기도 했고 말이다."

"저같이 비천한 여인이 지고하신 달에 대해 무어라 왈가왈부하겠어요? 참말로 아무것도 모른단 말여요."

"보라."

황제는 웃음이 가시지 않은 얼굴로 나를 보며 말했다.

"이게 정답이니라. 하지만 분수를 모르는 이가 아주 많지. 그래서 요즘 주변이 죄다 엉망이란 말이야. 개판이 따로 없어, 쯧. 그래서 그대는 어떠한가? 녀석의 판에 올라간 기분이 어떠한가 물어보는 거라네. 세상을 가지고 싶어졌누?"

"소녀는……."

나는 바짝 마른 입술을 침으로 축이며 최대한 덤덤한 목소리를 가장하고자 했다. 입술 부분이 구멍이 뚫리지 않은 게 정말로 다행일 정도로 나는 매우 초조하리만치 혀로 입가를 쓸어내리고 있었다. 이런 내 머릿속으로 오늘 타고 온 검은색 마차가 떠오르는 건 당연한 일이었다. 여기서 잘못 입을 놀린다면 그 마차가 내 관을 실은 장의차가 될 게 뻔하니까. 황제가 가감 없이 드러내며 말하는 것도 이 때문이었다.

"제 성에 만족할 뿐입니다."

비슈발츠가만 내게 준다면 아무것도 바라지 않는다. 이 대답에 황제가 껄껄껄 소리 내어 웃었다. 방 안에 들어온 이래 가장 힘이 넘치는 음성이었다.

정답인 건가…….

"좋아, 좋아. 아주 대범하면서도 영리한 여인이 아닌가! 아들 녀석이 쫓아다닐 만도 하군. 안나, 내 귀염둥이야, 네가 아주 좋은 사람을 만나고 있구나."

샤토루는 황제의 손등에 조심히 입을 맞추며 속삭이듯 말했다.

"그렇다고 관심을 가지시면 안 되어요. 그녀가 사랑스러운 여인임에도 말이에요. 다신 소녀를 버리지 않겠다고 약조하셨으니까요."

"오냐, 내 어찌 그 약속을 저버릴까. 내 마지막 여인은 네가 될 것이라 말하지 않았니."

황제는 입을 여는 내내 끊임없이 기침을 하며 가래를 내뱉었다. 어찌나 심하게 기침을 하는지 이러다 숨이 끊어지는 게 아닌가 싶을 정도였다. 하지만 그는 아무렇지 않다는 것처럼 계속 말을 이어 나갔다.

"문제는 비슈발츠가가 분에 넘치는 보물을 가지고 있다는 거지. 에잉, 기사가 배우는 기본 교육 교재를 바꿔야 해. 주군을 정하기만 한다면 황제고 뭐고 제 주인에게만 충성을 바친다니 이 무슨 말도 안 되는 소린지. 게다가 할버드 경과 같이 기사 수십을 가뿐히 대동할 수 있는 인재라면 더더욱 가지고 싶지 않겠냐 말이다. 명분을 대신할 수 있거든."

"명분이라 하셨습니까?"

황제는 기분이 좋은지 퍽 너그러워져 있었다. 그는 내가 자신에게 되물어보았음에도 불구하고 아랑곳하지 않았다. 되레 친절하게 설명했다.

"그만한 기사가 모시는 주인이라 어찌 믿음이 가지 않을 수 있겠냐 말일세. 기사들은 고지식한 멍청이들이라 자신이 흠모하고 동경하는 이의 말이라면 불속에라도 뛰어들거든. 백성들은 또 어떠한지. 올곧기로 유명한 기사가 설사 잘못된 선택을 하더라도 '혹시'라는 마음을 가지고서 기다리게 마련이지. 귀족들은? 이 더러운 돼지들은 더 힘이 센 세력을 찾아 우르르 몰려간단 말이야."

"폐하께서는 혹시……."

"그거 아냐? 본디 황좌는 피로 이루어진 자리야. 나 또한 이 자리에 앉기 위해 무수히 많은 형제와 친인척을 죽였지. 이디, 그 녀석도 마찬가지야. 온갖 깜찍한 수를 동원하여 경쟁자들을 무참히 학살했고 내 어린 이복동생도 지금 그 길을 가려 한다네."

"외람된 말이오나 폐하께선 마치 방관을 하시는 것처럼 여겨집니다."

내 건방진 발언에도 불구하고 황제는 기분이 좋다는 것처럼 껄껄 웃어 댔다. 그러고는 샤토루의 뺨을 힘겹게 쓸어내리며 말하는 것이다.

"방관이라니…… 영애는 참으로 모르는 소리를 다 하는군. 더 우월한 자가 제국을 이끌어 가는 게 당연하지 않나. 이는 황실의 피를 이은 자만이 가질 수 있는 숙명이로다."

이제야 확실해졌다. 황제는 반란을 알고 있지만 굳이 막을 생각을 하지 않은 채 여흥처럼 지켜보고 있었다. 황태자가 이긴다면 아무런 마찰 없이 승계를 할 것이거니와 대공이 이긴다면 자신의 가슴에 검을 박아 넣어도 기꺼이 받아들이겠다는 마음가짐을 한 채 말이다. 아니, 그와 같은 사람이라면 대공이 반란에 성공한다 하더라도 잡음 없이 제국을 넘겨 줄 수 있을 만한 만반의 준비를 다 해놨겠지. 그 대단한 황태자라도 결국 황제의 체스 판 위에 놀아나는 말에 불과했다.

나는 부들부들 떨리는 손을 애써 감춘 채 힘겹게 호흡을 골랐다. 두려움으로 인해 심장이 터질 것만 같았다.

"뭐, 그 녀석이 외세와 손을 잡지만 않았더라면 느긋하게 구경할 수 있었을 텐데 말이야. 그런데 왜 그런 멍청한 선택을 했는지. 쯧. 결국 이디 녀석에게 힘을 더 실어주지 않을 수 없었지 않나. 재미없게 말이지. 그러니 영애."

"예?"

"그대의 성이 비슈발츠임을 그 누구도 부인하지 않게 해줄 터이니 푸른 기사의 진정한 주인이 되어 보아. 설마 자신의 가문조차 장악하지 못한다는 멍청한 소리를 내뱉지는 않을 테지? 어렵다면 지금 당장 말하게나. 대체할 사람은 무수히 많으니."
 황제는 적통에 가까운 로에나를 거론하지 않고서 내게 이와 같은 제안을 하고 있었다. 그리고 대체할 이가 '무수히' 많다는 말을 굳이 꺼냄으로써 그녀를 아예 후보에서 제외했다는 것을 넌지시 드러냈다. 로에나가 황제에게 미움을 받은 황후와 어울리기 때문일까.
 "아, 그리고 내 동생 녀석을 만난다면 황궁에 몰래 숨어들어 올 때마다 가면 좀 그만 쓰라고 말 좀 전해 주게나. 그래 봤자 나나 황후가 모르는 것도 아니고, 끌. 무어, 돼지 같은 귀족 녀석들은 여직 속고 있는 모양이지만……."
 "다들 알고 계시는 대공 전하께서는……."
 황제가 내 말을 가로채며 즐겁다는 듯 웃었다. 그의 시선은 샤토루에게 향해 있었다.
 "그러고 보니 안나, 이번에 본 그 돼지 녀석은 어떻던?"
 마담은 교태로운 미소를 지으며 황제에게 말했다.
 "대공이라고 말하며 깍듯이 대하자 아주 좋아 죽던걸요. 그런 대접을 받은 지 십 년도 더 되었을 텐데 여직 표정을 못 감추는 걸로 보면 한심해 죽겠어요. 게다가 되도 않게 저를 쳐다보며 군침을 삼키는데, 아아, 폐하 나중에 그놈의 눈을 꼭 빼어서 저에게 주셔야 해요. 약속하셨어요? 그렇지 않으면 그간 받았던 시선에 대한 모욕을 견딜 수 없을 거예요."
 "오냐, 오냐. 내 귀여운 안나야."
 나는 마른침을 꿀꺽 삼킨 뒤 그간의 용기를 다 끌어 모은 상태로 조심스레 입을 열었다.
 "그럼 마녀라 주장했던 미녀는 가짜인가요?"
 샤토루가 퉁한 목소리로 대답했다.
 "몰라요. 그건 가짜 대공이 알겠죠. 나에게 사람들을 모아서 그 여자를 공개하라고 부추긴 사람이니까요."

"왜 그런 번거로운 짓을……."

이번에 대답한 사람은 황제였다. 그는 대수롭지 않다는 것처럼 입을 열어 말했다.

"이디가 무척 단순하고 신경질적인 성격을 가졌기 때문이지. 그 녀석처럼 자신의 통제를 벗어난 일을 못 견뎌 하면서 의심에 의심을 거듭하는 녀석은 없어. 별것 아닌 일인데도 불구하고 온종일 자신이 시간을 투지하며 확신이 들 때까지 손아귀에 움켜쥐려 하지. 멍청한 녀석이야."

그런 그의 입술은 재미있다는 것처럼 가늘게 비뚤어져 있었다.

"문제는 그걸 아는 이가 나뿐만이 아니라는 사실이라네."

황제가 말하고자 하는 바는 명확했다. 마녀라 주장하는 미녀가 벌인 촌극과 타이밍 좋게 나타난 가짜 대공의 행동이 모두 황태자를 자극하기 위한 계획이라는 것이다. 모두를 의심하는 황태자이기에 더더욱 쉽게 걸릴 거라 예상하고서. 황태자의 성격상 눈앞에 벌어진 일을 쉽게 넘어가지 않을뿐더러 확신이 들 때까지 옆에 놔둔다는 사실을 알아서였다. 아주 어린 시절부터 황태자의 자리에 오르기 위해 형제들을 제거해 왔던 그가 아닌가.

주변을 못 믿게 된 것도 당연한 일이다. 강한 자가 모든 것을 갖는 게 당연하다고 여기는 아비의 밑에서 살아남기 위해서는 그럴 수밖에 없었을 테니까. 아니, 믿으려고 해도 황제가 가만히 놔두지 않았을 것이 분명하다. 오늘만 봐도 당장 알 수 있지 않는가. 입에 문 새끼를 절벽으로 떨어뜨리는 짐승처럼 잔혹하게 굴었을 터였다.

그리고 이러한 점은 그의 삼촌인 대공 역시 아주 잘 알고 있었을 것이다. 그러니 이번과 같은 변수를 제공하여 그의 의심을 불러일으켰겠지. 어떻게 마녀를 손에 넣었는지 모르겠으나―혹시 마녀는 처음부터 대공이 준비한 사람이 아니었을까?-그녀가 내뱉은 예언을 바탕으로 하나의 계획을 짰고, 그걸 완벽하게 실행한 것민 보아도 알 만하다.

문제는 대공의 계획에 '왜 내가 들어갔을까?'라는 것인데, 이에 대한 의문은 황제의 이어진 말에 의해 완벽하게 해소되었다.

"내 동생 놈은 이디 그 녀석의 의심을 극대화하다 못해 손발을 다 잘라 내고 싶었던 모양이야. 아리따운 여인으로 인한 갈등이야 사교계 내에서 흔히 벌어지는 일이 아니던가. 그러니 마땅히 해볼 만도 하지. 하지만 오늘 영애를 보니 그럴 일은 전혀 없을 거 같아 안심이 되는군."

나를 이용하여 황태자와 아이레스 경 사이를 이간질한다는 거였다. 샤토루의 연회에서 그가 내게 접근하여 비슈발츠가를 장악하게 해주겠다는 속내를 내비친 것 역시 이 일을 위한 포석이었을 테고 말이다. 제국 최고의 기사 둘을 나를 이용하여 빼내 온다는 계획이라니, 제법 그럴듯하지 않는가.

그러므로 만일 내가 황태자에 대한 욕심을 조금이라도 내비쳤더라면 내일 떠오르는 해를 보지 못했을 것이다. 황제의 눈동자가 그걸 말하고 있으니까. 자신의 즐거움을 나라는 여인이 방해하는 걸 좌시할 리 있나. 겉으로야 마른기침을 하며 병에 찌든 노인의 모습을 하고 있지만 그 속에 웅크려 있는 건 분명 한 마리의 굶주린 맹수였다. 틈을 보이기만 한다면 그대로 목을 물어뜯을 것처럼 경계의 날을 늦추지 않고 있는 짐승이었다.

순간적으로 등골이 오싹해지다 못해 찬바람을 맞는 것과 같은 지독한 한기가 들었다. 모든 것을 자신의 뜻대로 움직이다 못해 주무르고 있는 황제의 계획도 계획이거니와 구미에 맞는 계승자를 선발하기 위해 피를 흘리는 것도 아무렇지 않게 감수하겠다는 그의 생각이 두려웠기 때문이다.

황제는 반란으로 인해 나라가 어지러워지다 못해 쇠퇴할 위험이 있음에도 지금의 상황을 흥미진진하게 지켜보고 있었다. 그의 눈에 있어 현 상황이 하나의 체스 판으로 여겨져서인가. 혹은 모든 것을 다 제어할 자신이 있기 때문인 걸까. 만일 그렇다면 오늘의 나는 황제에게 있어 6개의 말 중 어떤 것으로 비쳤을까. 비숍인지, 나이트인지, 혹은 퀸을 죽인 룩이 되는 것인지 새삼 궁금하다. 체크메이트가 누구의 입에서 나올 것인가 역시 쉽게 예상하지 못하기는 매한가지였다. 황태자와 대공에게 있어 황제는 철저하게 방관자에 불과하므로 이 둘을 제외한 다른 이의 입에서 흘러나오게 될 것이라는 걸 상상하기 어려워서였다.

여기까지 생각이 미치자 허탈한 마음이 들었다. 침묵에 가까운 헛웃음은 가면이라는 제어장치로 인해 가까스로 숨을 죽이고 있었다. 이쯤 되니 아무것도 모른 채 천둥벌거숭이처럼 날뛰었던 예전의 내가 그리울 지경이다. 할버드 경과 로에나가 아닌 모든 것에 눈과 귀를 닫았던 그 시절이 무척이나.

"앞으로도 그대의 현명함에 찬사를 보낼 수 있게 해주게, 비슈발츠 영애."

황제는 이미 내가 자신의 뜻에 따라 줄 것이라 여기고 있었다. 황태자와 대공을 유혹하는 먹음직스러운 미끼가 될 것이라 마음대로 단정 짓고선 그렇게 오만하게 명령을 내리는 것이다. 이미 황제의 머릿속에는 나를 사용할 계획만 가득할 뿐, 이후에 대한 안전장치 따위는 하나도 마련되어 있지 않은 상태였다. 그 누가 이기든 간에 내게서 비슈발츠가를 빼앗아 가리라는 건 분명한 사실인데도 말이다. 정말로 이렇게 맥없이 물러나야 하나.

그래서 입을 열어 말했다. 심장이 세차게 뛰고 손에 땀이 차며 혀끝이 뻣뻣하게 굳어 와 죽을 것 같았지만 이를 악물고서 한 자 한 자 힘겹게 내뱉었다.

"제 현명함의 근원은 폐하께 있는 고로 이 이상 감히 무얼 더 할 수 있단 말입니까?"

"호오?"

황제의 눈이 이채를 띠며 그가 허리를 곧추세운 채 바로 앉았다. 샤토루는 그런 황제의 팔을 붙잡은 채 부축을 하고 있었다.

"영애는 지금 내 도움이 필요하다고 말하는 건가? 아니면 입에 발린 소리로 나를 즐겁게 하려는 건가?"

"폐하께선 제게 비슈발츠가의 주인이 되라 하셨습니다. 이것을 감히 작위와 연관 지어 생각해도 되올런지요. 만일 물밑에서 장악하라는 것을 의미하신 거라면, 소녀의 어리석음을 탓하소서."

제국법상 작위를 가질 수 있는 건 남자뿐이다. 여자가 가질 수 있는 건 누구의 부인이라는 소리였다. 유일한 후계가 여자라 어쩔 수 없이 가문을 승계받았다 치더라도 성혼을 하는 즉시 남편에게 작위를 넘겨줘야 했다. 그러므로 지금 내가 '백작'을 운운할 수 있는 것도 처녀이기에 가능한 일일 뿐, 나이가 차면 모든 것을 죄다 빼앗기게 될 것이다. 황제가 내 발언에 별다른 반응을 보이지 않는 것도 이를 알기 때문이었다.

오히려 그는 내 말에 흥미를 보이며 귀를 기울이기 시작했다. 그는 직설적으로 불안함을 토로하는 내가 재미있는 모양인지 만면에 미소까지 띠고 있었다.

"무엇이든 상관없다. 그저 영애의 생각이 궁금할 뿐. 계속 말하라."

"작금의 현실을 돌이켜 보건대 지금의 저는 후견인에 묶여 있을뿐더러 사교계의 여론에서조차 동생인 로에나에게 밀리고 있는 실정입니다. 무엇보다 폐하께서 말씀하신 그 기사의 레이디가 로에나라는 소문이 돌고 있음을 모르시는 바는 아니겠지요."

"그래서 영애는 어떻게 하고 싶은 건가?"

"가문에 들어온 지 고작 일 년하고도 반년이 겨우 넘은 제게 무슨 힘이 있겠습니까? 지금으로선 티타임을 열어 영애들을 초대하는 것도 힘겨운 처지입니다. 하여 폐하의 기대에 어긋날까 봐 두렵습니다."

"그럼 다른 이를 내세워야겠지."

"하지만 로에나를 제외한 인물 중 저만큼 명분이 있는 사람이 또 있는지요. 폐하께서 이를 모르고 계실 것이라 생각지는 않습니다. 그러니 저를 불러 이렇게 이야기를 나누고 계신 게 아닙니까? 소녀는 그저 폐하께서 주시는 작은 은혜를 바랄 뿐입니다."

"그대는……."

황제가 말을 꺼내다 말고 격하게 기침을 했다. 샤토루가 놀라 '폐하' 하고 부르짖자 이내 손을 들어 그녀를 진정시키는 게 이런 일이 한두 번이 아닌 것 같았다. 그는 비단 손수건으로 입을 막으며 다시금 기침을 하더니만 잔뜩 지친 얼굴로 몸을 눕혔다. 그 잠깐 허리를 바로 세웠다고 퍽 힘겨운 모양이었다.

"그대는 내가 그대의 동생을 부르지 않으리라 확신하고 있군."

"그렇게 마음먹으셨다면 후견인이 생긴 건 제가 아닌 그녀였겠지요. 적통성을 따지는 건 친 핏줄만 한 게 없으니까요."

"그 이유 또한 알고 있나?"

"제가 무어라고 감히 말하겠나이까. 그저 모든 것이 폐하의 뜻대로 이루어지리라는 것만 알 뿐입니다."

내가 고개를 조아리며 허리를 깊게 숙이자 너털웃음을 짓는 황제다. 가늘게 흘러나오는 목소리는 만족에 가득 차 있었다.

"무어 걱정인가. 영애가 성혼을 하기 전까지 지금처럼 그대가 곧 비슈발츠일 것인데."

"후견인을 끼지 않아도 말입니까? 아니, 로에나가 사교계에 데뷔탕트를 하여도 말입니까? 감히 위치를 '작위'로 연결 지어도 되겠나이까?"

"영애는 걱정이 참 많군."

"폐하의 의중에 따라 뿌리 깊은 나무처럼 그 어떤 바람에도 흔들리지 않고 서 있다 하더라도 목수기 찾아와 열매를 내어놓으라 한다면 내어줄 수밖에 없는 제 처지가 너무나 서글퍼 그렇습니다."

"열매를 내어주기 싫다? 그건 욕심이 아닌가."

"그저 순리대로 살아갈 뿐인 나무에게 욕심이 많다 하시면 무어라 해야 하올런지요."

"방금 순리라 하였나?"

"예."

"진정으로?"

나는 허리를 들어 올려 황제를 바라보았다. 황제는 마치 내 의중을 살피려는 듯 날카롭게 눈을 번뜩이고 있었다. 그래서 가면을 벗고 맨얼굴로 그를 응시했다. 날것 그대로의 상태로 마주한다는 건 두려운 일이지만 한 점의 거짓도 없다는 듯 태연하게 행동해야 황제를 안심시킬 수 있을 것 같아서다.

"제가 왜 열매라 표현하겠습니까. 군침을 삼키며 탐내는 이는 많겠지만 그뿐이기 때문입니다."

"하나 영애의 혀가 이리 매끄러우니 내 어찌 안심을 할 수 있겠나. 교활함과 현명함은 종이 한 장 차이라 나이가 들어 눈이 어두운 이 늙은이를 그대가 속이고 있는지도 모를 노릇이지."

"제 목을 걸겠습니다."

"뭐라?"

나는 황제에게 또박또박한 목소리로 강조하듯 다시 말했다. 기이하게도 목숨을 걸겠다 말하고 있지만 두렵다는 느낌보다 평온한 마음이 들었다. 그래서 인사를 여쭙는 것처럼 여상스러운 음성을 이어 나갔다.

"제 목을 걸겠다고 말씀드렸습니다. 아니 되는 말인지요?"

"아니 될 리가. 그저 내 목숨이 얼마나 남았다고 그런 허언을 하나 생각하고 있었을 뿐."

"감히 뉘 앞에서 허언을 내뱉겠습니까? 열매를 내어주지 않는 나무를 곧이어 찾아올 목수가 가만둘 리가 없을진대, 어차피 그렇게 될 것 죽음이라도 스스로 선택하고 싶었을 뿐입니다. 만일 폐하께서 저를 가엾이 여기사 나무를 뿌리 뽑히지 않아도 된다는 자비를 베풀어주지 않으신다면 말입니다."

황태자가 내공을 제압하든 대공이 반역에 성공하든 내 결말은 이미 정해져 있는 상태였다. 황태자가 이긴다면 아이레스와 할버드 경을 빼앗기다 못해 내쫓길 것이고, 대공이 승리한다면 그의 손을 잡지 않았기에 괘씸죄가 적용되어 죽임을 당할 게 분명하니까. 그렇기에 황제에게 '네 뜻대로 중립을 유지할 테니 목숨을 부지하게 도와 달라'고 제안을 한 것이다. 황태자야 아비의 뜻을 거역하지 못할 게 당연한 일이고, 대공 역시 반역의 정당성을 훼손하지 않기 위해서라도 선황제의 유지를 거부하지 않을 테니 말이다. 열매라 지칭한 기사들을 내어주지 않겠다 말하는 건 혹시 모를 위험을 대비하기 위한 최후의 수단이었다.

잠시 후 황제가 입을 열어 말했다. 내 제안이 거슬리지 않았던 것인지 그의 입가에는 여전히 미소가 달려 있는 상태였다.

"그렇지. 이만한 강단이 있어야 대화를 나눌 재미가 있지. 오늘 아주 유쾌하구먼, 그래. 어떻게 할까? 서면이라도 남겨 주어야 하나? 영애가 바라는 바가 그거겠지?"

"도장까지 찍어주실 요량이 아니셨습니까?"

넉살 좋게 말을 받아치자 황제가 다시금 크게 소리 내어 웃었다. 그리고 샤토루에게 말해 종이와 펜을 가져오게 하는데, 미리 생각한 바가 있었다는 것처럼 거침없이 써 내려가는 모습이 놀라울 정도였다.

오래지 않아 문장을 끝맺은 황제가 오른손 중지에 끼워진 반지의 윗

부분을 돌려 분리해 냈다. 그는 샤토루가 눈치껏 가져온 초를 기울여 촛농을 종이 위에 떨어뜨리고 손가락에서 빼낸 반지를 꾹 눌러 찍었다.

"이것은 황제의 개인적인 인장으로 사적인 일을 담당할 때 쓰는 도장이지. 황실의 사람이라면 누구나 알고 있는 것으로 거짓 논란에 휩싸이지 않을 테니 걱정하지 말게나."

황제에게 종이를 받아 든 샤토루가 내게 사뿐사뿐 걸어와 건넸다. 힘이 딸려 곳곳의 획이 가냘프게 이어진 글씨는 방금 전에 나누었던 내용을 명백히 품고 있었다.

기사를 사적인 용도로 사용하지 않는 이상 내게 위협을 가할 권리는 없다는 것과 나 역시 기사들이 변질하여도 붙잡지 못한다는 것을 말이다. 이에 대한 약조를 지키기만 한다면 내가 결혼을 하기 전까지 비슈발츠가의 주인은 오롯이 나 시스에 드 비슈발츠이며, 이는 로에나나 다른 친인척들이라 할지라도 감히 건드리지 못하리라는 사실 또한 또렷하게 적혀 있었다. 기실 '백작'이라는 말만 언급되지 않다 뿐이지 누가 보아도 '가주'가 나임을 선언하는 꼴이었다.

황제가 글의 말미에 이 문서가 효력을 가지고 있는 한 내가 샤토루의 일생을 책임지고 보살펴 준다는 조건을 덧붙인 건 의외였다. 내가 눈을 들어 그를 바라보자 황제가 차분한 어조로 말했다.

"어느 누가 되었든 간에 안나를 가만히 둘 리가 만무하지 않느냐. 안나가 그대를 좋아하지 않았더라면 오늘의 만남은 없었을 것이야."

즉, 샤토루가 아니었더라면 중립이고 뭐고 내가 아닌 다른 이를 비슈발츠가의 후계로 내세웠을 거라는 뜻이었다. 비록 병석에 누워 오늘내일 한다 하지만 나 같은 영애 하나쯤 없애는 건 일도 아니니까 말이다. 피도 눈물도 없어 보이는 사내가 최초로 내어 보인 온정에 기분이 묘해지는 건 사실이었다. 애첩에 대한 마음이 깊었나 싶다가도 무슨 꿍꿍이속이 있는 게 아닐까 싶은 의구심이 들었기 때문이다.

어쨌든 확실한 건 마담과 친분을 유지하고 있었던 게 이런 식의 행운으로 다가왔다는 점이다. 나는 아찔해져 오는 정신을 애써 가다듬으며 차분하게 대답했다.

"깊은 은혜에 감사드립니다."

"그러니 부디 잃어버리지 않도록 조심하게나. 궁에 눈과 귀가 많다는 걸 명심하고."

"예."

"자, 서로 만족할 만한 결과를 도출해 내었으니 우리의 만남은 이쯤 하는 게 좋겠군. 안나야, 피곤하구나. 비슈발츠 영애를 배웅하고 오려무나."

"예. 얼른 다녀올 테니 먼저 주무시고 계셔요."

샤토루는 황제가 편히 잘 수 있도록 시중을 들더니 그의 주름진 뺨에 키스를 하며 배시시 웃었다. 그러고는 조용한 발걸음으로 나를 이끌고 방을 나섰다. 상냥한 표정을 지으며 생글생글 웃던 그녀의 얼굴이 바뀐 건 방문이 닫힌 직후였다. 그녀는 걱정 어린 얼굴로 나를 바라보더니 말없이 손짓했다. 그런 마담의 어깨는 근심이 내려앉은 것처럼 축 처져 있었다.

"나가는 길은 아까 안내했던 시종이 할 거예요."

샤토루는 내가 가까이 다가오자 속삭이는 것처럼 낮게 말했다. 황제와 있었을 땐 보지 못했던 불안함이 그녀의 고운 얼굴에 한 겹 깔려 있었다. 풍성하게 말아 올린 속눈썹을 깜빡이며 자그마한 한숨을 내쉬는 것부터가 그러했다.

"폐하의 건강에 대해 다들 모르는 바는 아니지만 그래도 오늘의 모습에 대해서 침묵했으면 좋겠어요."

마담은 무척 현명하게도 입을 다무는 것을 선택했다. 다른 이였더라면 나를 붙잡고서 빈말이라도 힘들다고 할 텐데 그녀는 처량할 정도로 가엾은 얼굴을 하고 있음에도 아무렇지 않은 척 태연하게 굴고 있었다.

그것은 자신의 안위에 대한 언급이 나왔을 때도 마찬가지였다. 샤토루는 마치 연극을 관람하는 사람인 양 황제와 나의 대화에 거의 끼어들려고 하지 않았다. 그가 내던지는 물음에 간간이 대답을 하며 애교를 부리긴 했어도 그녀 자체적으로는 몸을 매우 낮추며 귀머거리인 것처럼 행동했다. 오랜 시간 황제의 곁에 있으면서 터득한 처세술이었다. 황제가 말한 '궁에 눈과 귀가 많다'라는 말을 가장 가까이에서 체험하고 있으니 조심스러울 수밖에 없었다.

"나중에 초대장을 보내죠."

그녀는 인사를 할 것처럼 내 뺨에 키스를 하더니만 재빨리 속삭였다. 조심해요, 라는 덧붙임은 자신의 미래를 보장해 줄 사람에 대한 걱정이기보다는 샤토루 자신이 보내는 순수한 호의에 가까웠다. 수치를 모르는 천박한 창녀라, 이름 높은 마담이라 할지라도 상대에 대한 기본적인 예의는 가지고 있었다. 그리고 이것이야말로 그녀를 오랜 시간 궁에 머물게 한 바탕일 것이다.

오래지 않아 나를 데리러 왔던 시종이 작은 등을 들고서 다가와 샤토루와 내게 인사를 건넸다. 샤토루는 눈짓으로 인사하며 뒤로 한 발자국 물러났다.

"잘 가요, 시스."

앞으로 손을 잡게 되었으니 잘 부탁한다와 같은 의례적인 인사는 필요 없었다. 사위에 드리워진 어둠처럼 고요하게 서 있는 그녀는 어쩐지 체념한 것과 같은 표정으로 나를 바라볼 뿐이었다.

나는 그것이 나를 믿지 못하기에 일어난 일이라 생각했다. 지금이야 황제를 믿고서 천방지축 날뛰는 샤토루지만 본디 그녀의 상황은 기실 꺼지기 전의 불꽃이 화려하게 타오르는 것과 다름없어 매우 위태로웠다. 그렇기에 내일이 없다는 것처럼 더더욱 설치고 다니는 것이 퍽 놀라울 따름이었다. 훗날을 위해서라도 자중하며 몸을 사려야 함이 미땅한데도 불구하고.

 아마 그녀의 정적들은 하루라도 빨리 황제의 숨이 끊어지기를 바라고 있을 게다. 황궁에서 쫓겨난 창녀의 행방 따윈 더 이상 가십거리조차 되지 않을 테니 그보다 더 손쓰기 적합한 시기가 없었다. 모두가 깜짝 놀랄 만한 스캔들이 일어난다면 모를까 그 누가 쫓겨난 애첩 따위에게 관심을 가지겠는가. 물론 호기심으로 인해 접근하는 남자가 몇몇 있겠지만, 시간이 지나면 그마저도 아무렇지 않게 될 터였다. 페리뉼이 더는 모두의 입에 오르내리지 않는 것만 봐도 그러하다.

 무엇보다 내가 황제의 유지를 받들어 그녀를 보호한다 치더라도 급작스러운 죽음까지는 손쓸 순 없는 노릇이다. 황제는 일생을 책임지고 보호하라고만 말했지, 그녀를 지키지 못했을 때 내가 받는 불이익에 대해선 말하지 않았다. 사람들이 노릴 부분은 그것으로, 사방에서 날아드는 칼을 내가 전부 다 쳐 낼 순 없는 노릇이었다.

 즉, 자신의 애첩에 대해 약간의 너그러움을 보였다 할지라도 황제는 역시 황제였다. 그는 자신의 흥미에만 자비로웠지 그 외에의 것에는 섬세함이 부족했다. 샤토루 또한 이를 알기에 저리 씁쓸하게 웃는 것일 게다. 내가 할 수 있는 일이라곤 달마다 생활비를 보내며 그녀의 생사를 확인하는 것뿐이니까.

 잔인한 권력자의 총애란 이리도 덧없는 건가.

 나는 시종이 비밀 통로의 문을 열 때까지 샤토루에 대한 시선을 떼지 않았다. 지난날의 천박하고 악의 넘치는 행위에 대한 면죄부는 둘째 치고라도 지금의 우리는 동정받아야 할 마땅한 사람이었다. 그것이 자의든 타의든 간에 말이다. 그래서 지금의 어둠이 너무나 씁쓸했다. 그림자를 삼켜 버린 무거운 현실이 묵직하게 다가오고 있었다.

전쟁이 터질지 모른다는 우울한 소식이 팽배한 가운데 비슈발츠가의 사람들의 시선은 어머니의 배에 향해 있었다. 산달이 얼마 남지 않았기 때문이다. 저택 내의 사람들은 만전을 기하며 후계자가 무사히 태어날 것을 기도했다. 그 라발리에조차 편지를 보내 관심을 기울일 정도였다. 하지만 배가 크게 부풀어 오를수록 어머니의 걱정은 극에 달했다. 그녀는 매번 아이가 잘못되지 않을까 노심초사하며 울음을 터뜨리다가도 하녀들이 달래면 그치기를 반복했다. 눈가가 짓물러져 있지 않은 날이 없었다.

"아들이어야 해."

어머니는 하루 종일 배를 만지며 남자아이가 태어나라고 중얼거렸다. 배의 모양을 봐선 남아일 것이라 장담했던 그녀였지만 양부가 죽은 이후 눈에 띄게 초조해하고 있었다.

내게 후견인이 붙었다는 것에 안심하는 것도 잠시, 로에나가 사교계에 데뷔하게 되면 그녀에게 모두 내어주게 될지도 모른다는 이야기를 듣자 안절부절못하며 불안해하는 것부터가 그랬다. 이전에 배 속의 아이에게 질투하여 앓아눕기까지 한 로에나이기에 걱정하지 않을 수 없었다. 불신의 골은 이리도 깊었다.

어머니의 하녀들은 그런 그녀의 비위를 열심히 맞춰 가며 열심히 마고에 대한 이야기를 속살거렸다. 예전 같았으면 대충 걸러 들었을 어머니지만 신경이 곤두선 상태에서 들은 것이라 쉬이 넘기지 못했다. 나를 제외한 세상의 모든 사람이 배 속의 아이를 없애려 한다는 망상이 그녀를 사로잡고 있었다. 아들을 낳아 후계자로 인정받지 못한다면 앞으로의 미래가 극도로 불안해질 것이라는 생각 때문이었다.

로에나의 성품상 그럴 일은 극히 드물 테지만-그녀만큼 주변의 시선을 의식하는 이는 없으니까—이미 어머니의 머릿속의 그녀는 사악하기 짝이 없는 의붓딸이었다. 그렇기에 지금 어머니의 하녀 몇몇이 다급한 표정을 하며 내 서재에 뛰어들어 온 것은 어쩌면 당연한 일이 터진 거라 할 수 있었다. 후견인은 물론이고 내 시중을 들던 집사가 인상을 찌푸리며 그들의 무례함을 탓했지만, 하녀는 아랑곳하지 않고서 내게 빨리 어머니의 방에 와 달라고 요청했다. 아이가 나올 날이 얼마 남지 않은 고로 발 한 걸음을 내딛는 것도 조심해야 할 판에 손수 마고를 불러서 화를 내고 있으니 다급하지 않을 수 없었던 것이다.

"혹시 모르는 일이니 주치의를 불러요. 주방에는 따뜻한 차를 준비해 어머니의 방에 올리라고 하구요."

나는 집사에게 혹시 모를 사태를 대비할 것을 말하며 하녀를 따라 어머니의 방으로 걸음을 빠르게 옮겼다.

방문이 활짝 열린 그곳은 언성과 울음으로 인해 이미 난장판이 된 상태였다. 당혹으로 인해 넋이 나갈 대로 나간 마고와 그런 그녀를 감싸며 울음을 터뜨리는 로에나, 잔뜩 부풀어 오른 배를 움켜쥐고서 씩씩거리는 어머니의 모습이 한 편의 우스꽝스러운 극을 연상케 했다. 목에 핏대가 잔뜩 선 어머니의 발치에는 찻잎이 담긴 병이 산산이 조각나 어지럽게 널려 있었다. 어머니는 손에 들린 이상한 인형을 보여 주며 다시금 소리를 내질렀다. 그녀는 내가 도착한 것도 모르는 것 같았다.

"감히 내게 이런 요망한 술수를 부려? 딸을 낳으라는 비방이라니! 어떻게, 어떻게 내게 이럴 수 있나!"

"어머니, 아니에요. 오해세요. 마고는 그럴 사람이 아니에요."

로에나가 울먹이며 어머니에게 말했다. 어머니는 핏발이 잔뜩 선 눈으로 그녀를 바라보며 날카롭게 외쳤다.

"로에나 너도 마찬가지야. 아니, 너는 알고 있었지? 하긴 네가 모를 리가 없겠지. 마고의 말을 듣고서 내게 차를 보낸 게 너니까 아니 그럴까?"

"마고와 제가 왜 그러겠어요. 오해세요."

"오해? 네가 보낸 쿠션에서 이게 나왔는데 오해라고?"

어머니가 손에 들린 인형을 로에나의 얼굴을 향해 던졌다. 그녀의 뺨을 치고서 떨어진 인형은 한눈에 보아도 구역질이 날 만큼 흉물스러웠다. 임산부를 의미하는지 크게 부풀어 오른 배를 가지고 있는 그것은 아래를 중심으로 온갖 기괴한 글자가 주문처럼 그려져 있었다.

로에나는 수치스러움을 이기지 못하고 뺨을 붉혔다. 그녀가 언제 이러한 취급을 받아 보았겠는가. 어머니가 내던진 인형이 스치고 간 것은 로에나의 얼굴이 아니라 자존심이었다.

하녀들은 뜻밖의 상황에 입을 딱 벌렸고, 마고 역시 분노에 가득 찬 표정을 숨기지 못한 채 입술을 꽉 깨물었다. 하지만 그 누구도 어머니를 향해 소리를 높인다거나 너무하다고 말하지 못했다. 죽은 양부의 후계자를 품고 있는 그녀다. 자칫 잘못되기라도 한다면 그에 따른 책임을 뒤집어쓸 위험이 있었다. 어머니의 커다란 배는 그 자체만으로도 엄청난 권력이나 다름없었다.

"어머니, 진정하세요."

내 목소리에 사람들의 시선이 내게로 향했다. 마고는 절망에 가득 찬 표정을, 어머니와 로에나는 각각의 의미를 담고서 반색했다. 나는 어머니에게 천천히 걸어가 그녀의 손을 잡았다. 얼음에 담근 듯 차갑기 그지없는 손가락이 힘겹게 감겨 왔다. 나를 부르며 울먹이는 목소리 또한 그랬다.

"시스, 애야. 세상에 어쩜 이럴 수가 있니? 어떻게 이럴 수가 있어. 정말로 두려워 죽겠단다."

"대체 무슨 일인가요? 왜 이런 소란이 벌어진 거예요?"

"난 심장이 떨려서 더는 말 못 하겠다. 기절하지 않는 게 용할 정도야."

어머니의 말에 로에나가 입을 열려고 했지만 나는 손으로 그녀를 제지하고 곁에 서 있는 하녀 중 한 명에게 설명하라고 눈짓했다. 마리에게 매수된 어머니의 하녀였다.

"마님께서 요즘 자꾸 아랫배가 당기면서 꿈자리가 사납다 하셔서 침구를 교체하는 게 어떻겠냐는 의견이 나왔습니다. 그래서 허락을 받고서 교체하고 있었는데, 로에나 아가씨께서 보내신 쿠션에 물을 흘리게 되는 불상사가 일어났습니다. 감히 손을 대면 안 되는 물건이지만 세탁을 위해 어쩔 수 없이 뜯어낼 수밖에 없었어요. 그런데 그 안에서 저 인형을 발견하였습니다."

"한데 저런 게 나왔다는 거냐? 어떻게 이렇게 안일할 수 있어?"

하녀는 내 비난에 어깨를 잔뜩 움츠리며 작은 목소리로 기어가듯 말했다.

"마님이 계시지 않을 때 뜯은 거였는데, 저희가 놀라 어찌할 바를 모르고 있을 때 다시 들어오신 겁니다. 맹세컨대 계실 때 발견한 건 아니었어요."

"그래? 그런데 왜 그게 마고의 짓이라는 거지?"

"로에나 아가씨가 준비하긴 하셨지만 저걸 손수 만드신 건 전(前) 하녀장님이시거든요. 만들고 계시는 모습을 저뿐만 아니라 다른 하녀들도 목격한 적이 있으므로 거짓말이 아닙니다."

"누군가 마고에게 악의를 품고서 일을 벌였을지도 모르지."

내 말에 어머니가 인상을 찡그렸다. 로에나는 기대에 찬 시선을 보내며 고개를 끄덕이고 있었다.

"하지만 인형에 적힌 글씨체가 전 하녀장님의 것인걸요."

"저는 모르는 일입니다. 믿어주세요. 음모입니다!"

마고가 새된 소리를 내지르며 고개를 조아렸다. 억울하다는 듯 크게 물결치는 등줄기가 깡마른 몸만큼이나 퍽 애처로웠다. 후계일지 모를 태아의 성을 바꾸는 저주는 쉽게 넘어갈 사안이 아니므로 마고는 무척 필사적이었다. 하지만 이것만큼은 로에나도 입을 꾹 다물고 있어 여기에 있는 모든 사람이 인형에 적힌 글씨체가 마고의 것임을 인식하지 않을 수 없었다.

"글씨체가 그대의 것이라는데 음모라니! 누가 그대의 글씨를 따라 하겠어? 감히 누가!"

나는 분통을 터뜨리는 어머니의 어깨를 감싸 안으며 방금 전의 하녀에게 눈짓했다. 그러자 그녀를 필두로 한 몇몇 하녀가 크게 머뭇거리며 망설이다 하나둘씩 입을 열기 시작했다. 그들의 말에 의하면 마고가 요즘 마녀를 만나고 밤늦게 들어오거나 자꾸 이상한 행동을 하며 복도를 배회한다는 거였다.

"굉장히 수상쩍은 데가 많았어요. 그랬지?"

"맞아요. 저번엔 제게 마님이 드시는 차냐고 일부러 물어보고는 계속 자신이 가져다준다고 말씀하시던걸요. 제 일이라 괜찮다고 말씀드리긴 했지만 좀 이상했어요."

"저번에 방 앞에서 서성이는 걸 본 적이 있어요. 그리고 저를 보자마자 허둥지둥 도망가듯 사라지셨죠. 그때 마님이 혼자서 오수를 취하던 때였어요."

"제게는 로에나 아가씨께서 주신 과자라며 다과에 올리라고 했는데, 색깔이 너무 검붉어서 마님께 차마 못 드렸던 걸로 기억해요."

마녀를 만났다는 것 외에 대부분이 거짓에 가까운 말이지만 한두 명이 아닌 여러 사람이 없는 말을 꾸며 내자 모두 마고를 의심스럽다는 듯 바라봤다. 로에나조차 연이어 쏟아지는 이야기에 흔들리는 눈을 하는 참이었다.

"너, 너 감히. 으윽!"

"꺅, 마님!"

"어머니! 어서 주치의를!"

하녀의 말이 이어질수록 분을 못 이겨 하던 어머니가 갑자기 배를 움켜쥐며 그대로 쓰러졌다. 때마침 내가 어깨를 붙들고 있기 망정이지 그렇지 않으면 바로 바닥에 부딪쳐 큰일이 날 뻔한 상황이었다. 집사에게 일러 미리 주치의를 대기시킨 것 또한 다행스러운 일이었다. 그는 하녀의 비명이 들리기가 무섭게 방 안으로 뛰어들어 와 바로 어머니를 진찰하기 시작했다. 그리고 어머니의 어깨를 감싸고 있는 내게 다급한 어조로 말했다.

"어서 산파를, 경험 많은 산파를 불러오십시오. 예정보다 빨리 진통이 시작되었습니다."

예정일보다 이른 진통이었다. 어머니는 순식간에 침대로 옮겨졌고, 연락을 받은 산파가 자신을 도와줄 여인들과 함께 빠르게 도착해 주치의를 돕기 시작했다.

뜨거운 물과 수건이 방 안으로 계속 들어갔다. 방문이 살짝 열릴 때마다 처절하리만치 날카로운 신음이 흘러나왔다. 그 속에는 어머니를 북돋우며 침착하게 분만을 유도하는 산파의 목소리가 드문드문 섞여 있었다.

"자, 잘못된 건 아니지?"

로에나가 불안한 표정을 지으며 나를 바라봤다. 순식간에 문 바깥으로 밀려난 우리는 맥없이 방문을 바라보며 서성이고 있었다. 마고에 대한 처분을 제대로 내릴 새도 없이 엉겁결에 쫓겨난 터라 다들 제정신이 아니었다.

"괜찮으실 거야."

양수가 터질 즈음 주치의가 달려온 데다가 어머니의 몸을 내가 강하게 붙들고 있었으므로 물리적인 충격으로 인해 위험한 상황에 빠진 건 아니었다. 다만 그전에 소리를 너무 많이 질렀고, 감정적으로 격해져

있어 체력적인 소모가 컸던지라 지난한 분만 과정을 어머니가 잘 견뎌
낼 수 있을지가 문제였다. 나는 망연하게 서 있는 마고를 바라보며 하
녀들에게 말했다.
"그녀를 빈방에 가둬 놔."
"시스에!"
"목소리 낮춰. 지금 어디라고 목소리를 높이는 거야?"
"하, 하지만."
"하지만은 없어, 로에나. 그러니 내 판단에 따르렴. 너까지 엮고 싶
지 않아. 아니, 제발 널 의심하지 않게 해줘."
　마고가 로에나를 맹목적으로 따르며 아낀다는 건 저택 안의 사람들
이라면 누구나 다 알고 있는 사실이다. 그녀를 위해서라면 무슨 짓을
할 수 있다는 것 또한 말이다. 그런데 그런 마고가 어머니 배 속의 아
이를 딸로 바꾸려다가 들킨 사건이 일어났으니 그녀에게로 의구심 어
린 시선이 쏠리는 건 당연한 일이었다. 나는 그것을 지적했다. 로에나
가 더 이상 마고의 편을 들 수 없게끔 말이다. 예전에도 나를 위해 마
고의 뜻을 꺾었던 그녀가 이번이라고 그러지 못할 리가 없으니까. 그
러자 로에나가 시선을 모로 내리며 눈을 피했다. 직접적인 대답은 아
니지만 수긍한다는 뜻과 다름없었다.
　하녀들은 로에나가 한 발자국 물러남과 동시에 마고의 양어깨를 거
칠게 잡고서 일으켜 세웠다. 뼈다귀처럼 깡마른 몸이 거친 손길로 인
해 갈대처럼 맥없이 흔들렸다. 불쌍하게도 마고는 결정적인 상황일 때
또 로에나에게 버림받았다.
"도망가지 못하게 단단히 묶어 놔라."
"시스, 그거까지는 아닌 것 같아. 봐봐, 마고는 늙었어. 어디 도망갈
힘도 없을걸? 그러니 다시 생각해 줘. 몸을 묶는다면 크게 아플 거야."
"로에나, 마고에게 자비를 베풀고 싶으면 인형에 쓰인 글자가 그녀

의 글씨체가 아니라는 것부터 증명해. 그럼 네 말을 따르겠어. 그리고 더는 내 일에 나서지 마."

"제발, 시스. 어머니도 그렇고 다들 오해하고 있어. 그러니 대화를 통해 이야기를 나누면……."

짝, 소리와 함께 그녀의 뺨이 옆으로 돌아갔다. 순간 모두 하던 행동을 멈추고 나를 바라봤다. 정확히는 허공에 멈춰 있는 내 손, 빨갛게 부어 있는 손바닥을. 로에나의 한쪽 볼에는 붉은 손자국이 선연하게 난 상태였다.

"정신 차려."

나는 차가운 목소리로 로에나에게 말했다.

"알량한 정에 흔들려 뭐가 주가 되는지 잊어버리다니. 네가 먼저 생각해야 할 사람은 마고가 아니라 어머니야. 그녀 때문에 더 많은 고통을 받는 건 내 어머니라고. 그런데 어머니뿐만 아니라 새로 태어날 동생이 위험할지도 모를 다급한 상황인데도 마고의 편을 들어? 그것도 내 앞에서?"

차갑게 흘러나오는 목소리는 스스로가 놀랍다고 생각할 정도로 무척 날카로웠다. 실상 말을 하는 나는 그렇게 화가 나지 않았는데 말이다. 다만 어머니와 배 속의 아이가 잘못될까 봐 걱정될 뿐이다.

사실 오늘의 일은 아이가 태어나고 난 이후에 터져야 했다. 아이의 성별이 어떠하든 마고가 못된 짓을 벌인 것은 사실이므로 그녀에게 큰 타격을 줄 수 있으니 말이다. 그런데 예상치 못한 사고-물을 흘렸다고 했지-가 일어났고, 덕분에 준비한 증언 역시 어쩔 수 없이 내놓게 되었다. 이왕 이렇게 된 거 확실하게 잡기 위해서였다. 물론 이 와중에 어머니의 반응이 걱정되긴 했으나 맹세컨대 진통을 앞당길 정도로 크게 일으킬 생각은 없었다. 그저 상황이 나쁘게 돌아갔을 뿐이다.

나는 초조함을 억누르며 말을 이어 나갔다.

"네 방으로 들어가 근신하고 있어, 로에나. 이건 명령이야."
"명령? 지금 내게 명령이라 한 거야?"
로에나가 믿을 수 없다는 듯 되물었다. 그녀는 이제 뺨이 아프다는 것보다 내가 자신을 아랫사람 부리듯 말한다는 것에 큰 충격을 받은 듯했다. 나는 오만한 시선으로 턱을 들어 올렸다.
"왜 안 되겠어? 말해봐. 이 집을 이끌어 가는 사람이 누구지? 무엇보다 난 널 바르게 이끌어 가야 할 책임이 있어."
그리고 주변 사람들을 바라보는데, 그들은 그제야 내가 이 집안을 이끌어 가는 유일한 이라는 것을 깨달은 모양인지 허둥지둥 움직이며 로에나와 마고를 모르는 척했다.
"네 방으로 가렴, 로에나. 너는 이곳에 있을 자격이 없어. 아가씨를 모시려무나."
나는 로에나의 하녀에게 말했다. 이미 그녀들도 마리에게 장악된 상태이므로 내 말을 듣지 않을 수가 없었다. 로에나는 가지 않으려고 했지만 하녀들이 손을 붙잡고서 방으로 되돌아갈 것을 권유하니 믿을 수 없다는 것처럼 다시 나를 바라보았다.
"내가 말했잖니. 너는 날 믿어야 한다고. 그리고 넌 그러겠노라고 내게 약속을 했지. 그런데 결과는 어떻지? 넌 항상 이런 일이 생길 때마다 우리를 외면했어. 그러니까 그런 눈으로 바라보지 마. 나 역시 가슴이 아프기는 매한가지니."
마고가 끌려 나간 상태에서 로에나의 편이 되어줄 사람이 있을 리가 만무했다. 집사조차 침묵하고 있으니 아니 그러하랴. 하녀장인 물랑은 오히려 인상을 찌푸리며 굼뜨게 행동하는 하녀들에게 내 말을 빨리 들을 것을 종용하고 있었다.
결국, 로에나는 마고와 별반 다르지 않은 모습으로 자신의 방으로 쫓겨났다. 하인들이 그 모습을 보고 수군거렸지만, 저들의 목소리가 하녀들의 내뱉는 소문을 이길 리가 만무해 걱정되지 않았다.

"아가씨, 입단속을 시킬까요?"

믈랑이 살며시 다가와 내게 작은 목소리로 물었다. 나는 고개를 절레절레 내저으며 그녀에게 말했다.

"아니, 더 자세하게 퍼뜨리렴. 어머니와 내가 어떤 상처를 받았는지 또한 말이야."

"예."

가문의 치부에 가까운 일이라 숨기는 게 당연한 일이지만 이렇게 거리낌 없이 드러내는 건 로에나의 평판을 떨어뜨릴뿐더러 그녀에게 쏟아지는 동정심을 내게 돌리기 위해서였다. 그래서 나는 이것을 특히 가문의 기사단이 있는 쪽에 흘리도록 지시했다. 자신들이 선망해 마지않는 천사에게 이런 엄청난 흠이 있다는 것을 알게 된다면 어떠한 모습을 보여 줄지 궁금해서였다.

"마고를 어떻게 하실 생각이십니까?"

집사는 근심에 찬 얼굴로 내게 물었다. 이 현명한 노인은 로에나와 마고를 분리함으로써 양부에 대한 자신의 충성심을 지키려고 노력하고 있었다. 나는 신음이 새어 나오는 방문을 바라보며 낮은 목소리로 대답했다.

"제가 뭘 알겠어요? 그저 다른 귀족가의 사례를 보고 따라 할 뿐이죠."

하녀의 처분은 오롯이 여주인의 손에 달려 있는지라 큰 잘못을 저질렀을 때 그동안 일했던 보수를 받지 못할뿐더러 매질을 당한 뒤 쫓겨난다. 그런데 마고가 저질렀다고 알려진 일은 단순히 큰 잘못이라 하기엔 너무나 중대한 사항이었다. 어머니를 괴롭히고 있을 아이의 성별이 여자라면 더더욱.

"마고는 후계자가 태어나기를 바라야 할 거예요."

내 말에 집사가 눈을 감으며 신음에 가까운 한탄을 내뱉었다. 그간 함께 지내 온 정이 있는 것인지 그는 내가 조금이라도 자비를 베풀어 주기를 바라고 있었다. 그의 업무는 외적인 것으로 한정되어 있으므로 웬만하면 하녀의 일을 건드리지 않으려고 노력했고, 지금도 그러려고 부단히 애쓰고 있지만, 사람의 마음이란 쉽지가 않아 이렇듯 감정을 흘리고야 마는 것이다. 그래서 나는 덧붙이듯 말을 이어 나갔다.

"고모님께는 제가 말씀드리죠. 그러니 집사는 지금처럼 그냥 지켜보기만 해요."

"명령입니까?"

"당연한 걸 물어보는군요."

집사는 침음을 삼키며 내게 고개를 숙였다. 내 태도에 변함이 없다는 걸 알자 실망한 것이다.

그러는 동안 여전히 방 안에서는 어머니가 내뱉는 신음이 커지고 있었다. 땀에 흠뻑 젖은 하녀들이 핏물이 가득한 대야와 피에 흠뻑 젖은 수건을 가지고 나왔다가 다시 들어가기를 반복했다. 고통스러운 비명은 쉬지 않고 이어졌다.

어머니를 달래어 마고를 내보내야 했을까. 불길한 마음이 감돌아 후회마저 일었다. 그러다 문득 찻잎을 파는 가게에서 받았던 과자가 떠올랐다. 정확히는 그 안에 들어 있던 내용이.

그날 나는 밤늦게 홀로 침상에 앉아 과자를 양손으로 붙잡고 힘주어 갈랐다. 그 속에는 기다란 종이 하나가 돌돌 말려 있었다. 주인이 말하는 예언이겠지. 호기심이 인 나는 손가락으로 말린 종이를 밀어 반듯하게 펼쳤다. 말려진 종이의 안쪽에는 수탉의 볏을 연상시키는 꽃 그림과 동대륙의 언어로 글자 하나가 적혀 있었다.

나는 한눈에 꽃의 이름을 알아보았다. 모를 리가 없었다. 동대륙에서 '계관화(鷄冠花)'라 부르는 이것은 그 모양이 우스워 한때 유행하듯 사교계에 들어왔었으니까. 예쁘지 않은 외양에 비해 담고 있는 말이 복잡하여 모두의 흥미를 끌었기 때문이다.

치정, 괴기, 영생, 그리고 시들지 않은 사랑.

즉, 예언의 종이 위에 꽃 한 송이가 소담하게 그려진 것은 이것이 가지고 있는 꽃말을 상기하라는 뜻과 다름없었다.

지금에 와서 돌이켜 생각해 보면 이보다 들어맞는 꽃말이 또 없었다. 황태자로 인해 치정 아닌 치정에 얽혀 들었고, 반란을 준비하는 자들로 인해 괴기한 사건이 휘말려 있으며, 죽음을 거슬러 돌아왔으니 준영생을 살았다 할 법하니까 말이다. 그리고 아이레스 경의 입맞춤을 거절하지 못했지. 그래, 시들지 않는 사랑을 이야기하기라도 하듯.

동대륙의 언어 또한 읽기 쉬운 것이었다.

난(亂).

예언대로 개인적으로나 국가적으로나 혼란스러움이 가중되고 있으니 아니 그러하랴. 과자 속에 담겨 있던 운명은 정확하게 내가 처한 현실을 직시했다. 하지만 어떻게 나아가야 하는지에 대한 조언은 없었다. 그저 길을 정하는 건 나라는 것처럼 눈앞을 밝혀줄 뿐이었다. 그것이 순리라는 듯. 오늘날의 내가 모든 것을 다 겪고 나서야 비로소 예언의 뜻을 이해하리라는 것처럼, 그렇게.

순간 찢어지는 듯한 비명이 들리더니 갑자기 잠잠해졌다. 당황한 내가 문을 박차고 들어갈 것처럼 몸을 움직이려는 순간이었다. 아주 희미하게 아기의 울음소리가 들리더니 하녀 몇몇이 문을 열고 나와 부산하게 움직였다. 그런 그들의 얼굴에는 아기가 태어났다는 기쁨보다 두려움이 가득했다.

"무슨 일이지?"

나는 앞치마가 피에 흠뻑 젖어 있는 하녀의 손을 붙잡고 날카로운 목소리로 물었다. 하녀는 제정신이 아닌 듯 처음에 나를 알아보지 못하고 손을 놓으라고 소리치다가 곧 놀란 표정으로 고개를 꾸벅 숙이며 떨리는 음성으로 말했다.
"마님이, 마님이 위독하셔서······."
나는 바로 하녀의 손을 뿌리치고 방 안으로 들어갔다. 가냘프게 우는 아이의 울음 사이로 어머니의 신음이 높아졌다 작아지기를 반복했다. 주치의는 사람들에게 빠르게 명령을 내리며 부산스레 움직이고 있었다.
지독한 혈향이 코를 찔렀다. 출산으로 피를 흘렸기에 나는 것이라 생각하기 어려울 정도로 방 안은 피 냄새에 휩싸여 있었다. 눈앞에 보이는 시트는 벌겋게 젖다 못해 바닥까지 피를 뚝뚝 흘려 댔다.
"피가 안 멈춰. 제기랄! 지혈제가 부족해. 가져오란 지가 언젠데 아직도 안 오는 거야?!"
이건 현실인가?
나는 천천히 침대 곁으로 걸어갔다. 어머니의 얼굴은 시체처럼 창백하게 질려 있었다. 숨소리가 적어 깨어 있는지조차 구분하기 어려웠다. 왈칵 겁이 난 나는 힘없이 늘어진 그녀, 아니, 당신의 손을 잡았다.
"어머니, 지쳐서 주무시는 거예요? 전 아직 동생의 성별조차 모르고 있는데요. 어머니께서 제게 알려 주셔야죠. 어머니가 아니면 누가 제게 알려 주겠어요, 네?"
마고의 일을 꾸미지 말 것을. 아니, 아까 욕심을 저버리고서 어머니부터 챙길 것을. 이전에는 없었던 출산이기에 무슨 일이 생겨날지도 모른다는 사실을 왜 간과하고 있었을까. 스스로의 어리석음이 뼈아파 혀라도 깨물고 싶은 심정이었다.
이전 생의 로에나는 무도회에서 황태자의 시선을 사로잡아 황태자비의 자리에 올랐다. 몇 번 만나지도 않은 상태에서 반려를 정한 파격적인 행위에 모두 경악했지만, 황태자가 워낙 강경하게 밀어붙였기에 모두 승복하지 않을 수 없었다. 그때의 나는 사교계고 뭐고 힘을 쓸 수 있는 상황이 아니었기에 로에나가 사교계의 꽃으로 등장하는 것을 멍하니 지켜봐야 했다.

사실 말이 황태자비지 황제가 황태자에게 곧 황위를 양도할 것이라 알려져 있었으므로 그녀가 황비 혹은 황후가 될지 모른다는 게 기정사실화된 상태였다.

라발리에는 이를 이용하여 어머니와 내가 어떻게 로에나를 괴롭혔는지를 알렸고, 우리는 가문에서 쫓겨나 수도 외곽에 있는 허름한 저택에 갇혔다. 우리를 저택으로 끌고 온 병사는 로에나의 간곡한 청으로 인해 감옥에 갇히지 않는 게 어디냐며 평생 그녀에게 감사하며 살라고 말하면서 바닥에 침을 내뱉었다.

귀족이라는 신분으로 인해 고문을 받지는 않았지만, 문이란 문이 다 깨져 차가운 바람이 솔솔 들어오는 저택에서 발목을 훤히 드러내는 얇은 드레스 하나만 걸친 채 산다는 건 매우 좋지 않았다. 그나마 조금 더 건강했던 나는 버틸 수 있었지만 어머니는 그러지 못했다.

연약한 어머니는 곧 폐렴에 걸려 자주 앓아눕기 시작했다. 사실 빠르게 약을 먹는다면 쉽게 나았을 테지만, 그 누구도 우리의 건강에는 관심을 두지 않았던 터라 어머니의 병세는 나날이 악화되어만 갔다. 아주 나중에 로에나가 황태자를 졸라서 우리를 찾아오지 않았더라면 어머니는 그대로 더러운 침대 위에서 죽었을 것이다. 하지만 죽는다는 것은 변함이 없어 로에나가 의원을 보내 주었지만 가망이 없다는 소리를 들었다.

게다가 로에나의 명령으로 나를 찾아온 세릴은 얼굴 가득 비웃음을 지으며 자업자득이니 빨리 죽어버리라는 저주를 퍼부었다. 그녀는 로에나가 우리를 위해 돈을 보내 주었지만 주지 않을 것이라 말하며 깔깔댔다. 사실 받아 본 적이 없으니 진짜로 로에나가 어머니와 나를 위해 돈을 보내 주었는지 알 수 없는 노릇이었다.

다만 모든 것이 엉망이었다. 더러운 불과 신드기로 가득 찬 침대, 먼지로 뒤덮인 가구들, 그리고 곰팡이가 피어 말라비틀어진 빵 조각까지. 어머니는 그 속에서 버티고 또 버텼지만 계속 피를 토하다 못해 점점 죽음을 향해 나아갔다. 잘 때 쥐에 물릴까 봐 두려워하는 것은 일상이었다.

다시 시작할 수 있는 계기, 로에나가 주었던 호의는 비참함이 되풀이되는 악몽에 불과했다. 사람들은 우리가 죗값을 더 지독하게 받아야 한다고 말하며 로에나의 자비를 노랫가락처럼 읊었다.

어머니가 돌아가시던 날도 그러한 조롱을 받았었다. 사실, 지금에 와 생각한다면 어머니가 돌아가신 것인지 장담하기 어렵다. 마지막을 보기도 전에 내 눈앞에서 사라졌기 때문이다.

그날의 나는 어머니에게 무언가 따뜻한 음식이라도 먹여야 할 것 같아서 잠깐 바깥에 나갔다가 빈손으로 돌아온 참이었다. 그런데 침대 위에 힘없이 누워 있어야 할 어머니가 보이지 않았다. 저택 곳곳을 샅샅이 찾으며 당신의 이름을 목 놓아 불렀지만 찾을 수 없었다. 바깥에 나가 어머니를 본 사람이 있는지 물어보았지만 모두 내게 침을 뱉으며 주먹질을 했다. 황태자비를 학대한 나쁜 계모와 새언니에 대한 이야기는 거리의 극단에 올라갈 정도로 유명세를 타고 있었다.

분노일지 허탈함일지 슬픔일지 혹은 두려움일지 모를 기묘한 기분에 사로잡힌 나는 욱신거리는 몸을 붙들고서 저택으로 되돌아왔다. 그리고 이틀 동안 아무것도 먹지도 마시지도 움직이지도 않은 채 어머니의 침대 위에서 멍하니 앉아 있었더랬다. 이상하게도 잠도 오지 않았다. 영혼이 마모된 기분이었다. 그래서일까. 삶의 의지가 생겨나지 않았다. 어쩌면 어머니도 이런 삶이 지겨워서 떠났을지도 모르지. 문득 이런 생각이 들기까지 했다.

그러던 와중에 세릴이 다시 찾아와 나를 조롱했다. 어머니가 나 같은 사람에게 질려 도망간 거라고 손가락질하며 낄낄거렸다. 어머니가 아픈 것도 나를 떠나기 위한 연기가 아니냐며 말이다.

그렇게 한참을 떠들어 대던 세릴이 로에나가 이런 내게 왜 자비를 베푸는지 모르겠다며 던져 준 옷은 아무 문양이 없는 새하얀 드레스였다. 차가운 저택에 어울리지 않는 그것은 무척 얇고 가벼웠다. 수의를 연상시키는 것처럼.

그래서 세릴에게 말했다.

"로에나에게 말해. 나를 보러 오라고. 내 마지막을 장식해 줄 유일한 사람이 그녀뿐이라고 전해."

그리고 헐레벌떡 달려온 로에나의 앞에서 뛰어내렸다.

돌아왔다는 충격과 다시는 그날을 되풀이하지 않겠다는 오기에 휩싸여 애서 잊고 있었던 죽음이었다.

그런데 이렇게 다시 마주하게 되었다. 이전을 떠올리라는 것처럼 강제로 그날의 기억을 헤집는 것이다. 지독한 운명에 울고 싶었다. 이건 모든 것이 많이 바뀌었기에 어머니가 다시금 폐렴에 걸리지 않을 것이라 자신만만했던 내 오만한 행동에 대한 패인인가. 아니, 양부조차 죽은 마당에 어째서 어머니는 사신의 낫을 피해 갈 수 있으리라 여겼던 걸까?

나는 왜 이렇게 어리석지? 더 나은 삶을 살고 싶었는데, 오히려 이전의 나를 그리워하고 있다. 어머니가 죽을지도 모른다는 것을 직시해야 하는 현실이 지독할 정도로 쓰게 다가오고 있었다. 이제야 겨우 저택을 장악할 수 있는 문서까지 확인받았는데. 그래도 외적으론 이전보다 훨씬 더 나아졌는데. 어째서 이렇게 어긋나려고만 하는 걸까…….

그래서 어머니의 손에 뺨을 비비며 조르듯 중얼거렸다.

"이전에 떠난 걸 잊어줬잖아. 그러니까 일어나요. 우리 둘뿐이라 했잖아요. 날 혼자 남겨 두지 말아요. 제발요. 이렇게 빌잖아요."

내 생에 다시없을 가장 간절한 애원이 메마른 입술을 통해 흘러나왔다. 어머니는 아직 나를 떠나선 안 된다. 당신은 나를 홀로 남겨 두면 안 된다. 그럴 수 없었다. 나는 붙잡은 손에 힘을 주며 계속 중얼거렸다. 일어나서 날 보란 말이야, 하고.

그 순간 어머니가 기적처럼 힘겹게 눈을 떠 나를 바라봤다. 그리고 입술을 달싹여 내게 물었다.

"……아기는?"

나는 잠시 얼어붙은 듯 멍하니 어머니를 바라보다 아기를 안고 있는 산파를 향해 재빨리 손짓했다. 아기는 집사가 미리 준비해 놓았던 젖어미의 젖을 배불리 먹고서 잠에 빠진 상태였다. 산파는 늙게 주름진 입술을 벌린 상태로 안심하라는 듯 말했다.

"젖어미의 젖을 아주 기운차게 빨아 먹은 다음 잘 주무시고 계셔요. 씩씩한 도련님이십니다."

사내아이라는 말에 어머니는 기쁘다는 것처럼 희미한 미소를 지었다. 파르라니 창백한 얼굴이 시체처럼 싸늘했다. 어머니는 손을 뻗어 아기를 안고자 했다. 두툼한 천으로 단단히 감싸인 아기의 얼굴은 매우 작았다. 그러나 이목구비가 어머니처럼 조화로웠다. 이런 와중에 양부의 느낌이 나는 건 신기한 일이었다. 그것은 아이의 머리카락이 양부를 닮았기 때문은 아니었다. 그냥 딱 보아도 양부의 아들임이 틀림없어 보였다. 그건 비단 내 눈에만 그런 게 아닌지 모든 사람이 죽은 양부를 거론하며 눈물을 훔쳤다. 덕분에 구설에 오르내리지 않을 테니 다행스러운 일이 아닐 수 없었다.

"발레리안. 이 아이는 발레리안이야."

어머니가 숨을 헐떡이며 기어가는 목소리로 말했다. 양부가 죽기 전에 지어준 이름이라고 속삭이면서. 눈물이 흘러내리는 뺨이 빛처럼 반짝였다.

아이가 하품하며 입술을 작게 오물거리는 광경은 기적과도 같았다. 그래서 어머니는 거듭 아이의 이름을 내게 말했다.

"네 동생의 이름은 발레리안이란다. 발레리안 드 비슈발츠. 우리의 리안이야."

곧이어 어머니가 못 견디겠다는 것처럼 숨죽여 울었다. 안도감에 휩싸인 얼굴은 곧 기절할 것처럼 헐떡였지만 아까보다는 기운이 나는 모양인지 조금씩 안색이 되돌아오고 있었다.

"다행히 피가 멈췄어. 고비는 넘겼군."

동시에 주치의가 이마에 맺힌 땀을 닦으며 안도의 한숨을 내쉬었다. 그는 그제야 나를 발견한 것처럼 두 눈을 동그랗게 뜨더니만 곧 인자한 웃음을 머금으며 고개를 끄덕였다.

"다행이에요. 날 떠나지 않아서."

내 동생, 발레리안, 애칭 리안은 어머니의 품에 안겨 있다가 주변이 시끄러운지 인상을 찌푸리고 있었다. 그 모습에 산파는 씩씩한 대장부가 될 것이라 감격했고, 어머니는 다시금 훌쩍이며 가쁜 숨을 헐떡였다. 그리고 졸린다고 중얼거렸다. 그럼에도 쉽게 눈을 감지 못하는 건 불안해하는 나 때문이었다. 나는 어머니에게 조르듯 말했다. 어린애가 된 기분이었다.

"방금처럼 다시 눈을 떠 준다고 약속한다면요."

"그러마."

살짝 눈을 돌려 주치의를 바라보니 그는 괜찮다는 듯 고개를 끄덕이고 있었다. 그래서 나는 어머니의 이마에 짧은 키스를 하며 수고했다고 중얼거렸다. 그리고 약을 짓기 위해 잠시 방을 빠져나가는 주치의의 뒤를 따랐다.
"어머니는 예전의 건강을 되찾으실 수 있을까요?"
주치의는 응접실에 앉아 한숨을 돌리려는 듯 하녀가 가져다준 물을 마시고 있었다. 그는 내 물음에 미간을 좁히더니 고개를 설레설레 내저었다.
"그간 마음고생을 심하게 하신 데다가 이번에 피를 너무 많이 흘리기까지 했으니 장담하기 어렵습니다. 이전보다 무척 쇠약해지실 겁니다. 자주 아프실 테지요."
"계속 침대에 누워 계실 만큼이요?"
예전의 악몽이 떠오른 내가 다급하게 말을 덧붙이자 주치의는 그 정도는 아니라고 말했다.
"단지 쉽게 피곤해하고 금방 지치실 겁니다. 그리고 계절이 바뀌면 감기에 자주 걸릴 테고요."
"돈은 얼마든지 써도 좋으니 좋은 약을 아끼지 말아요."
"예. 그리고 축하드립니다."
"고마워요."
"저도 축하드립니다, 아가씨. 그러니 이것을 작성해 주시지요."
어느새 집사가 내게 편지지와 편지 봉투, 그리고 가문의 인장을 가지고 와 서 있었다. 그는 자신을 쳐다보는 내게 여상스러운 목소리로 말했다. 아까의 일은 잊었다는 듯이.
"이 기쁜 소식을 모두에게 알리셔야죠."
긴장이 풀린 탓일까. 온몸이 어쩐지 욱신욱신 아팠지만 아직 할 일 투성이였다. 하지만 최악의 사태가 일어나지 않았으니 다행이라 해야 하나.
나는 차오르는 한숨을 삼키며 펜을 집어 들었다. 그리고 가문의 사람들에게 편지를 써 내려가기 시작했다. 내용은 하나. 가문의 후계자인 발레리안 드 비슈발츠가 태어났다는 소식이었다.

리안의 탄생은 판에 박힌 축하와 함께 음습한 질시를 받았다. 악마가 아이를 해코지할지 모른다는 오래된 미신으로 인해 100일 동안 친인척에게 공개하지 않는다는 관습 때문에 아이의 얼굴을 모르는 친인척들은 저마다 망상을 떠들어 대며 말도 안 되는 소문을 퍼뜨렸다. 후견인이 내 의사를 대신하여 그들을 압박했기 망정이지 그렇지 않았더라면 끝도 없이 떠들어 댔을 것이다.

순수하게 기뻐한 것은 죽은 양부의 누나뿐이었다. 마담 드 라발리에는 사내아이가 태어났다는 소식에 직접 찾아와 어머니에게 축하한다고 말했다. 처음 있는 일이라 모두 입을 떡 하고 벌렸지만 라발리에는 아무렇지도 않다는 표정을 하고 있었다. 아니, 어머니에 대한 경멸은 여전하나 죽은 동생의 아이라 그간의 감정을 꾹꾹 억누른 모양이다. 정말 대단하기도 하지. 핏줄이 그만큼 소중한 것인지 그녀가 손수 선물을 사 와 건네었을 때 모두 얼다 못해 기절할 뻔까지 하였다.

마담 드 라발리에는 그간 어머니에게 보였던 모습 중 오늘이 가장 상냥하면서도 부드러운 태도를 보인다고 단언할 수 있을 정도로 다정하게 굴었다. 그 사근사근한 말씨라니. 눈앞에 있는 사람이 라발리에 본인이 맞는지 의심스러울 정도였다. 오죽하면 어머니가 얼다 못해 눈물까지 뚝뚝 흘려 댔을까.

그녀는 마담이 리안의 얼굴을 보러 다시 온다는 말을 하자마자 거의 통곡하다시피 했다. 인정을 받았다는 느낌에 북받쳐 오른 건지 주변 사람들이 당황스러울 정도로 펑펑 울어 대는 것이다.

라발리에는 떨떠름한 표정으로 손수건을 건넸고, 어머니는 매우 감격해하며 어서 빨리 리안을 보여드리고 싶다고 말했다. 나쁘지 않은 광경에 고개를 돌려 한숨을 내쉬는 게 우리가 할 수 있는 유일한 행동이었다.

어머니를 만난 마담은 나와 따로 응접실에서 만나 마고에 대한 이야기를 나누었다. 마담은 로에나를 매우 아끼다 못해 친딸처럼 사랑했다. 그래서 그녀의 주변인 또한 잘 대해 주는 편이었다. 특히 마고에 대한 신뢰가 대단했다. 그렇기에 내가 마고에 대한 편지를 보냈을 때 믿으려 하지 않았다. 무슨 오해가 있었을 것이라 거듭 강조할 정도였다.

그러나 사람들의 증언과 마고가 마녀를 찾아갔다는 이야기, 인형에 적힌 필체의 동일한 점을 들먹이자 아연한 표정을 지으며 한숨을 내쉬었다.

"그래서 어떻게 하고 싶은 거냐."

"순리대로 해야겠지요."

마담 드 라발리에는 가문의 큰 어른이나 저택의 사람을 좌지우지할 정도로 영향력은 없었다. 그녀가 힘을 발휘할 수 있는 건 '라발리에' 저택뿐이다. 그러니 나를 설득시키는 것밖에 마고를 구제할 방법이 없을 것이다.

라발리에는 마고의 행위를 로에나를 위한 선택이라 간주하고 매우 안타까워했다. 그녀는 어떻게든 늙은 살쾡이에게 기회를 주고 싶어 했지만 내가 그것을 허락하지 않자 목이 탄다는 것처럼 연신 차를 들이켰다. 마고가 사라진다면 로에나가 의지할 사람은 거의 없다 할 수 있으므로 어떻게든 저택에 남기고 싶은 모양이었다.

"자신의 죄를 인정하지 않는다는 점이 가장 나쁩니다. 차라리 고분고분하게 죄를 청했더라면 이렇게 화가 나지는 않았을 거예요."

마담은 내 말에 곤란하다는 듯 미간을 좁혔다. 가문의 후계자냐, 사랑하는 로에나냐, 둘 중 하나를 선택해야 하는 현실에 그녀는 매우 곤혹스러워하고 있었다. 마음이야 로에나에게 있지만 후계자가 될지도 모를 아이를 가문의 큰 어른인 자신이 외면한다면 전통적인 기강이 무너질 수 있기 때문이다. 마담은 내가 후견인을 앞세워 비슈발츠가를 장악하고 있다는 것을 매우 싫어하는 사람이었다. 그래서 자신들의 정통한 핏줄에게 그 직위를 넘기기를 원했다. 그것이 로에나와 이번에 태어난 내 동생 리안이었다.

마고는 차가운 독방에 갇혀 있는 내내 자신의 죄를 인정하지 않으며 울부짖었다. 억울하기도 하거니와 죄를 인정한다면 더 큰 처벌을 받을 수 있다는 걸 알기 때문이었다. 하지만 그녀가 쫓겨나는 건 기정사실이라 아무도 마고의 말에 귀 기울이지 않았다. 단지 어떤 벌을 받느냐가 문제인데, 로에나나 라발리에는 그냥 몸 성히 쫓아내는 것으로 끝내기를 원하는 것 같았다. 늙은 몸에 매질한다면 죽을 수도 있다는 이유에서였다. 몸성히 내보냈다가 나중에 다시 불러오겠다는 속셈이 눈에 빤히 보여 웃음이 나올 지경이었다.

그래서 나는 그런 그들을 향해 로샨 영애가 보내 준 편지를 보여 주며 상냥한 미소를 지었다. 그 안에는 보편적인 귀족 가문에서 실행하는 처벌 목록이 담겨 있었다. 로샨 영애는 매우 친절하게도 '그대의 가문이 어떤 가풍을 가졌는지는 모르겠지만, 그래도 이런 일에 관한 한 엄벌에 처해야 한다고 생각해요'라는 말을 써 주었다.

"만일 제가 이런 중차대한 일을 쉽게 넘어간다면 모두 저와 가문을 비웃겠지요. 마고가 그걸 감수할 만큼 중요한 사람인가요?"

라발리에는 이런 내 말에 할 말을 잃은 듯 침묵했다. 로에나는 새파랗게 질린 얼굴로 자비를 베풀어 달라고 애원했지만 이미 대세는 기울어진 참이었다.

"로에나, 나는 무슨 자비가 없는 사람인 줄 아니? 나 역시 리안이 태어난 기쁜 달을 망치고 싶지 않아. 하지만 마고로 인해 어머니께 큰일이 일어날 뻔했지. 돌아가셨을지도 모를 노릇이었어. 그런데 이런 내게 자비를 베풀어 달라고 말하다니, 너는 정말로 지독한 사람이구나."

날 선 비난에 그녀의 얼굴이 창백하게 변했다. 주변 사람들에게 늘 좋은 말만 들어왔던 로에나이기에 이런 식의 말은 익숙하지 않을 터였다. 특히 내가 자신으로 인해 상처를 받았다는 것처럼 몰아세우자 어쩔 줄을 몰라 하며 눈물을 글썽거리기까지 했다. 예전 같았으면 수족과 같은 하녀들이 그녀를 위로하며 나를 비난에 찬 눈으로 바라보겠지만, 하녀의 대부분이 내게 장악당한 상태라 라발리에 외에 저를 위로할 사람이 없었다.

"미안하다, 얘야. 내 손을 떠난 일 같구나."

라발리에는 두 손을 들었다는 듯 로에나의 어깨를 가볍게 토닥이며 위로에 가까운 말을 건넸다. 그리고 그녀를 사납게 밀어붙인 나에게 언짢은 시선을 던졌는데, 입을 열어 비난의 말을 던지지 못하는 건 아들을 낳은 어머니 때문이었다. 아무래도 마담은 로에나의 남편에게 가문을 주는 것보다 리안에게 넘기는 게 더 낫다는 생각을 한 모양이다. 그렇게나 가문이 중요한 것일까. 재빠른 태도 변화에 구역질이 날 정도였다. 하지만 더는 자극할 필요가 없기에 일부러 차를 마시며 모른 척했다. 덕분에 마고가 내 손에 달려 있음을 재확인한 꼴이 되었으니 이만하면 되었다 싶었던 것이다.

하녀들 사이에서는 로에나가 마고를 시켜 그 일을 했을지도 모른다는 소문이 알음알음 퍼지기 시작했다. 마리의 말에 의하면 이 이야기가 기사들에게까지 번졌는데, 그들은 두 패로 나누어 격렬한 토론을 벌였다고 한다. 마고가 아닌 다른 사람이 벌인 일이라면 믿지 않았을 테지만 하필 그녀가 걸렸고, 이 늙은 살쾡이를 지목하는 증거가 넘쳐 나니 로에나에게 실망하는 사람이 생겨난 것이다. 내부의 사정, 특히 하녀에 관한 한 눈이 어두울 수밖에 없는 기사들은 그녀들이 누구에게 장악당했는지 전혀 몰랐다. 그래서 소문을 곧이곧대로 받아들이는 수밖에 없었다.

간혹 약삭빠른 종자들이 입을 털고 다니긴 했지만 마리와 몇 번 만난 이후에 자신의 기사에게 돌아가 나에 대한 좋은 이야기를 마구 털어놓았고, 덕분에 나에 대한 의심도 아주 옅어진 상태였다. 무엇보다 내가 후견인과 함께 가문의 살림을 돌보며 가문의 기사들에 대한 봉급도 알뜰하게 챙기고 있으니 눈치가 보여서라도 직접적인 비난을 할 수 없었을 터였다.

물론 기사 중 가장 연차가 높은 데다가 오랜 시간 가문에 있었던 쉴피스 경이야 로에나를 두둔하며 지금의 상황이 있을 수 없는 일이라고 목청을 높였지만, 할버드 경이 침묵하며 동요하는 기사단을 수습하고 있으니 이도 저도 아니게 되었다고 한다.

가장 강한 자에게 매료되는 건 당연한 일인지라 어느 순간부터 가문의 기사단을 이끌게 되는 건 청음의 기사인 류스테윈 할버드였다. 특히 황제를 만나고 온 것을 기점으로 그에게 노골적으로 힘을 실어주자 쉴피스 경과 그의 무리는 점점 무력해지고 있었다.

덕분에 로에나의 편을 들어주는 사람이 점점 더 적어지며 그녀의 평판은 저를 헐뜯는 무리 때문에 형편없이 낮아지기 시작했다. 특히 간단한 식재료를 사러 나가는 하녀들이 서로 만나 정보를 교류하면서 소문은 걷잡을 수 없을 정도로 커져만 갔다. 사교계의 여인들이 모인 티타임에서조차 이를 언급하며 수다를 떨어 댈 정도였다.

사람들은 나에게 현재 상황이 어떻게 돌아가는지 물어보고 싶어 했다. 그래서 리안에 대한 이야기를 하며 축하의 말을 건네다가도 자연스럽게 마고에 대한 화제로 넘어갔다.

"동생이 정말 어여쁘다면서요?"

"네, 정말로 예쁘답니다."

"그렇군요. 어린 아가니 오죽 사랑스럽겠어요? 그런데 자칫 돌이킬 수 없는 일이 벌어질 뻔하였다면서요?"

시체의 살점을 뜯어 먹기 위해 침을 질질 흘리는 하이에나가 이러할까. 그들은 재미있는 가십에 눈을 빛내면서도 어떻게든 훈수를 두고 싶어 안달 난 것처럼 굴었다. 무척 천박한 행동이었지만 비슈발츠가를 이끄는 내게 가르침을 준다는 저열한 충족감이 그들의 이성을 멀게 만들고 있었다.

"그래서 무척 골치가 아프답니다. 로에나가 받을 충격이 크기 때문이에요."

"세상에, 영애께서는 '그런 동생'을 배려하시는 건가요? 나라면 그러지 않을 텐데요. 영애는 너무나 마음이 고우세요."

"전 그녀가 그런 일을 행했다고 생각하지 않기 때문이에요. 네, 그래요. 로에나는 아무것도 몰랐을 거예요. 그래서 그녀를 비난하고 싶지 않아요. 오히려 다독여 주고 싶을 뿐이죠."

사실 그동안 황후의 사람들이 황태자와 로에나를 얽어 '황태자비'를 운운하는 바람에 사교계의 여인들 대부분이 뿔나 있는 상태였다. 로에나가 암만 빼어난 외모를 지니고 있다 하더라도 아직 사교계에 데뷔하지 않은 애송이에 불과하고, 로샨 영애에 비해 보여 준 것이 없으니 상대적으로 평가가 박한 것이다. 아니, 황태자와 얽었기에 일부러 깎아내리는 터였다. 그동안 그녀의 아름다운 외모와 완벽한 예법에 대해 칭찬을 내뱉었던 사람들이 말이다.

그런 와중에 이런 일까지 터졌으니 아니 즐거우랴. 황후의 무리에 대해 적개심을 가지고 있는 사람들은 기뻐 날뛰며 콧노래를 흥얼거리고 있는 참이었다. 그래서 그들은 이번 일을 비슈발츠가가 가지고 있는 수치라기보다는 귀족이 된 지 얼마 되지 않은 새내기 영애에 대한 교육이라 생각하며 내게 이것저것 알려 주기 시작했다. 카프사에 하녀를 넣어 잠을 자지 못하도록 발로 걷어차는 것은 물론이고 가죽을 씌운 상태로 사냥터에 던져 놓고 사냥개를 풀었다는 이야기를 깔깔깔 웃으면서 태연한 어조로 말했다. 말을 타지 못하는 하녀에게 말 위에 올라탄 상태로 몇 분을 버티기만 하면 용서해 주겠다고 했더니 그 말을 곧이곧대로 믿고 올라가려다가 말의 뒷굽에 걷어차여 죽었다는 소리도 흘러나왔다. 이로 인하여 문제가 생겨도 유족들에게 돈을 두둑하게 쥐어 주면 되는 일이라 전혀 거리낌이 없었다. 아니, 즐거워 보이기까지 했다.

"저는 어떻게 해야 할까요? 어머니의 목숨이 위태로워질 뻔했기에 화가 나더라도 로에나를 생각하면 가슴이 아파서 쉽게 결정하기가 어려워요. 어떤 처벌을 내려야 귀족 영애다운 모습을 보였다 할 수 있을까요?"

태아를 저주하여 성별을 바꾸려고 한 일은 분명 죽어 마땅한 행위였다. 그러므로 다른 귀족 가문이었으면 마고의 목을 진즉 베었을 것이다. 하지만 마고를 죽여 로에나와 척을 진다는 것은 아직은 해서는 안될 일이라 선뜻 처벌하지 못하고 있는 참이었다. 그렇게 하기엔 라발리에와 황후가 매우 걸렸으니까.

사람들은 내가 황제에게 받은 서류에 대해 알지 못하므로 내가 마고를 쉽게 처벌하지 못하는 건 로에나가 데뷔한 뒤 보복할 것을 두려워하기 때문이라 생각하고 있었다. 그래서 우울해하는 나를 위로하며 손 하나 정도는 괜찮을 것이라고 말했다.

"글씨를 쓴 손은 처벌해야 하니까요. 채찍으로 맞아 죽는 것보다는 나을 거예요. 어떻게 생각하나요, 영애?"

잔인한 방법이지만 본보기가 필요하다. 마고를 그대로 내버려 둔다면 어머니와 나를 우습게 보는 이가 생길 것이 분명할 테니까.

하녀들은 로에나가 데뷔하면 리안이 자라나기 전까지 그녀가 가문을 이끌어 나갈 것이라고 여기고 있었다. 그러므로 어느 순간 로에나에게 붙어 나를 배신할 사람이 나오지 않으리라는 법은 없었다.

"너무 잔인하지 않을까요? 그렇게까지 할 필요는…… 세상에, 생각만 해도 가슴이 떨리네요. 너무 무서워서요."

내가 일부러 순진한 척 굴며 몸을 바르르 떨자 그들이 서로 시선을 주고받으며 묘한 미소를 지었다.

"겁먹지 말아요. 당연한 일이에요. 모두 다 그런걸요. 강단을 보이세요."

"네, 그래야겠죠. 어머니와 리안을 위해서라도 말이에요."

"그럼요. 드디어 영애가 우리의 세계에 익숙해지는 것 같아 다행이네요. 바람직해요."

그러고는 마치 대단한 해결 방법을 내놨다는 것처럼 의기양양하게 구는 것이다.

로샨 영애는 이들이 내어놓은 제안에 코웃음을 쳤다. 속이 빤히 보인다는 소리였다.

"시스를 잔인한 성품의 소유자라고 소문내고 싶은 모양인데, 그럴 순 없는 노릇이죠. 누구 좋으라구요."

황후의 추종자와 로샨 영애의 추종자들이 황태자비라는 자리를 놓고서 격렬하게 다투는 와중에 디뷘젤 공녀의 사람들은 중립을 유지하는 척 물밑에서 사람들을 조종하려고 했다. 내게 손목을 자르라고 종용한 것도 그런 부류의 사람들이었다. 이들은 내가 디뷘젤 영애와 친분을 유지하고 있어도 로샨 영애와 다니는 날이 더 많기에 자신들과 완전히 다른 선의 사람이라 여긴 모양이었다. 그러니 이런 식의 같잖은 수를 쓴 거겠지.

"로에나를 이용해 보죠."

로샨 영애는 빙그레 웃으며 내게 말했다. 나는 고개를 끄덕이며 그녀의 말을 받았다.

"자신의 결백을 증명하라는 이유로 말이지요?"

"네, 맞아요."

"하긴 마고라면 로에나를 위해서 손목 하나쯤은 아무렇지 않게 내놓겠죠."

그리고 로에나는 평생 죄책감에 시달릴 것이었다. 나는 로샨 영애가 내어주는 차를 마시며 빙그레 웃었다.

"그녀를 자극하는 건 내가 할 테니 시스는 가만히 지켜만 보고 있어요. 괜한 오명을 뒤집어쓸 필요는 없으니까요."

로샨 영애가 이번 일에 적극적으로 나서는 까닭은 황후 때문일 터였다. 나야 손해 볼 일이 없기에 고개를 끄덕이며 알겠다고 대답했다.

"그렇게 하지요. 아, 그런데 이번에 외교관으로 몇몇 귀족이 선출되어 나간다 하더라구요. 국경에서 벌어진 다툼 때문인가요?"

"소문이 벌써 돈 모양이군요."

로샨 영애가 내 말에 눈썹을 찌푸리며 한숨을 내쉬었다. 나는 어깨를 으쓱이며 대답했다.

"아버지가 외교관이 되었다고 자랑하는 영애가 있어서요."

국경에서 일어난 분쟁이 생각보다 잘 조율이 되지 않은 모양인지 각국의 외교관들이 모여 이야기를 나눈다는 소문이 있었다. 그 외교관 중 한 명이 로샨 영애의 아버지였다. 여기에 디뷘젤 공작까지 나선다는 이야기가 있어 황실이 이번 사태를 매우 심각하게 바라보고 있다는 이야기가 떠돌았다.

"전쟁이 일어날까요?"

"글쎄요? 함부로 이야기할 사안은 아니군요. 그런데 왜 물어보는 거죠? 시스는 전쟁이 일어날 거라고 생각하나요?"

"네, 어떤 형태로든지 말이에요."

"왜 그렇게 여기는 건데요?"

나는 그녀의 질문에 대답하지 않았다. 대신 오늘도 황태자 전하를 만나야 하는 거냐는 말로 주제를 돌렸다. 로샨 영애는 그런 나를 뚫어지게 바라보다가 작게 한숨을 내쉬었다. 그리고 조용한 목소리로 대답했다.

"전하께서는 영애가 폐하를 만나 뵌 사실을 알고 있어요. 조심해요."

그녀의 충고는 매우 진실 된 것이었다.

"설마 나 혼자 만나 뵙는 거예요?"

"물론이죠."

뤼세트 로샨은 굳어 있는 나를 향해 어깨를 으쓱이며 덧붙이듯 말했다.

"하지만 소문은 나지 않을 거예요. 전하께서 그렇게 하고자 마음먹으셨으니까요. 그러니 안심해요."

황태자는 이번의 만남을 위해 굳이 시종까지 보내는 수고를 보였다. 지금껏 단 한 번도 하지 않았던 행동이었다. 사람들의 이목을 피해 만난다 치더라도 왜 이렇게까지 할까 싶었는데, 그 의문은 벽의 한쪽 면을 눌러 비밀 통로를 여는 시종의 모습에 의해 금세 풀렸다. 우아한 벽지 너머로 커다란 입을 쫙 벌리고 있는 음습한 길은 미리 켜 놓은 등불로 인해 희미한 속내를 드러내고 있었다.

시종은 통로와 나를 번갈아 보며 고개를 끄덕였다. 비밀을 지키기 위함인지 그는 말을 못 하는 벙어리였다. 그래서 의사를 눈짓과 몸짓으로 표현했다. 조금 전의 태도 역시 나 혼자 안으로 들어서라는 뜻으로 시종은 손에 들고 있는 등을 내게 건네주며 한 발자국 물러났다. 나는 마른침을 삼키며 천천히 안으로 들어섰다. 등 뒤로부터 입구가 닫히는 소리가 섬뜩하게 울려 퍼졌다.

아무도 없는 어두운 공간을 홀로 걷는다는 현실에 한기가 찾아들었다. 발걸음과 치맛자락이 쓸리는 소리가 고막으로 음산하게 내려앉았다. 살인마가 튀어나올 것 같은 긴장감에 심장이 두근두근 뛰었다. 이 길의 끝에 황태자가 서 있을 것인가에 대한 의구심이 고개를 들어 올리고 있었다.

다행히 길은 짧았다. 얼마 걷지도 않았는데 좁은 문 하나가 나왔다. 문을 열고 들어가니 중앙에 마련된 소파에 앉아 있는 황태자가 보였다. 그가 있는 방은 무척 협소했다. 소파 두 개와 찻잔이 놓인 테이블과 좁은 탁자만으로도 꽉 차 보일 정도였다. 황태자는 소파 옆 작은 탁자 위에 잔뜩 쌓인 서류를 하나씩 살펴보며 무언가를 적고 있었다.

나는 무릎을 살짝 굽혀 황태자에게 인사한 다음 가까이 다가갔다. 앉으라는 소리는 없었지만 눈치껏 소파에 앉자 그가 기다렸다는 듯 시선을 던졌다.

"폐하를 뵈었다고?"

보는 눈이 없으니 자연스레 하대하는 그였다. 음성 또한 딱딱했다. 그제만 하더라도 달콤한 꿀처럼 녹아내릴 듯 다정한 목소리를 연출하던 사내였는데 말이다. 나는 들고 있던 등을 바닥에 내려놓으며 차분한 목소리로 대답했다.

"예."

"사신을 벗 삼고 계신 분이 퍽 정정하기도 하지."

그가 비아냥거리며 들고 있는 서류를 옆쪽으로 치웠다. 그리고 차를 따라 한 모금 마시는데 희미한 등불 아래 드러난 황태자의 얼굴은 무척 피곤해 보였다.

"그래, 제국의 전지전능하신 황제 폐하께서 무어라 하셨지? 아, 멍청한 아들놈 때문에 죽겠다 그랬나? 골치가 아프다고?"

어? 나는 두 눈을 크게 뜨며 황태자를 바라보았다. 그는 황제가 내게 어떤 말을 했는지 알고 있다는 것처럼 행동하고 있었다. 말을 이어 나가려는 듯 가볍게 입술을 달싹이는 그의 얼굴에 뚜렷한 조소가 어렸다. 검지로 자신의 귀를 톡톡 건드리는 황태자의 태도는 섬뜩하리만치 여유로웠다.

"폐하께오서 많이 늙으시긴 한 모양이야. 벽에 있는 눈과 귀를 가리지도 못한 것으로 보아 말이지."

그는 지금 내게 황제와의 만남을 엿들었다고 고백하고 있었다. 순간 소름이 쫙 돋은 나는 마른침을 소리 나지 않게 삼키며 입술을 꾹 다물었다. 여기서 뭐라 대답해 봤자 변명밖에 되지 않으므로 침묵하기로 한 것이다. 하지만 황태자는 어떻게든 내 목소리를 듣고 싶은 모양이었다. 그는 소파 뒤로 등을 기대며 감정이 느껴지지 않는 서늘한 음성으로 내게 말했다. 그런 황태자의 긴 다리는 우아하게 꼬여 있었다.

"어쨌든 부황께서 아주 친절하게 모든 것을 다 말해주셨으니 더는 속일 수도 없겠군. 대공이 반란을 일으키려 한다는 건 알겠지?"

"예."

나는 떨어지지 않는 입술을 가까스로 벌려 겨우 대답했다. 확인 사살을 당하는 기분이 이런 것일까. 등줄기로 식은땀이 줄줄 흘러내렸다. 빌어먹을 자식이라는 소리가 목 끝까지 치밀어 올랐다. 부전자전이라고 모든 상황을 손에 쥐고 있다는 듯 오만하게 말하는 그들의 태도에 화가 났다. 할 수만 있다면 저 짜증 날 정도로 매끈한 입을 강하게 짓뭉개 버리고 싶을 정도다.

"그의 협조자가 나의 아름다운 모후라는 건 알고 있나?"

순간 숨을 내쉬는 것도 잊은 채 멍하니 그를 바라보자 황태자의 입가가 긴 호선을 그리며 매혹적인 미소를 만들어 냈다. 대공의 반란까지 예측했던 나지만 황후는 생각도 못 한지라 무척 놀라지 않을 수 없었다. 그도 그럴 것이 세상의 어떤 어미가 아들의 미래를 짓밟으려 한단 말인가. 정말로 미친 일이었다.

"대체 언제부터……."

"언제부터 알았냐가 중요한 게 아니야. 내 음흉한 숙부께서 되지도 않는 욕심을 부리고 있다는 것만 알면 될 일이지. 아, 그래. 내게 비트라이스라는 사내에 대해 알아봐 달라 했었나?"

"예."

그러자 황태자가 대뜸 입을 열어 마녀의 예언을 읊기 시작한다.

"큰 혼란이 오리라. 태양은 그 빛을 잃어 쓰러지겠고, 주변의 별이 강성하게 일어나 찬란한 빛을 내뿜으리라. 달을 경계하라. 달과 별은 빛을 함께 받는 존재이니 서로를 위해 피를 흘리는 것을 주저하지 않으리라. 거대한 자궁은 이미 그 소용을 다 했으나 용을 삼키기 위해 개를 풀어놓겠고, 본디 개는 몸에 별이 박혀 있어 황금의 성으로 진군하는 것을 두려워하지 않으리니, 푸른 수사자의 운명은 붉은 흙이 흐르는 평야에서 결정되리라."

그리고 말을 끝맺기가 무섭게 나를 보며 빙글빙글 웃는 것이다.

"아주 그럴듯한 개소리지."

한 나라의 태자가 내뱉는 소리치곤 퍽 상스러운 말이었다. 하지만 그는 아무렇지 않다는 듯 눈을 사납게 번뜩이며 말을 이어 나갔다. 어린아이를 가르치는 가정교사처럼 하나하나 천천히 되짚어 가면서 그렇게.

"반란이 일어난다. 황제는 죽고 대공의 세가 강성하게 일어나 제국을 덮친다. 황후를 경계하라. 황후와 대공은 협력 관계이니 서로를 위해 피를 흘리는 것을 주저하지 않는다. 이미 황후의 자격을 잃은 어미인지라 황제의 위를 탐하기 위해 자신의 가문을 이용하겠고, 그녀의 가문은 오래전부터 대공에 의해 장악된 상태라 제국을 향해 진군하는 것을 두려워하지 않는다. 그러므로 황태자인 나의 운명은 붉은 흙이 흐르는 평야에서 결정된다."

"붉은 흙이 흐르는 평야라면……."

내가 말끝을 흐리며 혼란스러워하자 황태자가 이죽거리며 대답한다.

"제국 내에 그런 장소가 있었나? 그저 그럴듯해 보이기 위해 꾸며 낸 미사여구에 불과해. 아니, 적들의 피가 흐르게 될 터이므로 붉은 흙이 흐른다 할 수 있겠지."

건국제 때 마녀를 찾아가 예언을 들은 건 미끼를 던지기 위함이었나. 대공이 마녀를 준비했다고 생각했던 건 완전히 잘못된 추측이었다. 그러고 보니 로샨 영애의 마차를 기다릴 때 황태자의 부하가 그에게 다가와 '놓쳤습니다'라고 말을 했었지, 아마?

그때 누구를 지칭하는 말인지 알 수가 없어 아무렇지 않게 흘려 넘겼었는데, 이제 와 돌이켜 보니 대공이나 그의 수하를 놓쳤다는 말이었나 보다. 마녀를 매수하여 반란에 관련된 거짓 예언을 내뱉게 하고, 그것을 들은 대공이 그녀를 죽은 것처럼 위장하여 빼 가게 하기 위해서였다.

여기까지 생각이 미치니 드디어 모든 아귀가 딱딱 들어맞는 것 같았다. 마녀를 데려간 대공이 그녀의 입에서 죽음에서 살아온 여인에 대한 이야기를 들었기에 저번의 사건이 일어난 것이다. 황태자와 아이레스 경의 갈등을 조장할 겸 나를 그 예언 속의 여인으로 만들기 위해서였다. 황제가 말했듯 대공 역시 통제되지 않은 의문을 못 견뎌 하며 어떻게든 손에 움켜쥐려고 애쓰는 황태자의 성격을 잘 알고 있기 때문이었다.

그런데 잠깐만. 이게 정말로 통제되지 않은 사건을 못 견뎌 하는 의심병 환자가 보이는 행동이라고?

나는 순식간에 스쳐 지나간 한 가지의 사실에 몸을 바르르 떨며 황태자를 바라보았다. 이 모든 것을 알고 있는 그가 대공의 계략대로 나를 '죽음에서 되돌아온 여인'으로 여기고 있는 게 믿어지지 않아서였다. 내 혼란스러움을 익히 짐작한 모양인지 황태자가 눈꼬리를 깊게 휘어 가며 부드럽게 웃었다. 그는 진실로 유쾌해하고 있었다.

"덕분에 숙부께서 어떤 이름으로 활동하고 있는지 알 수 있게 되었어. 영애의 공을 잊지 않도록 하지."

"……전하께서는 폐하께서 주신 문서를 회수하실 작정이신가요?"

나는 힘없는 목소리로 그에게 물었다. 모든 것을 알게 된 나를 황태자가 가만히 놔두리라 생각하지 않아서였다. 그도 그럴 것이 지금 당장에라도 비슈발츠가에 사람을 보내어 황제가 준 서류를 찾아와 불태운다면 아무것도 아닌 것이 될 터이니 아니 그러하랴. 내가 황태자라도 반드시 그러했을 터였다.

"구미가 당기는 말이지만 사실 그대를 죽여 숙부 쪽에 뒤집어씌우는 게 더 편한 방법이야. 내 친우가 가슴 아파하는 모습을 보는 것은 무척 괴롭겠지만, 그만큼 좋은 전력을 얻을 수 있으니까. 증오와 분노는 커다란 힘을 주지."

"그래서 저를 이곳으로 부르신 건가요?"

아무도 없는 밀실. 내가 황태자에게 온 걸 아는 사람은 로샨 영애와 벙어리 시종뿐이다. 그러니 이곳에서 어떤 일이 일어나든지 결과는 황태자에 의해 조작될 것이었다. 나는 마른침을 삼키며 풍성하게 펼쳐진 치맛자락 사이로 바르르 떨리는 손을 겨우 감추었다.

내 질문에 황태자가 미소를 지우더니 무표정한 얼굴로 나를 찬찬히 바라봤다. 로에나로 인해 그에게 끌려왔었던 지난날의 그때처럼 사물을 바라보는 듯 무감각한 시선이다. 마치 보이지 않는 손이 내 목을 조르는 것 같았다.

잠시 후 황태자가 입을 열었다. 메마른 모래처럼 버석거리는 음성은 사위에 드리워진 어둠처럼 무척 낮았다.

"황궁에서 오래 살아남기 위해선 경쟁자를 제거하는 것만이 능사가 아니야. 지배자의 눈에 있어 결점이 뚜렷하게 보이는 얼간이가 되는 게 가장 중요하지. 약점이나 결점을 일부러 보여 줘 목숨 줄을 맡기지 않으면 가차 없이 살해당하거든. 권력 앞에선 핏줄 따윈 소용없으니 아니 그러할까."

황태자는 목이 마른 듯 차를 한 모금 마시더니 여유롭게 말을 이어 나갔다.

"물론 처음에는 의심하겠지. 영악한 수를 쓰는 게 아닌가 감시도 하고. 하지만 오랜 시간 동일한 모습을 보여 주면 정말로 그러하거니 하고 믿는단 말이야. 그래, 폐하께선 내 어리석음을 칭찬하시던가? 어린 시절의 버릇을 고치지 못해 여태 약점을 줄줄 흘리고 다니는 얼간이로 말이야."

내 눈앞의 남자가 진정 황제가 혀를 끌끌 차며 '어린놈' 취급을 하던 황태자인가. 나는 소름이 오도독 돋기 시작하는 팔에 힘을 꽉 주며 입 안쪽의 여린 살을 꽉 깨물었다. 그렇지 않으면 겁에 질려 그대로 달아날 것만 같아서였다.

"존경하옵는 부황을 위해서라면 앞으로도 계속 그런 아들을 연기해 드릴 생각이야. 생이 얼마 남지 아니하였으니 이 정도의 효심은 보여야 하지 않겠어? 그러니 적어도 오늘만큼은 그대가 걱정하는 일이 일어나지 않을 거라 장담하지."

"중립을 지키는 것을 묵인하시겠다는 말씀이십니까?"

"그대가 말하는 중립이 아이레스가와 비슈발츠가 사이의 균형을 뜻하는 거라면 얼마든지 용납할 수 있다. 뿐만이랴. 이전에 물었던 것에 대한 질문도 지금 답해 주지. 나는 그대가 비슈발츠가를 집어삼키는 것을 방관할 생각이다. 정치와 동떨어져 있는 가문에 손대 봤자 나만 손해니까."

아니, 청음의 기사 때문에 비슈발츠가를 벌집 쑤시듯 건드릴 수 없는 거겠지. 그렇기에 황태자는 내가 황제의 말마따나 할버드 경의 주인이 되는 것을 방해하지 않겠지만, 그를 이용하여 영향력을 행사하는 것은 용납지 않겠다고 말하고 있었다. 황태자가 바라는 건 내가 대공의 손에서 떨어지지 않은 상태에서 황실을, 아니, 자신을 지지하는 것일 테니까.

"전하께서 바라는 것은 제국을 향한 충심일 테니까요."

내 말에 그제야 얼굴이 풀리기 시작하는 황태자다. 그는 만족스럽다는 듯 빙그레 웃으며 고개를 끄덕였다.

"그대가 말이 잘 통하는 여인이라 참 다행이야. 오랜 시간 연기를 하다 보면 정말 그 성격이 나인지 분간하기 어렵게 되거든. 부작용이 생기는 거지. 그래서 가끔 나조차도 헷갈릴 때가 있는데, 다행히 영애는 그런 마음을 부추기지 않는단 말이야."

"아니요. 모든 것은 전하께서 너그럽게 봐주시기 때문이지요. 그 자비로우신 마음에 힘입어 감히 하나만 여쭙겠습니다. 손이 닿지 않는 높은 곳에 먹음직스러운 열매를 매달고 있는 나무가 보인다면 전하께서는 어떻게 하시겠습니까?"

나는 조마조마한 심정을 애써 억누르며 그에게 물었다. 황태자는 깎아지른 듯 매끈한 턱을 손가락으로 쓰다듬으며 되물었다.

"가지가 무성한 큰 나무인가?"

"아닙니다. 이제 겨우 열매를 맺은 어린나무입니다."

"뿌리가 깊어 주변 나무를 잡아먹는 것인가?"

"뿌리를 내리긴 하나 아래로만 향하니 공존의 의미를 알고 있는 것이라 하겠습니다."

"열매가 아주 잘 익어 저절로 떨어질 가능성은 없나?"

"열매가 없으면 값어치가 떨어져 장작으로 쓰일 수 있으니 그러지는 않을 것입니다."

"그럼 몸통을 발로 걷어차야지. 걷어차서 억지로 열매를 떨어뜨려야지."

그의 대답에 손끝이 차가워지며 입안이 바짝바짝 마르기 시작했다. 나는 떨어지지 않는 혀를 움직여 가까스로 말을 만들어 내었다.
 "……떨어질 때까지 말입니까?"
 "이미 베어질 수 없는 나무라는 검증을 받았으니 그것을 어기고서 무자비하게 도끼질을 할 수 없잖나. 나무꾼에게도 양심은 있거든. 그러니 그런 방법이라도 써야지."
 황태자는 말로만 양심을 운운할 뿐 사다리를 이용한다는 방법은 전혀 생각하지 않고 있었다. 회유를 해봤자 소용없는 걸 알기 때문이었다. 그러니 주가 되는 나를 공략한다는 거겠지. 나는 사나운 미소를 짓고 있는 황태자의 시선을 견디다 못해 눈을 아래로 내렸다.
 칼자루를 손에 쥐었다고 좋아했는데 황태자는 그것이 일시적인 착각임에 불과하다고 친절하게 알려 주고 있었다. 황제의 장기판에 올라가 있는 건 그가 아니라 황제 그 자신인 것 또한 말이다.
 이제 확실해졌다. 그와 나는 공존할 수 없다. 오히려 포식자인 황태자에게 뼈째로 발라 먹히지 않을까 전전긍긍해야 할 판이었다. 이 숨막히는 밀림 속에서 내가 할 수 있는 일이라곤 그저 멍하니 지켜보는 것뿐이니까.
 각자 다른 방법으로 내 발목을 붙잡은 부자(父子) 때문이다. 그도 그럴 것이 중립이라는 이름으로 내 양팔을 다 잘라 놓았는데 더는 어떻게 해야 한단 말인가. 이도 저도 못 하게끔 상황을 몰아가 놓고서 자비를 베푸는 것처럼 내게 선택을 강요하는 게 너무나 자연스러워 무서울 정도였다.
 제국의 역사상 지금까지 귀족 여인이 정치판에 직접 끼어들어 활동한 사례는 전무했다. 난다 긴다 하며 빼어난 정치 감각을 지녔다 칭찬받았던 이도 결국 배우자의 그림자 안에서 움직일 수밖에 없었다. 그렇기에 나 역시 이러한 사례를 따를 수밖에 없는데, 지금 내가 내세울 수 있는 사람은 황태자가 정해 준 후견인뿐이라 더욱더 불가능했다. 그를 앞세워 몸을 사리는 것부터가 이미 차단된 상태인 것이다. 그러니 이 얼마나 소름 끼치는 안배인가.

그야말로 완벽한 패배다. 이전의 삶에서 배운 것이라곤 여인들의 내에서 벌어지는 정치질뿐이라 어릴 적부터 정적들과 싸워 온 황태자의 상대가 될 수 없었다. 하긴 황제마저 완벽하게 속이고 있는 그인데, 나 같은 상대야 어려울 것이 없었겠지. 아니, 상대로 보였으면 그나마 다행일 테다. 자신의 예상을 벗어나지 않는 내 모습이 얼마나 우스워 보였을까. 이제는 뭐가 진실이고 뭐가 거짓인지도 헷갈릴 지경이다.

아무것도 하지 말고 기다려라. 네 처분은 이후에 내가 결정하겠다. 대신 원대로 목숨은 건드리지 않으마.

그래, '목숨'이다. 이것 때문에 어떻게 할 도리가 없었다. 이 달콤한 미끼에 속아 눈이 멀고 귀가 먹어버린 형국이었다. 강요된 제안 뒤에 숨겨진 것이 자유를 억압하는 커다란 새장의 그림자임을 눈치챘어야 했는데, 그저 사는 데 급급하여 이들이 적선하듯 내어준 먹이를 덥석 물어버린 것이다. 혹시 모를 위험을 제거하는 동시에 이후에 있을 처분 또한 그가 정하는 것으로 만들어버린 완벽한 흉계였다.

어차피 아이레스 경이야 황태자의 수족이니 그를 따를 것이 분명하고, 중립을 지키는 비슈발츠 가문이야 나라에서 충성을 운운하며 병력을 요구하면 귀족 된 바로서 이들의 요구를 들어주지 않을 수 없기 때문이다.

황태자가 갑자기 마녀의 예언을 풀이하며 황후의 개입을 밝힌 것도 이러한 연유다. 내가 갑자기 대공에게 붙을까 봐 견제한 것이다. 황후가 나를 미워한다는 것은 이미 노골적으로 드러난 사실이지 않나. 특히 요즘 들어 로에나를 데리고서 자꾸 무엇인가를 획책하고 있는 그녀다. 대공이 승리하였을 때 공과를 인정받기는커녕 안정된 미래조차 장담할 수 없었다. 황제의 문서가 방패막이가 되어준다 하더라도 등 뒤에서 은밀하게 찌른다면 그 누가 막을 수 있겠는가. 항후, 아니 황실의 사람들은 그러고도 남았다.

결국, 황태자가 모두 가지는 구도가 되어버렸다. 황제가 그에게 힘을 실어줘야 한다며 혀를 찼던 것 역시 '중립'이 의미하는 바를 정확하게 꿰뚫고 있어서일 것이다.

사실 양부가 살아 있었더라면 이렇게까지는 하지 못했을 터였다. 그를 건드린다는 건 라발리에도 같이 상대해야 함을 의미하기 때문이다. 하지만 양부가 죽음으로써 마담의 도움이 제한되었고, 황태자와 대공이 손을 대기 용이한 상태가 되었다. 할버드 경과 같은 훌륭한 기사를 소유하고 있다는 사실이 오히려 독이 되어버린 상황이었다.

그러고 보니 이전에 양부의 죽음에 대해 의구심을 가지고서 조사를 나갔다가 큰 변을 당할 뻔하지 않았나. 만일 그 모든 것이 이 상황을 위한 큰 계획이었다면, 한쪽의 계획만이 아닌 양쪽의 합이 기묘하게 맞아떨어져 이러한 시너지를 낸 거라면 어떡하나? 이들은 그동안 얼마나 큰 그림을 그리며 기다리고 있었던 걸까? 만일 그렇다면 그때 나를 보자며 납치를 사주했던 사람은 누구인가. 황태자, 혹은 대공?

내가 머리를 굴리느라 침묵하자 황태자가 빙그레 웃었다. 폭풍처럼 휘몰아치는 심경을 익히 짐작한다는 듯 여유롭게 말을 꺼내는 것이 퍽 얄미울 정도였다.

"너무 복잡하게 생각할 필요가 없어. 지금처럼, 아니, 좀 더 선을 허용해 주기만 한다면 나 역시 그대의 바람을 최대한 들어줄 요량이거든."

"무슨 선을 말씀하시는지요?"

"이 정도 했으면 흔들리는 모습을 보여 줘야 하지 않나?"

이기적인 말에 기가 차지도 않았다. 한두 번 겪어 본 일이 아니기 때문이다. 그래서일까? 이러한 상황에서조차 최대한 순화된 욕이 올라오고 있었다. 그저 내뱉을 수 없이 꾹꾹 억누르는 게 아쉬울 따름이다.

"제 명예를 지켜 주신다 하셨잖습니까?"

"그랬었지. 하지만 어느 정도 계략이 먹혀든 모습을 보여야 하지 않을까 싶어서 말이야."

"전하."

나는 최대한 다정한 목소리를 내기 위해 노력하며 그를 불렀다.

"이건 비단 제 명예에 국한된 일이 아니에요. 사실 저는 전하의 명예 또한 지키기 위해 노력하고 있답니다."

"그건 무슨 소리지?"

"가련하면서도 낭만적인, 그러나 실상은 비극에 더 가까운 어떤 로맨스를 말하는 거예요. 제가 흔들리지 않을수록 전하를 향한 동정과 안타까움이 커질 테니까요."

"아니, 우습게 보이겠지. 사랑에 빠진 난봉꾼만큼 모두를 재미있게 만들어주는 상황이 또 있을까?"

"아니어요, 전하. 그렇지 않습니다. 잘 생각해 보세요."

막막한 상황에 한숨이 튀어나올 것만 같았으나 차분하게 혀를 놀려 그를 설득하고자 했다. 아이레스 경이라는 패로 인해 그나마 숨통이 트인 상태인데 미쳤다고 그것을 버리겠는가. 칼자루가 낡아 빠지다 못해 칼날이 덜렁대는 수준이지만, 그렇다고 해서 상대를 찌르지 못할 정도는 아니었다.

물론 감히 단언컨대, 다른 사람이었더라면 두려움에 벌벌 떨다 못해 그의 말을 무조건 들으려고 했을 것이다. 지금의 상황을 피할 수 있다면 못 할 게 없을 테니까. 나 역시 그러고 싶은 충동이 들지 않은 건 아니었다. 하지만 아이레스라는 칼자루를 놓는 순간 사방에서 나를 물어뜯으려 할 것이 분명하므로 목숨 줄인 양 절박하게 붙잡고 있을 수밖에 없었다. 지금의 압박을 견뎌 내면서 말이다.

"지금 대부분 사람이 전하에게서 진성성을 엿보았다고 말하고 있어요. 그 누구도 과거를 신경 쓰고 있지 않답니다. 그들이 원하는 건 세기의 로맨스보다 비극으로 끝나 추억이라는 이름으로 아름답게 포장되는 상황이에요. 이상적인 낭만이 계속 이어지기를 바라는 거지요. 그런데 이때 제가 전하께 흔들리는 모습을 보인다면 어떻게 될까요?"

나는 숨을 한 번 고르고서 천천히 말을 이어 나갔다.

"전하는 물론이고 저 역시 도덕적인 평에서 벗어날 수 없게 된답니다. 여기저기서 물어뜯으려고 난리겠지요. 중요한 일을 앞두고 계신 지금 굳이 이런 흠결을 만들 필요가 있을까요?"

"글쎄, 영애는 나보다 자신의 평판을 더 걱정하는 것 같은데?"

"그럴 수밖에요. 저에게 더 많은 책임을 전가할 게 분명하니까요. 비난을 견디다 못한 제가 전하의 곁에서 떨어질 때까지 말이죠. 그러니 부디 생각을 재고해 주세요."

내 말이 끝나기가 무섭게 황태자가 의중을 알 수 없는 묘한 미소를 지으며 한숨처럼 중얼거렸다.

"영애는 참 쉽지 않은 사람이야. 보통 이쯤 되면 흔들릴 법도 한데 말이지. 사교계 내에서 그 정도 흠결을 가진 사람이 부지기수인데. 높은 직위에는 관심이 없다면서 가문에 대한 욕심은 있고, 나를 두려워하면서도 피하지 아니 할뿐더러 오히려 대담한 모습을 보이기까지 해. 어떻게 이럴 수 있을까?"

"전하께서 저를 어여쁘게 봐주시기 때문이 아니겠습니까?"

"혀에 꿀을 발랐나, 답지 않게 입에 발린 소리도 곧잘 한단 말이지."

"어머나. 제 진심이 느껴지지 않으신 모양이네요. 서운하여라. 그간 제가 전하께 보였던 행동이 전부 헛것이었나요?"

입꼬리를 억지로 당겨 가며 그린 듯한 미소를 짓자 그가 낮은 목소리로 물었다.

"글쎄, 그건 영애가 생각해 볼 일이지. 한데 그 진심에 멜이 들어가 있나?"

예상치 못한 질문에 잠시 머뭇거리자 황태자가 이내 고개를 설레설레 내저으며 '아니, 못 들은 걸로 하지'라고 말했다. 무슨 의도인진 모르겠으나 아주 잠깐 그가 세우고 있던 날이 누그러진 기분이었다.

"어쨌든 그대가 그렇게 말을 하니 조금만 더 지켜보도록 할까? 부디 바라건대, 앞으론 조금만 더 상냥하게 대해 줬으면 좋겠어. 가끔 상처를 받을 때가 있단 말이지."

"어떤 풍파에도 흔들리지 않을 단단한 심장이라 생각했는데요. 제가 지금껏 잘못 여긴 모양이로군요."

"아무리 단단한 바위라도 거센 바람 앞에선 풍화가 되게 마련이거든. 특히 그대와 같은 미인이 쌀쌀맞게 대한다면 더더욱. 연극인데도 묘하게 상실감이 든단 말이야. 이상한 일이지."

돼먹지도 않는 소리를 지껄이는 그의 모습에 헛웃음이 나올 것 같았지만 아무렇지 않은 척 알겠노라고 대답했다. 그리고 대담하게 목숨에 관한 이야기를 꺼내며 불안한 심리를 감추고자 했다.

"그런데 궁 안에 이런 장소가 있었군요. 정말 무서운 곳이에요."

"왜지?"

"밀실 살인이 일어나도 어색하지 않을 장소로 보여서요. 어머, 그렇게 웃지 마세요. 정말로 이 방을 보았을 때 오늘이 제 생의 마지막 날인가 싶었으니까요. 마침 전하께서 서류를 보고 계신 것을 발견하지 않았더라면 선뜻 들어올 생각을 하지 못했겠지요."

"재미있는 생각을 다 했군. 그런데 서류가 왜? 그게 무슨 상관이 있다고 안심을 하나?"

"우선순위가 뚜렷하다는 걸 알 수 있었기 때문이지요. 만일 제 처분이 먼저였더라면 아무것도 없는 상태에서 맞이하셨을 거잖아요."
 "그도 그렇지."
 "혹시 나중에 그럴 마음이 드신다면 이런 밀실이 아니라 꽃이 가득한 정원으로 장소를 바꿔 주세요."
 "정원?"
 흥미롭다는 듯 눈을 빛내는 황태자에게 나는 부드러운 목소리로 대답했다. 아직까진 그에게 의외의 행동에서 철없는 영애가 되어버리는 스스로를 선보일 필요가 있었다. 방심을 유도하기 위해서다. 황태자의 말마따나 권력자에게 살아남기 위해서 얼간이가 되어야 하니까.
 "꽃 속에 파묻혀 죽는 것만큼 낭만적인 마침점이 또 있나요?"
 "죽음의 공포를 모르기에 할 수 있는 말이로군."
 "그리고 그 정원을 볼 때마다 저를 생각하시겠지요."
 그러자 황태자가 할 말을 잃었다는 듯 나를 바라봤다. 그는 매우 기묘한 표정을 지으며 미간을 좁히는데, 시선을 내게서 떼지 않는 게 이상할 정도였다. 그리고 잠시 후 깍지를 낀 상태로 앞으로 몸을 숙였다. 그게 무어라고 긴장감을 불러일으키는지 모를 노릇이지만 덕분에 입술이 바짝 말라 가는 기분이다. 그의 짙게 가라앉은 눈동자는 깊이를 알 수 없을 만큼 어둠이 드리워져 있었다.
 "무슨 의미인지 모르겠으나 의도한 게 아니라고 믿고 싶군. 여러 가지를 떠올리게 하는 발언이잖나."
 "그저 가벼운 원망일 뿐이었는데요. 그러니 전하, 그럴 때마다 부디 아이레스 경을 생각하세요. 그럼 오해할 일도 없겠죠."
 "그것참 서운한 말이로군. 말했잖나. 상처를 받지 않는 건 아니라고."
 하지만 그런 이치곤 흘러나오는 음성이 태연하기 그지없어 나를 놀리기 위해 장난을 치는 것이라고 생각할 수밖에 없었다. 그래서 가볍게 흘려 넘겼다.

"그럼 더 상처를 받기 전에 이만 물러나야겠군요. 전하께서 허락하신다면 말이지요."

"허락하지."

"감사합니다."

의례적인 인사를 건네며 자리에서 일어나자 황태자가 서류를 집으며 중얼거리듯 말했다.

"동생이 태어났다지? 그것도 완벽한 후계자가 말이야. 축하할 일이로군."

"예, 그렇지요."

"안도와 불안감이 동시에 들겠어."

아들이 태어났기에 현재의 위치를 보장받지만, 훗날 그 아이에게 가문을 넘겨줘야 하는 현실을 꼬집는 말이었다. 마지막까지 이렇게 말을 내던져 불안감을 조성하는 게 참 황태자다웠다.

"제 동생인걸요. 그러니 뭐가 불안하겠습니까?"

"차라리 확실한 자리를 보장받는 건 어떠한가?"

"확실한 자리라니요. 그런 게 있나요?"

"누누이 말했을 텐데. 그대는 내 옆에 서 있어야 한다고."

또 무슨 장난질인가 싶어 그를 바라보니 어깨를 으쓱이며 '너무 노골적으로 경계하는군'이라고 말했다. 아이레스 경에 대한 걱정 때문에 나를 시험한 건가 싶어서 재빨리 분에 넘치는 자리는 사양이라고 말했다.

"이곳에서까지 극을 이어 가실 필요는 없으세요. 어떤 의도로 행동하고 계시는지 충분히 알게 되었으니 말이에요."

그러자 그가 눈가를 가늘게 좁히며 나를 바라보다 이내 한숨을 내쉬었다. 그러면서 중얼거리는 게 '이런 걸 보면 확실히 이상한 기분이 든단 말이야'라는 흰소리였다. 그러곤 언제 그랬냐는 듯 서류에 시선을 내리는데, 처음 이 방에 왔을 때와 달리 조금 혼란스러워하는 모습이라 이대로 나가도 되나 싶을 정도였다. 하지만 걸음을 조금씩 옮겨도 아무런 반응을 보이지 않아 그대로 등을 들고서 밖을 빠져나왔다.

왔던 길을 거슬러 올라가 비밀 문에 당도하여 조심스레 열자, 계속 기다렸던 건지 좀 전에 보았던 벙어리 하인이 고개를 꾸벅 숙이며 인사했다. 그리고 내게서 등을 받아 들고 안내하겠다는 듯 몸을 비틀었다. 나는 그를 따라서 천천히 긴 복도를 걸어갔다. 제법 긴 대화를 나눈 탓인지 어느새 주변은 어둠이 조금씩 내려앉고 있는 상태였다. 나는 메마른 입술을 혀로 핥으며 급격히 밀려오는 피곤함에 열기가 몰린 눈을 가볍게 깜빡였다.

예전에 아이레스 경이 부탁한 대로 황궁에 온 김에 그를 만날까 생각했지만, 시간이 너무 늦어 찾아가는 게 오히려 민폐를 끼치는 것 같아 마음을 달리 먹었다. 언제나 그렇지만 황태자와 단둘이 있으면 정신적인 소모가 크다. 오늘은 일이고 뭐고 일찍 잠자리에 들어야 할 것 같다. 이것은 마차를 타고 이동하는 내내 강하게 든 생각이었다.

만일 저택 내 정원 안에서 할버드 경의 품에 매달려 울고 있는 로에나를 보지 않았더라면, 그렇게 행동했을 테다. 하지만 저들을 본 순간 정수리에 찬물을 얻어맞은 듯 정신이 확 깼다. 할버드 경은 로에나를 위로하듯 그녀의 등을 가볍게 토닥이고 있었다.

이전 삶에서의 할버드 경은 로에나에게 참 충성스러웠다. 온화한 성품을 지닌 그이기에 모두에게 친절했지만 유독 로에나 앞에서는 그러한 행동이 배가 되었다. 아닌 게 아니라 그녀의 부탁이라면 타오르는 불속에라도 거리낌 없이 들어갔을 터였다. 이 둘의 유대감은 다른 사람들이 감히 헤아리기 어려울 정도로 깊었다.

현재에 이르러 할버드 경이 내게 보여 주는 태도가 미묘하게 바뀌었다고는 하나 자꾸 그의 친절을 의심하며 거부했던 것도 이러한 연유 때문이었다. 사람들이 할버드 경을 가리켜 로에나의 기사라고 말하는 것에 별다른 감정이 느껴지지 않았던 것 또한 말이다. 지난날에 지독하게 겪어 보았는데, 이제 와 새삼스러울 게 있을까.

그러므로 지금의 상황 역시 조금 당황스럽기는 했지만 슬픔과 좌절감을 느낄 정도는 아니었다. 다만 못내 씁쓸했다. 지난날보다 수준이 많이 떨어진 로에나이긴 하지만 할버드 경에게 있어 그녀의 매력이 여전히 통하나 싶어서였다.

하지만 그럴 수밖에 없는 게 로에나는 나보다 저택에 머물러 있는 시간이 더 많았으므로 어느 때고 할버드 경을 자유롭게 만날 수 있는 시간적인 여유가 충분했다. 마고의 사건이 터지기 전까지만 하더라도 기사단의 지지를 전폭적으로 받고 있었기에 연무장을 들락날락하는 건 문제가 아니었을 테다.

특히 양부가 죽은 이후 그녀에게 쏟아진 동정론을 생각한다면 이전과 같은 유대감이 형성되는 건 당연한 일이었다. 그러니 지금과 같은 상황이 자연스레 나올 수 있는 거겠지. 그런데 그것이 황후에게로 붙는다는 결론으로 이어진다면 어떻게 해야 하나.

갑자기 드는 불안감에 이런저런 생각을 하고 있는데, 문득 이런 내 모습이 퍽 우습게 느껴졌다. 할버드 경의 품에 안겨 있는 로에나를 질투하기보다는 그녀가 그를 가졌을 상황에 대한 불이익을 따지고 있는 게 놀라울 만큼 아무렇지 않아서였다. 불과 몇 달 전만 하더라도 할버드 경이 준 화관에 잠을 못 이루고 그가 놔두고 간 이야기책에 미소를 지었는데 말이다.

남의 눈에 띄지 않게 고이 숨겨 놨었던 달콤한 추억과 가슴 떨리는 경험이 어느새 무채색으로 빛바래 과거라는 이름을 달고 있었다. 나는 이제 할버드 경을 하나의 패로써 인식하고 있었다.

그래서일까. 나는 선뜻 발을 떼지 못하고서 머뭇거렸다. 로에나의 행실을 나무라며 저택으로 끌고 들어가야 할지, 혹은 상황이 상황인 만큼 조용히 물러나야 할지 고민이 되어서다. 그녀를 다정하게 위로하고 있었던 할버드 경을 보자니 내가 나서서 뭐라 하는 건 아닌 것 같고, 그렇다고 해서 아무것도 못 본 양 방으로 들어가자니 풀케르가 걸려서 퍽 껄끄러웠다. 어느 하나 바람직한 해결 방법은 아니었다.

그때 내 기척을 느낀 것인지 할버드 경이 이쪽을 향해 고개를 돌렸다. 그리고 나와 눈을 마주쳤는데, 희미한 달빛 아래 어스름하게 드러난 그의 얼굴이 당황으로 일그러지고 있었다. 로에나의 등을 토닥이는 손은 얼어붙은 것처럼 허공에 머물러 있었다. 잠시 후 그가 불에 덴 것처럼 화들짝 놀라며 로에나의 몸을 살짝 밀어냄과 동시에 뒤로 한 발자국 물러났다.

로에나는 갑자기 밀려난 상황에 어리둥절하다가 나를 발견하고선 작게 훌쩍였다. 눈물로 얼룩진 뺨이 처연하게 반짝이고 있었다.

"시스……."

로에나가 마지못해 입을 연다는 것처럼 겨우 내 이름을 불렀다. 그녀의 눈동자는 불안으로 크게 흔들리고 있었다. 보통 때라면 아무렇지 않은 것처럼 태연하게 인사를 건넸을 것이다. 그리고 여기서 조금 더 친절을 베풀어 남들의 눈에 띄지 않게끔 조심하라는 충고를 내뱉었겠지.

하지만 무척 당황하는 이 둘을 보자니 입을 함부로 열 수 없었다. 그도 그럴 것이 내가 뭐라고 이들의 밀회에 대해 왈가왈부한단 말인가. 무엇보다 이들의 행동을 물끄러미 지켜보고 있었던 것 자체가 예의에 어긋난 것과 다름없었다. 그래서 조용히 지나치기로 마음먹었다. 할버드 경이 로에나에게 완벽하게 넘어간 것인지 궁금하긴 했지만 나중에 단둘이 만나서 하는 게 더 낫다는 생각이 들어서였다. 그 역시 로에나가 있는 앞에선 속내를 밝히기가 무척 껄끄러울 테니까.

내가 조용히 묵례하며 그들을 지나치자 뒤에서부터 다급하게 걸어

오는 발소리가 들렸다. 로에나가 할버드 경을 부르는 목소리가 연이어 울려 퍼지는 것으로 보아 나를 따라오는 사람이 그인 듯했다.

곧이어 손이 붙잡히며 몸이 강하게 돌려졌다. 할버드 경이 생전 처음 보는 표정을 하며 나를 붙잡고 있었다.

"아닙니다."

다짜고짜 내뱉는 말 또한 이상하기는 마찬가지였다. 나는 뭐가 아니냐고 묻는 대신 시선을 내려 그에게 잡힌 손을 바라보았다. 그의 커다란 손에 꽉 잡혀 있지만, 이상하게도 감각이 느껴지지 않았다. 그저 나무에 걸린 것처럼 거추장스러울 뿐이다. 그래서 그가 왜 이렇게 절박하게 말하며 나를 돌려세운 것인지 이해할 수 없었다. 아니, 하고 싶지 않았다.

"오해하지 말아주십시오."

할버드 경은 내가 노골적으로 붙잡힌 손목을 바라보고 있음에도 놓지 않았다. 오히려 자신의 말에 대답해 주지 않는다면 계속 이렇게 있을 것처럼 이상하게 행동하고 있었다. 그래서 입을 열어 말했다. 흘러나오는 목소리는 잔잔한 호수처럼 고요한 상태였다.

"로에나의 행실에 대한 오해라면 전혀 하지 않고 있어요. 그럴 만한 이유가 있었을 거라고 생각하니까요."

"그걸 말씀드리는 게 아닙니다."

그의 입에서 무언가를 억누른 듯한 음성이 새어 나왔다. 깊게 가라앉은 눈동자는 어두운색으로 짙게 흐려져 있었다. 그것은 사위를 감싼 어둠 때문이 아니라 그 자신으로 인해서였다.

내 대답이 마음에 들지 않은 건가? 그래서 이번에는 그의 신사다움에 대한 찬사를 보내며 이 일에 대한 추궁은 없을 것이라는 점을 강조했다.

"네, 경의 고결한 도덕성이 저 하늘의 빛나는 별처럼 변함이 없다는 것을 모르는 바는 아니죠. 처음부터 오해랄 것도 없었어요. 그러니 걱정하지 마세요. 로에나 또한 오늘 밤 편히 잠자리에 들 수 있을 거예요. 전 아무것도 본 게 없으니까요."

"……."

"그러니 이 손을 좀 놔주시겠어요, 할버드 경?"

하지만 그는 여전히 손을 놓지 않고 있었다. 그저 침묵한 채 나를 바라보며 서 있을 뿐이었다. 언제라고 그렇게 있을 수 있다는 것처럼 그렇게.

의중을 알 수 없는 기묘한 시선에 얼굴이 따가울 지경이다. 손목이 불편하다 못해 아파지고 있었다. 그래서 손에 힘을 주어 모로 비틀었다. 하지만 잘 단련된 기사의 손은 마치 땅 속에 뿌리가 깊게 박힌 나무와도 같아 도통 빠져나갈 기미가 보이지 않았다. 가늘게 뻗은 손가락의 어디에서 이러한 힘이 나오는지 알 수 없는 노릇이었다.

"……제자리에 돌아오다 못해 이제는 아무렇지도 않아 보이시는군요. 항상 저만 이렇게 안절부절못하게 되니 이를 어찌하면 좋을지 모르겠습니다."

"할버드 경?"

"도덕성에 대한 변명도, 로에나 아가씨에 대해 변론을 하려는 것도 아닙니다. 그저 불안해했을 뿐이지요. 감히 속내를 드러내기 어려울 정도로 말입니다. 손을 놓지 않는 무례를 저지르는 것도 이 때문입니다."

빠른 속도로 말을 쏟아 낸 그가 잠시 한숨을 내쉬더니 다시금 말을 이어 나갔다. 내 귀가 번쩍 뜨일 만한 소리였다.

"풀케르께서 로에나 아가씨를 통해 황실 기사 자리를 제안하셨습니다. 곧 기사단이 개편되는데 제가 단장이 되었으면 좋겠다고 말입니다."

그의 말에 의하자면 로에나가 갑자기 찾아와 이러한 제안을 건넸고, 자신이 대답하지 않자 갑자기 할버드 경마저 떠난다면 견딜 수 없을 거라고 말하며 눈물을 보였다고 한다. 무척 불안해하면서 말이다.

그래서 아까와 같은 모습이 연출이 된 건가.

나는 한숨을 삼키며 이해했다는 듯 고개를 끄덕였다. 대공의 제안을 거절했기에 이런 식으로 우회하는 저들의 행동에 머리가 다 아팠다. 로에나가 황후의 뜻과는 어긋나는 행동을 했다는 게 그나마 다행이었다.

"그래서 어떻게 하실 요량이세요?"

내 질문에 할버드 경의 표정이 더 어두워졌다. 내 말에 상처를 받았다는 것처럼, 그렇게.

도대체 왜?

지금의 나는 가문의 일에 손을 댄 지 얼마 안 된 애송이인지라 밀린 상계의 업무를 처리하는 것만으로도 벅찬 상태였다. 기사단의 실상에 대해 파악하는 건 둘째 치고 다른 일조차 처리하기 힘들어 잠자는 시간을 쪼개어 가며 겨우겨우 익혀 나가고 있었다. 그렇기에 할버드 경이 비슈발츠를 떠나지 못한다는 것에 대해 확신을 하지 못했다. 가문에 매인 기사가 어떤 식으로 계약을 맺고 맹세를 하는지 모르기 때문이다. 그러므로 이렇게 직접 물어보는 것 외에는 달리 방도가 없었다.

사실 지금이야 그의 아버지와 대대로 가문을 수호하고 있긴 하지만, 장자가 작위를 세습하는 제국의 법도상 일반적으로 할버드 경은 쉴피스 경의 아래에 있는 일개 기사일 뿐이었다. 정계의 진출이 그렇게 활발하지 않은 가문의 기사 말이다. 그리고 이것은 그가 혼인하더라도 변하지 않을 사실이었다. 나중에 쉴피스 경이 은퇴해야 기사장의 자리에 오를까, 제국 내에 파다한 명성에 비하자면 초라한 위치라 하지 않을 수 없었다.

그렇기에 풀케르가 건넨 제안은 무척 유혹적이었다. 내가 그래도 끝렸을 것이다. 황실의 기사단장이 된다는 건 평기사 신분을 벗어나다 못해 최소 남작 이상의 작위를 받는다는 것을 의미하기 때문이다. 아무렴 황궁을 대표하는 기사단장이 보잘것없는 신분의 일반 기사일 수가 있나.

문제는 황실의 기사단을 곧 개편할 거라는 황후의 말이었는데, 아이레스 경이 그 기사단의 부단장임을 고려할 때면 큰일이 아닐 수 없었다. 그녀의 입에서 개편이라는 단어가 나왔다는 자체가 저들이 이 일에 손을 대고 있다는 뜻이고, 대공과 손을 잡고 있는 풀케르가 황태자의 검인 얼음의 기사를 가만히 놔둘 리가 없기 때문이다. 아마도 이런저런 핑계를 대어 좌천하거나, 혹은 직위를 미끼로 손을 잡게 된 할버드 경을 그의 상사로 놔두어 자신들의 뜻대로 휘두르려고 할 터였다. 황태자의 턱 아래까지 칼끝을 들이밀기 위해서.

황태자도 이걸 알고 있을까. 그렇다면 그는 이 일을 어떻게 해결하려고 할까? 그보다 황제는 무슨 생각으로 이 일을 허락해 준 건가. 아니, 정말로 기사단의 개편이 이루어지기는 하는 걸까? 전쟁이 일어난다는 소문으로 인해 한참 어지러운 시국인데.

"이전에 제가 아가씨께 드렸던 말을 기억하십니까?"

할버드 경이 붙잡은 손등에 얼굴을 내리며 중얼거리듯 말했다. 무엇에 대한 경의인지는 모르겠으나 손에 입맞춤하는 그의 태도는 무척 경건했다. 예상치 못한 접촉에 놀라는 것도 잠시 이어지는 소리에 숨을 쉬는 것을 잊을 수밖에 없었다.

"저는 아가씨의 기사라 했지요. 그리고 이것은 지금도 변함없는 사실입니다. 그러니 제게 말해주십시오. 명령을 내려도 좋고, 제 애원에 못 이겨서 어쩔 수 없이 하는 소리라도 좋습니다."

"……무엇을요?"

"제안을 거절하라고 말입니다."

분명 바라 마지않는 소리였다. 거절하다 못해 내 뜻에만 따르겠노라고 덧붙인다면 더할 나위 없을 터였다. 그런데 이 소리가 쉽게 나오지 않았다. 쓸 만한 패로 생각하고 있긴 하지만 막상 그렇게 대하려고 마음먹으니 혀에 가시가 돋은 듯 아팠기 때문이다.

아이레스 경으로 인해 희미해진 마음이었다. 그렇기에 더 이상 주저할 필요가 없었다. 그런데 이상하게도 아직 가슴 한구석에 아픈 상처로 남아 나를 망설이게 했다. 이전의 삶에서 고이고이 간직했던 귀한 마음이 단단한 방패가 되어 그를 보호하는 것이다. 그를 이용하려는 못된 마음으로부터 말이다.

"제가 무어라고 제안을 거절하라 말할 수 있겠어요? 다만, 저는, 저는……."

나는 한숨을 삼키며 천천히 말을 이어 나갔다.

"경의 의중이 궁금할 따름이에요."

"저의 생각이 말입니까?"

"네, 이제 경의 진정한 주인이 누구인가에 대한 답을 구해야 할 것 같아서요."

푸른 눈동자가 달빛을 받아 시리게 빛났다. 어느새 다가온 것인지 그의 등 뒤로 새파랗게 질린 표정의 로에나가 보였다. 그녀의 메마른 눈가는 지금의 상황이 믿어지지 않는다는 듯 가늘게 떨리고 있었다. 그것은 자신의 것을 빼앗긴 사람에게서만이 볼 수 있는 절망이었다. 그래서 나는 더는 망설이지 않고서 한 자 한 자 힘주어 말을 내뱉었다.

"확실한 건 제가 할버드 경을 필요로 한다는 사실이에요. 하지만 이러한 마음으로 인해 경의 의사를 무시할 생각은 없어요. 네, 저는 지금 경의 선택을 따르겠다고 말하고 있는 거예요."

붙잡힌 손목에서 잃어버린 감각이 피어올랐다. 애정을 기반으로 하는 달콤한 느낌은 아니지만 로에나의 표정이 무너졌다는 것만으로도 충분히 짜릿한 기분이었다. 그의 손을 뿌리치지 않은 것도 이러한 연유에서였다.

"제게 제안을 거절하라는 명령을 내려 달라는 것만으로는 부족한 겁니까?"

할버드 경이 의아하다는 듯 물었다. 나는 고개를 설레설레 내저으며 그의 질문에 답했다.

"네, 부족하죠. 왜 아니 그러겠어요?"

"그건 무슨 의미입니까?"

"경께서 저를 나무라지 않으신다면 용기를 내어 말하겠어요."

"그러겠습니다. 지금의 저는 까닭 모를 기대로 인해 매우 기쁜 상태니까요. 저를 필요로 한다고 하시는데 아니 그러겠습니까?"

이제 로에나는 발이 얼어붙은 것처럼 꼼짝 못 하고 있었다. 할버드 경과 같은 기사가 그녀의 기척을 눈치채지 못하지 않았을 텐데 오로지 시선을 내게만 고정하는 것에 더 큰 충격을 받은 것이다. 자신을 뿌리치고 나를 따라온 것 자체만으로도 이미 상처인데 말이다.

내가 이토록 유치한 발언을 내뱉을 수 있는 것도 오직 그녀가 있기 때문이었다. 그렇지 않으면 좀 더 돌려서 말하거나, 그를 회유하기 위해 매우 애썼을 것이다. 하지만 내 대답을 구하는 것처럼 기다리는 할버드 경을 보자니 작은 확신이 생겼고, 이 기회를 놓치면 안 될 것 같다는 생각이 들었다.

"경께서 말씀하시는 것과 제가 말하는 것에는 큰 차이가 있어요. 경께서는 비슈발츠 가문을 아울러 충성을 다한다고 말하는 거지만 저는 이 모든 것을 다 버리고서라도 따라올 수 있느냐에 따른 질문이거든요."

할버드 경은 내 말에 매우 혼란스러운 듯 미간을 좁혔다. 그리고 말끝을 흐리며 내 말을 기다렸다.

"그 말은……."

"아버지께서 불의의 사고로 돌아가신 이후 가문을 추스르며 이끌어 나가고 있는 저지만, 가끔 확신이 없어 불안할 때가 많아요. 특히 가문의 기사분들을 볼 때면 정말로 나를 아가씨로 생각하나 의구심이 든답니다. 지금이야 제가 가문을 맡았기에 존중하는 모습을 보인다 하지만, 그러지 않았을 때도 과연 그럴까 싶어서요. 하지만 할버드 경이 저를 지지해 주신다면 이 모든 불안이 사라지겠지요."

"저는 아가씨의 기사입니다."

"네, 그렇지만 다른 아가씨의 기사이기도 하지요. 제가 경께 '주인'이라는 단어를 언급한 것도 이러한 까닭이에요."

나는 로에나에게서 시선을 떼지 않고서 할버드 경에게 최후의 말을 날렸다. 균열이 시작되는 마중물을 그에게 끼얹은 것이다.

"저는 욕심이 무척 많은지라 전부가 아니면 만족할 수 없답니다. 경께서 제안을 거절하라는 명령을 내려 달라 말한 것을 거절한 것도 이 때문이지요. 하지만 경께서 기사로서의 전부를 제게 주신다면, 저 역시 최선을 다할 거예요."

예쁘게 포장하여 말하고 있긴 하지만 내 말의 뜻은 결국 하나였다.

나야, 로에나야?

기사로서의 할버드 경을 오롯이 독점하고 있다는 욕심을 은근히 내비치며 선택을 강요한 것이다. 황태자와 대공이 그토록 바라 마지않는 청음의 기사를 완벽한 패로써 소유하기 위해서다.

"오로지 기사로서뿐입니까?"

"네, 이 이상의 욕심을 낼 필요가 없으니까요. 경께서 제 정숙함을 익히 헤아리신다면 말이지요."

그러자 할버드 경이 내 앞에서 무릎을 꿇었다. 망설일 필요가 없다는 것처럼, 그렇게.

신성한 의식 때나 보는 자세였다. 주군에게 충성을 맹세할 때 하는 것이다. 그의 마음이 누구에게로 향해 있는지 충분히 예상할 수 있는 태도였다.

로에나와 유대감이 형성되어 있다고 생각한 게 착각이었나. 아니면 기사로서 현명한 선택을 한 건가. 어찌 되었든 할버드 경이 나에게로 온 것은 사실이므로 그가 내뱉는 맹세의 말을 즐겁게 경청했다. 나의 칼과 방패와 갑옷이 되어 보호해 주겠다는 선언은 담담하지만 진정성이 넘쳐 났다. 할버드 경은 신성한 맹세를 함으로써 나만의 기사가 될 것을 말하고 있었다.

그래서 나는 감사의 표시로 그의 이마에 작게 키스하며 청음의 기사의 레이디로서 부끄럽지 않은 행동을 하겠다고 속삭였다.

이전 생을 통틀어 여인으로서 그를 소유하지는 못했지만, 한 로에나에게서 그를 빼앗아 왔다는 사실만으로도 퍽 만족스러운 기분이었다. 더욱이 확실한 건 할버드 경이 변심하기 전까지 그 누구도 그를 내게서 빼앗아 갈 수 없다는 점이었다.

청음의 기사의 진정한 주인은 누구인가.

이제 확실하게 대답할 수 있게 되었다. 그의 주인은 바로 나 시스에드 비슈발츠다. 이 상황을 견디다 못해 저 멀리 도망가는 로에나가 아니라.

이렇게 할버드 경은 아가씨들의 기사가 아닌 나만의 것이 되어 내가 쥐고 있는 칼자루를 더욱더 단단하게 만들어주었다. 그야말로 완벽하게 아름다운 밤이었다.

※

리안을 낳은 지 2주가 다 되어 갔지만, 어머니의 건강은 회복할 기미가 영 보이지 않았다. 주치의의 말마따나 평소보다 더 쇠약해진 것이 보기에 아슬아슬할 정도였다. 윤기가 흐르던 피부가 시체처럼 창백하게 변했고, 푹 꺼져 그늘이 진 눈가는 병색의 완연함을 드러냈다. 하루 대부분을 침대 위에서 생활하다 보니 생기라곤 전혀 찾아볼 수 없었다.

그녀의 방 안에는 늘 약 냄새가 가득했다. 창문은 저녁을 제외하고 늘 커튼으로 가려져 있었는데 조금만 빛을 받아도 눈이 시리다고 말하니 어쩔 도리가 없었다. 아래가 자주 당기다 못해 아프고 몸에는 오한이 계속 일어난다는 말에 계절에 맞지 않는 두꺼운 이불이 어머니의 몸을 칭칭 감쌌다. 물 주전자가 하루에도 몇 번씩 뜨거운 물로 채워 넣어지고 있었다. 온몸에 힘이 없어 리안을 품에 안는 것도 버거운 실정이었다.

"내 젖을 물려 주고 싶었는데⋯⋯."

어머니는 유모의 품에 안겨 힘차게 젖을 빨아 먹는 리안을 바라보며 안타까운 듯 한숨을 내쉬었다.

"건강부터 챙기셔야죠."

내 말에 어머니가 힘겹게 고개를 끄덕였다. 그러곤 '리안이 태어나고 나서 네가 나를 자주 찾아오는구나'라고 말하며 기쁘다는 듯 웃었다. 촛불이 희미하게 일렁이는 듯 연약하기 그지없는 미소였다. 죽음을 목전에 둔 황제도 이렇게 웃지는 않았는데. 불안해진 나는 손을 뻗어 어머니의 손을 마주 잡았다.

"너무 무리하지 마세요."

"나도 그러고 싶은데 요즘 들어 자꾸 피곤하고 몸이 이전 같지 않으니 영 버겁기만 하구나."

몸이 좋지 않기 때문일까. 어머니의 신경은 리안을 볼 때를 제외하곤 시퍼렇게 날 서 있었다. 조그마한 인기척에도 쉽게 짜증을 내며 신경질을 부렸다. 하루에도 변덕이 죽 끓듯 끓어 모두 그녀의 눈치를 보고 있었다.

"그래도 네가 이렇게 날 생각해 주니까 버틸 만하다. 얼른 자리를 떨치고 일어나서 뜨거운 물에 목욕을 하고 정원을 걸어 다니고 싶어. 수프도 이제 물린 상태란다."

어머니의 몸은 나날이 말라만 갔다. 몸 상태가 좋지 않아 딱딱한 음식을 받아들이지 못할뿐더러 잔뜩 약해진 이로 고기를 씹어 먹다가 하나가 덜렁 하고 빠진 사례가 있어서였다. 그래서 수프에 흰 빵을 듬뿍 적셔 먹었는데, 이마저도 먹기 힘들다며 불평하는 상태였다. 마치 이전의 나를 연상케 하듯 해골처럼 깡말라 가는 신체가 탄력을 잃은 거죽 아래 힘없이 늘어져 있었다.

나는 어머니의 거친 뺨을 쓰다듬으며 작게 속삭였다.

"주치의의 말로는 앞으로 더 좋아질 거래요. 그때까지 조금만 참으세요. 건강해지시면 뭘 못 드시겠어요?"

나는 치밀어 오르는 한숨을 삼키며 일부러 명랑한 어조로 말했다. 어머니를 볼 때마다 죄책감이 들었기에 이렇게 밝게 행동하지 않으면 견디기 어려울 정도였다. 이 모든 게 다 나 때문인가 싶어 시선을 마주하는 것조차 힘겨웠다. 그래도 하루에 몇 번씩 어머니의 상태를 살피며 그녀의 방을 찾았다가 서재로 되돌아가는 일을 반복했다. 무슨 일이 생길까 봐 두려웠기 때문이다. 돈을 아끼지 않고서 어머니의 몸에 좋다는 약을 죄다 쓸어 오고 있긴 하지만, 말과는 달리 영 차도가 없어 가끔 기분이 섬뜩할 때가 있었다.

그래서일까. 나는 새벽에도 몇 번씩 비명을 내지르며 잠에서 깼다. 악몽을 꿨기 때문인데, 꿈의 대부분이 어머니가 죽어서 나를 원망하는 내용이었다.

"네가 인형을 침구에 넣지 않았더라면 이런 일은 없었을 거야. 예정보다 빨리 발견된 상태라 하지만 일을 크게 벌이지 않고서 제대로 수습하였더라면 내가 아플 일은 없었을 거라고! 아아. 넌 정말 악독한 계집이로구나! 어째서 네가 내 딸인 거야?!"

주치의는 어머니가 노산인 데다가 양부의 죽음 이후 계속 역정을 내며 화를 품었기 때문에 몸이 급격하게 나빠진 거라고 말했다. 자칫 리안이 거꾸로 돌아갈 뻔해 둘 다 위험했을지도 모른다는 소리를 덧붙이면서 말이다.

하지만 이유야 어쨌든 어머니의 진통을 예정보다 빨리 촉진한 건 나다. 그렇기에 이 일은 평생을 떠안고 가야 할 짐일 수밖에 없었다.

"마고는 어떻게 되었니?"

고작 몇 마디 대화를 나누었을 뿐인데 어머니의 목소리는 감기에 걸린 것처럼 잔뜩 쉬어 있었다. 나는 사이드 탁자에 놓인 주전자에서 물을 따라 어머니에게 건네며 대답했다.

"적당한 처분을 생각하고 있어요."

"적당한 처벌이라니? 그게 말이 될 법한 소리니? 다신 그런 못된 짓을 할 수 없게 호된 벌을 줘야지."

"아시잖아요. 로에나가 버티고 있는 한 건드릴 수 없다는 것을. 고모님이 이 일에서 손을 뗀 게 오히려 신기할 정도예요."

"그 애가 마고를 감싸는 건 다 이유가 있어서야. 자신이 사주했기 때문이지. 그렇지 않으면 이렇게 행동할 수 있을 리가 없어."

어머니가 이를 바드득 갈며 화를 냈다. 나는 그녀의 손등을 가볍게 토닥이며 달래듯 말했다.

"그러잖아도 사교계 내에 로에나에 대한 평이 좋지 않아요. 몇몇 사람은 로에나가 이 일에 책임을 지고서 그녀가 직접 마고에게 벌을 내려야 한다고 여기고 있거든요."

이전에 장담한 대로 로샨 영애는 무척이나 훌륭하게 여론을 조작하여 로에나에 대한 평판을 형편없이 떨어뜨렸다. 대부분 사람이 계모의 배 속에 있는 아기에게 위기감을 느낀 로에나가 마고를 시켜서 이런 무시무시한 일을 저질렀을 것이라 여기고 있었다. 그래서 그들은 로에나가 현명하게 행동하기를 바랐고, 하녀를 대하는 대에 엄격함을 보여 귀족 영애로서의 면모를 보여 달라고 요구했다.

처음에 사람들의 반응을 무시했던 풀케르 쪽에서도 그녀에 대해 말이 많아지자 손을 놓고만 있기가 그랬던 모양이다. 소문에 의하면 황후가 로에나를 불러 몇 시간 동안 진지하게 이야기를 나누었다고 한다. 이후 황후의 궁을 빠져나온 그녀의 눈이 벌겋게 짓무르다 못해 퉁퉁 부어 있었던 것으로 보아 마고에 대한 처분을 어느 정도 결정한 듯했다.

사실 그동안 귀족 영애에게 있어 로에나는 돌연변이나 다름없었다. 그 누구도 그녀처럼 하인과 하녀의 형편을 살피며 친절하게 대하지 않았다. 로에나가 다른 사람에게 천사라 불리며 경탄과 질시를 두루 받았던 것도 이 때문이었다. 그래서 사람들은 천사의 추락을 유쾌하게 바라보며 그녀가 언제쯤 마고에게 벌을 줄까 기대했다. 풀케르가 직접 나서서 대면하기까지 한 일이므로 로에나는 꼼짝 없이 마고를 버려야 할 판이었다.

"그런데 풀케르께선 왜 이렇게 로에나를 챙기는 걸까요? 황태자비로 내정한 것처럼 행동하면서 말이에요."

황태자가 내게 모든 것을 밝힌 이후 로샨 영애의 태도도 한결 스스럼이 없어졌다. 은밀한 비밀을 공유한 동지로서 유대감이 생긴 것인지 그녀는 예전보다 더 많은 것을 개방하고 있었다. 그래서 나 역시 훨씬 더 편하게 여러 가지 의문을 로샨 영애에게 물어볼 수 있게 되었다. 로에나와 풀케르의 관계에 대한 질문도 그렇기에 할 수 있었다.

"모정 때문이죠."

로샨 영애는 어깨를 으쓱이며 대답했다. 이해할 수 없지만 그 나름대로 황태자를 생각하는 황후의 배려란다. 암만 힘을 모아 반란에 성공했다 하지만 대공이 자신의 가장 큰 정적이라 할 수 있는 황태자를 가만히 놔둘 리는 만무한 노릇. 그래서 황후는 로에나의 손에 할버드경을 쥐어주고, 그런 그녀를 황태자에게 붙게 함으로써 대공이라 할지라도 함부로 건드릴 수 없는 세력을 만들려고 한 것이다.

"그렇게 전하에 대한 마음이 깊으면서 왜 이런 일을 벌이고 계시는 걸까요?"

"폐하에 대한 애증이 그분을 닮은 전하께 고스란히 옮겨진 거죠. 그렇다고 해서 전하를 가엾다고 생각하지 말아요. 정말로 아무렇지 않아 하니까. 전하가 가장 슬퍼하는 건 황위에 오르지 못했을 때일 거예요."

"항상 생각하지만 전하는 제가 감히 헤아리기 어려운 분이에요."

내 말에 로샨 영애가 눈을 가늘게 뜨며 의미 모를 미소를 지었다.

"당연하죠. 전하와 유년시절을 함께한 멜과 나조차도 그분을 파악하기가 참 어려운걸요. 어쨌든 시스, 내일이나 모레쯤 로에나 영애가 행동을 개시할 거예요. 그러니 그걸 지켜보며 와인이나 들어요. 비슈발츠 저택 안에서 일어나는 일이라 생각하는 게 아까울 정도로 재미있을 테니까요."

이렇게 말하는 그녀의 목소리는 무척 평온했다. 여론을 조작한 사람답지 않은 느긋함이 온몸으로부터 부드럽게 흘러내리고 있었다.

풀케르부터 시작하여 전 방위에서 압박이 들어오다 보면 보통은 초조함에 이성을 잃게 마련이다. 로에나 같은 경우 보는 사람마다 마고를 어떻게 할 것인지 물어보니 여간 괴로운 게 아닐 터였다. 사람들은 그녀가 하루라도 빨리 천사의 가면을 벗고서 자신들과 어울리기를 바랐다. 유명인의 몰락은 모두에게 즐거움을 주고 있었다.

그러나 로에나는 내 생각보다 더 영리하고 교활했다. 그녀는 내가 자신의 수족과 같은 하녀들을 다 잘라 냈음에도 어떻게든 소문을 흘려 자신에게 동정의 여론이 쏟아지게끔 하였다. 마고로 하여금 중대한 결심을 하도록 은근히 압박하면서, 그렇게. 곧 죽어도 자신의 손을 더럽히지 않겠다는 듯이 말이다. 그리고 이것은 확실하게 먹혔다. 이전 생에서부터 이어져 내려온 악연이긴 하지만 마고의 로에나에 대한 충성심만큼은 인정하지 않을 수 없었다.

중요한 순간마다 번번이 자신을 버리는 어린 소녀가 무어 그렇게 사랑스럽고 소중한지 모르겠으나, 이번에도 그녀는 자신을 희생하여 로에나의 체면을 세워 주고자 했다. 모두가 보는 앞에서 손목을 자르겠다고 난리를 피우는 마고와 그런 그녀를 말리며 울부짖는 로에나의 모습은 한 편의 촌극이나 다름없었다. 이럴 줄 알았으면 죽이라고 할 것을. 그럼 더 깔끔했을 거 아닌가.

나는 나지막이 혀를 차며 소란의 중심으로 다가갔다. 이 멍청한 계집애는 이런 일 하나조차 제대로 하지 못해서 모두를 피곤하게 만든다. 애초 구경꾼의 입장이 되어 바라만 보려고 했던 내 계획이 무참하게 일그러지는 순간이었다.

"이게 무슨 소란이지? 죗값을 치를 거면 반성하는 마음으로 조용히 행하면 될 것을 왜 난리를 피우냔 말이야."

내 말에 로에나가 반색을 하며 매달리듯 말했다.

"시스, 마침 잘 왔어. 마고 좀 말려 줘. 그녀는 지금 제정신이 아니야."

모두의 이목이 쏠려서일까? 로에나는 진심으로 마고를 말리는 것처럼 그녀의 손을 필사적으로 붙들고 있었다. 속내가 뻔히 보이는 행동에 헛웃음조차 나오지 않는다. 끝까지 나를 물고 늘어지려고 하는 그녀의 행동에 기가 찰 뿐이다. 나는 로에나의 부탁을 들어주는 대신 주변에 서 있는 하녀들에게 명령했다.

"마고에게서 로에나를 떨어뜨려라. 이러다가 다치겠어."

그러자 모두 일사불란하게 움직이며 로에나의 팔과 몸을 붙잡았다. 그녀는 마고에게서 떨어지지 않으려고 애를 썼지만 여러 사람의 손을 막을 순 없는 노릇이었다.

"이거 놔. 무슨 짓이야! 붙잡아야 할 사람은 내가 아니야. 마고라고!"

"정신 차려, 로에나. 너야말로 무슨 짓을 하고 있는 거야?"

"시스, 왜 이래? 제발 이러지 마. 마고가 내게 있어 어떤 사람인 줄 모르는 바가 아니잖아."

"그러는 너야말로 어머니가 내게 있어 어떤 사람인 줄 모르는 바가 아니잖아."

로에나의 말을 똑같이 되돌려 주자 이내 창백한 질린 얼굴로 입을 꾹 다물었다. 나는 마고가 무척 억울한 사람인 것처럼 포장하려는 로에나의 행동이 너무나 못마땅했다. 이미 그녀를 버린 주제에 끝까지 마고를 책임지려고 노력했다는 모습을 보이려고 하는 게 경멸스러울 정도였다. 자신이 무슨 영웅이라도 된다는 양 고개를 빳빳하게 쳐올린 늙은 살쾡이 또한 역겨웠다. 이런 식으로 행동한다면 용서라도 할 줄 알았나? 그래서 다 죽은 눈빛으로 우리를 바라보는 마고에게 차가운 목소리로 말했다.

"지금 이 소란을 피우는 건 로에나가 곤란해하지 않기를 바라서겠지요. 그럼 결심한 대로 일을 행하면 될 것을 무어 그리 떳떳하다고 소란을 피우는 건가요."

마고는 내 말에 이를 악물며 들고 있는 칼을 높이 추어올렸다가 잠시 머뭇거렸다. 말이야 쉽지 자신의 몸에 상처를 내는 건 웬만한 용기와 악이 있지 않고선 할 수 없는 일이었다. 그러니 막상 어떻게 하지도 못하고 벌벌 떨고 있는 것이다.

모두가 그녀를 주시하며 숨을 죽였다. 여기서 시끄럽게 떠드는 건 계속 내 이름을 울부짖으며 애원하는 로에나뿐이었다.

"시스, 제발 날 도와줘. 마고를 용서해 줘."

"용서? 그래. 용서와 자비와 관용은 우리가 가져야 할 기본 소양이긴 하지."

"맞아. 그러니까 제발."

"만일 그 자비가 내 목을 조르지 않는다면 말이야."

"뭐?"

로에나가 두 눈을 동그랗게 뜬 채 나를 바라봤다. 눈물로 촉촉하게 젖은 그녀의 얼굴은 청순하다 못해 가련한 아름다움이 있었다. 나는 로에나에게 가까이 다가가 그녀의 뺨을 부드럽게 어루만졌다. 흠 하나 없이 매끄럽고 고운 피부가 손끝에 와 닿았다. 아침부터 정성 들여 치장했는지 머리부터 발끝까지 반짝반짝 빛나지 않는 데가 없었다. 드레스 또한 완벽했다. 허리를 묶은 리본 끈이나 가슴에 매단 보석 브로치나 모두 고심해서 고른 흔적이 엿보였다.

아아, 정말이지 대단하다니까. 마고가 진심으로 걱정이 되었다면 이렇게 공들여 자신을 꾸밀 수 있었을까? 내가 그녀라면 계속 마고의 동태를 살피다 못해 잘못될까 두려워 먹을 것조차 제대로 넘기지 못했을 터였다. 뿐만이랴. 어떻게든 몰래 피신시키려고 별 방법을 다 찾아봤을 것이다. 이리저리 바쁘게 뛰어다니면서 말이다.

그런데 그렇게 마고를 놓을 수 없다 부르짖었던 로에나는 마고의 처벌을 결정하는 시간 내내 잘 먹고 잘 자고 잘 놀러 다녔다. 평소와 다를 바 없이. 그렇게. 혹시 라발리에와 결탁하여 마고를 빼돌릴까 봐 신경을 곤두세우고 있던 스스로가 바보처럼 느껴질 정도였다. 지금 로에나의 모습에서 흠잡을 만한 것이라곤 눈물로 젖은 뺨뿐이다.

자신에게만 관대한 위선자 같으니라고.

나는 목소리를 낮춰 속삭이듯 그녀에게 말했다. 시퍼렇게 날이 선 혀끝은 억누르지 못한 경멸을 담고 있었다.

"거짓말. 너는 지금 내게 풀케르께 반목하라고 종용하고 있잖아."

"아니야. 그렇지 않아."

"글쎄, 정말 아니라고? 이 일 때문에 네가 풀케르를 뵈었다는 걸 이미 모두가 다 알고 있는 사실인데도 말이야? 그분께서 명하신 일을 내가 만류한다면 어떻게 될지 네가 정말로 모른다고?"

로에나가 고개를 설레설레 내저으며 부정했다. 그녀의 입에서 흘러나오는 건 '아니야'라는 소리뿐이었다. 나는 코웃음을 삼키며 말을 이어 나갔다.

"아니지, 네가 모를 리가. 너는 나 때문에 마고를 제대로 처리하지 못했다는 명분을 얻는 거고, 나는 감히 풀케르께 반목하여 방종을 저지른 사람이 되는 거고, 그럼 어머니는 내게 실망하실 테고. 완벽하잖아?"

"아니야. 제발 날 슬프게 하지 마, 시스. 날 믿어줘."

"그건 내가 하고 싶은 말이야, 내 사랑스러운 동생. 너는 날 믿는다고 했잖아. 그래서 난 내겐 너뿐이라고 대답한 거고. 그런데 왜 자꾸 날 실망하게 하니?"

내가 눈짓하자 하녀들이 로에나의 몸에서 손을 떼고서 멀찍이 물러났다. 나는 그녀의 몸 뒤로 돌아가 앞쪽으로 손을 뻗었다. 그러고는 우아한 선을 그리고 있는 그녀의 양 뺨을 가볍게 감싸 쥐며 입술을 저의 귀 끝에 가져다 대었다.

"그게 아니라면 후견인을 앞세워 가문을 이끌어 나가고 있는 내가 싫은 거야? 네 자리를 빼앗은 것 같아서?"

이전에 들었던 말을 고대로 돌려주자 로에나가 사색이 된 표정으로 비명을 내질렀다.

"시스에!"

"그러니 내게, 아니, 모두의 눈앞에서 증명하란 말이야. 네가 얼마나 어머니와 나를 생각하고 있는지. 풀케르께 얼마만큼 충성을 바치는지. 지금 당장."

뱀의 혀처럼 간교하게 속삭이는 목소리에 로에나의 몸이 바들바들 떨렸다. 나는 빙그레 웃으며 '어서'라는 말을 다시금 속삭였다.

"자, 처음에는 어떻게 해야 하지? 로에나, 말해봐, 어서."

이미 결론은 나 있는 상태였다. 그저 몇 마디의 말만 던지면 될 뿐이다. 그러나 로에나는 계속 머뭇거렸다. 자신의 입으로 마고를 아프게 하기는 싫으니 내가 이끌어주기를 기다리는 것이다. 내가 시키는 대로 처벌했다는 핑계를 만들기 위해서였다. 이미 풀케르 때문에 어쩔 수 없이 마고를 버렸다는 변명을 쌓아 두긴 했어도 실제로 행하는 것은 또 다른 법이다.

"못 하겠어. 안 돼. 제발 용서해 줘."

"그래? 그럼 어쩔 수 없지."

나는 순순히 그녀에게서 떨어졌다. 로에나는 내가 더는 강요하지 않은 채 바로 수긍하자 이해가 가지 않는다는 듯 두 눈을 깜빡였다. 이런 모습을 보이면 자신을 윽박질러 강제로라도 행동하게 만들 줄 알았는데 그렇지 않으니 이상한 모양이었다.

"시스?"

"좋아, 어머니에 대한 네 마음을 아주 잘 알았어. 결국, 계모란 말이지? 어떻게 되어도 하등 상관없는. 리안이 무사히 태어난 것이 무척 불만이었겠어."

"아니야, 그렇지 않아. 어떻게 그런 말을 할 수가 있어?"

"증거를 보이라고 했잖아. 그런데 지금 너는 어떻게 하고 있지? 왜 내 도움을 바라냔 말이야? 그만해, 로에나. 나는 계속 너를 참아 왔어. 하지만 더는 그럴 수 없어. 자, 이 가문을 이끌어 나가는 사람으로서 네게 말하지. 명령이야. 로에나. 네 본분을 다해."

"……나는 못 해. 안 돼. 제발."

"풀케르께서 진노하셔도? 좋아. 네가 할 수 없다면 마고에게 물어보자. 자아, 마고 그대는 어떻게 생각해요?"

내가 고개를 돌려 마고를 바라보자 그녀가 입술을 꽉 깨물며 시선을 아래로 떨궜다. 칼을 쥔 손이 바르르 떨리는 게 이제야 결심이 선 모양이었다. 나는 주변에 서 있는 로에나의 하녀 두어 명에게 눈짓하며 말했다. 그들의 대부분이 이전부터 마고에게 알게 모르게 차별을 당해 그녀를 매우 싫어하는 사람들이었다.

"마고를 도와주렴."

하녀들이 마고의 한쪽 어깨를 단단히 붙들었다. 그러고는 입에 마고가 미리 준비한 두꺼운 천을 물려 줬다.

로에나가 다시 마고에게 달려가려고 했지만 다른 하녀들이 붙잡아 어쩔 도리가 없었다. 마고는 그런 로에나를 알 수 없는 눈빛으로 바라보더니 칼을 쥔 손을 높이 들어 다른 손의 손등에 바로 찔러 넣었다. 순간 지켜보는 사람들의 입에서 짧은 비명이 터졌다. 마고는 그대로 몸을 비틀어 대며 눈물을 흘렸다. 크게 벌려진 입술 사이로 천이 떨어져 나감과 동시에 침이 줄줄 흘러내렸다. 울음이 섞인 비명이 처절할 정도로 크게 쏟아지고 있었다.

독하기도 하지.

나는 나지막하게 혀를 차며 벌레처럼 바르작거리는 마고를 내려다보았다. 풀케르를 운운하며 압박을 했지만 실제로 행할 줄은 몰랐던지라 놀라울 따름이었다. 내가 원하는 건 마고가 로에나에 대한 원망의 말을 내뱉고, 그걸 견디다 못한 로에나가 충동적으로 명령하여 늙은 살쾡이를 다치게 하는 거였는데 말이다. 그런데 로에나를 위해 끔찍한 아픔을 감내하다니. 정말이지 알 수 없는 여자다.

어쨌든 모두가 바란 대로 손목을 자른 건 아니지만 어설픈 솜씨로 아무렇게나 칼을 쑤셔 박았으니 상처가 깔끔하게 떨어지지는 않을 터였다. 게다가 고통으로 인해 몸부림치는 그녀의 몸을 억눌러 칼을 빼지도 못하게 만들었으니 상처가 아무는 시간이 늘어날 것이다. 물론 마고를 치료해 줄 생각은 전혀 없었다.

나는 충격으로 인해 거의 기절할 것처럼 구는 로에나에게 싸늘한 목소리로 말했다.

"사랑스러운 로에나, 너는 네 명예를 위해 마고를 또 버린 거야. 너 자신을 위해 어머니의 아픔을 외면했고. 그래서 나는 다시는 널 믿지 않을 거야."

내가 직접 손을 쓴 것도, 로에나에게 강요한 것도 아닌 오롯이 마고 그 자신이 선택한 행동이다. 그 때문에 이에 대한 소문이 퍼져도 로에나를 동정하는 게 아니라 하녀 하나조차 제대로 못 다루는 이라고 비웃음을 받을 터였다. 그리고 풀케르는 자신의 명을 제대로 이행하지 않은 그녀에게 불쾌감을 느낄지도 모르겠다.

"상처를 치료해 주지 말고 그대로 골방에 가둬 두렴. 내가 명령할 때까지 그녀를 돌봐선 안 돼. 물과 음식 또한 금지한다."

"네."

하녀들이 아픔으로 인해 반 기절한 마고의 손에서 힘겹게 칼을 빼냈다. 그리고 그녀를 질질 끌다시피 부축하여 걸어갔다. 그때까지 로에나는 하녀들에게 붙들려 망연자실한 표정을 하고 있었다.

"그리고 또한 로에나, 이제부터 위아래 없이 제멋대로 구는 네 어리석음을 좌시하지 않을 거야. 어른을 공경하는 법을 알 때까지, 다른 사람의 말을 듣는 것의 중요성을 깨달을 때까지 말이야. 오늘의 방종 또한 지나치지 않을 거다. 그러니 네 방에서 자숙하렴. 자, 아가씨를 모셔라."

"네."

어차피 이렇게 될 줄 알았을 텐데 뭐가 그리 충격적이라고 넋을 잃은 건지 모르겠다. 나는 부축을 받다시피 기대어 힘겹게 걸음을 옮기는 로에나의 뒷모습에 조소를 머금었다.

그녀는 마치 생의 마지막을 준비하는 사람처럼 온갖 비극을 다 껴안고 있었다. 자신을 위로해 달라는 듯 말이다. 이전이었더라면 그런 그녀에게 달라붙어 온갖 아양을 부렸을 하녀들이지만, 지금만큼은 내 명령에 충실하며 아무런 반응조차 보이지 않았다. 누구에게 잘 보여야 하는지 잘 안다는 것처럼.

마고가 저택에서 쫓겨난 것은 일이 일어난 지 오 일이 지난 후였다. 그간 제대로 된 치료를 받지도, 먹지도 못한 그녀는 며칠 새에 폭삭 늙어 있었다. 아닌 게 아니라 이대로 쓰러져 죽는다 해도 어색하지 않을 몰골이었다.

마고는 저택을 떠나라는 명령에 순순히 고개를 끄덕였다. 그러면서 로에나를 찾는 것처럼 두리번거렸는데, 자신의 어린 주인이 보이지 않자 얼굴을 일그러뜨리며 입술을 꽉 깨물었다. 무너져 내린 얼굴은 슬픔으로 가득한 상태였다.

이 늙은 여자는 배 속의 아이를 저주하려다 실패했다는 죄목으로 지금까지 받았던 물건을 죄다 빼앗겼다. 이전의 물건들은 이미 내 명령으로 인해 다른 하녀들이 나눠 가진 상태였다. 걸치고 있는 옷 외엔 소지한 게 아무것도 없었다. 즉, 먼지 하나 없는 무일푼이라는 소리다. 들기로 그녀의 가족이 사는 곳이 마차로 달려도 이 주일은 꼬박 걸리는 지방이라는데, 아무것도 든 것이 없이 걸어가야 하니 무척 힘겨울지도 모르겠다. 정상적이지 않은 몸으로는 더 힘겨울 터였다.

마고는 처벌을 받는 내내 모두의 외면을 받았다. 특히 하녀들은 그녀가 마치 역병 환자라도 되는 듯 언급하는 것조차 꺼렸다. 그간 마고와 친분을 유지한 하녀가 적잖이 있었던지라 누군가라도 남몰래 그녀를 챙겨 줄줄 알았는데 말이다. 이전에 어울렸던 하녀들은 자신에게도 피해가 올까 봐 마고와 상관이 없는 사람처럼 행동하며 멀리 떨어지려고 애썼다. 집사조차 나직이 혀를 찰 뿐 아무런 행동을 하지 않고 있었다.

여명이 비치는 저택을 뒤로한 채 아직은 어두운 길 사이를 힘겹게 가르며 점점 더 멀어지는 마고의 뒷모습은 몰락이라는 말과 완벽하게 어울렸다. 백작 부인이 죽은 이후 로에나를 등에 업고서 저택 하녀들을 좌지우지했던 늙은 폭군답지 않은 초라한 퇴장이었다.

나중에 듣기로 고향을 향해 걸어가다가 길에서 만난 부랑아에게 맞아 죽었다는데, 이후 로에나에게 편지 한 장 보낸 바 없이 완벽하게 증발한 것으로 보아 아주 뜬소문은 아닌 것 같다. 하지만 아주 오랜 시간이 지난 후에 듣게 된 일로, 나는 그녀가 비슈발츠가의 저택에서 떨어져 나갔다는 사실만으로도 무척 만족했다. 어머니야 처벌이 너무 약했다며 화를 냈지만 말이다.

마고의 일로 인해 로에나는 모두의 입에 심심찮게 오르내렸다. 몇몇 사람은 어머니를 해칠 뻔한 하녀에게도 자비를 베풀려고 했던 그녀의 마음에 감탄했지만, 대부분이 로에나가 귀족다운 모습을 보이지 못했다며 못마땅해했다. 아무리 마고에 대한 마음이 깊다 하나 대외적인 체면을 생각해서라도 어머니를 먼저 챙기는 모습을 보여야 했다는 것이다.

귀족을 경멸할 수 있는 건 오롯이 같은 귀족뿐이었다. 이것은 침범하면 안 될 절대적인 약속과 같았다. 그런데 로에나가 그것을 어겨 버렸으니 구설에 오르지 않을 수 없었다. 그야말로 대외적인 평판을 신경 쓰다가 오히려 모든 것을 망쳐 버린 사례라 할 수 있겠다.

들리는 말로는 풀케르가 자신의 명을 어긴 그녀의 태도에 화가 났다고 하는데, 로에나가 근신으로 인해 며칠 동안 바깥나들이를 하지 않았음에도 그 흔한 초대장 하나 오지 않는 것으로 보아 사실인 것 같다.

로에나는 방에 갇혀 있는 내내 무척 우울해했으며, 잠을 제대로 자지 못해 힘겨워하다가 결국 주치의를 부를 정도로 끙끙 앓아눕고 말았다. 자신의 투정을 들어줄 마고가 없을뿐더러 하녀들 역시 필요한 시중 외에 아무것도 해주지 않으니 속이 상하다 못해 문드러진 것이다.

"며칠 동안은 꾸준히 약을 드시면서 요양을 하셔야 할 것 같습니다."

주치의는 한숨을 내쉬며 내게 말했다. 로에나가 마음의 병으로 인해 쓰러진 게 벌써 두 번째였다. 지금이야 약 처방을 받으면 될 일이지만, 점점 더 심해지면 어떻게 될지 모른다고 말하는 주치의의 얼굴에는 그녀에 대한 걱정이 가득했다.

"시골에 있는 별장에 보내서 쉬고 오게 하지요. 그럼 훨씬 더 괜찮아질 거예요."

로에나는 시골 별장에 가서 요양하고 오라는 말에 순순히 고개를 끄덕였다. 잔뜩 풀이 죽은 얼굴은 며칠 사이에 빛바래 무척 초췌해 보였다.

다 시든 꽃과 같은 쓸쓸함이 흘러나오고 있었다. 퍼석하게 메마른 피부는 늘 반짝반짝 빛났던 로에나를 연상시키기 어려울 정도로 엉망이었다. 하지만 아무도 그녀의 처참한 상태에 대해 언급하지 않았다. 그저 내 눈치를 살피며 최소한의 시중만 들 뿐이다. 그 어떤 내색조차 보이지 않았는데도 불구하고.

이러한 분위기는 그녀의 짐을 쌀 때도 드러났다. 이전 같았으면 로에나에게 맞춰 모든 것을 최고급으로 마련했을 텐데, 새로운 물건을 사기는커녕 있는 물건을 간소하게 꾸려 마차에 집어넣는 것이다. 그 모습에 집사가 작게 헛기침을 하며 민망해했지만, 그것도 잠시 아주 잠깐 있다 올 거라는 내 말에 이내 입을 꾹 다물고선 모르는 척했다. 로에나를 호위하는 기사도 할버드 경이 아닌 다른 사람이었다.

청음의 기사는 자신과 함께 가 줄 것을 요청하는 로에나에게 단호한 목소리로 가문을 지키는 임무가 더 막중하다고 말하며 거절했다. 이에 분개한 쉴피스 경이 할버드 경을 매섭게 질타했지만, 마고의 사건으로 인해 그녀에게 실망한 사람이 적잖은지라 이전과 같은 공감을 얻기가 어려웠다.

"가문의 기사단에 새로운 바람이 필요할지도 모르겠어요."

로에나가 별장으로 가는 것에 대한 서류를 결재하며 넌지시 흘린 말에 후견인은 물론이고 집사 또한 긴장된 표정을 지었다.

쉴피스 경은 로에나를 흠모하는 기사들의 대표로 앞으로 있을 일에 대해 걸림돌이 될 게 다분한 사람이다. 마고의 일이 일어났을 때 이렇게 내보내는 것이 아니라 좀 더 파헤쳐 봤어야 한다고 주장하며 로에나를 옹호하던 자니 더 말해 무엇하랴. 특히 쉴피스 경은 이전부터 후견인을 얻어야 하는 건 내가 아니라 로에나였어야 했다고 떠들어 대고 있었다. 그래서 내가 로에나를 제치고 저택을 돌보는 것도 못마땅해했다.

다행히 그는 나이가 무척 많아 은퇴가 얼마 남지 않은 상황이었다. 가문의 기사들의 우두머리임과 동시에 그들의 스승이기까지 한 사람이지만 세월의 흐름을 이기지는 못하는지라 예전보다 실력이 많이 퇴보된 상태이기도 했다. 그래서 바쁘게 움직이던 한창때와 다르게 집무실에 앉아 있는 시간이 더 많아졌다. 훈련에 관한 모든 일은 할버드 경에게 맡겨 두고서 말이다.

"쉴피스 경의 노고를 위로하기 위해서라도 아주 성대한 은퇴식을 치러야겠죠?"

"하지만 아직 정정하지 않습니까?"

나는 집사의 말에 무슨 소리를 하느냐는 듯 두 눈을 느리게 깜빡였다.

"글쎄요. 정정하신 분이 그렇게 사리에 안 맞는 말을 하고 다니실까요? 설마 제가 잘못 본 거라고 여기는 건 아니겠죠?"

황제가 준 문서를 소유하게 된 이후로부터 저택 내에서의 내 행보는 예전보다 더 과감해졌다. 이전에는 후견인의 뒤에 숨어 있었다지만, 지금은 그와 어깨를 나란히 하며 이런저런 행사에 손을 대고 있는 실정이었다. 물론 로에나와 관련된 일에서만큼은 신중을 기했고, 그럴 수밖에 없었지만 그 외의 다른 사항에 대해선 가차 없이 굴었다. 스스로가 생각해도 독재자가 따로 없었다.

사실 이에 대해 불만이 없었던 건 아니고 실제로 불평을 토해 내는 사람이 있었지만 다행히 이러한 일은 로에나의 사람들에게만 한정되어 있으므로 큰 갈등으로 번져 나는 불상사는 없었다.

공감을 얻지 못하는 불평이 오래가면 얼마나 간다고 몸을 사릴까. 못 들은 척 무시하다가 그들이 불평을 다른 곳으로 슬쩍 돌리면 어느새 잠잠해져 버리니, 이제는 내 눈치를 보는 이들만 남았다. 이제 로에나를 옹호하며 쓴소리를 내뱉을 수 있는 건 쉴피스 경뿐이었다.

물론 탐욕스러운 친인척들이 가만히 있었을 리가 없었다. 그들은 내 존재가 수면 위에 떠오르자 '어디서 근본 없는 여자가 감히'라는 소리를 지껄이며 나를 비난했다. 건수를 잡았다는 듯 우르르 몰려와 나를 물어뜯으려고 하는 게 더러운 들개를 연상시켰다. 어떤 이는 황제에게 탄원을 올리며 의기양양해하기까지 했다. 하지만 일차적으로는 황제가, 이차적으로 황태자가 그들의 말을 무시하며 되레 압박을 가하니 그러한 불만조차 곧 사그라졌다.

라발리에가 나서려고 해도—그녀는 로에나가 요양을 가는 것이 쫓겨나는 것이라고 생각했다—리안을 방패 삼아 못 들은 척하니 어쩔 도리가 없었다. 로에나의 외가가 계속 잠자코 지켜보고 있다는 게 좀 걸리긴 하지만, 그녀와 따로 연락하는 바가 없기에 나 역시 조용히 주시하고 있는 편이었다.

집사야 가끔 이렇게 내 신경에 거슬리는 말을 내뱉지만, 적정선을 지켜 물러나니 어떻게 손을 댈 도리가 없었다. 과하게 참견하지 않는 이상 그까지 쳐 낼 이유는 없기도 하고. 후견인은 예전부터 나를 위한 허수아비나 다름없었으므로 계속 이 상태로 놔둘 뿐이다. 고로 쉴피스 경에 대한 내 말은 그렇게 하겠다는 통보나 다름없었다. 그래서 이들이 기함을 토한 것이고 말이다.

"집사가 지금 무엇을 우려하고 있는지 알고 있어요. 아무런 이유 없이 은퇴하라고 종용하는 게 무척 과하다고 생각하는 거겠죠. 그렇지만 지금 쉴피스 경이 서류에만 집중하고 있다는 걸 모르는 바는 아니잖아요. 그래서 기회를 줘 볼까 해요."

"기회라니요?"

"마침 로에나가 별장에 요양하러 가잖아요. 그녀를 호위하는 일을 그에게 맡겨 보죠."

내 말에 집사의 얼굴이 딱딱하게 굳었다. 그와 같은 기사에게 호위의 일을 맡긴다는 건 예의에 어긋나는 일이라 할 수 있어서였다. 가문을 위해 오랜 시간 애를 쓴 기사를 향한 존경심이라곤 전혀 찾아볼 수 없는 어조이기 때문이다. 기회를 준다는 말부터가 무척 부적절한 의미를 담고 있기에 집사는 마치 자신이 모욕이라도 받은 듯 얼굴을 붉혔다.

"현존하는 최고의 기사는 가문을 지키기 위해서라도 움직이지 못하죠. 시국이 시국인 만큼 긴장의 끈을 놓칠 순 없잖아요. 그렇기에 비슈발츠가의 상징이기도 하면서 모두가 존경해 마지않는 쉴피스 경을 사랑스러운 로에나의 여행에 동행으로 보내겠다는 거예요. 무슨 문제라도 있나요?"

 명분은 충분하다. 쉴피스 경이 로에나에 대한 흠모의 마음을 가지고 있는 한 어디 하나 흠잡을 데 없는 제안이었다. 하지만 그 속에 깔린 의도가 불순하고 그에 대한 폄하로 가득하니 불편하지 않을 수 없는 것이다. 집사는 반박하고 싶다는 듯 입술을 몇 번이나 달싹였지만 내가 무엇인가를 기다리는 것처럼 자신을 바라보자 곧 입을 다물었다. 아마도 그는 본능적으로 여기서 한 마디만 더 한다면 불명예스러운 은퇴를 종용받을 수 있다는 생각을 했을 것이다. 집사가 저택에 오랜 시간 머물며 그 자리를 굳건하게 지켰음에도 별다른 뒷말이 나오지 않는 건 뛰어난 위기 감지 능력 때문이었다.

 "그럼 그렇게 알고 쉴피스 경에게 아주 정중하게 제안을 해보죠. 그 일은 집사께서 맡아주셨으면 좋겠어요."

 나는 미리 준비한 서류에 가문의 직인을 쾅 찍고서 집사에게 건넸다. 집사는 형언할 수 없는 표정으로 나를 바라보다가 이내 힘없이 고개를 끄덕이며 그것을 받아들였다. 그의 입술에서 흘러나오는 '네'라는 대답은 체념의 또 다른 이름이었다. 쉴피스 경을 설득하지 못한다면 자신 역시 편하지 못하리라는 것을 깨달아서다.

 "집사만 믿겠어요."

 늪에 빠져 옴짝달싹 못 한다는 건 이런 상황을 지칭하는 게 아닐까. 나는 상쾌한 미소를 지으며 다음 서류를 집어 들었다. 오늘 처리해야 할 서류가 아주 많으므로 차를 마시는 시간을 줄여 가면서 일에 몰두하고 있는 상태였다. 그래서 내 눈치를 살피며 시선을 모로 돌리는 두 남자의 행동을 모르는 척했다. 독재자의 길은 아주 순풍을 만난 듯 순항 중이었다. 그렇기에 서류에 파묻혀 있는 이 시간조차도 즐거웠다. 내 손에 의해 새롭게 만들어지고 있는 비슈발츠가가 너무나 사랑스럽게 느껴져서였다.

며칠 후 집사가 어떻게 잘 설득했는지 모르겠으나 시골로 요양을 떠나는 로에나의 행차에 쉴피스 경이 따라나서게 되었다. 속사정을 모르는 사람들이야 그의 충정과 로에나를 생각하는 내 마음에 찬사를 보냈지만, 정작 그의 에스코트를 받는 로에나의 얼굴은 우울함으로 가득 차 있었다.

그녀는 마차에 올라서면서도 계속 할버드 경이 있는 쪽을 애절하게 바라보았는데, 그것도 잠시, 곧 흔들림 없이 자신을 배웅하는 그의 태도에 무척 충격을 받고서 황급히 안으로 들어가 버렸다. 따르는 하녀도 그녀의 시중을 들었던 몇몇뿐으로 모두 마리가 고르고 고른 사람들이었다.

"건강해져서 돌아오렴."

나는 마차 창문에 손을 올리고서 다정한 목소리로 말했다. 그리고 그녀의 대답을 들을 새 없이 마차의 옆문을 바로 두들겨 출발하라는 신호를 보냈다. 말이 금세 온다 하지만 이미 내 허락이 없다면 다시 돌아올 수 없도록 말을 맞춰 놓은 상태로, 로에나가 저택으로 돌아왔을 때면 모든 것이 달라져 있을 터였다.

하지만 그로부터 며칠 후 로에나가 사라졌다는 편지가 올 줄 알았더라면, 절대로 그녀를 그대로 내보내지 않았을 것이다. 불행하게도 로에나는 예정된 시간이 지나도록 별장에 도착하지 않았고, 쉴피스 경과 함께 그대로 증발하여 흔적조차 찾을 수 없게 되었다. 누군가 마법을 부린 것처럼, 그렇게.

다섯 번째 조각

1장
전조(前兆)

 로에나의 실종은 모두에게 큰 충격을 주었다. 당장 그녀를 찾아야 한다고 주장하는 자들과, 로에나에의 안전에 대해 좀 더 신경 쓰지 않는 나에 대한 비난이 뒤섞여 어지러울 정도였다. 이성적으로 대화를 나누려고 했지만, 냉혈한이라는 앙칼진 소리를 내뱉으며 손가락질하는 이들만 늘어났다.
 마고의 일을 로에나가 벌였다고 믿었던 것처럼, 이번에는 내가 경쟁자를 없애기 위해 이런 무모한 짓을 사주한 거라고 여기는 사람도 있었다. 나에 대한 비난의 수위가 높아지며 지금의 위치에 대한 의문을 제기하는 여론을 볼 때면 말이다.
 문제는 어떠한 반항의 흔적도 없이 아주 깔끔하게 사라졌다는 것인데, 마치 미리 계획한 것인 양 깨끗하게 지워진 마차 자국이 이를 의심케 하였다. 특히 나를 공격하기 위해서라도 벌 떼처럼 들고일어났었어야 할 황후 쪽에서 오히려 안타까움을 전하며 잠자코 추이를 지켜보는 것이 퍽 수상쩍었다. 난리를 피우는 건 오히려 다른 사람들이었다.

그래서일까? 사교계의 이목이 쏠린 상황이라 모든 일을 제쳐 두고서 로에나를 찾는 데 총력을 기울였지만, 어째 찝찝한 마음이 가실 줄을 몰랐다.

"사전에 계획된 일이 분명해요. 그렇지 않다면 백작가의 영애를 이렇게 쉽게 납치할 수 있을 리 만무하죠. 분명 로에나가 저택을 떠나는 날을 알고서 미리 납치범들을 대기하게 했을 거예요. 도대체 누가 이런 끔찍한 일을 저질렀을까요?"

이런 때 로샨 영애만큼 훌륭한 상담자가 없었다. 그녀는 진심 어린 목소리로 나를 다독이며 여러 가지 의문에 대해 같이 고민했다.

"시스가 곤란하게 되면 이득을 보는 사람이 아닐까요?"

"아주 많지요."

"그럼 가장 큰 이득을 얻는 사람을 생각해 보죠."

의문에 대한 답은 의외로 가까운 곳에 있었다. 쉴피스 경이 납치범들의 요구를 순순히 들어줬다는 게 퍽 의심스러웠던 것이다.

확실히 로에나는 자숙을 핑계로 감금되어 있었고, 그녀의 손발이 되어줄 하녀를 다 쳐 낸 상태이므로 바깥과 연락을 할 방법이 전혀 없었다. 있다면 순순히 로에나를 따라가겠다고 말한 쉴피스 경뿐이다. 그 누가 기사의 일거수일투족에 관심을 보이며 의심스러워하겠는가.

산전수전을 다 겪은 기사가 아무것도 하지 못한 채 끌려갔다는 것 또한 납득이 가지 않았다. 쉴피스 경이라면 납치범들 모르게 단서를 충분히 남길 수 있었을 테니까. 아니, 백번 양보해서 로에나가 그들에게 붙잡혔고, 그래서 함부로 움직일 수 없는 상황에 이르렀다 하자. 그러나 그와 같은 기사의 감각을 속이면서까지 그녀를 쉽게 잡을 순 없었을 터였다.

그들이 순순히 끌려가도록 만들 수 있는 장본인을 유추할 때 황후 또는 마담 드 라발리에가 떠오르는 건 무리가 아니었다. 물론 마담이야 이렇게 깔끔하게 흔적을 지울 수 없으니 제외하고, 결국 황후만이 남았는데, 그렇게 여기기엔 여러 가지 찝찝한 부 이 드러나 단정을 짓기가 좀 모호했다. 마치 자신을 범인이라 예측하라는 것처럼 너무 덤덤하게 있는 게 의심쩍었기 때문이다.

이건 이 일과 관련이 없다는 뜻일까, 아니면 자신으로 예측하여도 별 상관없다는 의미일까?

대공과 황후에게 얽힌 복잡한 사정을 알 리가 없는 사람들이 벌써 나를 지목하며 혀를 놀려 대고 있는데도 동조하지 않는다는 건 분명 이상한 일이었다. 혹시 황후는 내가 반란에 대해 알 것이라고 미처 생각지 못해 이러한 태도를 보이는 건 아닐까? 그저 일상적인 반응을 보임으로써 나에 대한 압박을 전 방위적으로 넣으려는 속셈을 가지고서 말이다. 뒤에서 손쓰는 게 체면상 더 편하기도 하고.

대공 역시 나를 만날 때마다 단편적인 조각을 던져 주었으므로 자신에 대해 알리라고 예상치 못하고 있을 것이다. 황태자처럼 황제와 내가 나눈 대화를 알고 있으면 또 모를까, 지금으로선 할버드라는 먹음직스러운 패를 지닌 사냥감으로만 보일 터였다. 그러니 지금 아주 태연하게 내 앞에 나타날 수 있는 거겠지.

로에나의 초상화가 그려진 전단을 붙이는 것 외에도 정보상에게 의뢰하여 그녀의 흔적을 추적하기 위해 나선 내게 먼저 접근한 것은 대공이었다. 그는 모든 것을 알고 있다는 것처럼 가볍고 부드러운 미소를 지었는데, 마치 사기꾼이 사기를 치기 위해 먼저 대상을 안심시키는 것과 같은 행동을 연상시켰다.

"제겐 훌륭한 친구가 많이 있습니다. 특히 사람을 찾는 분야에서 최고의 수준을 자랑한답니다. 그러니 어떠십니까? 저라면 영애의 어려움을 덜어드릴 수 있을 겁니다."

그의 자신만만한 태도에서 나는 이 남자가 로에나의 납치 사건과 관련이 있다는 것을 깨달았다. 그렇지 않으면 바로 일이 해결될 것처럼 굴 리가 없었다. 하지만 아무것도 모르는 척, 대공이 보이는 태도가 자신감에서 비롯된 것이라고 믿고 있는 순진한 영애를 연기하며 눈물을 머금었다. 로에나의 외가가 그녀를 찾기 위해 나와 손을 잡는 것을 거부하며 격렬하게 비난하는 고로 매우 괴롭다는 속마음을 살짝 토로하면서 말이다.

"물론 시일이 조금 걸릴 겁니다. 듣기로 허공에 증발한 것처럼 완벽하게 사라졌다고 하니 흔적을 찾는 것부터 어려울 테지요. 하지만 영애께서 인내심을 가지고서 기다려 주신다면 그 믿음에 부합할 수 있을 거로 생각합니다."

"감사한 말씀이세요. 그런데 왜 이런 도움을 주려고 하시나요? 무례한 말로 들릴진 모르겠지만 제가 영식께 드릴 수 있는 건 로에나를 찾기 위해 걸었던 포상금뿐이랍니다. 그 외의 것은 제 능력 밖이에요."

"이런, 이전부터 누누이 말씀드렸잖습니까. 저는 영애께 깊은 관심이 있다고요. 비슈발츠가를 운운하며 도움을 드릴 수 있다고 말씀드린 것 또한 모두 영애를 위해서 한 말이었습니다. 하지만 믿지 않으셨죠."

"감히 바랄 수 없는 일이었으니까요."

나는 보란 듯이 어깨를 축 늘어뜨리며 작은 한숨을 내뱉었다. 그리고 우울한 시선을 가장하여 고개를 모로 돌렸다. 이전에는 경계의 날을 세우다 못해 그와 엮이지 않으려고 노력하는 여인의 모습을 선보였지만, 지금은 로에나의 일로 인해 절박하기 그지없는 사람으로 찌를 수 있는 빈틈이 많다는 것을 강조하려고 노력했다. 조금만 유혹한다면 바로 넘어갈 것처럼 말이다. 그래서 로에나를 찾기 위해서라면 무엇이든 할 수 있다는 것처럼 굴었다.

"만일 영식께서 제 괴로움을 해결해 주신다면 무척 기쁠 거예요. 이전보다 더 친밀한 관계가 될지도 모르죠."

"그건 특별한 친구가 될 수 있다는 말처럼 들리는군요."
"특별한 친구요?"
나는 뺨을 붉히며 그를 향해 시선을 올렸다. 그리고 순진한 소녀가 남녀의 사이에 대해 달콤한 상상을 한 것처럼 부끄러워하며 '제게는 아이레스 경이 있는걸요'라는 말을 내뱉었다.
"이런, 제 설명이 조금 부족했던 모양이로군요. 특별한 친구라는 건 어려울 때마다 서로를 의지하면서 도와주는 사이를 의미합니다. 지금 영애의 고민을 제가 해결해 드리려는 것처럼 말이지요. 전 항상 영애와 그런 사이가 되고 싶었습니다."
"그래서 예전부터 꾸준히 제게 말을 거신 건가요?"
"예."
이전에도 그랬지만 대공의 외모는 무척 훌륭한 것이라서 살짝 입꼬리를 잡아당기는 것만으로도 시원시원한 미남자의 웃음을 그려 낼 수 있었다. 그것은 자신을 신뢰하라고 말하는 것처럼 무척 상큼했다. 그렇기에 대공에 대해 아무것도 모르는 상태였다면 주어진 제안을 고마워하며 믿었을 터였다.
"제가 영식께 도움이 되는 친구가 될 수 있을지 걱정이군요."
"필요할 때 아주 작은 도움을 주시면 됩니다."
"아주 작은 도움이요? 그건 무얼 말하는 건가요?"
내 질문에 대공은 기묘한 미소를 지으며 나중에 알게 될 거라고 말했다. 그리고 조금 전의 모호한 발언으로 인해 내가 자신을 경계할 것을 염려한 모양인지 '영애께 피해가 가는 일은 결단코 없을 것입니다'라는 말을 덧붙였다.
하지만 나는 그의 말을 믿지 않았다. 나를 미워하는 황후가 그의 동업자인데 과연 그의 뜻대로 가만히 지켜만 보고 있을 것인가. 무엇보다 대공의 수중에 로에나가 있어 내게 이런 식으로 다시 접근한 것이라면 그가 말한 '시간이 걸린다'의 의미에 대해 좀 더 생각해 볼 필요가 있다.

이들이 원하는 것은 할버드 경, 즉 아이레스 경의 대항마로 그를 사용하기 위함인데, 내가 로에나를 대신하여 가문을 돌보게 된 이후로부터 모든 것이 어긋난 상태니 말이다. 게다가 할버드 경은 내 말에 따라 황후의 제안을 거절하지 않았는가.

한데 이러한 상황에서 또 다른 후계자라고 알려진 로에나를 납치했다는 건 나를 압박함과 동시에 자리에서 물러나게 하기 위해서라고 생각할 수밖에 없었다. 나중에 다시 등장할 로에나를 위해서. 내가 후견인과 함께 가문을 돌보게 된 이후로 여러 가지 소란이 일어났다는 친척들의 아우성과 로에나의 외가에서 보낸 탄원서가 계속 황실에 보내지고 있다는 것만 봐도 알 만하다.

하지만 이렇게 맥없이 당하고만 있을 수는 없는 노릇. 나는 약간의 사전 작업을 깔아 놓기로 마음먹었다. 로에나로 인해 먹고 있는 비난은 둘째 치고라도 지금 이게 어떻게 얻은 자리인데 그대로 순순히 돌려줄 순 없었다.

"영식의 말을 들으니 마음이 한결 놓이는군요. 하지만 무작정 손을 놓고만 있을 순 없는 노릇이니 저 역시 계속 로에나의 행방을 찾으려고 노력할 거예요. 영식을 못 믿어서가 아니라 다른 사람들의 시선이 두렵기 때문이에요. 그들은 제가 로에나를 어떻게 생각하고 있는지 몰라요. 그러니 무작정 비난하며 물어뜯으려 하는 거겠죠. 단 한 번이라도 제가 어떻게 잠을 못 이루는지 본다면 그렇게 함부로 말하지 못할 텐데……."

"우매해서 그렇습니다. 그들은 가십과 즐거움을 위해서 자신의 명예 따윈 아무렇지 않게 팔지요. 그러니 부디 걱정하지 마시길. 저는 영애의 진심을 의심하고 있지 않습니다. 충분히 이해가 가는 상황이기 때문입니다."

"영식만이 저에게 미소를 안겨 주시는군요. 아아, 어떻게 감사함을 표현해야 할지 모르겠어요."

"별말씀을요. 아이레스 경이 영애께 저보다 훨씬 더 위로가 될 텐데요."

그의 말이 끝나기가 무섭게 나는 일부러 곤란하다는 듯 옅은 미소를 지으며 고개를 설레설레 내저었다.

"제가 처한 상황을 보신다면 그렇게 말씀하시지 못할 거예요. 의혹으로 뒤덮인 애정을 받는 건 그리 황홀한 일은 아니랍니다. 깊은 우정을 갈라놓는 여인이라는 이름을 그 누가 좋아하겠어요?"

"남의 것을 탐내기에 일어나는 참사지요."

"자신의 것에만 만족한다면 얼마나 좋을까요?"

내가 할 소리는 아니지만, 대공의 속내를 살피기 위해서 이만한 이야기는 없었다. 이것은 황태자뿐만 아니라 그에게도 해당하는 말이기 때문이었다.

"하지만 가끔은 욕심을 부려야 할 때가 있는 법입니다."

"그것을 위해서 전부를 걸어야 한대도 말이에요?"

"예. 그만한 가치가 있는 거라면 힘껏 싸워서 얻을 만한 보람이 있지 않겠습니까? 태자 전하께는 아마도 영애가 그런 의미겠지요."

"……영식도 지금 그런 싸움을 하고 계시나요?"

내 질문에 그가 잠시 멈칫하며 입술을 꾹 다물었다. 그리고 나를 바라보는데, 천천히 쏟아지는 시선은 눈을 마주하기 위함이기보다는 무언가를 알고 있는지 탐색하기 위한 행동에 불과했다. 대공은 내가 이런 말을 꺼내는 게 우연인지 혹은 의도한 것인지 잘 가늠하지 못하는 것 같았다.

잠시 후 그가 언제 그랬냐는 듯 빙그레 웃으며 부드러운 목소리로 대답했다. 하지만 눈은 웃고 있지 않은 게 조금이라도 의심스러운 구석이 보인다면 그대로 좌시하지 않겠다는 듯한 모습이었다.
"네. 정말 매력적이라 도무지 포기할 수 없겠더군요."
"정말로 아리따운 분이신가 봐요."
"예?"
"얼마나 아름다운 분이기에 영식께서 포기하지 못할 정도로 절절히 바라는 걸까요? 나중에 그분을 소개해 주셨으면 좋겠어요. 신사분이 가끔 착각하시는 게 여자가 다른 아름다운 여자를 질투한다는 건데, 사실 그렇지 않아요. 저도 아름다운 여인을 보는 것을 좋아한답니다. 사랑스럽고 경건하기 때문이지요."
"저도 그랬으면 좋겠습니다."
대공이 정중한 태도로 말한다. 아, 이제야 그의 눈이 유연하게 휘어졌다. 전혀 다른 것과 연결하여 말하는 내 행동에 겨우 의심이 풀린 모양이다. 황태자와 아이레스 경의 사이가 나빠진 것을 운운하며 불안함을 토로한 게 조금 전의 대화와 자연스럽게 이어지니 아니 그럴 수 없었다. 그래서 그는 언제 탐색의 시선을 보냈냐는 듯 화기애애한 분위기를 주도하며 내게 다정한 친구가 될 것을 약속했다.
"그런데 제가 보내 드린 쪽지가 영애께 도움이 되십니까?"
"글쎄요. 알아봤자 제가 어떻게 할 수 있는 것도 아니라 활용할 방법을 전혀 모르겠더군요. 아닌 게 아니라 티타임에 나가 수다를 떠는 게 전부인데 이 이상 무얼 더 할 수 있겠어요?"
"하지만 전혀 모르는 것보다는 낫지 않겠습니까?"
"솔직하게 말하자면 조금 무서울 정도예요. 그렇게 많이 알 필요가 있나 싶어서요. 아무것도 몰랐던 때가 더 편했거든요."
그러자 대공이 낮게 속삭이며 자신의 속내를 살짝 드러냈다.
"그것을 활용하는 방법에 대해서 알려 드릴 수 있습니다만……. 사실 이전부터 그러고 싶었지만, 영애께서 워낙 저를 경계하시니 어쩔 도리가 없었지요."

"아뇨, 제 두려움을 이용하실 생각이라면 그만두세요. 전 지금으로도 충분히 만족해요. 뒷골목을 뛰어다니던 소녀가 귀족 영애가 되어 아름다운 드레스를 입고 맛있는 음식을 먹으며 푹신한 침대에서 잠을 청하는데, 무얼 더 욕심을 내겠어요?"

"로에나 영애가 사교계에 데뷔한다면 그마저도 장담하지 못할 게 아닙니까?"

"로에나는 그런 애가 아니에요. 천사라고 불릴 정도로 상냥하고 다정한 소녀지요."

대공은 내 말을 딱 잘라 부인했다.

"천사도 사람입니다. 세상천지 자신의 것에 욕심을 내지 않는 사람이 어디 있단 말입니까?"

마치 악마가 유혹하는 것 같았다. 상냥하게 덧붙이는 목소리가 꿀을 바른 것처럼 달콤하게 흘러내렸다.

"영애의 아름다운 동생 역시 그럴 겁니다. 본래 자신의 것이라 여겼던 것을 영애가 차지하고 있으니 아니 그럴까요? 천천히 잘 생각해 보십시오. 그럼 보이지 않았던 것이 조금씩 눈에 들어올 겁니다."

대공은 내가 자신의 말에 넘어갈 것이라고 확신하는 것 같았다. 나에 대해 얼마나 잘 안다고 말이다. 그래서 기가 차지도 않았다. 오만에 가득 찬 얼굴로 미소를 짓고 있는 그의 태도 또한 역겨울 따름이었다.

여기서 내가 보일 반응은 두 가지다. 흔들리거나, 아니면 꿋꿋하게 로에나를 지지하는 모습을 보이든가. 어느 쪽이든 이롭지 않은 결과를 낳겠지만 적어도 도덕성의 문제에 관한 한 후자보다 나은 게 없었다. 이전의 삶에서 확실하게 배우지 않았던가. 로에나와 같은 사람과 싸우기 위해서는 감정적인 부분을 숨기고서 제대로 우회해야 한다는 것을 말이다. 게다가 귀족 세계만큼 적통을 위협하는 것에 민감한 곳은 없으므로 인도적인 방법으로 비슈발츠가를 손에 넣었다는 것을 증명할 필요성이 있었다.

로에나의 외가나 사교계가 지금까지 내 위치에 왈가왈부하지 않으며 숨죽이고 있었던 건 황실의 인가가 있었을뿐더러 시간적인 제한을 걸어 놨기 때문이다. 로에나가 클 때까지 내게 잠시 맡겨 둔 거라고 생각해서다. 물론 이마저도 로에나의 납치로 인해 그 효용이 다하게 되었지만.

무엇보다 대공과 내가 이야기하는 장소는 등 뒤로 벽 하나가 세워져 있는 곳으로 누군가가 엿듣는 사람이 있을지도 모를 공간이 있었다. 그러므로 로에나에 관련된 발언을 좀 더 신중하게 내뱉어야만 했다.

나는 은근한 기대를 하며 나를 바라보는 대공에게 힘을 주어 말했다. 로에나를 믿어 의심치 않는다는 듯 그렇게.

"영식께서 대체 무슨 의도로 그런 말을 제게 하는지 모르겠어요. 그만하세요. 그러잖아도 비극적인 일에 휘말려 생사를 장담하지 못하고 있는 아이예요. 가엾지도 않나요? 로에나에 대한 절박한 마음을 더하지는 못할망정 그녀를 의심하라고 부추기다니, 정말 지독하시군요. 이게 친밀한 친구를 대하는 태도인가요? 그렇다면 관둬요."

대공은 내가 내뱉은 비난에도 불쾌감을 표시하는 일 없이 '그렇습니까?'라고 대답했다. 웃음이 가신 얼굴은 무표정하기보다는 무언가를 탐색하려는 것으로 그는 내 말을 믿지 않고 있었다. 하지만 내가 보인 완고한 태도에 더는 설득하는 게 어렵다고 판단한 모양인지 어깨를 한 번 으쓱이며 고개를 끄덕였다.

"영애를 위한 자그마한 충고였을 뿐입니다. 그런데 그렇게 여기시다니 안타까울 따름이군요. 실례지만 영애, 저는 조금 전의 발언에 대한 부끄러움과 후회가 없습니다. 하지만 영애께서 무례하다고 느끼시니 이쯤에서 그만해야 할 것 같군요. 어디서든 물러설 때를 아는 것이 중요하니까요. 그러니 이만 화를 푸시고 제 인사를 받아주는 게 어떻겠습니까?"

기이할 정도의 당당한 태도에 되레 의구심을 느끼는 건 나였다. 보통 사람이라면 말을 잘못 꺼냈다고 말하며 사과를 할 터인데, 끝까지 자신의 발언을 철회하지 않아서다. 오히려 나중에 후회하지 말라는 어감을 풍기는 게 무슨 꿍꿍이가 있나 싶을 정도였다. 이런 식으로 말을 할 수 있다는 자체가 그가 잡아 놓은 로에나의 태도에서 무언가를 보았다는 것을 의미하기 때문이다.

가령 그녀가 나에 대한 원망―자신의 것을 차지했다는 것에 대한―으로 가득 차 곤란하게 하려고 납치를 순순히 받아들였다면 또 모르지 않나. 당장 마고의 일만 따지더라도 나를 미워할 이유는 충분하니까.

그래서일까. 굳이 나를 만나면서까지 로에나에 대한 불신을 일으켜야 하나 싶을 정도였다. 로에나에게 가서 내가 자신을 미워하고 있노라고 거짓으로 속삭이는 게 더 편할 텐데. 어차피 나를 내쫓으려고 한 게 아니었나? 그럼 이런 식으로 수를 쓸 이유가 없었다. 그게 아니라면 그렇게 손쓸 필요도 없이 무사히 돌아온 로에나와 내가 다퉈서 자멸하기를 바라서일지도 모르겠다. 사교계의 정서상 굴러 들어온 돌의 편을 들어줄 리 없으니까 그걸 기대하고서 말이다. 또 다른 속내가 있을지도 모르기도 하고.

어쨌든 인사를 받아줘야 하기에 고개를 끄덕이고선 그에게서 물러났다. 이전 같았으면 먼저 사라졌을 대공이지만 이상하게도 오늘은 내가 먼저 움직여 주기를 바라는 눈치였다. 그래서 아무것도 모르는 양 걸음을 옮기다가 자연스레 옆 가게로 들어가 반대편 문으로 빠져나왔다.

그리고 그 옆에 있는 또 다른 가게에 들어가 조심히 창문을 내다보는데, 때마침 내가 등 기대어 서 있던 벽의 은밀한 골목 속에서 망토를 깊게 눌러쓴 누군가가 슬며시 걸어 나와 대공에게 무어라 말을 건네는 게 보였다. 워낙 온몸을 꽁꽁 싸맸기에 성별을 알 수 없었지만, 그자가 대공과 나의 대화를 계속 엿듣고 있었던 건 의심할 수 없는 사실이었다.

만일 저 사람이 행방불명이 된 '로에나'라면 대공이 굳이 저 벽면을 지나가고 있을 때 말을 건 것이나, 그녀에 대한 의심을 부추긴 것이 다 설명된다. 아마도 대공은 로에나에게 확신을 주고 싶었을 것이다. 네 행동이 정당하다고. 이미 그녀의 입을 통해 할버드 경이 내게로 넘어왔음을 알게 되었을 테니까.

실로 기막히지 않은가. 나에게는 로에나를 찾는 것을 돕는 척하며 보상 한 가지를 걸어 놓았고, 그녀에게는 이런 식의 공작을 통해 갈등을 부추기며 협조를 제안하는 거고. 어느 쪽이든 대공이 손해 보는 경우가 없었다. 내가 그의 말을 따르는 척 로에나에 대한 불안한 심리를 토로했다면 더더욱 그러했을 테다.

문제는—망토 안의 사람이 로에나라는 가정을 두고서 말하자면—그녀가 내 대답을 믿을 수 있을까인데, 그것은 차후에 나타날 일이므로 지금이야 미리 방비하는 수밖에 없었다. 그나마 다행인 건 황태자보다 대공이 나를 더 얕보고 있다는 점일까. 그렇지 않았다면 내가 사라지기가 무섭게 로에나로 추정되는 사람과 이야기를 나누지는 않았을 테니까. 그것도 그녀를 찾으려고 애쓰는 사람이 수두룩한 도심의 한복판에서.

"잭이 있다면 미행 좀 해보라고 할 텐데, 그러지 못한 게 아쉽네."

나는 창가의 물건을 더 구경하는 척 시간을 끌다가 대공이 사라지고 나서야 가게를 빠져나왔다. 그리고 전단을 붙이기 위해 나와 함께 나온 하녀들이 있는 곳을 향해 발걸음을 옮겼다.

전조(前兆) | 257

복잡한 심경에 잠시 그녀들을 떼어 놨더니 대공이 따라붙었고, 덕분에 어느 정도의 꿍꿍이를 파악할 수 있는 계기가 되어 다행이었다. 아마 황태자에게 알린다면 매우 흥미로워하며 대공의 소재지에 대한 파악에 더 열을 올릴 것이다. 그럼 로에나를 찾는 것도 더 빨라지겠지. 맹수는 맹수끼리 싸워야 하는 법이니까.

내가 할 수 있는 건 주어진 판을 그들에게 돌리면서 최대한 피해가 오지 않은 선에서 몸을 사리는 것뿐이다.

그러니 우선 잭을 불러서 이야기해 볼까?

나는 마리에게 일러 잭을 불러오라고 말을 해놓고서 다른 이와 함께 저택으로 돌아갔다. 그가 속해 있는 정보상을 이용할 생각으로 이전에 말해놓았던 마녀의 위치를 주축 삼아 파헤치면 될 것 같았다. 보통은 마녀와 로에나를 따로 떨어뜨려 놓겠지만 황태자의 눈이 깔린 수도에서만큼은 몸을 더 사려야 할 테니 그럴 수밖에 없을 것이다.

잠시 후 저택에 도착한 내가 편한 복장으로 갈아입고 잠시 차를 마시고 있을 때 잭이 도착했다. 나는 아이에게 근황 몇 가지를 물어본 다음 서랍에서 반지 하나를 꺼내어주었다.

"선수금이란다. 마녀가 사는 집 주변에 빈 저택이 있다거나 혹은 이전에 못 봤던 사람들이 그곳을 들락날락하는 게 있으면 꼭 알려 주렴. 여인들이 자주 드나드는 곳이면 더 좋아."

내가 대공이라면 로에나가 데려간 몇몇 하녀를 다른 곳에 가두거나 감시를 할 터였다. 그리고 로에나에겐 자신의 사람들을 붙여 주겠지. 하지만 그녀와 같은 귀족 여인의 시중을 드는 게 그리 쉬운 일은 아닌지라 위치에 맞는 물품이나 음식을 구하기 위해서라도 자주 바깥을 드나들 수밖에 없을 터였다. 정보상은 이것을 감지하기만 하면 될 일이었다.

물론 이것은 대공이 오늘 나를 만나러 온 데다가, 로에나로 추정되는 사람과 이야기를 했기에 할 수 있는 일이다. 그렇지 않았다면 계속 사람을 지방으로 보내어 엄한 곳을 뒤지고 있었을 테다. 그러니 그에게 고마움을 표시해야 하는 걸까? 친밀한 친구가 될 자격이 충분하기도 하지, 하고.

잭은 반지를 만지작거리며 내게 말했다.

"그거면 될까요? 하는 일에 비해 너무 많이 주시는데요. 이전에 받았던 돈도 아직 남았고요. 게다가 마녀에 대한 일도 아직 다 완수를 못했잖아요."

"그냥 받아 두렴. 혹시 모르기 때문이란다. 게다가 이번 일은 너 말고 다른 사람을 시켜야 한다는 조건이 붙으니까 선수금을 줘야 마땅하지 않니? 대신 붙잡혀도 내가 의뢰했다는 말을 하지 않을 사람이 필요해."

"……입이 무거운 사람 말이죠? 알겠어요. 그렇게 할게요. 그런데 아가씨, 위험한 일을 하고 계시는 거 아니죠? 아리나가 걱정할까 봐 말을 하지 않았지만, 자꾸 불안해요."

"뭐가 말이니?"

"아가씨요. 다른 분들은 이런 의뢰를 하지 않거든요. 기껏해야 연인의 바람 상대를 찾아 달라는 것뿐이죠. 명대로 지켜보고 있긴 한데 분위기가 심상찮아요. 그래서 걱정이 돼요. 만약 아가씨에게 무슨 일이 생긴다면 우린 정말 크게 슬퍼할 거예요."

"잭, 이리 가까이 와 보렴."

나는 잭을 불렀다. 이전 같았으면 왜 부르냐며 새침을 부렸을 아이지만 오늘은 이상하게도 고분고분했다. 내가 그의 뺨을 어루만지며 '고맙구나'라고 말할 때도 얌전했다. 잭답지 않은 모습이었다.

"하지 않으면 안 될 일이기 때문이야. 걱정해 줘서 고맙구나."

"꼭 해야 하는 거예요?"

"그래. 꼭 해야 한단다."

내 대답에 잭이 갑자기 뜬금없는 말을 던졌다. 화제를 돌리는 것치곤 너무나 동떨어진 화제라 의아할 정도였다.

"……아가씨, 저택에 어린 영식이 태어났다고 들었어요. 축하드려요. 많이 사랑스러운가요?"

"그래."

"아리나와 저는요?"

나는 바로 대답하는 대신 잭을 바라보았다. 아이는 자신의 옷자락을 꽉 쥐고 있었는데, 자기가 말해놓고서 긴장했는지 바들바들 떨리고 있었다. 나는 잭의 뺨에 가만히 키스했다. 그리고 부드러운 목소리로 속삭이듯 말했다.

"그걸 말로 해야만 느낄 수 있는 거라면, 그동안 내가 정말로 너희들에게 잘못 행동했구나. 세상에, 어떻게 사랑스럽지 않을 수가 있니? 너희를 만나 이야기를 듣는 게 내 일상 중 가장 큰 기쁨인데."

"……그걸로 충분해요."

"잭?"

잭이 자신의 이름을 부르는 나를 보며 배시시 미소 지었다. 그런데 이상하게도 항상 보던 웃음인데 우는 것처럼 보였다. 이어지는 돌발 행동도 평소답지 않기는 마찬가지였다.

"아가씨, 제 무례를 용서하세요. 다신 이런 모습을 보이지 않을 테니까요."

아이는 내 품에 들어오더니 그대로 꼭 껴안았다. 그리고 당황으로 얼어 있는 나를 깨우듯 뺨을 비벼 댔다. 잭이 어리광을 부리는 건 처음이라 아무런 말도 못 하고 있자 아이가 속삭이듯 말했다. 귀에 흘러들어 오는 그의 목소리는 매우 낮고 축축했다.

"예전부터 이러고 싶었어요. 좋아요, 이걸로 됐어요. 만족해요."

그렇게 잭은 하녀가 문을 열고 들어오겠다고 말을 하기 전까지 계속 내 품에 안겨 있는 채 알 수 없는 말을 중얼거렸다.

이후 품에서 빠져나온 아이의 얼굴에는 무언가 큰 결심을 한 듯 알 수 없는 비장함이 서려 있었다. 그는 이상함을 느낀 내가 갑자기 왜 그러냐고 물어보아도 대답하지 않은 채 싱글벙글 웃기만 했다. 그리고 잡을 새도 없이 바로 인사를 한 다음 도망치듯 사라졌다.

충분하다, 만족한다, 됐다. 단순히 의뢰를 한 것뿐인데 어째서 저런 말이 나온 건지 모르겠지만, 그대로 흘려 넘기기엔 불안한 감이 있었다.

하지만 이 말의 의미를 알게 된 건 얼마 되지 않아서였다. 그때까지 나는 잭이 왜 그런 말을 했는지 감조차 잡지 못했다. 본래 의뢰를 맡기면 몇 주고 안 보이는 게 일상인 아이인지라 이번에도 그러려니 하며 애써 꺼림칙한 생각을 흘려 넘겼던 것이다. 매우 안일하게도.

※

아이레스 경과 황태자가 또다시 다퉜다는 소문은 금세 비슈발츠가의 저택에 도달했다. 소문에 대해 말하기를 좋아하는 사람들이 근질거리는 입을 참지 못하고 내게 급하게 편지를 보내어 알린 것이다. 내용이야 안타까움과 유감을 표시하고 있지만 이 일이 어떻게 진행될지 흥미 있어 하는 마음마저 감출 수 있었던 건 아닌지라 보내오는 종이마다 죄다 가볍고 산뜻했다. 암만 황태자가 모두의 눈에 망나니로 자리 잡혔다고는 하나 이런 식으로 아무렇지 않게 입에 올릴 수 있을 것인가 놀랄 정도였다.

덕분에 일의 전모를 어느 정도 파악하게 된 나인지라 아이레스 경이 형편없는 몰골로 찾아왔음에도 놀라지 않았다. 그저 황태자 때문에 원

전조(前兆) | 261

치 않은 수모를 당하고 있는 그가 가엾게 느껴질 뿐이다.

내가 내게로 온 편지를 감추지 않은 채 아이레스 경을 맞이했기에 그 역시 내가 황궁에 있었던 일을 알게 되었음을 깨닫곤 민망해했다. 그리고 변명 조로 '위로를 받으러 온 건 아닙니다. 혹시 몰라서……'라고 말하며 말끝을 흐렸다. 사교계의 저열한 행태를 모르는 그가 아닌지라 행여 있을지도 모를 일에 대해 대비하기 위해 정신없이 뛰어온 것이다. 아닌 게 아니라 아이레스 경은 내가 받았을 마음의 상처에 대해 걱정하며 미안해하고 있었다.

"그러잖아도 불미스러운 일로 인해 심란할 텐데 이런 편지까지 받게 해드려서 죄송합니다. 좀 더 참았어야 하는데 그러지 못했습니다."

"경께서 자책할 이유가 뭐가 있나요. 무엇보다 제 마음은 이미 다른 근심으로 인해 꽉 차 있는 상태라 이것에 대해 상심할 겨를이 없답니다. 다만 이로 인해 경께서 크게 불이익을 받을까 봐 걱정이어요."

"전하께선 사리가 분별하신 분으로 이 일로 인해 저를 내치거나 하지는 않으실 겁니다."

"정말로 그러하셨다면 모두의 입에 오르내릴 정도로 크게 언성을 높이지는 않으셨겠죠."

순간 내 눈에 들어온 건 예리하게 잘린 소매였다. 깜짝 놀란 나는 예의를 따질 겨를도 없이 그의 손목을 잡아끌고서 이리저리 살펴보았다. 상처가 났을까 싶어서였다. 다행히 옷만 잘린 모양인지 사내의 팔은 멀쩡했다. 괜한 호들갑을 떤 게 아닌가 싶어 민망할 정도로 말이다. 그래서일까. 무언가에 홀린 것처럼 잘린 소매만 보였던 시야가 금세 밝아졌다. 나는 뜨끈하게 열이 오르는 뺨을 애써 모른 척하며 그의 시선을 피했다.

세상에 부끄러움도 모르고 남자의 손―정확히는 소매지만―을 덥석 잡아챈 꼴이라니. 암만 잘린 옷자락에 당황하였다 하지만 이런 식으로 행동해서는 안 될 일이었다. 특히 사내의 손, 그것도 기사의 손목을 아무 말 없이 붙잡는 건 가족이라도 쉽게 하지 않는 행위였다. 그것이 검을 잡는 팔이라면 더더욱.

그도 그럴 것이 갑작스러운 공격에 대비하여 되받아치는 기술을 익히고 있는 게 이들이 아닌가. 자칫 반사적으로 내뻗은 손에 목이 졸릴지 모를 일이다. 이전의 삶에서 기사의 손을 무작정 잡아챘다가 큰일이 날 뻔한 경험이 있는 나로선 더 조심할 수밖에 없었다.

괜히 기사더러 여인을 숭상하는 우아한 마음가짐 너머 몸을 넙죽 엎드리고 있는 사나운 맹수라 지칭하는 게 아니다. 사교계 내부에서 기사의 등 뒤로 다가가지 마라, 손을 갑자기 잡지 마라와 같은 주의 사항이 전해져 내려오는 것 또한 말이다.

그런데 이런 실수를 다 하다니.

나는 아이레스 경의 눈치를 살피며 슬쩍 입술을 우물거렸다. 연심이라는 단어가 허용하는 자비의 범위가 얼마만큼 될지 감히 짐작조차 할 수 없어 마음이 초조해지고 있었다. 그나마 다행이라고 할 수 있는 건 반격하지 않은 그의 몸일까.

물론 아이레스 경과 같은 사람이 자신의 몸을 통제하지 못할 리가 없다. 할버드 경만 하더라도 상대에 따라서 몸을 피하거나 위협적으로 되받아치는 행위를 자유자재로 조절하지 않는가. 게다가 아이레스 경은 일찍이 황태자를 따라서 사교계로 나선 이력이 있으므로 이러한 상황쯤은 어느 정도 익숙할 터였다. 주의 사항이 내려온다 하더라도 모두가 그걸 지키는 건 아니잖나. 갑자기 덤벼드는 사람 한둘쯤은 당연히 있었을 게다. 워낙 인기가 좋아서야 말이지.

어쩌면 진절머리가 나 반응조차 하지 않는 것일지도 모르겠다. 반복된 경험에 습관처럼 참는 것일지도 모르고.

하지만 이러한 내 모습에 기쁘다는 것처럼 해맑게 웃는 건 의외였다.

당황으로 인해 잡고 있는 소매를 놓으려던 내 손을 붙잡는 것 또한 말이다. 그가 떨떠름한 표정을 숨기지 않는 내게 부드러운 목소리로 속삭이듯 말했다.

"아픕니다."

겉보기엔 멀쩡해 보이는 손이다. 잘린 건 천뿐으로 섬세하게 잘 짜인 손 위엔 푸른 핏줄만이 도드라지게 튀어나와 있었다. 황태자가 그에게 상처를 내고 싶지 않았던 것인지-경고를 하기 위해 그런 거라면 충분히 가능하다-아이레스 경이 잘 피한 것인지 모르겠으나 남자의 매끈한 살갗 위엔 작은 생채기조차 보이지 않았다. 돌발 행동을 한 스스로가 무색할 정도였다. 그런데 그는 아프다고 말하며 자유로운 다른 한 손으로 옷을 어깨까지 단숨에 밀어 올려 버렸다. 통증을 느끼는 사람이 하는 것치곤 퍽 즐거운 표정을 하면서.

순식간에 드러난 맨살이 당황스러워 뺨이 붉어졌다. 그도 그럴 것이 훈련으로 인해 탄탄하게 다져진 사내의 근육이 갑자기 시야를 자극하는데 놀라지 않을 수 없었다. 검을 사용하는 데 있어 최적화된 팔은 미세한 잔 근육이 촘촘하게 잡혀 있어 과하다기보다는 퍽 아름다웠다. 유려하게 흘러내리는 선이 시선을 잡아채고 있었다. 귓불까지 발갛게 달아오른 상태인데도 계속 바라볼 수밖에 없던 건 이 때문이었다. 게다가 그 '아이레스 경'의 팔이 아닌가.

"정말 아픕니다."

그는 내가 어쩔 줄 모르는 것처럼 눈만 빠르게 깜빡이자 다시금 엄살에 가까운 소리를 내었다. 혹시 손목을 세게 잡아서 그런가 싶어 슬며시 손가락의 힘을 빼도 보이는 상처가 다는 아니라는 소리를 하면서 잡힌 손을 내 코앞까지 들이 내밀었다. 사내의 체취가 물씬 코끝으로 밀려들어 왔다.

"상처 하나 없는걸요."

부끄러움을 느낀 내가 고개를 뒤로 살짝 빼자 아이레스 경이 고개를 설레설레 내저었다. 모르는 소리라는 것처럼 진지하게 말하는 그의 미간은 정말로 통증을 느끼는 것인지 살짝 찌푸려져 있었다. 입가에 드리운 미소는 여전한데.

"이 정도로 깔끔하게 자르는 건 그만큼 정교하게 힘을 조절했기에 가능한 일입니다. 하지만 스쳐 지나가는 검풍마저도 통제할 순 없는 노릇이죠. 보이지 않는 부상이 더 위험한 법이라는 소립니다."

얼음의 기사는 안쪽이 저릿하면서 쑤시는 게 약초를 바르고 붕대를 감아야 할지도 모르겠다고 말했다. 나야 검술에 관한 한 문외한이라 내 상이라는 게 멀쩡한 상태에서도 통증을 유발하는 것인지 알 수 없었다. 그저 아프다고 하니 믿을 수밖에. 아이레스 경이 나를 속일 만한 남자도 아니고 말이다. 다만 평소답지 않게 솔직하게 고통을 호소하는 눈동자가 너무나 애처로워 무어라도 해줘야 하나 싶을 뿐이다. 드물게 착잡한 심경이 드는 것 또한 말이다.

시선을 돌려 다시금 날카롭게 잘린 소매를 바라보았다. 아이레스 경은 내 눈이 잘린 천 조각으로 되돌아가자 옷매무새를 제대로 갖추지 못한 자신의 잘못이라고 말했다. 그러고는 한순간의 아픔을 참지 못해 내게 통증을 호소하고 있는 자신을 가엾게 여겨 달라고 말하며 말끝을 흐렸다.

아, 세상에 이 사람은 왜 이렇게 선하고 순한 걸까.

순간 울컥하고 화가 치밀어 올랐다. 그의 말에 동의할 수 없어서다. 왜 아이레스 경이 내게 미안해한단 말인가. 오히려 그는 상처가 났을지도 모를 팔을 아무렇게나 잡아버린 내 무례함을 탓해야 했다. 아니, 그 전에 부상의 원흉인 황태자에게 더더욱 화를 냈어야 마땅하다. 암만 치정극에 심취해 있다 하지만 이렇게까지 해야 하나. 반란이 언제 일어날지 모를 상황인데 칼까지 휘두르며 상처를 입히다니, 오히려 손해가 아닌가.

 물론 야심 많은 황태자라 대계를 크게 거스르는 행동을 하지 않을 터였다. 어쩌면 이마저도 봐준 상태일지 모르겠다. 적당한 부상이어야 적을 속일 수 있을 테니까. 하지만 이렇게 되기까지의 상황이 얼마나 지독했을지 익히 짐작이 가능한바, 속이 부글부글 끓었다. 황태자의 도발이 얼마나 사람의 신경을 갉아먹는지 나 역시 겪어 보지 않았나. 제아무리 냉철한 아이레스 경이라도 참기 어려웠을 것이다. 게다가 자신에게 검을 겨누는 친우라니. 이 모든 게 연극임을 알고 있을 아이레스 경이겠지만, 실제로 행하는 건 또 다른 법이다. 충실한 기사인 그가 어떻게 자신의 주군에게 반항할 수 있겠냐 말이다.

 나는 그제야 아이레스 경이 옷을 제대로 갖춰 입을 생각도 하지 않은 채 나를 찾아온 연유를 알 것만 같았다. 그래서 눈앞의 사내가 무척 가엾고 안쓰러웠다.

 "많이 아프세요?"

 "예."

 소매가 잘린 손목 부분뿐만 아니라 팔뚝과 팔꿈치까지 두루 부상을 입은 건가? 그래서 한쪽 어깨를 전부 다 걷어 올려 보여 준 것이고 말이다.

 나는 그의 팔 안쪽 부분과 팔꿈치, 그리고 어깨에 이르기까지 조금씩 누르며 그의 반응을 살폈다. 그럴 때마다 아이레스 경이 움찔하며 작은 신음을 내뱉었다. 보이지 않는 부상이 정말로 심각한 것인지 그의 이마엔 땀이 조금씩 맺히고 있었다. 발갛게 달아오른 뺨이 홍조로 보이는 게 오히려 미안할 정도였다. 조금만 눌러도 고개를 돌린 채 손으로 코 밑을 감싸면서 신음을 참고 있는데, 이 무슨 허황한 시각이란 말인가.

 그래선지 흘러나오는 말이 낮고 조심스러웠다. 나는 잡고 있는 손을 가만가만 만져 가며 그에게 물었다. 덩치만 클 뿐이지 성미는 순하기 짝이 없는 커다란 개 한 마리가 귀를 축 늘어뜨린 채 낑낑거리고 있는 것 같아 어쩐지 기분이 저조해졌다. 나는 낮은 목소리로 타박하듯 그에게 말했다.

"바로 저택에 돌아가셔서 치료를 받으시지 왜 저를……."

이만큼 아프면 바로 집에나 갈 것이지 왜 나를 찾아온단 말인가. 미련한 남자 같으니라고. 속상한 마음에 나도 모르게 손끝에 힘이 실렸다. 아이레스 경은 그마저도 좋다고 빙그레 웃고 있었다.

"그동안 많이 뵙지 못했잖습니까. 입궁하셔도 저를 찾아오지 않으셨고 말입니다. 보고 싶었습니다. 너무나요. 흘러가는 시간마다 그리워서 미치는 줄 알았습니다. 그리고 오늘 일 때문에 속상해하실 거잖습니까."

"제가 걱정되셔서 방문하신 거예요?"

세상에, 이런 통증을 참으면서까지? 조금만 눌러도 아파하는 사람이?

아이레스 경이 가진 연정의 깊이를 감히 헤아리기가 어려워 입을 꾹 다물고 있자 그런 나를 진지하게 바라보던 그가 시선을 아래로 내리고선 고개를 내게로 바투 들이밀었다. 그리고 자신의 입에서 흘러나오는 입김이 내 입술을 간질일 즈음이 돼서야 잔뜩 가라앉은 목소리로 조르듯 묻는 것이다.

"그래서…… 하면 안 됩니까?"

이건 방문한 것에 대한 되물음일까, 아니면 또 다른 의미를 감추고 있는 걸까? 전자에 무게를 두고 싶지만 그렇게 치부하기엔 그의 눈동자에 떠오른 선명한 감정이 너무나 익숙해 쉬이 입을 뗄 수 없었다. 격렬하면서 달콤했던 키스를 나누었던 그때에도 이러한 눈을 하고 있었으니까.

쪽.

순간 물기 젖은 소리가 귓가에 파고들었다. 습윤한 물기를 머금고 있는 따뜻한 살덩이가 도장을 찍듯 살며시 내려오는데 가슴 한구석이 간질간질했다.

아이레스 경은 언제 아팠냐 싶게 부드러운 미소를 지으며 내게 입맞춤을 하고 있었다. 아니, 이건 부드러운 미소가 아니다. 사람을 홀릴 듯 사납고도 야한 얼굴이다. 입 안쪽을 파고드는 진득함은 없지만, 새가 부리로 쪼듯 잘게 키스의 비를 내리는 남자의 얼굴은 이제 막 식사를 시작하는 맹수를 닮아 있었다.

그래서일까. 허락을 받지 않은 키스임에도 나는 그의 시선에 사로잡혀 옴짝달싹도 못 한 채 잠자코 입맞춤을 받아들였다.

세상에서 다시없을 달콤한 것을 맛보는 것처럼 신중하면서도 열정적으로, 동시에 매우 사랑스럽다는 듯 살짝살짝 입술의 겉을 핥아 나가는 남자의 행동에 배 안쪽이 배배 꼬였다.

이상한 일이지. 가벼운 접촉에 불과한 이게 어째서 입안으로 혀를 집어넣어 구석구석을 맛보았던 지난날보다 더 자극적으로 다가오는 걸까. 농도는 훨씬 옅지만, 몸 전체가 설탕에 절인 듯 끈적끈적해졌다.

쪽쪽쪽.

문제는 젖은 소리가 연이어 들리면 들릴수록 그의 아픈 팔을 붙잡은 내 손에도 힘이 들어간다는 점이었다. 나는 가까스로 고개를 돌리고서 연정에 들떠 어쩔 줄 몰라 하는 남자에게 말했다.

"잠깐만, 아이레스 경. 손이, 아픈 손이……."

"그리웠다고 말했잖습니까. 너무나 보고 싶었다고 말입니다. 영애께선 제 생각이 나지 않으셨습니까?"

"하지만 아프다고…… 상처가…… 치료를…… 경, 제발 말 좀 하게 해줘요. 전 된다고 말한 적이 없어요."

고작 입술을 문지른 것뿐인데도 왜 이리 숨이 차는 것인지. 그와 나의 심장 소리는 어느새 동일한 박자를 가지고서 움직이고 있었다. 들숨과 날숨 또한 같았다.

세상에, 아이레스 경과 같은 뛰어난 기사와 같은 속도로 숨을 내뱉는다는 건 내가 더 불리한 거 아닌가? 저번처럼 입을 벌린 것도, 호흡을 빼앗긴 것도 아닌데도 마치 오랜 시간 달린 것처럼 헐떡이고 있었다. 그래서 말을 내뱉는 것이나 생각하는 게 무척 힘겨웠다. 반달처럼 잔뜩 휘어진 눈을 감출 생각도 하지 않은 채 조곤조곤 조르듯 속삭이는 아이레스 경의 모습을 보지 못할 정도로 말이다.

"앞으로 제 방문을 거절하시겠다는 말씀이십니까?"

"그런 뜻이 아니잖아요, 아이레스 경."

"그럼 해도 된다는 거지요?"

그러니까 그 '해도 된다'의 뜻을 명확하게 하자니까요.

무언가가 울컥하고 올라오는 걸 가까스로 참고서 흘겨보니 그가 다시금 달콤한 미소를 지으며 내게 말했다.

"이 세상에서 영애만이 나를 상처 입히고 치료할 수 있습니다. 그 어떤 명의라 할지라도 영애의 손길만 못할 겁니다."

"네, 하녀가 약과 붕대를 가져오면 치료해 드릴게요. 그러니 이제 그만······."

나는 시선을 피하며 말을 더듬거렸다. 그만 좀 키스하라고? 이 말을 노골적으로 해야 하는 상황이 너무나 부끄러웠다.

"마음의 상처는요? 입술의 갈증은요? 얼마나 더 고백해야 합니까. 보고 싶었습니다. 그리웠습니다. 영애께 가고 싶어서 죽을 것 같았습니다. 연정에 목매어 끙끙 앓고 있는 이 불쌍한 사람을 제발 좀 동정해 주십시오. 이건 불치병이나 다름없습니다."

빨개진 얼굴이 여기서 더 불타오를 수 있나. 하지만 그의 눈동자에 비친 내 얼굴은 이미 불덩이나 다름없었다.

아이레스 경은 내 모습에 감을 잡았다는 듯 감미로운 목소리로 살살 졸라 댔다. 요망하게 반짝이는 눈동자가 어린 짐승을 연상시켰다.

"아주 조금만요, 네?"

역시 황태자의 친구다. 이 남자는 너무 약았어. 세상에 다시없을 정도로 선한 성품을 가진 남자이지만 이때만큼은 이전에 가문의 기사들을 윽박질렀던 그날처럼 거침없이 교활해졌다. 가장 큰 문제는 이런 아이레스 경을 단호하게 밀쳐 내지 못하는 나다.

"팔의 상처를 치료하는 건……."

"잠시 뒤로 미뤄도 됩니다."

내가 머뭇거리자 그가 환하게 웃으면서 다시금 입술을 들이밀었다. 다른 생각을 못 하게 하려는 것처럼. 그렇게.

사막의 여행자가 막 오아시스를 발견한 것처럼 환희에 찬 얼굴로 쪽쪽쪽 소리를 내며 입맞춤을 하는 바람에 발끝이 다 오므려질 정도였다. 그만큼 그의 키스는 게걸스럽고 무척 야했다. 동시에 깃털처럼 부드럽고 상냥했다. 이 와중에도 내 기분을 살피며 다정하게 구는 아이레스 경 때문이었다. 세상에 그 누가 있어 자신의 기갈을 채우는 와중에도 상대를 소중하게 대할 수 있으랴.

"영애가 너무나 사랑스러워 견딜 수 없습니다. 가끔 이런 내가 미친 것 같아요."

어쩌면 이런 말을 중얼거리는 그가 귀엽다고 생각하는 나조차도 미친 게 아닐까. 키스를 하기 위해서 팔의 통증쯤은 아무렇지 않다는 것처럼 태연하게 구는 태도부터가 그러했다. 맞닿은 입술이 꿀을 탄 술처럼 달콤하기 그지없어 취할 것만 같았다.

아이레스 경은 한참이 지나고 나서야 내 입술에서 떨어져 나갔다. 그는 힘겨워하는 나를 어르고 달래며 욕심을 채웠는데, 그만큼 하고서도 만족하지 못한 건지 무척 아쉬워했다. 이전과 같은 깊은 키스가 아니었기 망정이지 그렇지 않았더라면 손가락 하나 까딱할 틈 없이 나른한 상태로 움찔거렸을 것이다.

정말이지 음흉하고 능글맞고, 그리고…… 너무나 다정하고 달콤한 입맞춤을 하는 남자. 나를 위해서 발밑이라도 아무렇지 않게 넙죽 엎드릴 수 있는 사내. 이 세상에서 유일하게 자신보다 나를 생각하는 사람.

나는 빨개진 얼굴을 식힐 생각도 하지 못한 채 멍하니 그를 응시했다. 내가 사랑스러워서 견딜 수 없다는 남자의 목소리가 자꾸 머릿속에서 울려 퍼지고 있었다. 얼음의 기사는 자신을 물끄러미 바라보는 내게 상냥한 미소를 짓다가 능청스러운 어조로 '약 발라 주십시오'라고 말했다. 어리광이 듬뿍 들어간 목소리는 수컷으로서의 매력을 격하시키기보다는 주인에게 예쁨을 받기 위해 꾸며진 행위였다.

"붕대를 감는 게 무척 서툴러요. 그러니 아이레스가에 돌아가시면 꼭 다시 치료받으세요."

나는 하녀가 가져다준 연고를 듬뿍 떠서 그의 손목 위에 살살 발랐다. 팔뚝이나 팔꿈치에도 바르려고 했지만 아이레스 경이 손목이 가장 아프다고 해서 그쪽에만 치중했다. 다행히 상처를 건드린 건 아닌지 그는 약을 바르는 내내 잘 길든 짐승처럼 얌전히 앉아 있었다. 아니면 나를 생각해서 참는 것일지도 모른다. 조금 전만 하더라도 팔 전체가 아프다고 끙끙거렸던 그이지 않나.

문제는 붕대를 감기 시작할 때였다. 얼기설기 어설프게 감긴 천이 금세라도 흘러내릴 듯 조잡하기 그지없어서다. 어찌어찌 매듭을 지었지만 팔을 아래로 내리기가 무섭게 부채꼴 모양으로 쭉 늘어진 천 조각들이 커다랗게 펄럭이는 게, 붕대를 감은 건지 새로운 소매를 손목에 붙인 건지 분간할 수 없을 정도였다.

전조(前兆) | 271

아이레스 경은 민망해하는 내게 크게 감사하며 기뻐했다. 그리고 집에 가자마자 꼭 다시 붕대를 감으라는 내 말을 못 들은 척하며 말길을 돌렸다.

아닌 게 아니라 나중에 듣기로 천을 손목에 주렁주렁 붙이고서 다니다 못해 그것에 입맞춤을 하는 아이레스 경으로 인해 사교계가 큰 몸살을 앓았다고 한다. 수많은 여인이 '내 얼음의 기사가 저렇게 달콤하게 웃을 리가 없어'라고 울부짖었기 때문이다. 물론 그마저도 제대로 붕대를 감지 않으면 화낼 거라고 말한 나 때문에 사라졌지만.

어쨌든 그가 돌린 화제는 반란과 관련된 일이었다. 이미 황태자를 통해서 내가 일의 전모를 꿰고 있음을 알게 된 아이레스 경인지라 대공에 관해 물어보는 게 퍽 어색하지 않았다. 다만 그와 이런 이야기를 나누게 될 만큼 일이 급박해졌나 싶을 뿐이다.

"근래에 대공 전하를 만난 적이 있습니까?"

"네."

나는 솔직하게 대답했다. 어차피 황태자에게 그가 로에나를 찾는 걸 도와주겠노라는 제안을 했다고 말할 참이었다. 망나니 전하에게서 들으나 지금 내게서 들으나 똑같을 터이므로 숨길 이유가 없었다.

"두렵지 않으셨습니까?"

아이레스 경은 내가 대공과 단둘이 만났다는 사실에 입매를 비틀었다. 남자를 만났다는 질투라기보다는 혹여 내게 무슨 일이 생길까 봐 무서웠기 때문이다. 그래서 걱정 어린 목소리로 꼭 하녀를 대동하거나 기사를 떼어 놓지 말라고 당부했다. 이 정도의 위치라면 할버드 경이 호위해도 될 텐데 왜 일반 기사를 대동하냐는 질문을 하면서. 그의 뇌리로 심하게 두들겨 맞다 못해 질질 끌려가기까지 했었던 그때의 내가 떠오른 모양이었다.

"사실 저는 속이 무척 좁고 질투심이 많은 사내입니다. 집착과 독점

욕도 강하지요. 하지만 그게 영애의 안전을 위협한다면 다 무슨 소용이겠습니까? 그러니 제발 할버드 경과 동행하십시오."

그가 바라는 건 한 가지뿐이다. 내 얼굴에 미소가 떠나지 않는 거였다. 아이레스 경은 내게 평화로운 일상을 주고 싶다고 말했다. 자신과 황태자로 인해 이런 고난을 겪는 것 같아서 미안하다고 속삭이면서. 그는 자신이 내게 첫눈에 반함으로써 모든 일이 시작되었다고 믿고 있었다.

"저도 경의 안전을 바랄 뿐이에요. 남들에게 보이기 위한 연극이라 할지라도 이렇게 다쳐 오지 마세요."

"제 상처가 걱정되십니까?"

아이레스 경이 간절한 표정을 하며 나를 바라봤다. 그는 끊임없이 나를 사랑한다 외치면서 애정을 갈구하지만, 한편으론 의심하며 불안해했다. 동정으로 얻어 낸 감정이 진짜일까 싶어 두려운 것이다. 아닌 게 아니라 그의 입맞춤을 받았던 시기는 양부가 죽은 다음으로 대외적으로 한창 불안정할 때였다.

나는 조금 망설이다가 천천히 고개를 끄덕였다. 걱정이 되냐고? 그렇지 않았다면 굳이 손을 뻗어 상처를 확인했을까. 직접 약을 발라 주면서까지 서투르게나마 붕대를 감아주고 말이다.

내 모습에 아이레스 경이 환하게 웃으며 손을 뻗었다. 그리고 어떻게 반응할 새 없이 내 손등에 입을 맞추며 속삭였다. 그의 목소리는 밀어를 나누는 것처럼 낮고 부드러웠으나 한편으론 조심스러웠다.

"전쟁에선 예상치 못한 일이 일어나도 놀랍지 않습니다. 가끔 운명의 여신을 거스르는 사건이 터질 때도 있지요. 그러니 약속 하나만 해 주십시오."

"약속이요?"

"전하의 기사이기에 우리가 승리할 것이라 믿어 의심치 않아야 함이

마땅하지만, 토끼처럼 여러 굴을 파 놓는 것도 나쁘지 않기에 드리는 말입니다. 언제고 누군가 영애를 찾아와 '블랑시'라고 말하면 지체 없이 그를 따라나서 주십시오."

"아이레스 경?"

"외국으로 떠나는 배편과 신분증, 그리고 머무를 저택의 열쇠와 얼마간의 보석을 드릴 겁니다. 이건 황태자 전하도 모르는 일입니다."

"하지만……."

"그렇게 해주시겠습니까?"

진지한 목소리에 나도 모르게 고개를 끄덕이게 된다. 아이레스 경은 한결 마음이 놓인다는 듯 나를 가볍게 잡아당기고서 이마에 키스했다. 그러고는 잠시 머뭇거리더니 곧 부끄럽다는 것처럼 재빨리 속삭였다.

"만일 외국에 대피하였을 시 제가 죽었다는 소문이 전해지지 않는다면 적어도 일 년 정도는 저를 기다려 주실 수 있습니까? 덜도 말고 더도 말고 딱 일 년만 말입니다. 이 이상은 욕심내지 않겠습니다."

다시 돌아온 뒤로 자잘한 운명 몇 개가 바뀌었다 하지만 큰 줄기는 여전히 이전과 다를 바 없었다. 그러므로 황태자가 반란을 제압하여 황제의 위에 오른다는 미래가 바뀔 리가 만무했다. 그렇게 믿고 있기도 하고 말이다. 그런데 아이레스 경의 말을 듣고 나니 이 믿음이 흔들리고 있었다. 그의 말마따나 혹시나 운명을 거스르는 사건이 터진다면 어찌해야 하나 싶어서다.

물론 황제가 준 문서가 있기에 지금의 근간이 흔들리지는 않을 터였다. 하지만 황제가 된 대공이 있는 한 평온한 삶을 살 수 있을 리가 만무하다. 당장 황후부터 날 못 잡아먹어서 안달일 테니 아니 그러하랴. 로에나의 존재 또한 큰 위협이 될 것이다. 그녀가 있어 내 위치가 흔들릴 게 자명하니까. 차라리 납치된 이상 시체로 돌아오면 좋으련만.

어쨌든 졌을 때도 대비해야 한단 말이지. 나에게 지나치게 사근사근

해서 이전과 같은 날카로움은 느껴지지 않지만, 대공은 꽤 오랫동안 황태자의 눈을 속일 만큼 대단한 능력을 갖춘 남자였다. 어쩌면 그라면 문서를 무시하고서 나를 죽일 방도를 찾아낼지도 모를 일이지.

그런데 아이레스 경은 내가 황제에게 문서를 받았다는 걸 전혀 모르나? 황태자가 말을 안 한 건가.

나는 차오르는 한숨을 꾹 삼키며 이마에 남은 온기를 천천히 느꼈다. 자신의 안위는 아랑곳하지 않고서 나를 살릴 방도부터 마련해 놓은 이 미련한 남자를 어찌해야 하나 먹먹한 기분이었다. 게다가 고작 일 년을 기다려 달라니. 이후론 누구를 만나도 기꺼이 감수하겠다는 소리가 아닌가.

"일 년은 너무 깁니까?"

내가 선뜻 대답하지 못하자 그가 조용히 물었다. 그러고는 자신 없는 목소리로 8개월, 6개월 이렇게 숫자를 줄여 나가다가 나중엔 '단 하루라도 좋습니다. 그래도 저를 생각해 주셨다는 증거일 테니까요'라고 중얼거리는 것이다.

이 답답하고 멍청하고 너무나 순해 빠진 남자 같으니라고! 암만 연정에 휩싸였다 하지만 이렇게 자기 욕심을 부리지 않을 수 있지?

나는 울컥 솟아오르는 화를 애써 삭이며 입술을 깨물었다. 과거의 나만 하더라도 할버드 경을 쫓아다닐 때 내 감정이 우선이었다. 그렇지 않으면 죽을 것 같았으니까. 그래서 어린애처럼 징징 떼를 쓰며 나를 봐 달라고 운 것이고. 주변의 시선이 어떤지, 그로 인해 할버드 경이 어떤 곤란을 겪고 있는지 전혀 아랑곳하지 않고서. 그런데 발전된 형태의 나라 여기는 아이레스 경은 오롯이 나를 위해 희생 또 희생하려고 한다. 받은 것이라곤 고작 몇 번의 키스가 전부인데도 불구하고.

사실 그 역시 사람인지라 막무가내로 행동할 때가 있었다. 하지만 내가 단호하게 거부하거나 싫은 기색을 보이면 꼬리 만 짐승처럼 낑낑거리며 눈치를 살피고 조심스럽게 허락을 구했다. 물론 솜씨 좋게 어르고 달래어 제 만족을 채울 때가 있지만 그렇다고 해서 허용된 선을 넘을 정도는 아니었다. 그만큼 나를 소중하게 생각하기 때문이었다.

그래도 그렇지. 이런 것쯤은 마구 우겨도 되잖아. 이 바보 같은 남자야.

"정말 하루뿐이어도 괜찮나요?"

내가 뻔뻔한 어조로 대답하자 그가 잠시 침묵했다. 말은 그렇게 했지만, 막상 듣고 나니 충격이 큰 모양이었다.

나는 손을 뻗어 엉망으로 감긴 붕대를 조심스럽게 쓰다듬었다. 상처 입은 그를 달래듯이, 그렇게.

"말해주세요. 정말 하루면 되나요?"

그럼 난 당신에게서 자유인 거야?

차마 내뱉지 못한 뒷말을 정확하게 떠올린 걸까. 갑자기 그의 숨소리가 거칠어졌다. 막상 나를 놓는다고 생각하니 가슴이 찢어질 듯 아픈 모양이었다. 그러니까 왜 객기를 부려, 부리긴. 뭐, 사모하는 사람 앞에서 완벽한 사람으로 남고 싶어 하는 마음을 이해하지 못하는 바는 아니지만.

어쨌든 슬슬 상처 입은 마음을 달래 줘 볼까. 풀이 죽은 개는 귀엽지만, 그게 지속된다면 동정심이 생길 수밖에 없었다.

"이겨야 할 이유 하나가 생기는 셈이로군요."

"예?"

"만에 하나라 하셨죠. 하지만 만에 하나라도 연고가 없는 외국으로 떠나 사는 건 싫어요. 기약 없는 기다림도 좋지 않아요."

"영애……."

"어쩔 수 없이 이기셔야겠네요."

반란을 진압하는 게 어디 그리 쉬운 일이랴. 하지만 그가 했던 말을 다 거부하며 되레 동기를 부여하니 아이레스 경은 퍽 놀란 눈치였다. 그래서일까. 잠시 침묵하던 그가 크게 부풀어 오른 반죽처럼 숨을 크게 들이쉬더니 곧 숨죽인 웃음을 터뜨리며 어깨를 사정없이 떨었다.

"그렇군요. 이기면 될 일이죠. 세상에, 제가 지금껏 만에 하나라고 말씀드렸습니까? 부디 무례를 용서하시길."

"하지만 조금 전 경께서 말씀하신 대로 대피하는 것도 나쁘진 않겠지요. 필요하다면요. 하지만 기다림이 하루뿐만은 아닐 거예요. 일 년도 아닐 테죠."

"……영애를 괴롭히고 싶지 않습니다."

"그럼 그 괴로움을 둘로 나누어서 가진다고 생각하세요."

어차피 이런 말을 듣고 싶어서 꺼낸 거 아닌가. 약은 남자 같으니라고. 그런데 그게 밉지가 않으니 참 이상한 일이었다. 말을 끝내기가 무섭게 내 이마와 콧등에 다시금 작은 키스의 비를 뿌리는—내 얼굴이 아주 자기 건가 보다. 이젠 허락도 안 받네—그의 태도 또한 말이다. 실실거리는 웃음이 흘러나올까 봐 꾹 참는 나 또한 제정신은 아니겠지. 그래도 부끄러운 건 부끄러운 거라 자꾸 고개를 뒤로 빼자 붕대에 감겨 있는 손까지 사용하여 내 얼굴을 붙잡으려고 했다. 아픈 손을 함부로 쓰지 말라고 잔소리하는 내 모습에 행복하다는 듯 해맑게 미소 짓는 이 남자가 정녕 '얼음의 기사'가 맞나 싶을 정도였다.

"이기면 모든 것이 달라질 겁니다. 약속드리지요."

미카에 아이레스는 발갛게 상기된 낯을 감출 생각도 하지 않은 채 말했다. 자신을 믿으라고, 어떤 선택을 하든 따라와 달라고 간청하면서 그렇게 나를 뒤흔들었다.

아리나가 나를 찾아와 피가 묻은 서신을 전달하며 잭이 위험하다고 울먹일 때까지 그렇게 아이레스 경은 내 모든 것을 장악했다. 따스한 햇볕이 내리쬐는 정원에서 가벼운 숄을 걸친 채 책을 읽는 그런 안온한 일상만이 나에게 어울리는 양 그렇게 세상에서 다시없을 평온한 감정을 맛보게 하면서.

※

아리나는 내게 있어 휴식과도 같은 사람이다. 그녀의 쾌활한 성품과 상냥한 마음은 늘 나를 감동케 했다. 그래서일까. 아리나를 만나고 나면 마음이 잔잔한 호수처럼 고요해지며 들끓던 악의가 잠잠해졌다. 하지만 평민 소녀를 자주 만나는 건 좋지 않아 지정된 날짜에만 만나는 터였다. 이야기를 듣는다는 명목하에서.

가끔 날짜를 무시하고 그녀를 부를 때가 있지만, 보통은 최대한 자제하려고 노력하는 편이었다. 무엇보다 양부의 사망 이후 눈코 뜰 새 없이 바빠진지라 잭을 부를 때 같이 만났던 몇 번을 제외하고 이야기를 듣는 시간마저 드물어진 상태였다. 그렇기에 아리나가 나를 먼저 찾아왔다는 게 무척 놀라웠다.

짬을 내어 겨우 만난 아리나는 엉망인 얼굴을 하고 있었다. 눈물로 흠뻑 젖은 얼굴은 이미 퉁퉁 부어 무엇이 눈인지 알아볼 수 없을 정도였다. 아이는 내가 방에 들어오자마자 벌떡 일어나 달려오더니 손에 들고 있는 것을 내밀었다. 잔뜩 구겨진 종이였다. 군데군데 핏자국으로 보이는 게 묻어 있는 것이 퍽 섬뜩하게 느껴졌다.

"잭이 주고 사라졌어요. 어젯밤 갑자기 창문을 두들겨 절 부르더니 이걸 주고 어디론가 사라졌단 말이에요."

"아리나, 잠시만 진정해 봐. 무슨 말이니? 하나도 못 알아듣겠구나."

나는 그녀의 어깨를 토닥이며 소파로 인도했다. 아리나는 훌쩍이는 와중에도 내게서 떨어지지 않으려고 했다.

"잭이 일을 시작하면 며칠이고 사라지는 거 알고 계시죠?"

"물론이지."

"그 애는 일하는 도중엔 단 한 번도 저를 찾아온 적이 없어요. 뭐든 완벽하게 끝내야만 직성이 풀리는 성격이거든요. 그런데 어제 갑자기 저를 찾아왔어요. 누군가에게 쫓기는 것처럼 무척 다급한 표정을 하면서요. 얼굴을 검은 천으로 둘둘 감쌌지만 잭이라는 걸 한눈에 알았죠. 그 애 말고 절 울보라고 부를 사람이 또 누가 있겠어요?"

"누군가에게 쫓기는 것처럼 보였다고?"

"네."

아리나는 코를 훌쩍이며 손등으로 눈물을 닦았다. 그럼에도 그녀의 부은 눈에선 말간 눈물이 주르륵 흘러내리고 있었다. 아마 잭이 보았더라면 울보가 아니라 개구리라고 놀렸을 것이다. 그만큼 심각했다. 아닌 게 아니라 아이는 잭을 본 이후로부터 날이 밝을 때까지 계속 운 모양이었다.

"이걸 아가씨에게 꼭 전해드려야 한다면서 무작정 쥐여 주더니 금세 어둠 속으로 사라졌어요. 아아, 아가씨. 잭이 위험한 일을 하는 건 아니죠?"

잭은 평소 아리나에게 심부름을 하며 돈을 번다고 말했다. 어른이 시키는 잔업을 도와주며 근근이 용돈을 받아먹고 산다고 그렇게 둘러댄 것이다. 여러 가지 일을 하는지라 이곳저곳을 돌아다닐 수밖에 없기에 자주 보지 못하는 거라고 말이다. 실제로 잭은 일하는 곳을 구경하고 싶다 말하는 그녀에게 '네가 오면 집중이 되지 않아'라고 버럭 소리를 내지르기까지 했다. 그래서 아리나는 잭이 일을 시작할 때면 며칠간 잠적을 하는 게 그의 꼼꼼한 성미 탓이라고 여기고 있었다. 그리고 그의 기분을 상하게 하지 않기 위해 다신 어디서 일을 하냐고 물어보지 않았다.

그런데 이번의 일로 인해 그 믿음이 깨진 모양이었다. 나는 위험한 일을 하는 게 아니냐고 묻는 아리나의 말에 쉽게 대답하지 못했다. 다소 위험한 일을 의뢰하긴 하였으나 잭이 아닌 다른 사람을 시키라고 말해놓았기에 마음 놓고 있었던 터였다. 그런데 이런 일이 일어나다니. 한 번도 내 말을 어긴 적이 없는 잭이었는데.

나는 아리나에게 받은 종이를 조심스럽게 폈다. 급하게 찢어 대충 적은 모양인지 간소한 기호 몇 개가 그리듯 휘갈겨져 있었다. 군데군데 묻어 있는 건 검붉게 말라붙은 피다. 나는 서늘해지는 가슴을 손으로 문지르며 마른침을 꿀꺽 삼켰다.

이게 잭의 피는 아니겠지?

거리의 아이 중 글을 아는 아이는 없다시피 했다. 잭 역시 까막눈이었다. 그래서 부득이한 사정으로 인해 글로 정보를 전달해야 할 일이 있을 땐 암호화된 그림을 그려 넘기는 것으로 대신했다. 보통은 그 암호화된 정보가 정보상의 윗줄로 넘어가고, 그들이 다시 재해석하여 고객에게 넘어가는 편이었다. 하지만 몇몇 특별 대우를 받는 사람은 간소화된 암호책을 받아 날것 그대로의 정보를 받았다.

나는 아리나에게 손수건을 건넨 다음 침실 안쪽의 깊숙한 곳에 숨겨놨던 암호책을 가지고 왔다. 그리고 종이에 적힌 그림을 차분하게 해석했다. 단순하다면 단순할 수 있는 그림은 하나의 주소를 가리키고 있었다.

나는 그것이 마녀 혹은 로에나가 있는 곳을 지칭하는 것이라고 생각했다. 결국 잭 그 자신이 일을 도맡은 것이다. 나는 종이의 마지막에 적힌 '걱정하지 마세요'라는 단어에 한숨을 내쉬었다.

아아, 걱정하지 말라니. 어떻게 걱정을 하지 않을 수 있니?

아리나가 말했던 '쫓기는 것 같다'의 의미는 결국 대공 쪽에 들켰다는 말과 다름없었다. 그리고 그들은 잡음을 남기지 않기 위해서라도 잭을 죽이려고 할 터였다.

"아리나, 네가 해줘야 할 일이 있어."

"네?"

나는 깃펜과 잉크, 종이를 꺼내었다. 그리고 암호집에 있는 그림 몇 개를 그린 다음 아리나에게 건넸다.

"잭의 집 벽에 이걸 그려 주렴. 어떤 걸로 그려도 좋으니까 최대한 눈에 잘 띄게 해야 해. 이건 잭을 구할 방법이야."

"잭이 위험에 빠진 거 맞죠?"

"내 생각이 맞는다면, 아마도."

"아아, 도대체 무슨 일이 일어나고 있는 걸까요?"

"다 내 잘못이야."

"아가씨?"

나는 양손으로 얼굴을 감싼 다음 마른세수를 했다. 복잡하게 뒤엉킨 뇌리로 지난날 잭이 내게 했던 말이 떠오르고 있었다.

"예전부터 이러고 싶었어요. 좋아요. 이걸로 됐어요. 만족해요."

평소답지 않게 어리광을 부린다 싶었더니 고작 생각한 게 이거야? 포옹 한 번에 모든 걸 던져 버리다니. 대체 왜 그런 거니?

눈가가 뜨끈해져 왔다. 잭의 마음을 모르는 바는 아니지만 이렇게까지 해야 했나 싶어서 서글펐다. 내가 살아남기 위해 아이를 사지로 밀어 넣었다는 생각에 숨이 막혀 왔다.

"가서 다른 사람의 이목을 피해서 그려야 해. 그리고 누군가 잭에 대해 묻는다면 모른다고 해. 아니, 악담을 해버리렴. 해줄 수 있지?"

나는 아리나를 품에 안고서 말했다. 너마저 위험해진다면 나는 정말 견딜 수 없을 거야. 덧붙이는 목소리에 아이의 몸이 뻣뻣하게 굳었다. 그러다 잠시 후 겨우 결심했다는 것처럼 힘겹게 고개를 끄덕이는 것이다.

"아가씨 잘못은 아닐 거예요. 잭의 고집은 누구도 말리지 못하잖아요. 하지 말라는 거 꼭 하는 못된 심보도 있고. 그러니까, 흐흑, 이건 아가씨 잘못이 아니라 아가씨를 너무 좋아하는 잭이 실수를 한 거예요. 으허엉."

"아냐, 그렇지 않아. 내 잘못이야."

"잭을 구해 주실 거죠? 그럴 거죠? 제발요, 아가씨."

"그래."

"약속하는 거죠?"

아이를 구할 수 있을지는 장담할 수 없다. 어쩌면 이미 늦었는지도 모를 일이다. 지금 당장 할 수 있는 일이라곤 잭의 정보상에 바로 접촉하는 것뿐인데, 이마저도 기다려야 하므로 그동안 아이가 어떻게 될지 모를 일이었다.

소년 하나 구하지 못하는 무능력한 사람 같으니라고.

순식간에 치솟아 오르는 혐오감에 몸이 부들부들 떨렸다. 동시에 내가 모든 것을 해결할 것처럼 간절하게 매달리는 아리나의 손길이 너무나 무겁게 느껴졌다. 거짓말에 절여진 혀가 오늘만큼은 야속하리만치 잘 움직이지 않았다. 아리나를 안심시키기 위해서라도 약속한다고 말해야 하는데, 정작 바깥으로 튀어나온 건 숨죽인 소리였다.

"그리고 너도 내가 다시 부를 때까지 찾아오지 말렴. 만약에 누군가 나를 아냐고 물으면 속았다고, 마녀라고, 나쁜 여자라고 마구 화를 내 버려."

나는 몸에 걸치고 있는 귀걸이와 목걸이, 팔찌와 발찌, 펜던트에 이르기까지 팔면 돈이 좀 나올 것 같은 물건을 죄다 뺐다. 그리고 다른 사람이 알 수 없게 손수건에 꽁꽁 싸서 아리나의 손에 쥐어 주었다.

"급할 때 쓰는 거야. 알았니?"

"엉엉, 아가씨."

"귀여운 아리나. 내 부탁을 들어줄 거지? 그럴 거지?"

나는 그녀의 젖은 뺨에 연신 키스하며 재촉하듯 물었다. 아리나는 강한 어조로 채근하는 나를 이길 수 없었던 모양인지 힘겹게 고개를 끄덕이며 울먹였다.

"자, 어서 움직이렴. 빨리. 그리고 미안하다."

손을 들어 아리나의 뺨을 세차게 내려쳤다. 그리고 부어오른 뺨을 감싸 쥔 채 나를 바라보는 아리나를 서글픈 눈으로 바라보다 곧 신경질적으로 소리를 내질렀다. 내가 발을 크게 구르면서까지 '밖에 아무도 없어?'라고 크게 부르자 곧 문이 열리며 하녀 몇몇이 들어왔다.

"이 건방진 계집애가 분수도 모르고 날 농락하지 않니? 그간 말재주가 좋아 예뻐했더니 겁이 없어진 모양이야. 당장 끌어내. 꼴도 보기 싫다!"

"예."

아리나는 멍한 얼굴로 나를 바라보며 질질 끌려가다 내가 입술을 달싹이며 '그림'이라고 말하자 그제야 눈을 깜빡이며 고개를 살짝 끄덕였다. 그리고 억울하다는 것처럼 발버둥을 치다가 문 바깥으로 사라졌다.

"아가씨, 무슨 일이 있으셨는지요?"

아리나가 사라졌음에도 내가 마치 분이 풀리지 않는 것처럼 씨근덕거리자 하녀 한 명이 조심스럽게 물어봤다.

나는 대답 대신 '건방진 계집애 같으니라고'라는 말을 내뱉다가 이내 화를 못 이긴다는 것처럼 물을 따라 마셨다. 그리고 할버드 경을 서재로 모시고 오라고 명령했다. 초조함을 견디다 못해 죽을 것 같았지만 애써 태연한 척하면서.

잠시 후 할버드 경이 서재로 들어왔다. 그가 내 것임을 확인받은 이후 처음으로 단둘이 만나는 것이었다. 쉴피스 경이 사라진 이후 비슈발트가의 기사를 통솔하는 건 할버드 경이었다. 그는 낮에는 사람들을 이끌고 나가 로에나에 대한 단서를 찾고, 밤에는 밀린 업무를 해치우며 기사들의 동요를 잠재우려고 노력했다.

가문의 기사 중 쉴피스 경에 대한 존경심이 없는 이는 드물므로 그도 함께 납치되었다는 사실에 모두 힘겨워하던 참이었다. 그런데 할버드 경이 중심을 잡고서 주변을 다독이니 적어도 기사들 안에서는 나에 대한 반감―로에나와 쉴피스 경을 위험하게 했다는 것에 대한 불만이 있었다―이 많이 사라진 터였다. 그렇지 않았다면 지금 그를 불러오는 것조차 무척 어려웠을 것이다.

나는 할버드 경을 소파로 안내한 다음 잭이 보낸 주소―미리 다른 종이에 옮겨 놨다―를 보여 주었다.

"로에나를 찾기 위해 제가 많은 노력을 한다는 걸 아시죠?"

"예."

"주변의 도움으로 어렵게 정보상에 끈이 닿아 의뢰를 할 수 있었답니다. 이건 그들이 보내온 주소예요."

"여기에 아가씨께서 계신다는 겁니까?"

"장담할 수 없어요. 이 주소를 캐느라 그들 역시 들통나 버렸거든요. 그래서 전혀 다른 사람이 사는 것처럼 꾸며 놨을지 혹은 로에나가 있지만 다른 곳으로 옮겼는지 알 수 없어요. 사실은 이 주소를 캐다가 들켰는지에 대한 것도 확신할 수 없지만요."

만일 바로 들킨 거라면 잭이 내게 이 주소를 건넸을 리 없다. 단서라도 찾으라고 주었을지도 모를 노릇이지만 아이의 성격상 하단에 '실패'라는 암호를 추가했을 터였다. 그렇기에 나 역시 이곳에 로에나가 아직도 있을지 장담할 수 없었다.

"그러니까 경께서 확인해 주세요."

"예."

"부탁드려요."

"실망하게 해드리지 않겠습니다."

"경이 있어서 참 다행이에요."

아무렴 그렇고말고. 할버드 경이 아니라면 그 누가 이런 일을 할 수 있겠는가. 제국 내 그를 이길 자가 거의 없다고 알려진 터인데. 가히 최강의 사내라 할 수 있었다. 그러므로 할버드 경이라면 기척을 들키지 않고서 주소에 적힌 집안을 살펴볼 수 있을 것이다.

"할버드 경?"

나는 내 말에 미묘한 표정을 지으며 시선을 마주하는 그의 모습에 고개를 갸웃거렸다. 또 저런 얼굴이다. 무언가를 힘겹게 참고 있는 듯한 모습. 깊게 가라앉은 눈동자는 서글픔으로 일렁이고 있었다.

"아닙니다. 제가 있어 다행이라 하시니 무어라 답해야 할지 고민이 되어서 말입니다."

가볍게 고개를 숙이는 것으로 예를 다한 할버드 경이 바로 자리에서 일어나 당장 주소가 적힌 곳으로 가겠다고 말했다. 그리고 몸을 돌려 방문으로 향하는데, 갑자기 그가 걸음을 멈추더니 고개만 돌려 입을 열었다.

"작년 건국제 때 우승 화관을 받았는데, 다음 날 아침이 되니 사라져 있었습니다. 잘 기억나지는 않지만 아마 본래의 주인에게 갔을 거라 추측이 됩니다. 그 화관은 아직도 잘 있을까요? 상자든 추억이든, 어느 곳이든 좋으니 말입니다."

갑작스러운 질문에 숨이 턱 막힐 것만 같았지만 애써 미소를 지으며 대답했다.

"아마도요. 위로가 되었을 거예요. 결국 꿈에 불과한 것이었지만, 그래도 다시는 그처럼 달콤한 꿈을 꾸지 못하겠지요."

"……영광입니다."

짧게 입을 연 그가 손을 뻗어 손잡이를 비틀어 열었다. 그리고 천천히 걸어 나가는데, 기이하게도 평소의 그답지 않게 걸음걸이가 매우 흐트러져 있었다. 나는 한숨을 내쉬며 그런 그의 등 뒤를 바라보다 문득 화관을 처분해야겠다고 생각했다. 아마도 그가 주었던 책에 한 송이씩 잘라 넣으면 되겠지.

"그래요. 다신 그런 가슴 떨린 꿈을 꾸지 못할 거예요, 할버드 경."

나는 메말라 오는 입술을 달싹여 조용히 중얼거렸다. 꿈은 꿈에 불과하다. 나는 그것을 너무 늦게 알았다. 그래서 아직도 그 꿈의 잔향에 홀리고 만다. 언제쯤 깨끗하게 잊을 수 있을까? 어쩌면 평생이 걸릴지도 모를 일이었다.

아리나가 아주 영리하게 일을 처리한 모양인지 혹은 그쪽에서 이미 나를 주시하고 있었던 것인지 모르겠지만, 연락은 생각보다 빨리 왔다. 밤이 채 깊어 가기 전에 새와 쥐가 정교하게 새겨진 은화 하나가 내게 배달된 것이다.

나는 작은 은화 속에 새겨진 사람처럼 옷을 차려입은 새와 쥐 그림을 손가락으로 쓰다듬었다. 이전에 잭은 자신이 속한 곳의 표식을 '새와 쥐'라고 말한 적이 있었다. 그리고 그와 관련된 표식 또한 내게 보여 줬었다. 그러므로 그때 보았던 문양과 동일한 표식의 이 은화는 그들이 내게 응답을 했다는 증거나 다름없었다.

하지만 저들이 보낸 건 이것 하나뿐으로 은화가 들어 있는 봉투의 어디에서도 저들이 보낸 은밀한 암시를 찾을 수 없었다. 나와 어떻게 접촉을 하겠다는 것인지 아무런 언급이 되어 있지 않았다. 그렇기에 내가 아리나를 시켜 자신들의 표식을 그리게 한 것을 제대로 이해한 것인지에 대한 의문이 들었다.

만일 증거를 없애겠답시고 편지 봉투를 촛불에 가까이 가져다 대지 않았더라면 영영 그들의 의도를 알아차릴 수 없었을 것이다.

촛불에 가까이 가져가자 봉투 겉면에 희미하게 떠오른 글자는 나를 놀라게 만들었다. 그것은 이들의 방식이 교묘했기 때문이 아니라 자칫 엇갈릴 수도 있었겠다 싶은 두려움 때문이었다. 한시라도 빨리 잭의 행방을 알고 싶었기에 더더욱 그러했다. 그래서 불안과 초조로 인해 봉투를 제대로 살펴볼 생각을 하지 않은 나를 탓하며 한숨을 내쉬었다. 벽난로에 넣지 않고서 촛불에 가져다 댄 건 정말 다행스러운 일이었다.

그을린 종이에 나타난 글자는 단순했다. 오늘 자정, 창문. 움브라(Umbra). 자정과 창문을 적어 놓은 것은 알겠는데 움브라라는 단어는 익숙지 않아 순간 움찔했다. 이는 그림자라는 뜻을 가진 고대어로 아마 정보상 그들을 지칭하는 또 다른 말일 터였다. 오늘의 만남을 계기로 자신들의 실체를 완벽하게 드러내겠다는 의사인 건가?

나는 떠오른 글자를 주문처럼 몇 번이고 중얼거리다가 곧 봉투를 촛불에 대고 완전하게 태워 버렸다. 그런 다음 세릴을 불러 오늘은 일찍 잠자리에 들 것이니 부르기 전까지 방 주변을 얼쩡거리지 말라고 명령했다. 하녀의 일 중 하나가 잠자리에 들기 전 주인의 방을 살펴보는 것인데 이를 하지 말라고 한 것이다. 세릴은 뜻밖의 명령에 두 눈을 크게 뜨다가도 내 기분이 무척 저조함을 깨닫고선 알겠노라고 답했다. 그리고 테라스에 인접한 창문의 걸쇠를 풀어 놓으라는 내 말을 순순히 따랐다.

침대를 제외한 다른 곳의 촛불을 끄니 망령이 사는 것처럼 음산했다. 사위가 조용해 더더욱 그렇게 느껴졌다. 그리고 나는 침대 위에 웅크리고 앉아 창만을 바라보는 음침한 유령이었다.

시간은 장송곡처럼 끔찍할 정도로 느리게 흘렀다. 기다리는 내내 피가 마를 것만 같았다. 불쾌한 망상 또한 끊이지 않아 몹시 힘들었다.

잭. 아아, 가엾은 나의 잭.

이 이름 하나가 혀끝에서 굴러질 때마다 손끝이 떨렸다. 어머니의 목숨이 경각에 달했을 때와는 또 다른 불안함이 나를 잠식하고 있었다. 우스운 건 이 와중에도 한 가지의 의문을 통해 심장을 날카롭게 헤집는 교활한 마음이었다.

나는 이 아이를 구할 수 있을까. 모든 것을 망칠 수 있다는 가정을 하더라도?

이에 대한 답을 쉽게 내릴 수 없다는 것이 나를 미치게 만들었다. 잭을 우선순위에 넣을 수 없는 잔혹한 현실 때문이었다. 탐욕이 빗발친 본성이 사악한 아귀를 벌린 채 킬킬 비웃음을 흘린다. 하지만 어떻게 포기를 한단 말인가. 얼마나 어렵사리 손에 넣은 비슈발츠인데. 내가 지금까지 버틴 이유가 뭔데……. 여기서 물러나는 것 자체가 다 같이 죽자는 말과 다름없잖나.

아이를 구하는 데 최선을 다할 것은 틀림없었다. 무슨 수를 쓰더라도, 꼭. 그렇기에 돈이 얼마가 들든 상관이 없었다. 다시 볼 수 있다면 무얼 못 할까. 멀쩡하지 않아도 돌아만 와 준다면 만족할 수 있었다. 그러나 잭과 비슈발츠 가문을 양자택일하는 날이 온다면 나는 분명 아이를 버릴 것이다. 살려 달라고 애원하는 잭의 목소리를 외면한 채 냉정하게 뒤돌아설 게 분명하다. 아리나의 원망을 듣는 한이 있더라도 말이다.

"난 정말 구역질 나는 여자야."

지독한 혐오감에 얼굴을 팔에 묻고서 입술을 피가 날 정도로 깨물었다. 눈물이 흐를 것 같았지만 애써 참았다. 잔인하게도 머릿속의 저울은 이미 비슈발츠가를 향해 기울어지고 있었다. 이미 나는 뼛속까지 귀족이었다.

어느덧 시간이 흘러 자정을 알리는 종소리가 들려왔다. 나는 고개를 바로 들어 열린 창문으로 시선을 던졌다. 두 개의 그림자가 봉투에 적혀 있었던 이름처럼 홀연히 나타나 창틀 위로 드리워져 있었다. 그들은 방 안에 바로 들어오지 않고서 정중하게 허락을 요청했다. 나름 예의를 갖추려고 한 모양인지 고개를 숙이며 인사를 하는 게 제법 능숙해 보였다. 나는 가볍게 고개를 끄덕였다. 그러자 그림자들이 깃털처럼 소리 없이 바닥에 뛰어내렸다.

　나는 침대에서 천천히 걸어 나오며 그들을 바라보았다. 정체를 감출 생각인지 눈을 제외한 모든 곳을 빈틈없이 감쌌지만, 체형이 남달라 두 사람을 쉽게 구분할 수 있을 것 같았다. 그도 그럴 게 뚱뚱하고 키가 작은 사람과 키 크고 깡마른 사람의 조합이니 아니 그러하랴. 달빛에 비친 탓인지 외형이 더욱더 두드러지는 듯했다.

　두 사내는 바로 자신을 소개했다. 대화를 원활하게 이어 나가기 위한 포석으로 무척 자연스러웠다. 뚱뚱한 남자는 '쥐', 깡마른 남자가 '새'였다.

　"그러니 그냥 쥐라고 부르시면 됩니다."

　그 어떤 곳에서도 쥐와 새를 연상시키는 모습이 없었지만, 뚱뚱한 남자는 대수롭지 않다는 듯이 말했다. 그렇게 불리는 게 익숙하다는 것처럼.

　나는 신분을 감추려는 남자들의 수작에 미간을 찌푸리며 말했다. 남의 정보를 캐며 먹고사는 이들이다 보니 구린 게 많을 테지만, 이런 식으로 회피하는 건 아니었다.

　"그대들은 내 이름을 알면서?"

　그러자 새가 어깨를 으쓱이며 '이 바닥이 원래 그렇습죠'라고 능청스레 대답했다.

　"못 믿는다면 맡기지 않는 게 상책입니다. 하지만 지금껏 잘 의뢰하셨잖습니까?"

　"잭을 믿었으니까."

"브라보. 그겁니다."

새가 과장된 동작으로 박수를 치며 걸음을 옮겼다. 그는 마치 희극을 전문으로 하는 배우처럼 우스꽝스러운 태도를 보이고 있었다. 쥐는 그런 새의 태도가 익숙한 것처럼 가만히 서 있고 말이다.

"네, 잭 그 아이 때문이지요. 우리가 아가씨 앞에 나타난 것도 말입니다. 사실 아이 하나를 구하자고 이렇게 움직이지는 않습니다. 알아서 살아남아야 가치가 증명되는 게 이 세계거든요. 하지만 꼬맹이는 좀 다르죠."

쥐가 새의 말을 냉큼 받았다. 죽이 척척 들어맞는 게 본래 이렇다는 것처럼 무척 자연스러웠다. 자신의 말에 끼어들었음에도 가만히 서 있는 새의 태도가 그것을 증명하고 있었다.

"아가씨와 같은 거물을 물어 오는 것도 그렇고, 일을 처리하는 솜씨도 그렇고 될성부른 싹이었거든요. 그래서 지금과 같은 상황이 무척 안타깝습니다."

"안타깝다고?"

"도망치는 와중에도 자신의 흔적을 남기지 않고서 아가씨께 무사히 쪽지를 전달한 솜씨와 배짱이 말입니다. 이렇게 가기엔 아까운 녀석이죠."

나는 촛대를 잡고서 촛불을 그들의 얼굴 가까이에 들이 내밀었다. 세차게 일렁이는 불빛 너머로 의중을 알 수 없는 눈동자가 나를 바라봤다. 애석하다는 말과 달리 고요하기 그지없는 눈빛이었다.

그래서일까. 나는 잭을 구출하기 위한 이야기를 바로 꺼내기보다는 그들의 의중을 먼저 살펴야겠다는 생각을 했다. 한시라도 빨리 아이를 구해야 했지만 어쩔 수 없었다. 잭에 대한 안타까움을 드러내는 것치곤 다급함이 느껴지지 않은 사내들의 태도가 이상하게 느껴져서다. 남들이 볼 수 있는 장소에 정보상의 암호를 그린다면 이를 저지하기 위해서라도 나타날 거라 예상한 것과는 다른 흐름이라 더더욱 그러했다. 이어지는 말이 이러한 의혹을 더욱 증폭시키고 있었다.

"이대로 잘만 큰다면 후계로도 아깝지 않을 아이니까요."

"그렇지. 잭만 한 녀석이 또 없지."

후계라고? 나는 입술을 비틀며 생각했다.

잭이 암만 영민한 아이라 하지만 대체 불가능한 인물은 아닐 텐데. 당장 뒷골목만 뒤져도 말라비틀어진 빵 조각 하나 먹겠답시고 자신의 목숨을 내놓을 아이가 수두룩할 것이다. 그러니 이런 감성적인 이유보다 차라리 나와 계약을 하기 위해 나타났다는 속내가 더 설득력 있게 들렸을 터였다.

설마 잭이 생각보다 정보상에 대한 정보를 많이 알고 있는 건가? 그래서 대공에게 잡힐 것을 우려하여 나타난 거고?

나는 말없이 그들을 바라보았다. 이들에게 돈을 쥐여 주고서 잭을 찾게 하는 게 괜찮은 일인지 새삼 의문이 들고 있었다. 혼란스러운 마음에 제대로 사고를 하지 못한 게 아닌가 싶은 우려마저 일었다. 알맞은 판단을 한 것인지 재고해 볼 시간이 부족했으니까.

이런저런 생각에 머리가 점점 복잡해지고 있을 때였다. 갑자기 새가 걱정하지 말라는 것처럼 두 손을 들어 올리더니 내게 말했다. 흡사 항복을 하는 듯한 모양새였다.

"사실 이전이라면 잭을 구한다는 것보다 계약을 파기하고 암호책을 가져가겠다는 말을 하기 위해 나타났을 겁니다. 하지만 이번만큼은 아닙니다. 우린 진심으로 잭을 원하고 있어요. 아가씨가 생각하시는 것 이상으로 말입니다. 그러니 걱정하지 않으셔도 됩니다."

"그걸 어떻게 믿지?"

"믿어주셔야 합니다. 잭은 아가씨가 생각하시는 것 이상으로 뛰어난 아이니까요."

새의 눈에 어린 건 잭에 대한 탐욕이었다. 그도 그럴 것이 정보상 단원 그 누구도 해내지 못한 일-대공의 거처를 찾아낸 것-을 해낸 데다 잘 도망치기까지 했으니 욕심이 나지 않을 수 없었던 거다. 도망친 방법을 아이의 입을 통해 직접 듣고 싶은 마음이 있기도 하고 말이다. 그렇기에 내 부름에 기꺼이 응한 것이라고 쥐가 덧붙였다. 잭이 건네준 쪽지에 무슨 정보라도 있을까 해서였다.
"정말 놀라운 녀석입니다. 상처를 입었는데도 흔적을 찾기 어려울 정도로 능숙하게 모든 사람의 감시와 추적을 피해 가고 있어요. 믿어지십니까? 아이는 우리의 눈마저 속이고 있어요. 살기 위해 초인적인 힘을 발휘한 것인지 모르겠지만, 이전에는 볼 수 없었던 뛰어난 모습을 유감없이 펼치고 있단 말입니다. 이만하면 가히 천재라 칭할 만합니다."
새는 감탄하듯 소리를 높였다. 여전히 그는 연극배우와 같은 과장된 태도를 유지하고 있었다. 하지만 나는 그것보다 잭이 다쳤다는 사실에 더 신경이 쓰였다. 쪽지에 묻어 있던 피가 잭의 것이었나. 가슴께가 쑤시듯 아파지고 있었다.
"어디를 다친 거지? 얼마나?"
"손가락 두어 개가 잘렸다고 하더군요. 대충 상처를 감싸고 도망친 모양이지만 제법 피를 많이 흘렸기에 몸 상태가 정상은 아닐 겁니다. 모르시는 것을 보니 잭이 아가씨에겐 아무것도 알리지 않은 모양이군요."
손가락이 잘렸다는 말에 큰 충격을 받은 내가 말을 잇지 못할 때였다. 갑자기 쥐가 새의 말을 받았다.
"그러니 빨리 잭을 찾아야겠습니다. 이렇게 허망하게 죽게 놔둘 순 없는 노릇이지, 아니 그렇습니까? 대신 이번 일은 아가씨께 의뢰를 받아서 하는 게 아닌 저희가 자발적으로 찾는 것으로 하지요. 그러니 다음에는 암호를 크게 그리는 것으로 우리를 부르지 말아주십시오. 대신 직통으로 연결할 수 있는 장소와 방법을 알려드리지요."

"내가 그대들을 어떻게 믿지? 돈으로 맺은 계약이 아닌 이상 신뢰할 수 없어."

이전에 잭이 내게 말하기를 정보상의 세계만큼 계약을 잘 지키는 곳은 없다고 했다. 고객이 먼저 배신하지 않는 이상 맡긴 일을 완수할 때까지 신뢰를 저버리지 않는다는 것이다. 그렇지 않으면 같은 정보상에게도 배척을 당한다고 했다. 정보를 팔아 밥 벌어 먹고사는 이들인지라 동종업자들의 끈끈한 협력 관계가 필요한데, 여기서 외면을 당한다면 죽으라는 것과 다름없다는 소리라고 하며. 내가 그들에게 굳이 계약을 맺겠다고 말한 것도 이러한 연유 때문이었다.

"저희가 이대로 떠난다 해도 말입니까?"

나는 태연하게 거짓말을 내뱉었다.

"과연 쉽게 떠날 수 있을까?"

주변에 병사를 숨겨 놨다는 거짓 암시를 에둘러 말하자 쥐와 새가 처음으로 내게 사나운 시선을 보였다. 복면 너머로 숨겨진 감정적인 동요가 선명하게 다가오고 있었다.

"……늦은 밤 낯선 사내를 방에 들였다는 오명을 각오하면서까지 말입니까?"

"이 가문을 움직이고 있는 사람이 누군지 그대들은 이미 알고 있지 않은가. 이 정도의 소문쯤은 우습지."

내 말에 쥐가 다시 한번 어깨를 으쓱이며 새를 바라봤다. 그들은 무언의 눈빛을 보내며 서로의 의중을 살피더니 이내 크게 한숨을 내쉬었다. 실랑이를 벌이는 것보다 계약을 받아들이는 게 더 낫겠다는 생각을 한 모양이었다.

"좋습니다. 어차피 '요정 할머니'께 도움을 요청하기 위해서라도 큰 돈이 필요하긴 했거든요."

"요정 할머니?"

"수도에 자리한 정보상 중 가장 뛰어나면서도 비밀스러운 단체를 가리키는 말입니다. 제국이 세워지기 이전부터 활동한 곳이라 하니 그 역사가 다른 곳과 감히 비할 바가 못 되지요. 이명이라는 게 '요정 할머니'라니 굉장히 고약한 취향을 가졌다 싶지만요. 그들이라면 잭의 위치를 쉽게 찾아낼 수 있을 겁니다."

내 질문에 순순히 답한 쥐가 새에게 다시금 눈짓했다. 이런 식의 계약이 드물지 않은 모양인지 새가 품속에서 종이와 휴대용 깃펜을 꺼내어 재빨리 계약서를 적어 내려가기 시작했다. 그들이 요구한 금액은 금화 사십 개로 과하다 할 수 있는 액수였다.

나는 새가 내민 종이를 재빠르면서도 매우 꼼꼼하게 읽고선 하자가 없는지에 대한 부분도 자세히 살폈다. 그리고 빈칸에 서명한 다음 화장대 서랍 속에 들어 있던 모든 패물과 돈주머니를 꺼내어 쥐에게 건넸다.

"이 정도면 부족하지 않을 금액일 테지."

순간 뇌리로 어디선가 고통으로 신음하고 있을 잭이 스쳐 지나갔다. 손가락이 잘린 아이. 살기 위해 수도의 구석구석을 필사적으로 헤매고 있을 가엾은 소년.

나는 스스로에 대한 혐오감을 애써 짓누르며 태연한 목소리로 명령하듯 말했다.

"잭을 구해. 그리고 바로 내게 데리고 와."

쥐와 새가 고개를 숙이며 정중한 목소리로 대답했다.

"드레스가 오래지 않아 배달될 것임을 약속드립니다. 요정 할머니와 쥐와 새가 함께한 일은 언제나 마법과도 같은 일이 일어났었죠."

이 와중에도 내 위치에 빗대어 잭을 드레스로 표현한 그들의 어조가 참으로 놀라울 따름이었다. 하지만 그것도 잠시 그림자들은 처음 나타났을 때처럼 가볍게 창문을 향해 다가가더니 곧 순식간에 사라져 버렸다. 조금 전에 있었던 일이 마치 꿈이라는 것처럼, 그렇게.

계약으로 얽힌 관계라는 건 참으로 편하다. 약속을 지키는 것을 명예로 아는 이들이라면 더욱 그러하다. 금화 사십 개라는 액수의 위력 때문일까. 아니면 잭에 대한 마음이 크다는 것을 표현하고 싶은 모양이었을까. 움브라의 행동력은 혀를 내두를 정도로 대단했다. 이전에 잭에게 맡긴 의뢰도 제법 훌륭하다 싶었지만, 수장인 그들이 직접 나서게 되니 모아지는 정보나 처리되는 속도가 비교할 수 없을 정도였다.

"잭과 관련된 일이니 이들의 정보를 아니 드릴 수 없군요."

아이를 뒤쫓는 자들의 정체는 이미 아는바, 공통의 적을 상대하기 위해선 우선 대화가 통해야 한다고 생각하는 게 쥐와 새의 지론이었다. 그래야 자신들이 왜 이런 행동을 하고 저런 정보를 보내는지 이해할 수 있으니까 말이다. 그래서 그들은 계약을 한 것치곤 너무 많은 것을 공개하는 게 아니냐고 의심스러워하는 내게 그래야 하는 일이기 때문이라고 단호하게 말했다. 이 자료의 지분이 어느 정도는 내게 있음을 밝히면서.

저들의 말에 따르면 움브라는 잭이 입단했을 때부터 그에게 관심을 가졌다고 했다. 거리를 뛰어다니는 대부분의 아이가 먹고살기 위해 스스로의 노동력을 파는 게 대부분인데, 잭은 더 많은 정보를 얻기 위해 자신들을 찾아온 게 신기했다는 것이다. 재물을 대주는 사람이 신분적인 특이점을 가진 나라는 것 또한 저들의 이목을 끄는 이유 중 하나였다. 이처럼 독특한 배경을 가지고서 입단한 아이가 정보상의 역사상 또 없었으니까.

하지만 그들은 곧 잭이 여타의 다른 아이처럼 금세 평범해질 거라고 생각했다. 특이점이 능력으로 연결되는 경우가 극히 드문 데다가 경쟁하는 아이가 많았기에 점차 시들해진 것이다. 내가 요구하는 정보가 자꾸 예상치 못한 방향으로 뻗어 나아가다 못해 그들이 이상하다고 여겼지만 그 이상의 연결점을 찾을 수 없어 관심을 거두었던 몇몇 일과 묘하게 맞아떨어지지만 않았더라면 분명 그랬을 것이다.

"다른 이들은 눈치채지 못한 정보를 먼저 선점하거나 정리해 놓을 수 있다는 건 커다란 힘을 가지고 있는 것과 마찬가지입니다. 우리는 수도에서 벌어지고 있는 일에 대해 큰 관심을 가지고 있습니다."

그들은 자신들이 가진 패가 진짜인지 시험할 때라고 생각했다. 대공과 연결점에 있는 나를 통해서 말이다. 그래서 움브라는 자신이 가지고 있는 자료 중 대공과 관련된 것을 보내 주었고, 뜻밖의 선물을 받게 된 나는 이전보다 더 넓은 시야를 가지게 되었음에 만족했다. 동시에 그들의 의도대로 잭이 어떤 경로를 통해 도망가게 되었는지, 왜 그런 선택을 했는지 또한 이해할 수 있었다.

물론 움브라는 정보가 적힌 종이를 보내면서 이게 대공의 꼬리라는 것을 확신할 수 없다고 덧붙였다. 요즘 들어 부쩍 흔적-아마 로에나 때문이겠지-을 남기기 시작하면서 어느 정도 추측이 가능했던 것이지 워낙 많은 것이 의심스러워 그들조차 사실을 걸러 내는 게 무척 힘이 들었다는 것이다.

그러고 보니 황태자 또한 대공이 어떤 가명을 쓰고서 돌아다니는지 내가 말하기 전까지 모르는 눈치였지. 아니, 알면서도 일부러 시침을 뗐을지 모를 노릇이다. 어쨌든 대공이 오랜 시간 모두를 완벽하게 속이고 있음이 분명했다. 그의 교활함과 신중함에 경의를 표하고 싶을 정도다.

 사실 정보상에게 있어 대공은 주시할 만한 인물이 아니었다. 그도 그럴 것이 친모가 죽임을 당한 후 저 또한 화상을 입은 채 지방으로 쫓겨난 자가 아니던가. 아주 어릴 적부터 권력의 중추에서 배제되었다가 뭇사람의 조롱을 받을 때만 수면에 떠오르는 사람에 대해 알아야 할 이유는 없었다. 그러니 그에 대한 정보는 매우 미미했고-있다 하더라도 변태스러운 여성 편력뿐이다-, 수도에 일어나는 기이한 움직임에 대한 몇몇 자료도 창고의 한구석에 처박혀 정보상 안의 모두에게 외면당했다. 아마 내가 잭을 통해 이런저런 일을 의뢰하지 않았더라면 이마저도 한 조각의 휴지가 되어 영원히 잠들었을지 모를 일이었다. 대공을 가리키는지조차 알 수 없었을 테고.

 쥐와 새는 내게 보내온 이 정보가 황제 혹은 황태자라 할지라도 알 수 없는 내용일 것이라고 단언했다. 이것이야말로 자신들이 제국에서 가장 빼어난 정보상 중 하나라 불리는 이유라고 으스대면서.

 "그런데 그게 내 손에 들어오다니, 참으로 알 수 없는 노릇이야."

 정말 신기한 일이지. 나는 손에 들린 한 뭉치의 종이를 내려다보며 생각했다. 잭에게 닥친 위험이 오히려 내게 이러한 이득을 가져다줄 줄이야. 매우 역겹게도 나는 잭에 대한 안타까움은 둘째 치고 그로 인해 이득이 될 만한 상황이 만들어진 것에 대해 순수하게 기뻐하고 있었다. 이를 통해 황태자의 손에서 어느 정도는 벗어날 수 있겠구나 싶은 마음이 들어서였다.

 ······그러니 내가 로에나와 다를 게 뭐가 있지?

 "그런데도 너는 내게 많은 것을 주고 있구나, 잭. 하필 나 같은 것을 위해······. 어째서니?"

 나는 마른세수를 하며 피곤으로 뻑뻑해진 눈동자를 힘겹게 깜빡였다. 피가 묻은 쪽지를 받은 지 벌써 일주일이 다 지나가고 있었다. 그럼에도 아직 잭의 생사가 불분명했다. 쥐는 대공의 수하로 보이는 사람들이 은밀하게 골목 이곳저곳을 들쑤시고 다니고 있음을 알리면서 그가 아직 붙잡히지 않았음을 알려 왔다.

태어난 이후로 지금까지 도심의 뒷골목을 뛰어다니며 구걸과 도둑질을 일삼았던 아이였다. 그러니 복잡한 골목이라도 손금을 보듯 훤할 테다. 정보상이 모를 자신만의 아지트가 있을 수도 있고. 그런 와중에 정보상에게서 배운 것들을 십분 활용하여 꼭꼭 숨어버리니 더 찾기가 힘든 거였다.

특히 대공의 패거리는 아직 꼬리를 드러내면 안 되었기 때문에 남들의 이목을 피해 가면서 찾아야 하는 어려움이 있어 잭의 흔적을 뒤쫓는 데 난항을 겪고 있었다. 거기에 움브라가 자신의 힘을 이용하여 그들을 교묘하게 방해하고 있는지라 이전보다 진전이 나지 않을 거라 했다. 정보상 또한 저들의 눈을 피해 잭을 찾아야 하는지라 똑같이 어려움을 겪고 있지만 말이다. 그래도 오늘 보내온 쪽지는 제법 희망을 품을 법한 내용이 들어 있었다.

『며칠 전 떠돌이로 보이는 어린아이 한 명이 상처를 치료하는 약초와 붕대를 여러 약방을 돌아다니며 조금씩 샀다는 정보가 들어왔음. 잭에게 돈을 받고 고용된 게 아닌가 추측됨.』

잭이 적어 보내 준 쪽지 속 주소를 탐방하고 온 할버드 경에게서도 좋은 소식이 들려왔다. 그의 말에 따르면 그 저택에서 로에나와 쉴피스 경을 발견했다는 것이다. 할버드 경은 당장 로에나를 구출하고 싶었지만, 납치된 것치곤 평온하게 주변을 산책하며 차를 마시는 그녀의 모습에 위화감을 느껴 그대로 되돌아오는 수밖에 없었다고 내게 말했다. 그러면서 특유의 잔잔한 눈빛으로 물어보는 것이다.

"아가씨는 무엇을 알고 계시는 겁니까?"

나는 한숨을 감추려는 것처럼 차를 마셨다. 그리고 할버드 경을 바라보았다. 청음의 기사. 그 누구보다 충직한 사내. 어떤 점에서는 아이레스 경보다 더 믿을 수 있는 남자. 그러나 아직 진실을 밝힐 수 없었다. 비슈발츠가가 어떤 사건에 휘말려 있는지 또한. 그가 맡아야 할 역할은 한 점의 의심 없이 가문의 적에게 칼을 휘두를 수 있는 정의의 기사역이기 때문이었다. 그래서 그럴듯한 이유를 꾸며 말했다.

"경도 아시다시피 이전에 후견인을 정하는 과정에서 여러 잡음이 있었어요. 다행히 폐하께서 제 위치를 고려하여 먼저 후견인을 정해 주시는 영광을 베푸셨지만, 모두가 이를 반긴 건 아니었지요. 제 몸속에 흐르는 게 비슈발츠의 피가 아니기 때문이에요."

상당히 긴 도입에도 불구하고 할버드 경은 내가 무슨 말을 하려는 것인지 금세 눈치챈 모양이었다. 그는 믿을 수 없다는 듯 미간을 찌푸리며 힘겹게 입을 열었다.

"……설마 아니겠지요? 부디 제가 불경스러운 생각을 하는 거라 꾸짖어주십시오. 오해하는 것이라고 말입니다."

"그랬으면 좋겠지만, 가엾게도 우리는 가끔 잔혹한 현실을 마주해야 할 때가 있어요."

나는 한숨이 섞인 목소리로 조용히 말을 이어 나갔다. 그리고 서글프다는 것처럼 눈을 천천히 깜빡이며 보란 듯 입술을 깨물었다.

"귀족 세계엔 적통을 중히 여기는 경향이 강하죠. 그래서 아주 잠시뿐일지라도 다른 사람이 그 자리를 침범하는 것을 좋아하지 않아요. 그건 로에나도 마찬가지일 거예요. 아니, 설득을 당했겠죠. 사실 전 그러기를 바라고 있어요. 로에나가 절 배신할 리가 없거든요. 하지만 경의 말을 들으니 확신할 수 없군요. 그곳에서 잘 지내고 있다는 말을 듣기 전까지 저 또한 의혹에 가득 차 있었기 때문이에요."

할버드 경의 어깨 위로 무거운 침묵이 떨어졌다. 그는 창백하게 질린 얼굴로 나를 바라보고 있었다.

"로에나가 아무런 위협을 받지 않고 있다니 다행이에요. 하지만 그렇다고 해서 그대로 놔둘 순 없는 노릇이잖아요. 그러니 경께서 데려와 주세요. 다른 기사를 데려감이 없이 오롯이 경만 가셔야 해요. 이건 경의 능력을 믿는 것도 있지만, 로에나가 겁을 먹지 않고 순순히 따라오기를 바라기 때문이에요."

로에나는 별장으로 떠날 때 할버드 경과 동행하고 싶어 했다. 쉴피스 경이 따라나섬에도 불구하고 끝까지 그에 대한 미련을 버리지 못했다. 이전 삶에서 보였던 것보다 훨씬 더 강한 열망이 그녀의 눈동자에 어려 있었다.

아마 로에나에게 있어 할버드 경은 동경하는 기사임과 동시에 그녀 자신의 위치를 확인시켜 주는 왕관과도 같은 거였을지 모른다. 그렇기에 황후의 명령으로 그에게 황궁의 기사 자리를 권유하였을 때에 그가 떠날까 봐 두려워하며 운 것이고. 그런데 그런 할버드 경이 내 기사가 되었으니 얼마나 절망스러웠을까. 모든 것을 다 빼앗긴 기분일 터였다.

그런 와중에 대공이 접근하였으니 그야말로 눈이 돌아가다 못해 자신을 구원해 줄 천사로 보였을 것이다. 그러니 아무런 저항 없이 순순히 납치되었을 테지. 비슈발츠가를 되돌려 준다는 말로 회유를 했다면 말이다. 하지만 이런 와중에 할버드 경이 나타나 구하러 왔다고 말한다면 어떻게 될까. 다른 사람을 데려옴이 없이 그 혼자 위험을 무릅쓰고 나타난 거라면? 그녀는 과연 그의 손을 외면할 수 있을까?

"로에나를 데려와 주세요."

내 부탁에 할버드 경의 얼굴이 참담하게 일그러졌다. 그는 로에나가 자신을 따라나서지 않았을 때를 생각하며 괴로워하고 있는 것 같았다.

"그녀가 망설인다면 제가 알고 있다고 말해주세요. 아니, 사교계의 모든 사람이 알고 있다고 말이에요. 걱정하면서 기다린다고."

할버드 경이 동화 속의 왕자님처럼 나타나 손을 내미는 데다가 사람들이 자신이 어디에 있는지 알고 있다는 소리를 듣는다면 허튼짓을 하지 못할 그녀였다. 체면과 명예보다 더 중요한 게 어디 있단 말인가. 사교계의 시선이 무서워서라도 어쩔 수 없이 되돌아올 터였다.

"이건 모두 로에나를 위해서예요."

나는 할버드 경에게 중요한 것을 주지시키듯 조용히 말했다. 그리고 그를 믿는다는 말을 덧붙였다. 이 충실한 사내는 나의 부탁을 들어주기보다 로에나 그녀를 위해서라도 최선을 다할 게 분명하니까. 류스테원 할버드는 그런 사내니 말이다. 그러자 그의 찌푸려진 미간이 펴지며 단단히 결심한 듯 굳은 얼굴을 한 청음의 기사가 자리에서 일어났다. 나는 할버드 경의 얼굴을 통해 그가 어떻게든 로에나를 데려올 거라는 것을 깨달았다.

그래서일까. 잭으로 인해 망가진 가슴에 조금이나마 위안이 되는 기분이다. 대공이 손을 쓰기 전 내가 먼저 그녀의 신변을 확보한다면 그의 계획 중 하나를 막은 셈이니 아니 그러하랴. 이보다 더 좋은 일은 없을 터였다. 그래서 할버드 경이 내 손등에 키스를 하며 인사를 할 때 기꺼이 그를 배웅하며 조심할 것을 당부했다.

대공의 사람들이 저택의 위치가 발각되었음에도 로에나를 다른 곳에 보내지 않는 건 잭을 단순한 잡범으로 보았다거나 혹은 움직일 수 없는 이유가 있기 때문일 터였다. 아니면 그녀를 빼앗기지 않을 자신이 있어서 일지도 모른다. 어쨌든 이러한 오판 덕분에 할버드 경이 다시 로에나에게 다가갈 수 있는 시간을 번 셈이라 무척 다행이었다.

아마 그날 밤 황제의 목숨이 경각에 달했다는 비보를 듣지 않았다면 한시름 놓았을지도 모를 노릇이다. 늦은 밤 저택의 대문을 두들긴 병사는 저녁부터 내린 비로 인하여 흠뻑 젖어 있었다.

『수도에 사는 모든 귀족은 입궁하라.』

편지에 담긴 말은 단순하나 그 무게는 다른 것에 비할 바가 아니었다. 평소보다 더 음울한 기운을 뿌리는 밤하늘 또한 말이다. 사납게 쏟아지는 비는 불안의 상징이나 다름없었다. 앞으로 있을 파국을 예고하기라도 하듯 으르렁거리는 천둥소리 또한 그랬다. 그래서일까. 황급히 황궁에 모인 귀족들의 얼굴에는 불안함이 가득했다. 무언가를 느끼는 것처럼 말이다.

황제의 목숨이 경각에 달하면 수도에 사는 모든 귀족이 한데 모여 그의 마지막을 지켜보는 것이 제국의 오래된 관례 중 하나였다. 물론 사교계에 데뷔하지 않은 영식과 영애는 이런 일에 참석할 수 없었는데, 성인이 되지 않은 자들은 쉽게 죽음의 기운에 노출된다는 미신 때문이었다. 하지만 나는 비슈발츠가의 실질적인 가주나 다름없어 데뷔를 하지 않았음에도 입궁할 수밖에 없었다. 그것도 어머니와 함께 말이다.

황제의 방과 연결된 큰 응접실에는 이미 많은 귀족이 무채색에 가까운 옷을 차려입고 조용히 서 있었다. 촛불 개수를 최대한 줄인 터라 모두의 얼굴에는 어둠이 그림자처럼 깔려 있었는데, 유령의 무도회를 연상시키듯 음울하기 짝이 없었다.

나는 여러 사람에게 눈인사를 하며 로샨 영애 옆으로 다가섰다. 어머니는 여전히 몸이 좋지 않아 한구석에 마련된 의자에 앉아 쉬고 있었다. 마차를 타고 오는 것만으로도 힘겨워 하는데 아니 그러할까.

로샨 영애는 나를 보자마자 가볍게 인사한 뒤 소리를 낮춰 속삭이듯 말했다.

"좋지 않은 예감이 들어요. 어제까진 정정하신 분이었는데……. 사실 이렇게 나빠질 줄 그 누가 알았겠어요?"

"전하께선 뭐라고 하시나요?"

"슬퍼하세요. 많이 당황해하기도 하시구요."

글쎄, 슬퍼하기만 할까. 내가 본 황태자는 황제의 죽음 따윈 눈 하나 깜빡하지 않을 냉혈한이었다. 그가 당황해한다면 황제가 죽는 시기가 자신의 예상에 어긋났을 때뿐일 것이다. 서로 속고 속이는 부자 관계이니 아니 그러하랴. 다만 걱정이 되는 건 오늘의 일이 대공의 반란에 어떠한 영향을 미칠까였다.

나는 고개를 돌려 주변을 둘러보았다. 그 어디에도 가짜 대공이 보이지 않았다. 진짜 대공도 마찬가지였다. 황태자나 황후의 모습도 찾을 수 없었다.

"전하께서는요?"

"폐하와 함께 계세요."

황후와 대공도 안에 들어가 있는 건가. 황제의 최후를 지켜보기 위해?

나는 굳게 닫힌 방문을 바라보았다. 오늘따라 어둠에 잠겨 있는 것이 오싹하게 느껴졌다. 사신이 낫을 드리운 채 서 있는 것 같았다. 주변 사람들은 저마다 낮은 목소리로 황제의 건강에 관한 이야기를 나누었다. 소곤거리듯 말하지만 여러 사람이 말하다 보니 목소리가 점점 커지는 게 사실인지라 그들이 말하는 바를 정확하게 엿들을 수 있었다.

모두 황제가 오늘을 넘기기 어렵다고 말했다. 내일이라도 당장 장례식을 치를 것처럼 구는 것이다. 어떤 이는 꽤 오래 버텼다며 냉소적인 태도를 보이기까지 했다.

"어제만 하더라도 꽤 정정하셨잖아요. 너무 이상하지 않아요?"

내 물음에 로샨 영애가 안색을 굳히며 목소리를 더 낮췄다.

"불경한 생각은 하지 말아요. 올해 들어 계속 병상에 누워 계셨던 분이니까요. 사실 조금 꺼림칙한 부분이 없잖아 있지만 지금은 입을 무겁게 해야 할 때에요."

"전하께서도 그렇게 생각하시나요?"

로샨 영애는 대답 대신 나를 바라보았다. 그녀의 눈동자는 잘게 흔들리고 있었다. 그것만으로도 충분히 대답이 된지라 나는 한숨을 삼키며 다시금 방문을 바라보았다. 황제의 죽음이라…… 너무 갑작스러운데 말이다.

문의 바로 앞에는 샤토루가 훌쩍이며 서 있었다. 보석 하나 달림 없는 수수한 드레스 차림이었다. 창백하게 질린 민낯은 신전에서 일하는 여인처럼 정결해 보였다.

평소라면 그녀의 주변을 에워싸며 아부를 떨어 댔을 사람들이 마치 역병을 본 것처럼 멀찍하게 떨어져 있었다. 너무 울어 들고 있는 손수건이 푹 젖었건만 아무도 그녀를 위로한다거나 잠시 쉬라는 말을 하지 않았다. 그저 앞으로의 미래가 기대된다는 듯 비웃음이 섞인 얼굴로 바라보며 소곤거릴 뿐이었다. 그간 황제를 등에 업고서 황후를 농락했던 애첩이다. 그녀의 힘은 제국의 태양에게서 비롯된 고로 개기일식의 재앙에서 멀쩡할 리가 없었다. 아마 황태자가 무서워서라도 저의 손을 잡아줄 사람은 없을 터였다.

샤토루는 그것을 아는 것처럼 처연하게 서서 울고 있었다. 지금껏 황제의 침실을 차지한 건 그녀인데, 정작 황제의 마지막 날엔 그의 얼굴조차 보지 못하고 문 바깥에서 기다리는 신세로 전락해 있었다. 총애를 기반으로 한 첩의 말로가 이런 것이라 말하는 것처럼. 그 모습이 비참하고 또 처량해 한숨이 나왔다. 황제가 예견한 상황이 점점 더 현실이 되어 가고 있었다.

"불경스러운 말이지만 만약 폐하께서 조락하시면 어떻게 되는 거죠?"

로샨 영애는 내 말을 금세 알아듣고서 어두운 얼굴로 고개를 설레설레 내저었다. 준비가 덜되었다는 방증이기보다는 황제의 죽음이라는 혼란을 틈타 벌어질 일에 대한 두려움 때문이었다. 전쟁이 일어나면 여자, 특히 귀족 여성들이 할 수 있는 일이라곤 거의 없다. 그저 피난 갈 짐을 꾸린 채 하루에도 몇 번씩 하인들이 전해 주는 소식을 들으며 안절부절못하는 것이다.
　반란이 일어났을 때도 마찬가지다. 귀족들이야 어차피 황태자나 대공의 편으로 나누어졌을 터, 잠자코 상황을 지켜보다가 상대방의 승리가 거의 기울어졌을 때 그쪽의 힘 있는 귀족에게 재물을 보내어 목숨을 구걸하는 수밖에 없다. 아니면 이기기를 기원하든가. 그러니 이 얼마나 비참한 일이란 말인가. 내 목숨이 왔다 갔다 하는 상황인데도 고작 신전에 가서 기도를 드리는 것 외엔 달리 할 게 없다니.
　"마음 단단히 먹어요."
　로샨 영애가 손을 뻗어 내 손을 붙잡았다. 그녀는 황제가 죽는 즉시 무슨 일이 일어나도 크게 일어날 거라고 예상하고 있었다. 하긴 내가 대공이라도 이런 기회를 놓치지 않을 터였다. 아니, 상황을 만들면서까지 일을 벌이려고 했겠지.
　……잠깐만, 황제의 상태가 갑자기 나빠졌다고?
　순간 스쳐 지나가는 생각이 있었다. 로에나가 위치가 발각된 지 일주일이 지나도록 그 장소 그대로 머물러 있다는 점 말이다. 만일 이게 대공이 벌인 일이라면, 이 상황에 온 정신을 쏟는 바람에 그녀에 대한 감시를 잠시 소홀히 한 거라면, ……그럼 어떻게 되는 거지?
　"내가 로에나를 찾았다는 말을 한 적이 있나요?"
　로샨 영애가 놀란 얼굴로 나를 바라봤다. 나는 그녀의 시선을 느꼈음에도 정면에 있는 황제의 방문을 바라보며 말을 이어 나갔다. 주변 사람이 들을 수 없게 최대한 목소리를 낮추면서.

"태양이 되지 못한 자의 나쁜 꾐에 빠진 모양이에요. 하지만 할버드 경을 보냈으니 좋은 소식이 들려올 거예요. 곧 모든 것이 제자리로 돌아가겠죠."

영민한 로샨 영애는 금세 내 말뜻을 눈치채고 맞장구를 친다.

"시스는 로에나 영애의 억울함을 풀어주고 싶은 모양이군요. 좋은 생각이에요."

"누가 그녀를 데려갔는지 아시겠어요?"

"짐작 가능한 일이니까요. 하지만 괜찮아요? 모두에게 좋은 일은 아닐 텐데요."

나는 애석하다는 듯 어깨를 작게 으쓱이며 말을 이어 나갔다.

"수치스러운 일이지만 어쩔 수 없지요. 하지만 그렇게 해서라도 그녀의 명예를 지켜야 할 필요성이 있으니까요."

그간 사교계 내에서 가짜 대공은 호색한으로 여러 여자를 탐내는 얼간이라 알려져 있었다. 그도 그럴 것이 예쁘장한 여자만 보면 개처럼 침을 질질 흘려 대다 못해 어떻게든 가지려고 갖은 수를 쓰니 좋은 소문이 날 리가 없었다. 그래서 그와 얽히는 여자들 또한 손가락질받고 있는 형편이었다. 그런데 이런 와중에 로에나를 납치한 게 대공이라는 소문이 돈다면 어떻게 되겠는가.

뭐, 황제가 죽으면 진짜 대공이 본래의 모습을 드러내 추문을 잠재울 게 분명하지만 그때까진 좋은 방패막이가 될 터였다. 게다가 진짜 또한 그런 자를 앞세워 순진한 여자들을 농락했다는 비난을 피할 순 없는 일이었다. 물론 그가 반란에 성공한다면 그마저도 사라질 일이지만. 그러나 그가 승기를 움켜쥐게 되는 날을 장담할 수 없는 관계로 약간의 여론 조작만으로도 충분히 대공의 이름을 더럽힐 수 있었다.

"사랑에 눈이 먼 사람은 무슨 일이든 할 수 있으니까요."

내 말에 로샨 영애가 웃음을 꾹 참으며 고개를 끄덕였다. 오늘 만난 이래 처음으로 보이는 미소였다. 하지만 주변을 의식한 듯 부채로 얼굴을 가리며 나직이 속삭였다.

"지금이라도 당장 가능해요. 곧 죽을 사람보다는 이런 생생한 로맨스가 더 많이 회자하는 법이죠."

아닌 게 아니라 많은 사람이 황제의 죽음을 기다리느라 지쳐 있었다. 바로 숨이 넘어간 것도 아닌데 그럴 징조가 보인다는 이유 하나만으로 밤을 꼴딱 새우게 생겼으니 아니 그러할까.

그런 와중에 슬금슬금 퍼지는 이상한 소문 하나는 그들의 졸린 머리를 청명한 새벽처럼 반짝이게 만들었다. 몇 시간 동안 수다를 떨어도 끄떡하지 않아도 될 만한 가십이란 모두에게 있어 즐거운 법이었다.

그렇기에 사람들은 누군가로부터 시작된 이상한 소문에 귀를 기울이며 작은 목소리로 떠들어 대기 시작했다. 우습게도 마담 드 샤토루를 제외한다면 황제의 상태에 관심을 가지는 이는 없었다. 라발리에조차 지친 듯 한숨을 내쉬며 부채를 부칠 뿐이다. 대공이 로에나를 납치했다더라. 이유는 그녀에게 첫눈에 반해서라더라. 로에나가 황태자에 대한 연모의 마음이 있어 그를 거부했기에 화가 난 대공이 그녀를 데려간 것이다. 하긴 그만한 미모를 가진 소녀를 대공이 그냥 놔둘 리가 없지 등등.

실체가 없는 가십이지만 순식간에 거대한 파도가 되어 응접실에 자리한 모두를 집어삼켰다. 어느 순간 대공과 로에나가 함께 있는 모습을 봤다는 거짓 증언을 하는 사람도 있었다. 순식간에 한 소녀의 명예와 순결이 진흙탕에 처박혔다. 모두의 뇌리에 박힌 건 화상을 입어 추악한 외모를 가진 뚱뚱한 대공이므로 그와 대비된 미녀의 불행을 재미있어하고 있었다. 그래서 몇몇 사람은 나를 힐끔힐끔 바라보며 속삭이기까지 했다.

소문은 빠르게 퍼져 마담 드 라발리에의 귀에까지 들어갔다. 그녀의 주변에 함께 서 있던 로에나의 외가 사람들에까지 말이다.

"감히!"

라발리에의 것이 분명한 새된 비명이 그들이 서 있는 곳에서부터 흘러나왔다. 누군가가 불경스럽다고 만류해서 망정이지, 수치와 분노로 인해 새빨갛게 달아오른 마담의 얼굴은 분노로 인해 부들부들 떨리고 있었다. 그것은 외가도 마찬가지라 그들은 무어라고 말하고 싶어 죽겠다는 듯 입술을 달싹였다.

"무언가 알고 있는 걸까요?"

저들의 모습을 지켜보던 로샨 영애의 입에서 의문이 섞인 말이 흘러나왔다. 나는 '글쎄요'라는 대답과 함께 말끝을 흐렸다.

웅성거림이 점차 커지고 있었다. 몇몇은 나를 힐끔힐끔 바라보며 속닥이기까지 했다. 우스운 건 로에나에 대해 소곤거리는 사람 중 내게 다가오는 이는 단 한 명도 없다는 점이었다. 사람들은 나로 인해 진실이 밝혀져 지금 누리고 있는 재미가 깨지는 것을 두려워하고 있었다. 그래서 그 누구도 한 소녀의 명예를 위해 용감하게 나서는 모습을 보여 주지 않았다. 천사의 몰락만큼 저들을 행복하게 만들어주는 이야기는 없기 때문이다.

화를 내는 건 오롯이 라발리에와 외가 사람들뿐이었다. 한동안 주변인들에게 무어라 말하며 소문을 부정하던 그들은 곧 나를 바라보더니 사람들을 헤치고서 재빠르게 걸어오기 시작했다. 하지만 로샨 영애가 보호하듯 내 앞을 가로막았으며, 동시에 방문이 열리고 침통한 분위기의 의사와 신관이 걸어 나오면서 모든 것이 일단락되었다. 사람들은 침묵이라는 마법에 걸린 것처럼 입을 꾹 다물고선 하나의 선고를 기다리고 있었다.

잠시 후 황태자가 걸어 나오더니 황제의 것으로 보이는 옷을 바닥에 떨어뜨렸다. 황제의 죽음을 알리는 행위였다. 황후는 가면을 쓴 비트라이스 영식-놀랍게도 가짜 대공이 아니었다-, 아니, 대공에게 기대어 눈물을 흘리고 있었다. 샤토루는 짤막한 비명과 함께 기절했다. 하지만 아무도 그녀를 거들떠보지 않았다. 시녀들조차 샤토루를 외면하며 멀찍이 물러났다. 황제가 죽은 이상 이제 그녀는 마담이 아니었다.

잠시 후 거대한 종소리가 울려 퍼지며 시녀와 시종들의 손에 의해 창문마다 검은 커튼이 내려졌다.

"모두 애도하십시오."

신관의 말에 모든 귀족이 활짝 열린 방문 사이로 보이는 황제의 침대를 향해 고개를 숙였다.

"너무 급작스럽게 가셨어요."

로샨 영애가 속삭였다. 당혹스러운 목소리에는 앞으로 벌어질 일에 대한 두려움이 가득 묻어 있었다. 나는 조용히 그 말을 받았다.

"네. 마치 앞당긴 것처럼 말이죠."

그리고 시선을 들어 대공을 바라보았다. 그는 내 시선을 느꼈는지 고개를 돌렸는데, 그 어떤 변명도 하지 않겠다는 것처럼 매우 뻔뻔하게 눈을 마주하고 있었다.

"풀케르 옆에 있는 남자가 누군지 아나요?"

내 질문에 로샨 영애가 고개를 들어 대공을 바라봤다. 그를 바라보는 그녀의 얼굴에는 혼란스러움이 가득했다.

"저 사람은 누군데 방 안에 들어가 있었던 걸까요? 황실의 친인척 중 저런 사람도 있었나?"

이에 대한 의문은 그녀만이 느낀 게 아닌 건지 주변의 귀족들도 대공을 발견하고선 작게 웅성이고 있었다. 황후가 황태자가 아닌 그의 곁에 서서 울고 있다는 점도 모두를 의아하게 만드는 요인 중 하나였다. 황실의 핏줄 중 파란 머리카락을 가진 탄탄한 체격의 사내가 황태자를 제외하고 더 있을 리가 만무한데 말이다. 가면으로 인해 얼굴은 확인할 수 없다 하지만 그렇게 나이 들어 보이지 않는다는 게 주 여론이었다.

"비트라이스 영식이에요."

"비트라이스?"

로샨 영애가 미간을 찌푸리며 그의 성을 되뇌었다. 가짜일지도 모를 이름이 어쩐지 익숙하다는 것처럼 천천히 중얼거리는 모습이 이상하게 보일 정도였다. 나는 그런 그녀에게 부드러운 목소리로 친절하게 말했다.

"전하의 말로는 대공이라 하더군요."

"……뭐라고요?"

로샨 영애는 무척 놀랐다는 듯 두 눈을 동그랗게 떴다. 그녀의 반응으로 보아 황태자가 이런 정보까지는 알려 주지 않은 모양이었다. 자신의 최측근인 로샨 영애에게도 숨긴 이유는 뭐지? 어쨌든 의문을 풀어줄 필요성이 있기에 나는 재빨리 말을 덧붙였다.

"저도 안 지 얼마 안 되었어요."

나를 향해 의미 모를 미소를 짓는 비트라이스 대공의 시선을 피하지 않으면서 그렇게.

"그가 나에게 이상한 제의를 건네는 바람에 알게 된 거거든요."

그때 황태자가 모두를 의식한 것처럼 입을 열어 말했다.

"폐하의 위대한 마지막을 모후와 나, 그리고 숙부, 신관과 의사들이 함께 지켰노라."

'숙부'라는 말에 사람들의 뇌리에 의문이 생긴 건 당연한 바, 경악이 섞인 비명이 응접실을 뒤덮은 건 얼마 되지 않아서였다. '숙부'라는 말을 할 때 황태자의 손이 정확히 가면을 쓴 대공을 가리켰기 때문이다. 황제의 죽음 따위 이제 아무것도 아니었다. 그저 황태자의 손끝에 걸린 사내가 중요했다. 작달막했던 남자가 갑자기 훤칠해진 모습으로 나타났으니 아니 그러할까. 암만 체형이라는 게 변할 수 있다 하지만 키를 늘릴 순 없는 법이다. 그래선지 주변은 믿을 수 없다는 반응이 대부분이었다.

"그럼 그간 우리가 봐 왔던 그 남자는 누구죠?"

누군가 의문 섞인 목소리로 속삭이듯 말했다. 하지만 대답해 주는 이는 없었다. 모두 어리둥절한 채 눈만 멍청하게 껌뻑일 뿐이다. 태연한 건 황후파로 불리는 이들과 나뿐이었다. 로샨 영애조차 할 말을 잃은 채 소리 없이 입술을 달싹였다. 이 상황이 기막히다는 뜻이었다. 나는 그런 그녀를 향해 '정말로 몰랐어요?'라고 물었다. 그리고 그를 어떻게 아느냐는 듯 눈빛으로 말하는 로샨에게 덧붙여 말했다.

"길에서 우연히 몇 번 마주친 적이 있어요. 가면무도회에서도 본 적도 있구요."

"그랬군요."

그녀가 어색한 미소를 지으며 고개를 끄덕였다. 이상한 일이다. 황태자의 최측근이자 그를 대신하여 사교계의 정보를 관리하다시피 하는 로샨이 아닌가. 그러므로 가면무도회에 몇 번이고 등장했던 대공을 몰랐을 리 없었다. 아니, 그의 진정한 정체를 눈치채지 못했다 하더라도 가면을 쓴 모습 정도는 얼추 눈에 익지 않았을까 싶은데……. 하지만 그녀는 진심으로 몰랐다는 얼굴을 하고 있었다. 씁쓸하게 웃는 얼굴 그 어디에도 거짓은 보이지 않았다.

잠시 후 뤼세트 로샨이 한숨을 내쉬며 변명에 가까운 말을 내뱉었다.

"사실 나 역시 모든 걸 알지는 못해요. 중요하지 않은 사람은 대체로 거르는 편이거든요. 사교계엔 하루에도 수십 번씩 새로운 사람이 등장했다가 사라지기를 반복하니까요. 그들의 대부분이 이곳에 들어오고 싶어 안달인 어중이떠중이들이죠."

그녀는 대공이 일반적인 가면무도회나 사교계의 티타임에선 나타난 적이 없다고 말했다. 그가 활동한 장소는 샤토루가 연 무도회같이 매춘부와 남창이 출입할 수 있어 들어오는 정보의 대부분이 쓰레기에 불과한 모임이었다. '그렇잖으면 저런 분위기의 사내를 내가 그냥 넘겼을 리 없잖아요?' 하고 로샨이 가벼운 농담조로 말했지만, 그렇다고 해서 우울함이 깃든 얼굴까지 밝아진 건 아니었다.

"어쩌면 그에 대한 정보가 들어왔어도 중요하지 않다 여겨 넘겼을지 모를 노릇이에요."

대공의 진정한 모습을 얼추 알다 못해 계속 주시해 왔다는 뉘앙스를 풍겼던 황태자와는 또 다른 태도였다. 혼란스럽다는 것처럼 손으로 이마를 감싸는 그녀는 주변 사람들과 별다를 바 없어 보였다.

황태자는 왜 로샨에게 대공의 정보를 비밀로 한 걸까?

순간 떠오른 의문에 고개를 갸웃거리게 된다. 그녀가 그렇게 입이 가벼운 인물도 아닌데 말이다. 다음 대의 황제가 될 몸이니 자체적인 경로를 이용하여 정보를 수집하는 건 알겠지만, 같은 편의 이목을 속여야 할 정도로 서로에 대한 믿음이 없지는 않잖나. 아니, 끊임없이 남을 의심하는 황태자라면 충분히 가능한 태도일지도.

나는 터져 나오려는 한숨을 삼키며 로샨의 손등을 손가락으로 가볍게 톡톡 두들겼다. 그러자 그녀가 나를 보며 다시금 애써 미소 지었다.

황태자는 사람들의 혼란이 보이지도 않는 것인지 계속 입을 열어 말하고 있었다. 대충 걸러 들어 보자면 황제의 장례식은 사흘 후이고 지방에 있는 귀족까지 모두 참석할 것이며 너무 많이 슬퍼하지 말라는 내용이었다. 자택에 돌아가서도 황제에 대한 애도의 시간을 가져 달라 당부하는 목소리는 담담하다 못해 무척 침착했다. 하염없이 슬퍼하는 황후와 무척 대비되는 행동이었다. 그것은 죽음이라는 거대한 운명을 어쩔 수 없이 수긍한 자의 체념이기보다 지극히 일상적인 태도에 불과했다. 아버지를 잃은 이답지 않아 보였다.

이를 냉정이라 칭해야 할지 아니면 의연하게 견디고 있는 중이라 포장을 해야 할지 모두의 시선이 분명하게 갈린 가운데, 결국 황후가 기절했다. 다행히 곁에 서 있던 대공이 그녀의 몸을 잡아챘기 망정이지 아니면 응접실 바닥으로 볼썽사납게 거꾸러졌을 것이다. 사람들은 호들갑을 떨며 황후를 안쪽에 있는 방으로 데려갔고, 황태자는 그녀의 상태를 살펴봐야겠다는 말과 함께 모두를 해산시켰다. 이제 겨우 정신을 차린 모양인지 벽 한쪽에 기대어 가까스로 일어나고 있는 샤토루와 무척 대비되는 모습이었다.

나는 시녀에게 부탁하여 어머니를 먼저 마차에 태워 보내고 로샨 영애에게도 양해를 구한 다음 응접실의 한구석에 서서 사람들이 다 사라지기를 차분하게 기다렸다. 그리고 얼추 시간이 지나 이만하면 소문이 잘 나지 않겠다 싶을 때, 넋을 잃은 것처럼 멍하니 서 있는 샤토루에게 다가갔다. 그녀는 슬픔과 절망이라는 폭풍에 휩싸여 크게 휘청대고 있었다.

"그거 알아요?"

샤토루는 내가 가까이 다가가자 조용히 입을 열었다. 시선을 마주하지 않았음에도 자신에게 다가온 게 나라는 걸 안 모양이었다. 한껏 풀이 죽은 목소리엔 자신을 보호해 준 황제의 죽음에 대한 애석함보다 설명할 수 없는 더 큰 무언가가 담겨 있었다. 이는 충격이라 표현하기에 매우 모자랐다.

"폐하께 있어 난 교미가 가능한 애완동물이었어요. 잘 길들지 않은 야생의 고양이라고 해야 하나. 그저 유희 대상인 거예요. 뭐, 나 역시 그분을 내 인생의 가장 큰 손님으로 대했으니 마찬가지지만."

황제와의 추억이 떠오른 걸까. 그녀의 얼굴에 갑자기 미소가 머금어졌다. 태양의 총애를 등에 업고서 사교계를 종횡무진 휘저었던 망나니답지 않은 차분한 태도였다.

"그러니 소문처럼 마냥 좋았던 관계는 아니었죠. 폐하는 내가 겪었던 모든 남자 중 가장 난폭한 데다가 변덕이 심하고 심지어 성격이 나쁘기까지 했으니까요. 아마 제국의 제일가는 부자가 아니었음 진작 도망쳤을 거야."

초라한 외양 덕분인지 벽에 기대어 서 있는 모습이 청순하다 못해 일견 우아하기까지 했다. 눈물로 촉촉하게 젖은 눈동자는 가련한 고양이 그 자체였다.

"고양이도 돌봐 주던 사람이 죽으면 슬퍼할 줄 알아요. 하지만 주변 사람들은 그렇게 생각하지 않죠. 말해봐요. 지금 내가 죽음을 두려워해서 우는 것처럼 보이나요?"

이전이라면 그녀에게 새로운 손수건을 건네주었을 것이다. 아니면 손을 뻗어 어깨를 감싸 안아주든가. 하지만 지금 샤토루와 나 사이는 단 한 발자국에 불과한 것으로 더는 넘어서면 안 될 거리를 유지한 상태였다. 그녀를 외면했던 수많은 사람처럼.

아닌 게 아니라 황제의 유언이 공개되기 전까진 이 정도의 위치가 딱 좋았다. 괜한 구설을 만들 필요는 없으니까 말이다. 그럼에도 불구하고 기어코 한마디를 내뱉은 건 동아줄이 되어주었던 그녀에 대한 연민 때문이었다.

"……약속을 잊지 않았어요."

그러자 샤토루가 기막힌 소리를 들었다는 것처럼 허탈하게 웃었다. 눈으로 자신과 나 사이의 거리를 재는 게 마치 '이런 행동을 보이면서?'라고 따지는 것처럼 보였다. 자연 흘러나오는 목소리가 냉소로 가득했다.

"애쓰지 말아요. 이전에 있었던 창녀촌만 하더라도 포주의 눈을 피해 서로를 다치게 하는 게 예사였는데 무얼. 하물며 높으신 분들이야 두말할 필요가 없죠. 폐하께서는 참으로 여자들의 암투에 대해서 무지

하단 말이지. 잔혹하신 분이야."

 사람들은 샤토루를 표현할 때 '무식한'이라는 단어를 잊지 않고 썼다. 황제의 총애를 받아 궁에 들어온 지 몇 해가 지났어도 예의를 모르는 것처럼 제멋대로 행동해서다. 수치심이 없는 듯 가슴골을 노출하고 목젖이 크게 보일 정도로 깔깔깔 웃으며 화가 날 때는 저속한 욕설도 서슴지 않는 태도는 자유롭다기보다는 방종에 가까웠다. 그녀로 인하여 사교계의 물이 흐려졌다 탄식하는 이도 있었다.

 하지만 자신의 처지를 살피는 데 있어 샤토루만큼 현명한 이는 또 없었다. 물론 재물에 관한 한 무척 탐욕스러운 데다가 간혹 제가 황후인 것처럼 굴어 모두를 기함하게 하였으나, 따지고 보자면 그녀 역시 결국 황제가 정해 준 선 안에서만 놀아났을 뿐이었다.

 "그냥 재물만 넉넉하게 챙겨 줘요. 하도 씀씀이가 좋아지다 보니 이전과 같은 삶은 살지 못하겠어."

 이제 방으로 걸어갈 힘을 되찾았는지 샤토루가 기대었던 몸을 떼고서 자세를 바로 했다. 황제에 대한 예우 차원에서 그녀 역시 장례식장에 참석할 수 있으므로 그때까지 궁에 남아 있을 터였다. 하지만 그 이후에 재산을 얼마나 들고서 쫓겨날지 미지수다. 갑자기 건강 상태가 악화되어 죽어버린 황제이기에 보석과 그림을 돈으로 바꿀 시간이 부족했기 때문이다. 아무렴 황제가 살아 있는데 그런 행동을 한다면 온갖 구설에 휘말려 욕을 먹지 않았겠나.

 "……저택은요?"
 "폐하께 받은 집이 하나 있어요. 좋은 저택이죠. 그러니 다른 건 신경 쓰지 말아요."

 영원토록 황후의 위에 있을 것만 같았던 창녀의 마지막은 이토록 초라했다. 어제만 하더라도 시녀들의 정성스러운 보살핌을 받았을 그녀인데 이제 혼자서 긴 복도를 되돌아가야만 했다. 방 안에서 황제의 주

검을 닦아 내는 사람들조차 샤토루에게 눈길을 보내지 않았다. 그녀와 함께 서 있는 나에게조차 말이다. 없는 사람 취급을 하듯, 그렇게. 황후를 눕히고 온 황태자만 하더라도 우리를 냉정하게 지나치지 않았나. 그러니 장례식에선 얼마나 더 가혹한 대우를 받을 것인가.

나는 조금씩 멀어져 가는 샤토루의 뒷모습을 바라보며 멍하니 두 눈을 깜빡였다. 황제의 죽음은 시작부터 모두의 삶에 큰 지각변동을 일으키고 있었다. 가깝게는 샤토루와 황태자에게, 멀게는 제국 전체로, 그렇게.

시스에는 모르는 이야기 5

　미카엘 아이레스가 시스에 드 비슈발츠라는 여인으로 인해 황태자와 언성을 높이며 싸웠다는 건 사교계 내에서도 이미 유명한 일화였다. 황태자가 비슈발츠 영애에게 노골적으로 자신의 마음을 표현한 이후 두 사내의 왕래가 퍽 적어졌다는 사실 또한 말이다. 그렇기에 아이레스가 매우 굳은 표정으로 황태자를 방문했다는 소문은 그가 방 안으로 들어간 지 십 분이 채 되지 않아 온 사교계를 휩쓸었다. 사람들은 황태자와 미카엘 아이레스가 또 어떤 싸움을 벌일지 흥미진진해하며 촉각을 곤두세웠다. 정작 방 안의 두 사람은 평온하게 대화를 나누고 있는데 그걸 전혀 모르고서.
　황태자와 아이레스는 탁자에 수도의 지형과 건물을 세밀하게 그린 지도를 보며 이야기를 나누고 있었다. 색색의 깃발을 하나씩 이동해 가며 이야기를 나누는 모습이 퍽 심각했다. 아이레스는 그중 빨간색 깃발 모형을 성문의 남쪽으로 옮기며 입을 열었다.
　"병력이 이동하는 경로는 아주 다양해. 조금씩 세분화하여 들어오기 때문에 꼬리를 잡기가 쉽지 않은 상황이지. 국경에 시선을 돌려 각 가문의 병사를 분할하려고 했던 모양인데, 이번에 양국의 협상이 잘 끝나서 그마저도 실패하게 되었어."

"그래서 비슈발츠가가 참 아쉽겠어. 상가의 마차만큼 병력을 이동하기 쉬운 건 또 없잖나. 귀중품을 취급하는 곳이라 함부로 물건을 헤집어 보기도 어렵고 말이야. 게다가 그 가문은 상선도 있지. 수도와 가까운 물길을 그 가문이 이용하고 있지, 아마?"

"물길로 거슬러 올라온다면 반나절도 채 안 되어 움직일 수 있을 거야. 비슈발츠가를 손에 넣었다면 말이지."

"기껏 손을 써 백작을 죽였는데 그것참 아쉬운 노릇이군. 숙부께서 무척 실망하시겠어. 그렇게 생각하지 않나, 멜?"

황태자의 말에 아이레스 경이 한숨을 내쉬며 깃발을 움직이던 지휘봉을 거두어들였다. 그의 시선은 황궁의 것으로 보이는 지도에 밀집되어 있는 푸른 깃발에 향해 있었다.

"사교계 내부에서도 은밀하게 일이 진행 중인 것 같아. 풀케르를 따르는 여인의 가문 대부분이 이미 넘어간 상태고 몇몇은 디뷘젤 공작 쪽의 사람들에게 접촉하여 물밑 작업을 벌이고 있어."

"아아, 그럴 거야. 그들은 그대와 내가 완전히 갈라섰다고 생각하고 있거든."

"내 눈앞의 명배우께서 아주 훌륭하게 연기를 하신 덕분이지. 하지만 이쯤 해. 시스에 영애를 그만 압박하라는 소리야. 그녀는 뤼세와 다른 연약한 여인이라고."

"글쎄? 내가 보기엔 그녀가 뤼세보다 더 강단이 있어 보이던데?"

"이디!"

아이레스가 소리를 내지르자 황태자가 미간을 구기며 차가운 목소리로 말했다.

"소리 지르지 마, 멜. 우리가 친구이기 이전에 주종 관계에 있음을 정확하게 명시를 해야지, 응? 그대가 비슈발츠 영애를 끌어들이는 것에 격렬하게 반대를 했고 그 마음이 여전히 변함없다는 걸 알고 있어. 하지만 이왕 시작한 거 끝을 봐야 하지 않겠나? 지면 다 같이 죽어."

미카엘 아이레스는 고개를 내저으며 부인했다.

"아니, 진다면 죽는 건 우리뿐이야. 그녀는 살릴 거니까. 내가 그렇게 할 거야. 어떻게든."

누구보다 주군의 목숨을 우선시해야 하는 기사가 할 말은 아니었지만, 황태자는 아무렇지 않다는 것처럼 옅은 미소를 지었다. 자신의 친우가 사랑에 빠진 이후로 우정이고 뭐고 다 버릴 것처럼 굴었기에 이제는 익숙해진 상태였다. 다만 이전만 하더라도 자신처럼 이용할 수 있는 건 다 이용해야 한다는 주의였던 아이레스가 이렇게 변했다는 게 우스울 따름이다. 그녀를 위해서 명예와 직위조차 버릴 수 있다는 사내가 무서울 게 뭐가 있겠는가. 황후가 노골적으로 로에나를 지지하며 시스에에 대한 불쾌감을 표시하는 게 고마울 정도였다.

"그대는 내가 이해심이 많은 사람이라는 것을 감사히 여겨야 해."

황태자의 말에 아이레스가 냉소를 지으며 반박했다.

"내 검이 쓸모 있지 않았더라면 진작 버렸을 사람이 무슨."

"그건 부인할 수 없겠군."

"확실한 건 내 검 끝이 이다, 그대에게 향하지는 않을 거라는 거야. 단지 시스에 영애가 우선시 될 뿐이지."

"만일 내 숙부가 그녀를 인질 삼아 나를 죽이라고 한다면?"

"그녀의 목숨을 살리는 대가로 차라리 자살을 하겠어."

무섭도록 단호한 대답이었다. 황태자는 혀를 내두르며 질린 표정을 지었다.

"원, 다른 방법을 생각해 본다는 것 자체를 염두에 두지 않는군. 이렇게 사람이 변할 수 있나? 이봐, 멜. 사랑이란 원래 손에 쥔 모래와 같아서 꽉 차 있다 싶다가도 어느새 보다 보면 손바닥에 지저분한 자국만 남기고서 사라져 버리는 거야. 그 감촉이 지긋지긋해 털어 내려 하지만 물로 깨끗하게 씻어 내지 않는 이상 완벽하게 지우긴 어려운 노릇이고. 즉, 한순간에 불과하다는 소리지."

"아니, 매일 한순간처럼 사랑한다면 그 벅찬 감정이 죽을 때까지 꽉 차 있겠지."

"비슈발츠 영애가 그럴 가치가 있는 여자라는 건가?"

아이레스는 황태자를 바라보며 여상스러운 어조로 말했다. 당연한 것을 왜 묻냐는 듯이.

"그걸 느꼈기에 연극에 열을 올린 게 아닌가?"

"내가?"

"그래. 자신을 속이지 마, 이디. 날 존중한다면 솔직해지지?"

순간 둘의 시선이 허공에 부딪쳤다. 주변의 공기가 급속하게 무거워지며 날 선 긴장감이 그들을 에워싸고 있었다.

잠시 후 황태자가 한숨과 같은 숨을 내쉬며 입을 열었다. 가늘게 좁혀진 미간은 그의 불편한 심기를 이야기해 주는 듯 움푹 패어 있었다.

"난 황태자야, 멜. 감히 단언컨대 그 어떤 것도 지금의 상황보다 먼저일 수 없어. 내게는 집중해야 할 게 너무도 많아. 그러니 조금 전의 말은 억측에 가까워."

"그럼 내게 맹세해. 아니, 해주십시오, 전하. 내가 당신께 승리를 가져다준다면 더는 그녀를 뒤흔들지 않겠다고 말입니다."

정중한 목소리로 요청하는 아이레스의 말에 황태자의 얼굴이 더욱 구겨졌다. 그는 지금의 상황이 마음에 들지 않는다는 것처럼 손가락으로 탁자를 톡톡 두드리기까지 했다. 실제로 황태자는 자신의 친우가 얼간이처럼 구는 게 못마땅한 상태였다. 여자 하나에게 매달리는 게 이해가 가지 않아서다. 물론 시스에 드 비슈발츠가 보기에 드문 매력적인 여인이긴 하나 어차피 시일이 지나면 빛이 바랠 미모와 성격이었다. 익숙함은 곧 권태를 의미하며, 후회를 낳을 게 분명하기 때문이다. 자신의 모후처럼. 그렇기에 영원할 것처럼 구는 아이레스가 어리석게 느껴졌다.

"네가 내게 승리를 가져다줘야 하는 건 당연한 일이지. 그러니 그것으로는 부족해. 게다가 그녀는 네 약점이 될 게 분명할 텐데 왜 내가 손을 놔야 하나?"

그러자 미카엘이 자신의 옷에 달린 가문의 문장이 새겨진 브로치를 떼어 내어 황태자에게 내밀었다. 그리고 왜 주냐는 듯 자신을 바라보는 그에게 말했다.

"우리는 분명 승리할 것입니다. 그리고 가장 큰 전과는 제가 세우게 되겠죠. 그때 전하께서 주시는 모든 상을 받지 않겠습니다. 원하신다면 제 성을 버리도록 하지요. 어차피 가문을 이어받는 건 제 형님입니다. 제가 평민이 되어도 상관은 없을 겁니다. 그럼 전하께서 경계하시는 일이 일어나지 않겠죠."

공을 세운 신하가 권력을 쥐게 된다면 그만큼 위험한 일은 또 없다. 황태자가 경계한 것은 이것으로 미카엘 아이레스는 지금 시스에를 위해서 이 모든 이권을 포기하겠다 말하고 있었다. 그녀를 건들지 않는 조건으로 말이다.

"나를 떠나겠다는 거냐? 멜, 너는 너무 지나치게 그녀에게 빠져 있어. 정신 차려. 그 누구도 네게 이런 희생을 바라지 않아. 비슈발츠 영애 또한 그럴 거다."

"어떻게 빠져나오게 할 겁니까?"

"뭐?"

"저 자신조차 실패한 일을 전하께서 어떻게 해결해 주시겠냐는 말입니다."

"미쳤군. 단단히 돌았어."

"그래서 이걸 안 받아주실 겁니까?"

황태자는 이를 바득 갈며 그를 노려보더니 이내 빼앗듯 브로치를 가져갔다. 그리고 으르렁거리듯 거칠게 숨을 내쉬며 미카엘에게 말했다.

"자, 받아줬으니 솔직한 심정을 말해봐. 이게 다가 아니잖아."

"예, 그러지요. 전하, 저는 당신이 두렵습니다."

"왜, 내가 네게서 그녀를 빼앗아 갈까 봐?"

"예."

미카엘 아이레스의 대답은 한 치의 흔들림이 없었다. 무얼 보고서 이렇게 단정을 짓는 것인지 모르겠지만 황태자는 한순간에 심장이 쿵 하고 울리는 것 같다고 생각했다. 그의 말을 부정해야 함이 옳지만 그렇게 말을 꺼내는 자신조차 이게 정말인가 싶어 확신이 일지 않아서였다.

하지만 지금은 미카엘 아이레스의 마음을 다잡는 것이 중요하기 때문에 되레 큰소리를 치며 불쾌감을 표시할 필요성이 있었다. 여자 하나 때문에 모든 것을 내놓다 못해 자신을 압박하는 친우의 행태가 기막혔지만, 한편으론 그 역시 황제의 자리를 위해서라면 이보다 더한 짓을 할 수 있으므로 우습지도 않은 공감이 일어나는 중이었다.

그러니 미카엘 아이레스의 약점이 시스에 드 비슈발츠이기 때문에 놓아줄 수 없다고 대놓고 말하지 않았던가. 만일 황태자가 이런 식의 노골적인 행보를 보이지 않았더라면 미카엘 역시 이렇게 극단적인 선택을 강요하지 않았을 것이다.

"내 어디를 보고서 그런 소리를 하는 거지? 이봐, 멜. 사교계엔 그보다 더 아리따운 여자가 많아. 사랑스러운 여인 천지라고. 그러니 제발 현실 좀 직시해. 정말이지 그녀에 대한 마음이 너무 넘치는 거 아냐?"

황태자가 검지로 자신의 관자놀이를 톡톡 두들기며 말을 이어 나갔다.
"그동안 누누이 말했잖아. 내게 필요한 건 예쁘장하게 꾸밀 줄만 아는 여자야. 내 말을 받아치거나 자신의 이득을 위해 적극적으로 행동하는 여자는 필요 없어. 비슈발츠 영애는 단지 지금에선 그 누구보다 매우 쓸모가 있어서 상대하는 것일 뿐이야."
"정말로 그랬다면 뤼세를 대하듯 행동하셨겠지요."
"미카엘 아이레스 경. 지금 내 태도를 지적하는 건가?"
얼음의 기사는 황태자의 날 선 반응에 고개를 저으며 부인했다.
"송구합니다, 전하. 전하께서 아니라고 부인을 하시니 다행스러운 일이긴 합니다만, 저에게는 확신이 필요합니다. 그래서 제 모든 것을 내놓은 것입니다."
"그래서 어떻게 해달라는 건가."
"모든 것은 비슈발츠 영애가 결정합니다. 전하께서는 강제하지 않겠다는 약속을 해주시면 됩니다."
황태자가 다시 한숨을 내쉬며 미간을 손가락으로 꾹꾹 짓눌렀다. 지금의 대화로 두통이 오는 모양인지 그의 얼굴은 살짝 찡그려져 있었다.
"기막히군. 지금 보면 그대의 주군이 내가 아니라 그녀인 것 같아."
"신하로서, 그리고 친구로서 부탁하는 거야, 이디."
"나중에 분명 후회할 날이 올 거다. 이렇게까지 해서 지킬 가치가 있었나 하는 회의감이 찾아올 거야. 설마, 비슈발츠 영애와 미리 입을 맞춘 것은 아니겠지?"
"왜 그렇게 생각하는 건가?"
"이전에 그녀가 그랬거든. 시스에 드 아이레스가 아니라 시스에 드 비슈발츠가 되겠다고. 자신을 얻고 싶으면 기꺼이 비슈발츠가 되어야 한댔나? 그럴 일이 없을 것이라 코웃음을 쳤는데 지금의 그대를 보니 진짜로 그럴 수 있을 것 같아서 두렵군. 어쨌든 좋아. 네 부탁을 들어

주지. 하지만 이 이상의 선을 넘으면 나도 가만히 있지 않을 거다."
 미카엘은 빙그레 미소를 지으며 고개를 끄덕였다. 그것만으로도 좋다는 듯 그의 얼굴은 한결 밝아져 있었다.
 "이것만으로도 충분해."
 "글쎄, 과연 그럴까? 사람은 누구나 지위와 힘을 얻으면 변하는 법이야. 비슈발츠 영애 그녀조차 평민에서 귀족이 되고 나니 자신의 가문을 탐내지 않는가. 더 높은 지위라고 욕심을 내지 않으리라는 법은 없지."
 "그녀는 달라, 이디. 매우 특별해. 그래서 가끔은 기적처럼 느껴질 정도지. 감히 장담하건대 그 누구도 비슈발츠 영애처럼 굴 순 없을 거야."
 "그건 두고 봐야 할 일이지. 물론 약속대로 강제하지는 않겠어."
 "강제를 유도하는 계략도 안 돼."
 "까다롭긴. 하지만 우연이 겹치는 건 나도 어쩔 수 없어."
 황태자라면 그 우연조차 일부러 만들어 낼 게 분명하지만 작정하고 발뺌을 한다면 증명을 할 방법이 없었다. 그저 시스에 드 비슈발츠의 자제심을 믿는 수밖에. 그리고 미카엘 아이레스는 그녀를 깊게 믿고 있었다. 그 어떤 선택을 하더라도 그럴 수밖에 없었을 것이라고 말이다.
 "자, 비슈발츠의 영애에 관한 이야기는 이쯤 하고 다시 우리들의 싸움으로 시선을 돌려 볼까? 숙부가 쳐들어오는 것을 기다리기보다는 우리가 차근차근 꼬리부터 끊어 나가면서 숨통을 죄이는 게 나을 것 같은데, 아직도 주거지를 못 찾았다는 게 문제야. 나는 숙부가 숨바꼭질에 소질이 있으신 줄 미처 몰랐어. 이럴 줄 알았으면 어릴 때 같이 해 볼 걸 그랬어."
 "활동하고 있는 이름은 알아냈다 하지 않았나?"
 "가명이 한두 개겠어? 상황에 따라 달리 쓰는 게 꽤 많을 거야. 비슈발츠 영애에게 접근할 때엔 '비트라이스'라는 성을 쓴다는군."

"비트라이스라, 어디서 많이 들어 본 것 같은데?"

아이레스가 고개를 갸웃거리며 의아해하자 황태자가 차분한 목소리로 설명했다.

"숙부의 친모가 주술사를 통해 선대 황제를 시해하려 했다가 들통이 나 처형당했던 거 기억이 나나? 그 주술사의 이름이 비트라이스였어."

"아주 옛적의 일이라 기억이 가물가물했던 거로군."

"기억하는 이가 드물 거야. 사교계 내부에서도 잊힌 사건일걸. 기억하는 네가 특이한 거다."

"예전에 이디 네가 이 일에 관해 이야기를 할 때 이름이 특이하다고 생각했었거든. 어쨌든 작명 솜씨 하난 독특하군."

"그게 숙부의 매력 중 하나지. 어쨌든 정확하게 밝혀진 이름 중 하나라 이를 중심으로 탐문을 벌이고 있어. 그리고 모후의 가문과 긴밀하게 연계되어 있거나 새로 거래를 튼 상단이 없는지도 확인하고 있고. 비슈발츠가처럼 수도에 기사를 소유하고 가문은 거의 없다시피 하니 병력을 들여오는 데 꽤 난항을 겪을 거야. 어떻게든 방법을 찾아내려 하겠지. 그럼 어떻게든 꼬리를 드러낼 테니까, 우린 그걸 노리면 되는 거다."

아이레스가 지휘봉을 들어 깃발 하나를 지도에 그려진 저택 하나에 밀어 넣으며 말했다.

"비슈발츠가는 아무런 힘이 없는 귀족 가문인데도 용케 저택 내 기사를 데리고 있었군."

"지금 대에 이르러 정계에서 많이 멀어졌다 하지만 초창기만 하더라도 전공을 많이 세웠던 공신 가문 중 하나였어. 그런데 그들의 먼 조상이 상계에 관심이 많아 상행에 더 집중하는 대신 물건을 보호할 수 있도록 적정 수의 기사를 저택 내에 살게 해달라고 요청한 거지. 그리고 그게 받아들여진 거고. 그래서 숙부가 그토록 비슈발츠가를 노린 거야. 지금도 포기하지 않은 것 같지만."

"납치 사건 말하는 건가?"

"그래. 적통의 후계를 제대로 관리하지 못한 평민 소녀를 고운 눈으로 바라볼 사람이 없잖나. 아마 영애가 돌아온다면 책임을 물어 그녀를 물러나게 하려 할 거다. 무능력한 이라는 이름을 붙인다면 쉬운 일이지. 모후뿐만 아니라 로에나 영애의 외가, 마담 드 라발리에가 가만히 있지 않을 테니까. 그 전에 사건을 일으켜야 해. 아니면 시스에 영애가 로에나 영애를 직접 찾을 수 있게 하든가."

"결국, 자신의 손으로 해결한 셈이니 더는 말은 못 하겠군. 불평은 하겠지만 말이야."

"그렇지. 내가 숙부라면 비슈발츠 영애가 로에나를 찾을 때를 대비하여 미리 수를 쓸 거다. 아마 그녀를 만나서 도움을 주겠다고 말해 빚을 지어 놓거나, 혹은 자신이 찾았다고 말하면서 시스에 영애의 공을 가로채려 하겠지."

"그걸 위해서 요 며칠간 나에게 일거리를 떠안겨 준 건가? 비슈발츠가에 가지 못할 만큼 말이야."

"그래. 네가 있으면 숙부가 접근하지 않을 테니까."

그 말을 들은 아이레스의 얼굴이 차갑게 굳어졌다. 불만스러워서였다. 이전부터 황태자와 함께 뜻을 같이해 왔기에 그가 주가 되어야 함이 당연하지만, 자신의 세계에 시스에 드 비슈발츠라는 여인이 들어온 뒤로 일의 순서가 뒤죽박죽 되어 가고 있었다. 지금이야 황태자가 너그럽게 봐주며 아무렇지 않은 척하지만 점점 도를 넘어간다면 이마저도 어떻게 될지 모르는 상황이라 퍽 난감했다. 시스에를 먼저 생각하고 싶지만, 그렇게 된다면 그녀가 위험해질 것임이 분명하므로 몇몇 부분에 관해선 방관을 할 수밖에 없는 게 지금의 현실이었다.

그래서일까. 가끔 미카엘 아이레스는 시스에 드 비슈발츠의 얼굴을 보는 게 미안할 때가 있었다. 자신의 부족한 능력에 대한 회의감이 강하게 들 정도로 말이다.

"덕분에 멜 너와 그녀 사이가 소원해졌다는 소문이 퍼지게 되었지. 숙부의 입장에선 이보다 더 좋은 상황은 없었을 거야."

천연덕스럽게 중얼거리는 황태자의 얼굴은 친우의 괴로움 따위는 아무렇지 않다는 듯 태연하기만 했다. 되레 금세라도 시스에게 달려가고 싶어서 안절부절못하는 미카엘이 우습다는 듯 짓궂은 미소를 짓기까지 했다. 그러다 이내 퍽 너그러운 척 양손을 들어 올리며 관대한 명령을 내리는 것이다.

"하지만 오늘만큼은 일찍 퇴근하는 것을 허락하지. 그들에게도 긴장감을 심어줘야 하지 않겠나?"

"참으로 영광스러운 발언이십니다, 전하."

"비꼬는 건 너답지 않아, 멜. 그대는 좀 더 냉정해질 필요가 있어. 나에게 완벽한 승리를 가져다주려면 그래야 해. 하지만 지금은 사람들이 원하는 대로 재미있는 소문을 만들어줘야 할 시간이지. 너무 오래 있는 것도 이상하거든? 자, 무엇을 깨뜨려야 과격한 몸싸움이 났다고 알려질까?"

"세상에, 이젠 내가 이디 그대와 주먹다짐한다는 말까지 퍼뜨릴 생각이야? 전하, 저를 얼마만큼 망나니로 만들 생각이십니까?"

미카엘이 과장된 동작으로 어깨를 으쓱이며 미간을 찌푸리자 황태자가 낮게 웃었다. 그리고 뭐라 말할 새도 없이 벽에 걸려 있는 장식용 검을 빼 들어 가까운 소파부터 푹푹 쑤시는 것이다. 그리고 거친 동작으로 걷어차 요란한 소리를 만들어 내었다.

"이렇게 하면 대화를 나누다가 감정이 격해졌다고 생각할 거야. 실제로 그대가 들어온 지 꽤 시간이 지나지 않았어? 이참에 마음에 들지 않는 가구를 죄다 갈아버려야겠군."
 말이 장식용 검이지 혹시 모를 상황을 대비하여 잘 갈아 둔지라 날이 예리하게 서 있는 상태였다. 그것을 가지고 이리저리 휘두르니 한바탕 칼싸움이라도 벌인 듯 가구들 곳곳이 난자당했다. 실로 처참하기 그지없었다.
 "생각 같아선 한 대라도 치게 해주고 싶지만 그러면 황족 모욕죄에 해당할 테니 넘어가기로 하지."
 "그것참 아쉬운 노릇이군요."
 "왜, 하고 싶나? 아, 물론 나는 그대의 뺨을 내려칠 수 있지만 말이야."
 "사양하겠습니다. 적당히 하지 않으면 내가 그쪽으로 넘어가도 이상하지 않을 모양새가 나옵니다."
 "첩자가 되어주면 좋지."
 "바보가 아닌 이상 절 믿겠습니까?"
 미카엘이 한숨을 내쉬며 자신의 머리와 옷매무새를 마구 망가뜨렸다. 그런 다음 물컵에 물을 따라 몸에 살짝 뿌리니 검으로 다투느라 한바탕 땀을 흘린 것 같은 모양이 나왔다. 황태자는 그런 미카엘의 모습에 '사기꾼'이라는 농담을 던졌고, 아이레스는 아무렇지 않다는 것처럼 '내가 괜히 전하의 친구겠습니까?'라는 말로 응수했다. 황제를 속이기 위해선 황태자뿐만 아니라 그의 친구라 할 수 있는 미카엘 역시 연기를 해야 했으므로 이 정도쯤은 식은 수프 먹기나 다름없었다.
 "비슈발츠 영애에게 이 일에 관해 언급하는 건 잠시 보류하도록 하지. 어쨌든 연극을 하는 동안엔 나에게도 기회를 주어야 하지 않아? 원망 섞인 눈초리를 받는 것도 한두 번이지, 이젠 거북스러울 정도야."
 "그건 말을 하지 않는다고 해서 어떻게 될 문제가 아냐. 영애의 판단에 따를 일이지. 그렇게 생각하지 않습니까, 전하?"
 그의 조건이 없는 편듦에 황태자가 질렸다는 듯 혀를 내둘렀다. 동시에 바로 발을 크게 굴리며 옆에 놓인 디저트 접시를 문 쪽을 향해 강하게 내던졌다. 기분이야 어쨌든 연극은 시작되어야 하니까 말이다.

"당장 내 눈앞에서 사라져, 미카엘 아이레스! 내 그대에게 정말로 많이 실망했네!"

바깥에까지 들릴 정도로 쩌렁쩌렁한 목소리였다.

"이 정도면 충분하고도 남겠습니다."

미카엘 아이레스가 최대한 목소리를 낮춘 채 황태자에게 말했다. 그런 그의 손은 작은 나이프를 사용하여 자신의 옷소매를 조금씩 자르고 있었다. 검으로 싸우다가 잘린 것처럼 말이다.

"우리 편 사람 중에 혹시 이상한 행동을 하는 이는 없었는지 잘 감시하고."

"일은 언제 일어날 거라고 생각하십니까?"

"황제 폐하께서 승하하시는 그날로 생각하고 있어."

"그때가 언제라고 장담한단 말입니까?"

"숙부께서 드리는 약이 아주 잘 들고 있으니 한 달에서 두 달 정도면 가능하지 않을까 생각하고 있어."

"그전에 찾아야겠군요."

"아니면 필사적으로 되받아치는 수밖에. 그러니 조금만 더 힘써 줘, 친애하는 멜. 나는 그동안 폐하의 약을 조절하고 있을 테니까."

대공이 약을 이용하여 황제의 수명을 갉아 나가고 있다는 것을 아무렇지 않게 말하는 황태자나, 그것을 태연하게 받아들이는 미카엘 아이레스나 전혀 죄책감을 느끼지 않고 있었다. 천륜에 어긋나는 짓인데도 불구하고. 그도 그럴 것이 이를 발견하였을 당시 황제의 병색은 이미 깊어진 상태였으므로 손을 쓸 수 없었던 것이다. 신관이나 저명한 의사조차 가까스로 숨을 되돌려 놓는 것에 급급할 뿐이니 더해 무엇하랴. 간신히 양을 조절하여 목숨 줄을 이어 나가는 게 황태자가 할 수 있는 일의 전부였다. 황제의 돌연사에 큰 혼란이 일어나지 않도록 하기 위해서다.

이에 의아함을 느낀 대공이 황후와 연계하여 약을 더 강하게 쓰려고 했으나 황제의 주변인은 이미 황태자에 의해 장악된 상태이므로 급격하게 나빠지지 않게 하는 것까지는 가능했다. 하지만 그것도 아주 잠깐일 뿐이다. 대공의 입장에선 황제의 죽음으로 인해 혼란이 일어나는 것을 틈타 급습하는 게 더 나으므로 어떻게든 태양을 저물게 하려고 노력할 것이다.

황태자가 막을 수 있는 건 고작 한두 달의 짧은 시간뿐이었다. 그 이상은 그조차도 불가능하다. 이미 경각에 달해 있는 목숨인지라 여기까지 버틴 것도 용하다 할 수 있었다. 그러므로 그 전에 대공의 꼬리를 잘라야 했다. 반란을 막기 위해 은밀하게 연합된 귀족 무리도 잘 다독이면서 말이다.

얼음의 기사가 문을 향해 몸을 돌리자 황태자가 비꼬는 듯한 목소리로 그에게 물었다.

"잠깐만, 그대. 설마 이대로 그녀에게 가려는 건 아니겠지? 나라면 바로 저택으로 돌아갈 텐데? 쓸데없는 추문을 만드는 것보단 낫잖아?"

미카엘 아이레스가 잠시 걸음을 멈추고 고개를 돌렸다. 그런 그의 얼굴에는 산뜻한 미소가 걸려 있었다.

"그럼 누구에게 갈까요? 뻔한 소리를 다 하십니다그려. 저를 걱정해 주시는 전하의 마음에 감읍할 지경이지만, 며칠간 못 보았더니 죽을 것 같아서요."

"하, 그렇게 엉망인 꼴을 하고서? 이봐, 멜. 아무리 내가 만남을 허락하였다고 해도 이렇게는 아니지. 그런 모습으로는 동정심밖에 이끌어 내지 못해. 원, 사내로서 창피할 노릇이군."

"그녀가 내게 관심을 두는데 동정이 뭐 어떻단 말입니까?"

"뭐? 설마 구걸이라도 하고 있다는 건가? 천하의 미카엘 아이레스가?"

"예, 세상에서 가장 행복한 구걸이지요."

"쯧, 그러다간 평생 그녀를 네 손에서 굴릴 수 없을 거다."

경고에 가까운 말에 미카엘 아이레스는 피식하고 웃었다. 어처구니없는 말을 들었다는 듯이, 그렇게.

"세상에, 이디. 그녀가 공입니까? 손안에 넣고 굴리게? 다시는 제 앞에서 그럴 말을 하지 마십시오. 그리고 좀 전에 부탁드렸잖습니까? 뤼세를 대하듯 영애를 대해 달라고요."

"……하, 그래, 그랬었지."

"지금 전하께서 집중해야 하는 건 연극뿐입니다. 이 문을 여는 순간 맞이하게 될 어리석은 관객들을 위해서요. 아시겠습니까?"

황태자가 그의 말에 입을 다물었다. 심기가 불편한 건지 잔뜩 찌푸린 미간이 매우 노골적으로 파여 있었지만 그걸로 끝이었다. 미카엘은 모르는 척 말을 이어 나갔다.

"그럼 막을 올려 볼까요?"

"그래."

얼음의 기사는 문고리를 비틀어 문을 열기 전 장난스럽게 어깨를 으쓱였다. 그런 다음 모두가 들릴 수 있을 정도로 크게 외쳤다. 크게 화가 났다는 듯, 그렇게.

"전하께선 주군으로서의 신의와 친구로서의 우의 모두를 저버리셨습니다. 더는 저에게 믿음을 강요하지 마십시오. 제 주군은 언제나 전하겠지만, 마음을 달리 먹지 않는 이상 저 역시 평행선에 서 있을 수밖에 없습니다. 한때 당신의 가장 충실한 기사였던 이가 말하는 것이니 부디 흘려 넘기지 마십시오!"

황태자의 궁을 기웃거리며 동정을 살피던 사람들에게 있어 흐트러진 모습을 한 상태로 튀어나온 아이레스의 모습은 좋은 먹잇감이나 다름없었다. 그들은 아닌 척하면서 얼음의 기사의 모습을 힐끔힐끔 쳐다보더니 곧 빠르게 뒷걸음치며 사라졌다. 자신의 무리에게 이 재미있는 소식을 알려 주기 위해서였다.

몇몇은 그가 어디로 사라지는지 끝까지 지켜보았는데, 그의 말머리가 비슈발츠가가 있는 거리로 향하자 그제야 흥이 난다는 것처럼 콧노래를 흥얼거리며 모임이 있는 곳을 향해 뛰어 들어갔다. 치정으로 얽힌 관계가 어느덧 위험수위에 다다르자 지켜보는 것만으로도 즐거워진 것이다. 방 안에서 일어났을 게 분명한 싸움을 보지 못한 게 아쉽긴 하지만 얼음의 기사와 황태자의 사이가 부쩍 소원해진 것은 사실이므로 긴 시간 동안 궁 주변을 배회하며 기다린 보람이 있었다.

그렇게 조금 전의 사건 또한 순식간에 사교계를 휩쓸며 모두를 흥분하게 만들었다. 귀족들은 황태자와 아이레스 경의 갈등을 이야기하며 얼음의 기사가 시스에 드 비슈발츠를 찾아가 무어라 말을 할 것인지에 대한 상상의 나래를 펼쳤다. 그와 같은 사내가 어떤 식으로 위로를 간구(干求)할지 이야기하면서.

그리고 이 소문은 수도의 한쪽에 은밀하게 마련된 대공의 심처에도 빠르게 흘러들어 갔는데, 그는 황태자와 미카엘 아이레스가 심하게 다퉜다는 소식을 듣고서도 흥분하지 않았다. 오히려 의심쩍다는 듯 눈썹을 치켜 올릴 뿐이다. 그리고 이것을 기회 삼아 미카엘 아이레스를 이쪽으로 끌어들여야 하지 않겠냐는 사람들의 말에 반박하며 주변에 깔린 흥분을 가라앉혔다.

"망나니짓을 하긴 하지만 범 새끼는 역시 범이다. 좀 더 신중하게 지켜볼 필요가 있어. 그러니 경거망동하지 마라. 아직은 때가 아니야. 목이 마른 자가 알아서 우물을 파게 놔두는 거다. 그것보다 우리가 할 일은 상선과 마차를 이용하여 병사를 들여오는 것인데, 아무리 검토를 해

봐도 비슈발츠가의 배만 한 게 없어."

보통은 정해진 장소에 선박을 놔두게 마련이지만 비슈발츠가는 이례적으로 귀족이라는 특혜를 이용하여 수도와 가까운 물줄기를 거슬러 올라올 수 있었다. 상단이야 제국 제일이라 할 수 없지만, 귀족이 사용할 사치품을 가져오다 보니—동물을 들여올 때도 있으니까—배의 크기나 마차의 규모 또한 손꼽을 정도로 클 수밖에 없었고 말이다.

여기에 병력을 들여온다면 운송하는 것 자체가 쉬워질뿐더러 할버드 경을 호위로 내세운다면 감히 안을 들여다볼 용기를 낼 자가 없을 터였다. 그만한 자가 들어오는 물건이니 믿을 수 있다고 생각할 테니까. 거기에 함께 뜻을 모아준다면 미카엘 아이레스를 상대하는 건 일도 아니었다.

"그러니 영애께서 힘을 좀 써 주셔야겠습니다."

대공은 한쪽에 시선을 돌리며 부드러운 목소리로 말했다. 그곳에는 납치되었다고 알려진 로에나가 평소와 다를 바 없는 고운 차림을 한 채 앉아 있었다. 낯선 곳에 끌려온 사람답지 않은 평온한 표정을 하면서 말이다. 그리고 그런 그녀의 뒤에 서 있는 건 쉴피스 경이었다.

2장
진행

 황제의 죽음은 순식간에 온 나라를 뒤덮었다. 거리 곳곳마다 이를 알리는 종이가 붙은 건 물론이요, 지방에 사는 귀족에게도 편지가 빠르게 간 참이라 수도의 곳곳이 어수선하게 술렁였다. 마차 소리가 밤낮을 가리지 않고 들린 것도 이 때문이었다. 외국에서 보낸 조문객 또한 쉬지 않고 들어왔다. 장례식은 주신의 신전에서 치르는 게 관례인지라 그곳으로 가는 길은 이미 병사들로 인하여 통제된 상태였다. 황제의 병세가 꽤 오랫동안 진행되었기에 언제고 그가 죽으리라는 건 모든 사람이 짐작하고 있었다. 그래서 황궁에 신관과 의사가 들락날락할 즈음부터 장례 준비를 차근차근히 해온 참이었다. 죽은 황제가 그러라고 명령했기 때문이다.
 그래선지 갑작스러운 사망 소식에도 사흘 만에 열린 장례식은 제국의 위용에 걸맞게 무척 웅장했다. 애도를 위한 흰 꽃과 종이가 신전을 가는 길마다 풍성하게 뿌려졌다. 황금으로 치장된 관이 검은색의 마차에 담겨 도로 위를 지나갔고, 완벽하게 무장한 기사와 병사들이 그것을 호위하듯 에워쌌다.

　앞으로 일주일 동안은 장사는 물론이고 도로에서 시끌벅적하게 소리를 내는 게 금지되기 때문에 구경을 나온 사람들의 입엔 무거운 침묵이 걸려 있었다. 신관을 제외한 모든 사람이 검은색 옷을 입었기에 신전 안은 검은 물결로 너울거렸다. 창문의 커튼마저 검은색이었다. 성인이 되지 못한 어린 영애와 영식은 검은 베일로 얼굴을 가려 부정을 막았고, 어른들은 신전에서 준 성수를 몸에 뿌리는 것으로 사신의 눈을 피하고자 했다.

　황제의 관은 황궁에서 출발하고, 나머지 사람은 미리 신전에서 기다리는 게 황실 장례의 기본 절차였다. 그래서 관을 실은 마차가 궁에서 출발하여 신전에 도착할 때까지 모두 기다리며 서 있어야만 했다. 본래 신전이란 신을 모시는 신성한 장소지만 장례식이 열리는 때만큼은 사신이 관장하는 곳으로 여겨져 모두 입을 꾹 다물고 있었다. 조금이라도 소리를 내면 시체를 착각한 사신이 시신을 대신하여 데려간다는 전설이 내려오고 있어서였다. 그래서 사람들은 조용히 눈만 굴린 채 한시라도 빨리 장례식이 치러지기를 바랐다.

　끔찍할 정도로 지루한 시간이 지나고, 가까스로 관이 신전의 입구에 도착했을 때 시간은 정오를 향해 있었다. 기사들의 호위를 받은 관이 음울한 음악 소리와 함께 안으로 들어왔다. 절도에 맞춰 걷는 그들로 인해 관이 놓이게 될 단상까지 가는 시간도 꽤 많이 걸렸다. 아침 일찍부터 도착하여 내내 서 있었을 모두의 발이 지루함으로 인하여 뒤틀리고 있었다.

　그래서일까. 황제의 관이 지정된 자리에 놓였을 때, 누군가의 입에서 숨죽인 한숨이 흘러나왔다. 그마저도 미신이 두려워 재빨리 숨기긴 했지만 못 들을 정도는 아니었다.

　황태자와 황후, 그리고 대공은 황제의 시체가 들어 있는 관의 가장 가까운 곳에 앉아 있었다. 그 주위로 외국 사신들과 직위가 높은 귀족이 자리했다. 황제의 첩 중 장례식에 참석할 수 있는 건 그나마 샤토루뿐이었다.

이윽고 장례식이 시작되었다. 신관이 관에 성수를 뿌리고 경전을 말한 다음 애도의 시간을 가졌다. 진행이 생각보다 빠른 속도로 이루어지고 있었다. 다소 복잡하다 싶은 절차도 순식간에 휙휙 지나갔다. 하긴 죽은 이에게 얼마만큼의 예의를 갖춰야 싶겠냐마는 기다린 시간에 비해 무척 순식간이라 다소 허탈한 마음마저 들었다.

문제가 일어난 건 마지막 절차에서였다. 묻기 전에 다시 관을 열고서-그때까지 뚜껑에 못질하지 않는다-시신의 상태를 살피며 꽃을 던져 주는 순서에 갑자기 황후가 언 것처럼 움직이지 않은 탓이다. 동시에 황태자 역시 관을 살피며 심각한 표정을 지었고, 순식간에 관 뚜껑이 다시 닫히며 기사들이 주변을 에워싸기 시작했다.

"장례식을 연기한다."

잠시 후 황태자가 선언하듯 말했다. 뜻밖의 소리에 모두가 어리둥절하고 있을 때 상석에 앉아 있던 사람들이 죄다 일어나 신전 바깥으로 나가 버렸다.

아무런 설명 없이 무작정 퇴장한 거라 의아함을 느낀 사람들이 금기를 잊은 것처럼 웅성거리기 시작했다. 하지만 이에 대해 친절하게 설명해 주는 이는 아무도 없었다. 그저 황제의 장례식이 끝을 맺지 못했다는 사실만 알게 되었을 뿐, 그 외의 모든 것은 의문으로 남았다. 밤이 늦도록 말이다.

다음 날 아침 황제를 진료했던 의사와 신관이 황궁으로 불려 갔다는 소문이 사교계 내에 쫙 퍼졌다. 이례적인 일에 마주친 사람마다 모두 어안이 벙벙한 표정을 짓고 있었다. 도대체 관 안에 무슨 일이 있었기에 장례마저 중단한단 말인가. 역사상 둘도 없는 초유의 사태가 벌어졌건만 답답하리만치 밝혀진 바가 없었다.

답답함을 견디지 못한 귀족들은 자신들의 응접실에 한데 모여 조용히 이야기를 나누었다. 황제의 죽음으로 인해 사교계 행사를 열 수 없었던지라 이런 식으로 행동한 것이다. 하지만 이야기를 나누어도 건질 만한 소식은 없었다. 황후파, 황태자파 가릴 것 없이 말이다. 되레 자신들의 수장에게서 언질 하나 받은 바 없다며 혼란스러워했다.

타국에서 이 일을 어찌 보겠냐며 한숨을 내쉬는 이도 있었다. 아닌 게 아니라 조문객이 온 마당에 이런 식으로 일 처리를 하는 건 대단한 실례라 할 수 있었다. 국가적 망신이기도 하고. 물론 누군가는 알아도 모르쇠로 일관하며 입을 닫고 있을 터였다. 그러나 그 또한 가려낼 수 없는지라 답답함만 가중되었.

혹시 황제의 시체에 무슨 일이 생긴 게 아닐까? 라는 의문이 제기된 건 그즈음이었다. 말을 꺼낸 사람은 황후의 가문과 잘 어울리던 자로, 관 안을 들여다본 황후와 황태자의 표정이 심각한 것으로 보아 틀림없다는 소리를 덧붙였다. 하지만 곧 말도 안 되는 소리라고 비웃음을 당했다. 장례식을 준비하는 내내 철통같은 보안으로 철저하게 지켰던 시체였다. 미카엘 아이레스를 필두로 정예의 기사들이 방을 에워싸고 있었는데, 무슨 일이 일어날 리가 없었다.

그런데 오후쯤 되자 황세가 독살을 당했다는 소리가 사람들 사이로 은밀하게 나돌았다. 황제의 손톱 끝과 입술이 꺼멓게 변했고 부식을 방지하기 위한 약품을 발랐음에도 벌써 시체 썩는 악취가 감돈다는 것이다. 그 말이 사실인지 검증할 방법은 없지만, 황궁에서 일하는 사람의 입에서 흘러나왔다는 것만으로 이미 기정사실이 되어 있었다. 이런 소문이 돌고 있는데도 잠자코 침묵하고 있는 황실의 태도 역시 모두에게 확신을 주었다. 황제의 유언이 바로 공개되고 있지 않다는 점 또한 귀족들의 의심을 증폭시키는 데 충분했다.

황후가 황태자가 아닌 대공과 함께 있다는 것도 이상하긴 마찬가지였다. 사람들은 체형이 달라진 대공이 갑자기 황후와 친분을 과시하는 게 이상하다고 수군거렸다. 그리고 그가 진짜 대공일지에 대한 이야기를 나누었다. 혹자는 돼지 대공이 제거되고 이를 대체하기 위한 그림자로서 그를 데려온 게 아니냐는 주장을 내세우기까지 했다.

하지만 눈에 띄게 차이 나는 사람을 대체자로 데려올 리가 만무하니 결국 지금의 대공이 진짜가 아니냐는 목소리가 커지고 있었다. 그리고 이 논란은 모두가 아는 돼지 대공이 갑자기 잡혀 들어오는 것으로 일단락되었다.

"대공 전하의 어릴 적 젖먹이 동무라면서요? 유모의 아이라 하더라구요. 전하께서 병세가 너무 깊어 몇 년 동안 타지방으로 잠시 요양을 간 틈을 타서 사기 행각을 벌인 거라나요."

순식간에 여론이 황제의 죽음이 아닌 대공의 사기꾼에게로 쏠렸다. 장례식에 대한 의문은 아직 밝혀진 바가 없으니 정황이 드러난 구경거리에 관심을 가지는 것이다. 가짜 대공에게 굽실거리며 아부를 떨었던 귀족들의 반응이 거센 것도 한몫했다. 특히 그에게 딸이 농락당했지만, 대공이라는 신분에 억눌려 아무 말 못 했던 이들의 반발이 가장 컸다. 몇몇은 몸을 낮추며 침묵해야 할 시기에도 연일 가짜 대공의 목을 치겠다며 소리를 질렀다. 외국 조문객들의 처우를 결정하기도 전에.

"그런데 전하께서 정말 몰랐을까요? 타지방이라 하지만 도대체 어디서 요양을 했기에 자신에 대한 소문을 못 들었던 거죠? 시중들었던 사람들에게 연락을 받았을 법도 하잖아요."

"그러게요. 그간 모습을 드러내지 않고 있다가 이제야 나타난 것도 의심스러워요."

물론 대공에 대한 의문을 가진 사람도 있었다. 제국 전체에 대공은 흉물스러운 얼굴을 가진 호색한이라는 낙인이 찍혀 있었기에 이 소문을 모를 리가 없었을 것이라는 게 주된 이유였다. 거리의 이야기꾼만 하더라도 그를 두고서 희화화하여 조롱할 정도니 아니 그러하랴. 수상쩍어하지 않은 게 이상할 정도였다.

하지만 대부분 몸이 아팠던 시기에 믿었던 사람에게 배신을 당한 대공에게 동정심을 가졌다. 얼굴을 가면으로 가렸을지언정 가짜보다 더 말쑥한 키에 옷매무새가 한껏 살아 있는 탄탄한 체구, 우아하게 뻗어 있는 긴 목이 모두의 상상력을 자극했기 때문이다. 그야말로 모두가 바라 마지않았던 대공의 모습이었다. 특히 어깨 위로 풍성하게 흘러내려 윤기가 흐르는 푸른 머리카락이나 가면 아래 살짝 보이는 날카로운 턱선은 뭇 여인들의 마음을 설레게 하는 데 충분했다. '얼굴만 멀쩡했으면 완벽했겠어요'라는 소리가 괜히 나온 게 아니었다. 그러니 대공에 대한 너그러움이 한껏 살아나는 것이다.

황태자는 이를 두고서 계획된 일이라 말하며 투덜거렸다. 귀족들의 시선을 끌기에 이만한 방법이 없으므로 진짜 대공에 대한 여론이 점차 좋아지는 걸 지켜볼 수밖에 없다면서.

"아주 전략적인 방법이지. 머리를 잘 썼어. 대단한 숙부님이야."

그동안 가짜 대공을 방패 삼아 사교계의 이목을 피해 온 터였다. 그런데 이제 황제의 죽음으로 인해 사교계의 전면에 나서야 하니 그럴듯한 명분을 앞세워 이미지의 반전을 꾀하는 것이다. 장례식을 도중에 중단한 것도 그가 여러 귀족을 만나며 여론을 모을 수 있는 훌륭한 발판이 되었다고 한다.

"모든 것이 숙부님께 이롭게 흘러가고 있어."

그렇게 말하는 황태자의 얼굴은 무척 피곤해 보였다. 일이 잘 풀리지 않는 건지 한층 날카로워진 표정엔 냉랭한 기운마저 감돌고 있었다. 로샨 영애가 차를 권해도 듣는 척 마는 척하며 손가락으로 관자놀이 부분을 꾹꾹 누르는 게 짜증마저 엿보였다. 최측근인 아이레스 경은 여전히 황제의 관을 지키고 서 있고, 황후는 심신의 불편을 이유로 황태자의 방문을 거절하고 있으며, 대공은 대놓고 자신의 세력이라 할 수 있는 자들을 만나고 다니니 그럴 수밖에 없었다.
"덕분에 폐하께서 독살당했다는 소문이 잠잠해졌잖아요. 누가 흘린 건지 모르겠지만, 처음에 이 소리를 듣고서 얼마나 깜짝 놀랐는지 몰라요. 유언장이 공개된 이후에 밝혀졌어야 했는데 말이죠. 이제 어떻게든 시간을 끌어야 할 텐데 참 걱정이에요."
"모후 때문이지. 그분만 아니었다면 오늘 아침에서라도 유언장이 공개되었을 거야."
나는 로샨 영애와 황태자가 나누는 대화를 듣고서 깜짝 놀랐다. 자연스럽게 오가는 이야기 속에서 황제가 독살당했다는 사실이 아무렇지 않게 내뱉어지고 있었다. 그것도 이번 사건을 통해 알아낸 게 아닌, 예전부터 그래 왔다는 뉘앙스를 풍기는 게 기막힐 따름이었다. 순간 짧은 비명이 터져 나올 것만 같았지만, 꾹 참았다. 지금 내가 해야 하는 일이라곤 그저 경청하는 것밖에 없었다. 황태자와 로샨 영애는 내가 없는 사람인 양 둘만의 대화를 계속 이어 나갔다.
"장례식장에서부터 이상한 조짐을 보였었지. 폐하께서 어떻게 돌아가신 건지 뻔히 아시는 분이 새삼 그런 연기를 펼칠 줄이야. 덕분에 나 역시 따라 행동할 수밖에 없었잖아. 이를 꼬투리 삼아 시간을 벌 셈인 것 같은데, 아니 될 말이지."
황태자는 황후가 계속 황제의 죽음을 조사하자고 주장한다 말했다. 그렇지 않으면 아무것도 하지 않겠노라고 완강히 버티면서. 제국의 법상 신분 고하를 막론하고 아내와 맏아들이 함께 유언장을 들어야 한다는 점을 악용하고 있는 것이다. 물론 장자 계승의 원칙에 따라 그가 황제가 되는 데 별문제가 없지만, 황후나 대공 쪽에서 이를 꼬투리 삼고서 반란의 명분으로 삼는다면 골칫거리일 수밖에 없었다.

"키란가에서 가만히 있을까요?"

"어머니의 가문이 여기서 뭘 더 할 수 있다고. 문제는 모후야. 예상보다 반항이 거세. 하지만 그리 오래 버틸 순 없을 거야. 그렇게 만들 테니까."

황태자가 별것 아니라는 것처럼 코웃음을 쳤지만, 실상은 그리 가볍지 않았다. 본래의 목표대로라면 황제의 장례식을 무사히 치르고 바로 유언장이 공개되어야 했다. 하지만 지금에 이르러 모든 것이 멈춰진 상태였다. 게다가 본래라면 지금쯤 황후의 가문이 나서서 황태자를 황제로 옹립하는 데 일조해야만 했다. 황실의 역사를 따져 보아도 그게 당연한 거였다. 그런데 돕기는커녕 오히려 방해하고 있으니 이를 갈아도 시원찮을 상황이었다.

"딜레마야. 공개해도 문제, 공개하지 않아도 문제거든. 폐하의 죽음을 이런 식으로 이용하기 위해 예전부터 철저하게 준비한 모양이야."

황태자가 한숨을 내쉬며 소파로 등을 기대자 로샨 영애가 냉큼 그의 뒤로 쿠션을 덧대어줬다. 그러곤 그의 머리카락을 살살 어루만지며 조심스레 말을 이어 나갔다. 대화의 내용을 따지지 않는다면 연인들의 휴식이라 할 수 있을 정도로 거리낌이 없었다.

"전하께서 약의 양을 조절하고 있었다는 것을 알고 있었던 건가요?"

"처음에는 몰랐던 모양이야. 그런데 나중에 알게 된 거지. 우리가 놓친 누군가가 아주 잘 협력한 모양이더군."

"이상한 일이네요. 알아도 양이 늘어나지 않았다니. 물론 전하께서 매일 손수 검사하신 탓도 있겠지만요."

"약의 특별한 점을 이용한 거지. 그 자체로도 엄청난 독성을 가진 약이지만 또 다른 무언가를 만났을 때 그 위력이 배가 된다는 점을 우리는 몰랐잖아? 그쪽을 너무 쉽게 봤어. 하긴 오래전부터 준비해 왔으니 이 정도 반전은 당연한 일이겠지."

"결국, 조절하나 마나였겠군요."

"그래도 제법 시간을 많이 번 셈이야."

순간 하나의 의문이 든 나는 조심스럽게 입을 열어 황태자에게 물었다.

"발견하셨을 때 아예 먹는 척 버렸더라면 더 낫지 않았을까요?"

그러자 황태자의 눈이 나에게로 향했다. 그는 재미있는 말을 들었다는 것처럼 웃고 있었다.

"중독성이 강한 약이라 꾸준히 먹지 않으면 바로 티가 나게 되어 있어. 먹은 당사자는 거의 미치다시피 하거든. 지독한 독이지 않나? 계속 먹게 되면 죽는데, 안 먹어도 끔찍한 고통에 시달리게 되니 말이야. 그러니 양을 조절하는 것으로 버티게 하는 수밖에."

언뜻 황제가 약에 중독이 되었을 때까지 전혀 몰랐다는 것처럼 들렸다. 하지만 나는 그 말을 곧이곧대로 믿지 않았다. 황태자이기 때문에 무슨 꿍꿍이가 있을지 모른다는 생각이 들어서였다. 늘 깨닫는 것이지만 내 눈앞의 사내는 필요하다면 패륜이라도 아무렇지 않게 저지를 만한 인물이었다.

그럼에도 그의 행동이 이해가 되는 건 과거의 나 역시 로에나를 나락으로 떨어뜨리기 위해 별별 일을 시행했기 때문이다. 원하는 것을 얻기 위해선 선의와 이해가 아닌, 탐욕과 악의로 가득 차야 함을 알아서다. 그렇지 않으면 모든 것을 빼앗기는 게 바로 귀족들의 세계였다.

"그럼 어떻게 하실 건가요?"

로샨의 물음에 황태자가 자신의 무릎 위를 손가락으로 톡톡 두들기며 말을 아꼈다. 깊이 고뇌하는 것처럼 보이지만 매끈하기 짝이 없는 미간으로 보아 이미 생각을 다 마친 모양이었다. 다만 어떻게 시행할까에 대한 고민이 뒤따를 뿐.

"선수를 쳐야겠지, 아마? 이대로 나를 패륜아로 몰고 싶은 눈치니 말이야."

"그 말씀은……."

"말 그대로다. 모후가 원하는 바대로 행동해 드리는 거야. 도움이 되지 않는 유언장 따윈 필요 없다."

"하지만 그게 그렇게 될 수 있을까요?"

내 물음에 황태자가 고개를 가볍게 끄덕였다. 하등 문제가 될 게 없다는 태도였다.

"그럴듯한 구실만 있으면 되니까. 물론 숙부에게 이로운 결과를 낳겠지만, 제위에 오르는 게 우선이니 어쩔 수 없지. 어차피 무슨 이유를 붙여도 반역자는 반역자 아닌가. 이참에 불온한 싹을 뿌리 뽑아버리는 게 낫겠어."

패륜에 대한 선수(先手), 황후가 원하는 바. 모든 것이 알 수 없는 일 투성이지만 황태자가 저리 자신만만하게 이야기하니 그대로 맞장구를 쳐 줄 수밖에 없었다. 어차피 그의 일을 실행하는 건 내가 아니기 때문이다. 나의 존재 가치는 비슈발츠가에 있으므로 이대로 선을 잘 지키면 될 일이었다.

그리고 며칠이 되지 않아 황태자가 했던 말의 의미가 밝혀졌다. 황제의 시체에서 이상한 점을 발견했는데 독살인 것 같다는 이야기가 공식적으로 발표된 것이다. 그리고 그에 대한 범인으로 황후가 지목되었다. 그간 샤토루가 황후를 모욕하여도 너그럽게 묵인하다 못해 함께 조롱했던 황제이기에 동기는 충분했다. 장례식의 마지막 절차에서 황제의 시신을 보고 도망갔던 것 역시 자신의 죄가 밝혀질까 두려워서 그랬다는 소리가 떠도는 것도 이 때문이었다.

황후가 시동생인 대공과 눈이 맞아 그를 황제로 올리기 위해 황태자를 압박한다는 가십도 나돌았다. 그래서 유언장을 공개하는 것에 반대하며 침실에 틀어박혀 있다는 것이다. 어느 하나 쉽게 넘길 수 없는 것으로, 사교계는 금세 들끓어 올랐다. 거짓이네 아니네로 싸우는 것부터 시작하여 이런 망측한 소문을 퍼뜨린 자를 찾아내는 것까지 온통 몸살을 앓았다.

덕분에 로에나가 납치를 당한 지 몇 주 만에 비슈발츠 저택으로 되돌아왔다는 사실은 입에 오르내릴 깜냥도 못 되었다. 그렇게 할 마음도 없었고. 누구에게는 무척 안타깝게도 말이다.

로에나의 귀환은 아주 조용히 이루어졌다. 그러잖아도 심란한 사교계에 이런 가십을 더해 줄 필요가 없어 주변을 단단히 단속했기 때문이었다. 납치범들이 또 무슨 수를 쓸지 모른다는 내 주장도 한몫했고 말이다. 그래서 사람들은 잠잠한 분위기 속에서 그녀를 맞이했다. 어머니만이 마지못해 잘 돌아왔다고 말할 뿐이었다. 그마저도 어지럽다면서 자신의 방으로 되돌아가 버렸지만.

어쨌든 할버드 경의 인도를 받아 돌아온 로에나는 한층 매서워진 눈빛을 하고 있었다. 별장으로 쫓겨나다시피 했던 이전과는 달리 턱을 든 채로 당당하게 걸어오는 게 볼썽사나울 정도도. 어딜 봐도 납치를 당했다가 돌아온 사람답지 않았다. 누군가 억지로 태연한 척하는 거라며 동정 어린 목소리로 소곤거렸지만, 그렇게 보기엔 너무나 여상스러워 되레 이상하게 느껴질 정도였다.

쉴피스 경의 모습은 보이지 않았는데, 할버드 경의 말에 의하면 그들이 탈출할 시간을 벌어주기 위해 홀로 남은 거라고 했다. 그래서 무사히 되돌아올 수 있었던 거라면서. 로에나를 맞이하기 위해 나온 대부분의 기사가 그의 말에 감동하며 눈물을 흘렸지만, 나는 속지 않았다. 시간을 버는 의미가 있겠지만 그보다는 대공과의 연결 고리로 남은 것이 더 확실하기 때문이다.

그래서일까. 로에나의 목소리도 상대적으로 덜 애석해하는 것처럼 느껴졌다. 그녀의 눈꼬리가 애처롭게 휘어지는 건 자신의 상황에 대한 위로를 받을 때뿐이었다. 나는 보란 듯 다가가 그녀를 품에 안고서 감격에 찬 말을 내뱉었다.

"내가 드디어 너를 찾았구나. 아아, 얼마나 걱정했는지 아니?"

로에나를 찾기 위해 최선을 다했다는 것을 강조하기 위함이었다. 그러자 나를 바라보는 친로에나파 기사들의 눈빛이 누그러졌다. 쉴피스 경의 희생은 둘째 치고 그녀를 데려오기 위해 할버드 경을 혼자 보내는 과감함까지 선보였기에 내가 달리 보이는 눈치였다.

"어디 다친 곳은 없고?"

"응, 괜찮아. 걱정해 줘서 고마워. 나도 무사히 돌아올 수 있어서 기뻐."

예전 같았으면 내 스킨십에 기뻐하며 행복해했을 로에나지만 이번만큼은 좀 시큰둥한 느낌이었다. 대공이 무어라 속살거렸는지 모르겠지만 제법 먹힌 모양이다. 내 시선을 피하며 품에서 벗어나기 위해 어깨를 비트는 로에나라니, 믿어지냔 말이다.

나는 집사에게 일러 부드러운 수프를 가져오게 하고 바로 주치의를 불러 그녀의 건강 상태를 살피게 했다. 하녀장인 믈랑은 로에나가 도착하기 전 이미 내 명령을 받아 다락방 하나를 치우고 있는 상태였다.

납치된 와중에도 잘 지낸 모양인지 그녀의 얼굴은 윤이 났으며 머리 끝부터 발끝까지 이르러 상한 곳이 한 군데도 없었다. 오죽하면 주치의가 놀랍다는 듯 두 눈을 크게 떴을까. 하지만 그것도 잠시 내 눈짓에 조용히 몸을 움직여 응접실 바깥으로 빠져나갔다. 로에나는 이 모든 것을 얌전히 받아들이고 있었다.

"몸값을 부르지도 않은 납치범이라니. 그래서 매우 놀랐어. 너에게 해코지를 할까 말이야. 도대체 누구일까?"

"기억나지 않아. 항상 눈을 가린 채로 있었거든. 그런데 어떻게 알았어? 어떤 방법으로 날 찾아낸 거야?"

"온갖 방법을 다 써서. 잠을 제대로 이루지 못한 나날이 많을 정도로 미친 듯이 너를 찾았어. 그리고 결국 해냈지."

로에나가 믿을 수 없다는 것처럼 고개를 한번 내젓더니 다시 물었다.

"그 방법이 궁금해서 그래. 솔직하게 말해줘. 내가 네 능력에 감탄할 수 있도록 말이야."

"그게 중요해? 왜? 내가 널 찾았다는 것만으로 충분하지 않아?"

내 대답에 그녀의 입이 조개처럼 다물어졌다. 그래서 나는 '돌아온 게 기쁘지 않니?'라고 되물었다.

"힘들어서 그래. 너무 혼란스럽기도 하고."

"그래? 이런, 이를 어쩌지?"

"왜?"

"지금 네가 꼭 들어야 할 말이 있는데 혼란스러운 상태라니 안 되겠다 싶어서 말이야. 다음에 이야기할게. 내가 너무 배려가 없었던 거 같아. 이제 쉬어야겠지?"

"아냐, 말해줘. 무엇이든 들을 각오가 되어 있어."

내가 그래도 차마 말을 꺼내지 못하겠다는 듯 망설이자 로에나가 '어서'라고 재촉했다. 그래서 나는 어쩔 수 없다는 것처럼 입을 열었다.

"그거 아니? 너를 납치한 사람이 대공 전하라는 소문이 사교계에 퍼지고 있어."

순간 로에나의 뺨이 살짝 붉어졌다. 그 반응으로 나는 그녀가 대공의 진짜 얼굴과 신분을 알고 있음을 확신했다. 눈을 가리고 있었다는 말이 거짓이라는 것 또한. 그녀를 속여 넘긴 말의 배경에는 그의 아름다운 외모가 한몫한 것 같았다. 하긴 외양은 멀쩡하다 못해 엄청나기까지 했지. 황태자랑 쌍벽을 이루는 용모이니 더 말해 무얼 할까. 무슨 상상을 하는 것인지 고개를 푹 숙인 채 손가락을 꼼질거리는 게 무척 수줍어하는 것처럼 보였다. 자신을 납치한 사람이 대공이라는 것에 마냥 좋아하며 감정을 드러낼 때가 아닌데 말이다.

'멍청이 같으니라고!'

나는 비웃음을 삼키며 로에나의 태도를 천천히 살폈다. 이전 삶에서 귀족으로 산 지 5년, 그리고 지금 1년 하고도 반. 도합 7년에 가까운 생활을 하다 보니 로에나가 예전보다 더 우습게 느껴졌다. 과거였더라면 완벽해 보였을 행동도 지금에 이르러선 참으로 읽기가 쉬웠다. 그것은 그녀가 성장할 발판을 주지 않았던 것도 있지만, 나 역시 많은 발전을 했기 때문이다. 그래서 이전에는 감지하지 못했던 감정 변화를 빨리 알아차릴 수 있었다. 그렇기에 설렘으로 부풀어 오른 로에나의 마음을 펑 하고 터뜨리는 게 매우 손쉬웠다.

"그런데 그 사람이 가짜 대공임이 드러났지 뭐야?"

"……가짜 대공?"

나는 걱정이 된다는 듯 그녀의 두 손을 붙잡았다. 그리고 흠칫 놀라는 로에나를 향해 한숨 섞인 목소리로 말했다.

"그래, 가짜 대공. 혹시 황제 폐하께서 승하하신 건 알고 있니?"

"응. 저택으로 오는 길에 할버드 경이 알려 주셨어."

"그때 진짜 대공 전하께서 나타나신 거야. 그 바람에 그간 대공 전하 행세를 한 사내가 가짜임이 밝혀졌단다. 호색한으로 알려진 남자가 말이야."

순간 로에나의 얼굴이 창백해졌다. 그녀는 떨리는 목소리로 '그 가짜가 날 납치했다는 소문이 돌고 있다고?'라고 되물었다. 나는 주저 없이 고개를 끄덕였고, 그녀는 어깨를 바르르 떨며 어쩔 줄 몰라 했다.

"그런 와중에 풀케르에 대한 흉측한 소문까지 퍼지고 있어 매우 안 좋아."

"……도대체 무슨 일이 일어나는 거야?"

"그건 내가 물어보고 싶은 말이란다. 사실 나는 네가 지금 이 집에 있는 게 탐탁지 않아."

"뭐? 세상에, 시스에. 왜 그런 소리를 하는 거야?"

"왜냐니. 너는 나보다 납치범의 말을 더 믿고 있잖아."

순간 로에나가 자리에서 벌떡 일어나려고 했다. 나는 잡고 있는 두 손에 힘을 주며 그녀를 억지로 앉혔다. 손톱이 파고들 정도로 강하게 잡아끌었기에 로에나의 입에서 외마디 비명이 흘러나오고 있었다.

"이게 지금 무슨 짓이야, 시스에! 이상한 소리 하지 마. 그리고 손 놔 줘. 아파."

"쉿. 가만히 있으렴. 그리고 내 말을 좀 들어 봐. 사람들은 곧 네가 돌아온 것을 알게 될 거야. 하지만 안타깝게도 병에 걸린 너를 만날 수 없게 되지. 왜냐면? 납치범이 네게 약을 먹였기 때문이야. 그 이유는 그래, 돌아가신 아버지에 대한 원한 때문이라고 하자. 거기까지 파고들 사람은 없을 테니까."

"제정신으로 하는 말이야?"

"그래야 쉴피스 경이나 네가 허튼짓을 하지 않지."

내 말이 끝나기가 무섭게 로에나의 몸이 뻣뻣하게 굳었다. 그녀는 두 눈을 크게 뜬 채 나를 바라보았다. 애써 미소를 지어 보려 하지만 이미 들통난 감정, 여기저기로 마구 새어 나오고 있었다. 나는 한껏 여유로운 표정을 지으며 거짓말을 섞어 말했다. 로에나를 떠보기 위해서였다.

"좀 전에 네가 그랬지? 너를 어떻게 찾았냐고 말이야. 간단해. 이전에 너를 찾으러 돌아다닐 때 진짜 대공을 만난 적이 있어. 그와 몇 가지 대화를 나누고 헤어졌지. 그런데 내가 사라지고 난 다음에 누군가가 골목을 빠져나오더구나. 찬찬히 살펴보니 바로 너였어. 납치되었다고 알려진 네가 멀쩡하게 걸어 나오더란 말이지."

"아니야."

"아니라니. 그럼 내가 어떻게 너를 찾을 수 있었겠니? 네가 납치범의 말을 더 믿고 있다는 소리를 제정신으로 할 수 있겠냐고."
"……우릴 미행한 거야?"
"그래."
"믿을 수 없어. 어떻게?"
"어떻게냐고 물어보는 건 아니지. 널 구하기 위해 목숨까지 건 날 생각해야 하잖아. 안 그리니? 뿐만이야? 다른 사람이 위험해지는 것까지 감수했어. 돈은 돈대로 썼고. 그런데 감히 이런 행동을 해?"
"이거 놔. 아파!"
"어째서야."
로에나는 대답하지 않았다. 오히려 버티려는 듯 입술을 꾹 다문 채 나를 노려봤다. 오기 섞인 시선에 웃음조차 나오지 않았다. 그래서 태연히 말을 이어 나갔다. 어차피 한 번 한 거짓말 또 못 하리라는 법은 없었다.
"가짜 대공이 널 납치했다는 소문 어디에서 흘러나온 줄 알아? 풀케르 쪽에서야. 진짜 납치범이 대공임을 알고 있기에 할 수 있는 행동이겠지."
"거짓말."
"정말이야. 조금 전 황후가 진짜 대공과 이상한 소문이 돌고 있다고 말했잖아. 망측하게도 말이지. 그래서 그 시선을 돌리기 위해 널 희생한 거야. 생각해 봐. 할버드 경에게 황궁 기사의 자리를 약속했던 황후를. 할버드 경이 네게 있어, 아니, 비슈발츠 가문에 있어 얼마나 중요한지 다들 알고 있잖아? 그런데 그런 그를 빼내어 가려고 했다고. 이래도 내 말이 거짓말이라 단언할 수 있어?"
로에나가 아주 어릴 적부터 어린 영식과 영애들과 함께 어울려 다니며 작은 사교계의 맛을 보았다 하지만 실질적인 귀계와 음모에는 많이 취약한 편이었다. 예쁘장하게 울기만 하면 모든 사람이 어르고 달래며 자신의 편이 되어주었으니 함정에 빠지기도 전에 구해졌던 탓이다. 이전 삶에서 그녀가 정치질을 할 수 있게 된 시기도 나로 인해 하녀로 전락했을 때였다. 고귀한 귀족 영애에서 한순간에 나락으로 떨어져 버린 로에나를 주변에서 가만히 놔두지 않았기 때문이다.

현재의 그녀 역시 이전의 로에나와 다를 바 없이 매우 단순한 편이었다. 제법 독하게 마음을 먹었어도 내가 그녀의 상대를 이간질하며 살살 양념을 치니 순식간에 오기가 사그라져 갈팡질팡 못 하는 것이다. 뿐만이랴. 이러한 정보를 알려 준 나를 애절하게 바라보는 것이 어미를 바라보는 새끼 새처럼 말랑말랑하게 누그러져 있었다. 마음이 약하다면 약하다고 해야 할까. 아니면 우스울 정도로 어리석다 해야 하나. 할버드 경을 예시로 든 것이 이렇게 잘 맞아 떨어질 줄은 몰랐는데 말이다.

"……비슈발츠가를 위한 일이야."

이윽고 로에나가 힘없이 입을 열어 말했다. 내 손에서 빠져나오기 위해 격렬하게 몸부림치던 것도 잠시 곧 폭풍이 지나친 바다처럼 고요하게 가라앉았다. 작은 입술에서 조그맣게 흘러나오는 목소리에 담긴 것은 깊은 허탈함이었다.

"넌 아무것도 몰라. 내가 가서 무엇을 보고 듣고 왔는지. 내 모든 행동은 아버지께서 남긴 가문을 지키기 위함이라고. 두려웠어. 그래서 들을 수밖에 없었어. 그게 진실이니까. 정해진 미래 말이야!"

"로에나!"

"나로 인해 돌아가신 분이야! 너는 내 잘못이 아니라 했지만 분명 나 때문이야. 내가 아니라면 돌아가시지 않았을 분이라고. 그렇지 않았다면 이렇게 뺏길까 봐 전전긍긍하지도 않았겠지."

말을 내뱉다 보니 다시 감정이 격해진 것인지 그녀의 목소리가 한층 날카로워져 있었다. 속마음 또한 가감 없이 흘러나왔다.

"내게 빼앗긴다는 생각을 한 거야?"

황당해진 내가 되물어보자 로에나가 뾰족한 말투로 빠르게 대답했다.

"그렇지 않다면 왜 자꾸 날 몰아세우는 거야? 왜 날 미워해? 왜 날 사랑해 주지 않아? 처음부터 그랬어. 넌 처음부터 그랬다고! 계속 나를 향해 날을 세우다가 필요할 때만 상냥하게 대해 주고 그렇지 않으면 거들떠보지 않았잖아. 그래서 바로잡고 싶었어. 가문이든 뭐든 처음부터 새롭게 잡아야 한다고 생각했어. 대공에 의해 멸문할 가문, 이렇게라도 지켜야 했다고! 내가!"

"네가 말이지? 사교계에 데뷔할 때를 기다리는 게 힘들었니? 그리고 멸문? 그게 그렇게 쉬운 줄 알아? 이 어리석은 아가씨야, 왜 한 치 앞을 바라보지 못하니. 넌 속은 거야."

내가 비아냥거리는 목소리로 말하자 로에나가 눈물이 어른거리는 눈동자로 나를 바라봤다. 깊게 일그러진 얼굴 어디에도 제국 최고의 미소녀라 불리는 로에나 비슈발츠의 미모가 보이지 않았다. 그저 탐욕에 어린 추악한 본성만 자리하고 있을 뿐. 그것은 바로 예전의 나였다.

"아니, 속이는 건 너겠지. 이미 내 것을 다 빼앗아 놓고서 무슨 소릴 하는 거야? 데뷔할 때를 기다리라고? 그럼 내 손에 남는 건 뭔데? 이 상태로 가문을 지킬 수 없단 말이야."

"이런, 납치범이 뭐라고 속삭였는지 모르겠지만 속아도 아주 단단히 속았구나. 난 정리자일 뿐이야. 널 위해 길을 닦아 놓는 사람이라고. 비슈발츠가의 모든 사람이 그렇게 생각할걸? 네 외가는 물론 심지어 사교계까지 말이지. 그래서 모두 날 이대로 놔둔 거야. 가엾은 로에나. 장님이 다 되었어."

거짓말로 범벅이 된 달콤한 미끼를 던지자 로에나의 얼굴이 멍청하게 변해 갔다.
 "……뭐?"
 "내가 중간에 황제 폐하를 만나고 왔다는 소리를 그가 하지 않았니?"
 "했어."
 넋이 나간 듯 순순하게 대답하는 모습에 절로 혀가 차졌다. 이런, 회유할 대상을 잘못 찾은 거라니까. 대공도 참 아까운 시간을 낭비했어. 로에나가 마고를 외면하면서까지 믿는 게 난데 고작 납치된 며칠만으로 그녀를 바꿀 수 있겠냐 말이다. 어쨌든 비밀에 가까운 말들이 마중물만 부으면 콸콸 치솟아 오르는 게 유도하는 나조차도 허탈함을 느낄 정도였다. 대공이 이 모습을 본다면 얼마나 기막혀할까?
 "황제 폐하께서 왜 날 부르셨는데. 왜 나에게 후견인을 붙여 준 건데. 폐하께선 모든 걸 알고 계셨어. 그래서 미리 준비하게 한 거라고."
 "무슨 말이야, 그게?"
 "세상에, 로에나! 아직도 모르겠니? 나는 지금 네가 진짜 대공에게 무엇을 들었는지 전부 다 아는 것처럼 굴고 있잖아. 그래서 멸문이라는 말에 눈 하나 깜빡하지 않은 거고."
 "시스에, 잠깐만. 나 지금 무척 혼란스러워. 도대체……."
 나는 손을 안으로 잡아당겨 그녀를 품 안으로 끌어들였다. 그리고 어리둥절해하는 로에나의 뺨에 키스를 하며 나직이 속삭였다.
 "진짜 대공이 비슈발츠가의 재산과 할버드 경을 노리고서 널 이용한 거야. 본래는 네가 집안을 이끄는 상태에서 협박하려고 한 건데, 뜬금없이 내가 후견인을 대동하고서 널 보호하니까 손을 대지 못한 거고. 그의 공격이 너무 집요해서 널 잠시 별장으로 피신케 한 건 어리석은 결정이긴 했어. 누가 예상하기라도 했겠어? 네가 납치될 줄? 도대체 어떻게 정보가 새어 나간 걸까?"
 "거짓말이야. 믿을 수 없어. 내가 별장으로 가게 된 건 마고의 일 때문이잖아."

"맙소사, 로에나 왜 날 믿지 못하는 건데? 널 대신해서 이 자리에 앉아 있다는 것 때문에?"

나는 서운하다는 것처럼 다시금 한숨을 내쉬며 그녀의 머리카락을 귀 뒤로 넘겨 주었다. 다정하고 상냥한 손길에 로에나의 몸이 바르르 떨렸다.

"생각해 봐. 네가 아프고 힘들어할 때 네가 해야 할 궂은일은 다 누가 했지? 바로 나야. 널 대신해서 이 모든 걸 견뎠단 말이야. 그리고 로에나, 정말로 네 것을 탐냈으면 이렇게 힘들게 찾아오지도 않았어. 아니면 찾은 척하다가 죽여 버렸을 거야. 그런데 넌 멀쩡히 돌아왔잖니. 그런데 왜 내 말이 거짓이라 하니?"

"……시스에."

"쉬이, 계속 들어 보렴. 결정적인 순간에 손을 놓은 건 내가 아니라 너잖니. 내 손은 언제나 유효한데. 그리고 그들이 널 도와주려고 했으면 가짜 대공에 관한 소문을 막아줬을 거야. 그런데 그러지 않고 있지. 그러니까 로에나, 제발 바로 보란 말이야."

나는 그녀의 곧은 등을 손바닥으로 부드럽게 쓸어내리며 나직이 속삭였다.

"아버지가 돌아가신 지 얼마나 되었다고 날 박대하니? 말했잖아. 나에겐 너뿐이라고. 그런데 네가 이러면 난 어떻게 해?"

"……세상에, 시스. 정말이야?"

"내가 널 속인 적이 있었니? 단 한 번도 없었잖아."

"오, 신이시여. 제가 뭘 한 거죠? 맙소사, 내가 어떻게……. 시스, 난, 난……!"

순간 로에나가 내 어깨에 얼굴을 묻고서 훌쩍훌쩍 울음을 터뜨렸다. 벌려진 입술을 통해 흘러나오는 건 비슈발츠를 위해서였다는 변명뿐이었다. 그 한심한 모습에 한숨이 흘러나왔지만, 꾹 참고 괜찮다고 말했다. 로에나는 이런 내 태도에 완전히 마음을 놓은 모양인지 계속 흐느끼고 있었다.

그렇게 한참 동안 그녀를 어르고 달래며 토닥여 주고 있으려니 믈랑이 찾아와 명령한 방이 준비되었다고 공손히 말했다. 나는 그런 믈랑에게 눈짓하며 다시금 로에나의 등을 어루만졌다. 그리고 그녀에게 보여 줄 것이 있다고 부드럽게 속삭였다. 잠시 일어나 달라면서 말이다. 이제 그녀를 위해 특별히 준비한 다락방을 공개할 때였다.

이전 삶에서 로에나는 다락방이 있기에 겸손함을 배울 수 있는 것 같다고 내게 말했다. 낡은 침대 하나 덩그러니 놓여 있는 추운 방이지만 그래도 바닥에서 자지 않는 게 어디냐며 수줍게 덧붙이며.

"그간 너무 사치스러운 삶을 산 거였어요. 내가 가진 것을 주변 사람들에게 나눠줄 수 있었는데 왜 지금껏 깨닫지 못했던 걸까요? 그래서 시스가 참 고마워요."

티 하나 없이 깨끗한 얼굴은 성스러움으로 가득했다. 이슬을 머금은 백합 그 자체라 해야 하나. 이전보다 훨씬 마르다 못해 볼이 홀쭉해지고 얼굴 전체가 거칠거칠해졌지만, 사람을 홀리는 특유의 사랑스러움은 배가 되어 있었다.

그래서일까. 그녀를 괴롭히던 하녀들은 상냥한 웃음을 지으며 부지런히 일하는 로에나에게 죄책감을 느꼈다. 더 이상 그녀를 괴롭히고 싶지 않다는 사람도 있었다. 양심에 찔려 견딜 수 없다는 것이다. 사람들은 감화된 죄수처럼 곧 로에나라는 경건함으로 물들어 갔다. 회개하지 않은 악은 나뿐이었다.

좀 더 고통스럽게 살아가기를 바랐던 내 마음과는 달리 그녀의 삶은 곧 소박한 행복으로 변화되었다. 먼지로 가득한 다락방은 어느새 로에나가 꺾어 온 꽃과 나뭇가지, 정원 일을 하다 주워 온 작은 돌멩이, 그리고 그녀를 가엾게 여긴 사람들이 몰래 쥐여 준 물건들로 아기자기하게 채워져 있었다.

벽에 울퉁불퉁하게 튀어나온 못 위로 낡은 커튼을 고쳐 만든 드레스가 걸려 있고, 여기저기 녹이 슬고 찌그러진 냄비 안에는 벽난로에서 꺼내온 숯이 뜨거운 열기를 뿜어내며 방을 제법 훈훈하게 덥혀 놓았다. 이가 빠진 찻잔이나 놋쇠로 만든 무거운 주전자 또한 모두 낡아서 버리려는 것을 로에나가 챙겨서 재사용하는 것이었다.

"예전 같았으면 쓸모없다고 버렸을 거예요. 하지만 돈이 없는 사람들은 이마저도 귀하게 여긴다죠? 시스가 아니었다면 몰랐을 삶이에요. 이런 조그마한 것들이 큰 기쁨을 선사해 준다는 것을요."

로에나는 확 달라진 풍경에 굳어버린 내게 그것을 자랑하며 해맑게 웃었다.

내 기쁨의 성. 자신의 다락방을 달리 부르는 이 말에는 숨길 수 없는 자부심과 애정이 듬뿍 담겨 있었다. 겸손과 절제는 천사라 불리던 시절에도 습득하지 못한 미덕인데, 비참한 생활을 하는 와중에도 마치 선물처럼 당연하게 가진 것이다. 주어진 것에 감사하며 행복해하는 모습은 이전보다 훨씬 더 아름다웠다. 그녀는 조악한 내 바람과는 매우 다르게 더욱더 완벽해진 상태였다.

생생하게 살아 있는 로에나의 눈빛에 나는 좌절감을 느꼈다. 육체적인 학대와 정신적인 궁핍이 자신의 발목을 붙잡을 수 없다고 말하는 듯한 그녀의 태도에 온몸이 비틀리는 것 같았다. 뿐만이랴. 구역질이 치솟아 올랐다. 그녀의 눈부시게 빛나는 자태가 해골처럼 깡말라 버린 몸을 화려한 드레스 속에 억지로 감추고 있는 나와 너무나 내소뇌어서였다. 비참함에 절규가 흘러나올 것만 같았다.

로에나는 동방에서 말하는 연꽃처럼 진창 물 속에서도 홀로 고고하게 피어 모두의 눈을 현혹시켰다. 내면에서 우러난 고요한 아름다움은 이내 커다란 빛이 되어 내 편으로 가득한 저택을 서서히 정화했다. 이는 나조차도 예외일 수 없어 아주 잠깐이지만 그녀가 무척 사랑스럽다고 생각할 정도였다. 지금 와서 생각한다면 매우 우스운 일이지만.

어쨌든 과거와 달리 더 빠른 시기에 다락방 안으로 들어가는 로에나다. 이전과 다르게 자비를 베풀어 방을 치워 주긴 했지만, 귀족 영애가 생활하는 데 여전히 부족한 감이 있었다.

아니, 부족하다 뿐일까. 모욕을 느끼지 않는 게 이상할 정도다. 침대 하나 덩그러니 놓여 있었던 그때보단 그래도 제법 가구가 채워져 있긴 하지만 말이다. 암만 꾸며 봤자 하녀가 거주하는 방 그 이상도 이하도 아닐 테니 아니 그러하랴. 잘 대접해 줄 마음이 없기도 하거니와 남들의 이목을 끌지 않은 상태로 조용히 방을 정리하기 위해선 이게 최선이었다.

로에나는 내가 자신의 방이 있는 계단을 지나쳐 좀 더 위로 올라가자 두 눈을 동그랗게 떴다. 보여 줄 게 있다면서 나선 게 고작 다락방으로 향하는 일인지 의아함을 느낀 모양이었다. 그리고 도착한 방 안에 자신의 물건 몇 개가 놓여 있는 것에 의문을 표하며 나를 바라보았다. 눈물로 촉촉하게 젖은 얼굴 위로 이것들이 왜 여기에 있는지 이해할 수 없다는 표정이 떠올랐다.

"당분간 여기서 지내야 할 것 같아."

"뭐?"

내 말에 로에나가 황당하다는 듯 되물었다. 나는 손바닥으로 그녀의 몸을 밀어 방 안쪽으로 집어넣었다. 그리고 믈랑이 건네준 열쇠를 받고서 보란 듯 흔들었다.

"네가 저택에 돌아왔다는 걸 대공이 알면 어떻게든 다시 데려가려고 할 거야. 네 방에 사람을 보내어 납치 시도를 할 수 있어. 하지만 이 방에 있으면 그럴 위험이 없을 거야. 그 누가 상상할 수 있겠어? 네가 다락방에 숨어 있다는걸."

"말도 안 돼!"

로에나가 낮은 비명을 내지르며 방 바깥으로 나가려 했지만 내가 문을 막고 서자 그대로 멈추었다. 새하얗게 질린 낯은 어쩔 줄 모르겠다는 것처럼 단단히 굳은 상태였다. 오로지 눈만 깜빡이고 있었는데, 그것은 멍청해 보일 정도로 아주 느렸다.

"쉴피스 경이 그곳에 있는 한 어쩔 수 없단다. 나 역시 너를 이곳에 놔두는 게 마음이 좋지 않아. 가문에 대한 쉴피스 경의 충정을 못 믿는 것도 아니고. 하지만 너를 끔찍이 아끼는 그가 무슨 짓을 할지 누가 알겠니?"

"왜 경을 못 믿는다는 건데?"

"제발 로에나, 조금만 더 솔직해지자. 너만 속은 건 아니잖니."

내 대답에 그녀가 무언가 말하고 싶은 것처럼 입술을 달싹이다 이내 고개를 돌렸다. 나는 내 시선을 피한 채 눈을 데굴데굴 굴리는 로에나의 행동에 아직 밝히지 않는 사실이 더 있다는 것을 눈치챘다. 쉴피스 경을 거론할 때마다 크게 움찔거리는 어깨가 의심을 더해 줬다. 하지만 바로 추궁하지 않았다. 이 이상 몰아세웠다간 이도 저도 안 될 수 있기 때문이다. 어떻게 구슬린 건데, 순간의 실수로 인해 모든 것을 망칠 수 없었다.

"다른 사람이 말할 수 있잖아."

"이 방에 네가 있다는 걸 아는 사람은 나와 너, 그리고 하녀장뿐이야."

"바, 방을 치운 다른 사람들은?"

내 뒤에 시립해 있던 물랑이 고개를 조아리며 조용히 말했다.
"실례지만 아가씨, 이 방을 정리한 건 저 혼자입니다."
"그래도 다시 생각해 봐. 바로 내 모습이 보이지 않으면 다른 사람들이 의심할 거야. 그게 더 이상하지 않아?"
"그건 내가 알아서 할 테니 걱정하지 말렴. 아주 잠시만 있으면 돼. 설마 내가 계속 널 여기에 두겠니?"

온갖 달콤한 말로 속이긴 했지만, 이 말썽쟁이가 언제 또 무슨 일을 저지를지 모를 일이었다. 대공에게 납치된 동안 무슨 짓을 했는지 아직 밝혀진 바도 없고. 그래서 로에나가 지금 내 손에 잡혀 있는 한 최대한 모습을 숨기는 방향으로 저들의 행동을 살펴볼 참이었다.

결국 이전과는 다른 이유로 다락방에 살게 된 셈이다. 창문을 열지 못하게 자물쇠로 굳게 잠갔다는 점에서 좀 다르긴 하지만. 혹시 모를 사태를 대비한 것이니까. 어쨌든 속내를 숨긴 내가 섭섭하다는 표정으로 '아직도 나를 못 믿는 거야?'라고 말하니 로에나가 다시금 우물쭈물하며 말을 잇지 못했다.

"나 역시 울고 싶단다. 하지만 대공같이 무서운 사람의 손에서 너를 지켜 내기 위해선 어쩔 수 없어. 설마 이번에도 내 손을 먼저 놓겠다는 건 아니지?"
"그, 그렇지만……."

나는 손으로 로에나의 두 뺨을 부드럽게 감싸며 얼굴을 가까이 가져다 댔다. 그리고 흔들리는 시선을 마주한 채 나직한 목소리로 속삭였다.

"내 눈을 봐. 널 속이는 거 같아? 제발, 로에나. 가문을 위해 네가 안전해져야 하잖니. 그러기 위해선 난 무엇이든 할 수 있어. 말했잖아. 내가 가는 길이 곧 네가 걷는 길이나 다름없다고. 뭘 불안해하는 거야?"

나는 채 입을 열지 못하는 로에나를 바라보며 비웃음을 삼켰다. 제가 무엇을 꺼리는지 알아서였다. 그래, 차마 리안 때문에 더 불안해한다는 말을 할 수 없겠지. 후계자의 길 위엔 뾰족한 구두 자국이 새겨질 리가 없으니 아니 그러하랴.

로에나는 차라리 쉴피스 경과 함께 저택에 돌아와야만 했다. 그나마 있는 기사들이라도 움직이려면 말이다. 그럼 이런 식으로 무기력하게 다락방에 갇히는 일을 겪지 않아도 되었을 테지. 그러나 그녀는 그렇게 하지 않았다. 대공과 무슨 일을 벌이고 있는지는 모르겠지만, 적어도 후계자에 관한 한 큰 실수를 한 셈이다. 그래서 나는 한결 여유롭게 그녀의 대답을 기다릴 수 있었다.

"시스에……."

잠시 후 로에나의 눈이 힘없이 감겼다. 비참한 체념이자 항복이나 다름없는 허락이었다. 나는 빙그레 웃으며 그녀의 뺨에 키스했다.

"아주 현명한 선택을 했어, 로에나. 잠시뿐이야. 알았지? 아주 잠시뿐이라고. 날 믿어."

"그래."

그녀의 눈이 불안정하게 흔들리며 천천히 다락방을 훑었다. 낡은 침대와 작은 협탁 하나. 손때가 거멓게 묻은 화장대와 옷장, 밑이 푹 꺼진 소파와 낮은 탁자에 이르러 죄다 상태가 좋지 않았다. 다락방에 덩그러니 놓여 있는 것을 급한 대로 대충 닦아 놓은 상태라 그럴 수밖에 없었다. 그래도 물랑 혼자 준비한 것치고는 제법 깔끔한 편인 데다가 과거에 비하면 퍽 호사스럽기까지 해 절로 입술이 뒤틀어졌다. 너무 잘 대해 주나 싶어 심술이 돋은 것이다.

하지만 로에나의 마음에는 들지 않았던 건지 그녀의 얼굴이 금세 수치와 절망으로 물들었다. 동시에 쥐를 발견한 사람처럼 덜덜 떨며 무척 혐오스러워했다. 그녀는 발을 내딛는 것조차 끔찍하다는 듯 몸서리를 치고 있었다. 그것은 침대를 바라보았을 때 가장 심했다. 퀴퀴한 곰팡내가 날 것만 같은 낡은 이불을 덮어야 한다는 사실을 믿을 수 없어서였다.

나는 다정한 목소리로 달래듯 말했다.

"급하게 준비하느라 매우 초라해. 하지만 조금씩 바꿀 거니까 걱정하지 말렴. 그러니 아무 소리 내지 말고 조용히 있어야 해? 약속할 수 있지? 오늘만 참아."

"오늘만이지?"

"당연하지. 내가 너를 이렇게 놔둘 리가 있겠니? 그러니까 바깥에서 문 잠그는 것도 의연하게 견뎌 줘."

"응. 참을게. 하지만 확실하게 말해줘. 언제까지야? 언제까지 있으면 돼? 믿기지 않아서 그래. 어떻게 이런 곳에서 잠을 잘 수 있지? 세상에, 하녀들도 이렇게는 자지 않아. 시스, 이곳에 오래 있으면 난 아마 미쳐 버릴 거야."

나는 조용히 문을 내 쪽으로 끌어당기며 문틈으로 점점 사라지는 그녀를 향해 나직한 목소리로 대답했다.

"넌 절대로 미치지 않을 거야. 아무렴 그렇고말고. 아주 금방인걸. 얼마 되지 않을 테니까. 약속할게. 그러니 오늘은 이만하고 푹 쉬렴. 내일 봐."

그리고 빠르게 문을 닫았다. 닫자마자 열쇠로 문을 잠가 버렸기에 로에나가 뭐라고 대답했는지 듣지 못했다. 아니, 들었다 하더라도 무시했을 터였다. 다만 무겁게 돌아가는 열쇠가 참으로 기쁘게 다가와 잠자코 그것을 바라볼 뿐이다.

믈랑은 이 모든 것을 보았음에도 침묵하며 서 있었다. 나는 무표정으로 조용히 시립해 있는 그녀의 태도가 참 마음에 들어 빙그레 웃었다. 아무리 생각해 봐도 마리가 믈랑을 도와준 건 신이 안배했다고밖에 표현할 길이 없었다. 그렇지 않으면 이리 충성스러운 자를 만날 수 없었을 테니까. 나는 그녀에게 낮은 목소리로 명령했다.

"다른 사람이 눈치챌 수 있으니 먹을 건 하녀들이 먹는 것으로 똑같이 주면 될 거야. 하루에 두 번 정도면 충분할 테지. 대신 다른 사람에게 들키지 않도록 조심 또 조심하렴."

"그런데 아가씨, 위층을 들락날락하면 누군가 눈치채지 않을까요?"

"내가 다락방을 고쳐서 서재로 만들려고 준비 중이라 하면 감히 올라가 살필 이는 없을 거야. 그건 집사에게도 말해놓을 거고."

"예."

믈랑은 공손한 태도로 복종했다. 내가 하는 게 뭐든지 옳다는 듯 토 하나 달지 않는 행동이 참으로 든든했다. 그래서 마음이 놓였다. 로에나에 관한 은밀한 비밀 하나를 공유하고 있지만 말이다.

집사는 내가 다락방을 개인 서재로 만들고 싶어 믈랑에게 지시를 해놓았으니 그렇게 알라고 일방적으로 통보하자 눈썹을 살짝 찌푸렸다. 그는 왜 갑자기 서재를 만드는 것인지 이해할 수 없다는 눈치였다. 하지만 그것도 잠시 내가 로에나를 로샨 영애의 도움을 받아 잠시 다른 안전한 곳으로 대피시켰다고 말하니 금세 관심을 거뒀다. 대신 내가 독단적으로 로에나를 옮긴 것에 대한 우려를 표시했다. 그러잖아도 별장에 가다가 납치를 당한 로에나다. 그런데 집으로 돌아오기가 무섭게 다시 바깥으로 내돌리니 영 불안했던 모양이었다.

"집사가 무얼 걱정하는지 알아요. 하지만 로에나를 납치범에게서 보호하기 위함이랍니다. 게다가 이번에는 로샨 영애의 도움을 받았으니 이전처럼 쉽게 납치당하지는 않을 거예요. 그럴 만한 상황도 안 되구요."

"납치범을 아십니까?"

"네, 알아요. 그러니 더 꼭꼭 숨기는 거예요."

그는 무어라 더 말하고 싶은 눈치였지만 후견인조차 내 말에 동조하며 고개를 끄덕이니 헛기침만 몇 번 하고서 뒤로 물러났다. 하지만 눈빛은 여전히 흐리게 가라앉아 있는 게 이대로 가만히 있을 것 같지 않았다.

그래서 마리에게 일러 오늘이나 내일 집사가 편지를 부치는 낌새가 보이면 그 심부름꾼을 매수해서라도 그것을 빼돌리라고 명했다. 아니나 다를까 다음 날 아침 마리가 집사의 것으로 보이는 편지를 가져왔다. 나는 이를 통하여 그가 로에나의 외가에 일러 그녀의 행적에 대해 소상히 밝히려고 했을뿐더러 이후의 거취를 알아내는 것을 부탁하는 내용을 적었음을 발견할 수 있었다.

"괘씸하기도 하지. 예전에는 집사를 바꾸지 않았는데 말이야……. 자꾸 틈을 주네?"

"네? 아가씨, 방금 무슨 말을 하셨어요?"

나는 집사의 편지를 불로 태우며 아무것도 아니라는 것처럼 미소 지었다. 그리고 마리를 향해 상냥한 목소리로 말했다.

"혹시 믿을 만한 하인 한 명이 있을까? 그래, 마리 너와 마고의 관계처럼 집사와 조금 사이가 좋지 않은 사람이면 더더욱 좋을 것 같은데."

이왕 이렇게 된 거 확실하게 다 바꾸는 게 나을지 모르겠다. 마고가 사라지니 집사가 말썽일 줄 누가 알았겠는가. 그래서 나는 마리가 거론하는 여럿 하인 중 두 명 정도를 직접 만나 보기로 마음먹었다. 동시에 머릿속으로 그를 어떻게 내쫓을지 맹렬하게 생각했다.

어쩌면 그날로 즉시 집사를 내쫓았어도 괜찮았을지 모르겠다. 더는 나를 막을 사람이 존재하지 않기 때문이다. 하지만 그러지 못했다. 경악에 가까운 선언을 하다 못해 노골적으로 대공의 편을 들어버린 황후 때문이었다.

그동안 마담 드 샤토루로 인해 사교계의 동정과 조롱을 한 몸에 받아 온 풀케르지만 이번과 같은 치욕스러운 가십에 휩싸인 적이 없었다. 자리가 자리인 만큼 그녀 스스로가 몸조심을 하며 여론을 조장했기 때문이다. 샤토루를 제외한 다른 사람에게는 세력으로 밀리지 않았기도 하고.

그녀의 본가인 키란 공작가는 뒤뵌젤가와 함께 제국을 이끌어 가는 쌍두마차로 가진 힘과 재산이 어마어마하다고 알려져 있었다. 초대 황제의 동생이 세운 가문인 데다가 핏줄의 정통성을 보존하기 위한 근친혼으로 제국 내 자리한 귀족 가문 중 가장 많은 황후를 배출한 곳이니까. 그런고로 선선대만 하더라도 감히 키란가의 심기를 거스르지 못했다. 죽은 황제가 황후를 방패 삼아 키란가의 움직임을 제한하지 않았더라면 여전히 귀족 세계의 최강자로 군림하며 정치를 좌지우지했을 터였다.

선대 키란가의 가주는 딸인 황후를 무척 아꼈다. 가진 자식 중 가장 예뻐하여 그녀가 황후로 낙점받았을 때 어떻게든 떨어뜨리고자 별별 수를 다 쓰며 발악했다. 황제와 같은 냉혈한에게 곱디고운 딸을 보낼 수 없다는 생각에서였다. 하지만 이것을 매우 잘 알고 있던 황제는 온갖 방법을 동원하여 엘레티아 아멜루스 키란을 풀케르로 만들었고, 자신에게 첫눈에 반한 그녀를 살살 꾀어 키란가를 견제하는 도구로 잘 이용해 먹었다. 노쇠한 키란 공작이 지병에 걸려 죽을 때까지.

현 키란 공작은 아비보다 못하지만 나름대로 기개가 있다고 알려진 편이었다. 풀케르를 예뻐하는 것도 선대 공작과 똑 닮아 그녀의 말이라면 무엇이든 들어주려고 애를 썼다. 그래서 황후는 황제의 비호가 없이도 사교계의 최강자로 군림하며 자신의 위엄을 지킬 수 있었다. 계모 출생의 둘째 오라비인 키란 백작이 사사건건 그녀와 마찰을 일으키며 신경을 긁었지만 말이다. 그렇기에 그녀가 이번에 한 선언은 자신의 편을 무조건 들어주는 공작이 든든한 뒷배가 되어주었기에 할 수 있는 일이었다.

황후는 매우 불경스럽게도 황태자가 주최하는 귀족 회의에 나타나 세간에 돌고 있는 망측한 소문-대공과 불륜 관계에 있다는 것-을 전면 부인했다고 한다. 황제를 독살했다는 것 또한 자신이 아니라고 말하며 다른 이를 범인으로 지목한 것이다.

"작정을 하고 나타나신 거예요."

로샨 영애는 채신머리없이 입술을 잘근잘근 씹으며 한숨을 내뱉었다. 그녀의 말에 의하면 황후가 거침없이 손가락을 펼쳐 황태자를 가리켰고, 그에 대한 증인으로 온몸이 고문으로 문드러진 의사 두엇을 내세웠다고 한다. 거기에 대공의 지원 사격이 이어지니 순식간에 회의장은 황태자를 옹호하는 자, 황후의 편을 드는 자들로 나누어져 엉망이 되었다.

"아수라장도 그런 아수라장이 따로 없었죠. 전하께선 갑작스럽게 일격을 맞으신 터라 이렇다 할 방비조차 하지 못하셨구요. 아니, 반격을 가한다 하더라도 대공이 할 줄 알았죠. 풀케르께선 소문이 잠잠해질 때까지 몸을 사리실 줄 알았거든요. 완벽한 오판이죠."

스무 해가 넘도록 얼굴을 마주하며 함께 살아온 풀케르와 황태자지만, 서로의 성미를 완벽하게 알고 있다 자부하기엔 관심이 매우 모자랐다. 황후야 황태자의 목숨만이라도 구제하고 싶어 할 정도로 모정이 있다 하지만 선황제에 대한 증오로 중요한 부분에서 무관심했고, 황태자는 권력에 미쳐 핏줄 따위는 개의치 않아 하는 패륜아라 이러한 비극이 일어나는 것이다.

"마지막 말까지 무척 완벽했거든요."

"뭐라 하셨는데요?"

로샨 영애는 쓰게 웃으며 입을 열었다. 그리고 나직한 목소리로 말했다.

"어찌 어미 된 자로서 아들의 패륜을 용납할 수 있겠는가."

비통한 심정을 겨우 억누르는 것처럼 절절하게 쏟아부은 그 한마디에 모두가 마법처럼 굳어버렸다고 했다. 그리고 동시에 깨달았는데, 황태자가 황제를 독살한 죄를 인정하기 전까지 황후가 가만히 있지 않으리라는 것이었다.
황후가 잠자코 웅크리고 있었던 건 이를 위함이었나.
나는 작게 한숨을 내쉬었다. 그동안 대공이 언제라고 기습을 할까 봐 만반의 대비를 한 황태자였다. 저들이 계속 비슈발츠가를 신경 쓰며 수작을 부렸기 때문이다. 그런데 이렇게 정석으로 맞불을 놓을 줄이야. 그럼 수도에서 싸우지 않겠다는 건가? 이렇게 행동한다는 건 기습을 하지 않겠다는 말과 다름없기 때문이다. 이번 일을 통하여 대공에게 명분을 줘여 줌과 동시에 황후 그 자신이 반란에 동참하는 것에 대한 정당한 이유를 가졌기에 가능한 일이었다.
진창도 이런 진창이 따로 없구나.
나는 로샨 영애의 찻잔에 차를 따라 주며 조용히 물었다.
"그래서 사교계의 여론은 어떻게 되었어요?"
회의장에 나타나 한바탕 거하게 일을 저지르고 갔으니 사교계의 여론 또한 들끓는 게 당연할 터. 움브라를 통해 쉴피스 경을 감시하느라 정신이 없었던 나는 거기까지 눈을 돌릴 여력이 없었다. 그래서 로샨 영애의 대답이 궁금했다.
"역시 둘로 나누어서 설전을 벌이고 있지요. 하지만 슬금슬금 움직이는 게 사달이 나도 단단히 날 것 같아요."
"그래도 기습은 없겠죠? 이렇게까지 상황이 진척되었는데, 누군가 습격을 받는다면 그쪽을 의심하는 게 당연하잖아요."
혹시나 해서 물어보니 로샨 영애가 모호한 표정을 지으며 고개를 설레셜레 내저었다.

"글쎄요, 그건 또 모를 일이죠. 패륜아를 잡는다는 명목으로 한밤중에 달려들어 온다면 말이에요. 급습이야말로 피를 덜 보기에 아주 적절한 방법이라고 둘러댄다면 그렇게 여기는 수밖에 없으니까."

"의사 둘의 증언이 확실한 증거라 볼 수 있나요? 폐하를 진찰했던 이들이 맞아요? 전하께서 그들을 편하게 놔둘 리가 없었을 텐데요."

"대공이 증거를 덧붙였다 하는데 전하께서 자세히 말해주지 않으셔서 나 역시 정보를 모으는 중이에요. 의사들의 증언이 큰 역할을 한 건 둘째 치더라도요."

그녀가 어깨를 으쓱이며 말했다. 그러곤 고문으로 인해 얼굴이 죄다 뭉개진 사람들을 어찌 알아볼 수 있냐는 말을 덧붙였다. 대답도 제대로 할 수 없어 고개를 끄덕이거나 흔드는 것으로 의사를 표현했다는데, 그것만으로 황태자를 몰아붙이는 황후가 놀라울 따름이라면서. 이렇게 어설프게 일을 벌일 자들이 아닌데 말이다.

"폐하의 마지막을 지킨 의사가 아니다 하더라도 풀케르께서 직접 나서서 말했다는 것 자체만으로도 효력이 있어요. 친자식의 목을 조르는 부모가 어디 있냐는 생각 때문이죠."

글쎄, 귀족 세계에서 흔한 일이 아니던가. 더 좋은 작위를 얻기 위해 자식을 팔고, 권력을 가지기 위해 부모와 형제를 죽이는 게. 피로 얽힌 황실이라면 더더욱 그러할 테고. 그런데 아닌 것처럼 순진하게 구는 이들이 우스울 따름이었다. 그럼 난 어디서 보고 배운 건데?

"어쨌든 그럴듯한 명분이 주어졌으니 이제 남은 건 전쟁뿐이죠."

"장례식은요?"

"폐하께서 독살당했다 알려진 마당에 어떻게 바로 장례식을 이어 나가겠어요? 일이 끝나기 전까진 관이 땅에 묻힐 일은 없을 거예요."

그래서 매일 밤 전담 시녀들이 특별히 제조된 물약을 황제의 시체에 몇 번이고 정성스레 바른다 하였다. 일이 끝나기 전까지 온전하게 시체를 보존하기 위해서였다. 거기에 지하 창고에서 손수 운반해 온 얼음 덩어리를 수십 개씩 놓아 썩어 문드러지지 않게 관리하고 있다고 하였다. 외국의 조문객들은 이미 양해의 인사와 함께 선물을 잔뜩 받고서 출국한 상태인데, 황제의 시신은 여전히 남아 있는 것이다. 이렇게까지 한다고 해서 시체가 썩지 않는 건 아닌데도.

황제의 사인이 독살로 알려진 이후 황태자나 황후나 상대의 눈치를 보며 잠시 움츠리고 있는 상태였다. 땅에 묻자고 말하는 사람이 범인이라는 소리를 들을 수 있어서다. 그런데 황후가 먼저 침묵을 깨었다. 그것도 황태자를 저격한 상태로. 이는 반란 준비가 거의 완료되었다는 소리와 다름없었다.

"망측한 소문의 진상지가 황태자 쪽이라는 걸 풀케르께서 아신 모양이죠?"

"원래 이렇게 하고 싶었는데, 전하께서 먼저 선수를 친 거죠."

덕분에 여전히 대공만 이득 보는 상황이고.

나는 고개를 설레설레 내저으며 '쉽지 않군요'라고 말했다. 그리고 잠시 화제를 돌려 로에나에 대한 이야기를 꺼냈다.

"로에나가 돌아왔어요. 제 관리하에 있죠. 하지만 쉴피스 경은 돌아오지 않았어요. 납치범과 손을 잡은 것 같아요."

"범인이 누군지 알아냈나요?"

"대공이죠. 진짜 대공 전하."

내 대답에 로샨 영애의 눈이 빛났다. 그녀는 증명할 수 있냐고 물었고, 나는 고개를 설레설레 내저었다. 로에나가 이에 대해 증언을 할 것 같지 않아서였다.

"대공의 말에 단단히 홀려 있어서예요. 그러니 쉴피스 경을 놔두고 왔겠죠. 아니, 해준다 하더라도 도통 믿을 수가 있어야 망정이지요. 그녀가 주는 신뢰란 살얼음처럼 얄팍하거든요."
 "그것참 안타까운 일이에요. 그래서 로에나 영애는 지금 저택에 있나요?"
 "아니요. 대공이 모르는 곳에 잠시 피신해 있어요."
 "왜요? 비슈발츠가에는 할버드 경이 있잖아요."
 "대단히 부끄러운 일이지만, 집사를 믿을 수가 없어서랍니다."
 그러자 로샨 영애가 '저런' 하고 안타까움을 토해 냈다. 나는 그가 로에나의 외가에 도움을 요청하는 편지를 보냈다는 사실을 쏙 빼놓고서 그저 돌아가신 아버지에 대한 충성심이 강해 잘못된 행동을 할 가능성이 크다고 설명했다.
 "그래서 쓸 만한 사람이 필요해요. 입이 무거우면서 일을 잘하는 사내가 말이에요. 귀족 저택을 관리하는 일에 익숙하면 더욱더 좋지요. 오, 물론 아주 잠시만 일한다는 것을 전제로 하구요."
 로샨 영애는 가문도 가문이거니와 사교계 전반에 걸친 정보를 관리하는지라 이러한 일에 관한 한 능력자나 다름없었다. 무엇보다 나에게 보내는 호의를 생각한다면 허수아비 하나 정도는 가뿐하게 보낼 수 있을 터였다. 그럼 그를 전면으로 내세우고, 마리가 추천한 인물 중 하나를 뽑아 대략적인 사항을 손대게 한 다음 세릴로 하여금 나머지 일을 도맡아 하게 하는 게 낫겠다. 그러면 계획을 실행해도 삐걱거릴 틈이 없을 것이다.
 내가 하는 말의 의미를 알아챈 로샨 영애가 처음으로 빙그레 미소 지었다. 그리고 대수롭지 않은 일이라는 것처럼 말했다.
 "내일 아침에 적당한 사내 하나가 저택으로 찾아갈 거예요."
 "감사해요."
 "그래서 로에나 영애는 어떻게 하실 생각인가요? 사교계에 소문을 내야 하나요?"

"아직은 알아봐야 할 게 있어서요. 그러니 전하께도 아직 말씀드리지 말아주세요."

로에나는 금방 침구를 바꿔 준다는 말과 달리 며칠 동안 내가 나타나지 않자 매우 몸이 달아오른 상태였다. 그래서 믈랑이 식사를 들고 들어올 때마다 죽을 것 같은 표정을 지으며 내가 언제 찾아오는지 물어보았다. 나는 그때마다 믈랑에게 로에나를 찾는 수상쩍은 사람들이 있어 그에 대해 알아보느라 몸이 두 개라도 모자란다고 대답하라 했다. 항상 그랬듯이 그녀는 자신 때문에 다른 사람이 힘겨워한다는 걸 조금이라도 알아차릴 필요가 있었다. 사실 로에나 때문에 정신이 없는 건 아니지만.

"그럴게요. 부디 그게 우리에게 도움이 되는 일이었으면 좋겠군요."

로샨 영애의 손이 드디어 찻잔을 들어 올렸다. 다 식은 찻물에도 아랑곳하지 않고 마시는 게 속이 매우 답답한 모양이었다. 나도 차를 마시며 속삭이듯 중얼거렸다.

"그건 저 역시 마찬가지예요."

그리고 늦은 오후 무렵 황제를 치료했던 신관 하나가 독살당했다는 소식이 전해졌다. 겉으로 드러난 증상은 황제의 시체에 나타난 것과 동일한 것으로, 황후나 황태자 둘 중 한 사람이 독살 건에 대한 입을 막기 위해 사람들을 죽인나는 얘기가 퍼지는 건 무리가 아니었다. 황태자는 그 소식에 아무렇지 않다는 것처럼 고개를 끄덕였다. 그리고 그런 이야기가 전해지냐면서 태연하게 웃었다. 그의 얼굴엔 이로 인해 자신에 대한 의심이 깊어진다는 것에 대한 불안감은 없어 보였다. 그저 벌레 하나 죽였다는 소리를 들은 것처럼 평온했다. 그리고 그의 옆에는 아이레스 경이 미간을 찌푸리며 서 있었다.

"전면전이야 바라는 바지."

나는 전면전이라는 말에 두 눈을 크게 떴다. 전면전을 펼칠 정도면 어느 정도 명분과 세력을 얻었다는 건가?

"이번에 든든한 지원군도 생겼고 말이야. 비슈발츠 영애."

갑자기 황태자가 나를 불렀다. 나는 그에게로 시선을 고정한 채 조용한 목소리로 대답했다.

"부르셨습니까, 전하."

"로에나 영애를 아직도 찾지 못했나?"

갑자기 그걸 왜 물어보는 걸까. 아니, 로에나를 찾았다는 걸 말해야 하나? 눈치껏 로샨 영애를 바라보니 그녀는 모르는 척 태연한 표정으로 앉아 있었다. 이전에 했던 부탁대로 아직 황태자에게 로에나를 찾았다는 말을 하지 않은 모양이다. 그럼 내 선택에 달렸다는 건데……. 나는 질문에 대한 답을 하는 대신 조심스레 되물어보았다.

"무슨 연유로 물어보시는 건지요?"

"아아, 그녀에 대해 궁금해하는 이가 있어서."

순간 똑똑하고 누군가 문을 두드렸다. 그리고 들리는 게 키란 백작이 알현을 요청한다는 소리였다.

키란 백작? 키란이라면 황후의 가문이잖아. 이복동생이라 알려진 그 남자. 뜻밖의 방문에 내심 놀라워하는 나와 달리 황태자는 태연한 표정으로 나를 바라보며 입을 열었다.

"키란 백작이 로에나 영애에 관해 관심이 지대하더군. 좋은 쪽으로 말이야. 그에겐 봄이 필요하거든. 하긴 너무 오래 옆을 비워 뒀지."

순간 욕지기가 치밀어 오르는 것을 꾹 참았다. 황태자가 말한 관심이 무엇을 말하는지 알 것 같아서였다.

키란 백작은 나이 사십에 가까운 중년으로 사별한 아내 사이로 자식이 넷이나 있는 남자였다. 게다가 사교계에 애인을 여럿 두고 있는 것으로 유명한 사람이기도 하다. 무엇보다 현 공작과 달리 야심이 많아 누구보다 활발하게 정치적인 활동을 하기에 사교계 전반에 두루 영향력을 가지고 있었다. 그래서 혹자는 이복형제인 데다가 둘째라는 이유만으로 가주의 위에 오를 수 없었던 그의 능력을 안타까워하기도 했다.

그런고로 그가 황태자를 찾아와 이야기를 나누는 것이 이해가 되지 않는 바는 아니었다. 하지만 그가 황태자의 편을 들기로 한 이유 중 하나가 로에나라면 심히 실망스럽지 않을 수 없었다.

황태자는 내 얼굴이 창백하게 굳어지는 것을 조롱하듯 바라보더니 바깥을 향해 천천히 입을 열어 말했다.

"들어오라."

문이 열리며 얇은 눈매의 신경질적으로 보이는 남자가 걸어 들어왔다. 그리고 황태자를 향해 바로 인사를 하는데, 얼굴 가득 자신감으로 가득 차 있는 것이 사뭇 당당한 태도를 유지하고 있었다. 자신이 황태자에게 크나큰 도움이 되리라는 것을 안다는 것처럼 말이다.

키란 백작은 황태자가 인사를 받아주자 바로 아이레스 경에게도 아는 척을 하며 반가워했다. 그리고 로샨 영애의 손등에 입을 맞추다가 이내 나를 보더니 눈을 빛냈다. 이름만 들어 본 사이인데도 그는 내가 누구인지 쉽게 알아차린 모양이었다.

나는 그제야 황태자가 살인 사건을 핑계로 나를 불러냈음을 눈치챘다. 키란 백작과 나를 만나게 하기 위해서였다.

어떻게 이럴 수 있지?

순간 화가 치밀어 오른 나는 바로 손으로 입을 틀어막고 자리에서 벌떡 일어났다. 이 자리를 벗어나야겠다는 생각이 들어서다. 그래서 의아한 듯 바라보는 황태자와 시선을 마주하다 일부러 다리를 미끄러뜨려 쓰러지는 척을 했다. 물론 정말로 소파에 부딪칠 뻔했지만, 어느 순간 다가왔는지 아이레스 경이 자신의 품으로 나를 잡아당겨 다치는 불상사가 일어나지 않았다. 매혹적이 향이 풍기는 탄탄한 품에 안기니 순간 마음이 진정되는 것 같았다.

"갑자기 왜 그러시오, 비슈발츠 영애?"

키란 백작 앞이라고 공대의 말을 건네는 황태자에게 나는 억지 미소를 지으며 작은 목소리로 중얼거리듯 말했다.

"갑자기 눈앞이 어지러워 무례를 무릅쓰고 일어났는데, 그것이 오히려 독이 된 모양입니다."

"눈앞이 어지럽다?"

"황공한 말이오나 요즘 심기가 불편하여 잠을 이루지 못한 나날이 많다 보니 몸에 부담이 된 모양입니다. 하나 전하께서 부르시니 아니 달려올 수 없는지라……."

황태자는 기막히다는 듯 표정을 굳혔다. 방금까지 멀쩡했던 사람이 갑자기 어지럽다고 말하며 쓰러지는 시늉을 하니 기분이 매우 나쁠 수밖에 없었다. 키란 백작을 피하려고 수를 쓴다는 걸 깨달아서였다. 하지만 아프다는 사람을 붙잡고 이야기할 순 없는지라 어쩔 수 없이 고개를 끄덕여 집으로 돌아가라고 말했다. 황궁 의원을 불러 진맥하지 않은 건 키란 백작을 만나고 있다는 사실을 들키고 싶지 않기 때문이었다. 그래서 후원의 조용한 방에 모여 있지 않았나.

아이레스 경의 말이 흘러나온 건 이즈음이었다. 그는 허리를 감싼 팔에 힘을 단단히 준 채 황태자에게 말했다.

"제가 배웅해 드리겠습니다. 허락해 주십시오, 전하."

얼음의 기사와 나 사이가 연인이라는 것은 모두에게 알려진바. 내 건강이 걱정되어 마차까지 배웅한다는 건 당연히 할 수 있는 소리였다. 하지만 황태자는 선뜻 허락하지 않았다. 대신 무엇을 깊게 생각하는 것처럼 나와 아이레스 경을 번갈아 보는데, 그런 그의 눈동자는 섬뜩하리만치 낮게 가라앉아 있었다.

그러나 그것도 잠시 황태자의 허락이 떨어지고, 나는 무어라 사양할 새도 없는 채 아이레스 경의 품에 안겨 방을 빠져나왔다. 후원의 긴 복도를 지나 시녀와 시종이 북적이는 장소로 나올 때까지 나는 그에게서 파묻히다시피 하고 있었다. 코르셋 때문에 허벅지를 받치는 게 쉽지 않았을 텐데도 아주 가뿐하다는 듯 성큼성큼 걷는 것이 되레 내가 민망할 정도였다. 그래선지 키란 백작 때문으로 인해 불쾌했던 감정은 어느새 사르르 녹아 있었다.

"불편하지는 않으십니까?"

내 귓가로 웃음을 잔뜩 머금은 목소리가 깃털처럼 내려앉았다. 다정하고 상냥한 울림이었다. 떨어지는 게 무서워 그의 앞섶을 강하게 움켜잡고 있는지라 고개를 드는 게 불편해진 나는 볼멘 목소리로 속삭이듯 대답했다.

"내려 달라 말하면 내려 주실 건가요?"

사실 내가 꾀병을 부리고 있다는 건 아이레스 경도 아는 참이었다. 아니, 그곳에 앉아 있는 사람이라면 몰랐을 리 없다. 속내가 빤히 보이는 수작이었기 때문이다. 그러므로 방을 나서자마자 내려줘야 함이 옳았다. 며칠 동안 황제의 시신을 지키느라 제대로 쉬지도 못한 사내지 않나. 아닌 게 아니라 내가 그보다 더 쌩쌩할 것만 같았다.

하지만 마음을 이리 먹어도 허리나 다리를 받치고 있는 힘이 워낙 강해 마음대로 떨어져 내릴 수 없었다. 몸을 움찔거릴 때마다 더더욱 강하게 받쳐 오는 게 당최 어디서 이런 힘이 솟아 나오는지 궁금할 정도다.

"아니라고 대답한다면 무례하다 나무라실 겁니까?"

"무례하다고 말씀드려도 아니 들어주실 참이잖아요."

내 대답에 그가 낮게 웃었다. 목을 풍부하게 울리면서 깊게 웃는 게 귓가가 간질간질하는 것 같았다. 어쩐지 뺨이 붉어지는 것 같아 고개를 조금 더 아래로 숙였다. 그러는 바람에 몸이 안쪽으로 쏠려 조금 불편했지만, 끝까지 그가 원하는 대로 목에 손을 가져다 대지는 않았다. 그런 행동까지 한다면 매우 부끄러울 것 같아서였다. 이렇게 가는 것조차 크나큰 용기를 필요로 하는데, 이 이상을 어찌한단 말인가. 덕분에 황태자고 뭐고 뇌리에서 사라진 지 오래였다.

참으로 이상하기도 하지. 언제부터인지 모르겠지만 아이레스 경으로 인하여 평온함을 맛볼 때가 많았다. 포근한 이불에 둘러싸인 것처럼. 그것은 무어라 표현할 수 없을 정도로 충만한 감각이었다. 그래서 궁금했다. 그는 나에게서 어떤 감정을 맛보고 있을까? 내가 느끼는 걸 아이레스 경 역시 느끼고 있을까?

그가 내게 물었다.

"어지러움을 느낀 건 백작 때문입니까?"

아무래도 주변에 지나가는 사람이 많다 보니 그의 목소리가 자연 낮아졌다. 그러잖아도 얼음의 기사가 여인을 품에 안고서 복도를 지나다닌다는 소곤거림이 퍼져 주변에 이목이 많이 모인 참이었다. 이후에도 몇 번을 더 내려 달라 졸라 댔지만 눈 하나 깜빡하지 않은 그로 인해 자포자기 상태가 된 나는 소리 내어 대답하는 것 대신 고개를 작게 움직였다.

"동생분의 일로 인해 기분이 많이 상하신 거군요."

"맨발로 거리를 뛰어다니는 삶을 살았어도 어떤 행동이 천박하고 비열한 것인지를 알 수 있었어요. 그렇게 행동하면 안 된다는 것 또한요. 하지만 만인지상의 위치에 오르실 분이 아무렇지 않게 저를 절벽으로 밀어 넣으려고 하시는군요. 수치심을 자극하면서 말이죠."

아이레스 경이 한숨을 닮은 목소리로 말을 받았다.

"그리고 저는 그것을 지켜만 보고 있었지요."

"경께서 어찌할 수 없는 상황이었잖아요. 저는 다만 전하의 의중이 궁금할 따름이랍니다."

아이레스 경은 작은 한숨과 함께 잠시 침묵하더니 다시금 입을 열어 말했다.

"영애와는 이런 이야기를 나누고 싶지 않았습니다. 진심으로요. 하지만 경멸을 품에 안고 돌아서는 것만큼 두려운 일은 없으니 솔직하게 이야기를 해야겠습니다."

사내의 말은 요약하자면 단순했다. 반란을 제압하면 대공에게 협력한 로에나가 비슈발츠가에 있어 문제가 되는 바 이를 위한 대비 차원에서 키란 백작에게 붙여 준다는 것이었다. 황후를 배신하여 황태자에게 붙은 만큼 그 상징성이 커 여러모로 사용 가능한 남자이기 때문이라는 소리와 함께. 즉, 황태자의 제안대로 이루어져야만 나 또한 지금의 상황을 온전하게 유지할 수 있을 것이라는 소리였다. 이미 로에나는 황후의 사람이라는 것으로 인식되어 있으니 말이다.

순간 말문이 막힌 나는 입을 다물었다. 갑자기 다가온 뜻밖의 소리에 매우 놀라 뭐라 말을 꺼내야 할지 몰랐다.

가문을 가지기 위하여, 그녀의 그림자에서 벗어나기 위하여 지금껏 별별 수를 다 써 왔고 온갖 추악한 소문을 거짓으로 만들어 퍼뜨리기까지 했지만, 과거나 지금이나 이런 식의 방법을 생각한 적은 없었다. 적통의 핏줄을 이은 로에나가 눈에 띄게 잘못ㅡ그것도 성적인 수치심이 가미된ㅡ된다면 그 여파가 고스란히 내게 다가올 것이라는 두려움 때문이다. 그래서 그녀가 죽도록 미웠지만, 하녀 삼아 곁에 두고서 감시하지 않았나.

그런데 중년의 남자에게 로에나를 보내라고? 이제 겨우 15살이 된 소녀를 나를 위해서?

순간 어깨가 움찔하고 떨렸다. 손바닥에 땀이 고였다.

이건 무슨 기분이지?

두려움인지, 아니면 그녀를 완벽하게 치워 버릴 수 있을지도 모르겠다는 저열한 기쁨 때문인지 모르겠지만, 심장이 세차게 뛰고 있었다. 손끝이 차갑게 식어 내리고 입술이 바짝바짝 말라 왔다. 까닭 모를 떨림에 서늘한 바람이 죄책감처럼 사납게 일렁였다.

반년 전만 하더라도 바로 응낙했을 제안인데 이토록 망설이며 고민하는 건 의외였다. 되지도 않은 동정심이 솟아오른 것도 아닌데 말이다. 왜일까?

"사실 영애께서 허락하지 않으시더라도 전하께선 반드시 그 일을 추진하실 겁니다. 키란 백작이 로에나 영애를 매우 원하고 있기 때문입니다."

"제 의사와는 상관없이 말인가요?"

"예, 약속 때문입니다."

"명예를 우선시하지 않아도 될 만큼 소중한 약속인가요?"

"그렇습니다."

아이레스 경이 조용히 대답했다. 어느새 저 멀리 비슈발츠가의 인장이 찍힌 마차가 보이고 있었다. 그러자 갑자기 그의 발걸음이 현저하게 느려졌다. 나조차도 확연하게 느낄 수 있는 것으로 그의 응석이 느껴지는 것 같아 당황스러운 마음마저 일었다. 다른 이에겐 냉정하기 짝이 없는 남자가 훈풍에 녹아내린 눈처럼 흐물흐물하게 구는 게 참 놀라울 따름이었다. 오랜 시간 안고 걸었음에도 전혀 힘이 들지 않는다는 듯 숨 하나 거칠어지지 않은 체력 또한 경이로웠다. 황궁에 오기 위해 성장을 한 상태이므로 드레스나 코르셋의 무게가 매우 만만찮을 텐데 말이다.

"깨지면 안 될 만큼요?"

"……행복을 바라니까요."

나는 들리지 않을 만큼 작게 숨을 내쉬며 목구멍에 걸려 있는 침을 가까스로 삼켰다.

오늘의 일은 결국 '나는 명령하노니 그대는 따르라'의 순화된 극이로군. 그래서 그 깊숙한 곳까지 모두 불러 모은 것이고. 참으로 대단한 분이시지. 어쩐지 참담해진 기분에 나도 모르게 목소리가 조금 날카로워졌다.
 "저에게 이런 잔혹한 짓을 강요하시다니. 정말 잔인하세요. 행복이란 상대적인 것인데 어째서 이 일이 저를 위한 일이라 할 수 있지요? 제 양심과 도덕의 문제는 생각지 않으신가요? 비참할 따름이에요. 이런 말을 들은 자체가 매우 우울하게 느껴진답니다."
 "영애가 원하시는 대로 하십시오, 라고 말씀드리고 싶은데 그러지 못하는 게 아쉬울 따름입니다."
 황후와 태자가 조금씩 부딪치기 시작하면서 사교계는 알게 모르게 냉랭한 분위기를 유지하고 있는 상태였다. 그런 와중에 독살 사건이 다시 떠오르며 여러 가지 지표가 여기저기서 발견되니 더더욱 나눠질 수밖에 없었다.
 절정에 오르기 위한 마지막 여정이라 해야 하나. 무언가 크게 빵 하고 터져야만 진짜가 일어날 것 같은 불안한 기분. 나는 입술을 마른침으로 적시며 아이레스 경에게 물었다.
 "좋아요. 경의 말대로 저를 위함이라 하죠. 그래서 이런 말을 여쭐 수밖에 없군요. 그렇기에 저를 비난하셔도 좋고, 이대로 돌아서서 다시는 보고 싶지 않다고 맹세하셔도 좋아요."
 "제가 감히 어떻게 영애께 그런 말을 드릴 수 있겠습니까? 듣기만 하여도 심장 부근이 조여지는 듯하군요. 정말로 괴롭습니다."
 "하지만 너무나 비겁한 물음인걸요."
 "어느 것이든 괜찮습니다. 어지럽다고 말씀하신 영애와 조금이라도 더 함께 있고 싶어 걸음을 늦추는 저의 옹졸함만 하겠습니까?"
 나는 숨을 한번 크게 들이쉰 다음 아이레스 경에게 부탁해 땅에 내려섰다. 그가 허전해진 품을 바라보며 무척 아쉬워했지만, 시선을 마주하며 이야기하고 싶다는 부탁을 거절할 수 없었다. 그는 아름다운 눈동자 가득 나를 담는 것을 좋아했으니까. 그래야 마주치지 않은 시간에도 오랫동안 기억하여 행복에 젖을 수 있다는 것이다.

"전하께서는 알고 계셨죠? 신관의 죽음을 예지하고 계셨던 거죠?"

상당히 민감한 이야기지만 미카엘 아이레스는 주저 없이 '네'라고 대답했다. 나에 대한 그의 신뢰가 얼마만큼인지 보여 주는 대목이라 괜히 코끝이 찡해 왔다. 하지만 곧 목소리를 가다듬고 그를 향해 다시 물었다.

"이런 일이 또 일어날 수 있나요?"

"전초로 보이는 현상이 크게 일어나기 전까지 어느 정도 그렇습니다."

무고한 자의 희생일까, 아니면 대의를 위한 어쩔 수 없는 결단일까. 무엇이 진실이든 이제 누구 하나 죽어야만 끝을 맺는 잔혹한 싸움이 열릴 것이라는 건 사실이었다. 그래서 매우 민감한 질문 하나를 조심스레 꺼냈다.

"만일 전하께서……."

혀끝에 맴도는 단어를 뱉어 내는 자체만으로도 다리가 후들후들 떨리는 기분이었다. 사형 선고를 받는 죄인의 기분이 이러할까. 그가 혹 기사의 맹세를 모욕하는 것이냐며 화를 낼까 봐 조마조마한 기분이 드는 것도 사실이었다. 하지만 진실한 답변이 필요했다. 그래야 그에게 거짓 없이 사실을 밝힐 수가 있었다. 이것이야말로 위급 시에 어떻게든 나만이라도 외국으로 피신시켜야겠다고 말한, 그리고 그럴 준비를 다 해놓은 사랑스러운 남자에 대한 예우였다.

"전하께서 하시는 일이 저 때문에 망쳐지게 된다면 어떻게 되나요? 전하께선 저에 대한 처분을 어떻게 하실까요?"

로에나를 찾아서 숨겨 놓았다는 사실을 말하지 않고서 끝까지 내 손아귀에 움켜쥔다면, 그래서 비슈발츠가를 건드리지 못하게 한다면 말이에요. 이로 인해 키란 백작이 황태자의 등을 진다면요. 채 뱉지 못한 말들이 입안을 뱅뱅 맴돌았다. 그래서 조개처럼 입을 꾹 다문 채 그의 대답을 기다렸다. 이제 몇 걸음만 더 걸으면 마차 안에 들어갈 수 있겠지만 그러지 않았다. 그저 다리에 못이 박힌 것처럼 꼼짝없이 서 있었다. 단 하나의 선고를 기다린 채.

아이레스 경은 어두운 얼굴로 나를 응시했다. 그는 무어라 대답해야 할지 모르겠다는 것처럼 난처한 기색을 보이고 있었다. 황태자에 대한 충성심을 버릴 수 없다는 의미일까, 아니면 그의 반응을 확실하게 말할 수 없다는 걸까. 어찌 되었든 고민하는 것 자체가 나를 우위에 둘 수 없다는 방증이므로 맥이 풀리는 건 사실이었다.

역시 무리인 건가. 하긴, 오랜 시간 지속해 왔던 우정을 이렇게 쉽게 끊을 수 있을 리가 만무하지. 그간 보여 왔던 행동이 오히려 이상한 거였다. 묘한 기분에 입술 끝이 바르르 떨렸다. 아이레스 경이 가벼운 한숨을 내뱉으며 입을 연 건 그즈음이었다.

"만일 그렇다 하더라도 전하께서 감히 영애의 처분을 말할 순 없을 것입니다."

그의 말 뒤에 숨겨져 있는 건 '제가 있어서입니다'라는 말일 게다. 미카엘 아이레스 때문에라도 시스에 드 비슈발츠를 건드리지 못한다는 의미다. 하지만 정말로 그러할까? 황태자라면 이조차도 무시할 수 있을 것 같은데…….

내 의구심을 읽어 낸 것인지 그가 재빨리 말을 이어 나갔다. 무겁게 가라앉은 목소리가 퍽 진중했다. 아직 도달하지 않은 먼 미래를 예상해야 하는 답인데도 아이레스 경은 시종일관 진지했다. 이는 내 질문을 심각하게 생각하고 있다는 증거였다. 썩 마음에 드는 답은 아니지만 말이다.

"제 검에 맹세코 그 누구라 할지라도 감히 영애의 손끝 하나 건드리지 못할 것입니다."

"전하라 할지라도 말인가요?"

"예."

어쩐지 가슴이 답답해져 왔다. 언뜻 듣기엔 나를 위해 무엇이든 하겠다는 소리 같지만, 자세히 따져 보자면 황태자와 척을 지고서라도 지킨다는 말이 아니다. 이것은 즉 언제라고 결단을 내려야 하는 상황에 직면하게 된다면 상당한 딜레마를 겪게 되리라는 의미였다. 이를 초조하게 바라볼 나의 미래 또한.

물론 황태자의 말마따나 로에나를 키란 백작에게 넘겨주면 모든 게 쉬워질 것이다. 아이레스 경에게 선택을 강요하지 않을 수 있을뿐더러 나 역시 황태자가 내릴 처분으로 인해 전전긍긍하지 않아도 될 터였다. 아닌 게 아니라 그 얄미운 계집애가 절망에 휩싸여 허우적대는 게 내 생에 있어 가장 큰 소원이 아니었나. 즉, 합당한 방법으로 그녀를 해치울 수 있는 아주 좋은 기회였다. 반란을 들먹인다면 그녀의 외가라 할지라도 쉬이 반발하지 못할 테니까.

그럼에도 불구하고 선뜻 마음이 움직이지 않는 건 그녀에 대한 동정심 때문은 아니다. 같은 여인으로서 느끼는 동질감은 더더욱 아니고. 단지 내가 계획하지 않은 일로 로에나가 불행해지는 것을 보는 게 싫어서였다.

그녀를 밑바닥으로 밀어 넣는 건 나여야만 한다. 그래야만 나를 되돌아오게 만든 신이나 악마에 대해 답례를 했다 할 수 있을 것이다. 물론 황태자의 손에 내 목숨뿐만 아니라 미래까지 달린 상황이긴 하지만. 그렇다고 해서 이런 식으로 맥없이 이용당하는 건 비참할 정도로 싫다.

나는 황태자가 끔찍하다. 그를 볼 때마다 너무 구역질이 나 견딜 수 없었다. 음흉하기로는 대공 또한 만만찮지만, 인간적으로 질리는 건 황태자와 로에나가 쌍벽을 이룬다. 차라리 둘 다 동귀어진 하여 죽어버리고 다른 이가 황위에 올랐으면 하는 생각이 들 정도였다. 그렇기에 황후가 황태자를 배신하는 연유가 나와 같은 기분이기 때문은 아닐까 하고 망상한 적도 있었다. 그게 아니라면 배 아파 낳은 자식을 끌어내리려고 할 리가 없으니까.

아, 아니지. 귀족 세계에서는 당연한 일이구나. 조그마한 귀족 가문을 잇는 것에도 온갖 추악한 귀계가 판치는데, 하물며 황제의 자리라면 인륜도 저버릴 수 있을 터였다.

나도 참 순진한 생각을 했군.

각설하고, 황후가 나를 싫어하지 않았다면 망설임 없이 그녀를 도왔을 정도로 황태자에 대한 혐오가 극에 달해 있었다. 그런데 그런 와중에 아이레스 경이 이렇게 대답해 버리니 더 이상 대화를 이끌어 나갈 의미가 없었다. 그래서 아무렇지 않다는 것처럼 빙그레 웃었다. 새삼 내 편을 들어주지 않는다고 실망할 이유가 없으니 되레 차분해지는 것이다.

그렇게 대답할 수밖에 없는 그의 처지 또한 충분히 이해되기도 하고, 단지 경의 다짐이 내 목숨에 한한 것이라는 생각이 들어 조금 걱정이 될 뿐이다.

"가장 좋은 건 그런 일을 만들지 않는 거겠죠?"

"영애, 혹시……?"

"쉿. 이상한 생각을 하지 말아요."

나는 검지로 그의 입술을 꾹 누른 채 상냥한 미소를 머금었다. 아이레스 경은 자신의 입술 위로 느껴지는 내 손가락이 무척 신경이 쓰이는 것인지 아무 말도 못 하고 그저 눈만 껌뻑였다. 겉으론 침착해 보이지만 이미 그의 귓가는 새빨갛게 달아올라 화상을 입은 것처럼 보일 정도였다.

"그저 혹시 모를 가정을 생각해서 여쭤본 거니까요. 잠시 심술이 났다고 해야 하나요. 전하께서 제게 너무 가혹하게 구시니 그럴 수밖에요."

"차라리."

그가 입술을 힘겹게 움직이며 웅얼댔다. 어떻게든 내 손가락이 자신의 입술 사이로 파고드는 것을 피하려고 애쓰는 게 우스울 지경이었다. 뿐만이랴. 이전엔 낯부끄러울 정도의 야한 키스도 서슴지 않았던 사내가 이런 사소한 접촉에 놀라 이러지도 저러지도 못하는 게 신기할 따름이다. 과감해지는 타이밍과 약해지는 타이밍을 종잡을 수 없어 더더욱 그러했다. 내가 그라면 오히려 더 강하게 나갈 텐데 말이다.

도무지 알 수가 없는 남자라니까.

어쨌든 그가 한 자 한 자 천천히 말을 내뱉었다. 따뜻한 입김이 손가락에 닿을 때마다 되레 마음이 간질간질해지는 기분이었다.

"황태자 전하께 대기사 결투를 거는 게 낫겠습니다. 이리 속상해하실 줄 알았더라면 진작 그랬을 것입니다."

순간 쓴웃음이 흘러나올 것만 같았다. 이런 말에서 날 때부터 귀족인 사람과 아닌 자의 차이를 발견하게 되니 아니 그러하랴. 기사 중의 기사라 하는 아이레스 경조차 정략을 위한 결혼을 당연하게 보고 있으니까. 나이 차가 얼마가 나든, 당사자의 의사가 들어 있든 말든 말이다. 아주 당연하다는 것처럼 구는 태도에 내가 이상한가 싶을 정도였다.

그래서 이제 와 황태자와 칼싸움을 벌이겠다는 그의 말이 탐탁지 않았다. 그래 봤자 그에게 상처를 낼 수 있는 것도 아니잖나. 그저 내 기분을 풀어주기 위해 나온 궁여지책으로, 지금만큼 그의 행동이 실망스럽기는 처음이었다. 그러니 여기서 이만 헤어지는 게 낫겠다. 마음 졸이며 기다린 선고는 불만족에 가까웠다.

"괜찮아요. 신경 써 주시는 것만으로도 충분한걸요. 오히려 제가 괜한 심술을 부린 것 같아서 죄송해요. 부디 넓은 마음으로 이해해 주시겠어요?"

"영애의 부탁이라면 언제든 그러지요."

나는 아이레스 경의 입술에서 손을 뗀 다음 예를 갖춰 작별 인사를 건넸다. 아이레스 경은 그런 내 모습을 민망할 정도로 빤히 쳐다보다 이내 아쉬운 듯 눈에 띄게 머뭇거렸다. 대놓고 말하지 않지만 황태자에게 되돌아가기 싫다는 소리가 얼굴 가득 뚝뚝 떨어지고 있었다.

"어서 전하께 돌아가세요. 너무 오래 있었다고 한소리 하시는 게 아닌지 몰라요. 저도 저택으로 돌아가서 쉬어야겠어요."

아이레스 경은 마다하는 내 소리를 못 들은 척 끝끝내 손을 붙잡고서 마차 안까지 에스코트했다. 그리고 마부에게 일러 조심히 마차를 몰라는 당부의 말까지 하고 나서야 겨우 한 발자국 물러섰다. 아닌 게 아니라 자신의 눈에서 비슈발츠가의 마차가 사라질 때까지 계속 그 자리에 서 있을 터였다.

그럼에도 나는 창문을 열어 그를 바라보거나 조금이라도 더 사내의 시야에 머무를 수 있도록 말을 느리게 움직이라는 명령을 하지 않았다. 겨우 짬을 내서 만날 수 있었던 시간임에도 불구하고. 단지 내가 해야 할 일만 생각하며 마차가 더 빠르게 움직이기를 바랄 뿐이었다. 이미 머릿속은 차가운 얼음물을 들이부은 것처럼 냉정하게 가라앉은 상태였다.

오래지 않아 저택으로 돌아온 나는 바로 로에나가 갇혀 있는 다락방으로 향했다. 믈랑이 수고스럽게도 매일 다락방으로 향하는 계단을 손수 감시하고 있어 아직 그녀가 이곳에 있다는 걸 들키지 않았다.

집사는 후견인의 도움을 받아 잠시 요양을 하는 것으로 서류 처리를 한 상태고-생각 외로 쉽게 물러난 그다-대부분의 일은 로샨 영애와 마리가 뽑은 사람들이 처리하고 있는지라 이곳에 관심을 가질 이도 없었다.

로에나는 내가 방에 들어오자마자 반가운 낯을 하며 바로 달려올 것처럼 굴더니만 이내 표정을 굳히고서 시선을 피했다. 약속을 지키지 않은 나에 대한 불만을 이렇게 표현하는 것이다.

"나를 찾았다고 했니?"

"찾았다니? 며칠 만에 와서 한다는 게 고작 그 소리야? 나는 너와의 약속을 지키기 위해 방 안에서 죽은 듯 있었는데?"

"믈랑에게 말했잖아. 너를 찾는 사람들을 따돌리느라 정신이 없다고."

"하지만 정말 여기는 너무나 끔찍하단 말이야."

로에나다가 칭얼거리듯 불평했다. 암만 천사 같은 성품을 지닌 그녀라 할지라도 귀족 영애는 영애. 화려한 삶에 익숙해져 있는 상태라 다락방의 생활을 감옥에 갇힌 죄수처럼 소름 끼쳐 했다. 이곳에 며칠이나 있었다고 벌써부터 초췌해진 상태로 제정신을 차리지 못하는 것이다.

"내가 네 맘을 모르겠니? 나 역시 너를 위해 방 안에 있는 모든 걸 좋은 가구로 바꿔 주고 싶어. 하지만 아직 눈치가 보여서 어려워. 그러니 조금만 참아."

"조금이라니, 저번에도 그랬잖아. 도대체 그 조금이 언제야, 응? 무섭고 춥고, 너무 힘들어, 시스. 외롭기까지 하단 말이야. 말 한 마디 못한 채 조용히 숨어 있는 게 얼마나 고통스러운지 넌 모르지? 제발 나 좀 꺼내 줘."

나는 안타깝다는 듯 어두운 표정을 지으며 고개를 설레설레 내저었다.

"사실 오늘쯤 꺼내 주려고 했는데, 큰일이 생겨서 그러지 못하게 되었어."

"뭐라고?"

"황후와 대공 쪽에서 네 혼사를 진행하고 있단 말이야."

나는 황태자의 제안을 황후 쪽에서 한 것처럼 꾸며 로에나에게 말했다. 이런 상황이 만들어진 게 다 그쪽 때문이라고 책임을 떠넘기면서. 나에 대한 믿음을 강조함과 동시에 감추고 있는 무언가를 좀 더 털어놓게 하기 위해서다.

로에나는 처음에 이 말을 들었을 때 진짜 대공이나 황태자를 생각한 것인지 잠자코 듣고 있었다. 그런데 말이 길어지면 길어질수록 점점 더 얼굴이 창백해지더니만, 이내 눈물을 뚝뚝 흘리며 고개를 설레설레 내저었다. 처참하게 무너진 얼굴 위엔 서러움과 두려움이 가득했다.

"거짓이 아냐. 정말로 키란 백작과 너의 혼사를 추진하고 있어. 오늘도 내게 널 찾았냐고 물어보던걸. 아직 돌아오지 않았다 하더라도 내 허락을 받으면 괜찮다고 자꾸 종용했어. 내가 가문을 관리하고 있으니까 그런 거야."

"……어, 어째서? 왜 그런 사람과? 나, 난 아직 데뷔도 안 했고, 그 남자보다 무척 어리단 말이야."

"이제 네가 필요 없으니까."

"뭐?"

"키란 백작과 황후의 사이가 좋지 않다는 건 모두가 아는 사실이잖아. 그래서 너를 넘겨줌으로써 화해를 청할 모양인가 봐. 좋아하지 않는 나를 만나서 이런 제안을 할 정도면 그 마음이 절박하다는 거겠지. 키란 백작이 널 마음에 들어 한다는 소리가 있더구나. 로에나, 언제고 그를 만난 적이 있니?"

아직 사교계에 데뷔조차 하지 않은 로에나이기에 활동할 수 있는 범위가 무척 좁았다. 그렇기에 그를 만났다면 황후의 궁에서일 것이다. 내 추측이 맞은 것인지 로에나가 넋이 나간 것처럼 고개를 끄덕였다.

"응. 풀케르를 만나 뵈러 갔을 때 몇 번 마주쳤었어. 계속 나를 쳐다 보기에 이상하다고는 생각했지만…… 시스, 날 그 사람에게 보낼 건 아 니지? 그렇게 하겠다고 대답한 거 아니지? 제발 그렇다고 해줘!"

로에나가 내게 달려들어 와락 안겼다. 내 팔을 붙잡은 그녀의 온몸 이 사시나무 떨리듯 떨리고 있었다. 나는 로에나의 등을 부드럽게 쓸 어내리며 작은 목소리로 속삭였다.

"내가 그럴 리가 있니? 말했잖아, 로에나. 나는 널 배신하지 않아. 그러니 날 믿어."

"응, 널 믿을게. 아니, 믿어. 날 생각해 주는 건 너뿐이야."

"그런데 이상하지? 왜 네게만 자꾸 이런 안 좋은 일이 생기는 걸까? 돌아오고 나서 더 심해지는 것 같아."

내 질문에 그녀의 몸이 흠칫 떨렸다. 지레 찔린 듯 뻣뻣하게 굳은 등 줄기가 만지면 곧 부러질 듯 연약하기 짝이 없다. 나는 로에나의 목덜 미에 내려앉은 부드러운 머리카락을 조심스럽게 앞으로 넘겨주며 계 속 말을 이어 나갔다. 그녀의 반응을 눈치채지 못했다는 것처럼, 아주 태연하게.

"특히 황후는 키란 백작과의 혼인을 추진할 정도로 계속 너를 자신 의 손안에 넣지 못해서 안달이야. 가문을 좌지우지하기 위한 열쇠로 널 데려갔다 하지만 이건 너무 심한데? 마치 네가 저들의 가장 중요한 것 을 쥐고 있다는 것처럼……."

그러자 로에나가 웅얼거리듯 작은 목소리로 대답했다. 숨이 막히는 것처럼 힘겹게 한 자 한 자 내뱉는 것이 정신적으로 불안정해 보일 정 도였다.

"이, 입을 막기 위해서일 거야."

"로에나?"

"그들이 무엇을 계획하고 있는지 알고 있으니까."

"아니. 그렇다면 쉴피스 경이 혼자 남지 않고서 너와 같이 탈출했을 테지. 그러니까 솔직하게 말해줘. 이젠 더는 숨기는 게 없어야 해. 너를 위해서라도. 제발 부탁이야. 내가 너를 지킬 수 있게 해줘."

진실을 말할 것을 종용하는 목소리는 내가 생각해도 퍽 교묘했다. 내가 아니라 '너'를 위해서라도 그래야 한다는 말이 특히 그러했다. 그 누구라도 흔들리지 않을 수 없을 터였다.

잠시 후 로에나가 입술을 달싹이다 겨우 말을 내뱉었다. 짙은 불안감이 섞인 목소리는 매우 불안정했다.

"배."

"배?"

"비슈발츠가의 상선 말이야. 그 배의 선장에게 편지를 쓴 다음 쉴피스 경이 배달하게 했어. 배가 필요하다고 해서. 수도까지 올 수 있는 건 우리 가문의 배뿐이라 내 도움이 있어야 한다고 하니까. 그럼 가문이 위험해지지 않도록 도와준다고 그랬어. 그래서 그렇게 했단 말이야. 그런데 날 정략결혼의 희생양으로 만들려고 하다니……."

"이런."

나는 혀를 차며 한숨을 내쉬었다. 편지만으로는 믿을 수 없으니 쉴피스 경이 직접 가 로에나의 글이 진짜임을 확인시켜 준 건가? 이제야 그가 남은 이유를 알 수 있을 것만 같았다. 그들이 더는 로에나를 찾지 않는 까닭도. 이미 물꼬를 텄으니 그가 지속적으로 상선에 방문한다면 가문에서 명령한 것이라 생각할 게 자명하기 때문이다. 움직이기도 더 쉬울 테고 말이다. 필체야 흉내 내면 그만이니 어렵지도 아니하고.

"언제 배를 움직이기로 했니?"

로에나가 날짜를 말했다. 정확히 황제가 죽은 시점이었다. 하긴 그 날이라면 홀에 수도의 모든 귀족이 모여 있었으니 어렵지 않게 제압할 수 있었을 테다. 방어하는 병력이라 해봤자 황궁의 기사단뿐이잖나.

그런데 로에나가 탈출하는 바람에 급하게 계획을 변경하게 된 거였다.
 그간 막바지 준비에 한창이라 그녀에 대한 감시를 소홀히 했더니 이런 식의 타격이 온 것이다. 대공의 입장에선 얼마나 화가 났을까? 장례식을 멈추는 것으로 일을 바꿔야 했으니 아니 그러하랴.
 "쉴피스 경에게 따로 연락할 방법이 있니?"
 내 질문에 로에나가 우울한 표정을 하며 고개를 설레설레 내저었다.
 뭐야, 그럼 이런 대비조차 하지 않고서 헤어진 거야? 로에나도 로에나지만, 쉴피스 경 역시 참으로 능력이 없구나 싶다. 이런 건 기본이지 않나? 나는 다시금 혀를 차며 그녀에게 말했다.
 "쉬렴."
 나 역시 머리가 복잡해 휴식이 필요했다. 아무것도 생각하고 싶지 않았다. 그래서 자리에서 일어나 방을 나갔다. 로에나는 이런 나를 잡지 않았다. 아니, 잡을 생각이 없었던 게 맞았다. 충격으로 인해 제대로 된 사고를 할 수 없었을 테니 말이다.
 다락방을 나선 나는 방에 들어가 죽은 듯이 잤다. 고작 두세 시간에 불과한 수면이었지만 꿈도 꾸지 않고 푹 자서 눈을 떴을 때 머리가 매우 개운했다. 덕분에 이제 무엇을 해야 할지 알 것만 같았다. 그래서 마리들을 깨워 빠르게 단장을 하고 저택을 나섰다. 목적지는 황궁이었다.
 황태자는 예정에도 없는 알현 신청을 손쉽게 받아주었다. 이런저런 일로 무척 바쁠 게 분명한데도. 물론 어제 어지럼증을 핑계로 궁을 나섰기에 며칠간은 자신을 찾아오지 않으리라 생각한 모양인지 내 방문이 무척 의외라 생각하는 기색은 있었다.
 긴 복도를 따라 걸어 들어간 태자궁은 곳곳마다 번잡함이 가득했다. 불길한 기운이 사위에 내려앉아 있었다. 시녀들과 시종들이 분주히 움직이며 뛰어다니다시피 하는 것이 저들의 주인에게서 무언가 언질이 있었나 싶을 정도였다. 로샨 영애와 아이레스 경이 쉬쉬하며 말을 돌리고 있지만 나는 이미 알고 있었다. 반란이 코앞까지 다가왔음을 말이다.

"몸은 괜찮으신지? 이제는 어지럽지 않으신가?"

황태자는 내 인사를 받자마자 비아냥거리는 어조로 물었다. 어제 일에 대한 작은 추궁이었다. 키란 백작가의 거래가 성사되기도 전에 초를 쳐 버렸으니 아니 그러하랴. 부아가 치밀어도 단단히 치밀었을 게다. 방문을 흔쾌히 승낙한 것도 이에 관해 이야기하기 위해서임이 분명할 테고. 좀생이 같으니라고. 나는 모르는 척 태연하게 그의 말을 받았다.

"염려해 주신 덕분에 많이 좋아졌습니다."

"하루 만에 나을 정도라면 그렇게 심각한 병은 아닌가 보군. 그렇다 치더라도 영애는 자주 아파. 건강이 좋지 않은 모양이야. 조심해야겠어. 요즘 같은 시기엔 더더욱. 갑자기 몸이 좋지 않은 건 의심을 해봐야 할 사항이니까. 그래, 집사를 바꿨다지? 아주 현명한 선택을 했어."

이런 자잘한 일까지 보고를 한 건가. 나는 옅은 미소를 지으며 감사하다고 대답했다. 황태자는 내가 여상스러운 반응을 보이며 꼼짝도 하지 않자 조금 약이 오른 모양이었다. 일이 복잡하게 돌아가는 와중에 나조차 말을 제대로 듣지 않으니 화가 날 수밖에. 그래서 바로 용건을 물어봤다.

"그런데 좋지 않은 몸을 이끌고서 나를 찾아온 이유가 뭐지?"

나는 대답을 하는 대신 물끄러미 그를 바라보았다. 마치 배가 부르지만 심기가 나쁜 맹수를 눈앞에 두고 있는 것 같아 절로 긴장이 된다. 아닌 게 아니라 조금이라도 건드린다면 바로 폭발할 분위기다. 그래서 쉬이 답할 수가 없었다. 방문 신청을 하기 전만 하더라도 로에나에 대한 이야기를 하려고 했는데 말이다.

만약 이 상태의 그에게 로에나가 내게 와 있음을 고백한다면 어떻게 될까? 크게 분노할 터였다. 그리고 그 불똥은 오롯이 자신을 속인 내게로 튀겠지. 아아, 어쩔 수 없네. 계속 그를 속이는 수밖에. 후환이 두렵긴 하지만 지금 당장이 중요하니까.

나는 시녀가 따라 준 차를 마시며 시간을 번 다음 천천히 입을 열었다.

"상선으로부터 이상한 연락이 와서입니다."

"이상한 연락?"

"네. 언제쯤 출발하면 되겠냐고 물어보더군요."

실상은 내가 선장에게 편지를 보낸 거였지만, 일부러 말을 꾸몄다. 그러자 황태자가 눈썹을 추켜세우며 나를 바라봤다. 깊게 그늘진 눈매는 먹이를 탐색하려는 짐승처럼 가늘어진 상태였다.

"로에나에게 편지가 왔는데 이후론 연락받은 게 없어 답답하다는 이야기를 덧붙인 채 말이지요. 거기엔 폐하께서 승하하신 날 움직이기로 했는데 따로 더 연락이 온 게 없어서 못 움직였다는 소리도 있었습니다. 대공 전하의 수하가 몇 번 찾아오긴 했지만, 가문의 명령이 우선이라면서요."

"……로에나 영애를 납치한 범인이 숙부라는 소리인가?"

"정황상 그렇게 보고 있습니다. 그러니 전하께서 그분의 거취를 찾아주시면 될 일이지요."

설마 황태자가 아직도 대공의 본거지가 어디에 있는지 모를까. 이젠 대놓고 거리를 활보하고 있는 그인데 말이다. 알아도 모르는 척하는 거겠지.

"그래, 그러면 될 일이군."

나는 다시 차를 마시며 눈을 아래로 내렸다.

아침에 쓴 편지에 가주의 인장이 찍힌 편지가 아닌 이상 함부로 움직이지 말라는 내용을 적은 뒤였다. 쉴피스 경이 나타나 그 어떠한 요구를 하더라도 들어주지 말라는 말과 함께. 가주의 명령이 우선이니 불안감을 가질 이유가 없다면서 말이다. 아닌 게 아니라 그들을 지키기 위해 가문의 기사 몇을 함께 보냈으니 쉽게 제압하지 못할 터였다. 할버드 경이 고르고 고른 기사들이니 쉴피스 경보다 그의 말이 우선일 테니까.

"그날 쳐들어오리라는 건 이미 예상한 바긴 하지. 귀족들이 함께 모여 있으니 그보다 더한 날이 있을 수 없을 테니까. 외국 조문객과 미리 입을 맞춰 놓기도 했고. 그런데 움직임을 보여 주지 않아서 이상하게 여긴 참이었어. 혹시 더 아는 바가 있나?"

나는 그의 말에 고개를 설레설레 내저었다. 모르겠다는 뜻이다.

"글쎄요, 바로 움직일 거였으면 진짜 대공이 나타나지 않았을 테지요."

"아니, 나타났을 거다. 자신이 진짜임을 밝혀야 귀족들을 설득하거나 제압하기 쉬우니까. 다만 그 좋은 기회를 왜 날렸는가가 문제지."

"전하께서 기다리고 있었다는 걸 미리 안 게 아닐까요?"

로샨 영애는 대공이 황제의 죽음으로 인해 생겼던 좋은 기회를 아쉽게 놓쳤던 이유 중 하나로 지연된 시간을 거론했다. 독약으로 인해 바로 죽을 줄 알았던 황제가 늦도록 숨을 이어 가며 시간을 질질 끌었던 게 그로 하여금 응접실을 빠져나갈 수 없게 만들었던 것이다. 그도 그럴 것이 황제가 죽을 때까지 계속 방 안에 갇혀 다른 이들과 함께 있지 않았나.

"그랬을 수도 있지. 그래서 이제 어떻게 할 거지?"

"움직이지 말 것을 명령했어요."

"갈취라는 방법도 있지."

"그게 쉬웠다면 진작 그랬겠죠."

대공이 비슈발츠가의 상선을 갈취하지 못했던 게 무슨 이유가 있는 모양이었다. 하지만 밝혀진 바가 없으니 이런저런 추측을 하며 방비를 할 뿐. 그것만 알아도 배를 지키기가 더 수월할 텐데 그러지 못하니 참으로 아쉬울 따름이다.

"반란에 참여한 귀족이 모두 무뢰한은 아니거든. 개중에도 귀족다운 귀족이 있어 숙부의 발목을 붙잡는 모양이야."

황태자가 피식 웃으며 뜻밖의 말을 내뱉었다.

"그건 무슨 말씀이신지요?"

그는 손가락으로 자신의 머리를 툭툭 건드리며 대답했다. 한심하다는 표정을 숨기지 않은 채.

"빼앗으면 그만일 배를 그냥 놔둔 게 귀족의 알량한 자존심 때문이라는 거다. 무력이 아닌 지력으로 빼앗아야 고상하다고 생각하는 머저리들이 그쪽에 제법 있는 모양이야."

오랫동안 반란을 준비했다 하더라도 세력이란 원래 여러 사람이 함께 모여 만든 집합체에 불과한 바, 독단적으로 행동할 수 없는 법이다. 무엇보다 각각의 힘이 모여서 형성된 힘이기에 가진 세력에 따라 발언권 또한 달라지는 터였다. 즉, 우두머리는 대공이지만 무리 내 힘의 균형은 팽팽하게 맞서 있다는 뜻이다.

달콤한 미래를 위해 함께 모인 만큼 확실한 방법을 통해 승기를 잡으려는 사람이 많을 테고, 그리고 이것이 지금까지 대공의 발목을 붙잡은 요인이 되었을 터였다. 정점에 가까이 있는 황태자만 하더라도 키란 백작을 회유하기 위해 로에나를 미끼로 쓰지 않았나.

"자, 여기서 잠깐 생각해 볼까? 내가 말한 고상한 머저리가 누구인지 따져 보자는 거야. 대공조차 함부로 짓누를 수 없는 답답한 자를 말이지."

바로 떠오르는 건 키란 공작이었다. 현 공작이 선대에 비해 더 고지식할뿐더러 매우 융통성이 없는 인사임을 모두가 알지 않나. 게다가 그렇게 여동생을 끔찍이 아낀다 하지. 아마? 황후의 말이라면 활활 타오르는 불 속이라도 뛰어들 수 있다는 것 또한. 반란에 끼어들게 된 것도 그녀의 입김이 크게 작용하였음을 충분히 예상할 수 있는 바였다.

"공작이로군요."

내 대답에 황태자가 정답이라는 듯 손뼉을 쳤다.

"그래. 그 남자는 나를 무척 싫어하거든. 부황을 쏙 빼닮았기 때문이야."

그러고 보니 황후의 모습이 거의 안 보이기는 하네. 나는 사나운 미소를 짓는 황태자의 모습에 천천히 고개를 끄덕였다.

"모후께서 숙부와 손을 잡을 수 있었던 것도 공작가 때문이지. 암만 대단하신 대공이라 할지라도 키란가를 함부로 건드릴 수 없으니까."

대공이 죽은 황제의 총애를 받아 어느 정도 세력을 기른 상태였으면 모르나, 수십 년 동안 얼굴을 감추며 살아온 탓에 제대로 된 병력을 꾸리는 것조차 버거운 상태였다. 귀족들과 연결 고리를 짓는 것에만 많은 시간이 걸린 것도 이 때문이었다. 그러니 황후에게 함부로 대하지 못하는 거였다. 엄청나게 다정한 태도를 가장한 채 그녀를 위로해 줄 수밖에 없을 만큼. 덕분에 황태자가 이를 꼬투리 삼아 괴상망측한 소문을 퍼뜨린 것이지만.

"하지만 그조차도 모후가 나선다면 언제고 빼앗길 수 있으니 방심하지 않는 게 좋아."

"상선을 감시하고 계셨군요."

나는 헛웃음을 애써 삼키며 그에게 말했다. 황태자가 순순히 고개를 끄덕이며 수긍했다.

"그래."

하긴, 이 남자의 손바닥에 아니 놀아나는 게 있으려나. 어쩐지 김이 새는 것 같아 힘이 빠진 목소리로 그에게 다시 물었다.

"그럼 오늘의 방문이 헛것이었나요?"

"아니. 감시는 감시일 뿐이야. 누가 누구를 만났다는 정도에 불과하지. 영애가 가져온 정보만큼 알 수는 없었어."

"……그럼 키란 백작은 어떻게 하실 생각인가요? 결렬되었나요?"

"결렬? 감히 누가 내 제안을 거부한다는 거지? 로에나 영애의 일은 부가적인 것에 불과했어. 그래, 상품이라 해야 하나."

"상품이요……."

"매우 언짢은 것 같군. 좋아할 줄 알았는데 말이야."

"왜 그렇게 생각하시는데요?"

"비슈발츠가를 완전하게 손에 넣기 위해선 그녀가 없어져야 하잖아."

"진정한 후계자가 태어났음을 간과하고 계시는군요."

황태자가 눈썹을 치켜세우며 비죽 웃었다. 그게 뭐 어쨌냐는 듯한 태도다. 그런 그의 몸에서는 아주 오래전부터 품어 왔었던 피 냄새가 진득하게 풍기고 있었다. 이 길을 위해 그동안 베어 왔던 수많은 정적의 고약한 시체 냄새 또한.

"지금 내 꼴을 보고도 그런 말이 나오나? 이봐, 비슈발츠 영애. 가지고 싶은 건 정말로 가져야만 해. 어설픈 선의는 결국 자신의 미래를 망칠 뿐이라고. 그러니까 그 눈을 감추려고 하지 마."

"눈이요? 어떤 눈을 말씀하시는 건가요?"

황태자가 피식 웃으며 몸을 앞으로 숙였다. 그러고는 손을 뻗어 내 뺨을 어루만지는데, 난봉꾼의 농탕이 아닌 섬세한 도자기를 만지는 것처럼 무척 조심스러워 나도 모르게 얼굴을 내어줄 수밖에 없었다.

"야망에 불타는 눈. 여기서 더 완벽하게 입지를 다지고 싶어 어쩔 줄 몰라 하는 눈 말이야. 정말로 황홀하지."

"그러니까 지금 저에게 제 동생들을 치워 버리라 종용하는 건가요?"

"그럼 안 되나? 그렇다고 해서 양심에 찔려할 그대가 아니잖아."
"무얼 보고서 그렇게 말씀하시는지요. 전하께선 저에게 너무나 무례하세요."
"그래서 상처를 받나?"
"……."
내 침묵에 황태자가 만족스럽다는 듯 소리 내어 웃었다. 그는 내 속내를 환히 꿰뚫고 있었다. 그래서 불편했다. 동족 혐오라는 게 있다면 이런 것일까.
"그래서 처음부터 그대가 눈에 띄었나 봐. 멜이 불안해한 것도 당연해. 아주 어릴 적부터 나를 보아 온 녀석이니 아니 그러할까. 더 냉철하게 꿰뚫어 볼 수 있었을 테지."
"전하?"
"솔직해지자고, 비슈발츠 영애. 비난을 받을까 봐 걱정하지 않아도 되니까 말이야."
"그럼 제 얼굴에 있는 손부터 떼어주시겠습니까? 그렇게 좋은 기분도 아닌데 굳이 참고 있어야 할 이유를 알 수 없어서요."
"하?"
나는 황당하다는 듯 두 눈을 크게 뜬 황태자에게 방싯 웃어 보였다.
"솔직하라고 하셔서 드리는 말씀입니다. 이런 식의 희롱은 사양입니다, 전하. 아니면 제가 떼어 낼까요?"
"그것참 다른 의미로서의 솔직함이로군."
"아니면 무엇을 바라신 건가요?"
"그대의 야망. 멜의 시선으로 인해 움츠러든 욕망. 그걸 바라는 거야. 비슈발츠가를 완벽하게 손에 넣고 싶지 않나? 그럼 피를 묻혀. 어쩔 수 없다는 핑계를 대고서 해치우란 말이야. 그리고 더 열망해. 권력에 대한 욕심을 내봐."

"그렇게 욕심을 낸다면요?"

"여인으로서 오를 수 있는 가장 끝자리까지 도전해 보는 거지."

"⋯⋯제 욕망은 비슈발츠가에 한해 있을 뿐, 그 외에는 전하의 바람 같아 보이는데요. 아닌가요?"

"맞아."

탐욕스러운 맹수가 혀를 날름거리며 야릇한 시선을 보냈다. 낮게 속삭이는 목소리는 배 안쪽이 부르르 떨릴 정도로 무척 섹시했다. 나른하게 젖은 눈매가 사람을 홀리는 양 섬세하게 움직이며 신이 공들여 빚은 듯 완벽하기만 한 얼굴에는 야살스러운 기운이 감돌고 있었다.

"누누이 말하잖아. 그대가 탐난다고."

그것은 성적인 기호가 담긴 노골적인 유혹이었다. 분위기가 갑자기 왜 이렇게 흘러가는 걸까. 나는 한숨을 삼키며 손을 들어 올렸다. 왜 이러나 싶은 생각에 머리가 아파 오고 있었다. 물론 보통의 여인이라면 그의 유혹에 넘어가 침대에 드러누웠겠지만, 나에게는 매력보다 혐오가 더 큰 그이기에 전혀 통하지 않았다. 되레 지조 없는 그를 욕하며 뺨이라도 한 대 갈겨 주고 싶은 지경이다. 내 뺨을 만지작거리는 황태자의 손을 떼는 게 먼저라 해도.

새삼 이자를 친구로 생각해 답을 망설인 아이레스 경이 불쌍해졌다. 이것도 주군이라고 바로 편을 가르지 못했는데, 정작 황태자라는 작자는 친우의 연인을 유혹하고 있지 않나.

여인으로서의 가장 높은 자리? 그 불편하고 어려운 자리에 앉아서 무얼 하는지 모를 일이었다. 아니, 야망에 넘쳐 그 자리에 섰다 하더라도 황태자가 가만히 놔둘 리가 만무하다. 친어미에게조차 가차 없이 검을 휘두르는 이인데, 아니 그러할까. 무엇보다 내 그릇은 비슈발츠가 딱이다. 그것만 하더라도 차고 넘쳤다. 제국 최초의 여백작라는 타이틀조차 과분할 지경이었다. 그런데 황후라니. 미친 소리지.

"농담이 과하십니다. 이럴 때가 아니네요, 전하. 그러니 못 들은 것으로 하겠습니다."

내가 자신의 손을 떼자 황태자가 노골적으로 아쉬운 표정을 지었다. 하지만 역시 눈은 차갑게 가라앉아 있어 내 말에 무척 자존심 상해한다는 걸 알 수 있었다.

사실 그가 평범한 사내였다면 더 가차 없이 말했을 터였다. 온갖 조롱의 말을 내뱉었을지도 모를 노릇이다. 그런데 제가 황태자라는 어마어마한 위치에 있는 터라 목숨이 아까워시라도 퍽 자제할 수밖에 없었다. 아쉬운 일이지만. 위치에 억눌리는 것도 있거니와 이 사람에게 있어 다정함이라는 단어가 존재하는 건지 의문스럽기 때문이다. 가면무도회 때 많이 봐줬구나 싶은 생각이 들 정도로.

어쨌든 하고 싶은 말은 다 꺼낸지라 이만 자리에서 물러나려고 하는데, 황태자가 갑자기 다시 손을 내밀어 내 손목을 붙잡았다. 그리고 뭐라 반응할 새 없이 내 몸을 안아 올리더니 문 앞까지 뚜벅뚜벅 걸어가는 것이다. 제정신을 차린 내가 자그마한 비명을 내지르며 내려 달라 말했지만 막무가내였다.

"지금 무슨 짓입니까, 전하. 정말로 무례하세요. 제 위치가 전하에 비해 낮은 줄을 압니다만 신사로서의 예를 갖춰 주셨으면 합니다. 부디 제가 지금 비슈발츠가를 도맡고 있다는 사실을 상기해 주십시오. 함부로 대할 위치가 아닙니다."

"아아, 미리 양해를 구했더라면 거부했을 거잖나."

"당연하지요."

"……무릎을 굽혔었던 그때완 또 다른 느낌이로군."

"네?"

몸이 들어 올려지다 보니 그의 턱과 위치가 너무 가까웠다. 황태자가 조금이라도 고개를 숙이면 바로 입김이 느껴질 수 있을 정도로 아슬아슬한 거리를 유지하고 있었다. 그래서 바짝 긴장되었다. 할 수만 있다면 크게 발버둥 치거나 그의 손을 때려서라도 그만두게 하고 싶을 정도였다.

하지만 황태자 역시 아이레스 경처럼 막무가내인 사내인지라 내 말을 듣는 척도 하지 않았다. 탄탄한 근육이 자리 잡은 팔뚝은 어렵지 않게 내 몸을 지탱하며 스스로의 걸음을 가볍게 만들었다.

도대체 내게 왜 이러는 거지? 말로써 시험하는 것으로도 모자라 이젠 육체적인 유혹을 통해 내가 아이레스 경을 배신하지 않으리라는 것을 알아내겠다는 건가? 이 비열하고 치졸한 작자 같으니라고!

"전하께서 아무리 이러셔도 저를 흔들리게 하지는 못하십니다. 저는 제 분수를 알뿐더러, 그것을 아무렇지 않게 드러낼 정도로 용감한 이가 아니에요. 또한 전하께서 우려하시는 것처럼 아이레스 경을 배신하는 일도 없을 터이니 이제 그만하세요."

내 말에 황태자가 기가 막힌다는 표정을 지었다.

"어떻게 그런 생각을 할 수 있지? 그 때문은 아니야."

"그럼 왜 이러시는 건가요? 평소처럼 저에게 수치감을 안기고자 하시는 겁니까?"

"수치감? 그대는 지금 이 행동으로 인해 수치감을 느끼나?"

"강제로 하는 이 행동을 좋아할 여인이 있단 말인가요? 설마요. 직위와 힘으로 억누르시니 표현하지 못할 뿐입니다. 설사 있다 하더라도 전 아니에요. 진심으로 싫습니다."

황태자가 걸음을 멈추고 우뚝 섰다. 그의 미간은 깊은 골이 파여 있어 심기가 불편함을 여실히 보여 주고 있었다.

"내려 주세요, 전하."

"그렇게 싫은가?"

"예."

"놀라울 정도로 솔직하군."
"이럴 때만큼은 솔직해져야 하니까요."
"이대로 떨어뜨릴 수 있는데도?"
"차라리 그래 주세요."

아무리 혐오감을 감추려고 해도 흘러나오는 감정은 어쩔 수 없는 것인지 나도 모르게 차가운 목소리로 대꾸하게 된다. 이 최악의 남자에게서 조금이라도 빨리 떨어지고 싶은지라 얼토당토아니한 제안까지 기꺼이 감수하겠다 말하는 것이다. 가면무도회만 하더라도 이렇게 끔찍하지는 않았는데 말이다.

"……그래, 그렇군. 어제의 일로 갑자기 그날 저녁이 떠올라서 충동적으로 해본 건데, 결국 이런 반응이군. 나도 참 괜한 짓을 했어."

의외로 그는 나를 조심히 내려 주었다. 진짜로 떨어뜨릴 줄 알고서 긴장했던 것과 다른 모습에 더 움찔하는데도 불구하고. 오히려 언제 이런 행동을 했냐는 듯 능숙하게 화제를 돌리는데-물론 사과는 없었다-, 바짝 긴장하고 있던 스스로가 우스워질 정도였다.

"며칠 내로 숙부님의 위치를 알려 주도록 하지. 원한다면 병력을 빌려줄 수도 있어."

나는 공손한 어조로 그의 제안을 거절했다. 가문의 일이니 다른 사람의 손을 타면 헛말이 나올 수 있다는 우려 때문이었다. 어차피 곧 그녀가 돌아왔다는 소문이 돌 것이기도 하고. 지금이야 로에나가 위험해질 수 있다는 말로서 집안사람들의 입을 단단히 막아 놓은 상태인 데다가 집사가 그녀의 외가에 보내려고 했던 편지 또한 미리 빼돌린지라 이렇게 조용한 거였다.

황태자는 나로 인해 대공이 잠잠해져 있다는 사실을 알기나 할까. 아니, 알더라도 공을 치하한다든가 진심에서 우러나오는 감사를 표할 리가 만무하다. 원래 그런 자니까. 그러니 방금과 같은 이상한 변덕을 부렸던 게지.

"물러나기 전 한 가지 여쭙고 싶은 게 있습니다."

"말하라."

"언제까지 몸을 사려야 할까요?"

"모후께서 완벽하게 대공의 편임을 천명하면 그때."

"이미 하셨잖아요."

"아니, 더 노골적인 태도가 필요해. 완벽한 서막으로서 말이야."

"그럼 그날이야말로 진정한 전쟁이 시작되는 거로군요."

"그래. 아, 상선의 일은 이제 내가 도맡아도 되나?"

"가문에 누가 되지 않는다는 약속을 해주실 수 있다면 편할 대로 하소서. 하지만 끝난 이후에 저에게 돌려주셔야 합니다."

"물론이지. 자, 물어볼 건 이게 다인가?"

사실 한 가지 더 물어보고 싶은 게 있었다. 마녀의 예언대로 내가 당신의 곁에 있어야 한다는 소리였다. 그가 죽으면 안 되니까. 황태자가 살아야 나 역시 비슈발츠가를 완벽하게 손에 넣을 수 있으니 말이다. 하지만 입을 열지 않았다. 갑자기 나를 안아 올렸던 그의 행동이 생각나서다. 전쟁이 일어난다면 이 예언에 대한 윤곽이 드러날 게 분명하기도 할 테고. 그리고 그때야말로 백지에 가까운 예언의 종이를 들춰 볼 수 있을 것이다.

그래서 다시 고개를 숙여 작별 인사를 한 다음 조용히 방문을 나섰다. 무겁게 가라앉은 공기가 드레스 자락을 뚫고서 피부를 마구 찔렀다. 반란을 아는 자나 모르는 자나 모두 거대한 소용돌이가 제국의 수도에 떨어지게 될 것을 본능적으로 느끼고 있었다. 재앙은 이미 눈앞에 다가와 있었다.

여섯 번째 조각

1장
반란

 후견인은 매번 사교계에 나가 온갖 정보를 물어 왔다. 그가 가는 곳은 신사들만이 참여할 수 있는 클럽으로 온갖 정치 이야기가 떠돌아다니는 곳이었다. 물론 각각의 파끼리 어울려 자신들만의 은밀한 정보를 공유하는 꼴이지만 황태자의 도움으로 인해 그의 소속임을 천명하게 된 후견인인지라 이즈음에 이르러 저들과 어울리는 데 문제가 없었다. 황제가 죽은 다음이기에 더더욱 그러했다. 그 누가 다음 황제의 총애를 받게 될지 모르는 터였다. 그래서 미리미리 서로의 친분을 더하여 인맥을 쌓는 게 중요했다. 물론 가장 중심에 서 있는 건 로샨 후작가이지만 말이다.
 어쨌든 후견인의 말에 의하면 황제를 독살한 범인에 대한 갑론을박으로 분위기가 매우 나쁜 상태라 했다. 점잖은 체해야 할 이들이 욕설은 물론이요, 서로를 비방하기 위해 과거를 캐내기까지 할뿐더러 황후와 황태자에 대한 원색적인 비난까지 서슴지 않는다는 것이다.
 하지만 다행히도 황후가 내놓은 증거가 약해 그녀의 입지가 조금씩 좁아지고 있다고 했다. 그나마 지금까지 버틸 수 있었던 건 '설마 친모가 자기 자식을 끌어내리려 할까?'라는 의구심 때문이었다. 그렇지 않았더라면 진작 누명을 씌웠다는 비난을 받고서 궁에 감금되었을 터였다.

"몇 번이고 전하의 방 안에 독약을 놓으려는 수작을 벌이려고 했었어요. 전하의 방에서 독살의 증거가 나왔다, 하고 주장하고 싶으니까요. 하지만 미리 다 치워 놓은 데다가 방비를 완벽하게 한 터라 걸리지 않고 있는 거죠."

로샨 영애는 이에 대하여 자업자득이라 말하고서 코웃음을 쳤다. 겉으론 다소 평온해 보이는 황실이지만-사실 평온이라는 단어를 쓰는 것 자체가 우습다-보이지 않은 곳에서 온갖 암투와 계략이 판쳤다고 덧붙이며. 얼마나 많은 이가 황태자의 방에 조작된 증거를 놔두려고 발악을 했는지, 이제는 손에 꼽기도 어렵다고 한다.

"제국에 거주하는 수많은 암살자나 정보 상인들이 전하와 멜 경의 검에 의하여 죽어 나갔을 거예요. 덕분에 이제는 시도조차 하지 않으려고 하죠."

"생각보다 굉장히 단순한 방법을 시도하시네요."

"두 개의 세력이 한데 뭉쳤기에 일어나는 부작용이죠."

"그 말은……."

"대공과 키란가가 있는 한 황후의 행동을 억제하지 못해요. 자제해 달라고 부탁하면은 또 모를까."

"그게 차이점이로군요."

"네. 지금이야 대수롭지 않은 것처럼 보이지만 막상 전쟁이 일어나면 큰 갈등으로 번질지 몰라요. 우리는 그것을 더 깊게 헤집어 놓기 위해 노력하는 거구요."

"주변의 여인들을 이용하면 더 쉽겠어요."

내 말에 로샨 영애가 웃었다. 그렇지 않아도 그렇게 하고 있다고 덧붙이면서.

문득 황후를 만나러 갔을 적 나에게 모욕을 주었던 두 여인이 생각났다. 그들을 흔들어 놓는다면 괜찮지 않을까. 아니, 너무나 충성된 자들이라 어려우려나. 허황한 마음으로 가득 찼던 기요민 부인 같은 경운 충분히 이용해 먹을 수 있을 것 같은데 말이다. 에머리 닐람은 상대하기 까다로운 자라 하지만. 그런데 로샨 영애의 입에서 나오는 인물은 매우 뜻밖이었다.

"닐람을 주요 대상으로 보고서 일을 벌이고 있어요."

"에머리 닐람을요? 그녀는 풀케르의 가장 충성된 사람이 아니던가요? 그런데 그게 가능해요?"

"충성도 마땅한 보상을 받아야 가능한 경우죠. 가까이 있는 자에게 소홀해지는 경우가 많으니까요. 처음엔 고마웠던 마음이 나중에 가선 당연한 일로 생각돼 막 대하는 거랍니다."

로에나가 마고를 대했던 것처럼? 순간 나도 모르게 로샨을 바라보게 된다. 경험에서 우러나온 계책인 건가.

황태자는 로샨 영애가 보여 주는 순애를 너무 당연한 것처럼 여기고 있었다. 그래서 가끔 보고 있는 사람이 민망할 정도로 냉정하게 선을 그었다. 그렇기에 내가 로샨 영애라면 그에게 정이 떨어져도 수백 번은 더 떨어졌을 터였다.

각설하고, 로샨 영애의 말이 쉽게 와 닿지 않은 터라 나도 모르게 고개를 갸웃거리게 되었다. 그렇게 쉽게 넘어갈 사람처럼 보이지 않는데 말이다.

"풀케르를 따르는 여성들은 그녀가 주는 애정에 따라 고하가 나누어져 있어요. 이 말인즉, 언제라도 위치가 바뀔 수 있음을 의미하죠. 그리고 요즘의 닐람은 풀케르의 눈에서 조금 멀어진 상태랍니다. 그녀의 위치가 너무 오랫동안 확고했기에 다른 사람의 시기를 불러일으켰거든요."

우아한 자태로 매우 영리하게 주변 여인을 휘어잡았던 황후라 할지라도 결국은 사람이다. 달콤한 말에 넘어가지 않을 수 없었다. 자연 마음이 가는 사람이 바뀔뿐더러, 그에 따른 원망도 존재하게 된다.

사람은 본디 자신의 손에 들린 사탕이 누군가의 간계로 인해 빼앗긴다면 간계를 부린 자보다 그것에 넘어가 자신의 사탕을 빼앗아 간 당사자를 원망한다. 나를 믿지 못했냐는 서운함이 증오로 바뀌는 것이다.

로샨이 말한 건 이러한 경우로 전쟁이 코앞으로 다가온 지금 매우 적기라 할 수 있었다. 전쟁에 나가 칼을 들고서 피를 흘리는 건 남자라 하지만, 그 남자를 전쟁터로 보내는 건 군주와 독을 바른 혀를 가진 여인이다. 그리고 그 여인을 움직이는 건 또 다른 여자였다.

"이제 곧이로군요."

"네. 그쪽에 심어 놓은 사람의 말에 의하면 일주일도 채 남지 않았다고 했어요."

계기는 차고 넘친다. 하지만 무엇으로 시발점을 만들어 낼 것인가, 이게 문제다. 누가 먼저 손을 쓸 것인가도 유리한 고지를 선점하는 데 필요하다 할 수 있었다.

"누군가 죽는다든가, 아니면 예상치 못한 결과가 나온다든가, 어쨌든 우리는 기다리는 수밖에 없어요."

로샨은 한숨을 내쉬며 내게 말했다. 그런 그녀의 손끝은 불안한지 매우 떨리고 있었다.

나는 손을 뻗어 그녀의 손을 잡았다.

"네. 그렇죠."

과거의 승자는 황태자였다. 하지만 황제가 살아 있는 시점에서 승리한 것이라 지금에 와서도 그가 완벽하게 승리할지 불안정했다. 물론 전쟁은 일어난다. 마지막에 서서 웃는 건 누구인가 하는 것이 문제일 뿐. 모든 것이 불분명했다. 마치 안개에 휩싸인 느낌이었다.

그리고 정확히 일주일 후, 사건이 일어났다. 반란의 도화선이 터진 것이다. 펑, 하고.

처음 일어난 사건은 국경 지대에서 벌어진 전쟁이었다. 이 일에 대한 소문이 퍼졌을 때 사람들은 '또'라는 반응을 보였다. 동시에 황제가 죽고 나니 언제 그랬냐는 듯 국경을 침범한 적들에 대한 분노를 표시했다. 저번에 사절단을 보내어 원만하게 해결한 줄 알았더니만, 저들의 입장에선 그렇지 않은 모양이었다. 자존심이 상한 귀족들은 바로 사신을 보내어 항의해야 한다고 주장했다. 제국을 얕잡아 보고 있으니 가만히 있어선 안 된다는 소리였다.

하지만 침범한 자가 적국의 병사가 아닌 유목 부족의 소행임이 밝혀지는 데는 오랜 시간이 걸리지 않았다. 적국의 옷을 입고 그와 비슷한 무기를 사용하여 제법 그럴듯하게 흉내를 내었지만, 포로로 잡힌 이의 생김새가 그 나라 사람과 다르고 말 또한 어눌하여 바로 들킨 것이다. 포로를 고문한 덕에 국경을 떠도는 유목 부족이 한 남자의 발아래 통합이 되고, 그들이 기름진 땅을 원해 쳐들어왔다는 정보를 알게 되었다. 그러자 귀족들은 그깟 야만인쯤은 별거 아니라는 듯 코웃음을 치며 무시했다. 저들이 뭉쳐 봤자 오합지졸일 게 분명할 테니 금세 진압될 거라 생각하며.

그러나 적은 만만치 않았다. 부족 연합의 이름을 에리뉴스(Erinys)라 지어 스스로의 정체성을 복수로 천명한 탓인지 매우 야성적이며 잔혹하기 그지없었다. 처음에 이들을 가볍게 봐 성 밖에서 병사를 이끌고 싸웠던 뮤텐 변경백은 몇 번의 싸움에서 거듭 패배하자 생각을 바꾸었다. 에리뉴스의 병사들은 악마 그 자체였다. 그들은 죽음을 두려워하지 않으며 싸울 때마다 제국의 병사들에게 개처럼 달려들어 살점을 물어뜯고 피로 목을 축였다. 배에 칼이 박혀도 끝끝내 돌진하여 상대 병사 한 명을 저승길 동무로 삼는 저들의 끈질김은 전염병과 같은 공포를 선사했다.

게다가 워낙 날쌘 데다가 협공 체계가 잘 이루어져 있어 국경 지대의 기사나 병사만으로는 역부족이었다. 저들 역시 대대로 국경을 지키며 살아온지라 잔뼈가 꽤나 굵은 이들인데 말이다. 패배가 쌓이자 기가 죽은 병사들은 성벽 안에 몸을 웅크리며 수비적인 태세를 보였다. 나가서 싸우면 필패니 어쩔 수 없었다.

기이하게도 야만인들은 국경 지역의 약점을 잘 알고 있는 것처럼 취약한 부분 먼저 공략하여 성을 야금야금 무너뜨리기 시작했다. 투척 무기는 없지만 어디서 베어 왔을지 모를 커다란 통나무로 성문을 쾅쾅 두들기는 데다가 사다리 수십 개, 성벽을 타고 올라갈 갈고리 수백 개를 준비하여 마구 기어오르는 게 오랜 시간 공들여 준비했음을 나타내고 있었다.

『이만한 세력을 모으기 위해선 엄청나게 싸웠을 게 분명하고, 그럼 각국에서 이를 눈치채지 못했을 리 없을 텐데 지금까지 조용했다는 게 퍽 수상합니다. 이 야만인들은 마치 오래전부터 전쟁을 준비한 것처럼 굴고 있습니다. 제 병사들의 힘만으로는 역부족입니다.』

뮤텐 변경백은 수도에 현재 상황을 적어 보낸 편지에 에리뉴스 부족에 대한 몇 가지 이상한 점을 꼬집으며 경계했다.

떠도는 부족이 한데 모여 연합을 이룬 것이라 하지만 각각의 세력의 기 싸움이 있을 게 분명하고, 또 전쟁을 준비할 자금이 충분치 않았을 게 분명한데도 이들은 마치 한 몸처럼 싸웠다. 아니, 철천지원수를 대하듯 제국의 병사들을 무참히 죽이며 국경을 침입했다.
 걸치고 있는 갑옷이라 봤자 잘 무두질 된 가죽옷이 다였지만, 칼이 잘 들어가지 않을 정도로 튼튼할뿐더러 들고 있는 무기는 모두 기름칠이 잘되어 번쩍번쩍 빛나고 있었다. 가장 이상한 건 병사들의 상태였다. 기름진 땅을 찾아 쳐들어왔다고 하기에 모두가 살이 올라 있었으며 야만 부족 특유의 곤궁한 모습을 보이지 않고 있어서다. 그래서 변경백은 누군가 계획적으로 야만 부족에게 힘을 실어주고 있으며, 그것은 이웃 나라의 소행일 것이라고 덧붙였다. 처음 국경 지대를 침범한 것은 그들이었으니 충분히 의심해 보고도 남았다.
 물론 국경 지대가 아직 뚫린 것은 아니었다. 아주 오랫동안 제국의 수호신처럼 굳건하게 외침을 막아 냈던 성벽은 야만인들에게 쉽게 속을 내어줄 만큼 무르지 않았다. 비록 에리뉴스가 세월의 흐름으로 인해 약해진 부분을 기막히게 찾아내어 공격하고 있다 하지만, 제국의 병사 또한 그걸 멀뚱히 바라보고 있을 만큼 나약한 자들은 아니었다. 다만 잦은 전투로 인한 피로함과 수적인 열세에 따른 두려움이 병사들의 사기를 저하하고 있기에 충원을 요청한 것뿐이다.
 내게 그 사실을 알려 준 건 뜻밖에도 후견인이었다. 그는 현 상황의 심각성을 차분하게 이야기하며 내 반응을 기다렸다.
 "기사 차출 때문인가요? 전쟁이 일어나는 거로군요."
 "그럴 가능성이 커 보입니다. 상대는 대화가 통하지 않는 야만인들이니까요."
 "수도까지 진격해 올까요?"
 나는 불안에 찬 목소리로 후견인에게 물었다. 그는 그럴 리가 없다는 것처럼 단호하게 '아니'라고 대답했다. 그러다 곧 조금 작아진 목소리로 '사실 장담하기 어렵습니다'라고 덧붙였다.
 탁상공론을 펼치고 있는 귀족들이야 아직도 야만인을 우습게 보며 변경백의 무능력함을 비웃고 있다지만, 황태자를 비롯한 몇몇은 뮤탠 백작의 호소가 엄살이 아님을 꿰뚫고 있었다. 그래서 하루에도 몇 번씩 귀족들을 소집하여 대책을 논의하고 있다고 한다.

그런데 이 충원 문제에서 귀족들의 의견이 엇갈리고 있었다. 병력이 차출되는 바람에 영지에 혼란이 생길 것—대부분의 귀족은 영지에 사병을 길러 치안을 유지하는 데 힘쓴다—을 걱정하기보다는 자신이 가진 힘이 다른 귀족에 비해 적어질까 봐 우려했기 때문이다. 적지 않은 돈과 시간을 들여 만들어 놓은 병사를 아무런 대가 없이 홀라당 내놓는 것이 배 아프기도 하고.

특히 대를 이어 기사를 하는 가문을 가신으로 둔 귀족들의 반발이 거셌다. 황후 쪽을 위시한 사람들 입에선 농노 몇몇을 차출하여 내보내면 될 것을 왜 이리 어렵게 구느냐는 말이 튀어나오고 있었다. 그들은 변경백이 자신의 무능력함이 드러날까 봐 두려워해 이런 엄살을 부린다며 불평했다. 뮤탠 변경백이 보낸 편지 속에 적들의 규모와 방어구 일체에 대한 묘사가 자세하게 적혀 있었지만, 야만인들에게 당한 창피를 감추기 위해 과장하는 거라며 무시하는 것이다.

"그 와중에 비슈발츠가의 이름이 튀어나왔습니다."

"우리 이름이요?"

"예. 비슈발츠가는 상업이 주가 되니 봉토를 지킬 병사가 필요 없다는 소리가 흘러나오더군요."

초대 황제에게 영지를 받지 않았다 하더라도 오랜 시간 정략결혼을 반복하다 보니 지참금으로 가져온 땅 몇 덩어리가 아직 가문 안에 남아 있었다. 그래서 나름대로 소작과 세금을 받아먹으며 병력을 운영하는 실정이었다.

수도에 있는 기사들에 비할 바는 못 되지만 영지 내의 질서를 유지하는 데 필요한 무력이 제법 갖춰져 있는 상태라 하였다. 쉴피스 경이

나 할버드 경과 같은 이름난 기사들이 영지에 내려가 기사와 병사의 상태를 살피고서 검을 가르쳐 주고 오는 게 당연한 임무가 된 것도 이 때문이었다.

그런데 귀족들이 그 병력을 고스란히 희생시키라 말하고 있다. 수도와 영지 두 곳에서 병력을 가지고 있는 건 불공평하다는 주장을 내세우며. 초대 황제와 나누었던 대화를 들먹이며 압박하는 것이다. 가문을 지키고 있는 게 후견인을 낀 소녀인지라 만만히 본 탓이었다.

"후견인께서 이리 말씀하시는 것으로 보아 회의장에 할버드 경의 이름이 나왔겠군요."

내가 이를 악문 채 힘주어 말하자 후견인이 고개를 끄덕였다. 나는 그제야 후견인이 국경 지대에 일어난 일에 관해 설명한 까닭을 깨달았다. 분명 황후, 아니, 대공의 짓이다. 그는 이번 일을 계기로 할버드 경을 국경 지대로 치워 버리려 하고 있었다. 황태자의 손에 쥐여 주지 않기 위해서다.

"황태자 전하께서는 뭐라 하시던가요?"

"전하보단 다른 이들이 나서서 변호해 주고 있지요."

"지켜만 본다는 이야기이신가요? 믿을 수 없군요. 할버드 경이 필요하다는 걸 누구보다도 잘 아시는 분께서!"

"영애."

하고 후견인이 나를 불렀다. 그는 피곤하다는 것처럼 양미간 사이를 손가락으로 꾹꾹 누르며 말을 이어 나가기 시작했다. 내용과는 어울리지 않는 퍽 우아한 어조였다.

"소리를 낮추십시오. 아직 모르시나 본데, 황태자 전하는 귀족들과 싸우지 않습니다. 그래야 마땅하고요. 귀족은 귀족과 싸울 뿐입니다. 그러니 다시는 지켜만 본다는 말과 같은 불경스러운 단어를 써서는 안 됩니다. 이제 곧 하나뿐인 태양이 되실 분이 아닙니까?"

하지만 그들의 행동이 곧 황태자의 의사가 아니던가. 황후의 무리가 그녀의 뜻을 받드는 것과 마찬가지로 말이다. 그런데 싸우지 않는다니, 이 무슨 억지에 가까운 소리인지.

나는 무어라 따지고 싶었지만 이에 대한 반론은 듣지 않겠다는 것처럼 단호한 빛을 보내는 그의 행동에 치밀어 오르는 한숨을 삼켰다. 그의 말마따나 저에게 흥분할 때가 아니었다. 후견인은 내게 정보를 전해 주러 왔을 뿐이다. 나는 냉정하게 그것을 상기하며 목소리를 가다듬었다.

"그렇군요. 그럼 정정해서 묻지요. 우릴 변호하는 귀족가가 저들에게 밀린다면 어떻게 되는 건가요?"

"할버드 경과 영지의 병사가 귀족 가문을 대신하여 변경으로 나갈 겁니다."

"불복한다면요?"

"억지로 차출되겠지요."

"그걸 그들이 정한다고요?"

기막힌 마음에 살짝 소리 높여 되묻자 후견인이 여상스러운 어조로 답했다.

"진정한 후계자가 있는 게 아니잖습니까?"

"내가 버젓이 있는데도 말인가요?"

"영애는 대리일 뿐입니다. 진정한 후계자라 할 수 있는 건 비슈발츠가의 도련님뿐이지요."

"……로에나는요?"

"영애, 작위에 오르는 이는 남자뿐입니다. 그걸 모른다 하지는 않겠지요."

항상 있는 듯 없는 듯 겉으로만 후견인 역할을 해왔던 셀던 비슈발츠가 처음으로 냉정한 모습을 보이며 차갑게 굴었다. 그리고 할 말을 잃은 것처럼 입술을 꾹 다문 내게 충고를 건네듯 말을 덧붙였다. 허수아비처럼 굴겠다고 말했던 지난날의 다짐을 잊은 것인지 건방지기 짝이 없는 태도였다.

도대체 뭘 믿고서? ……아아, 황태자인가?

"그러니 어서 그분이 빨리 자라기를 바라야 할 것입니다. 앞으로 이런 일이 무수하게 일어날 수 있으니까요."

나는 미간을 찌푸리며 그의 말을 흘려 넘겼다. 머리가 복잡하게 뒤엉켜 와 후견인의 목소리에 귀를 기울일 정신이 없었다. 분명 선황제는 나에게 비슈발츠가를 준다고 말하며 직접 도장까지 찍어주었다. 중립을 지킨다는 약속하에. 황태자도 이를 알고 있기도 하고. 그러므로 내가 곧 비슈발츠가의 백작이나 다름없었다. 그런데 왜 갑자기 후견인을 들먹이면서 나를 압박하는 거지?

이런 상황에 서신을 공개한다면 굶주린 하이에나들의 먹이가 될 게 자명한지라 그저 참을 수밖에 없다는 걸 노리고서 하는 행동인가. 그러니 아무 말 말고서 정해진 결과에 따르라는 거지?

나는 끓어오르는 속을 꾹꾹 억눌렀다. 그렇지 않으면 황소처럼 거칠게 숨을 내쉴 것 같아서였다. 그래, 이런 식으로 나오시겠다는 건가? 아직 때가 아니니까?

순간 뇌리에 황태자는 귀족과 싸우지 않는다는 말이 스쳐 지나갔다. 그래서 후견인을 보내어 통보한 거로구나. 할버드 경이 거론된 마당에 나를 부른다면 이런저런 구설이 흘러나올 수 있으니 말이다. 그러니 이렇게라도 억누르려고 하는 것일 게지.

하지만 그는 틀렸다. 아직도 나를 제대로 파악하고 있지 못한 것이다. 머저리도 아니고서야 이대로 순순히 당하고 있을 리가 만무하잖나. 하지만 이런 속내를 꾹 삼키고서 곧 모든 것을 이해했다는 것처럼 순순히 고개를 끄덕이며 후견인에게 말했다.

"그렇군요. 내가 잠시 착각했어요. 제 미숙함을 모른 척 넘어가 주세요. 이젠 제법 귀족 세계에 익숙해졌다 생각했는데, 오만이었나 봐요."
"아닙니다. 그럴 수도 있는 법이지요."
당연하다는 듯 대답하는 셀던 비슈발츠의 태도에 입술이 살짝 비틀어졌다. '감히'라는 소리가 혀끝까지 튀어 올랐지만 아무렇지 않은 척 부드럽게 미소 지었다. 그리고 곧 할버드 경의 일을 잊은 것처럼 전쟁이 일어났을 때 물가가 뛰어오르는 것에 대한 우려를 표하며 서류로 신경을 돌렸다. 내 표정을 살피는 후견인의 시선을 애써 무시한 채 말이다.

◎

적의 적은 나의 동료.
오늘만큼 이 말이 와 닿은 적이 없다. 이는 상대도 마찬가지로 마담 드 라발리에는 갑작스럽게 찾아온 내 태도에 할 말을 잃은 표정을 하고 있었다. 나는 그런 그녀의 눈빛에도 아랑곳하지 않고서 뻔뻔하게 웃었다. 그리고 애교 섞인 목소리를 가장하여 차 한잔 달라고 졸라 댔다. 장성한 귀족 영애가 하는 행동치곤 무척 천박했지만 그럴 만한 가치가 있었다.
마담은 내가 왜 이런 행동을 하는지 알고 있다는 것처럼 작은 한숨을 내뱉었다. 그리고 특유의 신랄한 어조를 내뱉기보다 골치 아픈 일을 맡았다는 것처럼 미간을 찌푸리더니만 하녀를 시켜 차를 가져오게 하였다. 그녀는 내가 방문 의사를 물어보지도 않고서 무작정 찾아온 것인데도 무례를 탓하지 않고 있었다. 나는 그런 마담의 태도에 그녀 역시 회의 내용을 들었구나 싶어서 속으로 빙그레 웃었다. 대화하기 더 편해졌다는 생각이 들어서였다.

어쨌든 손님 대접을 해줄 모양인지 그럴듯한 다과가 금세 차려졌다. 누가 본다면 고모가 철없는 조카를 데리고서 티타임을 하는구나 생각할 모양새였다.

"향기가 무척 좋네요."

"수도에 좋은 차를 파는 가게가 있더구나. 몇 가지가 마음에 들어 사 놓고서 마시는 중이란다."

"나중에 저에게도 알려 주세요. 저도 사야겠어요."

"그러려무나."

이후 짧지 않은 시간 동안 시시껄렁한 잡담을 하며 시간을 축내었다. 마담의 뒤에 시립해 서 있는 하녀들은 그녀와 데면데면하다고 알려진 내가 갑자기 찾아와 차를 마시다 못해 다정하게 대화를 나누고 있으니 무척 신기해하고 있었다. 그래서 몇 번 흘깃거리며 쳐다보다 나와 시선을 마주했고, 곧 마담의 눈총을 받아 조용히 바깥으로 물러났다. 그렇게 몇 번을 하다 보니 자연스레 응접실에 남은 건 그녀와 나뿐이었다.

"이제 되었니?"

마담은 마지막 하녀가 나간 다음에도 조용히 차를 마시다가 어느 정도 시간이 흘렀다 싶자 쌀쌀맞은 목소리로 말했다.

"예."

나는 언제 천방지축으로 굴었냐 싶게 몸가짐을 바르게 하며 공손히 대답했다. 그간 여러 일로 인해 보이지 않는 대립을 했던 우리지만 이번 일에 관해선 한마음이 될 필요성이 있었다.

"네가 나를 왜 찾아왔는지 알겠구나. 그래서 이렇게 공손하게 구는 것일 테지."

마담이 내 태도에 코웃음을 쳤다. 그녀의 눈동자는 파렴치한을 보는 것처럼 경멸에 차 있었다. 로에나가 납치된 지 많은 날이 흘렀는데도 태연하게 돌아다니는 나를 원망해서다.
"섭섭한 말씀을 다 하시네요. 전 언제나 고모님께 순종적이었어요."
"우스운 소리를 다 하는구나. 뻔뻔한 낯짝만큼이나 혀 또한 뱀처럼 매끄럽기 그지없어. 가문의 일만 아니었다면 내가 너를 이곳에 들일 리가 만무하지."
나는 빙그레 웃으며 맞장구를 쳤다.
"당연한 말씀이십니다. 그렇기에 찾아뵌걸요. 고모님께선 사사로운 감정에 휘둘리는 분은 아니니까요."
마담 드 라발리에는 로에나로 인하여 황후 쪽과 몇 번 어울리는 모습을 보였지만, 본디 독자적인 세력을 구축하며 사교계를 종횡무진 휘젓고 다니는 이였다. 지금이야 여러 일로 인해 잠시 몸을 움츠리는 모습을 보이고 있으나 여전히 귀족들 사이에선 그녀를 존경하고 동경하는 이가 넘쳐 났다. 달리 레이디 중의 레이디라는 소리를 듣는 게 아닌 것이다.
그렇기에 그녀가 가지고 있는 명성과 힘을 이용한다면 다른 귀족들이라 할지라도 가문에 대해 쉬이 압박하지 못할 게 분명하다. 후견인과 같은 위치가 아닌 귀족 대 귀족으로서의 협력 관계를 구축하는 것이기 때문에 특히 그러했다. 라발리에가를 무시할 만한 가문은 몇 없기 때문이다.
지금껏 마담 드 라발리에는 로에나의 고모로서 행동하며 오롯이 스스로가 비슈발츠가에 영향을 끼치고자 노력했다. 그녀의 처녀적 성이 비슈발츠이므로 당연한 명분이 있었다. 양부가 그녀를 잘 따른 것도 한몫하기도 했고.
그리고 이러한 태도는 양부가 죽은 이후에도 지속되었다. 라발리에가 비슈발츠를 흡수하려 한다는 구설이 나돌까 경계했기 때문이다. 그래서 마담은 자신의 성을 이용한 권력을 비슈발츠가에 한하여 휘두르지 않으려고 무척 노력했다.
 후견인이 로에나가 아닌 내게 정해졌을 때에도 순순히 불려난 건 이러한 연유에서였다. 그렇기에 많은 귀족이 라발리에가 비슈발츠 가문을 끔찍이 아끼다 못해 이를 위해선 무슨 짓이든 할 수 있다는 사실을 잊어버렸다. 로에나가 사라진 이후론 나에 대한 분노를 불태우며 노골적으로 멀리하는 모습을 보이니 당연히 그럴 수밖에 없었다.
 하지만 나는 잊지 않고 있었다. 가문에 관한 집착에 가까운 사랑을 말이다.
 그래서 후견인의 말을 듣자마자 그녀를 떠올렸다. 물론 이전 삶, 아니, 며칠 전만 하더라도 이런 식의 대화조차 나눌 일이 없던 우리였다. 귀족들이 비슈발츠가를 건드리지만 않았더라면 죽을 때까지 그러했을 것이다. 그래서 지금 이 시각이 무척 귀했다. 이때가 아니라면 그녀를 꼬여 낼 계기가 없었다. 그러니 우선 이 늙은 표범의 경계부터 누그러뜨려야 할 터였다.
 "그렇게 말해봤자 내가 너를 어여삐 보는 일은 없을 것이다. 그러니 빨리 본론으로 넘어가자꾸나. 영지의 병력 때문이지?"
 "예."
 "나도 들었다. 아주 파렴치한 발언이더구나. 감히 비슈발츠가를 희생양으로 삼으려 하다니. 이는 다 그 아이가 너무 일찍 가 버렸기에 일어난 일이야. 발레리안을 보지도 못하고 가다니, 가엾은 것. 아니, 로에나라도 지금 이 자리에 있었더라면 함부로 입을 열고 다닐 이가 없었을 게다. 그런데 너는 잘도 내게 찾아와 고개를 조아리는구나."
 "고모님께 부끄러움을 느낄 이유가 없기 때문입니다."
 "잘도 그런 발언을 하다니, 너는 수치도 없느냐?"
 "고모님께서 말씀하시는 수치가 무력함에 따른 감정이라면 지금 충분히 느끼고 있습니다."

내 대답에 그녀의 얼굴에 의아함이 스쳤다. 마담은 의혹에 찬 시선을 하며 내 대답을 기다렸다.

"로에나를 납치한 사람을 알았답니다. 그리고 그녀가 어디에 갇혀 있는지 또한 말이지요."

"그게 사실이냐? 대체 누구냐. 누구기에 이리 머뭇거리는 게야."

"제 말을 믿어주신다고 약속하신다면 답해 드리겠어요."

라발리에는 금세 내 말뜻을 알아차리고 얼굴을 굳혔다. 그녀는 마음을 진정시키려는 것처럼 차 한 잔을 마시더니만 이내 한숨을 내쉬고선 힘겹게 고개를 끄덕였다.

"신께 맹세코 제가 하는 말에는 한 점의 거짓이 없음을 밝힙니다. 제 진정을 밝히는 거예요."

"그래."

"대공 전하께서 로에나를 납치하셨어요. 진짜 대공 전하께서요."

마담 드 라발리에는 무엇인가를 말하고 싶은 것처럼 입술을 달싹이더니만 이내 고개를 흔들었다. 그런 그녀의 얼굴은 점점 더 그늘로 인해 어두워지고 있었다.

"……계속 말하렴."

"로에나가 납치당한 후 그녀를 찾으려고 돌아다니다가 우연히 그분을 만나 뵈었습니다. 로에나의 초상화를 보더니 마치 포상 금액에 관심이 있는 것처럼 접근하여 제게 말을 걸더군요. 그 행동이 하도 수상하여 동행한 기사에게 부탁해 미행하게 하였더니 어느 한 저택에서 로에나를 발견할 수 있었습니다. 그래서 할버드 경께 부탁하여 로에나를 구하게 하였어요."

"그래서 로에나를 구해 왔니?"

"네. 하지만 할버드 경께서 크게 다치셨습니다. 대공 쪽에서도 쉴피스 경이 아직 인질로 남아 있는지라 누가 구했는지 알고 있을 거예요.

그래서 일부러 건강한 척 평소처럼 행동하고 계시지만, 사실 검조차 제대로 휘두르기 어려운 상태랍니다."

"하지만 로에나가 구해졌다는 소문은 들은 적이 없는데?"

"황태자 전하 때문이에요."

나는 일부러 울먹거리듯 목소리를 낮게 깔았다. 그리고 나오지도 않은 눈물을 억지로 글썽이며 손수건으로 눈가 주변을 톡톡 닦듯이 두들겼다.

"그건 또 무슨 소리냐?"

"전하께서 로에나를 키란 백작에게 보내려고 하세요."

"뭐라? 설마 내가 생각하는 건 아니겠지?"

"그랬으면 오죽 좋을까요? 안타깝게도 아니에요. 전하께선 로에나가 키란 백작 부인이 되기를 원하세요. 그래서 그녀를 찾았냐고 매번 물으시는걸요."

거짓과 진실을 교묘하게 섞으며 말하자 마담의 눈이 크게 흔들렸다. 그녀는 이 사실을 믿어야 할지 말아야 할지 매우 고민하는 상태였다.

"그래서 로에나가 무사히 탈출했다는 소문을 퍼뜨릴 수 없었어요. 황태자 전하께서 로에나를 키란 백작에게 보내려 한다는 사실이 알려진다면 대공 전하께서 가만히 있지 않으실 테니까요."

"왜 그렇게 생각하는 거냐?"

나는 말하기 망측하다는 것처럼 입술을 우물거리며 시선을 내렸다. 마담은 이런 내 태도를 제법 차분한 태도로 바라보며 참고 있었다.

"······요즘 황태자 전하께서 풀케르와 사이가 좋지 않으시잖아요. 그래서 키란 백작이 전하에게 붙는다면 그 계기가 될 로에나를 황후 폐하와 친밀한 대공께서 가만히 놔둘 리가 없다는 생각이 들었어요. 사실 로에나를 납치한 까닭도 이를 막기 위해서가 아니었을까요?"

"뭐라?"

"본디 이전부터 풀케르와 황태자 전하의 사이가 나빴고, 이것이 황제 폐하의 죽음을 계기로 터진 거라면 말이에요. 전하께선 아주 오래 전부터 키란 백작과 손을 잡으려고 했고, 그에 대한 보상으로 로에나와의 혼인을 약조하셨겠죠. 그리고 이를 안 대공이 풀케르를 위해 로에나를 납치한 거고요. 불경스러운 생각이지만 그럴듯하지 않나요?"

"망상을 하는 재주가 참으로 비상하구나."

마담이 혀를 차며 가치가 없다는 것처럼 단숨에 일축했다. 하지만 말을 끝내기가 무섭게 곰곰이 생각에 잠기는 것이 내 거짓된 가설에 흔들리고 있다는 방증이었다. 나는 흘러나올 것만 같은 웃음을 슬그머니 삼키며 마담의 말을 기다렸다.

"그래, 로에나는 지금 어디에 있느냐."

"저택의 비밀스러운 장소에 숨겨 놓았습니다."

"그 애는 이 사실을 알고 있니?"

"대공이 자신을 납치한 건 알고 있었어요. 다만 결혼 건은 황태자 전하가 아닌 풀케르께서 지시한 것이라고 생각하고 있습니다."

"사실을 밝히지 않은 것이냐? 대체 왜!"

"……로에나가 황태자 전하를 연모하고 있음을 알고 계시지요?"

내 대답에 마담이 멈칫하며 손으로 이마를 감쌌다. 아차 싶은 표정이 그대로 드러나고 있었다. 역시 로에나에 관한 일이라면 성벽처럼 단단하기만 하던 얼굴이 여지없이 무너지는구나.

"믿고 싶지 않아 하는 모습이었어요. 그래서 더는 아니라고 설득할 수 없었습니다."

"로에나를 데려오렴. 내가 보호하겠다."

"바깥으로 나가는 걸 무서워해요. 또다시 납치당할까 봐요."

"그럼 기사를 보내마. 들키지 않도록 문장이 새겨져 있지 않은 마차를 보내마."

"대공이 사람이 제 저택을 주시하고 있으니 분명 들킬 거예요."
"그걸 어찌 아느냐?"
"할버드 경께서 말해주셨습니다."
"……그럼 기다려야겠구나. 그래, 그렇게 된 거로군. 그래서 네가 찾아온 거고."

만약 다른 이가 이 말을 마담에게 했더라면 설사 증거를 들이 내밀었다 하더라도 쉬이 믿지 않았을 터였다. 워낙 간계가 판치는 사교계다 보니 거짓으로 신을 팔아먹는 건 일도 아니기 때문이다.

하지만 나는 달랐다. 마담은 나를 자신에게서 예법을 배우던 철부지 소녀로만 기억하며 경계를 살짝 허물고 있었다. 그간 로샨 영애를 따라다니며 이런저런 일을 겪었다 하지만 귀족이 된 지 이제 막 2년에 가까워지는 촌뜨기 평민이 간계에 대해 얼마나 더 배웠을까 싶어서였다. 특히 황태자의 파렴치한 행동을 밝힌 것이 주효했다. 가문의 흥망이 걸린 마당에 그나마 뿔을 비빌 수 있는 언덕이라 표현되는 그를 배신할 리 없기 때문이다. 아무렴 라발리에가 힘이 있다 하지만 황태자에 비할쏘냐.

그래서 그녀는 내가 로에나와 비슈발츠 가문, 그리고 할버드 경의 일로 인해 자신을 찾아오는 어려운 결정을 했다고 믿어버렸다. 평소 내 신분을 얕잡아 보며 대단치 않게 생각했던 게 되레 마담의 눈을 속이게 된 꼴이었다.

콱, 하고 뱀이 표범의 다리를 물었다. 뾰족한 이로부터 흘러나온 독이 혈관을 타고 서서히 퍼지기 시작한다. 하지만 암표범은 아무것도 느끼지 못한 채 오만하게 걸음을 옮길 뿐이다.

"제 말을 다 믿어주시는 건가요?"
"로에나를 내 눈으로 보기 전까진 어림도 없지. 하지만 네 어려움을 익히 알게 되었으니 불쌍한 내 동생을 위해서라도 도움을 주도록 하마.

그러잖아도 그 일에 대해 반대를 하려던 참이란다. 발레리안이 성장하여 가문을 잇기 전까진 이렇게 무너질 순 없는 노릇이지."

맙소사. 그녀는 로에나를 아예 후계자에서 제외하고 있었다. 그간 보여 준 축하는 그저 형식적인 것이라고 생각했는데 말이다. 물론 보기 드문 행동 변화가 있기는 하여도. 진심으로 내 동생이 비슈발츠 백작이 되기를 원하는 건가?

아, 아니지. 지금 나눠야 할 주제는 그게 아니다. 이건 나중에 꺼내어도 충분히 대화가 가능할 이야기였다. 그래서 나는 순순히 고개를 조아리며 감사하다고 말했다.

"감사할 것 없다. 이번 한 번뿐이니까. 그래도 제법이구나. 그간 고용인 몇 명을 바꾼 것 외엔 열심히 가문을 지탱하려고 애를 쓰고 노력해 왔어. 본디 그 일은 네 어미가 해야 하는 건데 말이야. 어쨌든 곧 로에나를 만나러 가겠다. 내게 증거를 보여 줘야 할 게 아니니."

"예. 하지만 부디 로에나에게 결혼 건에 대해서는 이야기하지 말아 주세요."

"그러마. 나 역시 그 아이의 마음이 다치지 않기를 바란단다."

"네."

내 대답에 라발리에가 의외라는 듯 시선을 가늘게 좁혔다. 그녀는 무언가 이상하다는 것처럼 고개를 천천히 옆으로 기울이고 있었다.

"그런데 참 이상하구나. 너는 분명 로에나가…… 아니다."

나는 차분하게 그녀의 말을 받았다.

"무슨 말씀을 하실 줄 압니다. 하지만 오해세요. 마고가 저와 로에나가 가까워지는 걸 원치 않았던 것뿐이에요. 그녀는 저와 같은 신분의 사람이 로에나와 자매가 되어 동급이 되는 걸 무척 혐오스러워했거든요."

"마고가 로에나에 관한 한 좀 유난스러운 부분이 있었지. 그래서 그

때 그렇게 가치가 없었던 것이냐?"
 "저에게만 그러는 것은 괜찮아요. 하지만 어머니와 동생을 위협하는 건 참을 수 없었어요."
 "후견인을 거절하지 않는 것도 그 때문이더냐?"
 "네. 모두를 지키기 위해서랍니다."
 매끄럽게 흘러나오는 거짓말은 내가 듣기에도 퍽 진정성이 있었다. 갑자기 비슈발츠가의 재산 모두를 굴리게 되었는데도 드레스다 보석이다 잔뜩 사치를 부리지 않고서 후견인과 함께 가문을 지켜 오고 있었으니 믿을 수밖에 없었다.
 이는 형편없는 내 과거의 신분이 한몫 톡톡히 했다. 나를 완전히 낮게 보는 라발리에의 오만함이 안개처럼 진실을 가렸다. 황태자의 옆에 서 있었음에도 주도적으로 행한 바 없이 뒤로 물러나 있었던 그간의 행동이 마담의 의심을 완벽하게 무너뜨렸다.
 "이전에 느꼈지만 너는 굉장히 당돌하고 무례한 면이 있어. 하지만 나쁘지는 않았단다. 그래서 나 역시 떠나기 전까지 너를 가르쳤지 않느냐. 그러나 그것도 잠시 네가 황제의 창녀와 어울리고 황후의 안전에서 창피를 당했으며 나중엔 후견인을 받아 저택을 관리하려고 해 무척 화가 나고 언짢았었다. 주제를 모르는 탐욕스러운 아이라 생각되어서다. 그런데 너도 너 나름대로 많이 노력하고 있었구나."
 로에나를 위하는 모습을 보이니 바로 너그러워지는 꼴이라니. 비웃음이 절로 나왔지만 애써 감격한 표정을 지으며 고개를 내저었다. 듣는 것만으로도 그간의 가슴앓이가 다 해소된다는 것처럼. 그렇게. 동시에 오롯이 가문만을 생각하는 소녀의 흉내를 내며 라발리에의 도움을 이끌어 내려고 애썼다.
 "할버드 경이 있어도 가문을 무시하며 이리저리 휘두르려는 사람들이에요. 그런데 그만한 무력이 없어진다면 어떻게 되겠어요? 저는 고모님의 현명하신 선택을 바랄 뿐입니다."

"그래. 그래야겠지. 저택으로 돌아가서 기다리려무나."

"예."

인사를 하는 척 슬쩍 시선을 올려 라발리에를 바라보니 처음 저택을 방문하였을 때와 달리 표정이 많이 누그러진 상태였다. 그래, 이전에 내게서 키스를 받았을 때의 그 모습이다. 그래서 나는 과감하게도 모두의 이름에 이롭지 않을 부탁 하나를 했다. 황태자의 눈을 속이기 위해선 어쩔 수 없다는 변명을 덧붙이며.

그리고 몇 시간 후 내가 라발리에의 노성을 받고서 그녀의 저택에서 쫓겨났다는 소문이 일파만파로 퍼졌다. 내가 마담을 화나게 해서 문 바깥으로 끌려 나갔다는 이야기와 함께 말이다.

덕분에 꾸며진 이야기가 얼토당토않게 퍼졌지만, 나를 비난하거나 조롱하는 사람은 거의 드물었다. 어떤 이유로 마담을 화나게 했을지는 모르나 일련의 사태가 겹치니 어쩔 수 없었을 것이라는 동정심이 쏟아지고 있었다.

황태자 또한 후견인을 시켜 나를 비난하는 행동을 하지 않았다. 다만 그가 보냈을 게 다분한 로샨 영애만이 얼굴 가득 안쓰럽다는 표정을 하며 방문하였을 뿐이다.

"괜찮나요? 멜이 함께 오겠다 난리였지만 전하 때문에 그러지 못했답니다. 그러니 섭섭해 말아요. 요즘 정신이 없거든요."

"네. 국경 지대의 일 때문이라죠?"

"그것도 있지만 누군가 계속 황제 폐하의 시신이 담겨 있는 방에 침입하려고 해서요."

"네?"

뜻밖의 소리에 내가 두 눈을 동그랗게 뜨며 외마디 비명을 내지르자 로샨 영애가 검지로 입술을 막으며 '쉿'이라고 말했다. 그녀의 목소리는 속삭이는 것처럼 매우 낮게 가라앉아 있었다.

"이건 아는 사람이 몇 안 되는 극히 비밀스러운 일이에요. 그러니 목소리를 낮춰요."

이게 도대체 무슨 소리란 말인가. 황태자의 명을 받고서 날 탐색하러 온 게 아닌가? 그런데 이런 식의 강수라니? 정수리에 찬물을 들이부은 것처럼 정신이 확 깨는 것 같았다. 그래서 이야기를 더 들어야 할 것 같아 저의 말마따나 속삭이는 것처럼 조심스레 행동하니 그녀가 한숨을 내쉬며 말을 이어 나갔다.

"대공이나 황후 쪽에서 시도하는 일 같아요. 그 야만인들이 소리 소문 없이 뭉쳐 국경 지대를 압박하는 것도 그렇고 여러모로 수상쩍은 데가 많거든요. 그러니 시신을 노리지 않으리라는 법은 없죠."

"만일 그렇다고 한다면 너무 노골적인 방법이지 않나요? 물론 반란을 일으키는 걸 아는 사람에 한한 행동이긴 하지만, 이젠 거의 전면전에 가깝잖아요."

"네. 계속 명분을 만들려고 노력하고 있거든요."

사실 지금 황태자에게 있어 가장 큰 걸림돌은 황제의 장례식이 지연되고 있다는 점이었다. 장자승계 원칙에 따라 지금 황제의 역할을 대부분 하고 있긴 하지만, 제대로 된 대관식이 올리기 전까지는 반쪽짜리에 불과하기 때문이다. 황후 쪽에서 황제를 편안하게 모시기 전까지는 그렇게 할 수 없다고 주장하고 있기도 하고 말이다. 독살 건에 얽혀 있는 상태라 자칫 잘못하다간 명분을 쥐여 줄 수 있어서였다.

그런데 이걸 왜 내게 말하는 거지? 암만 반란에 대해 알고 있다 하지만 황제의 시신을 건드리는 부분까지 알 필요는 없는 것 같은데. 내가 의아하다는 듯 로샨 영애를 바라보자 그녀가 심각한 표정을 지으며 말했다.

"언제고 병력을 움직일 수 있게 준비해요."

"네?"
"많은 사람이 국경으로 움직일 테니까 말이에요."
"그게 무슨……."
로샨 영애는 더는 말하지 않고선 내 뺨을 한번 슬쩍 어루만지더니 갑자기 큰 소리로 쾌활하게 외쳤다.
"마음이 풀렸다니 다행이에요. 이젠 안심하고서 돌아갈 수 있겠어. 다음에 또 만나요, 시스."
"로샨 영애, 대체 무슨 말을 하는 건지……."
"내일 무슨 일이 있더라도 절대 당황하지 말아요. 알았죠? 약속해요."
"네."
 그녀는 고개를 숙여 양 뺨에 키스를 하더니만 배웅을 받을 새도 없이 그대로 나가 버렸다. 마치 이 말을 하기 위해서 일부러 찾아왔다는 것처럼 말이다.
 하지만 대체 뭘 당황하지 말라는 건지 모르겠다. 거듭 생각해 봐도 그녀가 내게 무얼 말하고 싶던 것인지 알 수 없었다. 단지 병력을 움직이게 준비하라는 말에서 비슈발츠가의 병력을 희생하는 것으로 결론이 났음을 가까스로 추측할 뿐이다.
 정말 그런 거면 어떡하지? 마담은 대체 무얼 한 거야. 심란해진 나는 밤새 잠을 이루지 못한 채 방 안을 서성였다. 정말로 이를 가리켜 놀라지 말라고 한 거라면 큰일이기 때문이다.
 하지만 다음 날 벌어진 소문은 내가 생각했던 것과 비교할 수 없을 만큼 매우 묵직했다. 제국 전체가 들끓을 수밖에 없는 사건이 일어난 것이다.
 황제의 관이 도난당했다!
 제국 역사상 가장 수치스러운 날로 기록될 이 사건은 순식간에 수도를 강타하며 모두를 아연실색케 했다. 귀족들은 뜻밖의 소식에 삼삼오오 모여 이야기를 나누었다. 쉬쉬해도 모자랄 일이 어떻게 이렇게 빨리 퍼졌는지에 대한 의심을 전혀 하지 않고서.

그것을 지키고 있던 병사와 기사 모두 죽임을 당했다 하더라.

그들의 목을 가르고 배를 찢은 무기는 변경백이 편지로 설명한 야만인들의 무기와 흡사하다고 한다.

에리뉘스가 수도까지 몰래 침입했단 말인가.

그만한 병력이면 모를 리가 없었을 텐데, 어떻게 황궁에까지 침입할 수 있었지?

비밀 통로를 이용한 흔적이 보인다.

누가 그 야만인과 내통하여 나라를 혼란케 하려고 하는군.

누구냐.

도대체 누구냐!

그리고 어떤 경로로 관을 옮긴 것이지? 마차를 이용해야 함이 분명한데.

찾아라. 국가의 망신이다. 우리의 자존심이 걸린 일이다!

순식간에 범인이 지목되고 그들의 흔적이 속속들이 발견되었다. 명백한 증거가 나타나니 이상함을 느껴도 입을 다물 수밖에 없었다. 설사 그것이 '내가 범인이오'라고 말하는 것처럼 매우 노골적이었음에도 불구하고. 들어온 흔적은 찾을 길이 없이 관을 바깥으로 끌고 간 자국만 선명하게 남았는데 말이다.

죽은 기사의 가족과 수많은 사람이 있는데도 황제의 시신을 지키지 못했다는 수치심과 야만인에게 수도를 침범당했다는 모멸감이 모두의 이성을 마비시키고 있었다.

그렇기에 '로샨 영애가 이것을 어떻게 알고서 경고를 했는가'에 대한 의문은 나 혼자 간직하는 수밖에 없었다. 며칠 후 국경에서 황제의 시신을 가지고서 변경백을 조롱한 에리뉘스의 도발과 이에 분노한 황태자가 모든 귀족을 닦달하여 통합된 병력을 꾸리겠다고 선언한 것까지 전부 다.

아주 공교롭게도 야만인들이 적절한 시기에 맞춰 황제의 시신을 납치한 바람에 황후파, 황태자파 가릴 것 없이 전부 병력을 토해 내야 했다. 황실에 대한 충성심을 증명하기 위해서라도 말이다.

혹자는 정예 몇몇을 꾸려서 보내는 게 낫지 않겠냐 말했지만 변경백의 편지에 적힌 적군의 숫자를 빌미로 황태자가 강력하게 주장하니 어쩔 도리가 없었다. 이 일에 관한 한 황태자만큼 분기에 찬 인물은 없는지라 황후와 대공조차 무어라 말을 꺼내지 못할 정도였다. 덕분에 비슈발츠가만 희생하는 꼴은 면하긴 했지만 할버드 경을 비롯한 기사 몇몇이 차출되는 건 어쩔 수 없는 일이라 예기치 못한 짐을 꾸려야만 했다.

양부가 살아 있었더라면 그가 병력을 데리고 나섰겠지만, 남은 건 여자인 나뿐이라 자연스레 황태자의 휘하에 들어가게 된 터였다. 그래서 그들을 위한 갑옷과 검을 다시 손질할뿐더러 넉넉한 여비와 마른 식량 등 국경으로 떠나기 위한 준비를 발 빠르게 하기 시작했다.

이미 수도는 물론이고 전국 각지에 있는 대장간에선 대장장이가 무기를 손질하기 위해 밤낮을 가리지 않고 망치질을 하는지라 불이 꺼질 기미가 보이지 않았다. 여인들은 한데 모여 망토에 가문을 상징하는 수를 놓았다. 그들이 타고 갈 말에 여물을 잔뜩 먹이는 것은 물론이요, 비상 약품을 종자의 손에 넉넉하게 쥐여 주는 것 또한 잊지 않았다.

온 나라가 야단법석이었다. 하지만 전쟁에 대한 공포보다는 야만인들에 대한 분노와 그들을 혼내 주러 간다는 의기에 타올라 되레 축제처럼 소란스러웠다. 그 누구도 자신들이 에리뉴스에게 진다는 생각을 하지 않고 있었다.

이는 비슈발츠가의 기사들도 마찬가지였다. 그들은 저마다 크게 허풍을 떨며 야만인들의 목을 어떻게 벨 것인가에 관한 이야기를 진지하게 토론했다.
　할버드 경과 아이레스 경이 함께하니 다 이겼다는 분위기가 팽배한 상태였다. 특히 상단을 호위하며 몇 번 산적을 베어 넘겼던 기사들의 자신감은 하늘을 찌를 듯 크게 부풀어 올랐다. 그들은 할버드 경을 가리키며 농담조로 '할버드 경의 뒤에만 바짝 붙어 있으면 살아남을 거야' 하고 종자들을 놀렸다. 그리고 이만한 병력을 끌고 갈 필요가 있냐며 너스레를 떨었다.
　할버드 경이 근심 어린 표정으로 조심해야 한다고 충고했지만, 영 들어 먹지 않은 모양새였다. 이미 다 이겼다는 것처럼 으스대는 꼴이 내가 보아도 꽤 볼썽사나웠다. 하지만 모든 사람이 이렇게 들뜬 상태라 어떻게 진정시킬 수 없는 노릇이었다.
　나는 할버드 경의 모습을 조용히 살폈다. 황태자나 아이레스 경이야 이미 많은 것을 알고 있으니 그런다 치더라도 그 역시 경계를 늦추지 않는 게 신기할 정도였다. 본능적으로 느낀 걸까, 아니면 경험에서 우러나오는 모습인 건가?
　어쨌든 새로운 무언가를 말해주고 싶어도 내가 들은 정보의 대부분이 이미 소문으로 흘러나오고 있는지라 딱히 충고해 줄 만한 거리가 없었다. 이전의 삶에서 반란 이전에 야만인의 난이 일어났다는 소리를 들은 적이 없기에 더더욱 그러했다. 다시금 돌아가는 운명은 한층 더 복잡하고 어수선하게 얽혀 있었다. 그래서 진심에서 우러나오는 걱정을 토로할 뿐 더는 할 수 있는 게 없었다.
　"무사히 돌아오는 것만 생각하세요. 전쟁은 원래 비겁하게 행하는 거라 했어요."
　출전을 이틀 앞둔 밤, 나는 할버드 경을 불러서 간절한 어조로 애원하듯 말했다.

"아가씨."

"경은 제 기사니까 제 부탁을 들어줘야 하잖아요. 저는 경께서 다치기를 원하지 않아요. 그깟 명예가 다 무슨 소용인가요. 그에 대한 비난은 제가, 아니, 비슈발츠가에서 감수하겠어요. 그러니 제발 몸 성히 돌아오세요."

그래, 당신이 없다면 나는 이 가문을 이끌어 나갈 수 없다. 나의 가장 날카로운 칼이 전쟁으로 인해 무뎌지게 된다면 어쩌란 말인가. 남자에 대한 인간적인 걱정과 연민은 둘째 치고 앞으로의 나날이 막막하여 견딜 수 없을 것 같았다. 그래서 기사적인 명예를 저버리라 종용했다. 경멸을 받을 것을 기꺼이 감수한 채 그렇게 행동했다. 상당히 비겁하면서도 치졸한, 막무가내에 가까운 명령이었지만 할버드 경은 조용히 내 말을 경청하고 있었다.

"진심으로 말입니까?"

"네. 저는 경이 누구보다 안전하기를 바라요."

"그럼 그렇게 하겠습니다."

"……괜찮으시겠어요?"

뜻밖에도 그는 흔쾌히 수락했다. 되레 놀란 내가 다시금 의중을 물어보았지만 알겠다는 반응이 전부였다.

불쾌하지도 않은 건가.

갑자기 심장 한쪽이 찌르듯 아파 오는 것 같았다. 그의 눈을 마주칠 수 없이 등에 식은땀이 주르륵 흐르는 게 부끄러움으로 인해 뺨이 달아오르는 상태였다. 다른 사람에게선 태연하기만 했던 양심이 할버드 경에게만큼은 정상적으로 작동하고 있는 것이다. 이는 아이레스 경을 대하는 것과는 또 다른 기분이었다.

할버드 경의 입이 열린 건 그즈음이었다.

"전쟁을 떠날 때 신의 가호를 받는다 합니다. 하지만 지금 신전에 찾아가기엔 너무 늦은 바, 아가씨께 도움을 요청하고 싶습니다."

갑자기 한쪽 무릎을 꿇고서 내게 예를 취하는 기사의 행동이 당황스러웠다. 하지만 그는 내 반응에도 불구하고 꿋꿋하게 말을 이어 나갔다. 마치 지금이 다시 돌아오지 않을 것처럼 말이다.

"내 아가씨, 당신의 기사에게 가호를 내려 주십시오."

"제가 어떻게……."

"무사히 돌아올 수 있도록 기원해 주십시오."

신의 가호란 성수를 뿌리거나 여신관이 온 마음을 다한 기원을 담아 이마에 키스를 하는 것이었다. 하지만 대부분 성수를 몸에 흩뿌리고 경전을 적은 부적을 사는 것으로 만족했다. 그런데 지금 내겐 성수도 부적도 없으니 결국 이마에 키스를 해달라는 것과 다름없었다.

"할버드 경……."

"아니 됩니까? 이 정도의 욕심도 허락지 않으십니까? 단지 가호일 뿐입니다. 당신의 충성스러운 기사에게 내리는 자그마한 자비 말입니다."

담담하게 흘러나오는 목소리는 기이하게도 애정을 갈구하는 것처럼 절절하게 들렸다. 이상한 일이었다. 그가 내게 이럴 리가 없는데. 우리는, 아니, 그와 나는 그럴 만한 사이가 아니잖나. 그런데도 자꾸 할버드 경이 매달리는 것처럼 보이니 아무런 말을 꺼낼 수 없었다. 그저 이상한 마법에 걸린 것처럼 주춤주춤 다가가 그의 양 뺨에 손을 대고서 천천히 고개를 숙일 뿐이다.

그래, 나로 인해 자존심을 버릴 사내에게 이 정도의 가호쯤은 당연히 해줘야 하는 일인걸.

그래서 그의 이마에 키스했다. 할버드 경이 무사히 돌아오기를 간절히 바라면서. 물론 청음의 기사를 위함이 아닌 오롯이 나를 위한 기원이었지만, 받는 그나 해주는 나나 아무렇지 않은 척 받아들이고 있었다.

"경께서 무사히 돌아오시기를 간절히 기원합니다."
"예, 제 검을 걸어서라도 기필코."
그의 이마에 닿은 입술로 쓸쓸함이 밀려들어 오고 있었다. 내 키스를 받자마자 부드럽게 미소 짓는 할버드 경의 얼굴을 보자니 더더욱 그러했다.
그래서일까. 나는 나도 모르게 진심으로 그가 다치지 않았으면 좋겠다는 생각을 했다. 내 이득을 생각하지 않고서 그의 무사 귀환을 간절히 바라는 건 이번이 처음이었다. 아주 저열하게도.
귀족 세계에 있어 여자는 정복할 대상이거나 눈요기하기 좋은 인형에 불과하다. 사교계에서 나름 세력을 구축하며 종횡무진 활동해도 정작 중요한 일에는 소외되게 마련이다. 풀케르나 마담 드 라발리에, 로샨 영애와 같은 급의 인물이 아니라면 더더욱 그러했다. 그렇기에 그네들이 할 수 있는 일이라곤 차를 마시며 남편에게 알음알음 들었던 소식을 끌어모아 수다를 떠는 것뿐이었다.
이것은 나라도 예외는 없어 할버드 경을 내어놓고도 이렇다 할 정보를 얻지 못했다. 쓸 만한 이야기가 드물거니와 출정 일이 가까워질수록 입단속을 하는 사람들이 늘어나서다.
황태자를 따라 국경으로 떠나는 아이레스 경을 만나지 못한 것도 이러한 연유였다. 혹시 모를 사태를 대비하여 만전을 기해야 한다는 이유로 가족이나 친지가 아닌 이상 사적인 만남을 금지한다는 명 때문이었다. 이로 인해 그를 위해 마련해 둔 부적은 아이레스가로 보내는 것으로 우회해야 했다. 아이레스 경이 짤막하게나마 편지를 보내어 감사함을 표시하긴 했지만 불안하고 초조한 건 사실이었다. 과거에는 일어나지 않았던 전쟁이 시작되는 것이라 두려운 마음이 일었다. 그래서 난 생처음 신의 이름을 빌려 간절하게 소망했다. 내가 아는 사람이 모두 무사히 돌아오기를 바랐다. 밤이 늦도록, 그렇게.

출병식은 매우 간소하게 치러졌다. 불미스러운 사건이 연이어 터지고 있는 데다가 황제의 장례식이 멈춘 상태이므로 더는 불경을 저지를 수 없다는 황태자의 주장 때문이었다.

그는 출병식을 구경하러 나온 사람들에게 단호한 어조로 선언하듯 말했다. 야만인들의 씨를 말릴 것이라고. 그런 다음 우리 앞에 승리만 있을 것이라는 소리를 크게 외쳤는데, 그 늠름하면서도 용맹한 모습에 모두가 흥분하며 함성을 내질렀다. 사람들은 제국이 대승할 것이라고 굳게 믿고 있었다.

거대한 열망이 파도처럼 모두를 뒤덮었다. 도취한 민심이 하늘을 찌를 듯 차올랐다. 그것은 마치 전율과 같아 여기저기서 몸을 부르르 떨며 감격했다. 황태자는 그런 사람들을 바라보며 오연히 서 있었다. 부인할 수 없는 완벽한 황제의 모습 그 자체라 여기저기서 만세 소리가 휘몰아쳤다. 출정식이 아니라 대관식 같았다.

한차례의 연설과 신전에서 파견된 고위 신관이 출병하는 모든 이에게 무사 안전을 기원하는 축복의 기도를 끝으로 모든 준비가 완료되었다. 사람들은 황태자와 기사들을 향해 꽃을 뿌리며 환호했다. 이제 막 출정하는 것인데도 개선한 병사들을 맞이하는 것처럼 모두 흥에 겨워 있었다.

나는 사람들 틈에서 황태자의 뒤쪽에 위치한 아이레스 경을 물끄러미 바라보았다. 그의 가슴에는 내가 주었던 부적이 끈에 꿰어 느슨하게 걸려 있었다. 본래는 갑옷 안쪽에 집어넣는 것이지만 보란 듯이 내어놓은 게 모두의 시선을 끌었다. 실제로 내 옆에 엄마와 함께 자리한 소녀는 그런 아이레스 경의 모습에 황홀하다는 듯 두 손을 모아 쥐며 '기사님의 연인이 준 거겠죠? 너무 로맨틱해요'라고 속삭였다. 순간 뺨이 달아오르는 것 같았다.

아, 이럴 때 소설에 나오는 장면처럼 그와 눈이 마주치면 오죽 좋으랴. 그저 할 수 있는 일이라곤 이런 식으로나마 배웅하는 것뿐이다. 물론 시선을 마주하는 것은 아니었다. 암만 눈이 좋은 사람이라 할지라도 수많은 사람이 우글대는 틈에 조그마한 점처럼 박혀 있는 나를 찾아낼 리 만무하니까. 게다가 혹시 모를 위협에 대비하여 황태자의 뒤에 붙다시피 한 채로 말을 모는 그이기에 나를 식별하는 것이 더욱 불가능했다.

이는 할버드 경도 마찬가지로 운집해 있는 사람들 틈으로 얼굴을 쳐다보는 것조차 어려울 지경이었다. 그래서 나는 사람들의 환호를 받으며 떠나가는 그들의 뒷모습을 바라보며 몸 성히 돌아와 줄 것을 조용히 기원했다.

황태자는 국경 지대에 대공을 끌고 갔다. 그가 빠진 와중에 대공까지 가면 혹시 모를 사태를 어떻게 대비하냐는 황후 측의 반발이 있었지만 디뷘젤 공작을 위시한 귀족들이 남아 수도를 지키겠다고 말하니 금세 일단락이 되었다.

이례적인 건 로샨 후작이 황태자를 따라가지 않았다는 사실인데, 디뷘젤 공작이 워낙 능구렁이 같은 인사라 쉽게 마음을 놓을 수 없으니 후작을 통해 견제하겠다는 의미였다. 아닌 게 아니라 귀족파의 대표라 할 수 있는 공작이므로 상호간에 믿지 못하는 건 당연한 일일 터였다.

"이런 때일수록 더욱 몸조심해요."

로샨 영애는 내게 이제 자신을 따라다니지 말고 저택에 머무르며 사태를 지켜볼 것을 요구했다. 묘한 뉘앙스가 담긴 충고가 의미심장하게 들리는 건 무리도 아니었다. 누구로부터 몸조심을 하라고 하는 것인지 말해주지 않았기 때문이다.

그리고서 얼마 되지 않아 쉴피스 경이 상처를 입은 상태로 저택 앞에서 발견되었다. 하인들은 기절한 그를 바로 집 안으로 데리고 들어왔다. 이렇게라도 돌아와서 다행이라는 안도의 소리가 모두의 입에서 흘러나오고 있었다. 하지만 나는 영 찜찜한 마음이 들어 그에게 가까이 다가가지 않았다. 치명적인 부상은 입지 않아 곧 깨어날 것이라는 주치의의 말이 섬뜩하게 들려서다. 할버드 경이 출정한 이후 기다렸다는 듯 나타난 것이나 정신을 차리자마자 로에나를 찾는 것이나 수상쩍기 그지없었다.

"로에나가 무척 불안해할뿐더러 납치범의 정체가 밝혀지지 않았기에 안전한 곳으로 피신시켜 놓았답니다."

쉴피스 경은 내 대답에 안색을 굳힌 채 뺨을 실룩였다. 이전보다 한층 수척해진 얼굴은 내가 아는 쉴피스 경이 맞나 의심스러울 정도로 낯선 구석이 있었다. 부상을 입었기 때문인가 싶어 다시금 찬찬히 살펴보아도 영 꺼림칙한 것이 단둘이 남아 있고 싶지 않을 정도였다.

잠시 후 그가 다친 곳이 쑤신다는 것처럼 인상을 찌푸리더니 입을 열어 물었다.

"납치범의 정체가 밝혀지지 않았단 말입니까?"

그런 쉴피스 경의 목소리에는 희미한 안도가 깔려 있었다.

"쉴피스 경은 아시나요?"

"아니, 저도 모릅니다. 대면할 때마다 눈을 가렸기 때문입니다. 애석하게도 말이지요."

"그럼 로에나는 안다는 뜻이로군요."

"아니요. 지금쯤이면 밝혀졌으리라고 생각해서 여쭤본 겁니다."

나는 계속 말을 부인하는 그의 태도에 손짓으로 막 방문을 빠져나가려는 하녀를 붙잡았다. 조금 전의 대화로 인해 쉴피스 경이 자력으로 탈출한 게 아니라는 확신이 들어서다. 그는 기사답지 않은 태도를 보이며 계속 내 눈치를 살피고 있었다. 눈을 깜빡일 때마다 슬며시 드러나는 눈동자가 섬뜩하게 번뜩여 가슴이 두근거렸다. 자연 등줄기가 뻣뻣해지고 손끝이 차가워졌다. 순간적으로 '이 사람이 정말 쉴피스 경이 맞나?'라는 생각이 들고 있었다.

더불어 로샨 영애가 경고한 몸조심의 의미가 이런 것인가 싶어 몸이 떨려 왔다. 대공은 쉴피스 경을 통해 로에나의 위치를 파악한 다음 나를 어떻게 해보고 싶은 모양이다. 황태자가 비슈발츠가의 상선을 움켜쥐고 있어서?

"로에나 아가씨를 만나 뵙게 해주십시오."

나는 쉴피스 경의 부탁을 거절했다. 경을 본다면 로에나가 그때의 공포를 떠올릴 게 분명하니 안정을 찾을 때까지는 무리라는 소리를 에둘러 말하며. 그리고 멀뚱히 서서 내 눈치를 살피고 있는 하녀에게 명령했다.

"경을 잘 보살펴 드리렴."

그때 쉴피스 경이 일어나려는 내 손을 급하게 붙잡았다. 무례를 탓하기도 전에 피부에 닿는 감촉이 이상하여 나도 모르게 몸을 움찔 떨었다. 할버드 경이나 아이레스 경과는 달리 손바닥이 무척 매끈하고 부드러워서였다.

"무례를 용서하십시오. 로에나 아가씨가 걱정되어 견딜 수 없어서 저도 모르게 손을 붙잡았습니다. 정말로 아니 만나게 하실 참입니까?"

절절한 목소리에 차마 손을 매정하게 떼어 낼 수 없었다. 이목 때문이다. 나를 제외한 다른 사람은 이런 쉴피스 경의 태도가 로에나에 대한 충정에서 비롯된 것으로 여겨 너그러이 넘어갈 게 분명하니까. 내 옆에 서 있는 하녀만 하더라도 눈을 빛내며 쉴피스 경을 바라보고 있었다. 그녀를 구출하기 위해 홀로 남아 적을 상대했다 알려진 이이므로 당연한 일이었다.

"경의 마음이 이렇게 절절하니 어쩔 수 없군요. 그래도 말끔하게 회복된 상태에서 만나야 하지 않겠어요? 그러니 우선 푹 쉬세요."

"배려는 감사하오나 이까짓 상처쯤은 문제없습니다. 깨끗한 붕대를 감고 옷을 갈아입으면 감쪽같을 겁니다."

그의 고집에 나는 한숨을 내쉬었다. 아픈 사람을 움직이게 하는 매정한 이로 만들지 말라고 상냥하게 말해도 요지부동이었다.

"우선 그녀에게 물어보고 나서 이야기를 하지요. 중요한 건 그 아이의 의사니까요."

"하지만……."

"로에나가 경을 만나기 두려워한다면 어쩔 수 없어요. 그건 제가 윽박질러서 될 일이 아니죠. 물론 경께서 무얼 걱정하고 계시는지 잘 알아요. 하지만 로에나를 진정으로 위한다면 마음을 접어주세요. 사람들이 무서워 고모님의 방문조차 거절하고 있는 실정인걸요."

"그래도 모를 일입니다. 로에나 아가씨는……."

나는 재빨리 그의 말을 가로챘다.

"한 가지 걱정되는 건 경의 탈출로 인해 납치범이 누군지 영영 알 수 없게 되었다는 점이에요. 생각이 있는 자라면 흔적을 지우고 도망갔을 게 분명하니까요. 물론 계속 추적할 테지만 그것을 장담할 수 없다는 사실이 참으로 애석할 따름입니다. 경의 안위가 걱정되어 차마 습격하지 못한 것이 이런 식의 후환을 남기게 될 줄 미처 몰랐어요."

쉴피스 경이 입을 딱 다물고선 시선을 피했다. 나는 그때 슬며시 손을 움직여 그의 손아귀에서 손목을 빼내었다. 길쭉한 손가락에 굳은살이 제법 단단하게 배겨 있었지만, 군데군데가 나와 비견될 정도로 부드럽다는 건 퍽 이상한 일이었다.

"제가 그들을 잡아 오겠습니다."

"아니요. 경은 푹 쉬세요. 할버드 경이 없는 지금 남은 사람들이 의지할 수 있는 분이 경 빼고 더 있겠어요? 이렇게라도 돌아와 주셔서 기뻐요, 쉴피스 경."

얼굴이나 목소리는 쉴피스 경 그 자체인데 왜 이렇게 보면 볼수록 섬뜩한 걸까. 나는 뭐라 더 말할 것처럼 입술을 달싹이는 사내에게 부드럽게 웃어 보인 뒤 방을 빠져나갔다. 그리고 지나가는 하녀 한 명에게 마리를 불러오게 했다.

"아가씨, 부르셨어요?"

잠시 후 방에 들어온 마리가 퉁명스러운 어조를 감추지 못한 채 애써 고개를 숙였다. 마고가 사라지고 로에나조차 거의 힘을 발휘하지 못하게 된 지금 하녀장의 자리가 자신에게 돌아올 것이라 기대했는데 그럴 기미가 보이지 않아 슬슬 예전의 못된 본성이 나오는 참이었다. 그래서 보이는 행동이 참으로 불손하고 건방졌다. 모든 하녀가 자신을 따른다고 생각했기에 할 수 있는 태도였다. 예전의 마고가 그랬듯이 말이다.

하지만 그 누가 돈으로만 구슬리는 폭군을 좋아하겠는가. 이미 믈랑에게도 똑같은 자금이 주어지는 바, 여론은 슬슬 하녀장에게 몰리고 있는 상태였다. 이를 알고 있기에 지금 마리의 태도가 무척 가소로웠다.

"몸이 좋지 않은 모양이구나."

"예?"

"안색이 좋지 않으니 하는 말이야. 뿐만이니? 고개와 허리가 참으로 뻣뻣한 것이 며칠 푹 쉬어야 할 것 같아. 아아, 그러고 보니 이전에도 이렇게 몸이 좋지 않았던 적이 있었지? 그때 내가 널 어떻게 배려했더라?"

"아, 아가씨……."

마리가 이게 아닌데 싶은 표정으로 나를 바라봤다. 그녀는 강하게 나오는 내 행동이 당황스러운지 감정을 감추지 못하고 있었다. 조금씩 흔들리는 눈동자가 무언가를 회상하는 듯 연하게 흐려졌다. 세릴이 카프사에 갇혔을 때를 떠올리는 걸까. 순식간에 창백해진 얼굴 위로 공포가 깔리고 있었다. 자연 고개와 허리가 버드나무 가지인 양 낭창하게 숙여졌다.

"앞으로도 할 일이 많은 네가 이리도 몸이 좋지 않으면 어떡하니. 그렇지?"

"네, 네."

"자, 로샹 후작가에 가서 이 편지를 전달하고 오렴."

나는 부드러운 미소를 지으며 마리가 방에 들어오기 전까지 쓰고 있었던 편지를 촛농으로 밀봉한 뒤 그녀에게 건넸다.

"제가요?"

"그래. 내가 믿을 수 있는 사람이 너뿐이 더 있니?"

"아가씨."

마리가 울먹이며 고개를 끄덕였다. 참으로 단순하기도 하지. 그녀는 투정을 부린 스스로가 부끄럽다는 듯 연신 '용서해 주세요, 아가씨'라고 말하며 고개를 조아렸다. 그런 다음 황금을 본 사람처럼 벌벌 떨면서 편지를 손에 쥐는 것이다. 그리고 물러나라는 내 말에 감격했다는 듯 눈물을 글썽이며 잠시 머뭇거리다가 곧 몸을 돌려 방을 빠져나갔다.

나는 마리가 나간 뒤 편지를 한 장 더 썼다. 그리고 하녀를 시켜 하녀장을 불렀다. 잠시 후 믈랑이 방으로 들어와 공손하게 허리를 숙였다.

"이 편지를 로샹 후작가에 전달하는데, 마리와 부딪치지 않도록 몰래 다녀오렴."

믈랑은 가타부타 물어보는 것 없이 편지를 받고서 조용히 물러났다. 나는 그런 믈랑의 뒷모습을 바라보며 검지로 탁자를 톡톡 두들겼다. 시계가 똑딱거리며 움직이는 소리를 자장가처럼 들으며 그 자리를 지켰다. 괴한에게 습격당한 마리가 울먹이며 나를 찾아올 때까지 그렇게.

사람들의 부축을 받고서 들어온 마리는 온몸이 상처투성이였다. 호되게 얻어맞은 뺨은 새빨갛게 부어 있었고 옷은 여기저기 찢겨 먼지로 가득했다. 머리는 산발이 되어 엉망이었다. 눈물로 인해 흥건히 젖은 얼굴은 억울함과 서러움으로 가득했다.

그녀는 나를 보자마자 크게 머뭇거리더니 곧 작은 목소리로 힘겹게 말했다.

"죄, 죄송해요. 편지를 빼앗겼어요. 용서해 주세요."

그러자 마리를 부축하는 사람들이 내 눈치를 살피며 살며시 그녀의 곁에서 떨어졌다. 일반적인 심부름도 아닌, 편지를 빼앗겼다는 소리를 들으니 지레 겁을 먹은 것이다. 그도 그럴 것이 편지라 함은 지극히 개인적인 이야기를 담고 있는 글이 아닌가. 귀족에게 있어 자신의 사생활이 담긴 편지를 빼앗겼다는 것만큼 치욕스러운 일은 없었다. 어디서 내 이야기가 오르내릴지 모르기 때문이다.

나는 그런 마리의 모습을 찬찬히 살폈다. 다른 이야 내가 마리를 어떻게 처분할 것인지 생각한다는 것처럼 안쓰러운 표정을 짓고 있었지만, 실상 혼을 낼 마음은 없었다. 빼앗길 것을 예상하고 있어서다. 혹시나 하는 마음에 가짜 편지를 주어 심부름을 보냈더니 덥석 미끼를 물어버린 누군가가 우스울 따름이었다. 그래 봤자 차와 드레스 이야기만 가득한 편지인 것을. 영양가 없는 내용에 화를 낼 괴한을 생각하니 벌써 고소한 마음이 들었다.

"이런, 많이 다쳤구나. 괜찮니?"

마리는 내가 화를 내지 않고서 친절하게 몸 상태부터 걱정해 주니 다시금 감격한 모양이었다. 그녀는 크게 훌쩍이며 울먹이는 목소리로 대답했다. 이는 주변 사람들도 다를 바 없어 그들은 선망에 찬 시선으로 나를 바라보았다. 그것은 로에나를 바라보던 눈빛과 아주 똑같았다.

"누가 빼앗았는지 기억하니?"

"모르겠어요. 정신없이 매달려서 제대로 볼 틈이 없었는걸요."

"그래? 그것참 이상한 일이구나. 그저 잡다한 이야기를 적은 편지일 뿐인데 그게 뭐라고 빼앗으려 했을까? 돈주머니도 아니고서야 별 쓸모가 없을 텐데. 소문을 팔아먹는 이면 또 모를까. 하여튼 나로 인해 괜한 횡액을 맞았구나. 편지는 신경 쓰지 말고 가서 치료부터 하렴."

"네, 아가씨."

마리가 다른 사람들에게 부축을 받으며 방을 빠져나가자 이를 지켜보고 있었던 후견인이 갑자기 내게 물었다. 그는 수상쩍다는 듯 미간을 구긴 채 살짝 목소리를 드높이고 있었는데 누가 봐도 흥분한 모양새였다.

"편지를 빼앗다니, 정말 이상한 일입니다. 대체 누가 그런 걸까요? 그나저나 어디에 편지를 보내신 겁니까?"

이런 것까지 보고할 생각인가. 나는 대수롭지 않다는 듯 대답했다.

"로샨 영애에게 보냈답니다. 요즘 하도 답답하여 간단한 안부라도 여쭙고 싶었거든요."

"그 밖에는요?"

"……편지의 내용에 많은 관심을 보이는군요."

"그야 당연하지 않습니까?"

"당연하지 않아요."

"……영애?"

나는 펜촉에 잉크를 듬뿍 묻히며 무심한 얼굴로 말을 이어 나갔다.

"처음 저를 만났을 때를 기억하나요? 그때 그 마음을 잊지 말아요."

"그게 무슨……."

"알아보니 후견인을 바꿀 수도 있는 모양이더군요. 고모님이라면 전하께서도 인정하지 않으실 수 없을 테지요. 그때는 로에나의 후견인을 자청하여 안 되었지만, 제 후견인이라면 또 다른 법이니까요."

황태자가 시킨 일조차 제대로 하지 못하기 전에 더는 나서지 말고 쥐 죽은 듯 있으라는 소리를 에둘러 말하자 그의 얼굴이 처참하게 일그러졌다. 입술을 자꾸 실룩이는 게 뭘 더 말하고 싶은 모양이지만 정말로 그렇게 될까 두려워 꾹 참는 것이 혼자 보기 아까울 정도였다.

"요즘 바람이 많이 불어선지 자꾸 닦을 게 늘어난다고 하녀들이 투덜거리더군요. 치울 게 많다는 건 귀찮은 일이에요. 하지만 깨끗해지기 위해서라면 몇 번이고 쓸고 닦고 해치워야겠죠. 아, 물론 청소를 말이에요."

이미 저택 내에선 황제나 다름없는 나다. 집사도 어렵지 않게 치운 마당에 그를 고립시키는 건 어려운 일도 아니었다. 황태자는 저 멀리 변방을 향해 가고 있는데 그 누가 말릴 수 있을쏘냐.

내 발언에 기가 질린 모양인지 그가 순식간에 잠잠해졌다. 허리를 바로 하는 게 다시금 자신의 처지를 깨달은 모양이었다. 만족한 나는 빙그레 웃으며 후견인에게 막 사인한 서류를 건넸다. 이미 믈랑에게 로샨가에 편지를 배달하고 돌아오는 길에 정보상의 거처에 쪽지를 놔두고 오라고 시킨 참이므로 누가 마리를 습격했는지 금세 알 수 있을 터였다.

그리고 그날 밤 자정이 채 되기 전에 정보상이 찾아왔다.

"잭을 찾았습니다."

쥐는 창틀에서 떨어지기가 무섭게 먼저 입을 열어 말했다. 그리고 반가운 마음에 입을 열려는 나를 제지-매우 무례하게도-하며 계속 말을 이어 나갔다.

"하지만 데려오지는 못했습니다."

순식간에 좋았던 기분이 바닥으로 거꾸러지는 느낌이었다. 나는 침착하려고 애를 쓰며 그들에게 물었다.

"내가 그 말을 어찌 믿지?"

그러자 새가 내게 다가와 물건 하나를 보여 줬다. 눈에 익은 표식이 새겨진 작은 동전이다. 이전에 잭이 내게 보여 주며 자랑을 했기에 모를 수가 없었다. 단원들은 저마다 동전에 소유를 표시하는 흔적을 남긴다고, 그래서 자신 역시 이러한 흔적을 새긴 거라고 말해서였다.

"아가씨께서 믿지 않을까 걱정하며 이걸 우리에게 주더군요."

"죽이고서 빼앗은 건지 어찌 알고."

"이 세계만큼 신뢰를 요구하는 곳은 없다는 걸 아시잖습니까. 믿음에 관한 한 성직자보다 더 깨끗한 것이 저희입니다. 그런데도 믿을 수 없다고 말씀하시면 어떻게 해야 할지 모르겠습니다."

"동전을 내게 줘."

새는 거리낌 없이 내 손바닥 위로 동전을 올려놓았다. 그리고 침착하라는 듯 양손을 올리며 천천히 뒤로 물러나는데, 기묘한 긴장감에 억눌려 입이 바짝바짝 마르고 있었다.

나는 손에 들어온 동전을 찬찬히 살펴보다가 가만히 쥐어 보기를 반복했다. 어쩐지 피 냄새가 올라오는 것 같아 울컥한 마음이 치솟고 있었다.

드디어 찾았구나. 살아 있었구나.

바로 말문을 열면 울음이 터질 것만 같아 애써 참았다. 떨리는 감정을 꾹꾹 억누르며 숨을 들이 내쉬었다. 냉정한 사고로 이야기의 진위를 파악하고자 동전을 쥔 손을 아플 정도로 꽉 쥐었다.

"건강 상태는 어때 보였지?"

"아주 좋은 것도 나쁜 것도 아니었습니다. 많이 마르긴 했지만요. 다행인 건 녀석이 죽은 거라 생각한 모양인지 추적자들이 뜸해졌다는 겁니다. 잭에게 있어 희소식이나 다름없지요."

"어디에 있든지 편히 쉬고 있으면 될 일이야. 그래, 잭은 안전한 곳에 있는 건가? 상황이 괜찮아진 거야?"

"완벽하게 안전한 곳이란 있을 순 없지요. 그래도 다행인 건 상황이 많이 나아졌다는 겁니다. 이전에는 숨도 못 쉴 지경이었다면 지금은 그래도 숨은 쉴 수 있다는 정도일까요?"

"그래? 그렇군. 그럼 그대들의 보호 아래 있으면 되지 않나? 왜 돌아오지 않는 거지?"

내 말에 쥐가 냉큼 대답했다.

"아마 아리나라는 아이를 내쳤을 적의 아가씨의 마음과 같지 않을까요?"

과연 모든 걸 다 꿰고 있는 정보상답게 내가 아리나를 일부러 보냈다는 사실 또한 알고 있었다. 그들은 잭이 아리나와 친밀한 관계를 유지하고 있음을 알고 있기에 미리 그녀의 신변을 보호하고 있었노라고 고백했다. 그 덕분에 잭의 경계를 누그러뜨릴 수 있었다는 말을 덧붙이면서.

"어쨌든 잭을 데려오라는 계약을 지키지 못했으니 그가 아가씨의 눈앞에 나타나기 전까지 이전의 서약이 아직 유효함을 말씀드립니다. 오늘 부르신 일은 계약을 지키지 못한 것에 대한 사죄의 표시로 그냥 들어드리지요."

선심을 쓰는 듯 말하는 쥐의 태도에 헛웃음이 터질 것만 같았다. 잭을 설득하지 못해 자존심이 잔뜩 상해 있는 주제에 이런 식으로 포장하려는 게 우스워서였다.

하지만 좋은 게 좋은 거라고 당연하다는 듯 고개를 끄덕이다 곧 오만한 태도로 턱을 들어 올렸다. 그리고 오늘 마리에게 있었던 일을 의뢰했다. 한낱 하녀의 저항조차 제대로 뿌리치지 못한 어설픈 인사를 떠올리다 보니 뒷골목의 왈패가 생각나서였다. 본디 이들만큼 뒷세계의 사정에 밝은 이는 없는지라 보상 조건으로 딱 맞았다.

그러자 새의 입에서 기다렸다는 듯 한 조각의 이야기가 흘러나왔다.

"그러고 보니 아까 주점에서 한 녀석이 여자의 손톱에 긁힌 얼굴을 하고 와서 모두의 비웃음을 사긴 했었지요. 워낙 등신처럼—아, 이런 실례. 너그럽게 넘어가 주시지요-구는 터라 평소 아는 여인이 없는 게 분명한데도 마치 부부 싸움을 하고 온 것처럼 잔뜩 긁혔었거든요. 자기 말로는 고양이라 하지만, 사람 손톱과 짐승 손톱을 구분하지 못하는 멍청이가 어딨답니까? 그래서 상처를 숨기려고 애쓰는 녀석을 이상하다 여긴 참이었지요."

"확실히 수상쩍군."

"네, 저도 그렇습니다. 아가씨의 말씀을 들으니 녀석이 범인이라는 확신이 드는군요."

"그럼 단독으로 행한 것인지 아니면 부림을 당한 것인지 알 수 있을까?"

"워낙에 입이 싸기로 유명한 녀석이라 어렵지 않지요. 내일 아침이면 당장 아실 겁니다."

"그렇게나 빨리?"

"워낙에 수상쩍어서 이미 작업에 들어간 참이거든요."

쥐가 싱글벙글 웃으면서 대답했다. 직업이 직업인지라 당장 지나치지 못하고서 단원 한 명을 붙여 놓은 게 잘되었다고 덧붙이며. 손바닥을 쓱쓱 비비며 말하는 꼴이 아부하는 것처럼 보여 조금 거북했지만 어쨌든 범행의 동기를 알아내 준다면 더 바랄 게 없었다.

"……그리고 황태자 전하께서 지금쯤 어디에 계시는지 알 수 있나?"

"당연한 말씀을 하십니다."

새가 어깨를 으쓱이며 지명 하나를 말했다. 이름을 들으니 얼마 가지 못한 상태였다. 하긴 그만한 병력을 가지고서 빨리 움직이기는 무리일 테지. 늦으면 한 달, 빠르면 삼 주가 다 되어 국경에 도착할 거라는 말에 국경 지대는 어떠냐고 물었다.

"지금 아무에게나 밝힐 수 없는 고급 정보를 물어보고 계시는 거 아십니까?"

"그래서 대답하지 않겠다?"
"글쎄요. 저희에게 오는 이득을 헤아려 보는 중이라서 말입니다."
"이득?"
"예."
쥐와 새가 창틀을 향해 슬금슬금 뒷걸음치며 말했다. 내가 황태자비가 될지 혹은 아이레스가의 두 번째 며느리가 될지 그것도 아니라면 리안이 자라날 때까지 비슈발츠가를 도맡을지 가늠하기가 어려워 주판을 튕기기가 힘들다는 소리를 덧붙이며.
"첫 번째는 손해, 두 번째는 해도 그만 안 해도 그만이라면, 세 번째는 정보를 아낌없이 알려 드릴 만하지요."
보통은 황태자비에 더 무게를 두지 않나. 어차피 될 마음은 없지만 그렇게 여기는 것 자체가 신기해 되물었다.
"기준이 뭐지?"
"자유도입니다."
"자유도라……."
"거래를 튼 고객님이 얼마만큼 자산을 자유롭게 운용할 수 있는지에 대한 자유도 말입니다. 이렇게 저택을 들락날락할 수 있냐 또한 기준 산정에 들어가는 요인입니다."
"그렇군."
"그럼 저희는 이만 물러나도 되겠습니까?"
"범인은 어떻게 알려 줄 생각이지? 내가 자고 있는데 들어오는 건 곤란해."
"걱정하지 마십시오. 저택의 하녀로 있는 단원 한 명이 아가씨께 다가와 정보를 알려드릴 겁니다."
저택의 하녀로 단원을 잠입시켰다는 소리를 이젠 아무렇지 않게 하는구나. 기가 찬 내가 헛웃음을 짓자 쥐와 새는 마치 꽁지에 불이 붙은 듯 바로 창문을 타고 넘어가 버렸다. 제대로 된 인사를 할 틈이 없이 사라지는 꼴에 무례고 뭐고 탓할 시간조차 없었다.

나는 바람에 펄럭이는 커튼을 바라보다 여태 쥐고 있는 동전에 다시금 시선을 내렸다. 워낙 순식간에 사라진 그들로 인해 잠시 넋이 나가는 듯했지만 오래지 않아 잭을 떠올리며 제정신을 차릴 수 있었다. 손에 와 닿는 특유의 무게감이 아이의 생존이 거짓이 아님을 생생하게 전달하고 있었으니까.

"그래. 살아 있었구나. 다행이야."

그럼에도 불구하고 마음이 무거운 건 나를 보러 오지 않은 잭의 태도 때문이었다. 아직도 위험에 처해 있다는 소리와 다름없어서다.

물론 정보상이야 많이 괜찮아졌다며 아무렇지 않다는 듯 이야기하지만, 정말로 좋아졌다면 그들을 따라오지 않을 리가 만무했다. 즉, 정보상의 말은 나를 안심시키기 위해 잭이 그렇게 말해달라고 부탁한 것과 다름없었다. 그래서 속이 상했다. 눈가가 뜨끈해지며 눈물이 차오르는 것 같았다.

네 손가락 두 개만큼의 죗값을 어찌 갚는다니.

자칫하면 아이를 버리려고 했던 나를 알게 된다면 얼마나 경멸할까? 차라리 안 오는 게 나을지도 모르겠다. 그래, 그래서 이런 식으로 점점 멀어진다면, 그런다면…….

"견딜 수 없을 거야."

나는 손에 쥔 동전을 몇 번이나 바라보다가 쓰다듬기를 반복했다. 그리고 그것이 마치 잭인 것처럼 가슴 언저리에 가져다 대며 차오르는 한숨과 울음을 꾹꾹 삼켰다.

갑자기 아리나가 보고 싶었다. 너무나 많이.

정보상의 약속은 정확했다. 나는 다음 날 아침 침실을 정리하러 들어온 하녀를 통해 편지를 빼앗은 이의 정보를 들을 수 있었다. 하녀의 말에 의하면 왈패는 정체를 알 수 없는—그러나 말쑥한 차림의—신사에게 고용되었다고 한다.

"목소리가 매우 점잖고 부드러운 게 귀족이나 그에 준하는 사람 같았어. 날 버러지 보듯 살펴보는데 딱 그 짝이었지. 퉤, 내 참 더러워서. 그래도 씀씀이가 섭섭지 않아 돈은 두둑하게 받았지."

신사의 의뢰는 간단했다. 비슈발츠가에서 나온 이 중 로샨가로 향하는 자가 있다면 무작정 제압하고서 품 안을 뒤적이라고 했다는 것이다. 그래서 왈패는 마리를 공격해 빼앗은 편지를 미리 약속한 장소에 잘 넣어 두었다. 얼큰하게 취한 그는 엄청난 일을 해낸 것처럼 들떠 있었다. 그래선지 평소보다 더 쉽게 입을 나불거렸는데, 어쩌면 신사의 인상착의까지 알 수 있었을지도 몰랐다. 그런데 한참 떠들어 대던 왈패가 갑자기 피를 토하고 죽어버려 장소의 위치나 신사의 생김새를 밝혀내지 못했다.

사인은 독살로 밝혀졌다. 단원은 아마 새로 시킨 안주에 독이 뿌려져 있었을 거라고, 누군가 그를 계속 감시하고 있었던 게 틀림없다고 나직이 덧붙였다. 나는 그 말에 등이 오싹해지는 것을 느꼈다. 입막음을 위해 왈패를 죽여 버린 잔인한 행동에 소름 끼친 것이다. 게다가 죽은 왈패 외에도 몇몇이 비슷한 수법으로 죽었다고 한다. 마치 꼬리를 자른 것처럼.

"어떻게 할까요? 계속 정보를 캐 볼까요?"

하녀로 위장한 단원이 내게 물었다. 나는 고개를 내저었다. 왈패를 죽인 건 입막음 용도도 있지만, 정보를 캐려는 이들을 향한 경고의 의미도 있을 것이다. 괜히 깊게 파고들어 어려운 상황을 자초할 필요가 없었다. 단원은 알겠다는 듯 사뿐히 인사하며 방을 나섰다.

시간은 자꾸 흘러 황태자가 국경 지대에 거의 도달했다는 소식이 전해졌다. 야만인을 토벌할 시간이 얼마 남지 않은 것이다.

그러자 순식간에 수도에 묘한 긴장이 감돌았다. 승리를 장담했던 사람들도 막상 싸움이 코앞으로 다가오니 두려운 모양이었다. 그것은 나 역시 마찬가지로 하루에도 몇 번씩 입이 바짝바짝 말라 와 견딜 수 없었다.

그 와중에 쉴피스 경이 로에나에게 의중을 물어봤냐며 자꾸 채근하며 귀찮게 굴었다. 그녀를 만나지 않으면 안 된다는 것처럼 조급하게 구는 것이 이상할 정도였다. 의심스러운 마음이 들어 어떻게든 검증을 해보고 싶었지만, 그를 아는 기사들이 죄다 황태자를 따라 출병한 터라 이전의 기억만으로 진위를 확인하기 어려웠다. 그래서 로에나를 만나고 왔으며 그녀가 만남을 거부했다고 거짓말을 했다.

쉴피스 경은 내가 로에나를 만나고 오지 않은 걸 확신한다는 듯 정말이냐고 몇 번을 거듭해 물었다. 그리고 단호하게 끄덕이는 내 태도에 불만에 찬 것처럼 인상을 찌푸렸다. 그런 그의 한쪽 다리는 마치 경련이 인 듯 달달 떨리고 있었다. 그 경박스러운 태도에 그에 대한 의구심이 깊어져 갔다.

다행히 몸이 낫기 전까진 쉽게 움직이지 말라는 주치의의 요청이 있어 온종일 방 안에 틀어박히다시피 하는 그라 하녀를 통한 감시가 쉬웠다.

그러는 동안 시간은 자꾸 흘러가고, 로샨 영애를 만날 수 없는 나날이 이어졌다. 황태자와 대공이 없으니 풀케르가 고개를 쳐들고서 활개를 칠 거라 생각했지만, 의외로 조용했다.

　되레 소란을 피우는 건 그녀의 밑에 모인 여인들이었다. 그네들은 아직 황제의 장례식이 치러지지 않아 거취가 제대로 정해지지 않은 샤토루를 모욕하며 하루하루를 보냈다. 보다 못한 다른 사람들이 그만하라고 이야기를 해도 대놓고 조롱하며 비꼬는 게 보는 이가 눈살을 찌푸릴 정도였다. 디뷘젤 공녀나 로샨 영애, 마담 드 라발리에와 같은 사람들이 있어도 아랑곳하지 않는 게 마치 자신들의 세상에 온 듯한 방자함이었다.

　로샨 영애는 내 안부를 묻는 편지의 말미에 '대공이 황후 쪽을 잠식한 것 같아요'라는 말을 덧붙였다.

　결국, 기 싸움에서 대공이 이긴 것이다. 이는 키란 공작이 대공의 손을 들어주지 않는 이상 일어날 수 없는 일이라 무척 의아했다. 로샨 영애도 무슨 일이 일어나고 있는 것인지 알아보고 있다며 혼란스러워했다.

　그리고 며칠 후 그녀가 겨우 시간을 내어 나를 찾아왔다. 더는 사교계 활동을 하지 않는 내가 보고 싶다는 핑계로 방문한 것이다. 하지만 그녀가 비슈발츠가에 발을 내디딘 진정한 목적은 황후에 관한 이야기를 나누기 위해서였다.

　"약점이 잡히지 않은 이상 이런 일이 일어날 리가 만무한데 말이에요. 이것밖에는 설명할 길이 없어요."

　로샨 영애의 말마따나 풀케르가 대공에게 무언가 큰 약점이 잡혔고, 그걸 빙자해 키란가를 뒤흔든 거라면 이렇게 잠자코 상황을 지켜만 보고 있는 게 이해가 된다. 문제는 그 약점이 뭐냐에 있었다.

　"알면 전하께 큰 도움이 될 텐데 말이에요. 애석할 따름이죠."

　나는 로샨 영애의 말에 떨떠름한 미소를 삼키며 조용히 차를 마셨다. 이제 황태자의 무리에 있어 황후는 그를 낳아준 어머니가 아니었다. 그저 황위를 위협하는 정적에 불과할 뿐.

그래서일까. 어쩌면 황실의 이미지에도 관련될지 모를 약점을 아무렇지 않게 알아내겠다 다짐하는 로샨 영애가 참으로 다시 보였다. 어쨌든 황후를 억누를 약점이란 게 뭐가 있을까 곰곰이 생각하고 있노라니 로샨 영애가 문득 떠올랐다는 듯 내게 말했다.

"마담 드 라발리에께서도 보기 드문 행보를 보이시네요."

"보기 드문 행보라면……."

"계속 영애에 관련된 칭찬을 하세요. 갑자기 말이에요. 가끔은 아주 열성적이라 깜짝 놀랄 때가 있답니다. 이러다간 내가 영애의 가장 친한 친구라는 말도 못 꺼내겠어요. 아아, 속상하여라."

그리고 나를 빤히 쳐다보는데, 나는 그녀의 시선 뒤에 숨겨진 말이 '마담과 무슨 일이 있었죠?'라는 의문임을 놓치지 않았다. 라발리에와 내가 눈에 띄게 서먹서먹한 사이임을 모를 리가 없는 로샨이기에 갑자기 나를 챙기는 마담의 행동에 의구심을 갖는 것이다.

"설상가상으로 로에나 영애에 관한 일도 퍼지고 있구요."

"로에나에 관한 일이라면?"

"키란 백작과 연관된 일 말이에요."

뤼세트 로샨의 말에 의하면 황태자가 로에나를 키란에게 넘기려고 했는데 그걸 내가 막아줬다며 라발리에가 거듭 칭찬을 하고 있다고 했다. 아직 사교계에 데뷔조차 하지 않은 소녀가 감당하기 어려운 구설이지만, 키란 백작의 능력을 높이 사는 다른 이들에게 있어 이 정도의 해프닝이야 흔한 일로밖에 보이지 않아서다.

되레 로에나의 미모를 추켜세우며 '애석하지만 그럴 수도 있지요. 워낙에 아름다운 소녀니까요'라고 넘어가고 있으니 그녀를 이용하려던 황태자 쪽만 살짝 난감해지고 있는 처지였다. 특히 키란 백작과 염문을 뿌리고 있는 몇몇의 여인이 바짝 긴장하며 날을 세우는 게 가관일 정도라고 하였다. 절대 권력에 가까워진 황태자에게서 용감히 자신의 의붓동생을 지킨 나를 달리 보는 사람도 있다고도 하고.

"어떻게 그 일이 마담의 귀에 들어갔는지 모르겠어요."

나는 의혹 어린 시선으로 나를 바라보는 로샨의 행동에 고개를 주억이며 태연하게 맞장구쳤다.

"그러게요. 정말 놀랍네요. 키란 백작님이 그렇게 입이 가벼운 분이신지 몰랐어요."

"그분의 소행이라고 생각해요?"

"사내란 자신의 자존심을 위해서라면 어떠한 짓이라도 행하는 법이죠. 로에나와의 혼담이 거부당한 게 배다른 어미 때문이라는 생각을 한다면 가능하지 않을까요? 과도한 열등감은 이성을 잃게 만들죠."

단호한 대답에 로샨 영애는 잠시 할 말을 잃은 듯 침묵했다. 그때 나는 기회를 놓치지 않고 섭섭하다는 듯 말했다.

"그런데 요즘 들어 영애가 예전에 내가 알던 그 사람이 아닌 것 같아요. 솔직하게 말하자면 그래요. 왜 나를 의심하는 건가요?"

"시스, 무슨 말을 하는 거예요? 그렇지 않아요."

"로샨 영애, 아니, 뤼세. 우리 조금만 더 솔직해지죠. 나를 봐요. 있는 내 모습을 솔직하게 드러내면서 물어보고 있잖아요. 그러니 나에 대한 호감이 처음 만났을 때와 같다면 뤼세 역시 솔직하게 대답해 줘요. 내가 당신의 친구임을 자랑스럽게 여길 수 있도록 말이에요."

"세상에, 그런 말 말아요. 시스에 대한 내 마음은 변함이 없답니다. 단지 전하를 더 생각하고 있는 것뿐이에요. 난 그분을 거부할 수 없어요."

"이렇게 시간을 내어 찾아와 나를 떠볼 정도로요?"

로샨 영애가 보기 드물게 손사래를 치며 말했다. 당황으로 물든 얼굴은 속상함으로 크게 무너진 상태였다.

"그건 아니에요. 내가 찾아온 건 시스의 안전이 걱정되었기 때문이에요. 정말이에요."

"안전이요?"

"전하께서 대공 쪽 기사 무리에 쉴피스 경으로 보이는 이가 있었다면서 이게 어찌 된 영문이냐는 내용이 적힌 편지를 보내오셔서요."

"쉴피스 경이라니요? 잘못 보신 게 아니라요?"

그녀가 한숨을 내쉬며 고개를 끄덕였다.

"변장을 하긴 했지만 틀림없는 쉴피스 경이랍니다. 할버드 경께서 입증한 이야기라네요. 하지만 전하께선 닮은 사람이야 어디든 있는 법이니 단언하지 말라는 소리를 덧붙이셨어요. 그래도 납치당했다고 알려진 그가 대공 쪽에 속해 있으니 매우 불안하네요. 시스는 어떻게 생각해요?"

"글쎄요. 아직은 알 수 있는 게 없어서……."

나는 말끝을 흐리며 저택에 있는 한 사내를 떠올렸다.

국경 지대에 있는 쉴피스 경이 가짜일까? 아니, 지금 저택에 있는 사람이 가짜일 게 분명하다. 그렇지 않으면 손바닥 안쪽이 말랑말랑하면서 부드러울 리가 만무하다. 쉴피스 경이 근래에 서류에 치중했다는 사실을 표현하려는 것처럼 너무 노골적이었으니까. 손가락 마디마디는 굵은 살이 배겨 있었는데 말이다.

아아, 그를 볼 때마다 위화감이 들었는데, 가짜여서 그랬구나.

순간 로샨 영애가 문 쪽을 바라보며 고개를 갸웃거렸다. 따라서 시선을 돌리니 멀쩡하게 닫힌 문만 보였다.

"왜 그러세요?"

"아니, 인기척이 느껴진 것 같아서요. 그런데 잘못 느꼈나 봐요. 요즘 통 잠을 이루지 못하다 보니 예민하게 군 감도 있구요."

"잠을 잘 못 주무세요?"

"네, 어떻게 잘 수 있겠어요."

로샨이 쓸쓸하게 웃으며 내게 말했다.

"사람들은 모두 이길 거라 말하지만 끝날 때까지 방심할 수 없는 게 전쟁이거든요. 그러다 보니 불안한 마음만 가중되어 가고 이내 잠을 잘 자지 못하는 지경에 이르렀네요."

"불면에 좋은 차가 있는데 한번 드셔보겠어요?"

"소용이 없더라구요. 어쨌든 시스, 나는 그대를 걱정하고 있어요. 추궁하려 온 건 절대로 아니니까 오해를 풀어요. 네, 그래요. 마담과 사이가 좋아지는 게 무슨 문제겠어요. 그런데 그분의 말이 전하와 관련된 추문으로 둔갑해 버리고 있으니 걱정이 되어서 한 행동이랍니다."

"알아요. 충분히 이해해요. 내가 뤼세였어도 똑같이 행동했을 거예요. 그저 조바심에 물어본 거랍니다."

"그렇게 생각해 준다니 한결 마음이 편안해지는군요. 자, 이젠 다시 전쟁터로 돌아가야겠어요."

사교계의 모임을 전쟁터로 표현한 그녀의 재치에 웃음이 나온 나는 빙그레 미소 지으며 물었다.

"이 시간에도 모임이 있나요?"

"부군이 사라지고 나니 다들 아주 신바람이 났어요. 전쟁 때문에 조금 자중하다 뿐이지 황제 폐하의 장례식이 중단된 사실을 잊어버리기라도 한 것처럼 술이다 포커 게임이다 아주 난리들이에요."

"그것참 큰일이군요."

로샨은 어깨를 한번 으쓱이더니 몸을 숙여 내 뺨에 키스했다. 그리고 귓가에 작게 속삭였다.

"거듭 말하지만 몸조심해요."

기이하게도 그녀는 쉴피스 경이 돌아온 것을 모르는 사람처럼 행동하고 있었다. 로샨이 말하는 조심은 가짜 쉴피스 경에만 한한 것이 아니었다. 순간 골치가 아파 왔지만 아무렇지 않은 척 순순히 고개를 끄덕였다.

"네. 그럴게요."

로샨이 떠나면 곧바로 어떤 핑계를 대서라도 쉴피스 경을 흉내 내고 있는 사기꾼을 내보낼 참이었다. 다시 돌아와 해코지할 가능성이 있으니 정보상에 의뢰해 그에 대한 정보를 캘 겸 조금 험하게 다뤄 달라는 의뢰도 하고 말이다.

하지만 지금에 와 돌이켜 보건대, 무척 안일하기 짝이 없는 생각이었다. 저택에 남아 있는 장정이라 해봤자 칼을 들어 본 적이 없는 하인들뿐인데 무얼 믿고서 그를 쉽게 내보낼 수 있을 거라고 여겼단 말인가. 아니, 로샨 영애가 아까 누군가의 인기척을 느꼈다는 말을 조금 더 심각하게 받아들였더라면 더 나았을지 모르겠다. 그럼 지금과 같은 상황에 처해지지 않았겠지.

로샨 영애를 배웅한 다음 홀로 들어온 방에서 괴한에게 위협을 당하는 이런 일을 말이다.

평소 나는 저녁 무렵이면 혼자 방 안에서 휴식을 취하는 편이었다. 그것은 가짜 쉴피스 경이 저택에 머무르고 있는 때에도 마찬가지라 로샨 영애가 돌아가는 것을 본 이후에도 혼자 방에 들어온 참이었다. 그래서 더더욱 노리기 쉬웠을 테다.

아무 생각 없이 문을 연 나를 강하게 잡아끈 것은 누군가의 팔이었다. 괴한은 깜짝 놀라 비명을 지를 틈이 없는 나를 안쪽으로 잡아당기더니 곧바로 입부터 막는 능숙함을 선보였다. 그리고 곧바로 목에 날카로운 무언가를 가져다 대는데, 섬뜩한 예기가 느껴지는 게 날이 잘 선 단도 같았다.

"소리 지르면 죽습니다."

영락없는 쉴피스 경의 목소리. 나는 살짝 고개를 끄덕였다. 그러자 그가 목에 칼을 댄 그 상태에서 몸만 살짝 앞으로 빼내어 나와 마주했다. 목소리는 쉴피스 경이지만 얼굴을 복면으로 가린 것이 '나 가짜요'라는 것을 여실히 보여 주고 있었다.

"우연히 방 앞을 지나가지 않았더라면 큰일 날 뻔했습니다. 그랬더라면 아가씨가 먼저 나를 쫓아내거나 해치웠겠죠. 이거 참 운이 좋았단 말입니다."

아아, 로샨 영애가 느꼈다던 인기척이 진짜였구나. 이 사내였구나. 애석함에 몸이 떨렸지만 지금 당장 할 수 있는 게 아무것도 없었다. 차오르는 두려움을 비명과 함께 가까스로 삼킬 뿐이다.

"자, 지금부터 제 말에 제대로 대답하지 않는다면 죽습니다. 아주 고통스럽게 말이지요. 그러니 거짓말하지 마시고 성심성의껏 대답해 주십시오."

거짓 협박이 아니라는 것처럼 그가 칼을 슥 하고 움직였다. 그러자 목 언저리가 살짝 베어지는 느낌이 들며 무언가가 목을 타고 주륵 흘러내렸다. 따끔한 통증에 어깨가 움찔했다. 괴한은 그런 나를 바라보며 어깨를 한번 으쓱였다. 그리고 낮은 목소리로 물었다.

"로에나 영애는 어딨습니까?"

곧바로 대답하지 않고서 입술만 꾹 깨물고 있노라니 그가 겁을 주듯 목소리를 깊게 낮췄다. 그리고 다시금 칼을 움직이는데, 아까보다 더 강하게 살을 짓누르는 행동에 고통이 밀려들어 왔다. 순간 비명을 내지를 것만 같았다. 그러나 내 비명보다 사내의 손짓이 더 빠를 것 같아 가까스로 참았다. 아직은 죽고 싶지 않았다. 그래, 아직은.

하지만 딱히 뾰족한 수가 보이지 않았다. 할 수 있는 일이라곤 그를 뿌리치며 도망치는 것뿐인데, 쉴피스 경이라 착각할 만큼 단단한 체격을 가진 사내를 힘으로 이길 턱이 없었다.

무엇보다 오랜 세월 백작가에서 일해 온 사람들을 속일 정도로 변장과 처신에 능한 자다. 그러므로 다른 사람에게 들킨다 하더라도 일이 쉽사리 해결된다는 보장이 없었다. 오히려 친 로에나파인 쉴피스 경과 갈등을 일으킨다고 생각하겠지. 나 역시 처음에는 이상하다는 생각만 할 뿐 가짜라 여기지 못했잖은가. 다만 잡힌 손이 기사답지 않게 부드러워서 의아함을 느꼈을 뿐. 그렇지 않았더라면 대공의 명에 의해 다시 되돌아온 진짜 쉴피스 경이라 생각했을 것이다. 대공 쪽에 있는 인물을 거짓으로 생각하면서.

물론 지금 하고 있는 복장이 퍽 수상쩍긴 하지만, 그것만으로 기사를 가짜라 모욕하는 건 큰 불경에 가까운지라 저택 안의 고용인들이라도 쉽사리 나서지 못할 터였다. 그래서 무척 불리했다. 마치 안개에 휩싸인 형국이었다.

"목을 살짝 베는 정도로는 겁나지 않는다는 겁니까? 흠, 이러면 안 되는데?"

남자가 말했다. 다른 한 손으로 피가 흘러내리는 목덜미를 살금살금 더듬는 것이 불쾌감보다 공포심이 일었다. 적어도 새벽까진 이 방에 들어올 하녀가 없으므로 무슨 일이 일어나도 들키지 않을 게 분명한 상황이었다. 그러니 이렇게 대범하게 구는 거다. 여유로움이 뚝뚝 묻어나는 손길은 우월함을 머금고 있었다.

편지로 시험하며 간 봤던 게 오히려 이들을 자극하는 꼴이 되었나. 나는 바들바들 떨리는 몸을 진정시키고자 노력하며 마른침을 꿀꺽 삼켰다. 그저 확인차 마리를 이용한 것뿐인데 이렇게까지 반응할 줄이야.

그 이후로 정황을 살피며 시간을 끌기 위해 더는 건들지 않았지만, 가짜를 미리 투입해 놓았을 줄은 미처 몰랐던 게 패인이었다. 쉴피스 경이 대공과 손잡았다 하더라도 기사도 정신은 발휘할 거라 여겼기 때문이다. 기사야 원래 그런 성향을 가진 자들이니까. 그래서 지금과 같은 위험한 일은 잘 일어나지 않을 거라 여겼었다.

　현재와 같은 상황에서 내가 죽거나 사라진다면 의심스러워할 사람이 많을 것이 분명하기에 할 수 있는 자신감이었다. 내가 황후나 대공이라도 황제의 시신을 찾기 전까지 사람들의 이목을 끌 만한 행동을 하지 않을 테니까.

　그도 그럴 것이 황태자를 패륜으로 몰아 정당한 명분을 얻는 것도, 그렇다고 해서 몰래 황궁을 습격하는 것도 이제 와 다 부질없어지지 않았나. 연이어 터진 사건들로 인해 적절한 시기를 놓쳐서다. 한데 진짜를 국경 지대에 데리고 갈 줄 누가 알았겠는가. 이런 식으로 돌파구를 마련하다니. 로샨 영애가 황태자의 편지를 받자마자 달려오긴 했지만, 대공 쪽이 한발 빨랐다는 게 아쉬울 따름이다.

　자, 이제 어떻게 해야 하지? 두려움으로 인해 로에나가 있는 장소를 알려 준다 하여도 결국 목숨을 잃을 게 분명할 터였다. 내가 그들이라도 로에나를 내세우든가, 아니면 이처럼 대역을 앞세워 백작가를 좌지우지하려 할 테다. 거의 모든 기사가 전장에 빠진 지금이 적기였다. 바보가 아닌 이상 놓칠 리 없었다.

　"제법 잘 견디시는데, 이러다 정말로 죽습니다."

　나는 두려움을 표출하지 않으려고 애를 쓰며 겨우 입을 열었다.

　"나는 그대를 누가 보냈는지 알고 있어. 모를 수 없지. 그러니까 하나도 두렵지 않아. 내가 죽으면 오히려 곤란해질 게 그대의 주인일 테니까."

　우스운 일이지만 목숨이 걸려 있는 긴박한 상황 속에서도 나는 한 가지의 가설을 가지고서 그와 대화를 나누려고 하고 있었다. 나를 바로 죽이지 않고서 로에나의 위치를 물어봤다는 것 자체가 아직 그녀를 발견하지 못했다는 소리와 다름없기 때문이다. 쉴피스 경의 협력을 받았다면 백작가의 구조를 몰랐을 리 없는데도 불구하고. 모두가 잠든 깊은 밤에라도 몰래 나와 저택의 구석구석을 뒤졌을 게 분명한데 굳이 나를 붙잡고 있는 것으로 보아 말이다. 그래서 배짱을 부렸다. 모든 것을 알고 있다는 것처럼 여상스레 말을 이어 나갔다.

"이상한 일이지. 로에나를 구해 온 게 할버드 경인데 여태까지 범인을 몰랐을 리 없잖아. 그걸 정말로 믿었나?"

"상황을 모면하기 위해 거짓말을 하나 본데, 안 속습니다. 그러니 로에나 아가씨가 어디 있는지 말씀하시죠. 손가락을 하나씩 잘라야만 실토할 겁니까?"

순간 구역질이 치밀어 올랐다. 말이 끝나기가 무섭게 머릿속으로 손가락이 잘리는 것 같은 환상이 떠돌았다. 끔찍하고 두려웠다. 다리가 후들후들 떨렸다. 어깨고 등이고 싸늘하게 아파 왔다. 음산하게 중얼거리는 남자의 목소리는 진실을 이야기하고 있었다. 그래서 더 확신이 들었다. 로에나의 위치를 말한다면 정말로 죽겠구나, 하고. 내 신체를 아무렇지 않게 손상한다는 자체가 대체물이 있다는 소리와 다름없기 때문이다.

그럼에도 이렇게 견딜 수 있는 건 이 남자가 이전 생에서 만났었던 황태자보다 덜 무서워서였다. 그때 느꼈던 공포에 비한다면 지금과 같은 협박은 가까스로 버틸 수 있는 수준이니까. 그래서 가소롭다는 듯 낮게 웃으며 말을 이어 나갔다.

"거짓말이 아니야. 나는 그대와 같은 불청객이 저택에 침입해 올 줄 미리 짐작하고 있었어. 변장을 할 줄은 몰랐지만, 어쨌든 나를 협박할 괴한을 보낼 거라고 생각했지. 로에나가 구출되었다는 소문이 퍼지지 않는 건 바로 오늘과 같은 날을 기다리고 있어서야."

그러자 남자가 흠칫하고 어깨를 움직였다. 동요하는 건가? 코웃음과 함께 흘러나오는 대답은 부정에 가까웠지만, 아까보단 음성이 조금 높아졌다.

"쓸데없는 소리 말고 사실대로 말씀하시죠."

"그대는 그대가 오늘 나와 로샨 영애와의 대화를 쉽게 엿들을 수 있었던 게 우연이라 생각하나? 내가 이 시간에 아무도 들이지 않는다는 걸 너무 뻔히 보여 줬다고 생각하지 않아? 하지만 이것을 모르는 그대는."

나는 숨을 한 번 크게 들이쉬며 또 하나의 가정을 내뱉었다. 목숨을 걸고 하는 도박인지라 심장이 세차게 뛰었다. 기절하지 않는 게 용할 지경이었다.

"굳이 로에나를 찾지 않아도 되겠다고 생각했겠지. 이렇게 협박하여 캐묻는다면 쉽게 알아차릴 수 있을 거라 여겼기 때문이야."

의심해라. 의심해. 제발 의심해. 내 말을 믿고서 이 상황을 의심하란 말이야. 나는 마음속으로 간절히 빌었다. 그리고 겉으론 진실과 거짓을 교묘하게 섞어 본능적인 의구심이 일어나도록 부채질했다. 목숨이 걸려 있다고 생각하니 머리가 핑핑 돌아가다 못해 혀 또한 평소보다 더 매끄럽게 움직이고 있었다.

"나는 그대들이 내 하녀의 편지를 빼앗은 왈패를 죽였다는 사실을 알았을 때 깨달았지. 로에나가 말한 범인이 맞구나, 하고. 그래서 언제쯤 나를 찾아올지 기다린 거야. 자, 내가 여전히 거짓말을 하는 것처럼 들리나?"

말을 마친 나는 초조함을 삼키며 그의 반응을 차분하게 기다렸다. 이제는 배짱 싸움이었다. 누가 더 대담하게 구느냐에 따라서 앞으로의 상황이 달라지는 것이다. 실제로 남자는 조금씩 당황하고 있었다. 협박에 굴하지 않는 나 때문이다. 아주 조금이라 하지만 어쨌든 상처를 입었고 피까지 흘리고 있는데도 너무나 태연하게 굴어서다. 보통의 사람이라면 겁에 질리다 못해 기절할 터였다. 순간 무슨 생각이 들었는지 그가 갑자기 주변을 경계하며 살피기 시작했다.

"설마……?"

괴한은 주변에 군사들이 매복해 있다고 생각한 모양인지 내 목을 짓누르는 칼에 힘을 더 주었다. 그리고 내 몸을 뒤로 잡아당기면서 슬금슬금 뒷걸음을 쳤다. 잔뜩 경계하며 긴장하는 것이 조금만 더 버티면 틈을 보일 것만 같았다.

그때였다. 똑똑 하고 누군가 방문을 두드렸다. 공손하게 문을 두들기는 것으로 보아 하녀 같았다. 괴한은 긴장한 상태로 칼을 든 손을 방문을 향해 겨누더니 낮게 이를 갈았다. 나는 이 기회를 놓치지 않고 재빨리 입을 열어 말했다.

"약속된 시간이 되었군. 지금 내가 바로 대답하지 않으면 미리 대기시켜 놨던 사람들이 우르르 몰려들어 올 거야."

거짓된 소리로 한껏 배짱을 부리니 괴한이 으르렁거리듯 말하며 내 허리를 꼭 붙잡았다.

"설사 거짓이 아니다 하더라도 아가씨를 방패 삼는다면 상대하지 못하리라는 법은 없지요. 어디 한번 해보십시오."

"목숨이 아깝지 않나?"

잡힌 허리가 아파 신음을 흘리며 묻자 그가 이를 바드득 갈았다.

"이제 와 목숨을 구걸하라고요? 웃기지 마십시오. 아가씨야말로 로에나 영애가 어디 있는지 말해주시죠. 그럼 순순히 물러나겠습니다."

"조금 전의 상황을 설명한다면 그대를 보낸 사람도 충분히 이해할 텐데?"

"제길, 그럴 리가 있겠습니까? 잔말 말고 로에나 영애가 있는 곳이나 밝히란 말입니다. 아니면 정말로 죽습니다!"

순간 이상한 느낌이 든 나는 살짝 고개를 갸웃거렸다. 목숨을 담보로 한 협박을 당하고 있다는 논점을 살짝 벗어나니 지금껏 보이지 않던 것들이 살며시 드러나고 있었다.

이 남자는 변장과 연기에 관한 한 빼어난 모습을 보일지 몰라도 스스로 판단하여 결론을 내려야 할 상황에선 우유부단하기 짝이 없으며 일을 망치기까지 했다. 대공 쪽 사람이라 하기에 뭔가 어설픈 면이 있는 것이다. 애초에 이런 일을 할 사람이 대공밖에 없다고 생각하여 그의 인물이라 여긴 거였는데 말이다. 진짜 쉴피스 경을 변장시켜 국경 지대에 데려갔다는 것을 감추기 위해서라도 할 수 있는 일이기도 하고. 하지만 애초부터 전제가 잘못되었다면?

결국 남은 건 황후려나. 나는 차오르는 한숨을 꿀꺽 삼키며 괴한에게 말했다.

"그대의 주인은 모든 사람이 보는 앞에서 내가 죽기를 바라지 않을걸? 그러니 이만 순순히 물러나는 게 좋아."

그는 숨죽인 채 이렇다 할 대답을 하지 않았다. 치열하게 갈등하고 있는 것인지 허리를 잡은 손에 힘이 조금 풀려 있었다.

"가서 그대의 주인에게 전해. 나는 중립이라고. 어떤 결말이 나든 상관치 않겠다고. 할버드 경뿐만 아니라 이미 비슈발츠가 전체가 내 것이나 다름없으므로 나를 제거해 봤자 소용이 없다는 것도 또한 말해. 상선이야 황태자 전하가 강제로 빼앗아 갔기 때문에 어쩔 수 없노라고, 로에나는 이미 배신했다고 말이야. 하지만 비슈발츠가의 목숨을 살려 준다고 약속한다면 끝날 때까지 계속 침묵하고 있으리라는 것을 가서 똑똑히 전해라. 그럼 풀케르께서 널 살려 주실 것이다."

내 입에서 황후라는 말이 떨어지기가 무섭게 괴한의 몸이 움찔하고 떨렸다. 그가 풀케르에게 직접 명령을 하사받은 건 아닐 테지만, 이렇게 반응했다는 자체가 기본적인 정보는 습득하고 있다는 의미인지라 나도 모르게 미간을 찌푸리게 되었다.

초조해진 황후가 남자를 손수 불러 일을 시킨 건가? 대공에게 세를 잡아먹힌 상황이기에 그의 눈을 피하기 위해서 이렇게 행동한 것인지 모르겠다. 어쨌든 부디 이 괴한이 마음을 꺾어야 하는데 말이다. 그래서 한마디를 덧붙였다.
"내가 굳이 이런 함정을 파면서 그대를 부른 것도 이를 전달하기 위함이야."
그 순간 다시 문을 두들기는 소리가 들렸다. 그야말로 딱 알맞은 때에 들려온지라 나도 모르게 기쁨의 탄성을 내지를 뻔했다. 하늘이 도와주고 있었다. 고민하던 괴한은 내 목에 손을 올린 상태에서 천천히 걸음을 옮겼다. 그리고 진실을 확인하려는 것처럼 나를 한번 바라보더니만 나지막한 목소리로 욕설을 지껄였다.
"젠장, 운 좋은 줄 아시오."
그리고 서서히 목에서 손을 떼었다. 하지만 문을 가리키고 있는 칼은 그대로였다. 다리가 떨려 바닥에 바로 주저앉을 뻔했지만, 나는 아무렇지 않다는 것처럼 태연하게 웃었다. 여전히 미심쩍어하는 남자에게 책을 잡히지 않기 위해서였다.
그러자 그는 이대로 떠나야 하는지 몇 번이나 망설이며 몸을 앞뒤로 갈 듯 말 듯 움직였다. 임무에 실패했다는 사실이 마음에 걸리는지 쉬이 움직이지 못하고 있었다. 그것도 잠시 세 번째로 문을 두드리는 소리가 나자 이내 엉덩이에 불붙은 것처럼 재빠르게 움직이더니 황급히 창문 바깥으로 빠져나갔다.
비록 어둠 속으로 사라졌지만, 테라스에 매달려 소리를 엿듣고 있을지 모르므로 나는 얼어붙은 다리를 가까스로 움직여 방문 앞까지 걸어갔다. 그리고 부들부들 떨리는 손을 뻗어 문을 열었다. 곧 잔뜩 굳은 표정을 한 플랑이 서 있는 게 보였다. 플랑은 내 눈치를 살피며 조심스럽게 입을 열었다.
"휴식을 방해해서 죄송해요. 하지만 이럴 수밖에 없었으니 부디 너그러운 마음으로 용서해 주세요."

그간 믈랑은 단 한 번도 내 명령을 어긴 적이 없었다. 의문이 가는 사항이 있더라도 가타부타 대답함이 없이 늘 순종했다. 그렇기에 오늘의 행동은 그녀가 내 명령에 반한 최초의 사건이라 할 수 있었다. 우습게도 그 덕분에 살아난 것이지만.

"로샨 영애께서 아까 자택으로 가시다 말고 다시 돌아오셔서 저를 부르셨어요. 아가씨 몰래 부탁할 게 있다면서요. 아가씨께서 방에 들어가신 지 2~3시간이 지난 다음에 한번 찾아가라고, 문을 세 번 두들겨도 대답이 없으면 억지로라도 문을 열라고 하셨답니다. 그래서 부득이하게 아가씨의 휴식을 방해…… 아가씨, 모, 목에 피가!"

아아, 그렇구나. 로샨 영애가……. 나는 안도의 한숨을 내쉬며 고개를 끄덕였다. 그녀는 낮에 느꼈던 인기척을 허투루 넘기지 않은 건가. 몸에 힘이 쭉 빠진 나는 그대로 주저앉았다. 그리고 내 몸을 부축하는 믈랑을 바라보다 이내 속삭이듯 말했다.

"소란 피우지 말고 조용히 내 방 창가로 가서 문을 닫고 커튼을 두르렴. 그런 다음 날 부축해라. 로에나의 방에 들어가야겠어."

믈랑은 재빨리 내가 시키는 대로 했다. 나는 믈랑의 도움을 받아 로에나의 방에 들어갔다. 그리고 침대에 누웠다. 목에 흘린 피 때문은 아니지만, 눈앞이 핑핑 돌며 숨이 가빠 오고 있었다.

"믈랑, 나가서 주치의를 불러오거라. 다른 이의 눈에 띄지 않게 조용히 말이야. 알겠니?"

나는 믈랑이 방을 나갈 때까지 주먹을 꼭 쥔 상태에서 이를 악물었다. 그리고 그녀가 나가자마자 숨을 터뜨리듯 내쉬었다. 태연한 척하느라 힘겹게 억눌렸던 공포가 물밀 듯이 밀려들어 와 온몸이 사시나무 떨듯 떨렸다. 위아래로 딱딱 맞부딪치는 이와 오한이 이는 몸이 소름을 불러일으키고 있었다.

나는 갑자기 뭐에 씐 것처럼 양손으로 상처 난 목을 감싸면서 목울대를 강하게 밀어 올리고 있는 깊은 울음을 꾹 삼켰다. 곧 기절할 것 같았지만 눈을 감을 수 없었다. 언제 괴한이 다시 찾아올지 모른다는 두려움 때문이었다. 그래서 온몸에 힘을 딱 준 상태로 창문과 방문을 번갈아 가며 노려봤다. 자그마한 소리에도 깜짝 놀라며 금세라도 뛰쳐나갈 듯 몸을 바로 일으켰다. 이러한 행동은 주치의가 들어올 때까지 반복됐다.

물랑을 따라 로에나의 방에 들어온 주치의는 그녀의 침대에 내가 누워 있는 것을 보고 두 눈을 크게 떴다. 그리고 목에 난 상처를 보고서 무어라 말할 것처럼 입을 뻐끔거리다가 공포에 질린 내 얼굴을 발견하자마자 이내 헛기침을 했다. 아무렇지 않은 척 상처를 살피는 그의 손은 살짝 떨리고 있었다.

"상처가 칼자국 같은데…… 험험. 거, 뭐라고 말씀드려야 할지."

"무엇으로 상처가 났는지는 이야기할 바가 아니에요. 치료가 중요하죠."

내가 싸늘한 어조로 말하자 그가 무안하다는 듯 다시금 헛기침을 했다.

주치의의 말에 의하면 상처가 약간 깊게 났으며 잘 치료하지 않으면 흉터가 남는다 하였다. 동시에 하필 눈에 확 들어오는 곳에 났다며 애석해했다. 그래선지 연고를 바르고 붕대를 감는 손길이 퍽 상냥하고 조심스러웠다.

"이 일에 대한 입단속 단단히 하세요. 소문이 나지 않도록요."

나는 주치의에게 엄중한 목소리로 경고했다. 그는 두 눈을 말없이 끔뻑이더니 이내 고개만 끄덕였다. 꾹 다물어진 입술이 무겁게 닫혀 있었다. 치료가 끝난 뒤 주치의는 물랑에게 방금 발라 줬던 약을 건넸다. 물랑은 약을 받고선 주치의를 다시 데려다주었다. 그런 다음 내게 되돌아왔다.

"차라도 한 잔 따라 드릴까요?"

"됐어."

믈랑은 계속 내 안색을 살피며 안절부절못했다. 그녀는 침대 곁을 떠나지 않은 채 계속 서성이고 있었다. 이에 신경이 날카로워진 나는 다소 사나운 목소리로 믈랑에게 말했다.

"됐으니 바로 나가. 그리고 날이 밝자마자 외출할 수 있게 마차를 준비해."

"예."

"믈랑."

"네, 아가씨."

"너도 입조심하렴. 이 상처에 대해 아는 사람은 없는 거야."

"알겠습니다."

믈랑은 가타부타 물어보는 일 없이 고분고분 대답했다. 그리고 내 기분을 상하게 하지 않으려는 것처럼 발소리를 죽여 가며 아주 조용히 바깥으로 나갔다.

잠시 후 혼자 남게 된 나는 웅크려 앉은 채 손으로 붕대에 감싸인 상처를 더듬었다. 그리고 조용히 생각에 잠겼다.

대공이 나설 거라 생각했는데 의외야. 하긴 황후가 그대로 가만히 있을 리가 없지. 하지만 벌써부터 죽이겠다고 나설 줄은 몰랐는데……. 편지로 도발하지 말았어야 했나. 아니면 후환을 두려워하지 않고서 끝까지 파헤쳐 건드리지 말라는 메시지를 던졌어야 했나.

여러 가지 것이 복잡하게 뒤엉켜 골이 아파지고 있었다. 몸은 피곤한데 정신은 말짱하다. 두려움으로 인해 잠을 잘 수 없다는 현실이 우울함으로 다가왔다. 황후가 로에나를 원하는 이유를 생각해야 하는 것 또한 나를 힘들게 하는 요소 중 하나였다.

그렇게 나는 날이 샐 때까지 그 자리에 꼼짝하지 않고서 생각에 잠겼다가 멍하니 침대 한구석을 노려보는 것을 반복했다. 그리고 아침이 되어 나를 찾아온 블랑에게 지친 목소리로 외출 준비를 도우라고 말했다.

목 끝까지 올라온 드레스를 입어 상처를 가린 다음 분을 발라 단장을 하니 겨우 시체와 같은 꼴을 면할 수 있었다. 한 걸음씩 내디딜 때마다 눈앞이 어지러웠지만, 마부를 재촉하여 마담 드 라발리에의 저택 앞으로 달려갔다. 그리고 그녀를 만나야겠다고 라발리에가의 집사에게 요구했다.

마담은 모닝티를 마시며 한가로운 아침을 즐기고 있었다. 그런데 갑자기 내가 찾아와 휴식 시간을 깨 버리니 무척 언짢은 모양이었다. 그래서 한소리를 하려는 것처럼 인상을 딱딱하게 굳히고 있더니만, 이내 내 얼굴을 보고선 놀란 표정을 지었다. 라발리에는 무례를 용서해 달라고 말하며 인사하는 내게 병중이냐며 재빨리 자리를 권했다.

"주변 사람을 잠시 바깥에 나가도록 해주실 수 있습니까?"

그녀는 내 요청에 잠시 의아한 듯 미간을 찌푸리다 마지못해 고개를 끄덕였다. 그리고 손짓으로 하녀들을 나가게 했다.

"제게 병중이냐고 물으셨지요? 병은 아니지만 상처를 입었습니다."

"상처?"

나는 대답 대신 목 부분의 천을 아래로 살짝 내려 상처를 보여 주었다. 마담은 붕대로 칭칭 감긴 모습에 두 눈을 크게 떴다.

"그게 대체……."

"괴한 하나가 로에나의 행방을 어찌 알고서 침입해 들어왔더군요. 로에나를 내놓으라고 말이지요."

나는 일부러 납치에 관련된 이야기를 하지 않았다. 마담의 반응을 관찰하기 위해서였다. 라발리에는 내 말에 놀란 표정을 짓더니만 급하게 로에나의 안전을 물었다.

"그래서 대답한 것이냐?"

"순순히 대답했다면 이런 상처가 났겠습니까? 대답하지 않으니 죽이겠다고 협박하더군요."

"대공인 게야?"

"황후입니다."

내가 단정 지어 말하자 마담이 이해할 수 없다는 듯 고개를 좌우로 흔들었다. 그녀의 얼굴은 혼란으로 인해 깊게 일그러져 있었다.

"아니, 그분이 왜. 아니, 로에나를 납치한 게 대공이니 그와 가까운 사이인 황후가 그녀를 노린다는 게 이상한 말은 아닐 테지. 그런데 넌 그걸 어떻게 알았느냐."

"꾀를 써서 주변에 병사가 매복해 있는 것처럼 그자를 속였습니다. 제가 파 놓은 함정에 걸린 거라고 거짓말을 했어요. 그러면서 살살 꾀었지요. 살려 줄 테니 누가 시킨 일인지 말하라고요. 양심과 도덕에 어긋나는 짓이었지만 로에나를 지키기 위해 어쩔 수 없었어요."

긴박했던 상황을 단축하고 괴한의 어리석음을 강조하자 금세 한 편의 소설이 완성되었다. 라발리에에게 내 영민함을 자랑할 이유가 없으므로 그를 어떻게 설득했는지만 간략하게 말했다. 그러자 처음에 의아해하던 그녀가 금세 내 말에 속아 넘어가 이해했다는 듯 고개를 찬찬히 끄덕였다.

"다행히 어찌어찌 잘 속인 모양이로구나. 그런데 황후가 왜 로에나를……."

"로에나를 데려와 키란 백작에게 줄 생각이겠지요. 키란 백작과 화해하기 위해선 그만한 방법이 없을 테니까요. 황태자가 키란 백작에게 로에나를 주려고 했다는 소문에 마음이 급했던 모양이에요."

오늘 새벽 내내 곰곰이 생각한 결과 겨우 이러한 결론에 도달했다. 이 모든 것은 키란 백작을 위한 행동이었다고 말이다. 추잡한 사건의 목격자가 될 날 제거하려고 한 것도 이러한 연유에서였다.
 그간 키란 백작은 이복형님인 키란 공작과 달리 독사적으로 떨어져 나와 자신만의 세력을 구축한 바, 황태자가 외숙을 견제하기 위한 카드로 손을 내밀 만큼 적당한 힘을 가지고 있었다. 그렇기에 대공에게 세력이 먹힌 상태의 황후에게 있어 그만한 동아줄은 없었다. 우애가 좋기는커녕 서로 물어뜯기 바쁜 사이라 하지만 각자의 이득을 위해 망설임 없이 뭉칠 수도 있는 게 귀족이기 때문이다.
 아마 키란 백작이 먼저 화해의 표시로 로에나를 요구했을 게 분명하다. 황후의 사람이라 알려진 로에나인지라 그녀가 명령한다면 꼼짝도 못 할 터였다. 그러니 이런 더러운 수작을 벌인 거겠지. 제국 최고의 미소녀를 손에 넣을 있는 기회가 다시 찾아왔는데 아니 그러하랴.
 그래서 풀케르는 아직 준비가 덜 된 대공의 사람을 움직여 비슈발츠 저택으로 보냈다. 매우 성급하게도 말이다. 이는 황후가 대공에게서 얼마나 몰려 있는지 알 수 있는 부분이었다.
 "어쩌면 황후는 제가 이곳을 찾아온 것까지 알고 있을지도 몰라요."
 "……네가 이렇게 일찍부터 나를 찾아온 이유가 그것이로구나."
 "예."
 마담은 황후의 행태에 치가 떨리는지 깊은 한숨을 내쉬었다. 그리고 손으로 이마를 짚은 채 침묵했다. 창백하게 질린 얼굴은 환멸로 가득했다. 그녀는 진심으로 분노하고 있었다.
 "증거가 없으니 따지지도 못할 테고, 결국 지금처럼 로에나를 지키는 수밖에 없구나. 그래, 어떤 도움을 주랴?"
 "내일 새벽 마차 두 대를 따로 준비해서 동시에 출발하게 해주세요. 그리고 십 분 뒤 고모님께서도 마차를 타고서 바로 저택을 빠져나가시면 됩니다. 먼저 출발한 두 마차는 시골길을 향해 가게 하고, 고모님께서는 도심을 지나다니시다가 두 시간 뒤 저택으로 돌아와 주세요. 고모님께서 돌아오기 한 시간 전에 저택 바깥을 빠져나가는 작은 수레가 하나 있어야 하는데, 채소를 가득 실은 것이어야 해요. 크기는 로에나만 한 소녀가 누워도 괜찮을 만한 것으로요."

지혜로운 라발리에는 금세 내가 무슨 말을 하는지 알아차렸다.

"처음의 두 마차와 나는 저들의 눈을 현혹하는 미끼인 셈이로구나. 먼저 출발한 두 마차를 습격한 이들은 곧 속았음을 알 테고, 이어 나를 쫓아다니는 사람들과 합류하여 호시탐탐 때를 노리겠지. 그렇게 저들의 이목을 돌리고 있을 때쯤 조금 의심쩍지만 설마 귀족 영애가 누웠을까 싶은 수레를 내보내어 저들의 눈을 가리는 것이고. 결국 네 말은 그 채소 수레를 통해 로에나가 빠져나갔음을 의심케 하자는 거지?"

"예. 정확하셔요."

"그러마. 내일 바로 하겠다."

"네. 감사드려요."

"다른 건 없느냐?"

나는 조용한 목소리로 '네'라고 대답했다. 앉자마자 찾아온 이유를 털어놓은 것이므로 차를 얻어 마실 새도 없었다. 물론 준다고 해서 마시고 싶은 기분도 아니었지만 말이다.

마담은 나를 바라보며 다시금 한숨을 내쉬더니 목의 상처로 시선을 내렸다. 그녀의 눈빛은 저번에 만났을 때보다 한층 더 부드럽게 풀려 있었다. 로에나를 지키기 위해 이런 상처를 입었다 하니 그럴 수밖에 없었다.

"흉터가 남지 않으려면 좋은 약이 필요하겠구나. 내가 곧 저택으로 아주 좋은 약을 보내 주마. 상처에 그만인 것이란다."

"보내 주시면 감사히 받겠습니다. 그럼 이만 물러나도 될까요?"

"벌써…… 아니다. 몸이 좋지 않은 데 가서 푹 쉬어야지."

아침 일찍 라발리에를 찾아온 목적은 이미 다 달성한 셈이었다. 황후 쪽에게는 이곳에 로에나가 있다는 의심을 심어주었고, 마담에게는 신뢰를 쌓을 수 있게 되었으니 말이다. 복덜미의 상처로만 끝나서 할 수 있는 생각이지만, 결국 어제의 일이 오늘의 내게 있어 약간의 호재가 된 셈이었다.

나는 자리에서 일어나 마담에게 인사했다. 순간 눈앞이 아찔해 몸이 크게 휘청거렸지만, 가까스로 중심을 잡았다. 라발리에는 이런 내가 걱정되었는지 하녀를 불러 부축해 주겠다고 말했다. 그녀의 말을 거절하지 않았다. 그래서 하녀는 내가 마차에 올라탈 때까지 몸을 단단하게 지탱해 주었다.

계획했던 일을 마치고 집으로 돌아오니 뜻밖의 사람에게서 편지가 와 있었다. 나는 온몸이 먼지로 뒤덮인 사내에게서 편지를 받았다. 눈에 익은 사람이었다. 그도 그럴 것이 가끔 황태자의 방문 앞을 지키며 주변을 경계했던 기사가 아닌가. 겉으론 평범하게 입으려고 노력했지만 겉으로 풍기는 날카로운 기운은 감출 수 없는 법이었다.

기사는 꼭 내게 전달해야 하기에 계속 기다리고 있었노라고 말했다. 그리고 내가 바로 읽는지 확인하라 했다는 소리를 덧붙였다. 내가 권하는 소파에는 앉지도 않으면서. 그의 시선이 내가 페이퍼 나이프로 편지를 뜯을 때까지 집요하게 따라다녔다.

편지는 짧고 굵었다. 하지만 길이만큼 간단한 내용은 아니었다.

「보낸 이를 따라서 국경 지대로 와 주시기를 간절히 바라는 바이오.」

순간 잘못 읽은 것인가 싶어서 다시 살피니 국경 지대로 오라는 말이 당당하게 적혀 있었다. 그래서 눈을 들어 기사의 얼굴을 다시 살폈다. 어제 바로 쉴피스 경을 흉내 낸 괴한에게 큰코다치지 않았는가. 또 속이라는 법은 없었다.

"이 편지가 진짜라는 것을 어찌 믿나요?"

이 말에 기사가 품속에 넣어 둔 펜던트 하나를 꺼내어 내게 건넸다. 황태자의 호위를 맡는 기사만이 가질 수 있는 거였다. 위조가 아닌가 싶어 이리저리 살펴보노라니 그가 살며시 다가와 편지 봉투 안쪽에 흔적처럼 은밀하게 찍어 놓은 인장 자국을 보여 주었다. 황태자를 상징하는 문양이 새겨진 것으로, 이전에 그가 서류에 도장을 찍을 때 본 적이 있었다.

아, 진짜로군.

나는 고개를 끄덕이며 기사에게 무례를 용서해 달라고 말했다. 황태자의 인장은 특수한 재료로 만든 것이라 아무리 위조해도 진짜와 같은 문양이 나올 수 없다 알려져 있었다. 그러니 정말로 그가 나를 부르는 게 맞을 테다.

"절 사지에 밀어 넣으시려는 거군요."

"모셔 오라는 소리를 들었을 뿐입니다."

"가지 않겠다면요?"

그러자 기사가 망설이다 말을 이어 나갔다.

"오지 않겠다 하시면 이 말을 더해 달라 하셨습니다. '예언이 그대를 부르노라'라고 말입니다."

기사가 말하는 예언은 이전에 마녀에게 들었던 소리를 말하는 것일 게다. 나를 필요로 하는 것으로 보아 반란에 관련된 것이 아닌 죽음을 지칭했던 그 말을 떠올린 모양이었다. 갑자기 예언을 운운하며 나를 부르는 건 이와 관련된 무언가가 일어났다는 거겠지. 그것도 황태자의 목숨과 관련된.

만일 그렇다 하더라도 생사가 오가는 전장에 나를 데려오라 하다니 어떻게 이럴 수 있나. 황태자는 정말 미친 게 틀림없다.

"전하의 신변에 무슨 큰일이라도 있었나요?"

"자세한 것은 모릅니다."

말은 그렇게 해도 켕기는 게 있다는 것처럼 시선을 피하는 것이 황태자의 안전과 관련된 무언가가 크게 일어난 듯했다. 그래도 이건 아니지. 나는 새침한 얼굴로 딱 잘라 말했다.

"가지 않겠어요."

"부디 재고해 주십시오."

"어떻게 그 위험한 곳에 저를 데려간다는 건가요? 갈 수 없어요. 아니, 가지 않을 거예요. 제가 가서 무슨 도움이 된다고요."

그러잖아도 전쟁터를 신성한 장소라 생각하는지라 전쟁 창녀들이 머무는 천막도 아주 멀찍한 곳에 떨어뜨려 놓는 참이었다. 그런데 내가 황태자를 만나러 간다면 이런저런 구설에 오를 게 분명하다.

전쟁에 대한 공포는 어떻고. 나는 지난 생에서도 죽음을 눈앞에서 본 적이 없었다. 양부나 어머니나 모두 내 눈에 보이지 않은 곳에서 죽어서다. 나 역시 자살을 했기에 스스로의 시체를 보지 못했다. 그나마 있다면 꿈에서 봤다는 것뿐이다. 이런 내가 전쟁의 참상이 펼쳐진 곳에 태연히 있을 수 있겠는가. 생각만 해도 끔찍하다. 동시에 이 말도 안 되는 일을 요구하는 황태자에 대한 분노가 치밀어 올랐다.

그래서 보란 듯이 고개를 홱 돌렸다. 그러잖아도 밤새 공포에 시달린 데다가 황후의 꼼수를 알아차리기 위해 깊게 고심한 터이므로 몸 상태가 좋지 않은 터였다. 이렇게 실랑이를 벌이는 것보다 빨리 아무 방-내 방에 들어가기는 싫었다-에 들어가 조금이라도 눈을 붙이고 싶었다. 물론 그마저도 잘 잘 수 있으리라는 보장은 없지만 그래도 눕는 게 어디냐 싶었다. 계속 두려움에 떨 수 없잖은가.

그런데 너무 세게 고개를 돌렸던 걸까? 아니면 쉴 틈도 없이 바로 실랑이를 하게 된 까닭일까. 갑자기 눈앞이 핑핑 돌았다. 동시에 시야가 깜깜해지더니 세상이 온통 파도와 같은 곡선을 빠르게 그리며 일그러졌다. 그리고 잠시 정신이 들었다 싶은 순간 나는 기사의 품에 안겨 축 늘어져 있었다. 귓가로 '아가씨'라는 소리가 윙윙거렸다. 가물거리는 눈 사이로 음산하게 웃는 괴한과 기사의 환영이 교차하고 있었다.

"……해도 됩니까? 가도 되겠…….''

"싫…… 어."

손을 허우적대며 그를 밀쳐 내리 하니 누군가 나를 꼭 붙잡았다. 나는 무거운 입술을 가까스로 움직여 한마디 내뱉었다.

"절대로 가지 않아."

그리고 견딜 수 없다는 것처럼 까무룩 기절했다.

오랜만에 꿈을 꾸었다. 그런데 꿈을 꾸고 있는데도 내가 나를 바라보는 것은 느낌이 들어 무척 이상했다. 기이하게도 지금껏 살아오면서 오늘처럼 꿈을 꾸고 있다는 생각이 강렬하게 든 적이 없었다.

안타깝게도 시작은 좋지 않았다. 아무것도 없는 빈 벌판에서 목이 졸리고 있었기 때문이다. 검은 그림자가 내 목을 강하게 짓누르며 킬킬거리고 있었다. 공포에 휩싸인 내가 소리를 지르며 그림자를 할퀴려고 애썼지만 소용없었다. 손은 허공을 휘젓는 것처럼 하릴없이 그림자를 통과했다. 두려움과 슬픔으로 인해 눈물이 줄줄 흘러나오고 있었다.

그런데 그것도 잠시 갑자기 장면이 전환되며 내 눈앞에 낯선 사람이 나타났다. 황량한 벌판은 순식간에 꽃이 화사하게 피어난 들판으로 변모해 있었다. 늙은 여인은 작은 하프를 손에 든 채 나를 바라보며 웃었다. 목에는 태양과 달이 조각된 나무 목걸이를 차고 있었다. 와구스를 상징하는 목걸이다. 내가 목을 매만지며 멍하니 바라보자 와구스가 인자하게 웃으며 카드 하나를 건넸다. 예전에 만났을 때 주었던 것처럼, 그렇게.

"이걸 가지고 가세요."

나는 엉겁결에 카드를 받았다. 여백만 가득했던 카드는 내가 잡자마자 일렁이듯 까만 선을 그려 내더니만 곧 하나의 그림을 완성했다. 그것은 손을 잡고 있는 두 사람인 것처럼 보이다가도 떨어지는 사람을 붙잡는 듯한 느낌을 주기도 했다.
이게 대체 무슨 의미지? 아니, 나온 게 고작 이런 그림이야?
이런저런 생각으로 복잡한 기분이 들 때였다. 와구스가 조용한 목소리로 내게 말했다.

"그림처럼 행동해요. 아니면 다시 돌아갑니다. 그 누구도 수레바퀴에서 벗어날 수 없으니까요."
"돌아가다니, 무엇을……?"
"아시잖아요. 그러니 망설이지 마세요. 그렇게 행동하지 않으면 이제 다른 사람에게 기회가 돌아갈 거예요."
"다른 사람? 누구? 대체 누구를 말하는 거야? 그리고 돌아가라는 건 또 뭐야?"
"당신이 붙잡아줄 사람. 그리고 구해 줄 사람. 혹은 증오하는 사람. 또는 경멸하는 사람."

순간 바람이 불었다. 꿈인데도 눈을 뜰 수 없어 손바닥으로 얼굴을 가리니 순식간에 배경이 낡은 집으로 바뀌었다. 이것 또한 눈에 익은 장소였다. 황태자와 함께 갔었던 마녀의 집이다. 멍하니 바라보고 있노라니 문을 열고서 마녀가 걸어 나왔다.

그녀는 나를 보며 씩 웃었다. 주름진 입술 사이로 드러난 이는 새까맸다. 그런데 혀는 매우 새빨개 무척 섬뜩했다.

이상하게도 기가 질리는 것 같아 인상을 찡그릴 때였다. 뜬금없이 마녀가 내게 말했다. 퉁명스러운 말투로 왜 여기 있냐는 듯 물어보는데, 타박에 가까운 소리라 불쾌한 기분이 들고 있었다.

"안 기고 뭐 하우?"
"안 가다니. 어딜 말하는 거지? 그리고 와구스는 어디로 사라진 거야?"
"흘흘. 여긴 나뿐이라우. 그리고 이전에 말했잖소. 그 남자의 곁으로 가야 한다고."
"그 남자라니?"
"모르오?"
"그래. 전혀 모르겠어."
"아가씨의 손에 목숨이 달려 있는 사람인데도 말이오?"

갑자기 황태자가 떠올라 몸이 부르르 떨렸다. 왜 여기서까지 그에게 가야 한다는 소리를 듣는 것인지 영문을 알 수가 없어 기분이 나빴다. 그래서 싸늘한 어조로 대꾸했다.

"가지 않는다면? 나와 상관없는 일이야."

마녀가 내 말에 히죽 비웃었다. 이 말을 듣고도 가지 않겠냐는 듯 말하는 것처럼.

"그럼 다시 시작해야겠구먼. 아가씨는 오래지 않아 아주 비참하고 치욕스럽게 죽을 것이오. 뿐만이랴. 돌아간 자의 옆에 처음 돌아온 자가 있으니 생이 이전처럼 순탄하지 않을 테요. 고난의 연속이니 아니 그리할까. 끌끌끌."

"다시 시작한다고? 비참하고 치욕스럽게 죽어? 대체 그게 무슨 말이야."

와구스가 했던 말과 비슷하게 들리지만 좀 더 자세하게 풀어 놓은 느낌이었다. 그래서 그녀를 향해 되물으니 마녀가 다시금 끌끌 혀를 찼다.

"그렇다는 것이오. 많은 걸 바꿔 놨으니 이거라도 제대로 해놔야지. 그러니 가기 싫어도 가시오."

"⋯⋯왜?"

"아니면 다시금 비참해지든가. 흐름을 바꾼 책임을 져야지. 이것이야말로 자연의 섭리 아니겠소? 설사 돌아옴이 우연에 가까운 일이었다 하더라도 말이오."

"이건 강요야."

"새로운 삶을 받았으니 이 정도의 희생은 약과지 않소."

"⋯⋯만약 그에게 가야 하는 걸 몰랐다면 어떻게 되는 거지?"

"아까 말한 대로 되는 거겠지요."

"결국. 내게 충고를 해주기 위해 나타난 거로군. 마녀 당신이나 와구스나. 어째서?"

"그건 말이우. 생각해 본다면 아주 간단 일이라오. 그러니까 어디서부터 말을 꺼내야 하⋯⋯."

마녀가 무어라 대답하려는 찰나 또다시 바람이 불었다. 이번엔 모든 것을 휘몰아칠 듯 세게 불고 있었다. 그래선지 눈앞이 안 보일뿐더러 내 몸마저 휩쓸려 하늘 위로 훨훨 날아가기 시작했다. 나는 비명을 내

질렸다.

"아직 듣지 못했어. 말해줘. 왜 내가 가야 하는지. 그것을 운명이라 말하는 이유가 뭔지! 내가 어떻게 돌아온 것인지!"

하지만 마녀와 그녀의 집은 어느새 깨끗하게 사라지고 없었다. 그저 몸만 빙글빙글 돌아갈 뿐이다. 태풍의 끝에는 검은 그림자들이 음산하게 웃으며 손을 뻗고 있었다. 그것의 종착지는 내 목이다. 나는 고개를 세차게 내저으며 반항하려고 했다. 그러자 그림자들이 서로 붙어 하나의 모습으로 변형해 갔다. 내 목에 칼을 댄 괴인이다. 두려워진 나는 소리 없는 아우성을 내질렀다. 세상이 무너져 내리는 듯 조각조각 나고 있었다.
 싫어. 싫어. 다가오지 마. 내 목 조르지 마!
 하지만 몸은 점점 가까워지고, 괴인의 손이 목에 닿았다. 그것은 아주 섬뜩하면서도 익숙한 죽음의 손길이었다.

"싫어엇!"
 헉헉.
 비명이 터지는 것과 동시에 오래 뛴 것처럼 숨이 가빠 왔다. 흐릿했던 시야가 밝아지며 눈에 익숙한 천장이 보였다. 입안은 모래를 머금은 듯 텁텁하니 목이 말랐다. 거칠게 밀려오는 숨을 몰아쉬며 주변을 더듬어 보노라니 푹신한 이불의 감촉이 느껴졌다.
 여긴 어디?
 위를 바라보며 멍하니 생각할 때였다.
 "아가씨?"
 누군가 나를 불렀다. 소리가 들리는 곳으로 고개를 돌린 나는 물수건을 든 채 멍하니 서 있는 세릴을 발견하고 작은 한숨을 내쉬었다. 땀을 흘린 것인지 뺨에 머리카락이 달라붙어 있어 영 찜찜했다.
"내 침대? 내 방?"
"네. 갑자기 쓰러지셔서 침대에 옮겨 드렸어요. 악몽을 꾸셨나 봐요."
"그랬군."
내 말에 세릴이 걱정 어린 시선으로 바라보며 부드럽게 대답했다.
"그래서 모두 난리가 났어요. 많이 아프시나 해서요. 몸이 좋지 않으신 마님께서도 손수 내려와 보실 정도였는걸요. 푹 주무시면 괜찮아질 거라는 진단을 듣고서 다시 올라가긴 하셨지만요. 주치의 어르신의 말로는 피곤이 겹쳐서 그러신 것뿐이래요. 그래도 도중에 열이 올라 깜짝 놀랐어요."
나는 손으로 이마를 짚으며 두 눈을 깜빡였다. 정신이 몽롱한 와중에도 조금 전에 꿨던 꿈 생각이 나 기분이 찜찜했다. 보통 꿈을 꾸고 나면 웬만큼 강렬하지 않은 이상 바로 잊어버리게 마련인데, 이번에 꾼 것들은 놀랍도록 생생했다. 그래서일까. 꿈을 꾼 게 아니라 직접 겪은 일 같았다.
"세릴, 물 좀 주렴."
"네."
물을 마시기 위해 몸을 일으키니 머리가 어질했다. 몸이 무거운 게 마치 병이라도 난 것 같았다. 나는 한 손으로 물컵을 받고 다른 한 손으론 목의 상처를 만지작거렸다. 미지근한 물이 들어가니 살 것 같았다.
세릴은 비워진 물컵을 받아 들고서 잠시 우물쭈물하다가 내게 물었다.
"그런데 아가씨 편지를 가져온 남자는 어떻게 할까요? 아가씨의 몸을 부축해 준 그 사내 말이에요."

"편지? 아……!"

그러고 보니 얼토당토않은 편지를 가져온 기사가 있었지. 국경 지대로 오라는 이상한 소리를 적은. 비록 편지 배달꾼으로 왔지만 그래도 황태자의 기사인지라 지금 어디 있냐고 물으니 남은 방 하나를 주어 쉬게 하고 있단다.

"옷은 남루한데 보통 사람은 아닌 것 같아서요. 그렇기에 하인이 묶는 방을 주면 안 될 것 같았어요."

"그래, 잘했다."

"그런데 저어, 계속 주무시느라 아무것도 못 드셨는데요, 수프라도 가져다 드릴까요?"

"됐어."

그러고 보니 아침도 먹지 않고서 마담의 집으로 달려갔구나. 하루 종일 쫄쫄 굶은 배가 굶주림을 호소하는 것이 마땅할 터인데 기이하게도 입맛이 돌지 않았다. 그저 지칠 뿐이었다. 그래서 나는 미간을 찌푸리며 관자놀이를 손가락으로 꾹꾹 눌렀다. 그리고 행여 무슨 지시라도 있을까 조용히 서 있는 세릴에게 이만 나가라고 명령했다. 그녀는 조용히 물수건과 대야를 챙겨 들고 바깥으로 빠져나갔다.

수분의 시간 동안 머리를 꾹꾹 누르니 두통이 좀 가시는 것 같았다. 정신이 또렷해지는 게 이제야 겨우 움직일 수 있을 것만 같은 기분이었다. 그래서 침대에서 빠져나와 이전에 와구스에게 점괘로 받은 것을 꺼내었다. 아무것도 그려져 있지 않은 백지 카드 말이다.

"아!"

카드를 본 나는 깜짝 놀라 탄성을 내질렀다. 아주 오랜만에 꺼낸 그것은 한 면 가득 그림이 그려져 있었다. 그런데 꿈에서 본 것과 똑같다. 손을 붙잡는 것 같기도 하지만 어찌 보면 악수를 하는 것과 같은 오묘한 그림이었다.

이전에 와구스가 이걸 주면서 때가 되면 카드에 그림이 나타난다 하였지. 그런데 꿈속과 똑같은 그림이 나타난 게 과연 우연일까.
　꿈속에서 본 마녀와 와구스는 나보고 황태자에게 가라고 말했다. 그렇지 않으면 비참하게 생을 마감할뿐더러 이전으로 다시 돌아간다고 하였다. 특히 마녀는 되돌아가는 이가 둘이라 했지. 그런데 이상한 일이었다. 나 말고 또 누가 있어 생을 다시 겪을 수 있단 말인가.
　"허황된 꿈이야. 그래야 해."
　나는 카드를 잡은 손에 힘을 주며 스스로를 달래듯 중얼거렸다. 하지만 뇌리로 계속 꿈의 잔상이 맴도는 것이 영 심란한 기분이었다.
　"어쩌면 좋지? 왜 내게 그곳에 가라고 강요하는 거야. 나는……."
　만일 꿈을 따라서 황태자에게 간다고 치자. 그럼 가문은 누가 돌본단 말인가. 로에나를 숨기는 건 또 어떻고. 아직 황후 쪽을 속이지도 못했는데. 몸이 많이 쇠약해져 거의 침대에 붙어 있다시피 한 어머니가 살림을 맡는 건 무리였다. 그렇다고 해서 후견인에게 전권을 줄 순 없기도 하다.
　정말 가야 하나? 비참하게 죽는다는데. 치욕스럽게 삶을 마감한다는데. 하지만 그게 미래를 예언한 거라고 어찌 믿어.
　"그런데 카드에 그림이 나타났어. 똑같은 그림이."
　……만일 간다면 그곳에서 나는 무엇을 하지?
　심란한 마음에 입술을 깨물며 밤새 방 안을 서성였다. 가야 한다와 가지 말아야 한다는 생각이 격렬하게 부딪쳐 쉬이 결정할 수 없었다. 그래서일까. 나는 살해 위협을 받았다는 공포는 잊어버린 채 오롯이 이것에만 정신을 집중하며 다시금 잠을 이루지 못했다.
　그렇게 시간이 흘러 또 다른 아침이 밝았을 때 나는 한 가지 결심을 했다. 오늘 무작정 마차를 타고 가다 와구스를 만나 점괘를 듣는다면 그 내용을 내게 주어진 운명으로 받아들이겠다고 말이다. 한번 이어진 우연이 또 생기지 않으리라는 법은 없잖는가.

그리고 몇 시간 후 나는 중년의 와구스를 만나 그에게 점을 보고 있었다. 풍만하게 생긴 남자 와구스는 이전의 늙은 여인이 그랬던 것처럼 카드를 한 장씩 뽑게 했다. 길을 가다가 갑자기 붙들려 점을 보게 했음에도 그는 순순히 요구를 받아들였다.

"운명, 순종, 여행. 아가씨께서 뽑은 카드는 이러한 의미를 담고 있습죠."

나는 그곳에 가야 한다고 말하는 것처럼 나온 점괘에 할 말을 잃었다. 그래서 오기로 카드를 또 한 번 섞어 다시 점을 보자고 명령했다. 와구스는 그런 내 말에 오묘한 표정을 짓다가 이내 고분고분한 태도로 카드를 섞었다.

"이번에는 운명을 거스르는 자, 파멸, 좌절 이렇게 세 가지가 나옵니다."

숫제 협박에 가까운 내용이었다. 와구스도 기다렸다는 것처럼 줄줄이 나온 점괘에 이상하다는 것처럼 헛웃음을 지으며 뺨을 긁었다.

"뭔지 모르겠지만 운명을 따르는 게 낫다는 것 같습니다만."

나는 망연자실한 표정으로 그것을 바라보다 이내 정신을 차리고 그에게 돈을 주었다. 수고했다는 의미였다.

"아가씨, 감히 한 말씀 더 드리자면, 기이한 바람이 분다고 생각하였을 땐 주저 없이 반대편으로 도망가십시오. 그럼 위험을 피할 수 있을 겁니다."

"기이한 바람?"

"예. 갑자기 소름이 돋는 그런 바람 있잖습니까. 앞으로 그것만 피하시면 됩니다."

갑자기 소름 돋는 바람이라. 그런 게 있을까?

나는 옅은 미소를 지으며 알겠다고 대답했다. 그리고 한숨을 내쉬며 마차 위로 올라섰다.

가라는 소리지. 가야 한다는 거지?

누군가 억지로 떠미는 듯한 느낌에 기분이 썩 좋지 않았다. 반란만큼은 어긋나지 않게 하겠다는 신의 뜻인가. 아니면 악마의 장난인가.

이후로 아주 우연히 몇 명의 와구스를 더 만나 점을 보았지만 처음 만났던 자의 점괘와 다를 바가 없었다. 오히려 어떤 이의 점에서는 죽음이라는 글자가 떠오르기까지 했다. 정해진 것과 다름없는 결과에 얼굴이 점점 일그러졌다. 그래서 마음이 심란하고 초조했다.

"가문은? 이렇게 떠났다가 내 입지가 흔들리면 어떡하지?"

다행히 로샨 영애가 나를 도와 이에 대한 해결을 해주었다. 어느새 그녀에게도 황태자의 편지가 간 모양인지 영애는 아주 부럽다는 표정으로 나를 바라보며 두 손을 걷어붙였다. 그리고선 하는 말이 아무도 눈치채지 못하게 변장을 시켜 준다는 것이었다. 절망에 가득 찬 내 표정은 아랑곳하지 않고서 말이다. 사실 남장을 한다는 생각은 좋다. 여성의 몸으로 군영을 찾아갈 수 없으니까. 딱히 대안이랄 것도 없고 말이다. 하지만 정신 나간 짓이라는 건 부정할 순 없는 노릇이었다.

나는 나를 바라보며 생글생글 미소를 짓고 있는 로샨 영애의 모습에 눈썹을 찌푸렸다. 모두가 분주히 움직이는 와중에 홀로 우아하게 차를 마시는 모습이 퍽 얄미웠다.

그녀가 비밀리에 데려온 하녀들은 이러한 분장이 익숙한 건지 무척 능숙한 솜씨로 내 모습을 바꿔 나갔다. 그저 가만히 앉아 있었을 뿐인데도 금세 어수룩한 소년 하나를 뚝딱 만들어 냈다.

나는 거울 속에 비친 낯선 이를 바라보며 신기하다는 것처럼 탄성을 내질렀다. 여성스러움을 감추기 위해 극단에서 얻어 온 재료로 턱 부근을 덕지덕지 바르고 나니 제법 그럴 듯했다. 잭과 비슷한 또래의 소년이 여기에 있었다. 비록 천으로 가슴을 너무 압박하는 바람에 숨을 쉬는 것조차 어려울 지경이었지만.

로샨 영애는 거울에서 눈을 떼지 못하는 내게 웃음이 섞인 목소리로 말했다.

"좋아, 완벽해요. 사실 분장으로 시스의 아름다움을 가릴 수 있을지 걱정했는데, 이렇게 보니 나쁘지 않군요."

"네. 무척 놀라울 정도예요. 내가 아닌 것 같아요. 어머니라도 절 못 알아볼 거예요."

"당연히 그래야죠. 참, 그렇지. 이젠 목소리를 낮추는 연습을 해야겠어요. 아, 가서도 능숙하게 변장할 수 있게끔 하녀를 붙여 줄게요. 하지만 기본적인 건 시스가 배워 가는 게 나을 거예요. 혹시 모를 일을 대비해서 말이죠."

그녀는 전장으로 떠나는 내가 걱정되지 않는 것인지 무척 태연한 표정을 하고 있었다. 살짝 골이 난 내가 무섭다고 투덜거리듯 말하자 이해할 수 없다는 듯 고개를 갸웃거리기까지 했다. 황태자가 지켜 줄 게 분명한데 뭐가 두렵냐는 듯이. 그녀의 얼굴에는 그에 대한 신뢰로 가득 차 있었다.

놀랍게도 로샨 영애는 죽음에 무척 익숙한 것처럼 보였다. 나는 그것이 황태자의 곁에 있으면서 사람이 죽는 모습을 많이 보았기 때문이라 생각했다. 권력과 가까울수록 피에 익숙해지는 건 숙명이었다. 그렇기에 로샨 영애는 내가 무엇을 두려워하는지 공감하기 어려울 터였다.

"곧 몸이 좋지 않아 칩거하는 것으로 소문이 날 거예요. 로에나가 은밀히 구출되었다는 소식도 함께 퍼뜨리죠. 사업에 관한 부분은 후견인과 함께 처리할 거지만, 중요한 사항은 영애의 의견을 물을 테니 걱정하지 마세요."

나는 후견인이 황태자의 명을 받아 비슈발츠가를 마음대로 휘저을까 봐 두려워 쉽게 대답하지 못했다. 내가 아는 황태자는 이런 식의 수작을 부리고도 충분히 남을 사람이었다. 그도 그럴 것이 부재중인 상황을 틈타 손을 쓰는 게 가장 쉬운데 아니 그러하랴. 나라도 그럴 것이다.

그렇기에 이번의 일이 영 찜찜하고 수상쩍었다. 그가 예언을 핑계로 나를 부른 것이나 모든 와구스가 미리 합을 맞춘 것처럼 황태자에게로 인도하는 점괘를 내어놓는 것들이. 하지만 그 전날 꿨던 신비로운 꿈도 그렇고, 로샨 영애가 신 앞에 자신의 가문을 걸며 맹세하는지라 마냥 경계할 순 없었다. 마치 정해진 운명처럼 모든 것이 흘러가고 있었다.

로샨 영애는 황태자가 자신의 직속 그림자를 풀어 내가 변방에서도 가문의 일에 신경 쓸 수 있도록 해주겠노라고 약속한 것을 전해 주었다. 그리고 그에 대한 증거로 황태자의 직인이 찍힌 서류를 내어놓았다. 제국 내에 손꼽히는 후작 가문의 영애와 다음 대의 황제가 될 게 분명한 이가 함께 힘을 모아 비슈발츠 가문을 지켜 준다고 하니 믿을 수밖에 없었다. 어쩌면 나보다 더 잘 가문을 이끌어 나갈지도. 하지만 이런 식으로 가문을 삼켜 버리면 어쩐다지?

가장 큰 문제는 로에나를 계속 잘 감추는 것에 있었다. 다락방에 갇혀 있는 그녀에 대해 아는 건 물랑뿐이라 이래저래 심란한 마음이 들었다. 하녀장의 충심이야 못 믿을 게 없지만, 마리가 천방지축으로 날뛰고 다닌다면 일을 그르칠 수 있어서다. 그래서 마리와 세릴을 어머니에게 보내기로 결정했다.

로샨 영애가 나에 대한 호의로 로샨가의 별장에 어머니를 초대했다는 핑계를 대고서. 그러잖아도 개인 온천이 딸려 있는 별장인지라 어머니의 건강에 대한 그럴듯한 이유가 되었다.

다음 날 밤이 이슥해지기 전에 로샨가의 전폭적인 도움을 받아 어머니를 빨리 별장으로 떠나 보냈다. 다행히도 어머니는 갑작스러운 권유에도 내 덕분에 이런 호사를 누린다며 즐거워했다. 특히 리안과 함께 지내는 것에 불편함이 없게 하겠다는 영애의 공언을 가장 흡족하게 여겼다. 그래서 평소보다 더 기운찬 걸음을 보이며 마차 위에 올라탔다. 마리와 세릴 역시 어머니를 잘 보살펴 달라는 내 부탁에 아무런 의심조차 하지 않고서 별장으로 향했다. 다행스러운 일이었다.

 이후로 나는 꽤 바빴다. 며칠 동안 내가 꼭 봐야 하는 사항을 미리 점검하고 혹시 모를 일에 대비하여 이런저런 대안을 만들다 보니 하루에도 몸이 몇 개라도 부족했다. 로샨 영애 몰래 정보상과 연결하여 또 다른 의뢰를 하는 것도 일이었다.

 하루에 두 시간도 채 자지 못하는 나날이 이어졌다. 그래서 두통과 어지러움에 시달렸다. 안색도 많이 창백해져 누가 보면 시체가 의자에 앉아 있다고 할 판이었다. 하지만 그 덕에 괴한이 나오는 꿈을 꾸지 않아 좋았다.

 내가 일을 마무리하는 동안 국경 지대에서 몇 번의 전투가 일어났고, 제국군이 계속 이겼다는 소식이 들려왔다. 탐색에 가까운 소규모 대전인지라 야만인에게 큰 타격을 주진 못했지만, 제국의 위엄을 살리는 데 어려움이 없었노라는 호평이 대부분이었다.

 사람들은 황태자가 곧 야만인들의 목을 가지고서 개선할 것이라 여겼다. 선황제의 장례식을 무사히 치른 다음 그 누구보다 화려한 대관식을 열 거라 믿고 있었다. 만일 저택에 은밀하게 날아온 편지 하나가 없었더라면 나 역시 그렇게 여기고 있었을 것이다.

『서두를 것.』

 아주 짧은 글이었지만 초조함이 물씬 풍겼다. 황태자답지 않은 재촉이었다. 연이은 전투에서 매번 승리만을 맛보고 있다는 사람이 보낸 것이라 믿을 수 없을 정도로 말이다.

편지를 본 기사는 내게 조금만 더 일찍 출발할 수 없냐고 정중하게 물었다. 그런 그의 얼굴에는 불안함이 가득했다. 마침 그날로 준비를 다 끝마친 상태라 바로 출발하는 건 어렵지 않았다. 어차피 가기로 마음먹은 거 좀 더 일찍 출발해서 나쁠 게 없으니까. 저녁 늦게 출발하는 것이 남들의 이목을 피하기에도 좋고.

그래서 우리는 그날 저녁에 미리 준비한 말을 타고서 조용히 수도를 떠났다. 촌각을 아껴 가며 열심히 달리니 순식간에 여러 도시를 돌파했다. 물론 가는 내내 한두 시간 정도 짬을 내어 꼬박꼬박 쉬었다. 내 체력이 비루한 탓이었다. 돌아온 몸은 이미 그 길거리에서 뛰어놀던 시절을 많이 뛰어넘은 참이므로 몇 번의 노숙에 급격하게 무너졌다. 그나마 말을 웬만한 귀족보다 더 능숙하게 탔기 망정이지 그마저도 되지 않았더라면 좀 더 힘겨운 시간을 보냈을지도 모른다.

그렇게 수도를 떠난 지 보름이 지나 국경 지대에 거의 도착했을 때, 내 몸은 거의 만신창이가 되어 있었다. 시간을 단축하기 위해 강행에 가깝게 달리다 보니 그럴 수밖에 없었다. 엉덩이고 허벅지고 온통 근육이 배겨 얼얼했다. 저녁쯤 저택에서 날아온 소식을 듣고서 그에 알맞은 답변을 해주느라 늦게까지 잠을 못 이룬 날도 많아 피곤했다.

가장 힘들었던 건 먹는 것이었다. 그새 고급스러워졌는지 딱딱한 육포와 빵은 물론이고 길거리 식당의 싸구려 음식조차 넘기기 어려웠다. 아마 분장을 도와주기 위해 따라온 하녀—그녀 또한 남장을 했다—가 이것저것 많이 챙겨 주지 않았더라면 제대로 먹지 못해 진작 녹초가 되어 쓰러졌을 것이다.

기사는 국경 지대에 가까워지자 속도를 조금 늦추며 인근에서 정보를 모으기 시작했다. 출발했다는 답변을 보낸 이후로 더 이상 재촉하는 편지가 오지 않아 국경의 사정에 어두웠던 탓이다. 승전보가 전해진 건 십 일도 더 된 일이므로 전황이 어찌 바뀌었는지 긴밀하게 알아볼 필요가 있었다.

제국군이 있는 곳에 가까워지면 가까워질수록 인접해 있는 마을 사람들의 태도가 불친절했다. 불퉁한 말은 기본이고 신경질적인 반응을 보이기가 일쑤였다. 특히 사람들은 우리와 대화를 나누지 않으려고 애를 썼다. 혀를 잘못 놀리게 될까 봐 두려워서다. 군에 인접한 마을일수록 스파이들이 지속해서 상주하며 정보를 모은다는 건 세 살 먹은 아이도 아는 사실이었다. 이상한 소문이 퍼지면 그에 대한 모든 책임이 마을에 돌려진다는 것 또한 말이다. 그래서 사람들은 마을에 들른 이방인을 노골적으로 두려워했고 군의 승리에 희망적인 반응을 보이지 않았다.

널리 알려진 것과 달리 이곳 사람들은 야만인들이 더 많이 이겼다고 알고 있었다. 요 며칠 사이 황태자의 모습이 보이지 않는다며 무슨 일이 일어난 게 아니냐는 불안한 소문도 팽배했다. 수도와 사뭇 다른 분위기에 매우 놀랄 정도였다.

기사는 어떻게든 조금 더 정보를 얻으려고 했지만, 사람들이 보내는 싸늘한 눈초리에 고개를 설레설레 내저었다. 알아낼 것이 전무한데 계속 이곳에 머무는 건 오히려 시간 낭비였다. 그래서 마을 사람들의 이목을 피해 아침 일찍 마을을 떠났다. 그리고 다시 사흘을 쉬지 않고 달렸다. 국경 지대가 보일 때까지 그렇게.

이른 새벽에 가까스로 도착한 제국군의 막사는 경계가 삼엄했다. 나무를 날카롭게 깎아 만든 울타리 너머로 커다란 횃불이 거칠게 일렁이며 몇몇 병사가 무기를 들고서 일렬종대로 지나갔다. 어렴풋이 깔린 안개에 사위가 축축하게 젖어 음습한 느낌이 감돌았다. 실을 팽팽하게 잡아당긴 듯한 긴장감이 군영 위로 날카롭게 서려 있었다.

기사는 나를 잠시 세워 두고서 먼저 보초를 서고 있는 자들에게 다가갔다. 그가 낮은 목소리로 뭐라고 말하자 주변에 서 있던 병사들이 경계하며 곤두세웠던 창을 아래로 내리고 예를 취한다.

그는 인사를 받을 새도 없이 내게 다가와 따라오라고 말했다. 그리고 여러 개의 천막을 지나서-불을 쬐고 있던 병사들이 힐끔힐끔 나를 쳐다보았다-가장 커다란 천막에 다가가더니 그 앞에 또 나를 세워 두었다.

이렇다 할 설명도 없이 바로 천막 안에 들어간 그가 다시 나와 안으로 들어오라고 말한 건 시간이 조금 지났을 무렵이었다. 나는 피로로 무거워진 눈을 힘겹게 깜빡이며 고개를 끄덕였다. 그리고 조심히 안으로 들어갔다. 천막 안은 크고 넓었다. 안에 화롯불을 켜 놓아 훈훈한 공기가 감돌고 있었다. 지붕 위로 연기가 빠져나가게 설계해 놓았기에 눈이 맵지는 않았지만 익숙한 냄새가 감돌았다. 약초 향이었다.

기사는 멍하니 서 있는 내게 눈짓했다. 막사 안은 하나로 넓게 터진 게 아니라 두꺼운 천을 덧대어 공간을 분리해 놓은 상태였다. 그의 시선이 바로 그 숨겨진 공간에 향했다. 나는 천천히 걸어가 캐노피처럼 늘어진 천을 들어 올렸다. 황태자는 그 안에 붕대를 감은 채 앉아 있었다. 상체를 반 벌거벗다시피 한 그의 손에는 종이 여러 장이 쥐어져 있었고, 그는 그것을 바라보며 무심한 태도로 입을 열었다.

"오느라 고생이 많았겠군."

불빛에 비친 황태자의 몸은 조금 심각해 보였다. 붕대에 얼룩처럼 묻어 있는 건 피였다. 분명 치료를 했을 텐데도 지독한 혈향이 감돌았다.

나는 바닥에 쪼그려 앉다시피 하며 약초를 찧고 있는 의사와 그의 주변에 널려 있는 피 묻은 붕대를 발견하곤 한숨을 삼켰다. 그리고 최대한 목소리를 낮춰 말했다. 이곳에 오기 전 미리 로샨 영애에게 검증받았던 음성이기에 나름 어색하지 않았다. 무엇보다 성장기가 지나지 않은 소년의 목소리는 미성에 가까운지라 흉내 내는 게 쉬웠다. 잭을 떠올리면 되는 거니까.

"예. 그런데 상처를 입으신 겁니까?"

내 목소리가 꽤 흥미로웠던 것일까? 그제야 시선을 돌려 나를 바라보는 황태자다. 그리고 빙그레 미소 짓는 데 저 또한 내 꼴이 우스웠던 모양이었다.

"방심한 탓이지. 그래서 이름이?"

"라데입니다. 라데 렐신."

황태자는 내가 '성'을 붙이자 의외라는 듯 눈썹을 추켜세웠다. 평민이 아닌 귀족 행세를 할 거라고 미처 생각지 못했기 때문이다. 렐신은 어머니의 성이었다. 이제는 사라지고 없는 귀족 가문의. 그리고 라데는 이전에 어머니가 내가 남자였다면 붙여 주고 싶었다고 말한 이름이었다.

황태자는 의사에게 나가라고 명령했다. 그리고 그가 사라지자마자 바로 내게 물었다.

"귀족 행세를 하다니. 무슨 생각이지?"

나는 태연한 목소리로 대꾸했다.

"평민보다 귀족인 것이 전하의 곁을 지키기에 더 낫지 않습니까? 이번 일에 대한 포상을 주실 때도 말이지요."

"포상? 포상이라……."

"그럼 아무것도 주지 않으실 참이었나요?"

"……그대는 참 의외로운 점에서 날 웃긴단 말이지. 그래, 마땅히 보상을 해드려야지."

"네, 그렇게 해주시면 됩니다. 자, 제가 여기서 무슨 일을 하면 되는 건가요?"

"왜 불렀는지 묻지 않는군. 내가 왜 상처를 입었는지 궁금하지도 않나?"

서운하다는 것처럼 미간을 살짝 찌푸리는 그의 행동이 이젠 우습지도 않았다. 묻는다고 해서 순순히 답할 인사였으면 진작 물어봤을 테니까.
"제가 어찌 감히 여쭤보겠습니까?"
"하지만 궁금해해야 할걸? 이게 그대를 불러온 이유니까."
황태자는 앉으라는 권유도 없이 바로 말을 꺼내기 시작했다. 이는 상처를 입게 된 경위로 자신의 행동에 대한 정당성을 부여하려는 속셈이었다. 속내가 빤히 보였지만 대놓고 거절할 수도 없는지라 중간중간 성의 없는 호응을 하며 귀를 기울였다.
그의 말에 따르면 몸의 부상은 국경 지대에 도착한 이후 세 번째 열린 전투에서 입은 것이라고 했다. 예상치 못한 기습에 당한 것으로 황태자를 겨냥한 화살이 갑옷을 뚫고 심장 지척에서 멈췄다는 것이다. 그의 가슴 언저리에 걸려 있었던 부적 덕분이었다. 자그마한 철패로 만들어진 그게 화살의 끝을 막아서였다. 내가 아이레스 경에게 선물했던 그것이 말이다.
황태자는 부적을 왜 네가 가지고 있냐고 눈으로 묻는 내게 어깨를 으쓱이며 대답했다.
"두 번째 전투 직후 군영으로 돌아오다가 땅에 떨어진 것을 우연히 발견했다. 나중에 부적이 없어진 줄 알고 사색이 되어 안절부절못하는 멜이 너무나 우스워 보여 잠깐 가지고 있다는 게 결과적으로 내 목숨을 구한 꼴이 되었지."
그리고 그는 잔잔하게 가라앉은 눈동자로 내게 또 다른 말을 꺼냈다. 국경 지대로 출발하기 전 와구스에게 가서 점을 보았는데, 마녀와 똑같은 예언을 했다는 것이다. 이 와구스는 그저 그런 떠돌이가 아니라 황실 사람들이 큰일을 치를 때마다 남들 몰래 찾아가 점을 보는 이로 그의 말 하나하나를 무시할 수 없다고 하였다.

"본래 그런 말 따위 믿지 않지만 그게 오랜 전통이라니 어쩌겠어?"

사실 와구스만 그런 말을 했더라면 그냥 흘려 넘겼을 황태자였다. 그가 그런 것에 연연할 인간이긴 하나. 그런데 국경 지대에 도착한 이후로 계속 이상한 꿈을 꾸다 못해 세 번째의 전투에선 목숨을 잃을 뻔했으니 신경을 쓰지 않을 수 없다고 했다.

황태자는 특히 화살을 맞기 직전 땅이 노을에 젖어 붉게 물든 것과 같은 착시 효과를 일으켰을 때 소름이 돋았다고 덧붙였다.

"그거 아나? 잠을 잘 때마다 내 머리맡에 검은 그림자 하나가 일렁이며 서 있는 게 느껴져. 그래서 몇 번이고 천막을 세운 장소를 바꿔 보고 침대의 위치를 다른 곳으로 해보고 신전에서 나누어줬던 성수까지 뿌려 보기도 했지. 그런데 여전해. 잠을 잘 수가 없어. 그런 와중에 죽을 뻔했으니 그 예언을 신경 쓰지 않을 수 없단 말이야? 놀랍게도 그대의 부적 덕분에 살았잖나."

황태자가 내 앞으로 손을 뻗었다. 어느새 그의 손바닥엔 중앙이 깊게 파인 부적이 놓여 있었다. 내가 아이레스 경에게 선물한 바로 그것이다. 두께가 조금만 더 얇았더라면 그의 심장을 관통하고도 남았을 것처럼 안쪽으로 완벽하게 우그러진 상태였다.

"참 이상한 일이지? 내가 만든 예언에 내가 당하게 되었으니. 사실 그때 예상치 못한 말이 덧붙여지지 않았더라면 이 일 또한 우습게 넘어갔을 거야."

제 상황에 대한 조소일까? 살짝 비틀어진 입술 위로 잊고 싶었던 말 하나가 흘러나왔다.

"그래, 나는 벌써 한 번 보았지. 죽음을 거스른 여인을."

희미한 불빛 너머로 깊게 일렁이는 눈동자는 무어라 명명할 수 없는 환희에 젖어 있었다. 그것은 마치 먹음직스러운 사냥감을 발견한 짐승의 것과도 같았다.

"그렇기에 그대가 필요한 거야."

즉, 황태자는 나보고 살아 있는 부적이 되라고 말하고 있었다. 자신을 위해서.

나는 황태자의 말에 실소가 터져 나올 것 같았지만 꾹 참았다. 인간 부적이 되라는 내막에 어처구니가 없는 건 둘째 치고 나를 어떻게 데리고 다닐지 상상조차 되지 않아서다.

전쟁에 대해 눈곱만치도 모르는 나라 하여도 지휘관이 일선에 물러나 있어야 함을 잘 알고 있었다. 그렇기에 그가 입은 상처가 이해되지 않았다. 물론 병사들의 사기를 위해 잠시 앞으로 나가 싸우다 다친 거라-그는 야만인이 선황을 거론하며 도발했기에 응해 줄 수 없었다고 설명했다-하지만 이후에도 이런 위험한 상황이 지속되지 않으리라는 법은 없잖는가.

그렇다고 해서 심약한 여인에 불과한 내가 검을 들고서 같이 싸워 줄 수 없기도 하고. 지금이야 멀쩡하게 잘 있다 하나 전투가 일어난 상황에서 제정신으로 견딜 수 있을 리 만무한 노릇이었다.

나는 차오르는 한숨을 꿀꺽 삼키며 희미한 미소를 지었다. 점과 이상한 꿈만 아니었다면 순순히 올 일이 아니었는데 말이지. 아아, 내 인생은 왜 이리 험난한 걸까.

"그렇군요. 잘 알겠습니다. 그러니 이제 제가 어찌해야 하는지 알려주세요."

황태자는 순순히 수긍하는 내 태도가 수상쩍은지 눈을 가늘게 뜬 채 다시금 나를 바라봤다. 이 말도 안 되는 일에 가타부타 대꾸하는 것도, 그렇다고 해서 그의 상처를 안타까워하는 것도 아닌 묘하게 체념하는 듯한 태도에 기분이 이상한 모양이었다. 그러나 그것도 잠시 그는 평이한 어조로 대답하며 자신이 읽고 있던 종이를 내게 건네주었다.

"시동이 되어 이 천막 안에 머무르기만 하면 돼. 물론 오래 있지는 않을 거야."

 나는 종이를 받고 그 안에 적힌 내용을 살펴보았다. 로샨 영애가 보낸 편지로 비슈발츠가에 대한 소식이 적혀 있었다. 내가 로에나를 구출하다가 몸을 다쳐 몸져누웠다는 소문이 퍼진 것과, 외출을 나간 마담 드 라발리에가 괴한의 습격을 받아 모두에게 큰 충격을 주었다는 이야기, 쉴피스 경을 닮은 사내가 시체로 발견되어 사교계 내부에 혼란이 일어났다는 것, 그리고 황후와 키란 백작이 다퉜다는 내용 등등 말이다.
 그리고 국경 지대의 싸움으로 인해 주변국들이 상당 부분 긴장하고 있으며, 그로 인해 세관이 매우 까다로워져 상업적인 부분에 타격을 입고 있다는 것과 국경 지대를 중심으로 밀의 가격이 조금씩 오르고 있어 상계 쪽에 은밀한 회담이 이루어지고 있다는 점 또한 적혀 있었다.
 로샨 영애는 종이의 말미에 황태자 전하의 이름으로 상계에 압력을 주어서라도 그들의 회담에서 비슈발츠가가 빠지는 일은 없도록 할 테니 걱정하지 말라는 말을 덧붙였다.
 가장 최근에 온 듯한 편지에는 나와 닮아 보이는 여인이 황후 쪽 사람들과 만나고 있다는 첩보가 로샨 영애에게 보고되었다는 소식이 적혀 있었다. 그리고 구출된 로에나의 순결에 대한 의혹이 불거져 라발리에가 엄청나게 화를 냈다는 것과 황후가 마치 선심 쓰듯 키란 백작과의 혼인을 주선하고 있다는 것, 그래서 황실에서 나에게 자꾸 편지를 보내기에 그것을 무마하느라 많을 힘을 쓰고 있다는 점 또한 자세하게 적었다. 이 주가 채 안 된 상태에서 많은 일이 일어난 것이다.
 황태자는 종이에 적힌 내용을 읽을 때마다 인상을 굳히며 미간을 찌푸리는 나에게 상이라도 주는 것처럼 느긋한 어조로 말했다.
 "그대가 돌아갈 때쯤 이미 다 해결되어 있을 거야. 그러니 걱정하지 말고서 내 시동 역할에 충실해."

"곁에 있기만 하면 되는 건가요?"

"글쎄, 그것은 시험해 볼 사항이라서. 꿈에서 봤던 게 맞는다면 가까이 있는 그 자체만으로도 나에겐 큰 힘이 될 테지."

이상하게도 황태자는 자신이 꾼 꿈의 내용에 관해 이야기를 하지 않고 있었다. 다른 것은 다 속 시원하게 밝히고 있으면서 말이다. 그래서 신경 쓰였다. 나 역시 꿈 때문에 떠밀리듯 점을 보지 않았나. 하지만 굳이 입을 열어 물어볼 필요는 없겠지. 긁어 부스럼을 만드는 것도 아니고, 그가 저어하는 부분을 들춰 신경전을 벌일 이유가 없었다. 어쨌든 황태자가 이 싸움에서 이겨야만 내가 살 수 있으니까 말이다.

시동 역할을 하라 하지만 실상은 서 있거나 앉아 있을 게 전부인 상황일 테니 육체적인 고단함은 없을 터였다. 단지 전쟁의 한복판에서 내가 얼마나 버틸 수 있는지가 문제지. 물론 어찌어찌 잘 버틴다면 비슈발츠가를 대외적인 측면에서도 완벽하게 손에 넣을 수 있을지 모른다. 그것도 합리적인 절차를 통해서. 그렇기에 순순히 수긍하는 것처럼 고개를 끄덕였다.

※

내가 변방에 도착한 이후 일어났던 크고 작은 싸움 중 큰 전투라 할 수 있는 상황에서는 대부분 이긴지라 제국군의 사기가 하늘을 찌를 듯 높아져 있었다. 정찰을 나갔던 부대 몇 개가 야만인들의 습격 때문에 잘리고 자잘한 전투 몇 번을 지긴 했지만 타격이 될 정도는 아니었다.

그래서일까. 병사들의 얼굴엔 전쟁에 대한 두려움이나 공포가 보이지 않았다. 지친 기색 또한 없었다. 오히려 조금만 더 몰아붙이면 금세 야만인들을 소탕할 것만 같은 분위기가 감돌았다. 적들이 몇 번이고 군영에 침투하여 소란을 피웠지만, 그 누구도 흔들리지 않았다.

수도에서는 천천히 흘러가던 시간이 병영에서만큼은 너무나 빨리 지나갔다. 황태자의 시동이 된 지 벌써 이 주일이 다 되어 가고 있었다. 그동안 나는 많은 사람의 이목을 끈 유명인으로 자리매김했다. 그도 그럴 것이 제법 말끔하게 생긴 소년 하나가 어느 순간 뿅 하고 나타나 막사 주변을 어슬렁거리니 궁금해하지 않을 수 없었다. 귀족들은 갑자기 나타나 황태자의 직속 시동이 된 나를 경계하면서 그의 의중을 짐작하려고 애를 썼다. 내가 가장하고 있는 신분이 렐신이라는 성을 가진 귀족이라는 점에서 특히 그러했다.

특히 대공 쪽으로 보이는 사람들의 눈빛이 노골적이었다. 그들은 나의 일거수일투족을 감시하며 꼬투리를 잡으려고 애를 썼다. 대공이야 별일이 아닌 것처럼 시선을 돌렸지만 말이다.

놀라운 건 아이레스 경이 남장을 한 나를 바로 알아차렸다는 점이었다. 처음엔 황태자에게 언질을 받았나 싶었는데, 그가 크게 분노한 아이레스 경에 난색을 표하면서 둘 사이에 어떠한 상의조차 이루어지지 않았음을 알게 되었다. 아이레스 경은 주변의 이목을 의식해서인지 언성을 높이지 않았지만, 매우 충격을 받은 듯 몸을 부들부들 떨었다. 그리고 '제가 칼을 뽑지 않음에 감사하십시오'라는 다소 파격적인 소리를 내뱉었다.

"부적은 우연입니다. 그런데 그걸 확대해석하여 이런 짓을 벌이시다니, 영민하신 전하께선 어디 가셨단 말입니까? 그리고 제 부적을 왜 전하께서 가지고 계셨단 말입니까!"

무어, 부적을 운운하는 것으로 보아 '죽음을 거스른 여인'에 대한 예언은 아는 모양이었다. 하지만 그는 그것을 우연으로 치부했고, 황태자가 그런 헛된 말에 현혹되어 나를 전장의 한복판에 데려온 것을 지탄했다. 병사들이, 기사들이 저를 지켜 줄 것이 분명한데 굳이 이래야 하냐는 것이었다. 하지만 황태자는 친구의 분노에도 불구하고 되레 서늘한 어조로 강하게 말했다. 자신의 의사에 반하는 건 용납하지 않겠다는 것처럼.

"아이레스 경, 그대가 내 이성을 걱정할 필요가 없네. 나는 지극히 합리적인 판단에 근거하여 라데를 데려온 거야. 아무리 내 친우라 하지만 이러한 태도는 무척 불쾌하군."

"하오나 전하."

"그만하게. 앞으론 이 일에 관한 그 어떠한 소리도 듣지 않겠네."

"……그럼 위험하지 않도록 제가 지킬 수 있게 해주십시오."

'제가'라는 말 앞에 '내'가 들어 있음을 모르는 이는 없었다. 하지만 황태자는 낮게 혀를 차며 그의 말을 거부했다.

"너무 끼고 돌면 이상한 소문이 돌 텐데? 그리고 아이레스 경, 아니, 멜, 그댄 나의 기사야."

"전하!"

"경, 감히 내 말에 항명하는가?"

"항명한다면 어찌하실 작정이십니까? 저의 목이라도 베실 겁니까? 전하께서 저를 조금이라도 생각하셨더라면 이런 행동을 하실 순 없을 겁니다."

"제국 그 자체라 할 수 있는 나보다 그녀가 더 중하다는 건가?"

아이레스 경이 망설이지 않고 바로 대답했다. 잇새로 말을 욱여넣는 듯이 으르렁거리는 게 상처 입은 맹수와 같아 보였다.

"예."

"……할 말을 잃게 만드는군. 뭐 이해 못 하는 바는 아니지. 나 역시 그대보다 그녀가 더 중하니까. 예언을 생각한다면 말이야."

"전하! 아니, 이디!"

순간 챙 하는 소리와 함께 아이레스 경의 목에 황태자의 검이 겨누어졌다. 나는 터져 나오는 비명을 손으로 애써 억누르며 일촉즉발에 가까운 상황을 겨우 지켜보았다. 아이레스 경은 목에 검날이 닿았음에도 황태자를 노려보는 행동을 멈추지 않고 있었다.

"냉정하게 굴어, 멜. 그 어떤 기사가 자신의 주군보다 여인이 더 소중하다고 말할 수 있냔 말이야. 다른 이였으면 반역죄로 죽었을 거다. 오히려 묻고 싶군. 너는 나를 믿지 못하는 건가? 내가 그녀를 위험에 빠뜨릴 거라고 생각하냔 말이다."

"전쟁의 한복판에 있는데 어찌 위험하지 않을 수 있겠습니까? 제가 지킨다는 말을 거부하고 계시잖습니까?"

"노골적인 보호는 안 되니까. 우리가 싸우고 있는 적이 저 야만인들뿐인가? 대공이 언제라도 뒤통수치기 위해 호시탐탐 노리고 있음을 잊지 마라. 약점을 만들 필요는 없다."

내가 눈앞에 멀쩡하게 서 있는데 약점 어쩌고를 운운하는 게 퍽 기가 막혔지만, 황태자가 우려하는 게 무엇인지 아는 바라 딱히 반박하기가 어려웠다. 아이레스 경 또한 그것을 알기에 이를 악물며 시선을 피하는 중이었다.

잠시 후 그가 조금 누그러진 목소리로 황태자에게 물었다.

"노골적인 보호만 아니면 됩니까?"

"그래."

"알겠습니다. 전하께서 하신 말씀 충분히 이해했습니다. 하지만 마음은 아직 받아들이지 못하겠으니 이 무례를 용서하십시오."

아이레스 경이 손을 뻗어 검을 옆으로 밀어냈다. 검날이 손바닥을 파고들고 있음에도 아무렇지 않은 것인지 기어코 자신의 목에서 멀찍이 떨어뜨려 놓는 것이다. 피가 뚝뚝 떨어지는 손은 제삼자인 내가 보기에도 꽤 아파 보였다. 하지만 그는 아무렇지 않다는 것처럼 황태자를 한번 바라보더니 이내 내 손을 잡고서 막사 바깥을 빠져나갔다. 무척 무례하다 못해 주군을 모시는 기사로서 할 짓이 아니지만, 황태자는 그의 이름을 부르지도, 화를 내지도 않았다.

당황한 내가 고개를 돌려 그를 바라보았을 때였다. 황태자는 잘못 보았나 싶을 정도로 쓸쓸한 표정을 짓고 있었다. 하지만 곧 언제 그랬냐는 듯 냉정한 얼굴을 하며 지도로 시선을 내렸다.

아이레스 경은 막사 바깥에 나오자마자 내 손을 떼더니만 자신을 따라오라는 명령을 내렸다. 다분히 주변을 의식한 형태였다. 물론 겉으로만 냉정함을 표했지 눈은 자꾸 흔들리는 게 마치 물가에 아이를 내어놓은 사람처럼 보였다. 우습게도 그는 자신의 상처는 아랑곳하지 않고서 내가 받았을 충격만 걱정하고 있었다.

그래선지 그에게 지급된 막사 안에 들어왔을 때 내가 붕대와 연고가 어딨냐고 물어도 제정신을 차리지 못하고서 한숨만 푹푹 내쉬었다. 결국, 보다 못한 내가 막사 안을 샅샅이 뒤져 비상용 붕대와 연고를 찾아야만 했다.

나는 그의 손을 이끌고서 자리에 앉았다. 그리고 손바닥을 보여 주는 것을 주저하는 남자에게 타박하듯 말했다.

"전하께서 노하시면 어찌하려고 그러신 거예요. 손도 그래요. 검을 쓰시는 분께서 이렇게 손을 함부로 하면 되나요? 손 바로 펴세요. 약 바르게요. 왜 그렇게 무모한 짓을 했어요? 움찔거리지 마요. 제대로 바를 수 없잖아요!"

이전에 망설였던 모습은 어디로 갔는지 황태자의 앞에서 내가 가장 중요하다고 말하는 그의 태도에 섭섭했던 마음이 사르르 녹아내리고 있었다. 그래서 민망하고 쑥스러웠다. 나 때문에 손을 다친 것 같아서 속상했다. 지독하기 짝이 없는 황태자에게 대들어 어떠한 불이익을 받지 않을까 싶어 걱정스러웠다. 그리고 이러는 와중에도 내게서 시선을 떼지 않는 그가 사랑스러웠다. 연고를 펴 바르는 곳마다 불꽃이 튀는 것 같았다.

"야만인들과의 전쟁은 우리가 승리할 게 뻔합니다. 문제는 내부의 적, 대공의 무리입니다. 전하께서는 이미 이곳에서 끝장을 보실 생각이세요. 그런데 이런 곳에 영애를 데려오다니……. 전쟁은 참전하지 않아도 주변에 있다는 것 자체만으로도 사람을 미치게 만듭니다. 후유증이 엄청나다는 겁니다. 나는 영애가 평생을 그런 고통 속에 살지 않기를 바랍니다."

아이레스 경은 연고를 바르고 있는 내 손목을 붙잡고 진지한 어조로 말했다.

"오늘 밤에 다시 저택으로 보내드리겠습니다. 아니면 이전에 말씀드렸던 곳으로 피신할 수 있도록 도와드리겠습니다. 떠나십시오, 영애."

그의 말대로 떠날 수 있으면 오죽 좋으랴. 하지만 내가 떠나고 난 다음 아이레스 경이 받을 불이익과 꿈속에서 말했던 경고가 떠올라 쉬이 답할 수 없었다. 비참하고 치욕스럽게 죽다가 다시 되돌아간다니, 이 무슨 끔찍한 소리란 말이지. 물론 그의 말마따나 전쟁으로 인한 트라우마가 걱정되긴 하지만, 먼 미래를 생각한다면 이 또한 내가 감내할 수밖에 없는 상황이었다. 지독한 운명이 나를 지옥 속에 억지로 떠밀고 있기 때문이었다. 거부할 수 없게끔 말이다. 그래서 걱정에 찬 그의 뺨을 손으로 부드럽게 쓰다듬으며 달래듯 대답했다.

"살다 보면 어쩔 수 없이 해야 하는 일이 있답니다. 그것이 내 영혼을 파괴한다 하여도 말이에요. 그런데 현재의 상황이 제게 있어 어쩔 수 없이 해야 하는 일이로군요."

"하지만!"

"설마 전하께서 저를 전장의 한복판에 데려가시겠어요? 걱정 마세요. 전 계속 천막 안에 있을 거예요. 싸움이 일어나면 귀를 막을 것이고, 부상자가 옆을 스쳐 지나가면 눈을 돌리겠어요. 아무것도 보지도 듣지도 말하지도 않을 거랍니다. 그렇게 버티고 버텨서 운명이 허락하는 그날이 오면 제가 먼저 경께 도와 달라고, 이곳에서 내보내 달라고 매달릴 거예요. 그때 제 손을 꼭 붙잡아주세요."

"영애……."

"그러니까 제가 붕대를 감을 수 있도록 손을 바르게 펴 주세요."

아이레스 경은 내 말에 두 눈을 질끈 감더니만 이내 한숨을 내쉬며 고개를 끄덕였다. 그리고 기습적으로 내 이마에 키스하며 맹세의 언어를 중얼거리는데, 참담하게 무너진 그의 얼굴을 보는 게 힘들 지경이었다.

그래서 고개를 숙인 채 묵묵히 붕대를 감아주었다. 도중에 아이레스 경의 식사를 가져온 시종 한 명이 천막 안에 들어왔다가 가깝게 붙어 있다시피 한 우리의 모습에 묘한 표정을 짓다가 슬쩍 사라졌지만, 그조차도 알지 못한 채 애석한 감정을 함께 나누었다. 이로 인해 아이레스 경이 남색을 한다는 소문이 군영 내부로 은밀하게 퍼져 나갔다는 것조차 모른 채.

인간 부적으로서의 효과가 제법 있었던 모양인지 황태자의 건강은 나날이 좋아졌다. 몸의 상처가 빠르게 나아 가는 것은 물론이요, 불면증도 거의 완쾌돼서 안색이 반질반질해진 상태였다. 낮 동안 그의 곁에 서 있는 채 시중 아닌 시중을 들 뿐이었는데도. 신기한 일이 아닐 수 없었다.

물론 나로 인해 위험했던 상황을 몇 번 넘기기도 했다. 가장 최근엔 황태자가 다리에 힘이 풀려 비틀거리는 나를 붙잡느라 몸을 옆으로 움직였다가 갑자기 쓰러지는 천막 기둥을 피해 부상을 면한 적이 있었다. 놀랍게도 기둥은 황태자가 서 있던 자리에 정확하게 떨어졌는데, 만일 나를 붙잡아주지 않았더라면 크게 다칠 뻔하였다. 머리부터 맞았더라면 죽었을지도 모를 상황이었다.

더욱이 신기한 건 그 기둥이 누군가의 계략이 아닌 우연한 일로 쓰러졌다는 점이었다. 황태자는 기둥이 무너지게 된 원인을 보고받았을 때 묘한 시선으로 나를 바라보았다. 그런 그의 눈동자에 어린 건 완연한 확신이었다. 이게 마녀가 말했던 예언을 실행시키기 위한 운명의 장난인 건지, 아니면 시련인지 알 수 없지만, 적어도 나를 남장시켜서 데려온 보람은 생긴 것이다. 물론 나야 불편하기 그지없지만 말이다.

물론 황태자는 전략을 짤 때나 군영을 살필 땐 나를 대동하지 않았다. 막사에 앉아서 보고를 들어도 될 판이지만 그는 자주 밖으로 나와 진영을 살피며 병사들을 격려하는 모습을 보였다. 사기 진작을 위한 행동이었다.

그는 대공 쪽 인사들과도 잘 협력하여 하루라도 빨리 야만인들을 토벌하려는 의욕을 내보였다. '야만인들이 선황의 시신을 가져갔다는 점에서 매우 분노하고 있는 황태자'라는 이미지는 병사들의 의욕을 고취하는 동시에 귀족들에게서 주도권을 가져오기에도 매우 좋았다. 대공조차 이렇다 할 목소리를 내지 못한 채 그의 명령에 따르고 있는 걸로 보아 말이다.

그러나 그것도 잠시 주변국이 꿈틀거리며 야욕을 내비친다는 소식이 들려오자 상황이 급반전되었다. 전쟁이 길어질 기미가 보이고 있었다.

야만인들은 크고 작은 싸움에서 계속 지고 있는데도 황제의 시신을 보여 줄 생각조차 하지 않았다. 오히려 뒤가 없는 사람처럼 마구 덤벼들어 제국군의 기를 질리게 만들고 있었다. 이 정도로 진다면 훗날을 도모하기 위해 몸을 사리든가, 아니면 휴전을 요청하는 게 맞는데 말이다.

하지만 그들은 포기하지 않았다. 정면으로 맞붙는 건 어렵다고 판단한 것인지 이내 소수에 불과한 인원을 보내어 게릴라처럼 군영을 들쑤시거나 제국의 본대에서 고작 몇백 미터 떨어진 곳으로 달려 나와 선황제를 조롱하는 노래를 불러 댔다. 가끔은 젖먹이를 업은 여인도 나와서 군영을 향해 돌을 마구 던져 댔는데, 눈가에 독기가 좌르르 흐르는 것이 죽이는 게 섬뜩할 정도라는 이야기가 있을 정도였다.

병사들은 뜨거운 수프를 마실 때마다 한데 모여 쑥덕거렸다. 야만인들이 기다리는 게 주변국들의 참전일 거라고 말이다. 그런 그들의 얼굴에는 내가 처음 이곳에 도착했을 적에는 보지 못했던 감정이 무기력하게 깔려 있었다. 조금씩 지쳐 가고 있는 것이다.

병사들은 죽는 것에 대한 두려움보다는 전쟁을 오래 끌까 봐 불안해했다. 다른 나라가 끼어든다면 시간의 흐름이 달이 아니라 연 단위로 바뀌게 될 싸움이었다. 얼마 남지 않은 청춘을 변방 지대에서 썩히고 싶은 사람은 없었다. 조바심으로 인해 마음이 지쳐 가자 자연 성정이 거칠어지며 이런저런 사고가 터지기 시작했다. 군율로 엄격하게 통제하여도 모난 정처럼 삐죽 튀어나오는 게 사고인데, 지금이야 더할 수밖에 없었다.

혹시 모를 불만을 해소하기 위해 전쟁 창녀에게 욕구를 풀게 하여도 모두를 만족시키기엔 역부족이었다. 되레 창녀나 일하는 노예를 희롱하고 때리는 것으로 끓어오르는 불안을 잠재우고자 하는 이만 넘쳐 났다.

지금 나에게 다가와 위협적인 태도를 보이며 건들거리는 병사들 역시 이러한 마음을 기반으로 한 것일 터였다. 그들은 잠시 쉬기 위해-황태자는 회의에 들어갔다-막사로 되돌아가는 내게 다가와 음흉한 미소를 지어 보였다.

"이봐, 고 예쁘장한 얼굴 좀 보여 주지그래? 엉덩이를 살랑거리는 게 아주 죽이잖아?"

 노골적인 시선을 흩뿌리며 희롱하는 게 역겨울 정도다. 윗선들이 아랫사람의 생리엔 관심이 없다는 걸 잘 알기에 할 수 있는 객기였다. 그들은 황실의 시종이 될 수 있는 건 오롯이 귀족뿐이라는 사실을 모르고 있었다. 병사들은 듣는 척도 하지 않은 채 말없이 지나가는 내 모습이 우스워 보였던지 빠르게 다가와 손목을 붙잡았다. 그리고 고약한 냄새가 풀풀 나는 입을 움직여 차마 입에도 담지 못할 말을 중얼거렸다. 짧게 요약하자면 자신들은 남색도 즐기는지라 전쟁 창녀만으론 만족할 수 없다는 소리였다.

"아주 조금만 즐기자고, 응? 기사님에게만 흔들지 말고."
"그래, 그래. 우린 그분처럼 고매하진 않지만 더 크게 만족시켜 줄 수 있다고."
"근데 그 기사 양반 연인이 있다 하지 않았나?"
"연인을 잊게 할 정도로 이 녀석이 좋나 보지, 뭐. 캬, 피부 야들야들한 것 보소. 누가 시종이라 보겠어? 응? 향기도 좋고."

 불쾌한 기분에 잡힌 손목을 억지로라도 빼려고 했지만, 힘의 차이는 극복할 수 없는지라 점점 난처한 상황에 몰리고 있었다. 내가 싸늘한 목소리로 귀족 신분임을 밝히고 물러날 것을 요구했으나 그들은 거짓말하지 말라는 것처럼 크게 낄낄거렸다. 개중 한 사내는 내 목 쪽으로 얼굴을 가까이 가져다 대며 코를 킁킁거리기까지 했다. 만일 황태자가 내게 붙여 준 사람이 아니었다면 이대로 끌려가 위험한 일을 당했을 터였다.

 아이레스 경이 화를 내며 돌아간 다음 날 황태자는 내게 사람 하나를 은밀하게 붙여 줄 테니 안전에 대한 걱정은 하지 않아도 된다고 말했다. 친구를 의식한 건지 혹은 나를 위한 배려인 건지는 모르겠으나 그렇게 말해준 것만으로도 묘하게 안심이 되는 건 사실이었다.

실제로 그림자는 위험하다 싶으면 몇 번이나 내 앞에 모습을 드러내어 도움을 주곤 했다. 갑자기 황태자의 시종 자리를 꿰찬 나를 질시한 몇몇 사람이 집단 구타를 하려 했을 때나, 군영에 첩자가 들어와 공포에 휩싸였을 때나 내 옆을 지킨 건 이 그림자였다. 뭐, 아이레스 경이 뒤늦게 달려오긴 했지만 말이다.

어쨌든 지금도 불쑥 나타나 어렵지 않게 병사들을 제압한 그는 이들의 처분을 기다린다는 것처럼 나를 바라보았다. 나는 모멸감을 감추지 못한 채 싸늘한 어조로 말했다.

"군법대로 처리해 주세요. 전하께 여쭤보면 알려 주시겠지요."

마음 같아선 나를 희롱한 손목 하나 정도는 자르고 싶었지만, 전시에는 군법으로 다스려야 하는 게 맞기에 어쩔 수 없었다.

각설하고 그의 도움을 받아 겨우 고비를 넘긴 나는 한숨을 내쉬며 몸을 부르르 떨었다. 그나마 남장을 했기 망정이지 여인의 모습으로 들어왔다면 더 못 볼 꼴을 당했을 게 분명하다. 나는 소름이 돋아 오른 양팔을 손바닥으로 쓸어내리며 재빨리 천막 안으로 들어왔다.

그림자를 붙여 줬긴 했지만, 황태자가 아니었다면 이런 일을 당하지 않았을 게 분명하므로 저절로 이가 갈렸다. 그간 몇 번의 위험을 견뎠기에 이만하면 되었다 싶다가도 돌아가려는 마음을 먹는 날이면 꼭 꿈-와구스와 마녀가 나오는 꿈이다-을 꾸기 때문에 하릴없이 시간만 축내고 있는 상태였다. 그들은 카드에 나온 그림대로 행하지 않았다며 운명을 피하지 말라고 소리쳤다. 나는 그럴 때마다 답답한 마음을 이기지 못해 소리를 꽥꽥 내지르다가 땀을 흠뻑 흘린 상태로 잠에서 깨곤 했다.

물론 로샨 영애의 편지가 자주 날아와 저택의 내부를 살필 수가 있고 쥐와 새에게서도 정보가 들어오기에 아직 걱정할 일은 없지만, 전쟁의 광기라고 해야 하나, 묘하게 피부를 후벼 파는 듯한 날카로운 기운이 자꾸 신경을 건드려 울컥하게 하고 있었다.

 이른 아침부터 우울해하다가 갑자기 두려움에 떨고, 그러다가 곧 화를 내는 생활이 반복될수록 나는 점점 지쳐만 갔다. 피가 마르는 기분이었다. 잠조차 제대로 자지 못했다. 곤히 잠든 밤에 갑자기 적이 쳐들어왔다는 소리가 울려 퍼져 달달 떨면서 깬 이후로 더더욱 그랬다. 만일 짬을 내어 나를 찾아와 주는 아이레스 경이 아니었다면 진작 운명이고 뭐고 진저리치며 도망쳤을 터였다.

 지금도 그렇다. 방금 전의 상황을 알게 된 것인지 아이레스 경은 회의가 끝나기가 무섭게 내 막사로 찾아와 안색부터 살폈다. 그는 내 외관을 꼼꼼히 살피다가 조그마한 생채기라도 발견하면 바로 표정을 굳히며 약부터 들이 내밀었다. 하지만 아이레스 경이 가장 걱정한 부분은 내 마음이었다. 희롱에 가까운 언사로 상처를 받지 않았을까 두려워한 것이다.

 "안 되겠습니다. 정말로 돌려보내야겠어요. 제발 저를 막지 마십시오."

 남들의 이목 때문에 나를 지키지 못한다는 죄책감 때문일까. 아이레스 경의 얼굴은 참담하게 일그러져 있었다. 파랗게 멍이 올라오는 손목을 바라보는 눈동자엔 화르륵 불길이 일었다. 피부가 따끔따끔해질 정도의 날카로운 기운이었다.

 "저 때문에 몇 번이나 전하께서 위험한 상황을 피한 걸 보셨잖아요."
 "우연일 뿐입니다."
 "저는 그렇게 생각하지 않아요."
 "영애!"

 나는 고개를 설레설레 내저으며 그의 손을 붙잡았다. 이런 식의 접촉을 통해 저의 흥분을 가라앉히기 위해서였다. 겸사겸사 불안한 내 마음도 달래면서.

 "경께선 믿지 않으시겠지만, 저는 지금 제가 이곳에 있다는 게 무언가 운명처럼 느껴져요. 우습지만 이번 일을 통해서 제 미래가 바뀔 수 있다는 생각이 들 정도로요."

"······제 손으로는 역부족인 겁니까?"

"마음은 감사하지만 이건 저 스스로 해야 하는 일이라고 생각해요. 경의 마음을 거절하는 게 아니니 오해하지 말아주세요. 다만 이렇게 해야 하기 때문이에요."

"역시 제가 비슈발츠가 되는 수밖에 없군요."

"네?"

"아닙니다."

나는 안타깝다는 듯 그의 이름을 불렀다.

"아이레스 경······."

"제 못난 모습을 보지 말아주시길 바랍니다. 지금 제가 영애를 위해 할 수 있는 말이라곤 이후 어떤 일을 하시든지 끝까지 지지하고 지켜드린다는 허울 좋은 소리뿐이니까요."

"어떤 일이라 하더라도요?"

"네."

너무나 단호한 말에 슬쩍 장난이 샘솟은 나는 떠보는 것처럼 속내를 밝혔다.

"제가 못된 짓을 저질러도 말인가요? 아주 크게 나쁜 짓을 한다면 말이에요."

"이기적이라 생각하실지 모르겠지만 제게만 하지 않으시면 됩니다."

그가 멍이 든 내 손목을 붙잡고 살며시 입을 맞추며 부드럽게 웃었다. 그리고 상냥한 어조로 덧붙이는 것이다.

"영애께서 그런 일을 하신다면 다 이유가 있기 때문일 테니까요. 제가 무어라고 감히 영애의 소관을 판단하겠습니까?"

무한한 신뢰에 나도 모르게 웃음이 터져 나왔다. 전쟁의 한복판에 있다는 공포를 말끔하게 씻어줄 만큼의 유쾌함이었다. 동시에 가슴이 간질간질해져 왔다. 아, 손목에서부터 시작된 접촉이 어느새 혈관을 타고 흘러가 심장에 입을 맞추었나 보다. 붉게 달아오른 가슴이 경쾌한 리듬과 함께 두근두근 뛰고 있었다.
"그러니 감히 바라건대 영애께서도 제 손이 너무 잔인하다고 멀리하지 말아주십시오."
"제가 무어라고 감히 경을 멀리하고 비난하겠어요?"
나는 수줍게 달아오른 얼굴을 모로 기울이며 속삭이듯 말했다. 그가 무엇을 말하는지 알기 때문에 기분이 무척 좋았다. 아이레스 경은 나를 희롱한 자들을 가만히 두지 않을 생각이었다. 그래서 수긍한다는 것처럼 눈을 가볍게 깜빡였다.
그리고 얼마 되지 않아 병사 몇몇이 손목과 혀가 잘린 상태로 쫓겨났다는 소문이 떠돌았다. 듣기로는 군법에 어긋나는 짓을 했다고 하는데, 벌을 받은 이의 대부분이 노예를 건드리기로 유명한 남색가라는 점에서 윗선이 일부러 개입한 게 아니냐고 말하는 사람도 있었다. 형을 주도한 자가 미카엘 아이레스이기 때문이다.
하지만 그것도 잠시 이러한 소문은 에리뉴스가 다시금 황제의 시신이 들어 있을 게 뻔한 낡은 관을 앞세우고서 도발을 시작하자 언제 그랬냐는 듯 사그라졌다.
그간 주변국들은 제국의 변방에서 큰 싸움이 일어나고 있어도 서로의 눈치를 살피며 간을 보고 있었다. 확실한 의사 표명을 하지 않지만, 전쟁에 참전할 것처럼 모호한 태도를 취하며 긴장감을 불러일으키는 것이다. 황태자의 입장에선 골치가 아픈 일이 아닐 수 없었다. 그래서 그는 에리뉴스가 잠시 잠잠한 틈을 타 사신을 보내어 협상에 돌입했다. 그리고 결국 이 싸움의 결과가 어떻게 되든 참견하지 않는다는 맹약을 받아 내었다. 이웃국의 참전을 바라고 있었던 에라뉴스에게 있어 뼈아픈 소식이 아닐 수 없었다.

군영은 순식간에 무한 대기 상태로 돌입했다. 황태자를 비롯한 수뇌부는 마지막 전쟁을 준비하기 위해 몇 시간 동안 쉬지 않고 회의했다. 그동안 다른 시종들은 주인의 검과 갑옷을 닦으며 바삐 움직였다.

나는 황태자의 천막에 앉아 로샨 영애가 보내온 편지를 읽으며 생각을 정리했다. 황태자의 갑옷과 검은 이미 다른 사람에게 맡긴 상태였다. 그러므로 만일 황태자의 그림자가 불현듯 나타나 쓰러지지만 않았더라면 나름 평온하게 생각을 정리할 수 있었을 터였다.

나는 그림자가 쓰러지고 나서야 천막 안이 옅은 연기로 뒤덮여 있다는 사실을 깨닫고 자리에서 일어났다. 너무 놀라 소리를 지를 새도 없었다. 두려움에 휩싸여 바깥으로 빠르게 도망치려고 할 뿐이었다. 그런데 그런 나를 누군가가 강하게 붙잡았다.

"쉿, 아가씨 접니다. 새예요, 새."

익숙한 목소리가 내 정신을 일깨웠다. 나는 벌렁대는 가슴을 부여잡은 채 숨을 헐떡였다. 그리고 범상치 않은 방법으로 나타난 새를 차가운 시선으로 노려보았다.

"이게 도대체 무슨 짓이지?"

"이렇지 않으면 접근조차 할 수 없어서 말입니다. 부디 양해해 주세요. 놀라게 해드렸다면 죄송합니다."

나는 새의 말에 한숨을 내쉬며 손가락으로 그림자를 가리켰다.

"이러나저러나 들키는 것 똑같잖아. 저기 저 사람이 누워 있는 꼴 좀 봐."

"오, 아닙니다. 일어났을 땐 기억조차 못 할 걸요? 그러기 위해 특수 제작된 약이거든요."

"그런데 나는 왜 멀쩡하지?"

"그동안 아가씨께서 드시던 차에 꾸준히 면역이 되는 약을 넣었거든요."

 정보를 얻기 위해서라면 어디라도 기꺼이 가는 정보상 단원들이라 하지만 여기에까지 훌륭하게 침투되어 있을 줄이야. 나는 황태자의 사람들조차 감쪽같이 속이는 그들의 능력에 감탄했다. 아닌 게 아니라 새는 목소리만 '새'일 뿐이지 하고 있는 겉모습은 주변에 널려 있는 흔한 시종과 다름없었다.

 "그래, 이렇게 위험을 무릅쓰고 내게 온 이유는?"
 "수도의 분위기가 심상찮습니다. 황후 쪽이 이상하게 움직이고 있어요. 알 수 없는 병력이 속속들이 도착하고 있는 것으로 보아 무언가 큰일이 일어날 것만 같습니다. 그런데 귀족들의 움직임도 영 수상쩍더란 말입니다. 국경 지대에 보낼 병사를 모으는 것처럼 사람들을 불러들이고 있어요."

 황태자가 국경에 힘을 쏟고 있는 시간이 길어지니 수도를 먼저 장악하겠다는 건가? 나는 미간을 찌푸리며 새에게 더 이야기하라는 것처럼 눈짓했다.

 "그리고 비슈발츠가의 상선이 가문의 승계도 없이 은밀히 이동해 국경 지대에 가까운 항구에 도착했다는 소식입니다. 이곳에 투입된 단원의 말에 의하면 요즘 들어 자꾸 대공 쪽 병사들과 황태자 쪽 병사들이 마찰을 일으킨다더군요."

 야만인들과의 전쟁이 끝나면 바로 부딪친다는 계획 때문에 또 다른 병력을 상선을 통해 이동시킨 건가? 나는 초조해져 오는 마음에 입술을 깨물며 눈을 깜빡였다. 그럼 나는 어떻게 해야 하는 거지?

 새가 어깨를 으쓱이며 말을 이어 나갔다.
 "정세가 불안하게 움직이니 영 걱정이 되어야 말이지요."
 "뭐라고?"
 그는 살짝 몸을 비틀어 자신의 등 뒤에 서 있는 누군가를 보여 주었다.

"그래서 달려오지 않을 수 없었다고 하더군요."

나는 두 눈을 크게 떴다. 달달 떨리는 입술에 차마 부르지 못한 이름이 맴돌았다. 이목을 속이기 위해선지 머리카락을 호박빛으로 물들인 소년이 한층 수척해진 얼굴로 나를 바라보며 서 있었다. 나는 울음을 터뜨리는 것처럼, 숨을 토해 내는 것처럼 겨우 그의 이름을 내뱉었다.

"잭."

아이가, 소년이, 나의 잭이 마치 구원처럼 서 있었다.

눈앞이 안개에 휩싸인 듯 뿌옇게 흐려졌다. 뜨끈하게 달아오른 눈가는 눈물로 인해 촉촉하게 젖어 들어가고 있었다. 울음으로 깊게 잠긴 목울대가 부풀어 오르듯 꿈틀거렸다.

가까스로 아이의 이름을 불러 보긴 했지만, 감히 다가갈 수도, 손을 뻗어 만져 볼 수도 없었다. 용기가 나지 않아서다. 오히려 두려운 마음이 일었다. 잭의 손이 있는 쪽으로는 감히 시선조차 내리지 못하고 있었다. 잘린 손가락을 보면 바로 무너질 것만 같았다.

이건 환상일 거야. 그런 게 아니라면 아이가 나를 아무 말 없이 바라만 보고 있을 리가 없어.

덜덜 떨리는 입술을 열어 다시금 잭을 부르려다가 한숨처럼 말을 삼켰다. 이름을 부른 것 외에 무슨 말을 더 해야 할지 몰랐다. 아니, 사실은 하고 싶은 말이 참 많았다. 그때 네가 어떤 마음으로 그 일을 도맡아 한 건지, 손가락은 어떻게 잘리게 되었는지, 그리고 도망 다닐 때 힘들지 않았는지.

······내가, 내가 원망스럽지 않았는지, 나를 위해 이런 일을 한 게 후회되지 않았는지. 아리나를 내친 것에 대한 해명도 해야 했다. 쥐와 새가 무어라 설명했을지 모르겠지만, 내가 이야기하는 것과는 받아들이는 무게감이 다를 터였다.

정말이지 해야 할 말이 산더미였다. 그런데 혀가 굳은 것처럼 움직이지 않았다. 목 안이 모래를 한 움큼 삼킨 것처럼 뻑뻑하기 그지없다. 혀끝을 맴도는 액체는 신물이 올라온 것처럼 썼다.

"거참, 이런 분위기에 초를 치긴 싫지만 말입니다. 그래도 할 말은 해야 할 것 같아서요."

무거운 정적을 깬 건 새의 목소리였다. 그는 팔꿈치로 아이의 옆구리를 가볍게 툭 쳤다. 내가 침묵하고 있으니 너라도 나서 보라는 무언의 압력이었다.

나는 그제야 아이가 울음을 참고 있음을 깨달았다. 발갛게 달아오른 눈가와 위아래로 꼭 맞물려 팔자 주름이 깊게 새겨진 입가가 공기를 머금은 듯 크게 부풀어 올라 있었다. 아무 말 없이 바라만 보고 있어 걱정이 되었는데, 격정적으로 타오르는 감정을 애써 참고 있었던 것임을 알게 되자 갑자기 가슴이 벅차올랐다. 하지만 그 마음도 잠시, 잭의 말에 순간적으로 뒤통수를 얻어맞은 것처럼 멍해졌다. 뜨겁게 달아올랐던 머리가 차갑게 식어 내려가고 있었다.

"아가씨, 비슈발츠가가 습격당했습니다."

"……누구에게?"

아니, 누구라고 말할 것도 없다. 답은 이미 나와 있었다. 황후겠지. 로에나를 납치하기 위해서 다시 저택에 사람을 보낸 것이다. 수레에 로에나를 숨겨 내보낸 것처럼 꾸몄으나 믿을 수 없었나 보다. 너무 어렵게 배배 꼰 탓일까? 그래도 습격이라니…… 무슨 생각인 거지?

"그래서 저택은? 습격당했다는데 피해는 어느 정도지?"

이번엔 새가 답했다. 그는 살아 있는 사람이 거의 없으며 도적이 든 것처럼 대부분의 집기와 재물들이 망가지고 도난당했다고 말했다. 살아남은 이라곤 하녀장과 몇몇 하녀와 하인, 시스에 드 비슈발츠, 그리고 멀리 요양 가 있는 백작 부인과 그의 아들뿐이었다. 나, 시스에 드 비슈발츠는 생사가 불분명하여 실종 처리가 되었다면서.

"한동안 이 문제로 시끌벅적했었습죠."

새가 히죽거렸다.

중앙에 권력깨나 쓰는 집안은 아니지만, 나름대로 상계에서 잔뼈가 굵었다고 말할 수 있는 가문이 비슈발츠였다. 그런데 황태자가 친정을 나간 사이에 귀족 가문 하나가 풍비박산이 나 버렸으니 수도의 분위기는 흉흉해질 수밖에 없었다. 덕분에 수도에 사는 귀족에게도 사병을 거느릴 권리가 필요하다는 이야기가 불거지기 시작했다고 한다.

나는 새의 말 중 '한동안'이라는 단어에 주목했다. 어조가 매우 미묘했기 때문이다.

"한동안이라니? 그럼 지금은 아니라는 소리야?"

"범인이 잡혔거든요."

나는 새의 말에 고개를 갸웃거렸다. 그렇게나 빨리?

"범인은 비슈발츠가의 먼 방계로 밝혀졌습니다. 전에 후견인을 정하는 문제로 저택에 머물렀다가 아가씨에게 쫓겨난 뒤 앙심을 품고서 이런 일을 저질렀다고 자백하더랍니다. 로에나 영애를 납치한 것도 그의 소행으로 밝혀졌습니다. 그의 저택의 다락방에서 영애의 물건이 발견되었거든요. 그런데 아가씨의 생사만큼은 끝까지 밝히지 않아 그가 죽인 걸로 추정하는 사람이 많습니다."

로에나가 납치당하였을 적 친척의 다락방에 갇혀 있었다고? 그럴 리가. 누군가가 의도적으로 흘린 소문이겠지. 아마도 로샨 영애의 솜씨일 것이다. 내가 죽었다는 이야기가 흘러나오고 있음에도 그대로 방치하는 것이 그녀의 작품임이 틀림없었다.

나는 본능적으로 입술을 잘근 깨물었다. 로에나가 저택에 갇혀 있었다는 사실을 그녀 혼자만 알게 되었는지가 매우 중요했다. 그렇기에 이러한 중요한 사건에 대해 아직까지 아무런 연락이 없는 그녀가 퍽 야속했다.

 동시에 범인으로 몰린 가엾은 인사에 대해 생각했다. 새의 묘사에 금세 누군가의 얼굴이 떠오르고 있었다. 그래, 모를 리가 없었다. 자신의 가족을 데리고 와 뭐라도 된 것처럼 방약무인하게 굴었던 자니 아니 그러하랴. 굳이 희생양을 찾는다면 그보다 더 적절한 인사는 없을 터였다. 하지만 가문의 사람을 도륙할 정도로 크게 갈등을 빚은 건 아니라서 누구라도 그의 자백을 의심스러워할 게 뻔했다. 그만큼 동기가 허술하고 가벼웠다. 무엇보다 범인이 이렇게 쉽고 빠르게 잡힌 것도 이상한 일이었다.

 내가 미간을 찌푸리며 침묵하자 새가 계속 말을 이어 나갔다. 세기의 사건으로 남을 수 있는 이 범죄는 재판관이 사형을 선고하면서 일단락이 되었다고 한다. 그 일에 대한 수사를 맡았던 수사관과 재판관은 귀족파, 정확히는 황후 쪽에 속해 있는 사람으로 순식간에 범인을 잡고 사건을 마무리 지어 자신들의 능력을 과시했다.

 나는 수사관과 재판관이 황후 쪽의 사람이라는 것에서 깊이 납득했다. 과연, 믿는 바가 있으니 이런 식으로 일을 크게 벌인 터였다.

 물론 다른 귀족가의 사건이었더라면 좀 더 깊이 있게 파고들었겠지만, 안타깝게도 비슈발츠는 권력과 먼 가문이었다. 힘이 없는 귀족 가문의 최후란 이런 것이다. 마담 드 라발리에라 할지라도 작게 항의하는 것 외엔 달리 뾰족한 수를 내지 못했다. 가장 가까운 피를 가진 친척이라 하나 다른 가문의 성을 가지고 있는 그녀이기에 대놓고 나서는 건 무리였다. 재판 결과에 항명한다는 것은 황후와 척을 진다는 소리와 다름없어서였다. 황태자가 없는 지금 가장 큰 권력을 휘두를 수 있는 사람은 바로 풀케르였다. 그러니 마음 놓고 일을 벌인 터였다.

 하지만 왜 남들의 이목을 끌 만큼 사건을 크게 터뜨린 걸까?

 "로샨 영애는?"

"실종된 아가씨를 찾느라 정신이 없다고 합니다만……. 사실 로샨 영애 덕분에 친척이 범인임을 알게 되었습니다. 로샨가로 인해 그의 저택에서 로에나 영애의 물건을 찾을 수 있었거든요."

아아, 이제야 알겠다. 나는 너무 깨물어 쇠 맛이 나는 입술을 혀로 핥으며 고개를 끄덕였다.

황후가 벌인 사건 위로 로샨 영애가 솜씨를 부려 이렇게 하나의 그림을 완성한 거로구나.

양쪽 진영에서 본의 아니게 합세하여 일을 마무리 짓게 된 꼴이었다. 그래서 남들이 보기에 퍽 허술하고 어설픈 사건이어도 아무렇지 않게 넘길 수 있었던 것이다. 감히 누가 있어 그들의 말에 반하겠는가? 게다가 로샨 영애야 나를 찾는다는 명분하에 여기저기를 들쑤시고 다녔을 테니 조작된 증거를 흘려도 의심받지 않을 수 있었다.

……로에나를 다락방에서 꺼낸 게 그녀라서 다행이라 해야 하나?

어쨌든 아이러니하게도 이번 사건으로 인해 가장 큰 혜택을 받은 건 로에나였다. 이로 인해 그간 그녀를 둘러싼 수많은 의혹이 일시에 해소되었기 때문이다.

납치범이 가짜 대공이 아니라 친척이라는 점에서 그녀의 순결은 결백한 것으로 증명되었다. 덕분에 키란 백작과의 혼사가 흐지부지되어 가고 있다고 한다. 라발리에의 반발이 컸기 때문이다.

사람들은 친척에게 말 못 할 학대를 당하면서도 꿋꿋하게 버티며 참아 낸 로에나의 용기와 끝까지 그를 범인으로 지목하지 않은 자비로움에 감탄했다.

고초로 인해 크게 수척해졌지만, 되레 청초한 미모를 발하는 그녀에게 남자들이 더 큰 관심을 보이게 된 건 물론이다. 성인식도 채 치르지 못한 소녀라 해도 어차피 혼인 허락은 아버지에게 받는 것이다. 아비가 죽고 없는 귀족 영애는 무주공산 그 자체였다. 무어 지금이야 마담 라발리에의 보호를 받으며 안정을 취하고 있다고는 하나 내가 실종되고 없는 마당에 그녀를 차지하기라도 하면 후계자가 성장할 때까지 비슈발츠가의 재산을 마음대로 쓸 수 있으므로 군침이 돌지 않을 수 없었다.

"제가 아까 알 수 없는 병력이 수도로 향하고 있다고 하였지요? 그렇게 될 수 있었던 것은 전부 다 '비슈발츠가의 참사' 덕분입니다."

"비슈발츠가의 참사라고?"

"네, 벌써 그렇게 부르더군요."

사실 그동안 사교계 내부에서 살인 사건이 없었던 건 아니다. 그러나 있어 봤자 한두 명에 불과할 뿐, 이번 일과 같이 집단으로 살해를 당한 적은 없었다. 물론 국경 지대에서 전쟁이 일어난 데다가 아직 제국의 구심점이라 할 수 있는 황제가 없는 매우 특수한 상황이기에 가능한 일이었지만, 끔찍한 일임은 부인할 수 없었다.

제국은 아주 오랫동안 정복자로서의 위용만 과시했지 침범 당한 적은 없으므로 보안에 대한 인식이 매우 느슨해져 있는 상태였다. 그도 그럴 것이 누가 감히 제국의 수도에 살고 있는 귀족, 그것도 저택 내의 모든 사람의 안위를 위협할 수 있단 말인가.

그런데 이런 생각을 비웃기라도 하듯 비슈발츠가의 참사가 일어난 것이다. 비록 친인척에 당한 일이라 하지만 이런 불안정한 정세 속에서 개인 사병을 고용할 수 없다는 사실은 모두에게 있어 불안감을 안겨 주기에 충분했다.

그래서 그들은 수도 내에 자리한 기사단과 병력에 불신을 표시하며 불만을 토했다. 이미 사건이 저질러진 다음에야 도착해 봤자 별 의미가 없다는 점이었다. 특히 황후 편이라 할 수 있는 귀족들의 반발이 거셌다. 그렇기에 귀족들은 만장일치로, 국경 지대에 있는 황태자의 의중을 물어보지도 않고서—황후가 있으니 괜찮을 것이라 여긴 모양이다-적당한 수의 사병을 우선 고용하기로 결정했다. 황태자가 돌아오면 바로 내보내면 될 일이니 별문제가 없으리라 가볍게 여긴 것이다. 그래서 지금 수도에 자리한 귀족들의 저택엔 무장한 병사들이 눈을 부라리며 삼엄한 경계를 펼치고 있다고 하였다. 물론 새가 미리 말한 병력은 황후 쪽과 귀족-그러니까 로샨 영애 쪽이겠지?-에서 몰래 충원하고 있는 자들이었다.

여기까지 이야기를 마친 새가 이제 왜 자신들이 달려왔는지 알겠냐는 듯 내게 눈으로 물었다.

나는 터져 나올 것만 같은 헛웃음을 삼키며 손바닥으로 얼굴을 감쌌다. '비슈발츠가의 참사'로 인해 수도에서 맞붙을 조건이 완성되었다고 생각하니 웃지 않을 수 없었다. 밑그림을 그린 건 황후지만, 그것을 이용하여 그림을 완성한 건 로샨 영애, 즉 황태자였다. 대공과 긴장 관계를 유지하는 풀케르는 황태자의 적수가 되지 못했다.

……그리고 나 역시.

"아가씨, 괜찮으십니까?"

나는 나를 부축하기 위해 가까이 다가오려는 새에게 손짓으로 만류했다. 복잡하게 엉킨 머리가 터질 것만 같았다.

어디서부터 시작이었지?

국경 지대에 나를 부른 것과 어머니를 온천이 있는 별장으로 향하게 유도한 것, 그리고 적당한 때에 황후 쪽에 로에나의 신변을 알린 것? 이 모든 게 황태자가 미리 계획한 일이라고 생각하니 소름이 돋았다.

황태자의 얼굴에서 예언에 대한 불안감을 읽은 것은 사실이지만, 그 것 역시 나를 비슈발츠가에서 떨어뜨리기 위해서 이용한 것이라 생각하니 허탈한 마음이 들지 않을 수 없었다. 계획을 위해서라면 자신의 약점이라 할 수 있는 것이라도 서슴없이 내비칠 정도라니, 이 얼마나 독한 사람이란 말인지.

과연 과거 몇 년간 사교계에서 구르며 눈칫밥을 먹었던 실력만으로는 그를 상대할 수 없다는 건가?
 정치란 살아 있는 생물과 같아 유기적으로 움직이는 괴물이라 한다지만 이 정도의 계략이 긴밀하게 얽혀 있을 줄은 미처 알지 못했다. 수도에 병력을 들여놓기 위한 명분을 가지기 위해 적과도 잠시 협력하다니 말이다. 그래서 두려웠다. 그 계략 때문에 가문 하나가 거의 풍비박산 났으며 애꿎은 목숨들이 죽어 나가서다. 물론 알짜배기 재산에는 손을 대지 않은 데다가 후계자를 살려 둠으로써 재건의 여지를 남겨 두었지만, 의도가 뻔히 보이는 수법에 구역질이 치밀어 오르지 않을 수 없었다.
 그러니 운명에 떠밀려 허겁지겁 달려온 내가 얼마나 우스웠을까? 자신의 계획대로 착착 움직여 주고 있는데 아니 그러하랴.
 ……로에나를 구출했다고 말한 이후에서부터일까? 아니면 국경 지대로 대공을 데리고 갔을 때부터일까? 모두가 혼란스러워하는 틈을 타서 상선을 자유롭게 움직이려고?
 ……개자식 같으니라고.
 "아가씨?"
 바드득 이를 갈며 황태자에 대한 증오를 불태우고 있던 나는 갑자기 손에 닿는 낯선 감촉에 놀라 몸을 부르르 떨며 강하게 뿌리쳤다. 새가 민망한 얼굴로 낯을 붉히며 벌겋게 달아오른 손을 들고 서 있었다.
 "충격받으신 건 이해합니다. 갑자기 저택에 살인 사건이 일어났다는 소식을 들으니 그럴 수밖에 없지요. 하지만 이걸 아셔야 합니다. 실종되었다고 알려진 아가씨가 여기에 계신 건 곧 다른 정보 상인들도 알게 될 거라는 사실을요."
 새는 목이 말랐는지 마른침을 한번 꿀꺽 삼킨 뒤 계속 말했다.
 "그것은 비슈발츠가의 재산을 노리는 다른 사람들에게 있어 매우 안타까운 소식이 되겠지요. 그래서 잭이 달려온 겁니다."
 나는 잭을 바라보았다. 잭은 새의 말이 맞다는 것처럼 천천히 고개를 끄덕이고 있었다. 붉게 달아오른 눈동자는 확고한 결심으로 가득했다. 그것은 이전에 나를 안고 사라지기 전에 보였던 눈빛보다 더 단단했다.
 "아가씨."
 아이가 나를 불렀다. 목소리는 낮고 거칠었다. 감기로 인해 잠긴 음성이라 할지라도 이보다 더 녹슬지 않을 것이다. 나는 응답하는 대신 눈을 내려 외면하고 있던 진실과 마주했다.
 두어 마디 이상 잘린 두 개의 손가락이 눈에 들어왔다. 붕대로 감아놓았지만 끝이 뭉툭한 게 더 이상 제구실을 할 수 없음을 말해주고 있었다. 그것은 나머지 손가락과 대비되어 무척 서글프게 다가왔다.
 과거 잭은 사내애답지 않게 무척 길고 고운 손가락을 가지고 있었다. 그대로 성장했다면 더 보기 좋게 길쭉해졌으리라.
 그런데 내가 망쳐 놓은 거였다. 저 예쁜 손으로 무엇이든 잘할 수 있었을 텐데 나로 인해 평생 장갑을 끼고 살거나 남들의 시선을 피해 손을 감추며 살게 되었다.
 그런데 이번에도 나를 위해 온 거라고? 나를 지키기 위해서?
 "그럴 수 없어."
 나는 음울한 목소리로 중얼거리듯 말했다. 더는 아이의 인생을 망칠 수 없었다. 나의 서글픈 유년인 아리나, 나의 구원이 되어주었던 잭. 존재하는 것만으로도 찬란한 이들이다. 위험을 무릅쓰고 여기까지 달려와 주었다는 것만으로도 마음이 차고 넘쳤다.
 "그리고 나를 지킬 사람은 있으니 네가 아니어도 돼."
 "저런 멍청이가요?"
 잭의 시선이 바닥에 쓰러져 있는 그림자에 향했다. 아이의 눈동자에는 남자에 대한 한심함이 가득했다.
"얕잡아 봐서는 안 될 사람이야. 너라도 이런 식으로 공격한다면 속수무책일걸? 이러지 말렴, 잭. 네 마음은 충분히 전해졌어. 그러니 돌아가렴. 응? 나를 생각한다면 제발 그래 줘."
"하지만."
하고 새가 갑자기 대화에 끼어들었다. 그는 난처하다는 것처럼 어색한 미소를 흘리고 있었다.
"이미 들어오기 위해 많은 힘을 소진한 터라 얼굴만 뵙고 나갈 순 없는걸요? 그러니 여기에 도착한 목적을 실행해야겠습니다."
"어린아이를 전장에 데려오다니, 제정신이야?"
힐난 가득한 눈빛으로 타박하자 새가 무척 억울하다는 듯 어깨를 으쓱였다. 그러면서 중얼거리는 게 '이건 잭의 의뢰라 저에게 말씀하셔 봤자 소용없습니다'라는 웃기지도 않는 소리였다.
"잭의 의뢰?"
"그런 게 있습니다."
"이런 전장에 목숨을 걸고 올 정도로 가치 있는 보상이 잭에게 있다고? 내가 그것의 다섯 배를 더 주지. 그러니 잭을 데리고 사라져."
"싫어요."
잭이 말한다. 아이는 고집 어린 얼굴로 나를 응시하고 있었다.
"떼를 쓸 게 아니야. 잭, 나는 위험한 상황이 닥치면 분명 널 돌아보지 않을 거야. 알겠니? 나는 네가 위험을 무릅쓰고 구할 만한 사람이 아니란 말이야. 난, 난!"
"그래도 싫어요."
"잭!"
내가 낮게 부르짖자 잭이 고개를 홱 돌렸다. 누가 들을까 봐 무서워 소리를 크게 지르지 못한 게 아쉬울 따름이었다. 더 강하게 말하며 압박해야 하는네 어쩔 수 없이 소리를 낮추자 속삭이는 것으로밖에 들리지 않는다. 그러니 아이가 계속 고집을 피우며 말을 듣지 않은 거였다. 그래서 나 또한 고집스럽게 말했다.

"네 도움은 안 받을 거야."

그러자 새가 또 끼어들며 대화에 초를 쳤다.

"하지만 이미 많은 사람이 아가씨를 위해 모였습니다만? 저뿐만이 아니라 쥐, 말, 도마뱀, 그리고 우리 귀여운 호박 잭까지 말이지요. 어쨌든 아가씨, 잭을 데려왔으니 처음 했었던 거래는 끝난 겁니다. 나름 안전하게 데려왔으니까요. 그러니 저희는 이제 잭의 의뢰에 충실하겠습니다."

"감히……!"

내가 잇새를 짓뭉개며 으르렁거리자 새가 슬쩍 뒤로 한 발자국 물러났다. 그러고는 손가락으로 그림자를 가리키며 천연덕스럽게 말했다.

"깨어날 것 같은데요?"

나는 황급하게 눈을 그쪽으로 돌렸다. 그의 말이 사실인지 그림자의 몸이 조금씩 꿈틀거리며 파르르 떨리고 있었다.

"결국, 다음에 이야기해야 하겠군요."

"아가씨, 절 말리지 마세요."

잭의 말에 나는 차오르는 슬픔을 삼켰다. 아이의 각오는 너무나 단단해 내 말만으로는 깨부술 수 없었다.

내가 네게 뭐라고. 내게 무슨 가치가 있다고. 제발이라는 말이 애원처럼 흘러나오고 있었다.

"아리나를 생각해, 잭."

"생각하기에 하는 일이에요."

"난 네가 이럴 정도로 좋은 사람이 아니야. 교활하고 무자비하고 자신밖에 모르는 마녀 그 자체야."

내 말에 잭이 이상하다는 듯 고개를 갸웃거렸다. 아이는 내 말을 전혀 이해하지 못하는 것처럼 굴었다.

"이상한 소리를 다 하시네요? 아가씨가 마녀라니요? 그리고 마녀는 구하지 말란 법이 있나요? 왜요? 설사 그럴지언정 난 아가씨를 보호할 거예요."

"세상에. 잭. 너는 왜……."

순간 숨이 턱 하니 막혀 오는 것만 같았다. 잭은 손가락이 질린 손으로 내 손을 붙잡았다. 그리고 자신을 향해 나를 끌어당기며 바로 뺨에 키스했다. 거칠하게 일어난 입술이 보드라운 살갗에 와 닿을 때 순간 왈칵하고 눈물이 차올랐다.

"이것으로도 충분해요."

이전의 기억을 떠올리게 만드는 말에 깜짝 놀란 내가 무어라 말하려고 했지만 잭이 먼저였다. 아이는 재빠르게 뒤로 먼저 물러나더니 짓궂게 웃으며 눈을 찡긋거렸다. 그리고 어느새 움직였는지 천막의 입구에 서 있는 새를 향해 달려갔다. 이 이상 만류하는 소리를 듣지 않겠다는 무언의 항의였다.

나는 잭의 이름을 부르며 아이를 붙잡으려 했지만 신음과 함께 몸을 일으키는 그림자의 행동에 걸음을 멈추었다. 그림자는 흐리멍덩한 눈빛으로 주변을 한번 살펴보더니 고개를 좌우로 가볍게 꺾었다. 그리고 나를 바라보는데 그는 자신이 정신을 잃고 쓰러졌다는 사실을 전혀 모르는 눈치였다. 물론 이상하다는 것처럼 눈썹을 찌푸리긴 했지만, 곧 아무 말 없이 사라졌다. 주위에 깔려 있던 연기는 어느새 사라지고 냄새조차 남지 않은 상태였다.

그 바람에 잭을 놓친 나는 아이의 이름을 부르지도, 바깥에 뛰어나가지도 못했다. 갑자기 허겁지겁 뛰어나가면 어딘가에 숨어 있을 그림자가 수상쩍게 볼 터였다. 그래서 한숨만 푹푹 내쉬며 머리를 쓸어 올렸다. 잭을 만나고 싶었지만 이런 식은 아니었다. 하지만 아이는 대단한 고집쟁이가 되어 돌아왔고 나는 그런 아이를 말리지도 못한 무능력한 사람이 되었다. 그래서일까. 자꾸 한숨이 흘러나왔다. 가슴이 답답해지고 있었다.

 야만인들은 최후의 결전을 준비하고 있었다. 그래, 마지막 전쟁. 부족의 운명을 건 한판이었다. 정찰을 나갔던 정찰병들은 야만인들이 어린아이와 노인네, 그리고 여인들을 따로 분리하여 몇몇 사내와 함께 남쪽으로 내보냈다는 소식을 전해 왔다. 풍요로운 땅을 얻기 위한 싸움은 이미 실패했지만 그들은 끝까지 포기하지 않겠다는 듯 전열을 가다듬고 있었다. 이대로 물러난다면 본보기를 보이기 위해서라도 자신들의 뒤를 잡을 제국군을 알아서다.
 다른 나라와의 조약 이후 전쟁은 급물살을 탄 것처럼 빠르게 흘러갔다. 시간은 제국의 편이었다. 오랜 시간 준비를 한 것 같았어도 발전된 문물을 가지고 있는 제국의 무기와 병력을 이길 수 없었다.
 무엇보다 누군가의 지원을 받고 있었다는 게 사실인 건지 주변국을 움직이지 못하게 하자 야만인들의 전력은 금세 바닥을 드러냈다. 대공 쪽에서 암만 암암리에 지원—로샨 영애의 말에 따르면 그러했다—을 한다지만 제국을 정복할 수 있게끔 만드는 건 어려운 일이었다. 나라를 살 수 있을 만큼의 재물을 가지지 않는다면 말이다.
 그렇기에 대공은 처음 야만인들을 움직이려고 마음먹었을 때 이런 식으로 국경을 건드리며 시선을 돌리는 역할만 하기를 바랐을 것이다. 새로운 무기를 지급받은 야만인들이 채 발산하지 못한 열기를 제국을 향해 좀 더 강하게 표출하기 전까진 그러했을 테다. 그러나 에리뉴스는 허황된 꿈을 꾸었고 결국 대공까지 국경에 끌려오게 만들었다. 그들의 입장에선 이가 갈리는 일이었을 터였다. 먹이를 주던 개가 자신을 물려고 하니 아니 그러할까.

어쨌든 오랜 시간이 흘러 크고 작은 전투가 두 자릿수에 이르자 힘의 크기가 점점 더 뚜렷해졌다. 변경백의 군사들을 상대하는 것과 조합된 군을 상대하는 건 또 다른 법이었다. 그나마 야만인들에게 있어 다행인 건 제국군의 1/3 정도가 여러 영지에서 차출된 병력이라 합을 맞추는 시간이 부족했다는 점이었다. 게다가 그들에게는 뛰어난 우두머리가 있어 빼어난 용병술로 제국군의 혼을 여러 번 빼놓기도 했다. 특히 말을 타거나 주변의 지형을 이용하는 데 있어 그들의 능력은 타의 추종을 불허했다. 변경백의 군대에 지형을 잘 아는 백 전 노병이 제법 있어서 망정이지 그렇지 않았더라면 크게 질 뻔한 전투도 몇 있었다.

하지만 그것도 아주 잠깐일 뿐, 곧 에리뉴스와의 전투에 익숙해진 황태자는 아주 요령 있게 그들을 상대했다. 병사들의 사기를 위해 앞장섰던 싸움에서 예상치 못한 부상을 입어 몸을 사리지 않았더라면 좀 더 빠르게 그들을 제압할 수도 있었을 거라는 관측이 나오는 것도 이 때문이었다.

덕분에 흉흉했던 사기가 빠르게 가라앉았고, 사람들은 날카롭게 가라앉은 공기를 헤치며 저마다 자신의 무기를 점검했다. 나는 시종 겸 인간 부적의 역할을 충실히 이행하며 황태자의 곁을 계속 지키고 있었다.

"이번 전투에서도 앞서지 않을 거다."

늦은 밤, 지도를 바라보며 궁리에 궁리를 거듭하던 황태자가 갑자기 내게 말했다. 상처를 입은 이후 계속 후방에서 지원하며 군을 지휘하던 그인지라 좀 전에 흘린 말은 굉장히 뜬금없었다.

나는 '이 개자식이 또 무슨 수작을 부리려는 거야?'라는 눈빛으로 황태자를 응시했다. 그의 눈동자 안에는 무표정한 얼굴을 하고 있는 소년이 담겨 있었다.

"하지만 예상치 못한 습격이나 눈먼 화살엔 취약할 수 있지. 그러니 그대의 가호를 받을 수 있는 물건을 내게 줘."

당당한 요구에 할 말조차 나오지 않았다. 화살을 어떻게 맞았는지 모르겠으나 그것은 예언의 말마따나 그가 불운한 탓이었다. 그러니 전투를 잘 치르고도 죽을 뻔한 거겠지. 황태자의 호위에 강화가 더해진 것도 이 때문이었다.

물론 황태자가 말한 예상치 못한 습격 앞에 '대공'이라는 단어가 숨겨져 있음을 모르는 바 아니다. 바깥의 적보다 내부의 적이 무섭다는 소리가 괜히 나오는 게 아니니까. 그래도 연인도 아니면서 대놓고 가호를 받을 수 있는 물건을 내어놓으라니…….

그가 멀쩡한 모습으로 수도로 돌아가야 내게 이롭다는 걸 알지만, 이미 새를 통해서 비슈발츠가 초토화되었다는 소문을 들었으므로 어디 한 군데 정도는 망가졌으면 하는 마음이 들던 차였다. 화살을 맞았던 곳에 큰 자국이 남았다고는 하지만 그 정도로는 모자랐다.

그런데 이렇게 대놓고 요구를 하니 거부하고 싶어도 마땅히 거절할 방법이 없어 퍽 난감했다. 이럴 용도로 여기에 온 것이니까 말이다. 그러니 무엇이 되었든 간에 주긴 해야겠지. 하지만 오래 보관하는 물건인 건 싫은데…….

황태자가 내 걸 자신의 품속에 계속 보관하고 있을 거라고 생각하니 몸에 소름이 돋았다. 뱀이 살갗 위를 스르륵 기어가는 기분이라 해야 하나. 상상만 해도 구역질이 치밀어 올랐다. 그러니 금세 망가질 물건이었으면 좋겠다.

내가 선뜻 대답하지 못하자 황태자의 눈이 위로 살짝 치켜세워졌다.

그는 고민을 한다는 자체를 이해하지 못하겠다는 듯 내게 말했다.
"무엇을 망설이는 거지? 몸에 걸치고 있는 것 중 하나를 주면 될 게 아닌가?"
"그래도 가호인데 아무 물건이나 드릴 수 있나요?"
나는 애써 웃으며 그의 말을 받았다. 전쟁터에 가는 것이므로 귀중품은 거의 저택에 놔두고 온 상태였다.
내가 가지고 있는 소지품이라곤 갈아입을 옷 몇 벌과 머리를 묶을 끈, 손수건과 새를 통해 받은 부적뿐이다. 그나마 줄 만한 게 머리끈과 손수건, 또는 부적인데 전부 주고 싶지 않았다.
그러자 황태자가 잠시 내게 손짓했다. 순간 울컥했지만 지금의 나는 황태자의 시종에 불과하므로 군말 없이 그의 앞에 다가섰다. 그러자 갑자기 그가 내게 몸을 가까이 숙인 채 머리를 묶은 끈을 풀었다. 그의 얼굴이 귀 가까이 다가온지라 사내의 숨결이 생생하게 느껴지고 있었다.
숨이 막힌 내가 잔뜩 굳은 채로 미동조차 하지 않자 낮은 웃음소리가 들렸다. 동시에 머리끝이 살짝 잡아당겨진다는 느낌이 들더니만 싹둑 하는 소리가 들렸다.
깜짝 놀란 나는 황태자의 손을 바라보았다. 내 머리카락이 손가락 한 마디만큼 잘려 황태자의 손에 들려 있었다. 워낙 충격적인 일이라 소리 없는 비명을 지르고 있노라니 황태자가 대체 무슨 문제냐는 듯 나를 쳐다봤다.
"이것을 받도록 하지."
그는 뻔뻔한 표정으로 손수건을 편 다음 내 머리카락을 담아 품 안에 집어넣었다. 그런 다음 변명이랍시고 되지도 않는 소리를 지껄이는 것이다.
"그대를 데려갈 순 없는 노릇이잖아? 무슨 말을 하고 싶은지는 알아. 하지만 지금은 그대가 시종임을 명심해."

저 매끈하게 잘생긴 얼굴을 한 번이라도 대차게 긁어 내리면 소원이 없겠다. 그러나 안타깝게도 내가 할 수 있는 일이라곤 분을 삭이며 어설프게 웃는 것뿐이었다. 그렇기에 더는 함께 있고 싶지 않았다. 같은 공간에 있는 것 자체만으로도 고문이나 다름없었다. 그래서 황태자의 손에 들린 리본 끈을 빼앗으려고 했다.

하지만 황태자의 손이 먼저였다. 그는 내 머리카락을 살짝 잡고서 뒤통수에 가깝게 들어 올렸다. 그러고는 머리카락을 아래로 조금씩 흘려보내는데, 목덜미를 스치고서 등으로 스르륵 내려오는 감각이 기묘하리만치 간지러워 어깨를 움찔 떨게 되었다. 그저 희롱에 가까운 가벼운 행동이지만 몸을 쉽게 움직일 수 없을 만큼 이상한 긴장감이 감돌고 있었다. 진지하게 나를 바라보는 황태자의 시선이 그렇게 만들었다. 웃음이 사라져 버린 눈동자가 오롯이 나만을 담고 있었다. 껴안다시피 가까이 달라붙은 몸부터가 그러했다.

나는 메말라 오는 아랫입술을 이로 살짝 깨물며 두 눈을 멍하니 깜빡였다. 분기에 찬 표정을 들키고 싶지 않아 얼굴을 돌리고 싶었지만 그가 워낙 뚫어지게 쳐다보니 이러지도 저러지도 못하는 상황만 연출될 뿐이었다.

그렇게 시간이 조금 흘렀을까? 황태자가 내게 말했다. 그의 목소리는 지독히도 낮았다.

"유리 구두는 잘 가지고 있나, 케룰라?"

나는 어깨를 움찔 떨었다. 긴장으로 인한 반사적인 행동이었다. 유리 구두는 잘 가지고 있냐고? 물론이지. 방의 한구석에 아주 잘 처박아 놓은 상태다. 그와 얽히는 게 죽을 만큼 싫어서였다. 그런데 지금에 와서 이걸 물어보는 저의는 무엇일까. 게다가 그는 나를 가면무도회 때 불렀었던 예명으로 부르고 있었다. 마치 그때로 돌아가기라도 한 듯.

그래서일까? 순간 이전에 황태자가 내게 했던 말이 떠올랐다.

"언제고 그 한 짝을 가지고 내게 찾아오게 될 거다. 그땐 이 손등의 빚도 갚아주지."

나는 결국 그 앞에서 마른침을 삼키고야 말았다. 그도 그럴 것이 황태자가 나를 '케룰라'라고 불렀을 때는 성적인 긴장감이 가득했었던 시기였다. 모든 것이 허용되었던 공간이기 때문이다. 무어 내가 요령껏 잘 피한 덕분에 무사히 돌아갈 수 있었지만. 어쨌든 그 이후로는 황태자와 귀족 영애의 사이로 만나 귀족적인 예를 다했었다. 마치 처음 보는 사이인 양 그렇게 행동한 것이다.

그런데 오늘 그는 단 한마디의 말을 통해 한 겹의 가면 아래 서로의 속내를 숨긴 채 도발적인 대화를 나누었던 그날을 떠올리게 하고 있었다. 의도야 어찌 되었든 무례한 태도임은 틀림없어 무척 약이 올랐다. 저 좋을 대로 압박하고 있으니 아니 그러하랴. 그래서 모르는 척 말을 돌렸다.

"그러고 보니 전하께서 타고 가실 말을 살펴보라는 소리가 있었지요. 이만 일어나도 되겠습니까?"

머리카락에 대한 분을 참지 못해 계속 대화를 하느니 차라리 이렇게라도 피하는 게 나았다. 그는 정상적인 대화가 통하는 사람이 아니었다. 사교계의 귀족들이야 워낙 자기중심적인 성향이 강했고 나 역시 이기적인 사람이었지만 황태자만 못했다. 그는 내가 본 사람 중 가장 지독한 성미를 가진 남자였다. 황태자인 지금에도 이 정도인데 황제가 된다면 얼마나 더 심해질까? 그래서 조금이라도 빨리, 그리고 더 멀리 그에게서 멀어지고 싶어 억지로 몸을 틀었다. 남자의 손에 여전히 리본 끈이 들려 있었지만 애써 무시했다.

"전하의 말씀대로 지금의 전 시종이지 않습니까? 그러니 이만 물러나도 되겠습니까?"

황태자가 내 당혹을 읽은 것인지 소리 없이 웃었다. 그만한 미남자가 부드럽게 미소 지으니 주변이 반짝반짝 빛나는 것 같았다. 아마 보통의 여인이었더라면 황홀감에 몸서리쳤을 것이다. 그러나 나는 배부른 맹수가 입가에 피를 묻힌 채 그르렁거리는 것 같아 되레 소름이 끼쳤다.

"받아. 그대의 것이니 돌려줘야 함이 마땅하지."

하지만 황태자가 굳이 손을 내밀어 머리끈을 돌려주니 아니 받을 수 없었다. 불안한 마음에 살살 눈치를 보며 허공에 늘어져 있는 끈을 향해 손가락을 벌리니 그가 이제는 낮게 소리 내어 웃었다. 나는 화가 나 죽겠는데 저는 뭐가 그리 재미있다고 실실 웃는 것인지 이해가 가지 않을 정도였다.

속으론 온갖 쌍욕을 퍼부으며 가까스로 끈을 잡는데, 황태자가 갑자기 자신의 가슴 쪽으로 강하게 잡아당겼다. 돌발 행동에 놀란 내가 미처 대비하지 못한 건 당연한 일. 몸이 앞쪽으로 급하게 쏠리자 나도 모르게 눈을 질끈 감았다. 하지만 내 어깨를 잡은 단단한 손이 있었다. 동시에 코끝으로 황태자 특유의 향이 물씬 풍겼다.

"조심해야지."

당신이 시작해 놓고선 뭘 조심하라고 말씀하십니까?

이런 소리가 목구멍으로 격하게 치솟아 올랐지만, 혀끝을 깨물면서까지 겨우 참았다. 부들거리는 손은 깜짝 놀라서가 아니라 그의 뺨을 때리고 싶은 충동에 휩싸였기에 떨리는 것이었다. 상대방은 생각조차 하지 않고서 혼자 좋다고 장난을 치는 모습에 한심한 생각마저 들었다. 이런 게 황태자라니. 대공을 없애는 데 방해가 되지 않을 정도로만 부상을 당해라. 절로 악의가 치솟았다.

아아, 반란만 일어나지 않았더라면, 아니, 그가 반란을 제압해야 하는 운명을 타고나지 않았더라면 얼마나 좋을까.

한숨을 꾹꾹 누른 채 작은 목소리로 감사하다고 말하니 그의 손이 스르륵 풀렸다. 리본 끈도 바로 손안에 들어오는지라 재빨리 그의 몸에서 떨어졌다. 그리고 머리를 묶을 새도 없이 후다닥 천막 바깥으로 빠져나갔다.

바깥은 어느새 어둠이 내려앉아 있었다. 막사 곳곳에 화롯불이 화르륵 불타올랐다. 나는 그것을 멍하니 바라보다가 손에 들린 리본 끈을 가까운 화롯불에 쑤셔 넣었다. 황태자의 손이 닿은 거라 그것으로 머리를 묶고 싶지 않았다. 밤바람에 나풀거리는 머리카락이 귀찮지만 구역질이 나는 물건을 머리에 대고 있는 것보단 나았다.

마음이 이렇다 보니 황태자의 말을 보러 가는 것도 귀찮았다. 사실 말은 따로 돌보는 사람이 있어 내가 본다 하더라도 아는 게 전무했다. 말의 안색이 좋은지 나쁜지 내가 어떻게 안단 말인가. 그저 가서 안장을 한번 잡아당겨 보거나 아니면 말의 머리를 가만가만 쓰다듬으며 여물 한번 넣어주거나 그도 아니라면 말 상태에 대한 설명을 듣고서 황태자에게 다시 알려 주는 게 전부였다. 지독한 말똥 냄새를 참으면서.

그래도 안 가 보는 것보단 낫겠지. 나중에 책잡힐 게 분명하니까. 황태자라면 그러고도 남을 인사였다. 체념이 섞인 한숨을 내뱉으며 조용히 걸음을 옮길 때였다.

"잠시 이리로 와 보겠느냐?"

익숙한 목소리가 내 발걸음을 붙잡았다. 고개를 돌려 바라보니 아이레스 경이 두어 발자국 떨어진 곳에 서 있었다.

"예."

나는 낮은 목소리로 대답하며 그에게 다가갔다. 주변 사람들은 그런 우리를 바라보며 힐끔거리고 있었다. 그래서일까. 그의 목소리가 한층 더 차가워졌다. 평소의 내게는 하지 않을, 그러나 다른 사람에게는 익숙한 음성이 얼음의 기사에게서 흘러나왔다. 그의 이명답게 무척 서늘한 말투였다.
"시킬 것이 있으니 따라오너라."
다른 이라면 감히 황태자의 시종에게 이래라저래라 하지 못했을 것이나 대외적으로 그는 제국의 작은 태양의 절친한 친우라 알려져 있었다. 그러니 아무렇지 않게 나를 사람들이 없는 곳으로 데려갈 수 있는 거였다.
군영에 사람의 시선을 피할 수 있는 장소가 있으면 안 되지만, 그는 용케 나를 이목이 드문 곳으로 데려왔다. 어둠이 부드럽게 깔린 그곳은 바람이 잔잔하게 불어오며 머리 위로 별이 아름답게 반짝이고 있었다. 아이레스 경은 주변 풍경에 잠시 넋을 잃은 내게 부드러운 목소리로 말했다.
"갑자기 불러서 죄송합니다. 새벽에 출정하기에 잠시 얼굴이라도 뵙고 싶었습니다. 전하의 그림자가 영애를 지키고 있다고는 하나 이상하게도 영 불안한 마음을 감출 수 없군요. 다년간 전투에 익숙한 저조차 떨리는 마음을 이기지 못하고 있는데 영애의 마음은 어떠하올는지요."
"경……."
"그런데 지금 보니 잘 계신 것 같아 마음이 놓입니다."
"저도 경께서 무사하셔서 다행이에요."
수줍은 마음을 억누르며 담담하게 말하자 아이레스 경이 잠시 머뭇거렸다. 그의 귓불은 어두운 밤에도 한눈에 알아볼 수 있을 만큼 붉게 달아올라 있었다.
"염치없는 부탁 하나 해도 되는지요? 영애께서 손수 챙겨 주신 부적 하나 제대로 간수하지 못한 이가 무슨 할 말이 있겠습니까마는 제게 다시 가호를 내려 주시면 아니 되겠습니까?"
순간 가호라는 말에 할버드 경이 떠올랐다. 청음의 기사에게 했었던 행동도. 갑자기 마음 한구석이 켕기는 기분이었다. 그래서 기어가는 목소리로 그에게 물었다.

"방금 가호라 하셨나요?"

"예. 제가 감히 그 단어를 입 밖으로 내뱉었습니다. 부끄러움도 모른 채 말이지요."

"그러니까 경께서 무사히 돌아오실 수 있게요?"

"예."

"제가 감히 그럴 주제가 될까요?"

내 물음에 아이레스 경이 웃었다. 심장이 녹을 듯 달콤한 미소였다.

"저는 이미 이단자인 것을요. 아아, 제 믿음이 어디로 향해 있는지 아직도 모르신단 말입니까? 제가 당신의 발밑에 엎드려야 믿으실는지요."

맙소사. 나는 그의 극단적인 말에 뺨을 붉혔다. 그간 사교계 내에서 나의 심장이니 꽃이니 등등 틀에 박힌 말로 여인의 환심을 사려는 이를 종종 보았지만, 이 남자처럼 대상을 신격화하는 사람은 없었다. 그래서 어처구니가 없으면서도 가슴이 떨렸다. 내가 저의 모든 것인 양 간절하게 바라보는 시선에 숨이 막힐 것만 같았다.

"그러니 제게 가호를 내려 주십시오. 냉철한 사고로 적의 계략을 꿰뚫어 볼 수 있게 이마에, 용감한 검이 되어 아군의 수호자가 될 수 있도록 손바닥에, 그리고 마지막으론."

그의 손가락이 내 입술을 살짝 스쳤다. 바람과 함께 스쳐 차갑기 그지없었지만, 부딪친 입술은 금세 불이 붙은 것처럼 홧홧하게 달아올랐다.

"제 심장이 당신의 것임을 확인시켜 주십시오."

"그리하면……."

"예, 그리하면."

"제가 경의……."

이상하게도 목이 떨려 오고 있었다. 나는 그가 들리지 않을 정도로 작게 마른침을 삼키며 남자의 표정을 살폈다.

아, 그래. 세상천지에 있어 누가 날 이렇게 사랑스럽게 봐줄까. 잠깐 같이 있는 것뿐인데도 그는 모든 걸 다 가진 사람처럼 행복해하고 있었다. 그것은 가호를 주는 것에 대한 설렘과는 또 다른 황홀함이었다. 그러니 부탁을 아니 들어줄 수 없는 것이다.

"경의 무사 귀환을 바라며 감히 가호를 드려도 되는지요."

"예, 부디 그래 주십시오."

긴장으로 인해 손에 땀이 배고 있었다. 하지만 아무렇지 않은 척 손을 뻗어 기사의 손, 검을 잡는 손을 잡았다. 그리고 손을 뒤집어 손바닥에 그대로 키스했다.

"가장 날카로운 검이 되어 제국의 위상을 드높여 주시길."

이후 고개를 높이 빼 들었다. 어느새 무릎을 꿇은 그가 나를 주시하고 있었다. 나는 손가락으로 그의 머리카락을 살살 옆으로 넘겼다. 훤하게 드러난 이마가 잘 제련된 돌처럼 희고 매끄러웠다. 아무것도 바르지 않아 조금 거칠해진 입술이 반듯한 살갗에 닿고 있었다.

"적의 계략을 간파하는 냉철함을 지니시길."

그런 다음 고개를 살짝 아래로 내렸다. 아이레스 경과 시선이 맞닿았다. 그는 눈꼬리를 깊게 휘어 가며 조용히 웃고 있었다. 용기를 내어 조금 더 안쪽으로 몸을 숙이니 서로의 코끝이 입맞춤을 하는 것처럼 가볍게 부딪쳤다. 숨결이 섞이려는 것처럼 허공에서 부드럽게 휩싸였다.

"그리하여 오롯이 돌아오시길 간절히 바랍니다."

촉.

어둠 속에서 물기에 젖은 소리가 자극적일 만큼 강하게 울려 퍼졌다. 보드랍고 도톰한 살갗이 맞부딪쳐서 낸 것이라고는 믿어지지 않을 만큼 큰 울림이었다.

잠시 후 단발성에 그쳤던 소리가 깊게 이어지며 호흡이 하나로 뒤섞이기 시작했다. 그것은 사위에 깔린 어둠처럼 고요했으나 빛나는 별만큼 반짝이는 감정이었다. 또한, 제국의 그 어떤 열성 신자라도 가지지 못할 간절함이기도 했다. 이는 미카엘 아이레스 경이 전장에서 가질 수 있었던 유일한 안식이었다.

◈

마지막 전쟁이 코앞이라 모두 밤새 경계의 태세를 늦추지 않았다. 그러잖아도 몇 번이나 야습을 감행하며 병사들의 혼을 빼놓았던 야만인이었다. 모든 것을 건 전투이니 적군의 사기를 빼는 건 당연한 일이었다. 그래서 제국군이 먼저 선공에 나섰다. 황태자는 대공의 사람들로만 기습조를 꾸려 에리뉴스의 군영을 습격하게 했다. 고요한 새벽 은밀한 기습을 받은 적의 군대는 벌집을 들쑤신 것처럼 소란스럽기 그지없었다. 야습을 미리 대비하긴 하였어도 미리 매수한 간자를 통해 여기저기를 헤집으니 난리가 날 수밖에 없었다. 오랜 시간 끈질기게 적에게 공을 들인 보람이 있었다.

병사들은 아침 일찍 밥을 지어 먹었다. 건포가 담긴 주머니를 가슴 안쪽에 넣고 전열을 불태우는데 오싹오싹할 정도로 날카로웠다.

정면으로 진격하는 게 아니라 부대를 나누어 작전을 수행하는지라 군대가 나뉘어서 출발하고 있었다. 황태자의 대화를 엿듣기로 할버드 경이 속해 있는 군대는 측면을, 아이레스 경이 속해 있는 군대는 정면을 돌파한다고 하였다.

큰 전투에서는 매번 이겨 왔으나 자잘한 전투에서 진 적도 많아 사지 한 군데가 절단된 병사들이 조금씩 늘어나는 추세였다. 어떤 이는 귀 한쪽을 붕대로 칭칭 감은 채로 돌아다니기도 했는데, 야만인이 물어뜬서 떨어졌기 때문이란다.
 적에 대한 경멸은 여전하나 빨리 끝내어 집으로 되돌아갔으면 하는 이가 태반이라 오늘의 전투가 매우 중요했다.
 에리뉘스는 동이 트기도 전에 황제의 시신이 담긴 관을 커다란 나무에 매달아 놓고서 겉면을 나무로 마구 때리며 도발을 시행했다. 말이 관을 때린 것이지 실상 황제의 시신을 모욕하는 것과 다름없어 황태자는 물론이고 말단의 노예조차 이를 바드득 갈며 야만인들을 욕했다.
 나는 전쟁이 시작되기 전에 몸을 숨기는 게 우선인지라 그것을 보지 못하였다.
 "잠시 이리로 와 보게."
 하지만 몸을 피하기도 전에 나를 붙잡은 이가 있었다. 이 기사는 이전에도 황태자의 막사에 몇 번 들락날락하며 전황을 보고한 적이 있는지라 눈에 무척 익은 자였다. 내가 황태자의 시종이긴 하나 기본적으로 몰락한 귀족의 자제로 왔으므로 기사의 말은 반 하대에 가까웠다.
 "마구간에 가서 전하의 말에 이것을 달고 오게나."
 "무엇인지요?"
 "제국의 문양이 달린 작은 깃발이라네. 이전에 있던 것이 떨어져 지금 다시 갈아야 하네."
 나는 이전에 황태자의 안장에 이와 비슷한 깃발이 달려 있음을 떠올리곤 고개를 꾸벅 숙였다. 전황에 이게 중요할까 싶지만 본디 귀족들이란 싸우는 와중에도 스스로가 속해 있는 곳이 어디인지 뽐내기를 좋아하는지라 이런 작은 일조차 소홀히 넘어가지 않았다. 그것은 황태자라 할지라도 마찬가지였다.
 빨리 달고서 피해 있어야겠다. 종종걸음으로 마구간에 도착한 나는 황태자의 말이 있는 곳을 향해 시선을 돌렸다. 그런데 나보다 먼저 말 앞에 서 있는 자가 있었다.

"어?"

나도 모르게 단발성에 가까운 소리를 낸 나는 시선을 마주한 사람을 보고서 안색을 굳혔다. 내 기억이 맞다면 그는 분명······.

"무슨 일이냐?"

대공의 곁에 오른팔처럼 가깝게 붙어 있었던 사람이었다. 나는 굳어져 오는 얼굴 근육을 움직여 애써 미소 지었다. 그리고 손에 들린 깃발을 보여 주며 공손한 태도로 대답했다.

"깃발을 달러 왔습니다."

"아아, 그래. 그것을 달러 왔다는 말이지?"

남자는 내 대답에 알겠다는 듯 고개를 끄덕였다. 그리고 일을 하라는 것처럼 몸을 비켜섰다.

하인이나 노예라면 감히 귀족의 옆에 서서 일을 할 수 없겠지만, 황족을 가까이에서 모시는 시종은 몰락한 귀족이 대부분이므로 이와 같은 태도를 보이는 건 당연했다. 그래서 나는 아무렇지 않다는 것처럼 걸음을 옮겨 황태자의 말에 가까이 다가섰다. 남자는 그런 나를 기묘하리만치 계속 주시하고 있었다. 얼굴 옆면이 뚫어질 것 같아 부담스러워진 나는 재빨리 깃발을 달려고 노력했다.

하지만 오늘따라 말이 흥분한 듯 연신 투레질하며 내 손길을 거부하고 있었다. 워낙 영특한 녀석이라 몇 번 보지 않은 나에게도 순순히 얼굴을 내어주던 차였는데 말이다. 결국, 안장에 손 한 번 제대로 뻗지 못하고 조금 뒤로 물러나야 했다. 고삐를 잡아당겨 흥분을 자제하려고 해도 상체를 높게 들어 올린 채 앞다리를 마구 흔들어 대니 되레 걷어차일까 무서웠다.

그런데 마부들은 어디로 간 거지? 왜 이 남자 혼자 이곳에 있었던 것이고?

순간 남자가 속삭이는 것처럼 매우 낮은 목소리로 물었다. 자신의 존재감을 들키지 않으려는 것처럼, 그렇게.
"그런데 누가 심부름을 시킨 건가?"
황태자의 기사 중 하나라고 대답하려던 나는 어떠한 느낌에 가까스로 입을 다물었다. 기이하게도 그의 질문에 대답하면 안 될 것만 같았다. 온몸에 소름이 돋으며 본능적으로 이곳에서 도망쳐야 한다는 생각이 들었다. 그래서 반사적으로 남자의 눈치를 살피니 그는 입가에 오묘한 미소를 띠고 있었다.
남자는 내가 바로 대답하지 않자 무언가 알겠다는 듯 고개를 가볍게 끄덕였다. 그리고 한 걸음 더 가까이 다가오는데, 그런 그의 손은 어느새 허리에 매달려 있는 검에 닿아 있었다. 금세라도 뽑을 것처럼 그렇게.
"이봐, 여기 있었어? 한참을 찾았잖아. 일이 바쁜데 말이야."
순간 저 멀리서 누군가 내게 소리를 치며 달려왔다. 나는 반사적으로 고개를 돌려 얼굴을 확인했다. 시종 복을 입고 있는 잭과 새였다. 그들의 등장에 남자는 노골적으로 혀를 차며 몸을 틀었다. 그리고 '수고하게'라고 말하는데, 원래 이런 소리를 하려고 했다는 것처럼 태연하게 굴고 있었다.
하지만 언뜻 바라본 눈동자에 흉흉하리만치 살기가 가득하며 검병을 잡고 있는 손이 여전한 것으로 보아 미련이 남은 듯했다. 그러나 그것도 잠시 그는 나와 황태자의 말을 번갈아 보더니 이내 빠른 걸음으로 사라졌다. 잭과 새가 나타나지 않았더라면 무슨 일이 벌어졌을지 모를 노릇이었다.
새는 나를 보더니 안도에 찬 한숨을 내쉬었다. 그는 남자의 뒷모습을 뚫어져라 쳐다보고 있었다. 잭 역시 작게 숨을 헐떡이며 나를 바라봤다. 아이의 눈에는 걱정이 가득했다. 많이 뛰어다닌 것인지 뾰족하게 마른 턱에 땀이 송골송골 맺혀 있었다. 나는 잭이 무어라 말하기 전에 먼저 입을 열어 말했다.
"무슨 일이 있는 겁니까?"
잭은 의아하다는 듯 나를 바라보다가 내가 눈을 살짝 찌푸리며 말을 하지 말라는 것처럼 입을 오물거리자 이내 시선을 돌렸다. 새는 내가 어딘가에 숨어 있을 그림자를 의식하여 이렇게 행동하는 걸 금세 눈치 채곤 '우선 우릴 따라와'라고 말했다. 그는 과장된 동작으로 으스대며 신입을 괴롭히는 선배의 모습을 흉내 내고 있었다.
"앞서가시면 곧 뒤따라가겠습니다. 이 깃발을 달아야 하거든요. 전하의 명령이 우선이라서요."
내 대답에 새가 잭을 바라보며 눈빛을 교환했다. 그들은 어쩔 수 없다는 듯 고개를 끄덕이더니만 곧 빨리 오라고 으름장을 놓았다. 이전에도 나를 괴롭히려던 시종이 몇 있었으므로 이러한 모습은 그림자가 보기에도 익숙한 광경일 터였다.
"게으름 피우지 말고 빨리빨리 하란 말이야. 얼른 달고서 뒤따라와."
말을 마친 새가 몸을 돌려 아주 느릿하게 걷기 시작했다. 혹시라도 내가 자신들을 놓칠까 싶어 배려한 것이었다. 잭은 나를 한 번 더 쳐다보더니 곧장 새의 뒤를 따랐다.
거리가 어느 정도 멀어졌을까. 나는 말에게 가까이 가는 대신 허공을 향해 중얼거리듯 말했다.
"지금 보고 계시죠? 황태자 전하께 가 주셔야겠어요. 전하께 전하의 말이 이상하다는 것과 그 주변에 대공의 사람이 있었다는 걸 전해 주세요."
그러자 오른쪽에서 그림자가 툭 튀어나오더니만 내게 조심스러운 목소리로 물었다. 조금 전 귀족이 보였었던 이상한 태도나 저치들이 보인 행동이 심상찮은데 자기가 떨어져 있어도 괜찮겠냐는 소리였다. 아닌 게 아니라 그는 새와 잭을 나를 괴롭히려고 작정한 시종들로 완전히 오해하고 있었다.
"괜찮아요. 저를 폭행하려고 했던 이들은 아니니까요. 걱정하지 않으셔도 됩니다. 무엇보다 여기까지 저를 찾아온 것으로 보아 전하에 관련된 일을 시킬 작정인 모양이에요. 그럼 더더욱 조심하겠죠. 그러니까 지체 말고 어서 전하께 달려가세요."

좀 더 느긋한 상황이었더라면 잭과 새가 수많은 시종을 뒤로하고 굳이 나를 찾아온 것에 의구심을 가졌겠지만, 이것보다 더 의심스러운 일이 일어나 그럴 겨를이 없었다. 아무렴 황태자의 말이 이상행동을 보이는데 그냥 지나칠 수 있나. 마부들이 보이지 않는다는 것도 퍽 수상쩍었다.

그림자는 거듭 내 의사를 확인하며 괜찮은지 물었다. 그리고 내가 제발 좀 가라는 식으로 소리를 칠 때쯤이야 겨우 알겠다는 듯 고개를 끄덕였다. 그럼에도 미련이 남은 듯 그는 빨리 돌아오겠다고 말하며 순식간에 시야에서 사라졌다.

나는 그가 사라진 뒤에도 바로 움직이지 않다가 속으로 열을 센 다음에야 천천히 걸음을 옮겼다. 잭과 새는 저 멀리서 나를 기다리며 서 있었다.

"대공이 움직이고 있어요. 드디어 시작된 것이죠. 그런데 아가씨는 보이지 않으니 얼마나 식겁했는지 모릅니다."

새는 내가 가까이 다가오자 바로 입을 열어 말했다. 눈을 여기저기 돌리며 주변을 살피는 게 누군가의 눈에 띨까 봐 경계하는 태세였다. 긴장감이 어린 얼굴은 어느새 식은땀으로 가득했다. '그래도 이렇게 만나서 다행입니다'라고 말하는 목소리엔 희미한 안도가 깔려 있었다.

"자, 저희를 따라오십시오. 이대로 떠나기만 하면 됩니다."

나는 몸을 돌리려는 새를 만류하고서 노골적인 질문을 던졌다. 이자의 정보력이라면 지금쯤 대공이 불순한 마음을 품고 있다는 걸 알아챘을 테니 이상할 게 없었다.

무엇보다 '시작하려나 보다'라는 그의 말이 내 생각에 확신을 심어주었다.

"잠깐. 대공이 지금 움직이고 있다고 했어?"

"예. 그쪽을 살피고 있는 도마뱀의 말로는 그렇답니다. 미친 짓이죠. 아직 전생이 끝난 것도 아닌데 말입니다."

"아군의 손해를 감수하고서라도 말이야?"

"그만큼 믿는 수가 있다는 뜻 아니겠습니까?"

아, 맞아 대공에게는 에리뉴스가 있었지. 나는 쓴웃음을 지었다.

아직 그들의 약속은 끊어지지 않았나 보다. 야만인들이 최후의 결전을 준비하며 물러나지 않은 이유가 여기에 있었다. 하긴 전쟁에서 죽는 것만큼 그럴듯한 사인이 어디 있단 말인가. 앞뒤로 공격당한다면 제아무리 신이라 할지라도 죽을 수밖에 없었다. 하물며 사람인 황태자는 어떠하랴. 이전에 입었던 상처가 그랬듯 누구도 눈먼 검이나 화살을 이길 순 없는 법이다. 대공의 사람이라 할 수 있는 남자가 황태자의 말 앞에 서 있던 것도 이런 맥락으로 봐야 할 터였다.

"그러니 어서 피하셔야 해요."

잭이 내 손을 붙잡았다. 작지만 온기가 가득한 감각에 나도 모르게 한숨을 내쉬었다. 아이는 근심이 가득한 표정을 하고 있었다.

"도망가는 게 우선이에요. 아가씨, 빨리 떠나요. 이미 준비는 다 되어 있어요."

나는 잭의 말에 고개를 내저었다. 빌어먹을 운명이 계속 내 발목을 붙잡는 한 나는 그의 곁에 있어야만 했다. 예언과 꿈을 믿는 게 이상한 일이지만 과거로 돌아왔다는 자체부터 기적에 가까우므로 따르지 않을 수 없었다. 그래서 의아하다는 듯 미간을 찌푸리는 아이에게 작은 목소리로 말했다.

"아직은 해야 할 일이 있어."
"하지만 아가씨의 안전이 우선이에요."
"아니, 황태자에게 가야 해. 가서 그가 안전한지 봐야 해."
"아가씨가 왜요? 그럴 수 없어요."
"잭!"
"……설마, 황태자를 연모하는 거예요?"
 말도 안 되는 질문에 헛웃음이 나왔다. 나는 재빨리 '아니'라고 답했다. 황태자를 연모한다니, 이 무슨 끔찍한 소리인지.
"그럼 왜요? 못 떠날 이유가 없잖아요. 설마, 제가 못 미더워요?"
"그것도 아냐."
 잭은 속 시원하게 대답하지 않은 내가 이상한지 답답하다는 표정을 지었다.
"세상에 잭, 나 역시 이대로 도망치고 싶어. 미치지 않고서 누가 이 끔찍한 곳에 남아 있고 싶겠니? 하지만 그럴 수 없어."
 사실 아주 잠깐 흔들리긴 했다. 붙잡은 손을 놓치고 싶지 않았으니까. 하지만 지금은 아니다. 풍비박산이 난 저택에 되돌아가서 무얼 할 수 있단 말인가. 나는 씁쓸한 웃음을 지으며 잭에게서 내 손을 빼내었다. 새가 '저희가 끝까지 지켜드리겠습니다'라고 말했지만, 손을 들어 만류했다.
"이상한 소리로 들리겠지만, 황태자에겐 내가 필요하단다."
 이전에 남자 와구스가 말했었던가. 이상한 바람이 불면 반대쪽으로 피하라고. 왜 갑자기 이 말이 떠올랐는지는 모르겠으나 이 전쟁에 내가 꼭 있어야 한다면 아마 위와 같은 이유 때문일 터였다.
 나는 직감적으로 '바람'이 황태자의 목숨을 구하는 마지막 퍼즐이며 이를 완수했을 때 더는 꿈속에서 시달리지 않을 것임을 깨달았다. 이제 거의 다 온 것이다.

이제 내게는 눈앞에 펼쳐진 참혹한 죽음 앞에서도 떨지 않을 용기가 필요했다. 황태자가 이번 싸움에서 승리하여 황제가 될 때까지 버틸 수 있게끔 말이다. 그래서 그가 모두의 눈앞에서 나를 인정하는 발언을 하는 것을 보고 말겠다.

풍비박산이 난 가문이지만 이미 내 손에 쥐어진 것, 로에나나 리안에게 넘기고 싶지 않았다.

평민이라는 꼬리표를 뗄 완전한 기회, 더는 무시받지 않고서 다른 귀족과 로에나의 위에 온전하게 설 수 있는 나날이 얼마 남지 않았는데 이대로 물러설 수 없었다.

여기까지 생각이 미치니 두려움으로 떨렸던 마음이 한결 차분해지는 느낌이었다. 그저 단호한 결단만이 남았을 뿐이다.

"아가씨⋯⋯."

"네 마음에 늘 감사하게 여기고 있단다."

"하지만⋯⋯!"

나는 무어라 항변하려는 듯 입을 크게 벌리는 아이의 이마에 부드러운 키스를 해주었다. '떠나렴'이라고 속삭이는 목소리가 잭의 귓가에 부디 슬프게 들리지 않기를 바라면서.

"아가씨는 정말 고집쟁이예요. 그래서 날 슬프게 하죠. 어떤 때는 너무 미워요."

"그것참 안타까운 소리로구나. 나는 네가 너무 좋은데 말이야."

저 멀리서 뿔피리 소리가 울려 퍼졌다. 지축을 뒤흔드는 커다란 함성이 연이어졌다. 출정 소리가 이렇게 요란한 것으로 보아 본대가 나서는 모양이었다.

나는 고개를 들어 하늘을 바라보았다. 아직 해가 중천에 뜨려면 먼 시간. 황태자는 오늘의 전쟁이 오후쯤이 되어야 끝날 것이라고 예상했었다. 그러므로 지금은 싸움이 아직 한창일 때였다.

아아, 벌써부터 바람을 타고 피 냄새가 흘러들어 오는 것 같다.

"이제 가렴."

나는 손을 뻗어 아이의 어깨를 뒤로 살짝 밀었다. 그런 다음 새를 응시했다. 하지만 새는 꼼짝도 하지 않은 채 잭을 바라보고 있었다. 잭의 의사에 따르겠다는 거다.

"그런데 아가씨, 아가씨가 잊고 계신 게 하나 있어요. 저 역시 고집쟁이라는 것을요."

"잭!"

잭이 내 손을 붙잡아 자신을 향해 끌어당겼다. 갑작스레 당겨진 몸이 앞으로 숙여지다가 아이의 얼굴에 거의 맞닿을 듯한 위치에서 가까스로 멈추었다. 잭의 눈동자는 소년다운 활기참으로 반짝이고 있었다. 우울하게 물든 표정이 아니라 다행이지만 그가 이런 얼굴을 할 땐 자기 멋대로 구는 경우가 많아 불안해졌다.

"꼭 아가씨와 함께 아리나에게 돌아갈 거예요."

고집스럽게 추켜세운 턱이 나를 향한 도발처럼 보였다. 아이는 미간을 찌푸리며 바로 타박을 하려는 내 행동을 막고서 선언하듯 말했다.

"이전에 봤던 그 멍청이가 언제 돌아올지 모르니까 이쯤 할게요. 하지만 아가씨, 전 혼자서 가지 않아요. 절대로요. 그러니까 포기하세요. 제가 언제 아가씨 말을 잘 듣는 거 보셨나요?"

"너……."

"쉿, 아가씨, 잠깐만요."

이런 우리의 모습을 멀뚱히 바라만 보고 있던 새가 갑자기 손을 들어 조용히 하라는 표시를 보냈다. 그러고서 눈짓으로 한 곳을 가리켰다. 천막의 뒤쪽으로 그림자가 깊게 드리워져 있어 시야에 잘 잡히지 않는 구석진 곳이었다. 잭이 무언가를 알아차린 듯 내 손을 붙잡고 그쪽으로 이끌었다. 새 역시 발걸음 소리를 죽인 채 천막 뒤에 서서 몸을 웅크렸다. 나는 영문도 모르고서 두 눈을 깜빡이며 시키는 대로 숨을 죽였다.

잠시 후 발걸음 소리가 들리며 누군가가 우리가 서 있었던 곳을 향해 다가왔다. 한두 명이 아니었다. 그들은 무언가를 찾는 것처럼 여기저기를 살피더니만 이내 소리를 낮춰 투덜거리기 시작했다. 천막 안까지 헤치며 살피는지라 목소리가 바로 옆에서 말하는 것처럼 생생하게 들렸다.

"제길, 어디로 사라진 거지?"

"황태자의 옆엔 아직 보이지 않던데 말입니다. 미리 도망친 게 아닐까요?"

"그럼 더 잘된 일이지. 쫓아라. 끝까지 찾아내서 죽여."

"예, 알겠습니다."

"시신은 온전하게 챙겨 와. 그래야 죽었다는 증거가 되지. 그나저나 황태자도 단단히 미쳤군. 감히 여자를 전쟁터에 데려올 생각을 다 하다니."

"미리 빼돌린 걸 보면 그 여자를 비로 맞이할 거라는 소문이 맞긴 하나 봅니다. 그렇지 않으면 굳이 남장까지 시켜서 여기에 데려올 리 있겠습니까? 로샨가의 영애가 계속 수작을 부리며 방해하는 것만 봐도 그렇구요."

"황태자가 갑자기 마부를 찾는 것도 다 그 여자 때문이야. 제길. 재수가 없으려니까."

"여하튼 좀 더 찾아보겠습니다."

"그래. 그럼 조금 있다가 그곳에서 보자구."

깜짝 놀라 몸을 덜덜 떨고 있노라니 잭의 손이 용기를 불어넣어주려는 것처럼 내 어깨를 감싸 쥐었다.

나는 비명이 나올 것만 같았지만 꾹 참고서 무릎에 입술을 묻었다.

발걸음 소리가 멀어지고 있으나, 여전히 누군가가 계속 남아 있는 것만 같아 쉽게 움직이지 못하고 있었다.

그렇게 시간이 조금 흘렀을까. 인기척을 느끼지 못했는데 갑자기 가까운 곳에서 누군가가 걸어가는 소리가 들렸다. 나는 두 눈을 크게 뜬 채 새를 바라보았다. 새가 어두운 표정으로 고개를 설레설레 내저으며 몸을 좀 더 웅크리라는 손짓을 보내었다. 나는 고개를 더 아래로 숙인 채 정강이 쪽으로 손을 옮겼다. 발걸음 소리가 멀어졌다는 것에 안심하여 바로 몸을 움직였더라면…… 생각만 해도 소름이 돋았다.

새는 발걸음 소리가 사라진 뒤에도 계속 귀를 쫑긋거리며 주변의 인기척을 살폈다. 그리고 발에 쥐가 나기 시작할 때쯤 낮게 엎드린 자세로 기어 나갔다. 그가 잭과 나를 부른 것은 조금 더 시간이 지난 후였다.

나는 잭에게 거의 기대다시피 하여 걸어 나왔다. 발이 저린 것은 둘째 치고 공포로 인해 숨이 막혀 와 견딜 수 없었다. 차갑게 식은 손끝이 경련이 일 듯 덜덜 떨려 왔다. 아닌 게 아니라 내 얼굴은 이미 시체처럼 창백하게 변했을 터였다.

"이래도 안 가실 겁니까? 안 돼요, 아가씨."

나는 잭의 말에 이를 악물고서 반박했다. 일이 이렇게 된 이상 더더욱 아이와 함께 떠날 수 없었다. 그의 역할은 손가락 두 개만으로도 충분했다.

"그건 내가 묻고 싶은 말이란다. 이래도 나와 같이 갈 거니? 같이 있으면 죽을 수 있는데도?"

"아가씨!"

"잭, 잠깐만. 조용히. 누군가 오고 있어."

순간 새가 흠칫거리며 몸을 돌렸다. 잭은 보호하려는 것처럼 나를 자신의 등 뒤로 잡아당겼다. 그리고 각각 한 손을 허리 뒤로 숨기는데,

거기엔 어느새 빼었는지 모를 단도가 쥐어 있었다.

"여기 계셨군요."

다행히 이번엔 나타난 사람은 그림자였다. 땅에서 솟아난 것처럼 나타났었던 이전과 달리 완연하게 모습을 드러낸 그가 잭과 새는 안중에도 없다는 듯 내게 말했다. 전하께서 부르십니다, 하고. 그래서 나는 그림자가 잭과 새에게 의구심을 품을까 미리 선수 쳐 입을 열었다. 등에 식은땀이 주르륵 흘러내리며 곧 쓰러질 것처럼 무서웠지만, 아무렇지 않다는 것처럼 여상스럽게 굴었다. 여자인 걸 들키지 않았음을 티내기 위해 목소리를 더 낮게 깔았음은 물론이다.

"도와주셔서 감사합니다. 덕분에 살았습니다."

그리고 나를 만류하려는 것처럼 손을 뻗는 잭의 손을 외면했다. 아이는 눈빛으로 나를 부르짖고 있었다. 그러자 그림자의 고개가 잠시 잭과 새에게로 향했다.

"누군가 날 노렸는데 이분들이 아니었으면 죽을 뻔했을 겁니다. 그러니 전하께 가는 것도 조심해야 할 듯합니다."

내 말에 그제야 눈을 떼는 그림자다. 대신 그는 새에게 무언가를 던졌다. 찰그랑거리는 소리가 묵직하게 들리는 주머니 하나가 엉겁결에 뻗은 새의 손에 잡혔다.

"보상은 그것으로 충분할 거다. 렐신 영식, 이만 가시죠."

잭이 한발 앞서 뛰어나오려는 것을 새가 빠르게 막았다. 그는 주머니를 품에 집어넣으며 비굴한 웃음을 지었다. 그리고 그림자를 향해 고개를 숙이더니 이내 잭의 손을 이끌고 반대편으로 빠르게 걸어가기 시작했다.

"전하께서 기다리십니다."

내가 너무 노골적으로 잭의 등 뒤를 쳐다본 것일까. 그림자가 낮은 목소리로 재촉하듯 말했다. 나는 새가 잭을 데리고 전장을 빠져나가는 현명한 선택을 하길 바라며 떨어지지 않은 발걸음을 애써 돌렸다. 나의 소년이자 구원인 그를 이곳에서 봤다는 것만으로도 충분했다. 이제 남은 운명과 싸울 차례였다.

그림자는 내 부탁대로 황태자에게 가는 길을 빙 둘러서 잡았다. 때문에 그에게 도착하는 시간이 좀 걸렸다. 내가 황태자의 막사에 도착했을 때 그는 이미 출정을 하려는 것처럼 갑옷을 갖춰 입고 어깨에 망토를 두르고 있었다.

"덕분에 위험을 줄였어."

황태자는 내가 막사에 들어오자마자 탁자 위에 있던 투구 하나를 내밀었다. 쓰라는 뜻이었다. 그는 내가 마지못해 투구를 받아 들자 작은 가죽 갑옷도 내밀었다.

"말이 아주 못 쓰게 되었더군. 어쩔 수 없이 목을 베어야 했지."

내가 살아생전 갑옷을 입어 볼 일이 있겠는가. 어떻게 입어야 할지 머뭇거리자 황태자가 손수 내 시중을 들며 입을 수 있게 도와주기 시작했다. 당황하여 손을 내저어 보았지만, 그는 아주 막무가내였다.

"혼자 입을 수 있습니다. 그러니 이렇게 안 하셔도 됩니다."

"정말인가? 재미있는 농담을 다 하는군. 시간이 없으니 순순히 내 시중을 받지?"

황태자가 피식거렸다. 그리고 능숙한 손놀림으로 가죽끈을 조였다. 긴장하여 움츠리는 건 나뿐인지 몸을 스치는 손길엔 망설임이 없었다. 견딜 수 없어진 나는 일부러 말을 돌려 시선을 환기하고자 했다.

"그런데 갑옷이라니요? 설마 저까지 데려가려는 겁니까? 세상에, 그럴 순 없어요."

"아아, 선황의 관을 찾아와야 한다는 명분 때문에 지금 출정을 하긴 하나 그대까지 데려가는 건 아니야. 영식이 있어야 할 장소는 다른 곳이지. 그러니 걱정하지 말길. 설마 내가 그대를 전장의 한복판에 밀어

넣겠나?"

당신이라면 가능하지요. 이런 말이 혀끝에 맴돌았지만 애써 참았다. 동시에 그가 한시라도 빨리 내게서 떨어지기를 바랐다.

잠시 후 그가 손을 가볍게 탁탁 떨며 뒤로 한걸음 물러났다. 그리고 작품을 감상하는 것처럼 여유롭게 내 몸 전체를 훑어보았다. 남자의 입가에 어린 건 만족이라는 단어였다.

답답하고 불편했다. 황태자가 걸치고 있는 갑옷보다 좀 더 가벼울 게 분명하지만, 여전히 버거운 건 사실이라 나는 숨을 힘겹게 몰아 내쉬었다. 두꺼운 가죽이 몸을 압박하고 있어 움직이는 것조차 힘들었다. 어깨는 벌써부터 뻐근하게 당기고 있었다. 이것보다 더 무거운 갑옷을 걸치고서 검을 휘두르는 기사들이 놀라울 따름이다. 어쨌든 어찌어찌 갑옷을 다 걸치고 나자 그림자가 천막 안으로 들어와 황태자에게 보고했다.

"준비되었습니다."

황태자는 자신의 투구를 옆구리에 낀 채 바깥으로 나가려다가 나를 향해 시선을 던졌다. 그리고 부드러운 목소리로 말했다.

"그림자의 안내에 따라라."

그리고 바로 나가 버렸다. 왜 내가 갑옷을 입어야 하는지 설명조차 해주지도 않은 채.

황태자가 천막을 나서자마자 바깥에서 함성이 쏟아졌다. 바로 천이 내려져 소리가 잘 들리지 않았지만 얼추 출정에 관한 이야기를 하는 것 같았다. 그림자는 내가 멍하니 입구를 바라보자 소리를 낮춰 속삭이듯 말했다.

"따라오십시오."

막사의 뒤쪽으로 가서 천을 살짝 들어 올리자 미리 준비되어 있는 몇 마리의 말이 보였다. 주변에는 마부 몇몇이 고삐를 잡은 채 서 있었다.

그림자는 내게 말 위에 올라타라고 말했다. 그런 다음 서쪽을 향해 달리게 했다. 산이 있는 방향이었다.

그렇게 한 삼십 분 정도를 달렸을까. 전황이 훤히 보이는 절벽가로 나를 인도한 그림자가 이내 고삐를 세차게 잡아당겨 말을 멈췄다. 나는 투레질하며 씩씩거리는 말을 가볍게 다독이며 그의 곁에 섰다.

아래는 이미 어지럽게 얽혀 있는 상태였는데, 한눈에 보아도 제국군이 유세해 보였다. 다만 바람을 타고 흘러들어 오는 피 냄새가 역해 계속 주시하기가 힘들었다. 처절한 비명이 귓가에 달라붙어 어지러웠다. 나는 치밀어 오르는 구역질을 참으며 고개를 옆으로 돌렸다.

이제 해는 정오를 향해 가고 있었다. 따갑게 쏟아지는 햇볕 아래 지옥의 한 단면이라 할 수 있는 학살의 현장을 보게 되니 이 자리에 서 있는 것 자체가 곤욕스러웠다.

나를 절벽으로 데려온 것으로 보아 전장으로 끌어들일 생각은 없나 보지만, 이 또한 장담할 순 없는지라 지금이라도 이러한 상황에 익숙해져야 했다. 그래서 나는 신물이 올라오는 것을 꾹 참으며 고개를 바로 했다. 이때만큼 내 눈이 좋다는 사실이 원망스러운 적이 없었다.

그렇게 위에서 아래를 내려다보니 슬슬 제국군의 전술이 한눈에 들어왔다. 중앙은 밀리는데 양 날개는 쾌속으로 전진하는 것이 적의 군대를 감싸려는 의도 같았다. 그런데 밀린다는 중앙도 어느 선을 기점으로 치열하게 싸우며 튼튼하게 버티고 있었다. 그래선지 에리뉴스 또한 돌격대로 앞선 부분만 빠르게 치고 나갈 뿐 뒤에선 우왕좌왕하며 속도를 내지 못했다. 명령이 잘 전달되지 않는 것처럼, 그렇게.

그런데 그림자는 왜 나를 이곳으로 데려온 거지?

황태자의 생각이 궁금했다. 부적으로써 필요한 거라면 그의 옆에 서게 하면 될 것이니와―언제 그가 나를 생각한 적이 있었나?―그렇지 않다면 막사에 놔두는 게 상책이었다. 그런데 굳이 갑옷을 입혀 가면서 전황이 한눈에 보이는 절벽으로 데려와 서 있게 하니 의구심이 들 수밖에 없었다. 내 역할은 무엇인가. 순간적으로 혼란스러워졌다.

그때 적의 뒤편에서 큰 함성이 들려오더니 제국군으로 보이는 병력이 불쑥 나타났다. 깃에 새겨진 문양으로 보건대 새벽에 출발했던 기습조의 것이었다.

에리뉘스는 그제야 자신들이 온전하게 감싸 안아지는 형태로 들어왔음을 깨닫고 중앙을 빠르게 돌파하려고 애를 썼다. 그러나 제국군이 이미 항아리의 형태로 입구를 막아 가고 있는 상태라 뒤로 물러선다면 크게 손해가 날 것이 분명했다. 사면초가 그 자체였다.

그러자 에리뉘스는 황제의 시신이 담긴 관을 앞세우며 앞으로 막무가내로 밀고 나가기 시작했다. 병사들은 황제의 시신에 행여 무기라도 닿을까 감히 관이 있는 쪽은 건드리지 못했다. 그 틈을 타 적의 무기가 사정없이 날아들었다. 제국의 창기병을 흉내 내려는 것인지 돌격조에는 날카로운 창을 앞세운 야만인들이 있었다.

그들의 뒤엔 궁수 부대가 있어 화살을 비 오는 것처럼 쉼 없이 쏴 대며 군을 엄호했다. 제국군이 조금씩 좁혀 오는 상황에서 적들은 두려워하지 않고 상처 입은 맹수처럼 마구 날뛰고 있었다. 저항은 매우 거셌다. 그러나 시간이 지연된다 뿐이지 제압하지 못할 정도는 아니었다. 적과 아군이 어지럽게 뒤엉킨 와중에도 제국군의 복장으로 보이는 사람이 점점 더 많아졌다. 주변에 야만인의 것으로 보이는 시체가 늘어나기 시작한 것과 무척 대조적이었다.

이쯤 되니 전쟁에 대해 문외한인 나라도 제국군이 유리함을 알 수 있었다. 황태자의 말마따나 노을이 지기 전에 모든 것이 끝날 터였다. 제국군의 승리로 말이다.

에리뉘스의 불행은 황태자가 아주 오래전부터 반역을 대비하여 군을 모으고 있었고, 대공 역시 힘을 기르고 있었기에 대부분의 사병이 아주 잘 정비된 상태라는 것을 몰랐다는 점이었다. 일시적인 동맹이긴 하나 서로의 힘을 하나로 모아 야만인을 향해 겨누어버리니 상대가 될 리가 없었다. 대공이 그들의 뒤를 봐주고 있었다 하지만 말이다. 무기의 강도와 발전에서부터 크나큰 차이를 보이는데 아니 그러하랴.

"전하께서 모습을 드러내셨군요."

계속 침묵하던 그림자가 한쪽을 바라보며 입을 열었다. 나는 그의 얼굴을 따라 시선을 돌렸다.

황태자는 전선의 맨 끝에 있었다. 실제로 그의 얼굴이 보이지 않았지만 저를 상징하는 깃발이 세워졌기에 알 수 있었다.

그런데 갑옷이 아까 입었던 그게 맞나? 많은 기사가 저를 엄호하듯 빽빽하게 서 있으니 아마 맞을 것이다. 황태자는 차분하게 전황을 주시하고 있었다. 그는 간간이 옆에 있는 사람에게 무어라 말하며 지시를 내렸다.

나는 다시 눈을 돌려 대공의 깃발을 찾았다. 대공의 군대는 좌측에 있어 에리뉴스의 옆구리를 압박하는 중이었다. 그들은 성난 파도처럼 야만인들을 강하게 밀어붙였다. 그래선지 항아리의 모양이 조금씩 찌그러지고 있었다.

"속도가 너무 빠른데? 흠……."

그것은 나만 생각한 게 아닌지 그림자가 손으로 턱 부분을 쓰다듬으며 나직이 중얼거렸다. 항아리에 금이 가면 담겨 있는 물이 새어 나오는 법이라 그림자는 그 부분을 염려하는 것 같았다. 다른 이가 지휘하는 곳이면 생각이 있겠지 하고 넘겼을 테지만 대공의 깃발이 나부끼는 곳이라 불안했다. 마치 에리뉴스의 활로를 열어주려고 하는 것처럼 보이지 않나.

시간이 흐르자 대공이 지휘하는 쪽에 조금씩 균열이 생기기 시작했다. 너무 강하게 압박하느라 대열이 흐트러진 탓인지 찌그러진 옆구리 사이로 점차 적이 새어 나오고 있었다. 한데 뒤엉킨 전장은 피아의 구분이 없이 매우 혼란스러웠다.

하지만 그보다 더 빠른 변화의 조짐이 하나 있었다. 적의 군대가 안쪽으로 움츠러들며 중앙과 꼬리가 분열되려는 상황이 연출되고 있었기 때문이다.

후미에 있는 제국군—아마도 할버드 경이 활약하고 있을 병력—이 중간을 차단하려는 것처럼 계속 파고들고 있었다. 그것은 대공 쪽의 균열보다 더 신속하게 이루어졌다. 그로 인해 시체가 쌓이고 있었다. 생과 사가 나뉘는 참혹한 현장은 두려우리만치 치열했다.

그런데 나는 언제까지 이곳에 서서 아래를 내려다보고 있어야 하나. 피로 인한 구역질도 구역질이지만 햇볕을 계속 쬐다 보니 머리가 다 어지러웠다. 체력이 슬슬 한계에 다다른 기분이다.

그림자는 어느새 다시 침묵을 유지하며 하늘을 쳐다보고 있었다. 마치 무언가를 기다리기라도 하듯.

그리고 잠시 후 저 멀리서 커다란 새 한 마리가 날갯짓하며 우리, 정확히는 그림자를 향해 내려왔다. 그림자는 낮게 휘파람을 불며 자신의 팔뚝에 새가 내려앉도록 유도했다. 날카로운 눈매를 가진 늠름한 매였다.

그림자는 매의 발목에 달린 작은 통에서 둘둘 말려진 쪽지를 꺼냈다. 그리고 잠시 읽어 보더니 이내 종이를 구겨 입안으로 집어넣고 삼켰다. 매는 어느새 하늘 위로 높게 날아올라 저 멀리 사라지고 없었다.

"이쪽으로 내려가시죠."

신호를 기다린 건가. 순간 아래에서 '와' 하는 환호성이 들렸다. 황태자가 직접 군을 이끌고 움직이고 있었다.

이런, 멍청한! 가만히 있을 것이지 왜 자기가 직접 나선단 말인가. 대공이 자신의 목숨을 노릴 걸 알면서도 전쟁의 한복판에 기어들어 가는 그를 이해할 수 없었다. 내가 아래를 바라보며 움직이지 않자 그림자가 다시 재촉했다.

　나는 다시 한번 전선으로 나서는 황태자를 응시하다가 마지못해 말머리를 돌렸다. 등 뒤로 병사들의 함성이 끊이지 않고 울려 퍼졌다. 피 비린내가 더 짙어지고 있었다.

4권에서 계속…